Robert Dugoni
Am Rande der Lichtung

Das Buch

Detective Tracy Crosswhite von der Mordkommission in Seattle steckt mitten in den Ermittlungen zu einem äußerst seltsamen Mordfall, als eine Kollegin sie bei einem Cold Case um Hilfe bittet. Vierzig Jahre zuvor wurde die junge Kimi Kanasket tot aufgefunden. War es wirklich Selbstmord, wie damals behauptet wurde? Tracy, deren eigene Schwester einem Mord zum Opfer gefallen ist, ist schnell bereit, sich um den alten Fall zu kümmern. Ihre Nachforschungen führen sie direkt in das kollektive Gedächtnis einer Kleinstadt, in der jeder jeden deckt und niemand gern mit der Polizei spricht. Doch Tracy lässt sich nicht abschrecken und recherchiert weiter – auch als sie auf Hinweise stößt, dass der wahre Täter noch immer am Leben ist und sie möglicherweise ins Visier genommen hat. Kann sie Kimis Familie die Antworten liefern, auf die sie schon so lange wartet? Oder ist sie das nächste Opfer?

Der Autor

Robert Dugoni kam in Idaho zur Welt und wuchs in Nordkalifornien als mittleres Kind unter zehn Geschwistern auf. Früh fing er an zu schreiben und wusste bereits in der siebten Klasse, dass er Schriftsteller werden wollte. Den Weg an die Stanford University, wo er Kommunikationswissenschaften, Journalismus und kreatives Schreiben studierte, »erschrieb« er sich mit Preisen und Stipendien für seine schriftstellerische Arbeit. Anschließend studierte er an der UCLA Jura und war dreizehn Jahre lang in Los Angeles als Anwalt tätig. Die Liebe zum Schreiben verließ ihn allerdings nie und so beschloss er 1993, den Anwaltsberuf aufzugeben und sich ganz dem Schreiben zu widmen. Sein Debütroman »The Jury Master« wurde zu einem New York Times-Bestseller. Mehr über Robert Dugoni können Sie auf seiner Website unter www.robertdugoni.com erfahren.

ROBERT DUGONI

AM RANDE DER LICHTUNG

THRILLER

Aus dem Amerikanischen
von Dorothee Danzmann

Die amerikanische Ausgabe erschien 2016 unter dem Titel »In the Clearing« bei Thomas & Mercer, Seattle.

Deutsche Erstveröffentlichung bei
Edition M, Amazon Media EU S.à r.l.
5 Rue Plaetis, L-2338 Luxembourg
Juli 2017
Copyright © der Originalausgabe 2016
By Robert Dugoni
All rights reserved.
Copyright © der deutschsprachigen Ausgabe 2017
By Dorothee Danzmann

Die Übersetzung dieses Buches wurde durch AmazonCrossing ermöglicht.

Umschlaggestaltung: bürosüd⁰ München, www.buerosued.de
Originaldesign: David Drummond
Umschlagmotiv: © James Osmond / Getty
Lektorat: Rainer Schöttle
Korrektorat: Manuela Tiller/DRSVS
Printed in Germany
By Amazon Distribution GmbH
Amazonstraße 1
04347 Leipzig, Germany

ISBN: 978-1-542-04733-3

www.edition-m-verlag.de

Für Joe: Zeit zu fliegen, mein Sohn, Zeit, sich in die Höhe zu schwingen

Prolog

Freitag, 5. November 1976
Klickitat County, Washington

Buzz Almond meldete der Zentrale, er sei unterwegs, gab Gas und lächelte zufrieden, als die 245 PS des V8-Motors mit sattem Klang vorpreschten und die g-Kraft ihn gegen die Rücklehne seines Sitzes drückte. Auf dem Revier ging das Gerücht um, die Oberen hätten vor, die spritschluckenden Dinosaurier des Fuhrparks in Rente zu schicken, um sie durch kleinere, energieeffizientere Fahrzeuge zu ersetzen. Vielleicht stimmte das sogar, aber noch fuhr Buzz einen dieser großen Schlitten, einen Chevy Caprice, und wenn es nach ihm ginge, sollte das auch so bleiben, bis man ihm die Finger mit Gewalt vom Lenkrad lösen musste.

Der Adrenalinschub hatte sämtliche Synapsen in seinem Gehirn in Gang gesetzt, die nun mit Feuereifer elektrische Impulse sendeten. Buzz setzte sich aufrecht hin, er fühlte sich voll einsatzfähig. »Gefechtsbereit« hatten sie das damals im Marine Corps genannt, und so hieß es für Buzz auch weiterhin, selbst wenn er kein Marine mehr war, sondern als Deputy Sheriff für das Klickitat County arbeitete.

Ein kräftiges »Oorah« hätte er jetzt gern gehört, den Kampfschrei der Marines.

Buzz fuhr langsamer, ließ sein Fenster runter und richtete den Suchscheinwerfer aus. Er hielt Ausschau nach einer bestimmten Querstraße. Die meisten Straßen hier hatten Namen, aber nicht alle, und bei manchen handelte es sich im Grunde nur um schmale, nicht asphaltierte Pfade. Über der ganzen Gegend hing eine dichte Nebelwolke, ohne Straßenlaternen war es hier so dunkel wie in einem Tintenfass. Da konnte man schon mal an einer Abzweigung vorbeifahren, ohne sie überhaupt zu bemerken.

Da! Der Suchscheinwerfer hatte ein paar leicht ramponierte Briefkästen auf Holzpfählen entdeckt. Buzz ließ den Lichtstrahl langsam einen Metallpfosten hochwandern, bis er das reflektierende grüne Straßenschild lesen konnte: Clear Creek Rd., das war die Straße, nach der er gesucht hatte. Eigentlich eher ein Feldweg, der Chevy hüpfte und schlingerte auf Spurrillen und durch Schlaglöcher. Manche Anwohner richteten ihre Straßen im Frühjahr und Sommer wieder her, die hier anscheinend nicht.

Etwa eine Viertelmeile ging es durch dichtes Unterholz, Eichen, Kiefern und Espen. In einer Linkskurve sah Buzz ein Licht durch die Zweige schimmern. Er fuhr darauf zu und landete auf einer mit Kies ausgestreuten Einfahrt, die zu einem übergroßen Wohnwagen führte. Der Chevy war noch nicht ganz zum Stehen gekommen, als dort die Tür aufging und ein Mann die drei Holzstufen zum ungepflasterten Hof hinunterstieg, auf dem sich achtlos aufgehäuftes Brennholz und Alteisen angesammelt hatten. Zwischen zwei Bäumen hing eine leere Wäscheleine.

Ehe Buzz ausstieg, warf er rasch noch einen Blick auf den Namen, den er sich auf seinem kleinen Notizblock notiert hatte. Draußen roch es nach Wald, nach Kiefern, und in der Luft hing schon der Geruch von Schnee, der bald fallen würde. Der erste Schnee des Jahres, seine Töchter würden begeistert sein.

Unter den Stiefeln des Deputy knirschte der frisch gefrorene Boden, als er auf den Mann beim Wohnwagen zuging. Es hatte eine Woche lang unerbittlich geregnet, dann waren die Temperaturen in den Keller gerutscht. »Sind Sie Mr Kanasket?«

»Earl.« Der Mann streckte ihm eine raue, trockene Hand hin. Seine Haut war dunkel und er trug das schwarze Haar zu einem Pferdeschwanz zusammengebunden, wahrscheinlich gehörte er zum Stamm der Klickitat. Ein Großteil dieses Volkes war schon vor Jahrzehnten ins Yakama-Reservat gezogen, aber eben nicht alle. Earl trug eine schwere Segeltuchjacke, Jeans und Stiefel mit dicken Sohlen. Sein Gesicht war voller schwarzer Leberflecken und wettergegerbt, die Haut eines Mannes, der im Freien arbeitet. Buzz schätzte ihn auf Anfang vierzig.

»Sie haben Ihre Tochter als vermisst gemeldet?«, fragte er.

»Kimi kommt nach der Arbeit zu Fuß nach Hause. Sie ruft an, wenn sie das Restaurant verlässt. Sie verspätet sich nie.«

»Sie arbeitet im Columbia Diner?« Buzz machte sich Notizen. Er war an der State Route 141 knapp eine Meile vor der Abzweigung an dem rustikalen Blockhaus vorbeigekommen.

Aus dem Wohnwagen kam jetzt eine Frau zu ihnen herunter, die im Laufen hastig einen langen Mantel um sich schlang. Ihr folgte ein junger Mann, der ihr sehr ähnlich sah, wahrscheinlich ihr Sohn.

»Meine Frau Nettie und unser Sohn Élan«, stellte Earl die beiden vor.

Unter Netties Mantel lugte der Saum ihres Nachthemdes hervor. Sie trug Hausschuhe. Élan war barfuß, in Jeans und einem weißen T-Shirt. Der bloße Anblick ließ Buzz frösteln.

»Wann kommt Kimi denn normalerweise nach Hause?«, wollte er wissen.

»Um elf. Und sie verspätet sich nie.«

»Und sie hat Sie heute Abend angerufen?«

»Jeden Abend.« Earl klang ungeduldig. »Sie ruft jeden Abend an, wenn sie arbeitet.«

»Was genau hat sie gesagt?« Buzz versuchte Ruhe zu bewahren, auch wenn ihn langsam das ungute Gefühl beschlich, dass sie es hier nicht mit einem Mädchen zu tun hatten, das einfach länger als mit den Eltern vereinbart ausgeblieben war.

»Sie sagte, sie würde sich jetzt auf den Nachhauseweg machen.«

Nettie legte ihrem Mann beruhigend die Hand auf den Arm. »Es sieht Kimi einfach nicht ähnlich«, erklärte sie Buzz. »Sie würde uns nie Kummer machen. Sie ist ein gutes Mädchen. Sie geht nächstes Jahr aufs College, University of Washington. Wenn sie sagt, sie ist auf dem Nachhauseweg, dann *ist* sie auf dem Nachhauseweg.«

Élan verschränkte die Arme vor der Brust und wandte den Blick ab. Buzz fand diese Reaktion seltsam.

»Dann geht Kimi zur Highschool?«, erkundigte er sich.

»Sie ist in der Abschlussklasse der Stoneridge High«, antwortete Nettie.

»Könnte sie zu einer Freundin gegangen sein?«

»Nein.« Earl klang bestimmt.

»Und sie hat so etwas noch nie gemacht? Sie ist noch nie zu spät nach Hause gekommen?«

»Noch nie«, erklärten Earl und Nettie wie aus einem Mund.

»Okay.« Buzz dachte nach. »Ist irgendwas los, in der Schule oder zu Hause? Irgendetwas, was sie veranlasst haben könnte, von ihrer Gewohnheit abzuweichen?«

»Und was sollte das Ihrer Meinung nach sein?« Earl klang deutlich verärgert.

Buzz blieb weiterhin ruhig. »Irgendwelche Auseinandersetzungen? Teenager-Dramen in der Schule?« Buzz hatte zwar keine hautnahen Erfahrungen mit solchen Dramen, seine Töchter waren erst vier beziehungsweise zwei Jahre alt, er erinnerte sich aber noch lebhaft daran, wie die Pubertät seine Schwester und deren Freundinnen in echte Nervensägen verwandelt hatte.

»Sie hat sich von ihrem Freund getrennt«, steuerte Élan bei, woraufhin alle anderen Überlegungen zum Erliegen kamen.

Buzz sah den jungen Mann an. Der schien seiner Bemerkung nichts mehr hinzufügen zu wollen. Seine Eltern musterten ihn mit ausdruckslosen Mienen. Entweder war ihnen das, was Élan eben gesagt hatte, neu, oder sie hatten es als nicht erwähnenswert eingeschätzt.

»Und wann hat sie sich von ihrem Freund getrennt?«, hakte Buzz nach.

»Vor ein paar Tagen.«

Jetzt kommen wir der Sache langsam näher. »Wie heißt denn dieser Freund?«

»Tommy Moore«, sagte Élan.

»Du kennst ihn?«

»Ich bin mit ihm zur Schule gegangen. Aber da war er noch nicht ihr Freund. Ich habe sie erst später miteinander bekannt gemacht.«

»Und wann war das?«

»Vor zwei Jahren.«

»Die beiden gingen seit zwei Jahren miteinander?«

»Nein!«, erklärte Nettie mit Nachdruck.

»Nein, ich war vor zwei Jahren noch auf der Highschool«, stellte Élan richtig.

»Élan hat keinen Abschluss«, sagte Nettie.

Earl und Nettie schienen mit der Beziehung ihrer Tochter nicht einverstanden gewesen zu sein. »Wie lange waren Kimi und Tommy Moore zusammen?«, erkundigte sich Buzz.

Nettie winkte ab. »Das war nichts Ernstes. Kimi geht bald aufs College, das sagte ich doch schon.«

Buzz warf Élan einen fragenden Blick zu. »Sechs Monate«,

antwortete der Junge. »Seit Ende letzten Jahres.«

Buzz malte einen Stern neben den Namen »Tommy Moore« in seinem Notizblock. »Wissen Sie, wo er wohnt?«

Élan deutete auf den Wald. »Husum.«

Buzz würde sich mit der Zentrale in Verbindung setzen und sich die Adresse geben lassen. »Und was macht er?«

»Er ist Automechaniker. Und er boxt. Er ist ein Golden Gloves Champion.«

»Warum haben sich die beiden getrennt?«

Élan schüttelte den Kopf und zog die Schultern gegen die Kälte hoch. »Weiß nicht.«

»Hat Ihre Schwester Ihnen gegenüber Beziehungsprobleme erwähnt?«

»Wir reden nicht miteinander.«

Auch das wollte Buzz sich merken. »Sie und Ihre Schwester reden nicht miteinander?«

»Nein. Tommy sagte, es liefe nicht so gut mit ihnen beiden. Kimi kann eine ziemliche Nervensäge sein.«

»Élan!« Jetzt klang Earl eindeutig verärgert.

»Einen Moment noch, ja?«, bat Buzz. »Hat Tommy auch gesagt, warum es nicht so besonders gut lief?«

»Kimi wäre ziemlich eingebildet geworden, mehr hat er nicht gesagt.«

»Das war nichts Ernstes mit den beiden.« Earl wiederholte, was seine Frau bereits gesagt hatte.

Woraufhin Élan die Augen verdrehte und sich abwandte.

Buzz wollte noch weitere Fragen stellen, sah aber, dass Earl und Nettie an ihm vorbei auf einen Punkt in seinem Rücken schauten. Als er sich umdrehte, sah er zwischen den Bäumen eine Prozession aus Scheinwerfern näher kommen.

»Könnte sie das sein?«, fragte er.

»Nein.« Earl schüttelte den Kopf. »Das sind Leute, die ich angerufen und um Hilfe gebeten habe.«

Drei Fahrzeuge bogen in den ungepflasterten Hof ein, wo sie neben dem Streifenwagen parkten. Männer und Frauen stiegen aus, Wagentüren wurden zugeschlagen. Die Frauen gingen zu Nettie, um sie zu trösten, die Männer scharten sich um Earl. Der wandte sich an seinen Sohn: »Du gehst mit ihnen.«

»Moment!« Buzz hob die Hand. »Wer sind diese Leute?«

»Freunde«, sagte Earl. »Sie werden nach Kimi suchen.«

»Okay.« Buzz nickte. »Aber alle sollten erst noch mal kurz warten.«

»Kimi ist etwas zugestoßen«, sagte Earl. »Geh!«, wiederholte er an Élan gewandt.

Élan holte sich ein Paar Stiefel, die oben an der Treppe standen, und folgte den Männern zu ihren Wagen. Gleich darauf waren sie verschwunden.

»Warum sind Sie sich so sicher, dass Ihrer Tochter etwas zugestoßen ist?«, wollte Buzz wissen.

»Wegen der Proteste«, erklärte Earl.

»Meinen Sie die Proteste bei den Footballspielen?«

Sowohl der *Stoneridge Sentinel* als auch der überregionale *Oregonian* hatten über Proteste der Yakama-Stämme gegen den von der Stoneridge Highschool für ihre Sportteams verwendeten Namen berichtet. Sie nahmen Anstoß an der Bezeichnung »Red Raiders« und besonders auch am Maskottchen des Footballteams, einem weißen Schüler, der zu Spielbeginn in voller Kriegsbemalung und mit einem Kopfschmuck aus Federn ausstaffiert auf einem bemalten Pferd auf das Spielfeld ritt, um dort einen Speer im Rasen zu versenken.

»Hat jemand Sie bedroht?«, fragte Buzz. »Oder Ihre Tochter?«

»Die Proteste führten zu einer gewissen Unruhe in der Stadt. Kimi ist meine Tochter. Ich bin als einer der Ältesten unseres Stammes ein Symbol der Proteste.«

Buzz rieb sich nachdenklich die Bartstoppeln am Kinn. »Ich brauche ein möglichst aktuelles Foto und eine Beschreibung von Kimi. Und eine Liste mit den Namen ihrer engsten Freunde.«

Earl nickte den Frauen zu, die daraufhin sofort im Wohnwagen verschwanden. »Meine Frau nennt Ihnen die Namen und ruft auch schon mal bei Kimis Freunden an.«

»Wissen Sie, welchen Weg Ihre Tochter nach Hause nimmt?«

»Ja.«

»Dann lassen Sie uns den absuchen, ehe es anfängt zu schneien.«

Die beiden Männer eilten zum Streifenwagen und stiegen ein. Buzz spürte Earls Besorgnis und musste an seine eigenen Kinder denken. »Wir finden Ihre Tochter, Mr Kanasket«, versprach er.

Earl antwortete nicht. Er starrte aus dem Wagenfenster in die Dunkelheit.

1

Donnerstag, 27. Oktober 2016
Seattle, Washington

Tracy Crosswhite hatte gerade die letzten im Magazin ihrer Glock 40 verbliebenen Kugeln verschossen – auf die Entfernung von fünfzehn Metern sechs Schuss in weniger als zehn Sekunden –, als ihr Handy summte. Sie verstaute ihre Waffe, nahm den Gehörschutz ab und warf einen Blick auf die Anruferkennung. Ihre drei Schülerinnen starrten noch mit leicht offenem Mund auf die Zielscheibe: Jeder einzelne Schuss hatte den kleinen Kreis in der Mitte getroffen.

»Den Anruf muss ich entgegennehmen«, entschuldigte sich Tracy, während sie ein paar Schritte zur Seite trat. »Sag mir, du rufst mich an, weil ich dir so sehr fehle«, meldete sie sich.

»Du scheinst die Morde anzuziehen wie ein Magnet«, antwortete ihr Sergeant Billy Williams.

Das war Tracy in letzter Zeit auch schon so vorgekommen. Anscheinend wurde immer gerade dann jemand umgebracht, wenn sie und ihr Partner Kinsington Rowe Rufbereitschaft hatten.

Billy erklärte, was los war. Die Zentrale hatte um 17.39

Uhr einen Notruf erhalten, bei dem eine Schießerei in einem Wohnhaus in Greenwood gemeldet worden war. Vor zwanzig Minuten also, wie Tracy mit einem Blick auf ihre Uhr feststellte. Sie kannte Greenwood aus der Zeit, als sie ein Haus gesucht hatte; es war eine Wohngegend für den Mittelstand nördlich vom Zentrum mit ausgeprägtem Vorstadtflair.

»Einfamilienhaus, ein Opfer«, fuhr Billy fort.

»Häusliche Auseinandersetzung?«

»Sieht ganz danach aus. Rechtsmediziner und Kriminaltechnik sind schon unterwegs.«

»Weiß Kins Bescheid?«

»Noch nicht. Aber Faz und Del. Die sind auch schon unterwegs.«

Vic Fazzio und Delmo Castigliano bildeten zusammen mit Tracy und Kins das A-Team des Dezernats für Gewaltverbrechen. In diesem Fall stand das A-Team als Erstes auf der Liste bei einem Mordfall und Faz und Del würden bei den Routinearbeiten helfen, falls es denn welche geben sollte. Die meisten Fälle häuslicher Gewalt waren das, was man beim Baseball einen »Grounder« nennt, ein Ball, der den Boden entlangrollt und einfach zu fangen ist: Die Ehefrau hatte den Ehemann umgebracht oder umgekehrt der Mann die Frau.

Tracy brach ihren Schießunterricht frühzeitig ab und machte sich in ihrem Pick-up, einem Ford F-150, Baujahr 1973, auf den Weg. Der Verkehr auf der Interstate 5 Richtung Norden war noch dichter als sonst an einem Donnerstagabend, weswegen sie für die fünfzehn Meilen vom Schießstand in die Stadt geschlagene fünfundvierzig Minuten brauchte.

Die angegebene Adresse war leicht zu finden, beleuchteten doch die Scheinwerfer mehrerer Streifenwagen das einstöckige, mit Schindeln verkleidete Haus. Am Bordstein standen die beiden Transporter der Rechtsmedizin und der Kriminaltechnik sowie ein Krankenwagen. Auch die Presse hatte sich bereits zahlreich eingefunden und ergänzte das Verkehrsaufkommen in der Straße durch Pick-ups und weitere Kleinlaster. Schießereien in überwiegend vom weißen Mittelstand bewohnten Gegenden schafften es immer in die Nachrichten. Immerhin schwebte nicht auch noch ein Pressehubschrauber über dem Ganzen, was wahrscheinlich der dichten Wolkendecke zu verdanken war, die sehr auf baldigen Schneefall hindeutete und Luftaufnahmen erschweren würde. Die Nachbarn hatten sich allerdings von den niedrigen Temperaturen nicht abhalten lassen und waren vom Bürgersteig bis auf die Straße vorgedrungen, wo sie sich zusammen mit der Presse an den schwarz und gelb gestreiften Plastikbändern drängten, mit denen der Tatort weitläufig abgesperrt war.

Von Kins BMW fehlte noch jede Spur, dabei wohnte Tracys Partner in Seattle, etliche Meilen näher an Greenwood als die Schießanlage.

»Hallo, hallo, außer mir sind ja schon alle da!«, begrüßte Tracy den Beamten, der den Verkehr regelte, nachdem sie ihr Fenster heruntergelassen hatte, um ihm ihre Dienstmarke zu zeigen.

»Willkommen bei der Party!« Der Kollege winkte sie durch.

Sie stellte ihr Auto neben dem Van der Kriminaltechnik ab. Um sie herum knisterten und knatterten die Funkgeräte der Polizisten, die sich auf dem Rasen vor dem Haus die Beine in den Bauch standen, Beamte in Uniform und Zivil, dazu die Leute von der Kriminaltechnik in ihren schwarzen Cargohosen und den Hemden mit der Aufschrift »CSI« auf dem Rücken. Tracy hätte nicht sagen können, wie viele Menschen sich insgesamt gerade hier aufhielten. Solange der Rechtsmediziner noch im Haus mit der Leiche beschäftigt war, konnte niemand sonst mit der Arbeit anfangen.

Tracy begrüßte eine uniformierte Beamtin, deren Klemmbrett sie als Hüterin des Tatortprotokolls auswies.

»Ist das hier Ihr Zoo, Tracy?«, wollte die Frau wissen.

Tracy hatte vielen weiblichen Beamten das Schießen beigebracht, konnte sich an diese Kollegin jedoch nicht erinnern. Allerdings galt Tracy unter den jüngeren Beamten als eine Art Berühmtheit und viele kannten sie, seit sie vor nicht allzu langer Zeit einen unter dem Namen »Cowboy« bekannten Serienmörder erwischt hatte und dafür zum zweiten Mal in ihrer Karriere mit der Tapferkeitsmedaille ausgezeichnet worden war.

»So hat man es mir wenigstens gesagt.« Tracy kritzelte ihren Namen und die Ankunftszeit ins Protokoll. »Haben Sie als Erste auf den Notruf reagiert?«

Die Beamtin warf einen Blick in Richtung der knallroten Haustür, die im Farbton eines Feuerwehrautos gehalten war. »Nein. Der Kollege ist da drin, zusammen mit Ihrem Sergeant.«

Tracy sah sich das Haus, vor dem sie standen, genauer an. Es machte einen gepflegten Eindruck, schien erst vor Kurzem neu gestrichen worden zu sein und würde auf dem Markt wahrscheinlich mehr als dreihundertfünfzigtausend Dollar bringen. Die Grünfläche roch nach kürzlich erst gelegten Grassoden, im Garten und auf der Veranda verteilte Lampen beleuchteten gesunde Rosensträucher und gut angewachsene Rhododendren, die Beete frisch mit Zierrinde ausgestreut. *Scheidung!*, dachte Tracy sofort. *Sie haben Haus und Garten hübsch herrichten lassen, weil sie verkaufen wollen. Und jetzt liegt eine Leiche im Haus, was den Preis nicht gerade in die Höhe treibt.*

Sie stieg drei Stufen hinauf und tauchte unter dem straff gespannten roten Absperrband hindurch, das den eigentlichen Tatort sicherte. Im Haus unterhielt sich Billy Williams mit einem uniformierten Beamten. Die beiden standen im schlicht möbilerten, aber sehr gepflegten vorderen Zimmer, dem Wohnzimmer. Auf dem Fußboden aus dunklem Bambus lag eine konische Kristallskulptur. Zwei viereckige Säulen trennten das Wohnzimmer vom Essbereich und der offenen Küche. Sämtliche Wände schienen frisch gestrichen, die Farben, sanfte

Blautöne und Jägergrün, hätten aus einer Heimwerkerzeitschrift stammen können.

Sanitäter kümmerten sich um eine brünette Frau, die auf einem dunkelblauen Ledersofa saß und gerade mit schmerzhaft verzogenem Gesicht auf ihre Rippen deutete. Sie trug einen Kopfverband, ihre linke Gesichtshälfte sah geschwollen aus und im Mundwinkel war ein kleiner Riss zu erkennen. Tracy schätzte sie auf Mitte vierzig, Anfang fünfzig. Neben ihr saß ein junger Mann, kaum der Pubertät entwachsen, die Haare ungepflegt, dessen magere Arme aus einem T-Shirt ragten, das eine Nummer zu klein war, während die dünnen Spargelbeine fast in den sackartigen Cargoshorts untergingen. Er hielt den Kopf gesenkt und starrte den Fußboden an, aber Tracy erkannte die roten Flecken auf seiner linken Wange auch so. Beide, die Frau und der junge Mann, waren barfuß.

»Angela Collins und ihr Sohn Connor«, erklärte Billy mit gesenkter Stimme. Billy sah dem Schauspieler Samuel L. Jackson zum Verwechseln ähnlich, einschließlich des kleinen Unterlippenbärtchens und den Schirmmützen aus Wolle, die er so gern trug. Heute war diese Schirmmütze kariert. »Im Schlafzimmer liegt der Nochehemann mit einer Kugel im Rücken.«

Tracy warf einen Blick in einen engen Flur, an dessen Ende das Team der Rechtsmedizin ein Zimmer besetzt hielt. Sie konnte lediglich ein Paar Halbschuhe und das untere Drittel zweier Beine erkennen, die in einer Anzughose steckten. Der Blick auf den Rest der Leiche wurde vom Türrahmen und der Wand verdeckt.

»Was sagt sie so?« Tracy deutete mit dem Kinn auf Angela Collins.

»Sie sagt, sie hat ihn erschossen.« Billy nickte dem uniformierten Beamten zu.

»Sie hat die Tat gestanden?« Auch Tracy sah den Uniformierten an.

Der nickte. »Ja, mir und meinem Partner gegenüber. Sie

wollte ihre Rechte vorgelesen bekommen und dann hat sie sich hingesetzt. Ihr Anwalt ist wohl schon unterwegs.«

»Sie hat einen Anwalt angerufen?«, hakte Tracy nach.

»Anscheinend ja. Ich habe gehört, wie sie sich mit den Sanitätern unterhielt. Ihr Mann hätte sie mit dem Ding da geschlagen.« Er deutete auf die Kristallskulptur.

»Sie hat zugegeben, ihn erschossen zu haben?«

»Auf jeden Fall. Das hat sie mir und meinem Partner so gesagt.«

»Und Sie haben sie über ihre Rechte belehrt?«

»Ja. Sie hat die Karte unterschrieben.«

»Wo ist die Waffe?«, wollte Tracy wissen.

Der Beamte deutete den Flur hinunter. »Auf dem Bett. Colt Defender achtunddreißig.«

»Sie haben die Waffe nicht sichergestellt?«

»Das war nicht notwendig. Die Frau saß einfach nur da und wartete auf uns. Die Tür stand offen.«

»Was sagt der Junge?«, fragte Tracy.

»Kein Wort.«

In diesem Moment duckte sich Kins unter dem Absperrband durch. Er schien ein wenig außer Atem. »Hallo.«

»Wo warst du denn?« Billy musterte Kins Anzug und das weiße Hemd, zu dem allerdings der Schlips fehlte.

»Tut mir leid, hab mein Handy nicht gehört. Was haben wir hier?«

»Sieht mir ganz nach einem Grounder aus«, meinte Tracy.

»Wäre doch mal nett, so zur Abwechslung«, sagte Kins.

Billy fasst für Kins noch einmal kurz die Lage zusammen. »Ich schicke Faz und Del zu den Nachbarn«, meinte er dann. »Sie sollen nachfragen, ob jemand heute Abend oder auch schon früher etwas gehört oder gesehen hat. Sorgt dafür, dass das Ding da auf Fingerabdrücke untersucht wird.« Er deutete auf die Kristallstatue.

»Detectives?« Am roten Absperrband stand die Beamtin, die Tracy bei ihrer Ankunft begrüßt hatte. »Draußen wartet ein Mann, der sagt, er wäre der Anwalt der Frau. Er bittet, mit seiner Mandantin sprechen zu dürfen.«

»Ich kümmere mich darum.« Tracy tauchte unter dem Absperrband durch und trat auf die Veranda, wo sie allerdings beim Anblick des auf dem Bürgersteig wartenden Anwalts abrupt stehen blieb. Es handelte sich um niemand anderen als Atticus Berkshire. »Verdammt.«

Den meisten Polizeibeamten und Staatsanwälten des King County war irgendwann einmal das zweifelhafte Vergnügen zuteilgeworden, sich mit Atticus Berkshire befassen zu müssen. Wem das bisher erspart geblieben war, der hatte auf jeden Fall schon von dem Mann gehört. Wenn dieser berühmt-berüchtigte Strafverteidiger nicht gerade wie ein Löwe darum kämpfte, seine Mandanten vor einer Verurteilung in einem Strafverfahren zu bewahren, befasste er sich mit Klagen gegen die Polizei, die er bezichtigte, gegen die Bürgerrechte eben dieser Mandanten verstoßen zu haben, oder er verklagte die Organe der Strafverfolgung wegen polizeilicher Willkür und Brutalität. Die Stadt hatte ihm einige gewichtige, von weitreichender Presseberichterstattung begleitete Urteile zu verdanken. In Polizeikreisen munkelte man, Berkshires Mutter habe ihren Sohn nach Atticus Finch benannt, dem Anwalt in *Wer die Nachtigall stört*. Damit habe die Frau den armen Mann praktisch dazu verdammt, Strafverteidiger zu werden, so wie Eltern, die ihre Söhne »Sturm« tauften, ihren Kindern den Beruf des Meteorologen praktisch schon in die Wiege legten.

»Detective Crosswhite«, rief Berkshire Tracy entgegen, »ich möchte zu meiner Tochter!«

Tochter? Das warf Tracy kurzfristig aus der Bahn. »Das wird noch eine Weile nicht möglich sein, Herr Anwalt«, sagte sie, nachdem sie sich wieder erholt hatte. »Das wissen Sie doch.«

»Ich habe sie angewiesen, nichts zu sagen.«

Tracy hob beide Hände, die Handflächen nach außen. »Daran hält sie sich im Wesentlichen wohl auch.«

»Wie soll ich das verstehen, im Wesentlichen?«

»Sie sagte, sie hätte ihren Mann erschossen. Dann bat sie, über ihre Rechte aufgeklärt zu werden.«

»Das ist nicht zulässig!«

»Diese Frage lassen wir lieber einen Richter entscheiden.« Tracy konnte sich nicht vorstellen, dass ein Richter Angela Collins' Aussage nicht zuließ. Sie war erfolgt, während Angela nach einem erschütternden Ereignis unter Schock stand, und somit Tracys Meinung nach eine »spontane Äußerung«. Aber über diese Frage sollten sich die Anwälte untereinander streiten.

»Was ist mit Connor?«, wollte Berkshire wissen.

»Der Junge? Der sagt gar nichts.«

»Ich meinte, ob ich ihn sehen kann.«

Tracy schüttelte den Kopf. »Erst müssen wir mit ihm reden.«

Wenn man ihn vor Gericht erlebte, fiel es einem leicht, Berkshire mit seinen teuren italienischen Anzügen, den feinen Lederschuhen und dem unerträglichen Benehmen nicht zu mögen. Immer wieder schaffte er es, Richter und Staatsanwälte mit Taktiken mürbezumachen, die hart an der Grenze zwischen ethisch zweifelhaft und schlichtweg dreckig lagen, aber noch berühmter war er wegen seiner bombastischen Schimpftiraden gegen Ungerechtigkeit und Vorurteile. Diese Attacken fanden öfter Gehör, als eigentlich angemessen gewesen wäre, was allerdings auch am Publikum liegen mochte, denn Berkshire predigte für die eher liberalen Bewohner der Stadt. An diesem Abend strahlte der Mann etwas unerwartet Verletzliches aus. Er trug Jeans, sein Haar war nicht perfekt gestylt, seine Tochter und sein Enkel saßen in einem Haus, das zum Tatort geworden war. Fast hätte er Tracy leidtun können.

»Ich habe auch Connor gesagt, er soll nicht mit Ihnen reden«, sagte Berkshire.

Und schon war jegliche Sympathie verpufft. »Dann wird das wohl ein kurzes Gespräch«, meinte Tracy.

Berkshire schnitt eine Grimasse, ein Gesichtsausdruck, der eigentlich nicht zu seinem Repertoire als Strafverteidiger gehörte. »Was würden Sie tun, wenn das Ihre Tochter und Ihr Enkel wären?«

»Was würden Sie tun, wenn das Ihre Ermittlung wäre und Sie wären bei der Mordkommission?«

Berkshire nickte langsam.

»Ich nehme an, Ihre Tochter und Ihr Schwiegersohn sind geschieden?«, fragte Tracy.

»Sie sind dabei, sich scheiden zu lassen.«

»Eine hässliche Scheidung?«

»Diese Frage beantworte ich nicht.«

»Die Nacht wird lang werden. Vielleicht warten Sie lieber zu Hause.«

»Ich warte genau hier an Ort und Stelle.«

Tracy ließ ihn auf dem Bürgersteig stehen. Ein leitender Staatsanwalt aus dem Most Dangerous Offender Projekt, dem Projekt zur Verfolgung besonders schwerer Straftaten, würde kommen, denn das MDOP reagierte auf jeden Mordfall im King County. Sollte er oder sie sich mit Berkshire rumschlagen.

Im Haus kam Kins gerade aus dem Schlafzimmer. »Hast du mit dem Anwalt gesprochen?«, wollte er wissen.

»Atticus Berkshire«, sagte Tracy.

»Scheiße.«

»Warte, es kommt noch schlimmer. Angela Collins ist seine Tochter.«

»Nein!«, stöhnte Billy.

»Ich glaube, unser Grounder hat gerade einen ganz fiesen Hüpfer hingelegt«, seufzte Kins.

2

Die Nacht war lang geworden, der darauffolgende Morgen hatte es ebenfalls in sich. Tracy und Kins hatten bis spät in die Nacht mit Rick Cerrabone, einem der Staatsanwälte des King County, zusammengesessen, um die für den nächsten Tag angesetzte Anhörung zur Feststellung eines hinreichenden Tatverdachts vorzubereiten. Es ging darum, die zurzeit bekannte Beweislage darzustellen und durchzusetzen, dass Angela Collins unter dem dringenden Verdacht, ihren Mann erschossen zu haben, bis zur offiziellen Anklageerhebung in Haft genommen wurde.

Tracy zeigte den Vollzugsbeamten im Eingangsbereich des Gerichtsgebäudes des King County an der Third Avenue ihre Dienstmarke und ging um den Metalldetektor herum. Kins und Cerrabone warteten bereits vor der Tür des Bezirksgerichts. Cerrabone war als Staatsanwalt aus dem MDOP am Abend zuvor noch zum Tatort gekommen. Tracy und Kins kannten ihn gut, sie hatten schon bei vielen Mordfällen mit ihm zusammengearbeitet.

Tracy hatte sich verspätet, weil sie in Vorbereitung der Anhörung beim Kammergericht des King County Nachforschungen angestellt hatte. Sie hatte Akten eingesehen und kopiert und reichte Cerrabone nun einen Schriftsatz. Der Staatsanwalt setzte sich die Lesebrille auf, während Tracy für ihn und Kins rasch zusammenfasste, was sie herausgefunden hatte. »Angela Collins hat vor drei Monaten die Scheidung eingereicht«, sagte sie. »Allem Anschein nach lief es gleich von Anfang an unschön. Sie hat ihrem Mann Grausamkeit, emotionale und körperliche Misshandlung und Ehebruch vorgeworfen.«

»Klingt ganz so, als wäre Angelas Anwalt in diesem Zivilverfahren bei ihrem Vater in die Schule gegangen«, meinte Kins.

Im Staat Washington war die verschuldensunabhängige Scheidung möglich, bei der keine der beiden Seiten Vorwürfe erheben musste. Hinter dieser Regelung steckten die Erfahrungen, die man mit Anschuldigungen in Scheidungsverfahren gemacht hatte. Solche Vorwürfe liefen oft aus dem Ruder, sollten aufhetzen und wurden vielfach nur erhoben, um die Gegenseite zu diskreditieren und sich selbst aufs moralisch hohe Ross zu setzen, wenn es darum ging, den Besitz oder das Sorgerecht für die Kinder aufzuteilen.

»Der Versuch einer Schlichtung scheiterte und die beiden sollten nächsten Monat vor Gericht erscheinen«, fuhr Tracy fort. »Die Liste der strittigen Punkte ist schier endlos, anscheinend lagen sich die beiden wegen jedes einzelnen Vermögensgegenstands in den Haaren. Die Anwaltskosten dürften enorm werden, ein Großteil des Vermögens könnte allein dafür draufgehen.«

»Jetzt nicht mehr«, meinte Kins trocken.

Cerrabone hatte den Schriftsatz kurz durchgeblättert und sah sich jetzt noch einmal die erste Seite an. »Berkshire wird auf Notwehr plädieren. Das macht die Sache natürlich komplizierter.« Wenn ein Angeklagter behauptete, in Notwehr gehandelt zu haben, dann musste ihm die Staatsanwaltschaft das Gegenteil beweisen, nicht umgekehrt.

»Aber wenn es Notwehr war, warum spricht sie dann nicht mit uns und sagt, was passiert ist?«, fragte Kins.

»Wahrscheinlich weil sie als Kind zu viel Polizeirevier Hill Street gesehen hat. Und weil ihr Vater ihr als erste Worte überhaupt ›Alles was du sagst, kann und wird vor Gericht gegen dich verwendet werden‹ beigebracht hat«, sagte Tracy. »Oder sie deckt den Jungen.«

Auch das war denkbar: Connor Collins hatte seinen Vater erschossen und Angela hatte die Tat nur deswegen gestanden, weil sie ihren Sohn schützen wollte. Die drei sprachen die Möglichkeit kurz durch, denn auch in diese Richtung musste ermittelt werden.

»›Geschlagene Ehefrau‹, das zieht in Seattle immer noch ziemlich gut.« Cerrabone zeigte schon jetzt am frühen Nachmittag den sogenannten Fünf-Uhr-Schatten, den Bartansatz des Mannes, der sich öfter als einmal täglich rasieren müsste. Das ließ ihn mehr denn je wie den klassischen armen Hund aussehen, wobei Tränensäcke unter den Augen und Hängebacken den Eindruck noch verstärkten. Dabei war der Staatsanwalt eigentlich nicht zu dick. Faz fand, er sei der perfekte Doppelgänger von Joe Torre, dem früheren Manager der New York Yankees.

Cerrabone war keiner, der drängelte, so weit kannte ihn Tracy inzwischen. Er würde Kins und ihr Zeit lassen, alle Beweise zusammenzutragen und zu sichten, ehe er Angela oder Connor Collins offiziell anklagte. Keiner der Staatsanwälte des King County erhob Anklage und stellte erst hinterher die notwendigen Fragen, denn sie hassten es alle, eine Anklage fallen lassen zu müssen, weil die Beweise nicht ausreichten, um sie aufrechtzuerhalten.

Cerrabone klappte seine Brille zusammen, um sie in der Brusttasche seines dunkelgrauen Anzugs zu verstauen. »Wollen mal sehen, was Berkshire für uns bereithält.«

Tracy folgte Kins und Cerrabone in den dicht besetzten Gerichtssaal, wo Zuschauer und Presseleute sich auf den sonst oft leeren Bänken der Galerie drängten. Die meisten Menschen standen ganz hinten im Raum.

Atticus Berkshire dagegen saß gleich vorn in der ersten Bank und ähnelte in keiner Weise mehr einem Vater oder Großvater, mit dem man Mitleid haben könnte. Die silbernen Locken waren sorgsam aus der Stirn zurückgekämmt und berührten gerade eben noch den Jackenkragen seines dunkelblauen Nadelstreifenanzugs. Er hielt den Kopf gesenkt und tippte etwas in sein iPad. Auf dem Tisch der Gerichtsschreiberin stand ein Ventilator, der sich langsam von einer Seite zur anderen drehte, wobei bei jedem Schwung die Papiere, die von der Namensplakette der Frau beschwert vor ihr auf dem Tisch lagen, wie die Flügel eines Vögelchens flatterten. Es gab keinen Tisch für die Anwälte. Sie und ihre Mandanten traten während dieser typischerweise kurzen Anhörungen nach vorn an den Richtertisch.

Punkt halb drei betrat Richterin Mira Mairs von rechts kommend den Saal, eilte zwischen zwei stämmigen Vollzugsbeamten hindurch und nahm rasch ihren Platz ein. Hinter ihr hingen schlaff die Fahne der Vereinigten Staaten von Amerika und die grüne Flagge des Staates Washington. Normalerweise freute sich die Anklage, wenn sie Mairs gezogen hatte. Allerdings basierte die Karriere dieser Richterin auf der strafrechtlichen Verfolgung von Fällen häuslicher Gewalt, bei denen Ehemänner und Partner die Täter gewesen waren, und so fürchtete Tracy, Mairs könnte zu sehr von dem Argument der Notwehr eingenommen sein, das Angela Collins ganz bestimmt geltend machen würde. Mairs gab dem Gerichtsschreiber Anweisung, den Fall Collins als Ersten aufzurufen. Wahrscheinlich wollte sie ihn hinter sich bringen, um danach zu ihrer normalen Nachmittagsroutine zurückkehren zu können.

Angela Collins betrat den Gerichtssaal in weißer Gefängniskluft mit der Aufschrift »Hochsicherheit« auf dem Rücken, ihre Hände waren mit Handschellen an einer Kette um ihren Bauch befestigt. Sie hatte die Nacht im Gefängnis verbracht, nachdem sie vorher im Krankenhaus untersucht worden war, wo man ihre Kopfwunde mit drei Stichen genäht und Kinn und Rippen geröntgt hatte. Nichts war gebrochen. Auf dem Riss in ihrem Mundwinkel hatte sich Schorf gebildet, die Haut darum herum färbte sich langsam dunkelblau.

Cerrabone trat vor und nannte seinen Namen und seine Funktion.

Mairs sah zu Berkshire hinüber, der gerade seiner Tochter etwas zuflüsterte. »Haben wir heute noch das Vergnügen, Herr Anwalt?«

Berkshire richtete sich auf. »Selbstverständlich, Euer Ehren. Atticus Berkshire als Vertreter der Angeklagten, Angela Margaret Collins.«

Mairs nahm die vor ihr liegenden Unterlagen zur Hand und strich sich die schulterlangen schwarzen Haare hinter die Ohren. Ihre Haare hatten exakt den Farbton der Richterrobe.

»Euer Ehren«, setzte Berkshire an, »dürfte ich wohl …«

Ohne aufzusehen, hob Mairs warnend die Hand. Sie las sich eine Seite nach der anderen durch und legte sie beiseite. Als sie fertig war, schob sie den Stapel zusammen, bis die Kanten ordentlich aufeinanderlagen. »Ich habe die Darstellung der Vorkommnisse gelesen. Gibt es etwas hinzuzufügen?«

»Ja, Euer Ehren«, meldete sich Berkshire.

»Von Seiten der Staatsanwaltschaft«, unterbrach Mairs. »Hat die Staatsanwaltschaft noch etwas hinzuzufügen?«

»Ja, Euer Ehren«, sagte Cerrabone. »Die Staatsanwaltschaft hat erst jetzt etwas erfahren, was noch nicht in unsere Darstellung aufgenommen werden konnte. Die Angeklagte und der Verstorbene steckten mitten in einem sehr strittigen Scheidungsverfahren, das nach einem gescheiterten Schlichtungsversuch nächsten Monat vor Gericht gehen sollte.«

Cerrabone hätte das durchaus noch ausführen können, doch Tracy wusste, er handelte seine Verfahren nicht gern in der Presse ab. Berkshire hatte keine solchen Bedenken.

»Eine Scheidung, die meine Mandantin nach Jahren der

körperlichen und seelischen Grausamkeit einreichte!« Der Anwalt kam schnell in Fahrt. »Die Schießerei fand im Haus von Mrs Collins statt. Der Verstorbene war aus diesem Haus ausgezogen und hätte sich von Rechts wegen gar nicht dort aufhalten dürfen. Meine Mandantin hatte eine entsprechende einstweilige Verfügung erwirkt.«

»Und schon geht es los«, flüsterte Kins Tracy zu. »Notwehr. Er hat sie angegriffen, während sie mit dem Rücken zu ihm stand.«

»Sparen Sie sich Ihre Argumente für später auf, Herr Verteidiger«, sagte Mairs. »Ich befinde, dass ein hinreichender Verdacht besteht und die Angeklagte von daher weiterhin in Haft bleibt. Möchten Sie über eine Kaution verhandeln oder bis zur Anklageerhebung warten?«

»Die Verteidigung möchte gehört werden«, sagte Berkshire.

»Die Staatsanwaltschaft widerspricht einer Kaution«, meinte Cerrabone. »Es handelt sich hier um einen Mordfall.«

»Es handelt sich um einen Fall von Notwehr«, konterte Berkshire.

Mairs hob die Hände, als wollte sie sagen: »Na, dann mal los«, und ließ sich in ihrem Stuhl zurücksinken.

»Jeder im Staate Washington hat das Recht auf Kaution«, erklärte Berkshire. »Das weiß die Staatsanwaltschaft genau. Mrs Collins ist nie wegen eines Verbrechens angeklagt, geschweige denn verurteilt worden. Sie ist unschuldig, bis ihr das Gegenteil bewiesen wurde. Hier geht es einzig um Fragen der Fluchtgefahr, inwieweit Mrs Collins also in die Gesellschaft eingebunden ist, und um eventuelle Vorstrafen. Lassen Sie mich mit den Vorstrafen anfangen. Die Angeklagte hat in ihrem ganzen Leben noch nicht einmal einen Strafzettel wegen Falschparkens erhalten. Sie ist ein angesehenes Mitglied der Gesellschaft. Sie hat einen siebzehnjährigen Sohn, der bei ihr lebt, ihre Eltern wohnen ganz in der Nähe. Es besteht nicht die geringste Fluchtgefahr. Wir beantragen, Mrs Collins gegen das Versprechen, zu gegebener Zeit wieder vor Gericht zu erscheinen, freizulassen. Ohne Kaution.«

Mairs sah Cerrabone an.

»Euer Ehren, Mrs Collins hat sich mitten in einem kontroversen Scheidungsverfahren, das bald vor Gericht verhandelt werden sollte, eine Handfeuerwaffe gekauft. Sie hat sich über die Nummer des Notrufs bei der Polizei gemeldet und zugegeben, ihren Mann erschossen zu haben. Sie hat bei diesem Anruf weiterhin angegeben, bereits ihren Anwalt verständigt zu haben. Als aufgrund ihres Notrufs zwei Beamte bei ihr eintrafen, gab sie denen gegenüber erneut zu, ihren Mann erschossen zu haben, und bat, man möge ihr ihre Rechte vorlesen. Das alles deutet darauf hin, dass hier jemand bei vollem Bewusstsein handelte, möglicherweise vorsätzlich. Was die Notwehr betrifft: Sie hat Timothy Collins in den Rücken geschossen.«

»Sie hat sich die Waffe aufgrund einer langen Geschichte körperlicher und seelischer Misshandlungen durch ihren ehemaligen Ehemann gekauft«, warf Berkshire ein, ohne dass die Richterin ihn zu einer Erwiderung aufgefordert hätte. »Misshandlungen, wie sie auch an dem Abend stattfanden, an dem der Schuss gefallen ist. Und sie bat um die Verlesung ihrer Rechte, weil ihr Anwalt ihr dazu geraten hatte.«

Mairs lehnte sich vor. Sie hatte sich entschieden, das war ihr anzusehen, und sie war bereit, ihre Entscheidung sofort vorzutragen. »Ich glaube nicht, dass bei der Angeklagten Fluchtgefahr besteht, ich glaube auch nicht, dass sie eine Gefahr für die Gesellschaft darstellt. Ich ordne an, dass sie ihren Pass sowie sämtliche sich in ihrem Besitz befindlichen Waffen abgibt. Die Angeklagte erhält eine elektronische Fußfessel und wird unter Hausarrest gestellt. Die Kaution setze ich auf zwei Millionen Dollar fest.«

»Darf ich um Anhörung zur Kautionshöhe bitten?«, fragte Berkshire.

»Nein.«

»Euer Ehren ...«

»Es handelt sich um einen Mordfall, Herr Verteidiger. Es bleibt bei zwei Millionen. Der nächste Fall, bitte.«

Berkshire redete noch kurz leise mit seiner Tochter, dann wurde Angela Collins abgeführt. Man würde sie ins Gefängnis zurückbringen, die Formalitäten erledigen, ihr eine elektronische Fußfessel anpassen und sie auf freien Fuß setzen. Vorausgesetzt natürlich, es gelang ihr, ein paar Hunderttausend Dollar aufzutreiben und einen Kautionsvermittler zu finden, der bereit war, die Differenz zu übernehmen. Wahrscheinlich musste sie dem Vermittler ihr Haus oder eine Hypothek darauf überschreiben oder ihren Vater anpumpen.

Tracy, Kins und Cerrabone verließen den Gerichtssaal. Draußen verabschiedete sich Cerrabone von den beiden Detectives. Er hatte noch eine andere Anhörung, versprach aber, sich später noch einmal zu melden.

Kins und Tracy traten aus dem Gerichtsgebäude. Wie an jedem Freitagnachmittag war die Third Avenue bereits jetzt verstopft. Die Fahrt nach Hause würde der reine Albtraum werden, dachte Tracy resigniert. Sie und Dan O'Leary, der Mann, mit dem sie seit einem Jahr zusammen war, wollten das Wochenende in Stoneridge, einer kleinen Stadt am Columbia River, verbringen. Keine Chance, jetzt noch auf einfachem Weg aus der Stadt zu kommen.

»Es tut mir echt leid, dich so hängen zu lassen«, sagte Tracy, während Kins und sie den Hügel zum Justizzentrum hinaufstiegen. Dan und sie mussten zu einer Beerdigung; der Vater von Jenny Almond war gestorben. Jenny war auf der Polizeiakademie die einzige andere Frau in Tracys Klasse gewesen.

»Lass dir deswegen keine grauen Haare wachsen«, meinte Kins. »Faz sagt, du hast ihm ein Mittagessen versprochen, wenn er aushilft. Wenn du mich fragst, wärst du billiger weggekommen, wenn du ihm ein Auto versprochen hättest.«

3

Die Sonne war längst untergegangen, als Tracy und Dan endlich ihre Koffer in die Eingangshalle des Hotels von Stoneridge rollen konnten. Restaurant und Gartenterrasse hatten bereits geschlossen und der »mächtige Columbia auf seinem abenteuerlichen Weg durch die Canyons«, auf den man laut Webseite des Hotels von hier aus einen atemberaubenden Blick haben sollte, sah von Weitem eher aus wie der breiteste graue Highway der Welt.

Wenigstens das Zimmer war so romantisch, wie es die Werbung versprochen hatte. Das weiche Licht der Nachttischlampe färbte die Wände aus Zedernholz golden und aus dem Radio auf dem Nachttisch drang leiser Jazz. Dan zog den Vorhang zurück, der vor einer gläsernen Schiebetür hing. »Ich kann den Berg nicht sehen«, beschwerte er sich. Es war zu dunkel und bewölkt, um den schneebedeckten Gipfel des Mount Adam im Norden zu erkennen.

»Es tut mir leid, dass wir es nicht geschafft haben, pünktlich zum Abendessen hier zu sein«, meinte Tracy. Dan hatte ihnen unter erheblichen Mühen einen Tisch im Viersternerestaurant des Hotels besorgt, aber sie hatten die Reservierung stornieren müssen, als klar wurde, dass sie es nicht rechtzeitig schaffen würden. Statt romantisch im Hotel zu speisen, hatten sie unterwegs bei einem Schnellimbiss gehalten.

»Dafür haben wir jetzt für unseren Lauf morgen ein nettes Kohlenhydratpolster.« Dan lächelte, konnte seine Enttäuschung aber nicht ganz kaschieren.

»Wir laufen morgen früh?« Das war Tracy neu.

»Jetzt schon.«

»Aha. Ich muss erst einmal unter die Dusche. Kommst du mit?«

Dan hatte sich die Fernbedienung geschnappt und warf ihr ein betretenes Lächeln zu. »Ich bin total fertig und du doch auch. Ich schlage vor, wir hängen ein bisschen ab, schauen fern und schlafen. Okay?«

Tracy wusste, wie müde er war. Ein paar Anwälte in Los Angeles zermürbten ihn gerade in einem sich unendlich lang hinziehenden Verfahren, bei dem es um Körperverletzung ging. Andererseits war Dan zunehmend frustriert, weil Tracy und er es nur selten schafften, wirklich Zeit miteinander zu verbringen. Die beiden waren in ihrer Kindheit eng befreundet gewesen, hatten sich dann aber aus den Augen verloren, bis Tracy auf der Suche nach neuen Hinweisen auf das Schicksal ihrer kleinen Schwester in die gemeinsame Heimatstadt Cedar Grove zurückgekehrt war. Sarah war zwanzig Jahre zuvor verschwunden, dann hatten Jäger in einem flachen Grab ihre sterblichen Überreste entdeckt. Tracy wollte für den Mann, der wegen des Mordes an ihr verurteilt worden war, ein neues Verfahren durchsetzen, weil sie ihn für unschuldig hielt. In dem Zusammenhang hatte sie Dan engagiert, der sich inzwischen zum besten Anwalt der kleinen Stadt gemausert hatte, und die beiden hatten sich ineinander verliebt. Nur lebte und arbeitete Tracy in Seattle, zwei Stunden von Cedar Grove entfernt. Kaum wieder dort angekommen, hatte sie auch schon Tag und Nacht mit der Jagd nach dem Serienmörder »Cowboy« verbringen müssen.

Jetzt schlang sie Dan die Arme um den Hals. »Bist du sauer?«

Er legte die Fernbedienung weg. »Wenn ich sauer wäre, dann ja wohl auf dich, und das bin ich nicht. Ich bin einfach enttäuscht, weil wir den Abend nicht so genießen können, wie wir es uns vorgenommen hatten.«

»Aber den Rest des Wochenendes können wir doch noch so gestalten, wie wir es wollen, oder?«

»Frei nach dem Motto: Wasch mir den Rücken, dann wasch ich dir deinen?«

Tracy grinste. »Wenn du mein Angebot von vorhin annimmst und sich einer von uns in der Dusche umdreht.«

Schließlich schafften sie es nicht bis unter die Dusche, und auch das Sportfernsehen musste warten, worüber Dan allerdings nicht besonders verbittert zu sein schien. Sie liebten sich auf dem Bett, bis sie unter den Laken aus ägyptischer Baumwolle erschöpft einschliefen.

4

Buzz Almonds Beerdigung ging mit all der Pracht und Herrlichkeit über die Bühne, die einem Mann zustand, der weit mehr als die Hälfte seines Lebens seiner Gemeinde als Sheriff gedient hatte. Eine Ehrenwache aus Marines und Klickitat County Sheriff Deputys in makelloser Ausgehuniform und weißen Handschuhen trug mit reglosen Gesichtern den mit einer Fahne bedeckten Sarg. Jenny Almond, die ihrem Vater auf den Posten des Sheriffs gefolgt war, ging zwischen ihrer Mutter und den beiden älteren Schwestern. Die Frauen waren dicht zusammengerückt und hielten sich untergehakt. Ihnen folgten in zweiter Reihe die drei Ehemänner der Schwestern und die sieben Enkel des Verstorbenen.

Tracy hatte Kollegen, deren Ehepartner sich jedes Mal Sorgen machten, wenn sie das Haus verließen. Dabei kam die Mehrheit der Polizisten nicht durch Kugeln oder böse Buben ums Leben, sondern verstarb an Krankheiten, die auch den Rest der Menschheit befallen konnten. Im Fall von Theodore Michael »Buzz« Almond junior war es Darmkrebs gewesen. Buzz war siebenundsechzig Jahre alt geworden.

Die Prozession machte am Fuß der Treppe halt, die zum Eingang der katholischen Kirche St. Peter führte. Ein Priester und zwei Messdiener kamen mit flatternden Gewändern die Treppe herunter, um die Familie zu begrüßen, die, wie Tracy aus eigener Erfahrung wusste, sich später kaum noch an Einzelheiten dieses Tages würde erinnern können. Auch in Tracys Gedächtnis war die Beerdigung ihres Vaters längst verblasst. Sie nahm Dans Hand, während die Mitglieder der Ehrenwache den Sarg auf ihre Schultern hoben und zwei Dudelsackspieler die traurige Klage der Highland Pipes anstimmten, mit der ihr Vater heimgeführt worden war und die nun auch Buzz Almond geleiten würde.

* * *

Der Leichenschmaus fand in der Turnhalle der Stoneridge Highschool statt, die als einziger Raum in der Stadt all den Menschen Platz bot, die von Buzz Almond Abschied nehmen wollten. An die öffentliche Feier schloss sich eine private im Haus der Familie an, zu der Jenny auch Dan und Tracy eingeladen hatte. Der Weg dorthin führte durch Obstwiesen und Felder, eine weite, offene Landschaft, die nur an einer Stelle durch ein großes Bauvorhaben etwas gestört wurde: Neben einem gepflegten Footballfeld entstand gerade ein riesiger Sportkomplex, für dessen Bau eine Firma namens Reynolds Construction verantwortlich zeichnete. Der Name der Firma war nicht zu übersehen, er prangte auf einem Schild, das mindestens so groß war wie die Anzeigetafel bei einem Footballspiel.

Hinter der Baustelle schlängelte sich die State Route 141 immer weiter in die Bergausläufer hinein. Nach weiteren fünf Minuten bogen Dan und Tracy von der eigentlichen Straße ab und fuhren auf einer Staubstraße weiter, bis sie vor einer großen Rasenfläche mit angrenzendem Haus und Garten angekommen waren. Das Bild, das sich ihnen dort bot, hätte von dem uramerikanischen Maler Norman Rockwell stammen können:

Im Garten des zweistöckigen, teilweise von Birken und Pappeln beschatteten Farmhauses balgten sich Jungen in Khakihosen und barfüßige Mädchen in Sonntagskleidern um einen Football oder schaukelten an einem Seil. Das Haus war mit Schindeln verkleidet, hatte schwarze Fensterläden, ein Giebeldach und eine Veranda mit verzierten Säulen, die sich einmal um das gesamte Gebäude zog und mit einem gedrechselten Geländer gesichert war. Auf der Veranda standen einige Erwachsene, die den Kindern zusahen.

Dan stellte seinen Tahoe neben einem halben Dutzend anderer Fahrzeuge ab. Tracy und er waren kaum ausgestiegen, als auch schon Jenny die Treppe der Veranda herunterkam, um sie zu begrüßen.

»Dann habt ihr es also gefunden«, sagte sie.

»Was für ein wunderschönes Haus!«, meinte Tracy.

»Kommt rein.«

Im Haus stellte Jenny Dan und Tracy so viele Leute vor, dass sie sich unmöglich alle Namen merken konnten. Das geschah im Wesentlichen Dan zuliebe, denn Tracy hatte die Familie schon bei Jennys Hochzeit kennengelernt und war auch jeweils nach der Geburt der beiden Kinder zu Besuch gekommen. Dan und sie sprachen noch einmal Jennys Mutter ihr Beileid aus, die mit Jennys kleiner Tochter Sarah auf dem Schoß im Wohnzimmer saß. Jenny hatte ihre Jüngste Tracys Schwester zu Ehren Sarah genannt.

»Schau mal, wer hier ist, Sarah«, sagte Jenny.

Tracy hatte das kleine Mädchen schon eine Weile nicht mehr gesehen. Sarah hatte goldene Locken, die ihr bis auf die Schultern reichten, und eine Lücke zwischen den beiden vorderen Milchzähnen. Sie barg ihr Gesicht an der Schulter ihrer Großmutter, als Tracy die Arme nach ihr ausstreckte, riskierte aber verstohlene Blicke.

»Seit wann bist du denn schüchtern?« Jenny nahm ihre

Tochter hoch. »Komm und sag deiner Tante Tracy guten Tag. Komm schon!«

Noch einmal streckte Tracy lächelnd die Arme nach dem Kind aus. »Krieg ich denn keine Umarmung?«

Sarah sah Jenny an, und als die nickte, beugte sich das kleine Mädchen vor, bis Tracy sie an sich ziehen und den warmen, wunderbaren Duft der Kindheit einatmen durfte.

»Ich bin trei!« Stolz wurden drei dicke kleine Finger in die Höhe gehalten.

»Das weiß ich!«

Inzwischen war Jennys Mann Neil aus der Küche gekommen und gesellte sich zu ihnen, in jeder Hand eine Flasche Bier. »Dan, draußen startet gleich eine Runde Flag Football, die Männer hier gegen eine Horde Mädchen und Jungs. Könnten wir dich irgendwie zum Mitmachen überreden? Ich hätte eine Kühltasche mit kaltem Bier zu bieten, wenn dir das die Entscheidung leichter macht.«

Dan ließ sich ein Bier geben. »Okay! Welches ist unser Tor?«

»Pass auf dich auf, nicht, dass du dir noch wehtust«, mahnte Tracy.

»Momma, kannst du noch ein bisschen auf Sarah aufpassen?«, bat Jenny. »Ich würde gern kurz mit Tracy reden.«

»Natürlich kann ich das«, sagte Anne Almond. »Komm, gib deiner Oma ein Küsschen, Schatz.«

Tracy reichte Sarah an die Großmutter weiter und folgte Jenny. Die Fußböden im Haus waren aus dunklem Hartholz, die Lampen insgesamt fast schon antik, die Möbel schlicht, aber gepflegt. Gerahmte Familienfotos und Bilder schmückten Wände und Kaminsims. Jenny führte Tracy in ein Arbeitszimmer, das ganz hinten im Haus lag und durch dessen Erkerfenster man den Rasen im Blick hatte, auf dem das Footballspiel langsam in Gang kam.

»Dieses Haus ist unglaublich.« Tracy schaute sich bewundernd um.

»Man kriegt hier für sein Geld viel mehr als in Seattle«, erklärte Jenny. »Erst recht damals in den Siebzigern, als meine Eltern das Haus kauften. Und meine Großeltern mütterlicherseits haben ein bisschen geholfen. Meine Eltern haben das Haus und den dazugehörigen riesigen Apfelhain gekauft; den aber verkauften sie dann weiter an den Nachbarn. Es war wunderbar, hier aufzuwachsen, aber jetzt machen wir uns schon Sorgen, ob es für Mom allein hier draußen so weit ab vom Schuss nicht zu einsam wird.«

»Sie will nicht umziehen?« Tracys Mutter hatte nach dem Tod ihres Mannes das riesige Haus in Cedar Grove auch nicht verlassen wollen.

»Im Moment tröstet das Haus sie eher. Wir haben ihr eine zehntägige Tour auf dem Rhein gebucht; ihre Schwester wird sie begleiten. Wenn sie zurück ist, reden wir weiter, und bis dahin schauen wir abwechselnd bei ihr vorbei.«

»Sie hat Glück, so viel Familie zu haben.« Tracy fühlte sich immer noch schuldig, weil sie ihre Mutter damals in Cedar Grove zurückgelassen hatte, um nach Seattle zu ziehen. Dabei hätte sie um ihrer selbst willen gar nicht anders handeln können. »Sarah ist ganz schön groß geworden.«

»Die schreckliche Trotzphase haben wir überlebt, nur knapp, aber immerhin.« Jenny lächelte. »Du hast so viel für mich getan, Tracy, ohne dich würde ich wahrscheinlich immer noch bei Costco arbeiten. Ich hätte Neil nie getroffen und es gäbe weder Trey noch Sarah.«

Jenny war gerade zwanzig geworden, als Tracy und sie sich auf der Akademie kennenlernten, eine fleißige, einsatzfreudige junge Frau, die so gern in die Fußstapfen ihres Vaters treten wollte, aber kaum Chancen hatte, die Abschlussprüfung zu bestehen. Sie hatte sehr unter Heimweh gelitten, war vom

Arbeitspensum auf der Akademie schlicht überfordert gewesen und hatte noch dazu in einem deprimierenden Motelzimmer gehaust. Tracy hatte dafür gesorgt, dass Jenny zu ihr in ihre Dreizimmerwohnung zog und sich Tracys Lerngruppe und Trainingsteam anschloss, woraufhin sich Jennys Noten und Trainingsergebnisse schlagartig verbessert hatten. Außerdem hatte Tracy mit ihr schießen geübt, bis sie es gut genug beherrschte, um sich für den Polizeidienst zu qualifizieren.

»Du hättest deinen Weg auch so gefunden«, widersprach Tracy. »Du hast deinen Weg gefunden!«

Jenny lehnte sich an den Schreibtisch. Der Tag war für sie lang und sehr anstrengend gewesen, sie wirkte vor allem emotional erschöpft. »Mein Vater wird mir sehr fehlen. Maria und Sophia haben wie ich ihren Vater verloren, aber mir fehlt zusätzlich mein Mentor und Freund. Die ersten Tage ohne ihn im Büro waren fürchterlich.«

»Du schaffst das schon, Jenny.«

»Dan scheint sehr nett zu sein. Ist er derjenige, welcher?«

Tracy zuckte die Achseln. »Schön wäre es ja«, gab sie zu. »Aber das letzte Jahr war ziemlich verrückt. Immerhin hat er mich nicht gleich wieder abserviert.«

»Abserviert? Spinnst du? Der Mann liebt dich. Er ist mit dir zur Beerdigung des Vaters einer Freundin gefahren, die er nicht mal kannte. Das ist eindeutig Liebe.«

»Hoffentlich hast du recht«, sagte Tracy.

Jenny richtete sich auf und trat hinter den Schreibtisch. »Ich habe dich nicht ohne Hintergedanken hierhergelockt. Es gibt da etwas, das ich gern mit dir besprechen würde. Das Timing könnte besser sein, ich weiß, aber ich dachte, ich muss es jetzt machen, sonst komme ich nie mehr dazu.« Sie zog die Schreibtischschublade auf, um einen zehn Zentimeter dicken braunen Ordner herauszunehmen, den sie vor Tracy auf den Schreibtisch legte.

»Was ist das?«, wollte Tracy wissen.

»Ein ungelöster Fall«, sagte Jenny, um sich gleich darauf zu korrigieren. »Nein, eigentlich nicht ungelöst. Es ist ziemlich kompliziert. Es war der erste Fall, in dem mein Vater als junger Deputy ermittelt hat. 1976. Ich war noch nicht auf der Welt, doch die meisten Menschen, die hier aufgewachsen sind, kennen den Namen Kimi Kanasket.«

»Und wer ist Kimi Kanasket?«, fragte Tracy.

»Eine Schülerin der Highschool hier, die eines Abends auf dem Heimweg verschwand. Mein Vater war der Deputy, der übernahm, nachdem der Notruf eingegangen war.«

* * *

Samstag, 6. November 1976

Buzz Almond und Earl Kanasket hatten zu Fuß den Weg zurückverfolgt, den Kimi normalerweise nahm, um vom Diner nach Hause zu kommen. Es war nicht einfach gewesen, sich zu orientieren; Buzz konnte sich nicht erinnern, je zuvor eine so dunkle Nacht erlebt zu haben. Dann hatte es auch noch angefangen zu schneien, dicke, schwere Flocken, die auf den Baumwipfeln und bald auch auf dem Boden liegen blieben. Selbst mit Taschenlampen hatten sie nicht eine einzige Spur von Kimi entdecken können, keine Fußabdrücke, keine Tasche, kein Kleidungsstück. Und mit jeder Minute, die ergebnislos verlief, bereute Buzz noch stärker, Kimis Vater versprochen zu haben, sie würden die junge Frau schon finden.

Nach einer Stunde brachte er Earl zurück zum Wohnwagen, in dem sich nach wie vor viele Leute drängten, die alle helfen wollten. Die Anrufe bei Kimis Freunden hatten ebenso wenig erbracht wie die Spurensuche der beiden Männer. Buzz fuhr nach Husum, einer kleinen Ansammlung von Wohnhäusern und Industriegebäuden zu beiden Seiten einer Biegung des White Salmon River, um mit Kimis Exfreund Tommy Moore zu sprechen. Moores Mitbewohner William Cox öffnete ihm die Wohnungstür in Shorts und T-Shirt, schien aber noch nicht geschlafen zu haben, obwohl es doch bereits sehr spät war. Cox sagte, Moore sei gegen Mitternacht nach Hause gekomen, aber schon bald wieder gegangen, nachdem er gehört hatte, dass Élan Kanasket mit einer Gruppe zum Teil bewaffneter Männer da gewesen war und nach ihm gefragt hatte. Cox sagte, er wüsste nicht, wohin sein Mitbewohner verschwunden war, erzählte jedoch noch, Moore wäre früher am Abend mit einem Mädchen verabredet gewesen, um auszugehen. Wenn sich Kimi Kanasket gerade erst von Moore getrennt hatte, dann schien das den jungen Mann nicht besonders mitzunehmen.

Kurz nach vier – bis zum ersten Tageslicht würden noch Stunden vergehen, und es schneite immer noch – kehrte Buzz auf das Polizeirevier von Goldendale zurück, um die notwendigen Unterlagen für eine Vermisstenanzeige auszufüllen und seinen Sergeant auf den aktuellen Stand zu bringen, damit der die Tagesschicht über die Lage informieren konnte. Danach fuhr er, wenn auch äußerst ungern, nach Hause, um seine Frau Anne abzulösen, die hochschwanger war, aber weiterhin die Frühschicht im Krankenhaus übernommen hatte. Jetzt, wo das neue Baby unterwegs war, brauchten sie einfach das Geld.

Der Anruf kam kurz nach dem Mittagessen. Buzz hatte die Küche schon sauber gemacht und wollte gerade Maria und Sophia in ihre Schneeanzüge stopfen, um sie wie versprochen mit nach draußen zu nehmen. Dort lag inzwischen genügend Schnee, um einen anständigen Schneemann zu bauen, aber das stand jetzt natürlich nicht mehr zur Debatte, was die Mädchen schwer enttäuschte. Buzz zog die beiden an, verfrachtete sie auf den Rücksitz seines Suburban, schnallte sie an und fuhr die kurze Strecke die Straße hinunter zum Haus von Margaret O'Malley, einer pensionierten Lehrerin, die fünfunddreißig Jahre lang die erste Klasse einer Grundschule unterrichtet hatte und die Mädchen gar nicht oft genug um sich haben konnte.

»Aber was ist mit dem Schneemann, Dad?«, protestierte Sophia.

»Den bauen wir später, Schatz«, versprach Buzz, obwohl ein Kloß im Magen ihn mahnte, nicht gleich das nächste Versprechen zu geben, das er höchstwahrscheinlich nicht würde halten können.

»Ihr kommt gerade rechtzeitig, Mädels!« Margaret O'Malley bugsierte die beiden energisch ins Haus. »Ich will Schokokekse backen und brauche dabei dringend Hilfe.«

Ein hervorragender Trick, der Schneemann war im Handumdrehen vergessen.

Nachdem er seine Töchter abgeliefert hatte, fuhr Buzz zügig weiter nach Stoneridge. Das Städtchen glich einer Geisterstadt. Kaum ein Mensch auf den Bürgersteigen, kaum ein Auto auf den Parkplätzen vor den Geschäften. Das Stoneridge Café war ebenso geschlossen wie die Kneipe, in der es Pizza und Bier gab, der Blumenladen, der Friseur und der Eisenwarenladen. In fast allen Schaufenstern hingen handgemalte Schilder. »Vorwärts, Red Raiders« stand dort und »Auf ins Endspiel!«. Buzz wusste aus der Lokalzeitung, dass die Footballmannschaft der Highschool an der allerersten Landesmeisterschaft teilnahm, die der Staat Washington je veranstaltet hatte, und machte sich zunehmend Sorgen, auch der Drugstore könnte des Endspiels wegen geschlossen sein. Das war glücklicherweise nicht der Fall und so konnte sich Buzz eine Kodak Instamatic und vier Filme kaufen, ehe er die Stadt auf der State Route 141 wieder verließ.

Er folgte der 141 bis zur Northwestern Lake Road, wo er abbog, einen Hügel hinunterfuhr, langsamer wurde und schließlich oberhalb der schmalen Brücke hielt, die sich an dieser Stelle über den White Salmon River spannte. Auf dem nicht asphaltierten Parkplatz des Northwest Parks standen dicht an dicht die Wagen des Rettungs- und Suchtrupps, zwei Feuerwehrfahrzeuge, ein Wagen vom Klickitat County Sheriff Office und ein weiß-blauer Streifenwagen der städtischen Polizei von Stoneridge. Am Flussufer arbeiteten Männer in Gummihosen, langen Gummistiefeln und dicken Winterjacken.

Buzz stellte sein Auto neben den beiden Feuerwehrwagen ab. Es schneite nicht mehr, aber auf dem Boden, den Picknicktischen und den großen Felsen, die aus dem grauen Wasser ragten, lag der Schnee einige Zentimeter hoch. Gerade hatte sich ein breiter Sonnenstrahl durch die Wolkendecke geschoben. Buzz setzte seine Sonnenbrille auf. Ein Stück weiter entfernt stand Deputy Andrew Johns und unterhielt sich mit einem Polizisten aus Stoneridge, den Buzz nicht kannte. Der Atem der beiden hing in weißen Schlieren in der Luft. Buzz kannte inzwischen fast alle anderen Deputys im Büro des Sheriffs, war aber mit den vier Polizeibeamten in Stoneridge noch nicht so vertraut.

»Ich höre, du hast gestern auf die Vermisstenmeldung reagiert, Buzz?« Johns schlug die behandschuhten Hände ein paarmal zusammen, ehe er sie sich unter die Achseln klemmte. »Mann, ist das schnell kalt geworden!«

»Was sagen die Leute vom Rettungsteam?«, fragte Buzz.

Johns deutete auf zwei Männer in Angleroutfit, die neben einem der Picknicktische standen. »Die beiden da haben vom Ufer aus geangelt. Sie sahen etwas im Wasser, das sich wohl in den Zweigen des umgestürzten Baums dort verfangen hat. Sie haben versucht, sich vorzuarbeiten, um es sich genauer anzusehen, aber wegen der Strömung kamen sie nicht weit. Sie glauben allerdings, es handelt sich um eine Leiche.«

Buzz wurde schlecht. »Kennst du sie?«

Johns schüttelte den Kopf. »Zwei Typen aus Portland.«

»Und hast du schon eine Aussage?«

»Die habe ich dir gerade zusammengefasst. Die Rettungsleute spannen jetzt ein Stahlseil über den Fluss, damit sie etwas haben, woran sie sich festhalten können. Die Strömung ist gar nicht mal so schlimm, aber die Felsen sind rutschig. Vielleicht wissen sie ja inzwischen schon mehr.«

Die Rettungsmannschaft hatte einen der Picknicktische leer geräumt, um ihre Ausrüstung ausbreiten zu können. Zwei Männer in Anglerhosen aus Gummi und langen Stiefeln zogen gerade einen Bolzen fest, der das Seil sichern sollte, von dem sie ein Ende um den Stamm einer Tanne geschlungen hatten. Das andere Ende befand sich bereits am anderen Flussufer, wo zwei weitere Mitarbeiter des Rettungsteams es auf ähnliche Weise sicherten.

»Alles klar?«, rief einer der Männer auf dieser Seite über den Fluss.

»Bei uns ja«, meldete sein Kollege vom anderen Ufer aus.

Auf der Seite, auf der Buzz stand, drehte einer der beiden Rettungsleute an einer Handkurbel und Buzz konnte zusehen, wie das Stahlseil immer straffer wurde, bis es sich einem Hochseil gleich über den Fluss spannte. Die Männer wollten sich mit Haken daran festmachen, ehe sie ins Wasser stiegen, um sich einen Weg zum halb im Wasser verschwundenen Baum zu suchen.

»Können Sie sonst noch irgendetwas sagen?«, fragte Buzz jemanden aus der Rettungsmannschaft, die sich gerade bereit machte, in den Fluss zu steigen. Da er keine Uniform trug und die Männer hier nicht kannte, weil er noch nie an einem Fall mitgearbeitet hatte, an dem Rettungs- und Suchtrupps beteiligt gewesen waren, zeigte er ihnen seine Dienstmarke. »Ich bin gestern einer Vermisstenmeldung nachgegangen, ein Mädchen ist verschwunden.«

Er konnte nur hoffen, dass die Männer das Zittern in seiner Stimme nicht hörten oder der beißenden Kälte zuschrieben. Weiter hoffte er, sie würden ihm bald versichern, dort beim Baum hinge keine Leiche fest, sondern nur ein Rucksack oder ein Kleidungsstück, das bei einem Wildwassertrip im Sommer über Bord gegangen war. Er betete darum, nicht zum Wohnwagen von Earl und Nettie hinausfahren zu müssen, um den beiden zu sagen, dass er ihre Tochter gefunden hatte. Hätte er ihnen nur nichts versprochen!

»Es ist auf jeden Fall eine Leiche«, sagte der erste der Rettungshelfer.

* * *

Tracy sah auf. Draußen vor dem Fenster waren die Rufe der Kinder lauter geworden und sie konnte zusehen, wie Dan, der den Ball erwischt hatte und ihn sich fest an die Brust drückte, von einer wilden Horde verfolgt wurde. Was da ablief, glich keinem Footballspiel, das Tracy je gesehen hatte, aber es sah ganz so aus, als hätten alle eine Menge Spaß. Auf jeden Fall klang es so.

»Wenn dich das alles zu sehr an deine eigene Geschichte erinnert, Tracy«, sagte Jenny leise, »dann sag mir einfach, ich soll aufhören.«

Tracy schüttelte den Kopf. »Nein, nein, es ist schon in Ordnung.« Auch Sarah hatte gerade die Schule abgeschlossen und wollte aufs College gehen, als sie verschwand, genau wie Kimi. Tracy war Mordermittlerin geworden, um herauszufinden, was ihrer Schwester zugestoßen war, und um anderen jungen Frauen wie ihr zu helfen.

»Der Pathologe, der die Autopsie vornahm, hielt es für einen Selbstmord und so lautete auch die Stellungnahme des zuständigen Staatsanwaltes«, fuhr Jenny fort. »Sie sagten, Kimi Kanasket sei von einer Brücke in den White Salmon River gesprungen und ertrunken. Die Stromschnellen dort haben sie ziemlich heftig gegen die Felsen geschleudert, sie hatte Knochenbrüche und Prellungen an den Armen und der Brust. Ohne den umgestürzten Baum, an dem sich ihre Kleidung verfing, hätte sie gut von der Strömung den ganzen Weg bis zum Columbia mitgeschleppt werden können. So hat das Wasser ihren Körper unter den Baum gedrückt, wo er dann eingeklemmt festsaß.«

»Und warum ist sie gesprungen? Wegen des Exfreundes? War das die Hypothese?«

»Tommy Moore. Er war an dem Abend mit einem anderen Mädchen in das Diner gekommen, in dem Kimi arbeitete.«

»Was hatte dieser Tommy Moore dazu zu sagen?«

»Im Bericht meines Dad steht, Moore hätte bestätigt, mit einem Mädchen in das Restaurant gegangen zu sein, in dem Kimi bediente. Aber er sagte, sie wären nicht lange geblieben. Danach hätte er das Mädchen nach Hause gebracht und wäre in seine Wohnung gefahren.«

»Hat das Mädchen diese Aussage bestätigt?«

»Im Großen und Ganzen ja. Ihre Aussage ist auch da in dem Ordner. Sie sagte, Moore wäre wütend geworden, weil Kimi rumgezickt hätte, und dann hätte er sie nach Hause gebracht.«

»Und wie hatte Kimi ihn gedisst?«

»Anscheinend hat sie so getan, als wäre es ihr egal, dass er mit einer anderen auftauchte.«

»Hat jemand bestätigt, dass Moore nach Hause fuhr, nachdem er sein Date abgeliefert hatte?«

»Mein Dad ist zu Moores Wohnung gefahren. Sein Mitbewohner sagte, Moore wäre gegen Mitternacht nach Hause gekommen, aber gleich wieder abgehauen, weil kurz zuvor Kimis Bruder mit seiner Gang aufgetaucht war, um Fragen zu stellen. Ein paar aus dieser Gang waren anscheinend bewaffnet.«

»Wusste der Mitbewohner, wohin Moore anschließend fuhr?«

»Nein.«

Tracy blätterte in der Akte. »Und du glaubst, da steckt mehr dahinter?«

»Ich glaube, mein Vater fand, es stecke mehr dahinter.«

»Wo hast du die Akte gefunden?«

»Genau hier, im Schreibtisch meines Vaters.«

»Wo werden die Akten abgeschlossener Fälle normalerweise aufbewahrt?«

»Eine so alte Akte hätte längst ins Archiv gewandert sein müssen. Aber ein ungeklärter Fall war das hier nie.«

»Wie meinst du das?«

»Nachdem ich die Akte gefunden hatte, habe ich im Büro in den Computeraufzeichnungen nachgesehen. Es gibt keine Unterlagen darüber, dass eine Akte Kimi Kanasket je ins Archiv geschickt wurde. Den Unterlagen im Büro nach zu schließen wurde diese Akte vernichtet.«

»Und wann wurde sie vernichtet?«

»Das ist nicht ersichtlich, ein Datum wird nicht genannt.«

»Wer hat sie vernichtet?«

»Das steht da auch nicht.«

»Was ist die offizielle Vorgehensweise, wenn Akten vernichtet werden?«

»Jetzt? Jetzt bewahren wir die Akten über abgeschlossene Mordermittlungen bis zu achtzig Jahre auf oder bis der Detective, der an dem Fall gearbeitet hat, sagt, die entsprechende Akte könne vernichtet werden.«

Bei der Polizei von Seattle ging man ähnlich vor. »Hast du beim Detective, der den Fall bearbeitet hat, nachgefragt, ob er die Vernichtung autorisiert hat?«

»Den gibt es schon lange nicht mehr. Er ist in den Neunzigern gestorben.«

Tracy deutete auf den Ordner, der inzwischen wieder auf dem Tisch lag. »Dann ist das also entweder die offizielle Akte oder eine persönliche Version, die dein Vater geführt hat.«

»Zu genau dem Schluss bin ich auch gekommen. Und wenn es die offizielle Akte ist, dann hat mein Vater sie entweder mitgenommen und gesagt, sie wäre vernichtet worden, oder die letzte Person, die danach gesucht hat, war der Meinung, sie wäre vernichtet worden, weil sie nicht da war.«

»So oder so: Dein Vater hat sie mitgenommen.«

»Im Ordner liegen Notizen, aus denen hervorgeht, dass er sich die Sache von Zeit zu Zeit noch einmal angesehen hat. Ich glaube, dieser Fall hat ihn sehr belastet.«

Tracy klappte den Ordner auf und blätterte in den Seiten, die gelocht waren und jeweils an der oberen Kante von einer Büroklammer zusammengehalten wurden. »Zeugenaussagen, der Bericht des Rechtsmediziners, Fotos, Skizzen.« Sie legte die Papiere hin. »Sieht aus wie eine vollständige Akte.«

»Das sehe ich auch so.«

»Hast du sie dir schon ansehen können?«

»Ein bisschen.«

»Und was meinst du?«

»Ich kam kurz nach Kimis Verschwinden zur Welt«, erklärte Jenny. »Wir wohnten damals nicht in Stoneridge. Wir sind hierhergezogen, als mein Dad Sheriff wurde. Ich kann mich nicht daran erinnern, dass mein Vater mit uns über den Fall geredet hätte, aber trotzdem wusste ich von Kimi Kanasket. Alle wussten von ihr. Ich kann mich noch an Sätze erinnern wie ›Geh bloß nicht spätabends allein auf die Straße, sonst endest du noch wie Kimi Kanasket‹.«

»Möchtest du, dass ich mir die Sache mal ansehe?«

»Die Forensik ist heute so viel weiter als damals und mir kommt es so vor, als hätte der Krebs meinem Vater die Chance geraubt, diesen Fall abzuschließen. Ich habe das Gefühl, ich sollte mir die Sache genauer ansehen, als schuldete ich ihm das. Aber ich bin seine Tochter, ich weiß nicht, inwieweit ich objektiv bleiben kann. Außerdem bin ich eine gewählte Amtsperson und muss vielleicht in dieser Funktion die Ermittlungen neu eröffnen. Wenn es so weit kommen sollte, hätte ich gern eine unabhängige Einschätzung, um eine solche Entscheidung zu rechtfertigen. Wenn an meinem Gefühl nichts dran ist, dann ist das eben so. Wenn etwas dran ist ...« Jenny zuckte mit den Achseln.

Draußen ertönte ein Schrei, der anders klang als die vorher, irgendwie dringlicher. Als die beiden Frauen aus dem Fenster sahen, lag Trey laut heulend bäuchlings auf dem Boden und Neil versuchte, ihn zu trösten.

»Hat er sich wehgetan?«

»Nein, das ist seine Klage über ein verlorenes Spiel«, meinte Jenny trocken. »Er ist sehr ehrgeizig. Genau wie sein Vater.«

»Und seine Mutter«, ergänzte Tracy.

Jenny lächelte. »Das habe ich von meinem Vater.«

»Ich auch.« Tracy steckte sich die Akte ein.

5

Emily Rodriguez, siebenundfünfzig Jahre alt, bewohnte ein Haus nördlich von Tim und Angela Collins. Als Kins zusammen mit Faz ihr Haus betrat, fiel ihm als Erstes das große Panoramafenster zur Greenwood Avenue hinaus auf.

»Vielen Dank, dass Sie bereit sind, sich noch einmal mit uns zu unterhalten«, sagte er zur Begrüßung, denn Faz und Del hatten die Frau am Abend zuvor bereits befragt.

Rodriguez schien sich nicht ganz wohl in ihrer Haut zu fühlen. »Was für eine traurige Sache!«, meinte sie. »Einfach traurig.«

»Kannten Sie die Familie?«

»Eigentlich kaum. Man hat sich im Vorbeifahren zugewunken, auch schon mal Hallo gesagt, so was eben.«

Kins nickte und wartete, bis die Frau Luft geholt hatte. »Haben Sie irgendwann einmal Streit mitbekommen? Laute Stimmen? Irgendetwas, woraus sich schließen ließe, dass die Collins' Probleme hatten?«

»Nein.«

»Was ist mit anderen Nachbarn? Hat irgendjemand Ihnen gegenüber je angedeutet, in dem Haus dort gäbe es Probleme?«

»Wissen Sie, ich rede im Grunde kaum mit den Nachbarn.

Nicht, weil ich unfreundlich sein möchte, ich kenne sie einfach nicht besonders gut. Von den Leuten, die ich von früher her hier kannte, sind viele inzwischen weggezogen. Aber nein, ich habe nie etwas über Probleme läuten hören.«

»Wie lange wohnen Sie schon hier, Mrs Rodriguez?«
»Ich? Ungefähr dreißig Jahre.«
»Wissen Sie noch, wann die Familie Collins einzog?«
»Ich würde sagen vor ungefähr fünf Jahren.«
»Was ist mit dem Sohn? Haben Sie mit dem mal geredet?«
Rodriguez schüttelte den Kopf. »Vielleicht haben wir im Vorübergehen hier und da mal ein, zwei Worte gewechselt, aber an eine richtige Unterhaltung kann ich mich nicht erinnern. Ich habe ihn immer in den Schulbus steigen sehen.« Sie deutete aus dem Fenster. »Er wartete dort drüben an der Haltestelle.«

Kins stellte sich ans Fenster neben Faz. »In Ihrer Zeugenaussage habe ich gelesen, dass Sie ein Geräusch hörten, das Sie für eine Fehlzündung hielten. Deswegen hätten Sie aus dem Fenster gesehen. Ich nehme an, es war dieses Fenster?«

»Genau. Das Geräusch war ein Knall, wie ihn Motoren manchmal machen.«

»In der Zeugenaussage stand weiter, Sie hätten beim Blick aus dem Fenster einen Stadtbus gesehen. Ist das richtig?«

Rodriguez trat zu den beiden Detectives ans Fenster. »Er hielt an der Haltestelle dort. Ein Bus der Linie fünf.«

Kins lächelte. »Mit dieser Linie kennen Sie sich aus?«
»Ich bin zwanzig Jahre lang mit dem Bus der Linie fünf in die Stadt und zurück gefahren.«

»Was haben Sie gearbeitet?«
»Ich war Anwaltsgehilfin in einer Anwaltskanzlei.«
»Wissen Sie noch, wann Sie diesen Knall hörten?«
Rodriguez schüttelte bedauernd den Kopf. »Ich habe nicht auf die Uhr gesehen.«

Schon in ihrer Zeugenaussage hatte sie keine genaue Uhrzeit nennen können, aber Kins hoffte, in dieser Frage mithilfe des Busfahrplans weiterzukommen, den er sich vor dem Besuch hier auf der Webseite der Metro Transit angesehen hatte. »Laut Fahrplan hält der Bus an dieser Haltestelle um 17.18 Uhr und dann noch einmal um 17.34 Uhr.« Angela Collins hatte den Notruf um 17.39 Uhr verständigt, von daher ging Kins eigentlich davon aus, dass Rodriguez den Schuss um 17.34 Uhr gehört hatte.

»Das stimmt. Als ich noch arbeitete, bin ich immer um 16.35 Uhr Ecke Third und Pine in den Bus gestiegen und kam um 17.18 Uhr hier an.«

»Wissen Sie, ob der Bus, den Sie gesehen haben, der um 17.18 Uhr oder der um 17.34 Uhr war?«

»Ich bin mir nicht sicher. Das alles hat mich doch ziemlich aufgewühlt, wissen Sie?« Rodriguez massierte sich die Schläfen.

»Lassen Sie sich Zeit«, bat Kins.

Sie schloss gequält die Augen. Kins warf Faz einen Blick zu, der daraufhin mit den Achseln zuckte. Er hatte am Tag zuvor dieselbe Antwort erhalten.

»Es tut mir leid, ich weiß wirklich nicht ...« Rodriguez schlug die Augen wieder auf.

»Was haben Sie denn gemacht, bevor Sie das Geräusch hörten?« Kins versuchte es mit einem anderen Ansatz. Vielleicht half es der Erinnerung der Dame auf die Sprünge, wenn sie über etwas Konkretes nachdenken musste.

»Ich habe ...« Noch einmal sah Rodriguez zum Fenster hinaus, dann wandte sie sich dem Flachbildschirm in der einen Zimmerecke zu. »Ich habe ferngesehen.«

»Wissen Sie noch, was Sie gesehen haben?«

»KIRO 7«, kam die prompte Antwort.

»Die Regionalnachrichten?«

»Genau.« Kins meinte förmlich zu hören, wie sich die Rädchen in ihrem Kopf in Gang setzten. »Die sehe ich mir immer an, von fünf bis halb sechs, und danach schalte ich auf die *World News Tonight* auf ABC um. Es ging gerade um den Anstieg der Immobilienpreise in Eastside, als mich das Geräusch aufschreckte und ich ans Fenster ging, um nachzusehen, was das gewesen sein könnte.«

»Das war also während der Regionalnachrichten?«, hakte Kins noch einmal nach. »Hilft Ihnen das bei der Frage, wann Sie den Knall gehört haben?«

Rodriguez dachte noch einmal nach, ehe sie entschieden nickte. »Ja. Es muss der Bus um 17.18 Uhr gewesen sein. Genau, der muss es gewesen sein! Oder?«

Ja, so muss es gewesen sein, dachte Kins.

Das warf allerdings eine Reihe ganz neuer Fragen auf.

* * *

Der Anruf ging im Justizzentrum ein, als Kins und Faz gerade das Haus von Emily Rodriguez verließen. Die Zentrale leitete ihn an Kins Handy weiter. Kins nahm ihn an, hörte zu, legte auf und teilte Faz mit, Atticus Berkshire wolle seine Tochter zu einer Aussage ins Justizzentrum bringen. Faz sah ungefähr so verdutzt aus, wie Kins sich fühlte. »Okay!«, erklärte er grinsend. »Und ich geh ab morgen auf Diät!«

Aber eine Stunde später tauchten Berkshire und Collins tatsächlich auf.

Alle Beteiligten versammelten sich um den runden Tisch im gemütlicheren der Verhörräume. Faz, der für die Plastikstühle hier viel zu mächtig wirkte, hatte die Arme vor der Brust verschränkt und ließ sie auf seinem Bauch ruhen. Angela Collins hatte neben ihrem Vater Platz genommen. Sie trug eine Yogahose und ein locker sitzendes Sweatshirt. Die Verletzung in ihrem Gesicht leuchtete mittlerweile fleckig gelb, lila und schwarz.

»Wie ich am Telefon schon andeutete, Detectives«, setzte Berkshire an, »ist Angela bereit, Ihnen zu erzählen, was an dem Abend geschah. Sie dürfen ihr Fragen stellen, es kann aber sein, dass sie einige davon nicht beantwortet, weil ich die Fragen unangemessen finde und sie dazu auffordere. Und ich kann die Befragung an jeder Stelle abbrechen.« Auch der Anwalt trug Freizeitkleidung, ein kariertes Hemd, auf seinem Nasenrücken thronte eine Brille. »Können wir uns auf diese Grundregeln einigen?«

Kins hatte im Grunde nichts in der Hand, um zu verhandeln, wollte aber auch nicht so ohne Weiteres auf Berkshires Bedingungen eingehen, immerhin wurde die Unterredung hier aufgenommen und auch mit der Videokamera aufgezeichnet. Er knabberte immer noch an der Frage, warum der Anwalt seiner Tochter überhaupt eine Aussage gestattete. Wahrscheinlich, so waren er und Faz übereingekommen, hatten die beiden Wort für Wort einstudiert, was Angela sagen würde, und wollten mit dieser Aussage die Argumentationsschiene »Notwehr« weiter untermauern.

Kins beschloss, auf Berkshires Bedingungen gar nicht erst einzugehen. »Sie sind also heute bereit, sich in Gegenwart Ihres Anwalts mit uns zu unterhalten?«, wandte er sich an Angela Collins.

Die nickte.

»Du musst laut antworten«, mahnte Berkshire.

»Ja.« Angela berührte ihre Lippen, als würde ihr das Sprechen wehtun.

»Und Sie wissen, dass dieses Gespräch in Bild und Ton aufgezeichnet wird?«, fragte Kins weiter.

»Ja.«

»Ich frage Sie noch einmal ausdrücklich: Sind Sie einverstanden damit, dass alles hier Gesagte aufgezeichnet wird?«

»Ja.«

Kins wollte sich absichern. Mehr noch als die allgemeine Bereitschaft zu einer Aussage verwunderte ihn nämlich, dass Berkshire die Aufzeichnung dieser Unterhaltung zuließ.

»Okay. Dann können wir anfangen, wann immer Sie dazu bereit sind.« Kins nickte Angela Collins zu.

Die holte tief Luft, verzog das Gesicht und atmete vernehmlich wieder aus. »Tim kam zu Connor und mir nach Hause, um Connor abzuholen. Er war wütend.«

»Tim war wütend oder Connor war wütend?« Kins war sich ziemlich sicher, wer gemeint war, wollte aber eine Routine etablieren, bei der Angela seine Fragen beantwortete und nicht einfach einen Monolog herunterbetete.

»Tim war wütend, Connor aber auch.«

»Warum war Connor wütend?«

»Er ging nicht gern in die Wohnung seines Vaters.«

»Warum nicht?«

»Tim war streng mit Connor. Er hatte immer irgendetwas an ihm auszusetzen.«

Das wollte Kins sich merken, um später darauf zurückzukommen. War der Junge explodiert, weil er unter ständigem Druck gestanden hatte? »Und weswegen war Ihr Mann wütend, als er zu Ihnen kam?«

»Er war wütend, weil ihn meine Anwältin um eine Erhöhung des Unterhalts für Connor und mich gebeten hatte.« Die letzten Worte kamen genuschelt und Angela berührte wieder ihre Lippe. »Er schrie, er würde mir nicht mehr geben, er hätte kein Geld mehr und ich würde sowieso schon siebzig Prozent seines Nettoverdienstes bekommen. Er beschuldigte mich, Geld zu horten.«

»Laut der Bedingungen einer ausgehandelten einstweiligen Verfügung durfte Ihr Mann doch gar nicht ins Haus kommen.« Kins wartete gespannt, ob Berkshire einschreiten und sagen würde, Angela sei lediglich hier, um eine Aussage zu machen, und nicht, um Fragen zu beantworten. Aber der Anwalt schwieg. Er saß mit gesenktem Kopf da und machte sich Notizen.

»Das stimmt.«

»Und Sie haben ihn trotzdem reingelassen?«

»Nein.« Sie schüttelte den Kopf. »Connor hat die Tür aufgemacht und Tim hat sich gewaltsam Zutritt verschafft.«

»Hat Tim Connor geschlagen?«

»Ja, aber da noch nicht.«

»Was geschah als Nächstes?«

»Tim wurde ausfallend, verbal. Er sagte, ich würde Geld für nutzlose Dinge ausgeben. An dem Punkt hat er die Statue hochgehoben und wütend geschüttelt. Er sagte, so was sei reine Geldverschwendung. Ich sagte, er solle sie wieder hinstellen.«

»Wo war Connor während dieser verbalen Auseinandersetzung?«

»Ich hatte ihn in sein Zimmer geschickt, das ist hinten im Haus, und ihm gesagt, er solle die Tür schließen.«

»Und dann?«

»Der Streit eskalierte. Tim regte sich immer mehr auf. Ich sagte, ich würde jetzt die Polizei rufen. Da hat er mich mit der Statue geschlagen.«

Das sagte sie ganz beiläufig, wie jemand, der einen einstudierten Text aufsagt, ohne wirklich Gefühle zu zeigen.

»Wo hat er Sie geschlagen?«

Angela Collins berührte die Wunde an ihrer linken Kopfseite.

»Wie oft hat er Sie mit der Statue geschlagen?«

»Nur ein Mal. Mehr war nicht nötig, um mich niederzuschlagen.«

»Was geschah als Nächstes?«

»Er trat mich in den Bauch und schrie mich an.«

»Wie oft hat er Sie getreten?«

»Das kann ich nicht sagen.«

»Und dann?«

»Er ließ die Statue fallen und rief nach Connor, sagte, sie würden jetzt gehen. Aber Connor wollte nicht aus seinem Zimmer kommen. Er hatte sich eingeschlossen. Tim ist nach hinten gegangen und hat gegen die Tür geschlagen. Er drohte, die Tür aufzubrechen, wenn Connor nicht aufmachen würde.«

Kins fragte sich, weswegen Collins all diese Details mitbekommen hatte und sich auch noch an sie erinnern konnte. Immerhin hatte sie zu dem Zeitpunkt bereits eine Kopfwunde gehabt, die später mit drei Stichen genäht werden musste. »Und Connor öffnete die Tür?«, fragte er.

Angela Collins nickte. »Tim befahl ihm, seine Sachen zu holen; sie würden jetzt gehen. Aber Connor wollte nicht. Das sagte er auch und da hat Tim ihn geschlagen.«

»Das haben Sie gesehen?«

»Nein, aber ich habe es gehört. Tim hatte Connor früher schon geschlagen. Er schlug ihn hart ins Gesicht, es klang wie ein Peitschenhieb.«

Angela Collins fing an zu zittern, woraufhin ihr Atticus Berkshire beruhigend die Hand auf den Rücken legte. Kins schob eine Schachtel Papiertaschentücher näher an sie heran, wobei er registrierte, dass sie nicht weinte. Angela putzte sich die Nase und trank einen Schluck Wasser, ehe sie fortfuhr: »Ich war wieder aufgestanden und holte die Pistole, die ich in einer Schatulle im Schrank aufbewahrte.«

»Sie haben sich erst die Pistole geholt und sind dann den Flur hinuntergelaufen?«

»Genau. Ich wollte Tim Angst einjagen, ihn dazu bringen, uns in Ruhe zu lassen, aber da sah ich, wie er Connor packte.«

»Wo packte er ihn?«

»Er packte Connor am Hemd.«

»Wo befand sich Ihr Sohn? Noch in seinem Zimmer?«

»Er hatte sich in eine Ecke zurückgezogen. Dort, wo Tim

ihn geschlagen hatte, war sein Gesicht rot angelaufen. Tim wollte ihn zwingen, mitzukommen, aber Connor hat sich gewehrt.«

»Wie hat er sich gewehrt?«

»Ich weiß nicht. Er hat sich einfach gewehrt. Dann hat Tim ausgeholt, um ihn noch einmal zu schlagen … Ich habe abgedrückt und Tim erschossen.«

Wieder fiel Kins auf, dass Angela Collins nicht weinte. Er hatte Freunde brutal kontroverse Scheidungen durchmachen sehen, konnte sich aber nicht vorstellen, dass auch nur einer von ihnen für den ehemaligen Ehepartner nicht mal mehr einen ausreichenden Rest von Gefühl übrig gehabt hätte, um nach dessen Tod noch eine Träne zu vergießen. Und Angelas Ehemann war von ihr selbst erschossen worden. Bei seiner nächsten Frage vermied Kins tunlichst jeden Blickkontakt mit Berkshire, denn diesmal würde der Anwalt protestieren, da war er sich ganz sicher. »Ihr Mann stand mit dem Rücken zu Ihnen?«

»Ja«, antwortete Angela.

Berkshire sah nicht einmal von seinen Notizen auf.

»Wie weit waren Sie von ihm entfernt?«

»Nur ein paar Meter.«

»Er drehte sich nicht um, hatte Sie nicht gehört?«

»Sie kann nicht sagen, ob er sie gehört hatte oder nicht, das wäre Spekulation«, warf Berkshire ein, ohne den Kopf zu heben. Er schlug eine neue Seite in seinem Notizblock auf und schrieb weiter.

»Es gab keine Anzeichen dafür, dass er Sie gehört hat?«, formulierte Kins seine Frage um.

»Ich glaube, er hat nicht damit gerechnet, dass ich wieder aufstehe. Ich glaube nicht, dass er mit mir gerechnet hat.«

»Er hat nicht damit gerechnet, dass Sie hinter ihm stehen könnten?«

»Nein.«

»Er hat weder den Kopf gedreht noch die Schultern bewegt, nichts? Erinnern Sie sich an gar keine Anzeichen?« Nach dem vorläufigen Bericht der Rechtsmedizin sprach die Geschossbahn in der Wunde dafür, dass Tim Collins mit dem Rücken zur Pistole stand, aus der diese Kugel abgefeuert wurde.

»Nein.«

»Haben Sie irgendetwas zu ihm gesagt? Ihn aufgefordert, aufzuhören, ehe Sie auf ihn schossen?«

Angela Collins schüttelte den Kopf. »Ich hatte Angst, er würde mich angreifen und mir die Pistole wegnehmen. Wenn man die Pistole holt, dann muss man auch bereit sein, sie zu benutzen, das haben sie uns im Kurs beigebracht. Denn wenn dein Gegner sie in die Finger kriegt, dann benutzt der sie auf jeden Fall.«

»Also hatten Sie vor, Tim Collins zu erschießen.«

Diesmal intervenierte Berkshire dann doch. »Das hat sie nicht gesagt.«

»Ich weiß nicht, was ich vorhatte«, sagte Angela. »Es ging alles so schnell und ich hatte Angst um mich und Connor.«

»Was geschah als Nächstes?«, wollte Kins wissen.

»Ich sagte Connor, er solle im Wohnzimmer warten, und rief meinen Vater an. Der sagte …«

»Nicht darüber reden, was ich zu dir gesagt habe.« Berkshire kritzelte weiter.

»Sie riefen zuerst Ihren Vater an und verständigten danach erst den Notruf?«

Angela Collins sah ihren Vater an. Der hob den Kopf und nickte. »Ja«, sagte sie.

»Warum?«

Sie zuckte die Achseln. »Weiß nicht.«

»Was taten Sie mit der Waffe?«

»Ich ließ sie aufs Bett fallen.«

»Hat Connor sie angefasst?«

»Ich glaube nicht.«

»Hat Connor die Waffe je angefasst?«

»Das weiß ich nicht.«

»Sie bewahrten Sie in einer Schatulle im Schrank auf? Verschlossen?«

»Ja.«

»Connor war nicht mit Ihnen zusammen beim Schießunterricht?«

»Nein.«

»Nachdem Sie Ihren Mann erschossen hatten und bevor Sie Ihren Vater anriefen, haben Sie da noch etwas anderes gemacht?« Auf diese Antwort war Kins besonders gespannt. Wie würde Angela die einundzwanzig Minuten erklären, die zwischen dem Schuss und ihrem Anruf bei der Notrufzentrale lagen?

Collins schüttelte den Kopf. »Nein. Ich habe einfach nur die Waffe aufs Bett fallen lassen. Dann musste ich nach meinem Handy suchen, ich wusste nicht mehr, wo ich es hingelegt hatte. Ich war ziemlich durcheinander, Connor auch.«

»Wie viel Zeit verging zwischen dem Schuss auf Ihren Mann und dem Anruf bei Ihrem Vater?«

»Kannst du das überhaupt sagen?« Berkshire schien mitbekommen zu haben, dass Kins über mehr Informationen verfügte als seine Tochter und er.

»Nein, ich weiß es nicht.«

»Wie viel Zeit verging bis zu Ihrem Anruf bei der Notrufzentrale?«

»Ich weiß es nicht.«

»Eine Stunde?« Kins warf ihr einen Köder hin.

»Nein, ganz bestimmt nicht! Ein paar Minuten. Ich habe nach ein paar Minuten angerufen.«

»Wenn Sie Minuten sagen, meinen Sie damit eine oder zwei?« Kins war entschlossen, sie festzunageln.

»Eine Minute oder zwei. Nicht mehr als fünf.«

»Sie riefen also innerhalb von fünf Minuten an.« Diesmal musste sich Berkshire doch mit einem Einwand melden, Kins war sich so sicher. Überraschenderweise geschah jedoch auch diesmal nichts.

»Auf jeden Fall«, sagte Angela Collins.

»Und abgesehen davon, dass Sie die Waffe aufs Bett fallen ließen und nach Ihrem Handy suchten, erinnern Sie sich nicht daran, noch etwas getan zu haben?«

»Nein.«

»Haben Sie Tims Leiche berührt?«

»Nein.«

»Hat Connor das getan?«

»Ich glaube nicht. Nein. Nein, warum hätte er das tun sollen?«

»Die Statue lag weiterhin dort auf dem Boden, wo Ihr Mann sie hatte fallen lassen, ist das richtig?«

»Ja.«

»Haben Sie oder Connor die Statue angefasst?«

»Nein, wir ließen sie einfach dort liegen.«

Kins ging ein paar Einzelheiten von Collins Geschichte noch einmal mit ihr durch, bis er sicher sein konnte, die Frau auf ihre Aussagen festgelegt zu haben. Nach einer Dreiviertelstunde verkündete Berkshire, seine Tochter sei emotional aufgewühlt und erschöpft, und beendete die Unterredung. Kins dankte den beiden für ihr Kommen und begleitete sie noch zum Fahrstuhl.

Faz wartete bereits im Arbeitsbereich des A-Teams. »Was sagst du zu der Sache?«, wollte Kins von ihm wissen.

»Ich glaube, Tracy hatte recht.« Faz schaukelte mit seinem Stuhl. »Ich glaube, Berkshire und sie haben genau einstudiert, was sie sagen soll und wie sie es sagen soll.«

»Aber das mit der Nachbarin und dem Bus wusste er nicht.«

»Wann hat sie ihren Vater und die Zentrale angerufen?«

»Um 17.39 Uhr«, sagte Kins.

»Und wir wissen, dass sie nach dem Anruf bei ihrem Vater den Notruf verständigt hat. Was hat sie also in diesen einundzwanzig Minuten gemacht, nachdem sie ihren Mann erschossen hatte?«

»Laut ihrer eigenen Aussage gar nichts«, sagte Kins.

»Jetzt sitzt sie in der Klemme, du hast sie prima drangekriegt!«, lobte Faz.

»Ja, aber damit ist die eigentliche Frage noch nicht geklärt.«

»Warum Berkshire ihr überhaupt erlaubt hat, eine Aussage zu machen?«

»Genau.«

* * *

Nachdem Berkshire und Collins sich verabschiedet hatten, widmeten sich Kins und Faz der einstweiligen Verfügung, die Angela Collins gegen ihren Mann erwirkt hatte. Hierbei studierten sie besonders genau Angelas eidesstattliche Aussage, diese Verfügung sei notwendig geworden, nachdem Tim eines Tages bei ihr zu Hause aufgetaucht und gewalttätig geworden war. Sie hatte ausgesagt, von Tim gegen einen Türrahmen geworfen und über einen Tisch gezogen worden zu sein, danach habe sie sich im Krankenhaus in der Notaufnahme behandeln lassen müssen. Der Arzt dort hatte ihr geprellte Rippen und Quetschungen an den Oberarmen bescheinigt. Sonst deutete nichts in der Akte darauf hin, dass Tim jähzornig war oder zu Gewalt neigte. Die Ermittlungen hatten allerdings auch gerade erst angefangen.

»Tim erklärte sich einverstanden, keinen Fuß mehr ins Haus zu setzen, wenn er Connor abholen kam. Damit war die Sache wohl erledigt, das geht zumindest aus den Unterlagen des Gerichts so hervor«, stellte Kins fest. »Er sollte im Wagen auf seinen Sohn warten.«

»Hat sie damals keine Anzeige erstattet?«, wollte Faz wissen. »Wenn sie wirklich eine geschlagene Ehefrau war, warum hat sie ihn dann nicht angezeigt?«

»Vielleicht hat sie gedacht, die einstweilige Verfügung würde reichen.«

»Das kann sie nicht geglaubt haben, wenn es stimmt, was in den Scheidungspapieren steht«, widersprach Faz. »Laut ihren Angaben da hat sie mit Attila dem Hunnenkönig zusammengelebt.«

Kins öffnete auf seinem Computer die Datei mit dem vorläufigen Bericht der Spurensicherung, der hereingekommen war, während sie Angela Collins befragt hatten. Der Bericht enthielt ein Dutzend Fotos sowie die Stellungnahme des Fingerabdruckexperten. Wie zu erwarten, waren im ganzen Haus Fingerabdrücke von Angela, Connor und Tim gefunden worden. Zusätzlich waren auch noch andere Abdrücke aufgetaucht, von denen sich leider keiner im AFIS, dem Automated Fingerprint Identification System, finden ließ. In diesem System waren die Fingerabdrücke von Leuten gespeichert, die wegen eines Verbrechens verurteilt worden waren, beim Militär gedient hatten oder bestimmten Berufsgruppen angehörten.

Kins las weiter. »Hast du das gesehen?«, fragte er und beugte sich aufgeregt vor. »Auf dem Colt Defender wurden Fingerabdrücke von Angela und Connor Collins gefunden!«

»Dann hat der Junge die Pistole also angefasst.«

»Sieht so aus.« Einer der nächsten Sätze im Bericht ließ Kins erneut stutzen. Er las ihn sich einmal, noch einmal und sogar ein drittes Mal durch. »Auf der Statue haben sie gar keine Fingerabdrücke gefunden.«

»Was?« Faz stand auf und stellte sich hinter seinen Kollegen.

Der deutete auf seinen Bildschirm. »Negativ, was Fingerabdrücke betrifft«, las er laut vor.

»Wie kann das sein?«, fragte Faz. »Da fehlt doch von vorn

bis hinten jegliche Logik.«

Kins las weiter. »Dafür haben sie Connors Fingerabdrücke auf dem einen Schuh seines Vaters gefunden. Wie kommen die Fingerabdrücke des Jungen auf diesen Schuh?«

»Vielleicht hat er versucht, die Leiche zu bewegen?«

Kins schüttelte den Kopf. »Der Bericht des Rechtsmediziners sagt, es gibt keine Hinweise darauf, dass die Lage der Leiche verändert wurde. Die Leichenflecke weisen auf einen Körper hin, der nur an einer Stelle gelegen hat.« Jetzt schaukelte auch Kins auf seinem Stuhl. »Diese Statue kann nur sauber sein, wenn sie jemand abgewischt hat, richtig?«

»Oder wenn sie überhaupt nie angefasst wurde«, ergänzte Faz.

»Wie kam sie dann auf den Boden?«

»Vielleicht wurde sie während der Auseinandersetzung umgeworfen.«

»Warum sagt sie dann, er hätte sie damit geschlagen?«

»Sie brauchte eine Erklärung für ihre Kopfwunde.«

»Und wie hat sie die bekommen, wenn nicht durch einen Schlag mit dem Kunstwerk?«

»Das kann ich dir nicht sagen.«

»Na ja, jedenfalls wissen wir jetzt, dass irgendwer in diesen einundzwanzig Minuten schwer aktiv war«, resümierte Kins.

»Du denkst, sie deckt ihren Sohn?«

»Das könnte gut der Fall sein.«

6

Auf der Fahrt vom Haus der Almonds zurück nach Seattle saß Tracy neben Dan und starrte aus dem Fenster auf die Felder, die sich entlang der Interstate 5 hinzogen. Das Tageslicht nahm rasch ab, wie immer im Herbst. Als Dan kurz hinter Kelso das Radio leiser stellte, in dem gerade ein Spiel der Seahawks übertragen wurde, schreckte sie hoch.

»Ich dachte, du wolltest dir gern die Sportsendung anhören«, sagte sie.

Dan beugte sich verschwörerisch zu ihr hinüber, sein linker Arm ruhte auf dem Lenkrad. »Gern? Die Forty-Niner versohlen uns gerade den Arsch, das höre ich mir nicht so gern an.«

»Oh!«

»Du bist die ganze Fahrt über ziemlich still gewesen; ich habe in der letzten halben Stunde allerhöchstens zwei Sätze von dir zu hören bekommen. Zugehört hast du auch nicht, jedenfalls nicht beim dritten Quarter, sonst wüsstest du, dass wir zwanzig Punkte im Rückstand sind.«

»Ich bekenne mich schuldig.« Tracy lächelte.

»Hat es irgendwas mit dem Ordner da hinten zu tun?« Dan deutete mit dem Kopf auf den Rücksitz.

»Das ist dir also aufgefallen?«

»Du bist hier nicht die einzige Spürnase. Also? Was ist das für ein Ordner?«

»Ein alter Fall, den Jenny im Schreibtisch ihres Vaters gefunden hat.«

Dan griff in eine Tüte Mandeln mit Wasabigeschmack. Er hatte sich fest vorgenommen, fünf bis zehn Pfund abzunehmen, und trug seitdem für den kleinen Hunger zwischendurch immer Nüsse in irgendeiner Form bei sich. »Ein abgeschlossener Fall?«

»Das kann man so nicht sagen. 1976 verschwand ein sechzehnjähriges Mädchen vom Stamm der Klickitat auf ihrem Nachhauseweg von der Arbeit. Am darauffolgenden Nachmittag fanden zwei Angler ihre Leiche im White Salmon River, wo sie sich in den Ästen eines in den Fluss gestürzten Baumes verfangen hatte. Der Pathologe, der die Autopsie vornahm, ging davon aus, dass sie in den Fluss gesprungen und ertrunken sei, und der ermittelnde Staatsanwalt schloss sich seinem Befund an.«

Dan steckte sich weitere Nüsse in den Mund. »Gesprungen? Absichtlich?«

»Die offizielle Schlussfolgerung lautete, sie sei aufgewühlt und verzweifelt gewesen, weil die Beziehung zwischen ihr und ihrem Freund gerade in die Brüche gegangen war. Leider passiert das bei Schülern der Highschool gar nicht mal so selten. Eben noch die große Liebe und im nächsten Moment hassen sie einander. Jenny glaubt, ihr Vater hätte die Vermutung gehabt, dass da mehr dahintersteckte. Sie hat mich gebeten, mir den Fall noch einmal anzusehen.«

»Darfst du das denn? Es ist doch ein anderes County.«

»Doch, das darf ich. Normalerweise arbeitet man grenzübergreifend, wenn zum Beispiel die Leiche in einem County gefunden wurde, der Mord selbst aber wahrscheinlich in einem anderen begangen wurde. Aber auch sonst kann der Sheriff eines Countys jederzeit um Unterstützung bitten. Jenny möchte gern, dass jemand einen unvoreingenommenen Blick auf die Akte wirft. Für den Fall, dass sie die Ermittlungen wiederaufnehmen muss.«

»Und Nolasco? Was wird der wohl dazu sagen?« Nolasco war Tracys Captain und seit Langem auch ihr Erzfeind.

»Johnny Boy benimmt sich tadellos, seit die OPA ihm auf die Finger geklopft hat.« Die Abteilung für interne Ermittlungen prüfte gerade noch einmal gründlich einen zehn Jahre zurückliegenden Fall, für den Nolasco und sein damaliger Partner Floyd Hattie zuständig gewesen waren. Tracy war bei ihrer Jagd nach dem »Cowboy« auf die entsprechende Akte gestoßen und hatte bei der Durchsicht ein eklatantes Fehlverhalten der ermittelnden Beamten feststellen müssen. Seitdem standen Nolascos Methoden insgesamt auf dem Prüfstand. Die Abteilung für interne Ermittlungen hatte ihre Untersuchung auch auf andere Fälle von Nolasco und Hattie ausgedehnt und man munkelte, die Kollegen würden bestimmt noch mehr Verstöße der beiden aufdecken. Nolasco hatte seinen Posten überhaupt nur deswegen noch inne, weil er von der Gewerkschaft unterstützt wurde.

»Glaubst du nicht, das könnte dir wieder ein bisschen zu sehr unter die Haut gehen?«, fragte Dan besorgt.

»Solche Fälle werden mir immer unter die Haut gehen«, antwortete Tracy. »Junge Frauen sind unverhältnismäßig oft Opfer von Entführung, Misshandlung und Mord, daran kann ich nichts ändern.«

»Nein, aber du musst dich nicht auch noch freiwillig melden.«

»Ich weiß. Als Jenny mir von dem Fall erzählte, dachte ich anfangs auch, es wäre besser, ich würde Nein sagen. Dann jedoch waren es gerade die Ähnlichkeiten zwischen Kimi und Sarah, die mich dazu gebracht haben, mir die Sache näher ansehen zu wollen. Vielleicht weil ich weiß, was so ein Verlust mit einer Familie macht.«

»Vierzig Jahre sind eine lange Zeit. Lebt denn noch irgendwer aus der Familie?«

»Die Mutter starb. Der Vater dürfte jetzt Mitte bis Ende achtzig sein und wohnt Jennys Meinung nach im Yakama-Reservat. Das Mädchen hatte außerdem noch einen Bruder.«

»Und wenn diese Leute gar nicht darüber reden wollen?«

Darüber hatte Tracy noch nicht nachgedacht. »Ich weiß nicht«, sagte sie. »Damit werde ich mich wohl befassen, wenn ich damit konfrontiert werde. Falls es überhaupt dazu kommt, dass ich mit ihnen reden will. Vielleicht finde ich ja gar nichts, was eine Wiederaufnahme der Ermittlungen rechtfertigen würde.«

* * *

Dan brachte Tracy zu ihrem Haus in West Seattle, wo er sich von ihr verabschiedete. Er wollte am nächsten Tag einen frühen Flug nach Los Angeles erwischen und sich vorher noch auf die Weiterführung des Verfahrens vorbereiten, das ihn die Woche über in Beschlag nehmen würde. Nachdem Tracy ihre Haustür aufgeschlossen hatte, musste sie sich erst einmal um ihren schwarz getigerten Kater Roger kümmern, der lautstark seine Missbilligung über zwei Tage Alleinsein zum Ausdruck brachte. Dabei besaß das Tier einen automatischen Futterspender, ausreichend Wasser und durfte sich im ganzen Haus frei bewegen. Außerdem sah ein Teenager aus der Nachbarschaft einmal täglich nach ihm. Roger hatte also eigentlich keinen Grund zur Klage.

Während der Kater sein Dosenfutter verschlang, goss Tracy sich ein Glas Wein ein, das sie hinüber ins Esszimmer trug. Sie wollte sich Buzz Almonds Akte unbedingt sofort ansehen.

Nachdem sie ihr iPad eingeschaltet hatte, suchte sie nach einem Sender mit Countrymusik, die sie gern bei der Arbeit hörte, und schon bald verdrängte die Stimme von Keith Urban die Stille im Raum.

Auffallend an der Akte war als Erstes deren Umfang. Ziemlich viel Papier für eine Ermittlung, bei der man doch recht rasch zu dem Ergebnis gekommen war, es handele sich um einen Fall von Selbstmord. Gut, den Umfang hatte der Ordner zum großen Teil vier gelbweißen Fotoumschlägen der Firma Kodak zu verdanken, die Tracy noch von zu Hause her kannte. Solche Umschläge mit Negativen und Abzügen hatte man sich auch in Kaufmans Warenhaus am Kodak-Tresen abholen können. Tracy öffnete den ersten und warf einen raschen Blick auf die Bilder, legte sie dann allerdings gleich wieder beiseite. Sie fing bei der Durchsicht einer unbekannten Akte nie mit den Fotos an, weil sie ja noch gar keine Ahnung haben konnte, was darauf dargestellt war. Vorsichtig klappte sie die Messingverschlüsse auf, die den Ordner zusammenhielten, und ließ die Papiere auf ihren Esstisch gleiten.

Sie nahm sich das erste Blatt vor, eine vergilbte Zeitungsseite, die man in der Mitte gefaltet hatte, weil sie sonst für den Ordner zu lang gewesen wäre. Es war eine Seite des *Stoneridge Sentinel,* das Datum war oben neben der Schlagzeile handschriftlich eingetragen worden: »Sonntag, der 7. November, 1976«.

Landesmeister!
Stoneridge Red Raiders sind ganz oben!

Tracy überflog den Artikel. Die Red Raiders hatten im Endspiel um die Meisterschaft Archbishop Murphy mit achtundzwanzig zu vierundzwanzig besiegt. Der Titel des Landesmeisters stellte für den Trainer Ron Reynolds den Höhepunkt einer Saison ohne eine einzige Niederlage dar, zum ersten Mal in ihrer Geschichte war die Stoneridge High in irgendeiner

Sportart Champion des Staates Washington geworden. Um diese Leistung zu feiern, sollte am nächsten Tag, dem Montag, in der Stadt eine Parade stattfinden.

Begleitet wurde der Artikel vom typischen Gruppenbild der Mannschaft, wie man es überall im Land in den Trophäenkästen der Highschools finden konnte. Junge Männer blickten erschöpft, aber freudestrahlend in die Kamera, verdreckt, die Haare schweißnass, die Augen schwarz umrandet, die Gesichter dreckverkrustet. Gemeinsam hielten sie einen glänzenden goldenen Football auf einem Holzsockel hoch.

Als Nächstes las Tracy einen weiteren Zeitungsartikel, der laut handschriftlicher Eintragung vom Montag, dem 8. November stammte. Diesmal ging es um die Parade zu Ehren des Teams, und wieder gab es Fotos: Drei Jungen in Letterman-Jacken hockten winkend auf dem Rücksitz eines Cabrios, am Straßenrand eine recht ansehnliche Ansammlung fröhlicher Menschen, die Stoneridge High Wimpel und Pompons schwangen. Überall bunte Luftschlangen und Konfetti. Beide Bilder, das der Parade und das der Jungen mit dem Pokal, hatten wichtige Momente in der Geschichte der kleinen Stadt für immer eingefangen und waren wahrscheinlich deswegen von Buzz Almond mit in die Akte aufgenommen worden. Solche Bilder halfen bei der Zeugenbefragung, denn es war nicht immer einfach, Menschen dazu zu bringen, sich an Ereignisse zu erinnern, die Monate zurücklagen. Manchmal waren schon ein paar Wochen zu viel, und wenn man dann daran erinnern konnte, dass Kimi an dem Wochenende verschwunden war, an dem das wohl größte Sportereignis in der Geschichte der Stadt stattgefunden hatte, half das dem Gedächtnis auf die Sprünge. Als würde man Menschen, die die Sechzigerjahre miterlebt hatten, fragen, wo sie waren, als Kennedy ermordet wurde: ein konkretes Ereignis, das dem Erinnerungsvermögen einen Anhaltspunkt gab. Diese Zeitungsfotos in Buzz Almonds Akte legten nahe, dass Buzz mit einer möglicherweise jahrelangen Ermittlung gerechnet hatte.

Noch ein Zeitungsartikel lag in der Akte, auch dieser mit Bild. Diesmal ging es um den Tod von Kimi Kanasket.

Leiche eines Mädchens aus Stoneridge aus dem White Salmon River geborgen

Diesem Artikel hatte man wesentlich weniger Platz eingeräumt als den beiden anderen, er nahm, einschließlich des Schulfotos von Kimi, nur eine halbe Spalte und ein paar Zentimeter ein. Kimi hatte im Jahr zuvor als Highschool Junior an der Leichtathletik-Landesmeisterschaft teilgenommen, und zwar beim Sprint über einhundert Meter und beim Hürdenlauf, wobei sie einmal auf dem zweiten und einmal auf dem dritten Platz gelandet war. Sie hinterließ Vater und Mutter, Earl und Nettie Kanasket, und einen älteren Bruder, Élan. Von Selbstmord war an keiner Stelle die Rede, auch Ermittlungen wurden nicht erwähnt. Es gab keine nachfolgenden Artikel, die das Thema noch einmal aufgegriffen hätten.

Tracy, die Mitte der Siebzigerjahre in einer Kleinstadt aufgewachsen war, wusste, dort wusch man schmutzige Wäsche nur ungern in der Öffentlichkeit, weder die eigene noch die anderer Leute. Wenn Kimi Kanasket sich umgebracht hatte, dann war niemand erpicht darauf gewesen, dies zu publizieren oder in der Zeitung darüber zu lesen. So unfair es auch sein mochte, Selbstmord war mit einem Stigma behaftet, das auch an der Familie hängen blieb. Tracys Vater hatte sich zwei Jahre nach dem Tod seiner jüngsten Tochter erschossen und damit nicht nur sein eigenes Vermächtnis, sondern ebenso das seiner Familie zerstört. Es war geredet worden. Nie im Beisein von Tracy und ihrer Mutter, aber es wurde geredet. Auch deswegen hätte Tracy es gern gesehen, wenn ihre Mutter mit ihr nach Seattle gezogen wäre.

Als Nächstes fiel Tracy das an einer Vermisstenanzeige haftende Passfoto einer jungen Frau in die Hände. Kimi hatte glänzende schwarze Haare gehabt, die ihr bis weit über die Schultern fielen. Unter ihrem rechten Ohrläppchen baumelte ein zarter Traumfänger mit Federn. Ihre jugendlich weichen Gesichtszüge hätten wohl im Laufe der Jahre kantigere Züge angenommen, was sie zu einer umwerfend schönen Frau gemacht hätte. Nur hatte Kimi Kanasket dazu keine Gelegenheit gehabt, genauso wenig wie Sarah. Beide würden immer jung bleiben.

Jetzt kam der Bericht an die Reihe, den Buzz Almond als der für die ersten Maßnahmen nach der Vermisstenanzeige zuständige Beamte verfasst hatte. Das Dünndruckpapier und die unregelmäßig getippten Buchstaben wiesen darauf hin, dass es sich um das Original des Berichts handelte und nicht um eine Kopie. Er umfasste fast sieben Seiten, machte einen sehr ausführlichen Eindruck und dokumentierte alles, angefangen von dem Moment, in dem Buzz den Anruf der Zentrale entgegengenommen hatte, und der darauffolgenden Begegnung mit der Familie vor dem Heim der Kanaskets.

Ein separater Bericht war dem Gespräch gewidmet, das Buzz am folgenden Montag, dem Tag der Parade, mit Tommy Moore geführt hatte.

* * *

Montag, 8. November 1976

Obwohl es offiziell sein freier Tag war, verließ Buzz Almond noch vor Sonnenaufgang sein Haus. Er schlug einen Bogen um die Innenstadt von Stoneridge, wo man zwar in Vorbereitung auf die Parade in den meisten Straßen den Schnee geräumt, dafür jedoch Teile des Zentrums mit Holzböcken und orangefarbenen Plastikkegeln abgesperrt hatte. Dort würden selbst so früh am Morgen und trotz des kalten Wetters schon viele Leute unterwegs sein, um sich mit Klappstühlen bewaffnet die besten Plätze zu reservieren. Die Schulverwaltung hatte sämtlichen Schülern freigegeben, der Bürgermeister den Tag zum Tag der Red Raiders erklärt. Viele Geschäfte wollten zwischen elf und ein Uhr schließen, damit auch wirklich alle die Gelegenheit hatten, an der Feier teilzunehmen. Die Parade sollte durch die Innenstadt führen, später sollte es in der Turnhalle der Schule Reden und ein gemeinsames Abendessen geben, zu dem alle etwas beisteuern würden.

Buzz stammte selbst nicht aus Stoneridge, weshalb er die ganze Aufregung für leicht übertrieben hielt. Allerdings war ihm das Phänomen aus Zeitungsartikeln bekannt: Highschool-Footballspiele in texanischen Kleinstädten zogen zwanzigtausend und mehr Zuschauer an, bei Basketballspielen in Indiana gab es oft nur noch Stehplätze, so groß war der Andrang. Buzz begriff langsam, dass es hier nicht nur um sportliche Erfolge ging, sondern mehr noch um die Bestätigung einer bestimmten Lebensweise. Jeder Sieg bewies: Jugendliche in Kleinstädten konnten bei Wettkämpfen ebenso erfolgreich sein wie die aus großen Städten, was irgendwie darauf hinauslief, dass das Leben in einer Kleinstadt genauso gut, wenn nicht noch besser war als großstädtisches Leben.

In all der Euphorie untergegangen war die Tatsache, dass man gerade die Leiche einer jungen Frau aus dem Fluss gezogen hatte. Vielleicht sah die Stadt Kimi gar nicht als eine der Ihren an, dachte Buzz. Vielleicht lag das an der wachsenden Spannung, die durch die Proteste im Umfeld der Footballspiele aufgekommen waren. Für die weißen Bewohner stand der Name »Red Raiders« für Highschool und Football und beides war heilig. Da kam die Behauptung, dieser Name sei beleidigend, nicht gut an. Von wegen Beleidigung, konterten viele Bewohner der Stadt! Wenn überhaupt, dann waren Name und Maskottchen ein Kompliment an die amerikanischen Ureinwohner. Die Footballjungs der Stadt waren wilde Krieger, immer bereit, in die Schlacht zu ziehen.

Auch Buzz war so früh schon auf den Beinen, um sich einen Platz zu sichern, allerdings nicht an der für die Parade vorgesehenen Strecke. Er wollte sich vor Tommy Moores Wohnung aufbauen. Moore war am Wochenende nicht dorthin zurückgekommen. Buzz war auf seinen Fahrten im Streifenwagen von Zeit zu Zeit bei der Adresse vorbeigefahren und hatte seine Kollegen gebeten, während ihrer Schichten das Gleiche zu tun. Niemand hatte Moores weißen Ford Pick-up gesehen. Aber jetzt war Montagmorgen und der Junge musste ja wohl zur Arbeit gehen, wenn er nicht gefeuert werden wollte.

Also kehrte Buzz nach Husum zurück, einer gemeindefreien Stadt, die im Wesentlichen aus einer Kreuzung mit Tankstelle, Fabrikgebäuden und ein paar Lagerhäusern bestand. Kurz hinter einem Lebensmittelladen fuhr er auf einen unbefestigten Parkplatz, auf dem sich Pick-ups, Traktoren und Landmaschinen drängten, alle mehr oder weniger reparaturbedürftig und alle mit einer zwei, drei Zentimeter dicken Schneeschicht bedeckt. Zum Parkplatz gehörte das leicht heruntergekommene Betriebsgebäude von »M&M Mechanics«, an dem Buzz jetzt vorbeifuhr, denn er hatte es auf den hinteren Teil des Parkplatzes abgesehen. Sein Gespür hatte ihn nicht getrogen: Neben einer langen Treppe, die zur Wohnung im ersten Stock hinaufführte, stand Moores weißer Ford Pick-up.

Buzz schaltete die Scheinwerfer aus, parkte hinter der Ladefläche des Pick-ups und stellte den Motor aus. Einen Moment lang saß er nur da und beobachtete die Fenster der Wohnung. Als sich dort nichts regte, stieg er aus und schloss leise seine Wagentür hinter sich. Auf dem Parkplatz roch es unverwechselbar nach Benzin und unter seinen Stiefeln knirschte der Schnee, als er nach vorne ging, um sich die Fahrerkabine des Pick-ups anzusehen. Schon auf den ersten Blick war zu erkennen, dass die Motorhaube und der vordere rechte Kotflügel eingedrückt waren. Buzz beugte sich vor, um sich den Schaden anzusehen, der sich bei näherer Betrachtung als erheblich erwies und nur durch einen Aufprall bei hohem Tempo entstanden sein konnte. Nirgendwo war Rost zu sehen, auch keine abblätternde Farbe, der Schaden konnte also erst vor Kurzem entstanden sein. Jemand hatte den eingedrückten Kotflügel bereits notdürftig ausgebeult, damit er nicht gegen den überdimensionalen Reifen drückte. Bei diesem Reifen handelte es sich um einen Geländereifen mit dem entsprechend tiefen Profil. Mit solcher Bereifung ließ sich auch abseits von Straßen fahren.

Buzz holte die Instamatic aus seinem Fahrzeug und schoss ein paar Fotos vom Pick-up und dem Blechschaden. Dann steckte er die Kamera in die Tasche und stieg vorsichtig die Treppe hinauf, deren Stufen durch eine Eisschicht unter der dünnen Schneedecke rutschig geworden waren. Buzz hielt sich sicherheitshalber am Geländer fest und nahm immer nur eine Stufe nach der anderen. Oben angekommen warf er einen Blick durch das Fenster neben dem Treppenabsatz, konnte aber hinter der Scheibe weder Licht noch Bewegung erkennen, also klopfte er und trat beiseite. Von innen waren Geräusche zu hören, wie sie entstehen, wenn jemand aus dem Schlaf aufgeschreckt wird. Stimmen wurden laut, ohne dass er verstanden hätte, was gesagt wurde, dann näherten sich Schritte.

»Wer ist denn da?«

»Klickitat County Sheriff Office. Bitte öffnen Sie die Tür.«

Drinnen herrschte kurz Schweigen, dann hörte man wieder gedämpfte Stimmen.

Buzz klopfte noch einmal. »Bitte öffnen Sie die Tür.«

Nach ein paar Sekunden ging die Tür auf und Buzz stand vor einem gut gebauten Indianer in Boxershorts. Sonst trug der Mann nichts. Das musste Tommy Moore sein, den Mitbewohner William Cox hatte Buzz ja bereits kennengelernt. Moores schwarzes Haar reichte ihm bis auf die Schultern und seinen Oberkörper zierten einige Tattoos, darunter auch ein großer Weißkopfadler, der mit ausgebreiteten Flügeln und ausgestreckten Krallen einen Großteil von Moores Brust für sich beanspruchte. Verschlafen blickende blaue Augen und die kupferfarbene Haut erinnerten Buzz sehr an die Jugendlichen auf Surfbrettern, die Anne und er während ihrer Flitterwochen am Waikiki Beach bestaunt hatten. Solche Augen konnten einem Mädchen schon das Herz brechen. Hatten sie das von Kimi Kanasket gebrochen?

»Tommy Moore?«, fragte Buzz.

»Ja.« In Moores Stimme lag ein Hauch von Trotz.

»Wo waren Sie die letzten paar Tage?«

»Meine Mutter besuchen.«

»Das ist schön, wenn ein Sohn seine Mutter besucht. Wo wohnt sie denn?«

»Im Res, in Yakama.«

»Wir haben nach Ihnen gesucht, Tommy.«

»Hab ich gehört.« Moore warf einen Blick über seine Schulter in die Wohnung, wo sein Mitbewohner stand. Cox trug T-Shirt und Schlafanzughose.

»Wir müssen uns über Kimi Kanasket unterhalten«, fuhr Buzz fort.

»Auch das habe ich gehört.«

Aus der Wohnung drang angenehme Wärme, gepaart mit einem Geruch, der Buzz an feuchtes Holz erinnerte. »Wir können das gern hier draußen erledigen«, meinte er. »Aber dafür bin ich besser angezogen als Sie.«

Moore trat zurück und ließ den Deputy herein. Die Wohnung war genau so, wie man es bei zwei jungen Männern erwarten konnte. Buzz kannte sie ja bereits von seinem Besuch am Freitagabend. An Möbeln gab es nur das Allernötigste, eine

Couch, einen Stuhl, einen Fernseher, einen Tisch mit zwei Klappstühlen unter einem Kronleuchter, der ursprünglich einmal ein Hirschgeweih gewesen war. Nichts passte zusammen. An den Wänden hingen weder Bilder noch Fotos, dafür zierte ein Fleck die Zimmerdecke dort, wo es durchgeregnet hatte. Im Mülleimer türmten sich die Tüten aus dem Schnellimbiss, der Aschenbecher war voller Kippen, zwei davon stammten von Joints. Es roch stark nach Zigaretten und Marihuana.

Moore versuchte, unauffällig dichter an den Aschenbecher zu rücken.

»Lassen Sie ihn ruhig stehen«, sagte Buzz. Er wollte die beiden nicht wegen Marihuana hochnehmen und der Zigarettengestank störte ihn nicht. Er hatte selbst ein Päckchen am Tag geraucht, als er noch bei den Marines gewesen war, hatte allerdings von einem auf den anderen Tag aufgehört, als Anne ihm mitteilte, sie würde keinen Raucher heiraten.

»Haben Sie irgendwelche Waffen in der Wohnung?«, fragte er.

»Zwei Jagdgewehre und ein paar Messer«, antwortete Moore.

»Wo befinden sich diese Waffen?«

»Im Schrank in meinem Schlafzimmer.«

»Darf ich duschen?«, meldete sich der Mitbewohner. »Ich muss gleich zur Arbeit.«

»Bitte, duschen Sie ruhig.« Der junge Mann warf Moore noch einen Blick zu, ehe er das Zimmer verließ. Buzz zog Notizblock und Bleistift aus seiner Brusttasche.

»Ich muss auch zur Arbeit«, sagte Moore.

»Dann ist es ja gut, dass Sie es nicht weit haben.«

Moore ließ sich auf die Couch fallen.

»Was ist denn mit Ihrem Pick-up passiert?«, wollte Buzz wissen.

»Der ist im Reservat mit einem Baum zusammengestoßen.«

»Wann war das?«
»Am Wochenende.«
»Das vergangene Wochenende?«
»Ja.«
»Sieht ziemlich übel aus.«
»Ich habe den Kotflügel ausgebeult, jetzt fährt er wieder. Momentan habe ich kein Geld für eine richtige Reparatur.«

Buzz, der sich inzwischen auf den Stuhl gesetzt hatte, beugte sich vor, um sich Notizen zu machen. »Kimi und Sie waren ein Paar?«

»Ja.«
»Wie lange?«
»Eine Weile.«
»Wie lange ist eine Weile?«
»Seit dem Sommer.«
»Also drei, vier Monate?«
»Klingt gut.«
»Wann haben Sie sich getrennt?«

Moore senkte den Blick. »So vor einer Woche«, meinte er schließlich.

»Warum haben Sie sich getrennt?«
»Einfach so.«
»Wer beendete die Beziehung, Kimi oder Sie?«
»Es beruhte auf Gegenseitigkeit.«
»Warum wollten Sie Schluss machen?«
Moore zuckte die Achseln. »Brachte nichts mehr.«
»Was brachte nichts mehr?«
»Brachte irgendwie nichts mehr, sie zu daten.«
»Warum nicht?«
»Sie hatte ständig was vor. Geländelauf, Leichtathletik, lernen. Und sie wäre ja sowieso weggegangen, aufs College.«
»Und warum wollte Kimi mit Ihnen Schluss machen?«
»Aus denselben Gründen.«

»Waren Sie verärgert?«

Moore zuckte wieder die Achseln. »Wie ich schon sagte, wir wollten es beide beenden.«

Diesmal spürte Buzz nicht so sehr Trotz, sondern vielmehr eine gewisse Gleichgültigkeit. Das schien ihm seltsam, wenn man bedachte, dass die Frau, um die es hier ging, gerade tot aus dem Fluss geborgen worden war. »Wann haben Sie Kimi zuletzt gesehen?«

»Freitagabend.«

»Wo?«

»Im Diner.«

»Sie sind dorthin gegangen?«

Moore nickte. Seine nächste Frage stellte Buzz aus einem Bauchgefühl heraus. Sie basierte auf dem, was der Mitbewohner ihm bei seinem ersten Besuch erzählt hatte, und allem, was er so über die Psyche und das Verhalten von jungen Männern und Frauen wusste. »Sie hatten jemanden dabei?«

»Ja.«

»Wen?«

»Cheryl Neal.«

»Wer ist Cheryl Neal?«

»Nur so ein Mädchen.«

»Und die bringen Sie ausgerechnet in das Restaurant, in dem Ihre Exfreundin arbeitete?«

»Da gibt's leckere panierte Steaks.«

»Ach ja? Und das aßen Sie an dem Abend dann auch?«

»Nein.«

»Warum nicht?«

»Wir sind nicht lange geblieben.«

»Hm.« Buzz tat, als müsse er erst einmal nachdenken. »Sie fahren eine Viertelstunde weit hinaus zu einem Diner, in dem Sie, was Sie genau wussten, Ihre Ex treffen würden, und blieben dann nicht lange genug, um zu essen?«

»Nein.«

»Warum nicht?«

»Ich hatte dann doch keinen Hunger.«

»Und Ihr Date?«

»Die war auch nicht hungrig.«

»Was taten Sie danach?«

»Ich fuhr sie nach Hause und kam hierher zurück.«

»Wann sind Sie hier eingetroffen?«

»Ich weiß nicht. So gegen Mitternacht vielleicht.«

»War Ihr Mitbewohner zu Hause?«

»Das wissen Sie doch schon, er hat es Ihnen gesagt.«

Buzz lehnte sich zurück, um Moore in Ruhe betrachten zu können. Der junge Mann war Boxer, er beherrschte die Kunst des unbeirrten Starrens perfekt und schien sich auf keinen Fall einschüchtern lassen zu wollen. »Haben Sie Cheryl Neal mit in das Diner genommen, damit es Kimi leidtun sollte, sich von Ihnen getrennt zu haben?«

»Ich sagte doch schon, wir wollten es beide.«

»Ich weiß, was Sie gesagt haben. Aber wenn so eine Trennung auf Gegenseitigkeit beruht, dann bringt ein Mann kein neues Mädchen dorthin, wo sie auf jeden Fall auf seine Ex treffen muss. Es sei denn, er hätte Gründe dafür.«

»Ich sagte doch schon, ich mag deren panierte Steaks.«

»Und Sie wollten nicht etwa Kimi eifersüchtig machen?«

»Dafür gab es keinen Grund. Es laufen genug Mädchen rum.«

»Warum haben Kimis Bruder und dessen Freunde nach Ihnen gesucht?«

»Keine Ahnung, das müssen Sie die schon selbst fragen.«

»Ich frage aber Sie. Ich war bei Kimi zu Hause. Als ihre Familie erfuhr, dass Kimi verschwunden war, kam ihr Bruder hierher. Warum hätte er das tun sollen, wenn Sie beide doch Schluss gemacht hatten?«

Moore zuckte eine Achsel. »Fragen Sie Élan.«

»Sind Sie mit ihm befreundet?«

»Eher nicht.«

»Verfeindet?«

»Nein.«

»Wie haben Sie erfahren, dass wir Kimi tot aus dem Fluss gezogen haben?«

»Hab es in der Zeitung gelesen.«

»Und wie fühlen Sie sich dabei?«

Da war es erneut, dieses teilnahmslose Starren. Buzz wartete, ließ dem jungen Mann Zeit. Irgendwann zuckte Moore mit den Achseln. »Ist echt scheiße.«

* * *

Tracy goss den Rest Wein aus ihrem Glas in den Ausguss und kochte sich einen Kamillentee. Dieser Tommy Moore war auf jeden Fall schon mal ein Lügner und ein Arschloch. War er auch ein Mörder?

Roger lag lang ausgestreckt auf dem Esstisch und schnarchte. Tracy nahm sich den ersten Packen Fotos vor, um sie rasch durchzusehen, wobei ihr drei Aufnahmen eines ramponierten Ford Pick-ups in die Hände fielen. Genau wie von Buzz Almond beschrieben, sah die vordere rechte Seite des Wagens so aus, als sei sie mit erheblicher Wucht mit etwas zusammengestoßen, in voller Fahrt also. Vielleicht war Tommy Moore wirklich gegen einen Baum gefahren? Außerdem sah es so aus, als hätte jemand mit Erfahrung die vorläufigen Arbeiten an der Karosserie vorgenommen, um den Pick-up wieder zum Fahren zu bringen.

Tracy legte die Fotos beiseite. Buzz Almond war genauso vorgegangen, wie Tracy es nach diesem Gespräch mit Tommy Moore auch getan hätte. Der nächste Bericht dokumentierte seinen Besuch bei Cheryl Neal, die mit ihren Eltern und zwei Brüdern in Stoneridge wohnte. Die Neals waren zu Hause, da die Schule wegen der Parade an diesem Tag ausfiel. Tracy konnte sich lebhaft vorstellen, wie begeistert die Eltern des Mädchens auf den frühmorgendlichen Besuch eines Deputys reagiert hatten.

Cheryl Neal bestätigte, dass Tommy Moore mit ihr im Kino gewesen war, wo sie sich die *Rocky Horror Picture Show* angesehen hatten. Danach waren sie im Columbia Diner gewesen. Cheryl hatte gewusst, dass Moore mit Kimi Kanasket gegangen war, sagte aber aus, Moore hätte ihr versichert, sie hätten Schluss gemacht. Kimi und sie seien »keine Freundinnen« gewesen, erklärte sie, aber auch nicht »verfeindet«. Weiterhin gab sie zu, gewusst zu haben, dass Kimi in diesem Diner arbeitete. Für Tracy klang das ganz danach, als hätte Moore Neal genau deswegen zu einem Date eingeladen, weil Kimi und sie »keine Freundinnen« gewesen waren, und dass Neal die Vorstellung gefallen hatte, mit Moore in dem Diner aufzutauchen, in dem Kimi bediente. Nur war dieser Schuss nach hinten losgegangen. Laut Almonds Bericht hatte Neal ausgesagt, Moore und sie hätten das Diner überstürzt verlassen, weil Moore wegen irgendetwas »sauer« gewesen war. Gegen elf habe er sie wieder nach Hause gebracht. Wohin Moore anschließend gefahren war, hatte sie nicht sagen können.

Moore hätte ausreichend Zeit gehabt, zum Columbus Diner zurückzufahren, an der State Route 141 zu parken und auf Kimi zu warten. Sie waren einige Monate lang zusammen gewesen, er kannte ihren Tagesablauf und wusste, welchen Weg sie stets nahm.

Tracy nahm sich den Autopsiebericht vor, für den die Staatsanwaltschaft des Klickitat County verantwortlich zeichnete. Zurzeit gab es lediglich in sechs Countys des Staates Washington eigenständige rechtsmedizinische Abteilungen. Sechzehn beschäftigten amtliche Leichenbeschauer und in den verbleibenden, kleinen Countys wurden Einzelpersonen bestimmt, als ermittelnde Staatsanwälte beziehungsweise Coroner zu fungieren. In diesen Countys gab man Autopsien gewöhnlich an einen Pathologen vor Ort weiter, da es ja keine eigens dafür bestimmte Einrichtungen oder Beschäftigte gab. Im Jahre 1976 durfte es kaum anders gewesen sein, weswegen Tracy den Ergebnissen, zu denen der vorliegende Autopsiebericht gekommen war, bereits misstraute, bevor sie den Bericht gelesen hatte.

Es schien sich um eine Kopie zu handeln, was Tracy auch logisch vorkam, denn das Original war wahrscheinlich bei der ermittelnden Staatsanwaltschaft verblieben. Aus der schlechten Qualität der Kopie schloss sie, dass das Original auf Dünndruckpapier oder etwas Ähnlichem getippt worden war und die Kopie von einem Mikrofilm stammte. Obwohl die winzige Schrift Tracy nach dem langen Wochenende sehr anstrengte, las sie sich den Bericht durch.

Die Beschreibung des äußeren Zustands der Leiche ließ darauf schließen, dass zur Identifizierung und um ihren Zustand zu dokumentieren Fotos von der Toten gemacht worden waren. Tracy fand diese Fotos dann auch tatsächlich in Buzz Almonds Akte, sie waren nicht schön. Die allgemeinen Angaben überflog Tracy nur kurz, um sich einen Eindruck zu verschaffen: weiblich, ein Meter siebzig groß, siebenundfünfzig Kilo schwer, schwarze Haare, schwarze Augen. Der Pathologe hatte Prellungen, Hautabschürfungen, Kratzer und Schnitte unterschiedlicher Länge und Tiefe aufgelistet, über fast den gesamten Körper verteilt, einschließlich der Unterarme, der Beine und des Gesichts. Kimis rechtes Schienbein war gebrochen und ihr Brustkorb zeigte Merkmale einer Verletzung durch Einwirkung mit einem stumpfen Gegenstand. Auch ein großer Teil ihres Rückens sowie die rechte obere Schulter wiesen Prellungen auf. Der Pathologe war zu dem Ergebnis gekommen, dass die äußeren Verletzungen zu den Einwirkungen passten, die »man erwarten würde, wenn ein Körper in einem Fluss mit rascher Strömung gegen Felsen geschleudert und über Steine und andere im Wasser befindliche Objekte gezogen wurde«. Weiterhin war in Kimis Luftwegen einschließlich der Lungen Wasser gefunden worden, das eingeatmet worden war. Pathologe und Coroner befanden, das stimme mit dem überein, was man erwarten würde, wenn jemand abrupt in kaltes Wasser geworfen wurde. »Die Verstorbene atmete aufgrund eines durch die Stimulation der Haut bedingten Reflexes Wasser ein.« Außerdem hatte sich Kimi übergeben und Mageninhalt eingeatmet, auch das erwartete man laut Pathologen, wenn jemand Wasser inhaliert hatte: »Dieses Wasser verursacht Husten und verdrängt große Mengen Luft aus den Lungen, was zu Atemstörungen und Erbrechen führt.«

Tracy blätterte um, aber hier endete der Bericht des Pathologen auch schon unvermittelt mit dessen Unterschrift unter der Zusammenfassung seiner Meinung:

»Diese Frau kam aufgrund multipler Verletzungen an Kopf, Brust und Gliedmaßen ums Leben.«

Donald W. Frick, MD

Weiter enthielt die Akte Fotokopien zweier Rechnungen. Eine stammte von einer Firma namens »Columbia Windshield and Glass«, betrug fünfundsechzig Dollar und war mit verblasster roter Tinte als bezahlt abgestempelt, eine weitere kam von der Firma »Columbia Auto Repair« und belief sich auf sechshundertneunundfünfzig Dollar. Keine der Quittungen erwähnte, wofür die Beträge berechnet worden waren, an welchen Kunden sie gegangen waren oder an welchem Fahrzeug mit welchem amtlichen Kennzeichen die Arbeiten vorgenommen worden waren. Tracy sah sich daraufhin die Fotos von Tommy Moores Pick-up noch einmal genauer an: Die Windschutzscheibe hatte einen Riss.

»Damit kann es keinen Zweifel mehr geben!«, verkündete Tracy laut. Roger hob den Kopf vom Tisch. »Tommy Moore war der Verdächtige Nummer eins.«

Aber ihr ging jetzt langsam die Energie aus. Sie schloss den Ordner. »Komm, Roger, gehen wir schlafen.«

Roger stand auf, dehnte und reckte sich und ließ sich von Tracy in ihr Schlafzimmer tragen. Tracys Kopf war immer noch mit der Akte beschäftigt. Wenn man einmal die unbestreitbare Tatsache außer Acht ließ, dass hier ein Deputy eine nicht autorisierte Ermittlung durchgeführt hatte, und die Akte einfach nur als Ermittlungsakte nahm, in der jedes Dokument eine Bedeutung hatte, dann musste Tracy davon ausgehen, dass Buzz jedes Stück Papier und jedes Foto aus gutem Grund in die Akte übernommen hatte. Nur war sie noch weit davon entfernt, diesen Grund auch zu kennen.

7

Mittwoch, 10. November 1976

Buzz verabschiedete sich an der Haustür mit einem Kuss und einer festen Umarmung von seiner Frau Anne. »Ich liebe dich«, sagte er.

»Ich liebe dich!«, antwortete sie.

»Pass auf meine Mädels auf.«

»Pass du mir auf meinen Buzz auf.«

So verabschiedeten sie sich immer voneinander. Buzz wusste, das kleine Ritual half seiner Frau ein wenig gegen die Sorgen, die sie jeden Tag überkamen, wenn er zur Arbeit aufbrach. Mit zwei kleinen Mädchen im Haus und einem weiteren Kind unterwegs (Buzz hoffte heimlich auf einen Jungen) hatte Anne jegliches Recht, sich zu sorgen. Ihre Eltern waren wohlhabend und würden sich um sie und die Kinder kümmern, wenn Buzz etwas zustieß, wären aber nur ein jämmerlicher Ersatz für einen Ehemann und Vater. Das wussten Anne und Buzz beide und es bedrückte den Deputy sehr, dass seine Frau sich solche Gedanken machte. Außerdem hasste er es, seine Mädchen nachts allein lassen zu müssen.

Anne schlang ihm die Arme um die Taille, genau über dem sperrigen, lästigen Gürtel, an dem Revolver, Schlagstock,

Taschenlampe, Funkgerät und Handschellen hingen. »Du warst in den letzten Tagen irgendwie nicht du selbst. Geht es um dieses Indianermädchen?«

»Kimi Kanasket.«

»Eine Tragödie«, sagte Anne. »Aber was bereitet dir Kopfschmerzen?«

»Ich weiß es selbst nicht genau.« Das stimmte nicht ganz, Buzz wusste schon, was ihn bewegte. »Wahrscheinlich einfach die Sache selbst, die bloße Vorstellung. Ein so junges Mädchen, sie hatte das ganze Leben noch vor sich.«

»Weiß man denn jetzt, was passiert ist?«

»Sie warten auf die Autopsie.«

Anne schmiegte sich so eng an ihn, wie es ihr der Gürtel erlaubte. Ihr Haar roch nach Kokosnuss, das war das neue Shampoo, und als Buzz an ihrem Hals schnupperte, atmete er Annes ureigenen Duft nach Karamell ein. Sie wussten beide nicht, woher der kam, obwohl sie bei sämtlichen von Anne benutzten Cremes und Parfüms den Schnuppertest gemacht hatten. Nichts davon kam als Quelle infrage. Es war ihr natürlicher Duft und er ließ bei Buzz unweigerlich den Motor anspringen. »Du bist so süß wie Bonbons!«, murmelte er.

»Mal sehen … wenn ich heute Nachmittag nach Hause komme und deine Schicht zu Ende ist, könnten wir uns ja mal angenehmeren Dingen zuwenden. Vielleicht kann man dich ja so von der Arbeit loseisen.«

Buzz grinste. »Das würde mir prima gefallen. Und hast du denn auch einen Zauberspruch für Maria und Sophia, damit die eine halbe Stunde lang stillsitzen?«

»Eine halbe Stunde schaffe ich nicht, aber für fünfzehn Minuten fällt mir schon der eine oder andere Zauberspruch ein.«

Buzz zog sich in gespieltem Entsetzen zurück. »So weit ist es mit uns gekommen? Eine Viertelstunde?«

»Nicht die Anzahl der Minuten zählt, sondern deren Qualität. Und du, Buzz Almond, machst jede Minute zu etwas ganz Besonderem.«

»Das sollte ich vielleicht mal den Typen auf dem Revier erklären.«

»Ich warne dich, das lässt du schön sein! Das wäre total peinlich, ich könnte keinem von denen mehr in die Augen sehen.«

»Wieso du? Mich nennen sie dann den Schnellzieher.«

Anne versetzte ihm lachend einen Schlag gegen die Brust. »Komm du mir bloß nach Hause!«

»Auf jeden Fall! Wo ich jetzt bloß noch an das eine denken kann.« Er küsste sie noch einmal. Wie sie dort so in der offenen Tür stand, fand er, sah sie noch hübscher aus als an dem Tag, an dem er sie geheiratet hatte.

Später im Streifenwagen sprangen seine Gedanken zwischen der Aussicht auf ein Rendezvous mit Anne und Earl Kanasket hin und her. Er vermochte sich die Trauer dieses Mannes nicht auszumalen, konnte sich nicht vorstellen, eine seiner Töchter zu verlieren. Eltern verwinden den Tod eines Kindes nie, hatte er sagen hören, aber ohne konkreten Zusammenhang war das nicht mehr als ein Spruch, etwas, das man eben so sagte. Buzz war zweimal in Vietnam gewesen, er hatte genügend junge Leute sterben sehen. Er hatte sich nie daran gewöhnt und würde sich hoffentlich auch nie daran gewöhnen. Nur war er damals selbst noch nicht Vater gewesen. Er hatte nicht gewusst, wie es sich anfühlte, sein Kind, sein eigen Fleisch und Blut, aus ganzem Herzen zu lieben. Bis zu dem schrecklichen Moment, an dem er hinaus zu Earl und Nettie Kanasket fahren musste, um ihnen die Nachricht vom Tod ihrer Tochter zu überbringen, hatte er nie die Qualen von Eltern miterleben müssen, die ihr Kind verloren hatten. Earl war stoisch geblieben, ein Boxer, der einen fiesen rechten Haken hatte einstecken müssen und sich noch auf den Beinen hielt, aber nicht mehr genau wusste, wo und wer er war. Nettie war ohne ein Wort in sich zusammengesackt, ihre Beine hatten sie nicht mehr getragen.

Buzz wünschte sich aus ganzem Herzen, er hätte den beiden nicht fest versprochen, Kimi zu finden und nach Hause zu bringen. Dieses Versprechen verfolgte ihn nun.

Auf Anordnung seines Sergeants hatte er seine Berichte an Detective Jerry Ostertag weitergegeben, dem der Fall zugewiesen worden war. Buzz sollte die Angelegenheit für sich abschließen und hinter sich lassen. Seine Arbeit war getan und er sollte sich neuen Fällen zuwenden. Genau das wollte er ja auch tun, versicherte er sich immer wieder, nur half das wenig. Je mehr er sich das einredete, desto verunsicherter fühlte er sich. War seine Arbeit wirklich getan? Er hätte nicht genau sagen können, was ihn störte, aber irgendetwas stimmte nicht, irgendetwas war nicht so, wie es sein sollte. Kimi würde ihnen keinen Kummer machen, hatte Nettie bei ihrer ersten Unterhaltung gesagt. Sie hätten noch nie Probleme mit ihr gehabt. Alles deutete darauf hin, dass Kimis Mutter die Wahrheit gesagt hatte. Élan hatte Kummer gemacht, nicht Kimi, das hatte ungesagt im Raum gestanden. Zum Beispiel indem er seine Schwester mit Tommy Moore bekannt machte.

Kimi war eine gute Schülerin und eine verantwortungsbewusste Tochter gewesen. Laut *Sentinel* hatte sie ein Teilstipendium für die University of Washington erhalten, sie sollte dort in der Leichtathletikmannschaft laufen. Kimi war sportlich gewesen, klug, schön und, nach allem, was Buzz so hörte, ausgeglichen. Hätte sie sich eines Jungen wegen in den Fluss gestürzt? Wegen Tommy Moore? Möglich war vieles, dachte Buzz, nur glaubte er es nicht. Da war zum einen die Sache mit der einvernehmlichen Trennung, auf der Moore bestand und die Buzz ihm nicht abnahm. Wer so etwas behauptete, wollte doch meistens nur das eigene Ego schützen. Buzz hielt es für viel wahrscheinlicher, dass Moore abserviert worden war.

Die Schäden am Pick-up des jungen Mannes konnte er auch nicht außer Acht lassen.

Er tauchte aus seinen Grübeleien auf, als er am Columbia Diner vorbeifuhr. Nachdem er sich mit einem raschen Blick in den Rückspiegel vergewissert hatte, dass er gefahrlos eine Kehrtwende machen konnte, drehte er um und fuhr zurück zum Parkplatz des Restaurants. Dort blieb er noch eine gute Minute bei laufendem Motor sitzen, unsicher, ob er wirklich aussteigen sollte. Dann stellte er den Motor ab und öffnete die Wagentür. Draußen war es ein paar Grad wärmer als am Morgen, aber immer noch konnte er den Atem vor seinem Mund sehen.

Eine Holztreppe führte zum Eingang des Diners, drinnen roch es nach frittiertem Essen. Das Restaurant mit seinen gerade mal fünf Sitznischen war sicher nicht größer als fünfundsiebzig Quadratmeter. Vor dem resopalbeschichteten Tresen stand ein halbes Dutzend Stühle, von denen nur einer besetzt war: Ein einsamer Mann arbeitete sich mit Messer und Gabel an einem Brathähnchen ab, neben sich einen Becher Kaffee.

Die Kellnerin hinter dem Tresen rief Buzz einen Gruß zu. »Setzen Sie sich einfach irgendwohin«, sagte sie, obwohl ein Schild die Kunden bat zu warten, bis man ihnen einen Platz zuwies. »Ich komme gleich zu Ihnen.«

Buzz setzte sich in eine Nische gleich bei dem Panoramafenster, wo man Parkplatz und Straße gut im Blick hatte. Gleich darauf kam die Kellnerin mit einer Kanne Kaffee, drehte den vor Buzz stehenden Becher um und goss ihn voll. »Soll ich die Speisekarte bringen?«

»Danke, ich möchte nur einen Kaffee.«

»Sie sind neu«, befand sie mit Blick auf seine Uniform.

»Richtig, ich bin erst seit ein paar Monaten dabei.«

»Herzlich willkommen.« Sie war eine attraktive Frau mittleren Alters, groß und schlank, mit silbern leuchtenden Haaren, kurz geschnitten wie bei einem Mann, wodurch die großen, runden Ohrringe besonders gut zur Geltung kamen. Blauer Lidschatten betonte die ebenfalls blauen Augen. »Woher kommen Sie?«, wollte sie wissen.

»Ehe ich hierherzog? Aus Vietnam.«

»Das tut mir leid. Armee?«

»Marines. Mit dem Umweg über Orange County in Südkalifornien.«

»Orange County? Da ist doch Disneyland, oder?«

»Nicht weit davon, Anaheim.«

»Ich war mal mit den Kindern da. Im Sommer, heißer als die Hölle. Und der Smog! Ich weiß nicht, wie man solche Luft jeden Tag einatmen kann, vor allem die Kinder.«

»Das sind schon mal zwei Gründe, weswegen wir nicht zurückgegangen sind.«

»Wie viele haben Sie denn?«

»Zwei Mädchen. Und ein Baby ist unterwegs.«

»Schön für Sie! Ich könnte Ihnen zu dem Kaffee einen Apfelkuchen anbieten.«

»Selbst gebacken?«

»Wollen Sie mich beleidigen? Wenn er nicht selbst gebacken wäre, würde ich ihn nicht servieren.« Sie streckte Buzz die Hand hin. »Lorraine.« Der Name stand auch auf dem kupfernen Namensschild, das sie sich an die Uniform geheftet hatte.

Buzz warf einen Blick auf die vier Kuchen in der Glasvitrine neben der Kasse. »Ich hätte sehr gern ein Stück Apfelkuchen, Lorraine.«

Lorraine brachte ihm ein dickes Stück Kuchen und eine Gabel und wartete, bis er den ersten Bissen auf der Zunge hatte. Die perfekte Mischung aus Äpfeln und Zimt ließ seine Geschmacksnerven explodieren. »Wow!«, entfuhr es ihm. »Sagen Sie das keinem, ich würde sowieso alles abstreiten, aber der ist noch besser als der von meiner Mutter!«

Lorraine lächelte ihm zu, wobei dieses Lächeln etwas Trauriges hatte. Überhaupt hatte das ganze Restaurant etwas Trauriges, zumal es so gut wie leer war. Buzz sah keinen Grund zu verschweigen, warum er hier war. »Ich war als Erster zuständig, als Kimis Eltern sie als vermisst meldeten.«

Lorraine zuckte zusammen, als hätte man ihr einen Schlag auf die Brust versetzt. Was sie danach sagte, ließ Buzz aufhorchen: »Dann wissen Sie auch, dass das alles von vorn bis hinten keinen Sinn ergibt?«

»Was ergibt keinen Sinn?«

»Dass Kimi so etwas tun würde.«

»Wie ist sie Ihnen denn an dem Abend vorgekommen?«

Lorraine setzte sich Buzz gegenüber in die Nische, allerdings halb auf dem Sprung, mit den Beinen noch im Gang. »Sie kam mir vor wie immer, völlig in Ordnung. Wirklich absolut in Ordnung.«

»Ihr Freund ist aufgetaucht, habe ich mir sagen lassen.«

»Tommy Moore.« Sie spuckte den Namen fast aus. »Das Arschloch hatte ein Mädchen dabei.«

»Wie hat Kimi reagiert?«

»Wollen Sie meine ehrliche Meinung? Es war okay für sie, so sah es wenigstens aus. Ich habe sie gefragt, ob alles in Ordnung ist, und sie sagte Ja. Sie sagte, sie hätte Schluss gemacht. Sie wollte ja sowieso im nächsten Jahr weg, auf die Uni. Und ihre Eltern konnten Tommy nicht leiden.« Das bestätigte, was Buzz vermutet hatte: Kimi hatte mit Moore Schluss gemacht.

»Und warum konnten Kimis Eltern Moore nicht leiden? Hat sie das je erwähnt?«

»Der Junge steckte in einer Sackgasse, aus dem würde so schnell nichts werden. Kimis Eltern wollten etwas Besseres für ihre Tochter.«

»Ich hörte, der Bruder hätte die beiden miteinander bekannt gemacht?«

»Élan? Davon weiß ich nichts.«

»Was können Sie mir über den sagen?«

Lorraine verdrehte die Augen. »Noch so einer, aus dem nichts wird. Hat die Schule abgebrochen, wohnt zu Hause. Ich bin mir nicht sicher, ob er überhaupt was macht – außer seinen Eltern Kummer.«

»Hat Kimi mal über ihre Beziehung zu ihrem Bruder gesprochen?«

»Nicht direkt. Aber ich hatte den Eindruck, sie standen sich nicht besonders nah.«

»Also wirkte Kimi nicht traurig oder wütend, weil Tommy mit einem anderen Mädchen hier auftauchte?«

»Nein. Sie hat am Tisch der beiden bedient, fröhlich wie immer. Vielleicht noch ein bisschen fröhlicher. Sie war ja nicht blöd, sie wusste, was Tommy da machte. Ihre gute Laune hat ihn irritiert. Er ist aufgestanden und gegangen, ohne bestellt zu haben.«

»Sagte er irgendetwas?«

»Nee. Hat einfach sein Date bei der Hand geschnappt und ist geflüchtet. Fuhr ziemlich erregt weg, die Hinterreifen haben Kies gespuckt.«

»Und Kimi hat weitergearbeitet, bis ihre Schicht zu Ende war?«

»Ja.« Lorraine deutete auf das Telefon, das neben der Kasse an der Wand hing. »Von dem Apparat aus hat sie zu Hause angerufen, damit ihre Eltern wissen, dass sie sich auf den Heimweg macht. Das hat sie jeden Abend gemacht, wenn sie hier bedient hat.« Lorraine zog eine Serviette aus dem Spender, der neben Salz und Pfeffer auf dem Tisch stand, und tupfte sich die Tränen ab, die sich in ihren Augenwinkeln gesammelt hatten.

»Sie wirkte also in keiner Weise aufgewühlt oder traurig?«, fragte Buzz weiter.

»Sie hat mich umarmt und ›Bis Samstag‹ gesagt.« Lorraine

musste sich kurz sammeln. »Ich sagte, eigentlich müsste sie gar nicht kommen. Am nächsten Tag war doch das Footballspiel, zu dem die ganze Stadt hinwollte. An dem Abend würde es hier so ruhig sein wie auf einem Friedhof.«

»Kimi wollte nicht zu dem großen Spiel?«

Lorraine schüttelte den Kopf. »Nein. Einige der Indianer planten einen großen Protest gegen den Namen Red Raiders.«

»Davon hörte ich schon.«

»Kimis Vater ist einer der Stammesältesten. Er wollte nicht, dass sich Kimi zu stark einmischte. Sie ging ja dort zur Schule, es war sowieso nicht einfach für sie.«

»Hat sie je von Drohungen gegen sie gesprochen? Wurde sie der Proteste wegen belästigt?«

»Nichts Ernsthaftes. Einige Schüler haben wohl mal abfällige Bemerkungen gemacht, aber die hat sie einfach nicht beachtet. Sie war erwachsener als die meisten Jugendlichen ihres Alters. Kimi protestierte auf ihre eigene Art. Wenn sie für das Schulteam lief, hat sie das ›Red‹ auf ihrem Trikot einfach überdeckt.«

»Hm.« Buzz fand das ziemlich schlau. »Wenn ich Sie jetzt direkt frage, Lorraine …«

»Glaube ich, dass Kimi wegen Tommy Moore in den Fluss gesprungen ist?« Sie schüttelte den Kopf und tupfte sich erneut die Augen ab. »Ich weiß, sie hat es getan, aber es fällt mir unendlich schwer, das zu glauben. Sie war immer so ausgeglichen, so vernünftig. Und wie ich schon sagte, es schien ihr nichts auszumachen, als Tommy hierherkam. Vielleicht hat sie das einfach nur gut versteckt und ich habe nichts mitbekommen.«

»Hat Tommy sie je nach der Schicht abgeholt und nach Hause gefahren?«

»Ein paarmal, ja.«

Buzz warf einen Blick auf seine Uhr. »Ich muss los. Danke für das Gespräch, Lorraine – und für den Kuchen. Darf ich mir den Rest einpacken, um ihn später zu essen?«

»Wenn Sie das jetzt nicht gefragt hätten, hätten Sie meine Gefühle verletzt.« Lorraine stand auf und war schon halb auf dem Weg zum Tresen, als sie sich noch einmal umdrehte. »Sie glauben nicht, dass Kimi es getan hat, oder? Sie glauben nicht, dass sie in den Fluss gesprungen ist.«

»Ich kann das nicht beurteilen.« Detective Ostertag sollten auf keinen Fall Gerüchte zu Ohren kommen, Buzz würde auf eigene Faust ermitteln. »Ich schreibe nur meine Berichte.«

»Verfolgt denn überhaupt jemand die Frage noch weiter?«

»Ich werde es den Detectives nahelegen.«

»Irgendwer sollte das nämlich tun, so wie es aussieht.«

* * *

Buzz Almond stellte den Plastikbehälter auf den Beifahrersitz. Lorraine hatte zu dem unbewältigten Kuchenrest noch ein frisches Stück gelegt. »Den können sich Ihre Frau und die Mädchen teilen«, hatte sie gesagt.

Buzz setzte rückwärts vom Parkplatz auf die 141, bog um eine Kurve in der Straße und wurde langsamer, als er an eine Ausweichstelle kam, die ihm nicht aufgefallen war, als er mit Earl Kanasket diese Strecke abging. Kurz entschlossen hielt er dort auf dem Seitenstreifen. Wenige Schritte von der Straße entfernt wurde ein nur teilweise erkennbarer Pfad sichtbar, der an manchen Stellen völlig unter Blattwerk, Farnen und den Ranken der Zimthimbeeren und Brombeeren zu verschwinden drohte. Buzz bog das Unterholz beiseite. An dieser Stelle war ein Auto von der Straße abgebogen, er erkannte deutlich Reifenspuren, und einige Zweige sahen aus, als wären sie vor Kurzem erst abgebrochen. Die Bruchstellen waren noch grün. Er folgte dem Pfad auf den Spurrillen im Boden, unter den Sohlen seiner Stiefel knirschte die gefrorene Erde.

Nach ein paar Schritten hockte Buzz sich hin, um sich die Reifenspuren genauer anzusehen. Sie schienen von übergroßen Geländereifen zu stammen, Reifen, wie Geländewagen sie hatten, Reifen, wie er sie an Tommy Moores Pick-up gesehen hatte. Und noch etwas fiel ihm auf: Eindrücke, die aussahen, als hätte sich hier der Absatz eines Schuhs in den Boden gedrückt.

Buzz stand auf und folgte weiter den Reifenspuren, wobei er diesmal neben ihnen herging, um sie und die Fußspuren nicht durch die Abdrücke seiner Stiefel zu beschädigen. Von beiden Seiten langten Büsche und Unterholz nach ihm und zupften an seiner Uniform, während der Pfad erst schmaler wurde, sich nach ein paar Hundert Metern nach Osten schlängelte, um dann an einer Anhöhe wieder breiter zu werden. Buzz folgte ihm den Hügel hinauf. Es ging recht steil nach oben, er spürte die Anstrengung in Schenkeln und Waden und hörte nach einer Weile noch dazu seinen keuchenden Atem. Auch hier fielen ihm abgeknickte Äste und Zweige ins Auge, außerdem Büsche, die aussahen, als wäre auf ihnen herumgetrampelt worden. Auf dem Gipfel angekommen, musste er kurz verschnaufen, jeder Atemstoß war als kleine weiße Wolke zu sehen. Bei den Marines war er Hügel wie diesen Hunderte von Malen hinaufgestürmt und wieder hinuntergelaufen, ohne einen einzigen Tropfen Schweiß zu vergießen. Jetzt schnappte er keuchend nach Luft – und hielt im Schlafzimmer fünfzehn Minuten durch …

Unter ihm lag wie ein Amphitheater aus Grün- und Brauntönen eine ovale Lichtung. Sie wirkte wie von Menschenhand geschaffen, er war sich jedoch sicher, dass die Natur sie hatte entstehen lassen. Erstens wiesen nirgendwo Baumstümpfe auf Rodungsarbeiten hin, und zweitens: Wer hätte sich die Mühe machen sollen und warum?

Die Reifenspuren hörten auf dem Gipfel der Anhöhe auf. Hügelabwärts war nichts zu sehen, erst wieder auf der flachen Ebene ganz unten, wo der Boden aufgewühlt aussah. Buzz klopfte das Herz schneller, ein Adrenalinschub, der nichts mit dem anstrengenden Aufstieg zu tun hatte. Er machte kehrt und eilte denselben Weg zurück, den er gekommen war. Wo der Pfad enger wurde, schob er mit den Unterarmen das dichte Gestrüpp beiseite.

Beim Streifenwagen angekommen, riss er die Beifahrertür auf und klappte das Handschuhfach auf. Heraus fielen die Instamatic-Kamera sowie die Ersatzfilme.

8

Am Montagmorgen schob Tracy auf dem Weg ins Justizzentrum zwei Abstecher ein. Der erste führte sie ins Gebäude der Rechtsmedizin des King County an der Jefferson Street. Diese Gegend wurde in Seattle gern Pill Hill genannt, weil hier so viele Krankenhäuser, Arztpraxen und auch die Blutbank zu Hause waren. In der Lobby des Hauses traf sie auf Rosa Kelly, die forensische Anthropologin, die die Exhumierung geleitet hatte, nachdem das flache Grab mit Sarahs sterblichen Überresten gefunden worden war. Sie hatte auch die Analyse dieser Überreste vorgenommen. Tracy und sie hatten sich aber auch schon vorher gekannt und waren seit der gemeinsamen Arbeit an einigen Fällen sogar befreundet.

»Sind das die Unterlagen, von denen du gesprochen hast?«, fragte Kelly mit Blick auf den Umschlag in Tracys Hand, nachdem die beiden Frauen einander begrüßt hatten.

Tracy gab ihr den Umschlag, in dem sich eine Kopie des Berichts des Coroners über die bei Kimi Kanasket vorgenommene Autopsie befand. Der Umschlag enthielt auch die dazugehörigen Fotos.

Rosa öffnete ihn und holte den Bericht heraus, den sie nach dem ersten Blick entsetzt auf Armlänge hielt. »Mein Gott, soll das ein Sehtest werden? Von wann ist das hier?«

»1976.«

»Ein alter Fall, sagst du? Klickitat County? Kein Rechtsmediziner. Wahrscheinlich haben sie die Autopsie von einem Pathologen aus der Gegend machen lassen.«

»Das glaube ich auch.«

Rosa nahm die Fotos, warf kurz einen Blick darauf und verstaute sie wieder im Umschlag. »Das kann aber eine Weile dauern«, warnte sie. »Ich sage in dieser Nelkensache aus und wir haben einen ziemlichen Rückstau.«

In Seattle wusste jeder, was mit »dieser Nelkensache« gemeint war. Nach jahrelanger Verzögerung standen jetzt endlich eine Frau und ihr Freund vor Gericht, die an einem Weihnachtsabend die gesamte Familie der Frau brutal ermordet hatten. Und der Rückstau ergab sich aus der Tatsache, dass Rosa zwar bei der rechtsmedizinischen Abteilung des King County angestellt war, gleichzeitig jedoch auch allen neununddreißig Countys des Staates Washington zur Verfügung stand.

»Das ist mir klar«, versicherte Tracy. »Ich brauche es auch nicht gleich morgen.«

»Sie wurde von einem reißenden Fluss mitgerissen, sagst du?«

»Das ist das Szenario.«

»Ich kenne da einen Typen, mit dem ich mal bei einem ähnlichen Fall zusammengearbeitet habe. Auch da ging es um eine Leiche, die aus einem Fluss geborgen wurde. Ich sehe mir das mal an und entscheide dann, ob wir ihn hinzuziehen oder nicht.«

»Klingt gut«, meinte Tracy.

»Und der Mann sieht nicht gerade schlecht aus«, verriet Rosa lächelnd, wurde aber gleich wieder ernst. »Vielleicht arbeiten wir ja eines Tages mal bei einem ganz einfachen Fall zusammen.«

»Wenn ein Fall einfach ist, zieht man dich nicht hinzu.«

Ihr zweiter Umweg führte Tracy zum Gerichtsgebäude des King County an der Third Avenue, wo sich in Raum W-11 das Büro des Sheriffs befand. Kaylee Wright, leitende Tatortanalystin – in der Branche als »Spurendeuterin« oder »Fährtenleserin« bekannt –, saß an ihrem Schreibtisch, was durchaus eine Seltenheit war. Normalerweise trieb sich Wright in irgendwelchen abgelegenen Teilen des Landes herum und suchte nach Leichen, oder sie vertrat die Wissenschaft, auf der das Fährtenlesen beruhte, bei internationalen Kongressen rund um den Globus. Dort stellte sie dann dar, welche Bedeutung ihre Arbeit für die moderne Forensik hatte. Tracy brauchte sie davon nicht mehr zu überzeugen, sie hatte Wright schon bei der Arbeit zusehen dürfen. Wenn die Fährtenleserin eine Spur analysierte, dann konnte sie nicht nur genau sagen, welche Schuhe Opfer und Täter getragen hatten, sie wusste auch, wo jeder der beiden hingetreten war und wer als Erster seine Spuren hinterlassen hatte. Sie vermochte anhand von Grashalmen zu beurteilen, ob jemand an einer Stelle gestanden, gesessen oder auf dem Boden gelegen hatte.

Wright war ein Meter achtzig groß und damit als eine der wenigen Frauen im Polizeidienst größer als Tracy. Sie hatte auf dem College Volleyball gespielt und bewahrte sich auch weiterhin die Figur der Leistungssportlerin. Als Tracy und sie vor einigen Jahren gemeinsam den Fall eines russischen Drogenhändlers bearbeitet hatten, der in Laurelhurst erschossen worden war, hatten sie sich als Team den Spitznamen »Salz und Pfeffer« eingefangen, weil Tracy so hellhäutig und blond war, Wright dagegen dunkelhäutiger und schwarzhaarig.

Tracy gab ihr den Umschlag mit den Fotos, die die Fährtenleserin sich anschauen sollte. »Das sind die Originale«, warnte sie. »Die Negative stecken jeweils beim dazugehörenden Stapel vorn in der Tasche.«

»Ich werde gut darauf aufpassen«, versprach Wright, die bereits einen der Umschläge geöffnet hatte, um sich ein paar der Fotos anzusehen. »1976! Da war ich zwei Jahre alt.«

»Ich auch«, sagte Tracy.

»Gute Aufnahmen, wenn man bedenkt, welche Mittel damals zur Verfügung standen. Der Fotograf wird mit einer Instamatic gearbeitet haben, das erkenne ich an der Qualität der Bilder und dem hinten aufgedruckten Datum. Und du willst mir wirklich keinen Hinweis darauf geben, was ich hier sehe? Nicht den allerkleinsten?«

Tracy wollte, dass Kelly Rosa und Kaylee Wright ihre Analysen ganz und gar unvoreingenommen erstellten, unbeeinflusst von allem, was Tracy vielleicht zu dem Fall im Kopf haben mochte, obwohl sie zugegebenermaßen noch nicht allzu viel wusste.

»Ich weiß selbst nicht genau, was da zu sehen sein soll«, sagte Tracy. »Ich hatte gehofft, das könntest du mir sagen.«

Wright verstaute die Fotos wieder in dem Umschlag. »Okay! Ich mag Herausforderungen. Wie eilig hast du es? Ich fliege morgen zu einem Kongress nach Deutschland.«

»Du Ärmste«, spottete Tracy. »Berlin?«

»Hamburg. Ist nicht so prickelnd, wie es klingt, den ganzen Tag Besprechungen und Podiumsdiskussionen. Ich habe allerdings vor, das eine oder andere deutsche Bier zu testen.«

»Fliegt Barry mit?«

»Sprach ich nicht gerade von deutschem Bier?«

»Dann klappt es ganz gut mit euch beiden?«

»Das wird sich herausstellen. So eine Auslandsreise soll ja ein prima Test sein, habe ich mir sagen lassen. Hinterher weiß man angeblich, wie gut man einander ertragen kann. Wie läuft es mit dir und Dan?«

»Bisher nicht schlecht.« Tracy warf einen Blick auf ihre Uhr. »Ich muss los. Kins und ich sind für einen Mordfall in Greenwood zuständig, mit dem er sich allein herumschlagen durfte, während ich am Wochenende weg war. Viel Spaß in Deutschland und trink das eine oder andere Bier für mich mit.«

* * *

In letzter Zeit war man bei der Stadtverwaltung dazu übergegangen, das Justizzentrum als »Polizeipräsidium« zu bezeichnen. Mit »Justizzentrum« war jetzt anscheinend das angrenzende Gebäude gemeint, in dem sich das Amtsgericht des King County befand. Tracy und anderen Veteranen war das egal, für sie würde das Heim des Seattle Police Department immer das Justizzentrum bleiben. Aber ganz gleich, unter welchem Namen man jetzt residierte, was sich nicht geändert hatte, war das Volumen von Vic Fazzios rauer Stimme und sein deutlicher New-Jersey-Akzent. Beides drang Tracy bereits beim Verlassen des Fahrstuhls im sechsten Stock ins Ohr; sie hörte Faz schon lange, bevor sie den quadratischen Arbeitsbereich des A-Teams betrat.

»Hast du heute noch ein heißes Date, Sparrow?«, erkundigte er sich gerade bei Kins. Faz mochte den Spitznamen, den man seinem Kollegen verliehen hatte, als der noch als verdeckter Ermittler für das Drogendezernat unterwegs gewesen war und mit langen Haaren und dünnem Spitzbart dem von Johnny Depp verkörperten Helden aus *Fluch der Karibik* zum Verwechseln ähnlich gesehen hatte.

»So wie du nach Rasierwasser duftest, könntest du glatt als Italiener ehrenhalber durchgehen.« Del wollte auch noch sein Fett beisteuern.

»Um in euren Club zu dürfen, müsste ich mindestens fünfzig Kilo zulegen«, konterte Kins.

»Als wäre ich in einem Klub, wo sie auch Faz reinlassen!«, empörte sich Del.

Faz und Del sahen beide aus, als hätte man sie direkt aus dem Casting für Leibwächter in einem Mafiafilm heraus in den Polizeidienst verpflichtet. Momentan hockten sie an ihren Schreibtischen, die Stühle so gedreht, dass sie Kins an seinem Schreibtisch auf der anderen Seite des großen zentralen Arbeitstisches im Auge hatten.

»Hey Professor, sieh dir unseren Joe Friday an!«, rief Faz Tracy entgegen, als die den Arbeitsbereich betrat. Joe Friday war der Detective aus der TV-Serie *Polizeibericht*, der grundsätzlich Anzüge trug.

Kins stand auf, einen Kaffeebecher in der Hand. »Wenn ich gewusst hätte, dass man hier gleich in die Nachrichten kommt, wenn man mal einen Anzug trägt, hätte ich mich ausstaffiert wie ihr zwei Penner«, knurrte er. »Komm, Tracy. Tim Collins Bruder hat angerufen und will mit uns reden. Außerdem habe ich dir jede Menge zu erzählen.«

Tracy machte gleich wieder kehrt, um sich Kins anzuschließen.

»Hey Professor!«, rief Faz ihr nach. »Ich hab eine Gasmaske da! Falls du die im Fahrstuhl brauchen solltest …«

* * *

Unterwegs informierte Kins Tracy über alles, was sich am Wochenende ereignet hatte. Natürlich berichtete er auch von Angela Collins und Atticus Berkshires Auftauchen und Angelas Aussage. Tracy fand es ebenfalls seltsam, dass Berkshire das zugelassen hatte.

»Dafür muss es einen Grund geben«, überlegte sie. »Berkshire macht grundsätzlich nur, was seinen Mandanten hilft oder uns die Arbeit erschwert.«

Mark Collins lebte im wohlhabenderen Teil von Madrona, einem fünfzehn Minuten östlich vom Stadtkern gelegenen Stadtteil, der sich vom Gipfel des Berges bis hinunter zu den Ufern des Lake Washington erstreckte. Sein stattliches Wohnhaus aus roten Ziegeln im Georgianischen Stil war in der momentanen angeheizten Lage auf dem Immobilienmarkt bestimmt ein paar Millionen Dollar wert. Der Hausherr kam in Khakihose und Hemd an die Tür. Er wirkte jünger als sein Bruder, war größer und dünner als er und rothaarig. Tim Collins hatte blondes Haar gehabt.

»Vielen Dank, dass Sie gekommen sind!« Collins klang aufgewühlt und verbittert und sah auch so aus, als er die beiden Detectives in sein Wohnzimmer führte, wo ein imposanter Flachbildfernseher eine ganze Wand einnahm. »Darf ich Ihnen etwas anbieten? Kaffee? Wasser?«

»Vielen Dank, das ist nicht nötig«, meinte Kins. »Herzliches Beileid Ihnen und Ihrer Familie.«

Mit den anderen Angehörigen von Tim Collins hatten Faz und Kins gleich am Abend der Ermordung und am darauffolgenden Tag gesprochen. Mark war auf Reisen gewesen. Kins hatte bei seinen Gesprächen den Eindruck gewonnen, dass er als Ältester so etwas wie der Patriarch der Familie war und die anderen sich sehr nach ihm richteten.

Mark Collins nickte. »Ich höre, der Vater plädiert auf Notwehr?«

»So sieht es aus«, bestätigte Kins.

Collins schüttelte den Kopf. »Wenn irgendwer ein bisschen Notwehr hätte gebrauchen können, dann Timmy.«

Andere Mitglieder der Familie hatten sich ähnlich geäußert. »Wie meinen Sie das?«, hakte Kins nach. Da er den Kontakt hergestellt hatte, stellte er die Fragen und Tracy machte sich Notizen.

»Angela kann ziemlich manipulativ sein, wenn sie etwas haben will. Mit der Zeit hat sie Tim zermürbt. Sie hat uns alle zermürbt.«

»Wie hat sie das fertiggebracht?«

»Sie hat mit jedem Einzelnen von uns Streit angefangen, bis keiner von uns mehr in ihre Nähe kommen mochte. Einmal hat sie sich mit mir angelegt, beim nächsten Mal waren dann meine Schwester, meine Frau oder mein Schwager dran. Wir essen sonntags immer alle zusammen zu Mittag, aber mit Angela ging das nicht lange gut. Tim meinte, er könne nicht mehr an den Essen teilnehmen, Angela würde sich da nicht wohlfühlen. Was wir nicht wussten: Das hat sie mit all seinen Freunden so gemacht. Es war ihre Art, Tim zu isolieren.«

»Zu welchem Zweck?«

»Um ihn manipulieren zu können. Damit er machte, was sie wollte. Tim war in erheblichem Maße co-abhängig.«

»Können Sie mir ein Beispiel nennen?«

Collins brauchte nicht lange nachzudenken. Das hatte er entweder in Erwartung ihres Besuches schon vorher getan, oder er hatte das, was er jetzt Kins und Tracy erzählen wollte, auch schon anderen erzählt. »Timmy hat gut verdient, Detectives, er war Ingenieur bei Boeing. Trotzdem hätte er um ein Haar Privatinsolvenz anmelden müssen, weil Angela so viel Geld ausgab. Sie wollte ein neues Auto, und er kaufte es ihr, er kaufte ein neues Boot und das Haus, das sie unbedingt haben wollte, sie machten Urlaube, die sie sich eigentlich gar nicht leisten konnten. Entweder er zahlte oder sie drohte, sich scheiden zu lassen. Tim hat nicht Nein gesagt.«

»Aber sie reichte die Scheidung trotzdem ein?«, fragte Tracy.

»Und wir waren froh darüber! Wir hatten Tim seit Jahren bearbeitet, sie zu verlassen, doch er wollte nicht, wegen Connor. Haben Sie den Jungen kennengelernt?«

»Kurz gesehen«, sagte Kins.

»Dann wissen Sie ja, dass er ein bisschen zerbrechlich ist. Wie dem auch sei: Wir hatten Tim endlich so weit und er hatte erkannt, dass die Beziehung nicht gesund war. Dann machte er den Fehler, Angela zu sagen, er wolle die Scheidung einreichen, und bekam prompt am nächsten Tag von ihr die entsprechenden Papiere zugestellt, gepaart mit absurden Anschuldigungen.«

»Glauben Sie, Angela hatte schon vorher einen Anwalt konsultiert? Oder reagierte sie ausschließlich auf die Ankündigung Ihres Bruders, sich scheiden lassen zu wollen?«, fragte Tracy.

»Eindeutig Letzteres. Sie war wütend, und wenn Angela wütend wird, wird sie hinterhältig. Als Tim die Scheidung wollte und sie feststellen musste, dass sie ihn nicht mehr würde benutzen können, war sie wie der Teufel dahinter her, ihn zu vernichten.«

Mark nahm ein Blatt Papier vom Couchtisch, um es Kins zu geben. »Das sind alles Leute, die bestätigen können, was ich gerade gesagt habe. Freunde und Verwandte von Timmy.«

Kins warf einen kurzen Blick auf die Namen und Telefonnummern, ehe er die Liste an Tracy weiterreichte. »Hat Ihr Bruder je von körperlichen Auseinandersetzungen mit Angela berichtet?«, wollte er wissen.

»Absoluter Blödsinn!« Mark funkelte Kins empört an. »Absoluter, totaler Schwachsinn. Timmy hat nie die Hand gegen Angela erhoben, so etwas würde er nie tun. Er hat sie auch nie betrogen. Ich habe seinem Anwalt gesagt, er soll doch mal nach Namen fragen. Mit wem sollte der Ehebruch denn stattgefunden haben? Natürlich konnte Angela keine Namen nennen. Die ersten Anschuldigungen über angebliche Misshandlungen wurden laut, als sie sich getrennt hatten und Tim schon ausgezogen war. Tim kam, um Connor abzuholen, und Angela hat ihn wütend beschimpft, er würde ihr nicht genug Geld geben. Dabei zahlte er genau das, was er laut Gerichtsbeschluss zahlen musste. Tim hat versucht zu gehen, Angela hat sich ihm in den Weg gestellt und Tim hat sich an ihr vorbeigedrängt, wobei er sie leicht geschubst hat. Als Nächstes tauchte die Polizei bei ihm auf und führte ihn in Handschellen ab. Angela hatte behauptet, Tim hätte sie gegen den Türrahmen geschleudert und über einen Tisch geschleift.« Collins beugte sich vor, um seinen nächsten Worten zusätzlich Nachdruck zu verleihen. »Und jetzt kommt das, was einem an Angela am meisten Angst einjagt: Sie ist ins Krankenhaus gegangen und hat sich wegen Prellungen behandeln lassen.«

Kins sah Tracy an. Wie reagierte sie auf diese Erzählung? Aber Tracy ließ sich nichts anmerken und behielt ihre Pokermiene bei. »Wie hatte sie sich die Verletzungen denn Ihrer Meinung nach zugezogen?«, fragte er.

Erneut schüttelte Collins fassungslos den Kopf. »Sie hat sie sich selbst zugefügt. Ich weiß, das hört sich verrückt an, aber sie muss sie sich selbst zugefügt haben.«

»Warum?«

»Um Timmy reinzulegen. Sie hat die ganze Sache inszeniert. Ich musste meinem Bruder einen Strafverteidiger besorgen. Als der auf genaue Fakten drängte, hat Angela die Angelegenheit nicht weiterverfolgt. Sie konnte es nicht.«

»Warum nicht?«

»Weil sie keine Fakten und Beweise hatte! Weil es nicht so passiert war wie von ihr dargestellt. Und außerdem musste Timmy ja auch weiterarbeiten können, damit sie ihren Ehegattenunterhalt einstreichen konnte. Es war einfach ihre Art, Tim wissen zu lassen, dass sie die Kontrolle über ihn hatte und dass sie alles tun konnte, um ihn zu vernichten, wenn er ihr in die Quere kam.«

»Sie sagen, Angela hätte Ihren Bruder von Ihnen und dem Rest der Familie isoliert.«

»Genau.«

»Dann waren Sie also nicht oft mit den beiden zusammen?«

Mark Collins räusperte sich. »Nein. Aber ich kenne meinen Bruder. Ich weiß, er hätte seine Frau nie geschlagen oder betrogen. Als er von ihr die Scheidungspapiere bekam, war er ehrlich erschüttert wegen der darin enthaltenen Unterstellungen. Connors wegen hatte er die Sache möglichst ruhig und friedlich abhandeln wollen, aber so sollte es wohl nicht sein.«

»Connor hat eine eidesstattliche Erklärung unterschrieben, wonach sein Vater seine Mutter geschubst hat.«

Mark zuckte die Achseln. »Hat er das getan? Ich wette, das war Angela. Ich wette, sie hat mit seinem Namen unterschrieben. So was Ähnliches hat sie schon mal gemacht, mit Connors Handy schreckliche Mails und SMS an Tim geschickt, damit es so aussah, als kämen die von seinem Sohn. Und selbst wenn Connor diese eidesstattliche Erklärung unterschrieben haben sollte, was hätte er denn sonst tun können? Er muss mit ihr leben und er hat Angst vor ihr. Angela hat ihn ebenso isoliert wie meinen Bruder. Haben Sie ihn mal gesehen? Der Junge ist siebzehn und ich schwöre, er kann kein Wasser kochen, geht nie mit Freunden aus, hat noch nie einen Job gehabt oder sein eigenes Geld verdient und hat keine Freundin. Er ist total von ihr abhängig.«

»Was macht er denn?«

»Soweit man weiß, geht er zur Schule, kommt nach Hause und spielt in seinem Zimmer Videospiele.«

»Was ist Ihrer Meinung nach mit Ihrem Bruder passiert?«, wollte Kins wissen. »Warum war er an dem Abend im Haus?«

»Er wollte Connor abholen. Er hatte ihn das ganze Wochenende, von Donnerstagabend an. Ich weiß nicht, warum er ins Haus hineinging. Aber ich wette, damit hatte Angela etwas zu tun.«

»Wie war seine Beziehung zu seinem Sohn, nachdem Connor diese eidesstattliche Erklärung unterschrieben hatte?«

»Tim wusste, dass Connor ihn liebte, und er hatte gesehen, wozu Angela in der Lage ist. Die eidesstattliche Erklärung hat ihm nur wieder bestätigt, dass er einen Weg finden musste, Connor vor ihr zu beschützen.« Collins nahm ein mehrere Seiten umfassendes Dokument vom Tisch, das er Tracy und Kins gab. »Timmy war gerade dabei, sein Testament zu ändern. Er wollte alles in Form eines Treuhandkontos Connor hinterlassen, und er hatte mich als Treuhänder benannt. Wir reden hier nicht von einem Riesenvermögen – dafür hat Angela zu viel Geld ausgegeben –, ganz unbedeutend ist es jedoch auch nicht. Timmys Anteil am Haus in Greenwood, eine Eigentumswohnung, die er vor seiner Heirat kaufte und die vermietet ist, seine Pension bei Boeing, seine Lebensversicherung und das, was er aus unserer Familie an Erbe zu erwarten hatte.«

»Ihrer Meinung nach hat Angela Ihren Bruder wegen seines Geldes umgebracht?«

»Die Scheidung ist noch nicht rechtskräftig, das neue Testament noch nicht offiziell. Also erbt sie als seine ihn überlebende Ehefrau alles und darf frei über seine Besitztümer verfügen. Wie durchgeknallt ist das denn, bitte schön? Die beiden lebten getrennt, sie ließen sich gerade scheiden, sie hat Timmy alle möglichen schrecklichen Dinge vorgeworfen und jetzt kriegt sie als seine Witwe sein ganzes Geld. Gibt es denn kein Gesetz, das so was verbietet?«

»Das weiß ich nicht«, musste Kins eingestehen.

»Ich habe Tims iPad. Ich war in seiner Wohnung und habe es mitgenommen. Ist mir egal, ob ich das durfte oder nicht. Für den Samstag, zwei Tage nachdem Angela ihn erschossen hat, hatte sich Timmy ein Treffen mit seinem Anwalt notiert. Ich wette, bei diesem Termin sollte es darum gehen, das neue Testament und das Treuhandkonto festzuklopfen. Deswegen hat ihn Angela am Donnerstagabend erschossen.«

»Woher konnte sie wissen, dass Ihr Bruder sein Testament neu schreibt?«, fragte Tracy.

»Und wieso wusste sie von dem Termin am Samstag?«, ergänzte Kins.

»Connor«, sagte Mark Collins mit leiser Stimme. Er deutete auf die Papiere, die er den Detectives gegeben hatte. »Das meiste davon lag offen auf dem Schreibtisch meines Bruders, als ich in seiner Wohnung war.«

»Wollen Sie damit sagen, Connor hat die Papiere gesehen und seiner Mutter davon erzählt?«, fragte Kins.

»Nein.« Mark schüttelte den Kopf. »So wie ich Angela kenne, hat sie Connor wahrscheinlich ganz gezielt herumschnüffeln lassen.«

»Mr Collins«, mischte sich Tracy noch einmal ein, »wenn ich nun behaupte, dass Angela Connor schützen wollte, als sie zugab, Tim erschossen zu haben, weil nämlich Connor seinen Vater erschossen hat – was würden Sie dazu sagen?«

»Gibt es dafür Beweise?«

»Keine direkten.«

Mark Collins dachte nach. »Ich kann mir vorstellen, dass Angela Connor überredet hat, das Verbrechen zu begehen«, sagte er schließlich. »Ja, das kann ich mir vorstellen. Aber es dann selbst gestehen? Nein. Ich habe Angela noch nie etwas tun sehen, das nicht unmittelbar ihr selbst zugutegekommen wäre. Wenn das Szenario also so war, wie Sie vermuten, dann war was für Angela drin. Da können Sie verdammt sicher sein.«

Kins warf Tracy einen fragenden Blick zu. Die schüttelte den Kopf: keine weiteren Fragen. »Ich danke Ihnen, Mr Collins.« Kins stand auf, Tracy tat es ihm nach. »Wir werden Sie über die Ermittlungen auf dem Laufenden halten.«

»Warum ist sie nicht im Gefängnis?«, fragte Collins. »Warum hockt sie nicht im Knast, wenn sie zugibt, ihn erschossen zu haben?«

»Die Richterin fand, es bestehe keine Fluchtgefahr«, erklärte Kins. »Und da sie auch nicht vorbestraft ist, wurde sie gegen Kaution freigelassen. Damit ist sie allerdings noch lange nicht aus dem Schneider. Es ist nicht ungewöhnlich für die Staatsanwaltschaft, mit der Anklageerhebung zu warten, bis sie alle

Beweise beisammenhat.«

»Aber Sie deuteten doch an, Angela sei zu Ihnen gekommen und habe noch einmal bestätigt, was passiert ist.«

»Das hat sie auch getan«, sagte Kins. »Nur haben wir Gründe zu bezweifeln, dass sie die Wahrheit sagt.«

Collin atmete laut und verzweifelt aus. »Es wäre nicht das erste Mal, dass sie lügt! Bei Weitem nicht das erste Mal!«

»Manchmal brauchen diese Dinge etwas mehr Zeit, Mr Collins«, sagte Tracy. »Aber in der Regel sorgt das System dafür, dass am Ende Recht gesprochen wird.«

Mark Collins nickte erschöpft. »Das mag sein, Detectives. Nur hat es unser Rechtssystem normalerweise nicht mit Leuten wie Angela zu tun.«

9

Kins setzte Tracy beim Justizzentrum ab. Er selbst musste weiter, er hatte an der Highschool seines Sohnes Eric einen Termin beim Schulberater. Tracy verstaute ihre Handtasche in ihrem Schreibtisch und scannte die von Mark Collins erhaltenen Dokumente ein. Eine Kopie leitete sie an Cerrabone weiter mit der Bitte, sie anzurufen.

Kaum hatte sie die E-Mail abgeschickt, als hinter ihr auch schon Faz auftauchte. »Hast du schon Pläne fürs Mittagessen?«, wollte er wissen.

»Nein.« Tracy wusste, Faz wollte das Essen einkassieren, das sie ihm schuldete. »Was schwebt dir denn so vor?«

»Ich war so frei, uns einen Tisch bei Tulio zu buchen.« Faz strahlte. »Die besten Muscheln der Stadt!«

»Wie aufmerksam von dir. Meine Visa Card bedankt sich herzlich. Die hat zwar schon Staub angesetzt, aber ich kann die Bonusmeilen gut gebrauchen.«

»Warte, bis du die Rechnung siehst!« Del ließ seinen Stuhl zurückrollen. »Mit den Bonusmeilen kommst du bis nach Europa.«

Tulio war vom Justizzentrum aus zu Fuß zu erreichen, es lag in nördlicher Richtung an der Fifth Avenue. Das gute Wetter hielt sich, es war nach wie vor um die zwölf, dreizehn Grad, der Himmel klar. Auf dem Weg fasste Tracy für Faz das Gespräch mit Mark Collins zusammen.

»Und wie siehst du das jetzt?«, fragte Faz, als sie fertig war.

»Für mich hörte sich das an wie der Versuch, seinen Bruder in Schutz zu nehmen. Diese ›Sie hat sich selbst die Treppe runtergeschmissen‹-Geschichten habe ich noch nie glauben können.«

Beim Restaurant angekommen, hielt Faz Tracy die Tür auf und sie traten ein. Der Speiseraum an sich bestand aus einem halben Dutzend weiß eingedeckter Tische und Nischen an den Wänden, dazu kam im hinteren Bereich eine offene Küche; hier durften die Gäste den beiden Köchen bei der Arbeit zusehen.

»Ich kann die Muscheln jetzt schon schmecken!«, freute sich Faz.

»Lass dir ruhig das Wasser im Munde zusammenlaufen, ich geh mir noch kurz die Hände waschen.« Tracy, die den Wegweiser zu den Toiletten entdeckt hatte, machte sich auf in den hinteren Bereich des Restaurants.

Auf halbem Wege glaubte sie plötzlich, eine vertraute Stimme zu hören. Suchend sah sie sich um. Kins hockte in eine Unterhaltung vertieft in einer der Nischen am Fenster, ihm gegenüber Amanda Santos, die FBI-Profilerin, mit der Tracy und Kins bei den Ermittlungen im Fall Cowboy zusammengearbeitet hatten und die mindestens so umwerfend aussah wie Halle Berry.

* * *

Del wartete voller Neugier auf die Rückkehr seiner beiden Kollegen. »Bringen wir es hinter uns, Fazzio!«, rief er ihnen entgegen. »Die Muscheln waren die besten, die dir im Leben je über die Lippen gekommen sind, oder?«

»Knoblauch und Zwiebeln mit einem Hauch Pfeffer und Salz.« Faz küsste seine Fingerspitzen. »Magnifico.«

Eine bühnenreife Performance, Faz hätte vielleicht wirklich zum Film gehen sollen. Er hatte gar keine Muscheln bekommen, denn Tracy und er hatten nicht bei Tulio gespeist. Nachdem sie Kins entdeckt hatte, war Tracy auf der Stelle wieder in den vorderen Teil des Restaurants zurückgekehrt, um Faz abzuschleppen. Eine Ausrede dafür war ihr nicht sofort eingefallen, also war sie heilfroh gewesen, als sie keine gebraucht hatte. Faz war bereits im Bilde.

»Ich habe ihn gesehen.« Er hielt ihr die Tür auf. »Ich dachte mir schon, dass da irgendwas im Busch ist«, sagte er, sobald sie auf der Straße standen. »Ich habe ihn ein paarmal leise und verstohlen telefonieren sehen. Und dann der Anzug! Wer trägt denn heutzutage noch einen Anzug, wenn es nicht unbedingt sein muss?«

»Dass die Dinge bei ihm zu Hause nicht zum Besten stehen, wusste ich ja.« Ob Kins wohl wegen Santos später als sie am Tatort in Greenwood eingetroffen war? »Aber mir hat er erzählt, sie würden an ihren Problemen arbeiten, Shannah und er.«

»Hey, wir wissen doch gar nicht, ob da irgendwas gelaufen ist!«

»Nein, aber er hat gelogen. Mir hat er gesagt, er wäre mit dem Schulberater seines Sohnes verabredet.«

»Ein Urteil steht uns nicht zu. Niemand kann genau sagen, was zwischen einem Mann und einer Frau ganz privat vor sich geht.«

»Das stimmt«, gab Tracy zu. »Aber ich bin nicht seine Frau, ich bin seine Partnerin.«

Tracys erster Partner nach der lang ersehnten Versetzung ins Morddezernat hatte sich prompt pensionieren lassen, weil er auf keinen Fall mit einer Frau zusammenarbeiten wollte. Der zweite bat um einen anderen Partner, nachdem seine Ehefrau sich beschwert hatte. Kins hatte Tracy von Anfang an akzeptiert. Sie arbeiteten jetzt seit acht Jahren zusammen, und zwar auf der Basis umfassender Offenheit.

Immer noch besorgt und verärgert setzte sich Tracy an den Schreibtisch, um in aller Ruhe sämtliche Berichte der Akte Collins durchzulesen. Die Nachbarn hatten alle gewusst, dass das Paar sich getrennt hatte, allerdings konnte niemand von ihnen sagen, warum. Keiner von ihnen hatte je etwas gehört oder gesehen, was Angela Collins' Beschuldigungen in Bezug auf die körperliche und seelische Grausamkeit ihres Mannes gestützt hätte.

Bis zu Kins Rückkehr vergingen fast zwei Stunden. Tracy wandte sich von ihrem Computer ab, als sie ihn kommen hörte, und sah zu, wie er seinen Mantel auf einem Bügel zurechtrückte, den er dann an die Trennwand hängte.

»Wie war das Treffen?«, erkundigte sie sich, was ihr einen tadelnden Blick von Faz eintrug.

Kins zuckte die Achseln. »Was soll ich da groß erzählen? Ist doch immer derselbe Schwachsinn. Eric macht sich wohl langsam. Hat gedauert, aber in Algebra ist er jedenfalls wieder auf einem B.«

»Das muss ja für dich eine große Erleichterung sein.«

»Und ob! Hast du die Namensliste vom Bruder da? Ich setz mich mal dran und rufe die Leute an.«

Ohne jeden weiteren Kommentar reichte Tracy Kins die gewünschte Liste und er machte sich an die Arbeit. Auch Tracy wandte sich wieder der Akte zu. Sie war bei den Gesprächen mit Tim Collins' Freunden und Verwandten angekommen und kam gut voran. Jeder der Befragten bestätigte mehr oder weniger drastisch, was Mark Collins ihnen erzählt hatte. Angela hatte Tim Collins isoliert, indem sie unnötige Streits anzettelte. Besonders »schwierig« wurde sie, wenn sie nicht bekam, was sie wollte. Letzteres war ein zweischneidiges Schwert, bestätigten diese Aussagen doch auch, dass die Beziehung des Paares unberechenbar sein konnte.

Inzwischen war der Arzt, der Angela damals in der Notaufnahme des Krankenhauses behandelt hatte, Kins Bitte um Rückruf nachgekommen und Kins fasste die Unterhaltung mit ihm für Tracy zusammen. Der Arzt, der sich nicht mehr genau an Angela Collins erinnern konnte, hatte sich ihre Patientenakte geholt, der zufolge Angela an der rechten Seite ihres Oberkörpers und in der Nähe der Rippen einige minder schwere Quetschungen erlitten hatte. Angela hatte dem Arzt erzählt, ihr getrennt von ihr lebender Ehemann habe sie gegen einen Türrahmen geschubst und sie sei anschließend über einen Tisch gefallen. Die Röntgenaufnahmen zeigten keine Knochenbrüche. Der Arzt hatte Angela nach Hause geschickt, nachdem er ihr geraten hatte, gegen die Schmerzen ein entzündungshemmendes Medikament einzunehmen. Er hatte sich nie gefragt, ob Angela ihm die Wahrheit über die Entstehung der Verletzungen gesagt hatte. Er hatte sich auch nicht gefragt, ob die von ihr gegebene Erklärung überhaupt zu diesen Verletzungen passte.

Am frühen Abend schnappte sich Kins seinen guten Mantel und hängte ihn sich über die Schulter. »Ich muss los, Will hat ein Fußballspiel.«

»Das darfst du natürlich nicht verpassen«, meinte Tracy.

»Sonst reißt mir Shannah den Kopf ab.«

»Ehe du gehst – es gibt da noch eine Sache, über die ich mit dir reden muss«, sagte Tracy. »Meine Freundin Jenny Almond …«

»Ist das die, die jetzt Sheriff ist?«

»Genau. Sie hat mich gebeten, mir einen Fall anzusehen, an dem ihr Vater 1976 gearbeitet hat.«

»Ein abgeschlossener Fall?«

»Nicht ganz. Es ist ein bisschen kompliziert und ich will

dich auf keinen Fall von dem Fußballspiel abhalten. Ich werde Nolasco bitten, mich an der Sache arbeiten zu lassen. Natürlich wollte ich, dass du das weißt, und ich möchte sicher sein können, dass das für dich okay ist.«

»Soll ich dir helfen?«

Tracy schüttelte den Kopf. »Wir beide, das erlaubt Nolasco auf keinen Fall. Vielleicht erlaubt er es ja nicht einmal mir allein.«

»Er hat sich hier im Haus ziemlich bedeckt gehalten, seit die von der Internen hinter ihm her sind«, meinte Kins. »Wenn du dir den Fall anschauen willst, mach es. Collins läuft uns so schnell nicht davon und Faz juckt es in den Fingern, weiter mitzumachen.«

»Du sollst nur nicht denken müssen, ich mache etwas hinter deinem Rücken.«

»Lass dir deswegen keine grauen Haare wachsen.« Kins verschwand.

Sehr diskret!, schalt Tracy sich. *Du warst echt total diskret!*

Sie warf einen Blick auf die Uhr unten auf ihrem Computer. Ihr Gespräch mit Nolasco über den Fall Kimi Kanasket hatte sie sich bis zum Ende ihrer Schicht aufgehoben, denn ein Tag ohne eine Begegnung mit Nolasco war eindeutig besser als ein Tag mit. Langsam wurde es allerdings knapp, also machte sie sich kurz entschlossen auf den Weg an der gläsernen Trennwand entlang zu Nolascos Büro. Wie bei jedem Besuch dort dachte sie, was für einen grandiosen Blick über die Innenstadt von Seattle und die Elliot Bay der Typ genießen könnte, wenn er denn mal seine Jalousien hochzöge. Was er nie tat.

Nolasco saß mit gesenktem Kopf hinter seinem Schreibtisch, als Tracy an die offene Tür klopfte. »Captain?«

Ihr Chef wirkte verärgert, als er aufsah. Er wirkte immer verärgert. »Ja?«

»Hätten Sie eine Minute?«

Betont langsam ordnete Nolasco die vor ihm liegenden Papiere einem der zahlreichen Stapel auf seinem Schreibtisch zu und deutete auf die beiden leeren Stühle ihm gegenüber. Tracy setzte sich. Auf dem Fußboden hinter Nolascos Schreibtisch türmten sich Akten; sie konnte sich lebhaft vorstellen, was für welche. Bestimmt hatte er sich all seine abgeschlossenen Fälle geben lassen, die er jetzt durcharbeitete, um sich auf die von der Abteilung für interne Ermittlungen eingeleitete Untersuchung vorzubereiten. Daran, dass es zu dieser Überprüfung kam, gab er zweifellos Tracy die Schuld. Tracy hätte sich für ihre Bitte an ihren Vorgesetzten kaum einen ungeeigneteren Zeitpunkt aussuchen können.

»Was wollen Sie?«, fragte Nolasco.

»Ich würde gern einen Fall mit Ihnen besprechen.«

»Angela Collins?«

»Nein. Einen alten Fall, unten im Klickitat County.«

Nolasco runzelte die Stirn, bis seine Brauen fast aneinanderstießen. »Was hat das mit uns zu tun?«

Tracy erklärte ihm die Umstände, ohne Jenny Almonds Namen zu erwähnen. Nolasco hatte auch mit Jenny eine Geschichte, ebenfalls noch aus den Tagen an der Polizeiakademie.

»In unserer Abteilung für Cold Cases befinden sich an die zweihundertfünfzig offene und ungelöste Fälle«, stellte Nolasco fest, als sie fertig war. »Konnten Sie sich nicht einen davon aussuchen?«

»Der Sheriff möchte eine unabhängige Untersuchung von außen, damit alles seine Ordnung hat und nichts angezweifelt werden kann. Es gibt Hinweise, dass nicht alles so ist, wie es scheint. Wichtige Bürger und sogar Polizeibeamte könnten in die Sache verwickelt sein.«

»Gibt es DNA, die man untersuchen könnte?« Nolasco konzentrierte sich auf den wichtigsten und entscheidenden Faktor bei der Frage, ob man einen alten Fall neu aufrollen sollte oder nicht. Die Fortschritte bei der DNA-Analyse und auch andere moderne Techniken ermöglichten einen Blick auf Beweismittel, der Detectives früherer Zeiten einfach noch nicht möglich gewesen war, weil die ihnen zur Verfügung stehende Technik dazu nicht ausgereicht hatte. So konnten auch bis dato als unlösbar geltende Fälle manchmal noch aufgeklärt werden. Im Fall von Kimi Kanasket stand keine DNA zur Verfügung.

Tracy wollte ihren Chef nicht anlügen. »Nein.«

»Und Ihre Zeugen sind mittlerweile alle vierzig Jahre älter. Wie viele leben überhaupt noch?«

»Das finde ich gerade heraus.«

»Was ist mit Angela Collins?«

»Faz und Del würden gern bei den Ermittlungen helfen. Sie haben diesen Überfall bearbeitet, bei dem der Junge sich inzwischen schuldig bekannt hat. Faz hat heute Nachmittag bei der Entscheidung über das Strafmaß ausgesagt.«

»Faz und Del haben ihre eigenen Akten.«

»Faz würde gern einen Mordfall bearbeiten.«

Nolasco lehnte sich zurück. »Was ist mit Kins?«

»Ich würde allein an diesem Fall arbeiten. Bei Collins hat Kins die Leitung übernommen.«

Nolasco schaukelte mit seinem Stuhl hin und her. »Wenn ich jetzt Nein sage, was machen Sie dann? Laufen Sie zu Clarridge?«

Sandy Clarridge hatte Tracy als Polizeichef bereits zweimal die Tapferkeitsmedaille verliehen. Beide Male hatte sie entscheidend zur Verbesserung seines Ansehens in der Öffentlichkeit beigetragen und das in einer Zeit, in der er und seine Behörde gerade massiv in der Kritik gestanden hatten. Tracy wollte diese Karte auf keinen Fall ausspielen. Damit würde sie sich das Leben mit Nolasco nur noch schwerer machen.

»Meiner Meinung nach könnte das Ganze ein gutes Licht auf unsere ganze Abteilung werfen«, sagte sie, womit sie Nolascos Frage diskret beantwortete, ohne seine Autorität direkt infrage zu stellen oder sein ohnehin angeknackstes Ego noch weiter zu beschädigen.

»Klingt mir eher nach Hobby«, knurrte Nolasco. »Wenn Sie ein paar von Ihren persönlichen Gleittagen darauf verwenden wollen, bitte. Ansonsten gibt es hier genug Arbeit für alle.«

* * *

Was Nolasco nicht bedacht hatte, waren die Überstunden, die sich im Zuge der Cowboy-Ermittlung bei Tracy angesammelt hatten. Ihr stand praktisch eine ganze Wagenladung von Gleittagen zur Verfügung, die sie vor Jahresende in Anspruch nehmen musste, weil sie sonst verfielen. Da Dan in Los Angeles war und Kins anscheinend vorhatte, sich zum vollwertigen Mitglied des Vereins der Vollidioten zu mausern, wollte Tracy diese Tage nur zu gern zur Flucht aus dem Büro nutzen.

Sie schnappte sich Mantel und Handtasche und wollte gerade gehen, um Jenny auf ihrem Nachhauseweg anzurufen, als das Telefon auf ihrem Schreibtisch klingelte. Das kleine Sichtfenster auf der Konsole zeigte eine hausinterne Leitung an. Hoffentlich war das jetzt nicht Nolasco, der es sich anders überlegt hatte und anrief, um ihr die halbherzige Genehmigung wieder zu entziehen. Einfach so, um sie zu nerven. Tracy zu nerven war schließlich lange Zeit sein Vollzeithobby gewesen.

»Detective Crosswhite«, meldete sich der diensthabende Beamte vom Tresen in der Eingangshalle. »Hier will jemand unbedingt mit Ihnen oder Detective Rowe sprechen.«

»Jetzt? Ich habe für diese Uhrzeit keinen Termin vereinbart. Wie das mit Kins ist, weiß ich nicht, der ist aber schon gegangen.«

»Er hat keinen Termin, sagt aber, es sei dringend.«

»Wer ist es denn? Wie heißt er?«

»Connor Collins.«

10

Der Beamte am Tresen hinter der kugelsicheren Trennwand deutete mit dem Kinn auf Connor Collins, der in der Eingangshalle wartete und sehr nach einem Schuljungen auf dem Nachhauseweg aussah: ein Skateboard unter dem Arm, die Basecap falsch herum auf dem Kopf und ein Rucksack, der ihm von der Schulter baumelte.

»Ich muss Ihnen etwas sagen!«, setzte er sofort an, als Tracy auf ihn zukam.

Tracy hob warnend die Hand. »Ich darf nicht mit Ihnen reden, Sie werden von einem Anwalt vertreten.«

Zuerst hatte sie gar nicht nach unten gehen, sondern den diensthabenden Beamten bitten wollen, den Jungen wieder wegzuschicken. Ein Versuch, Cerrabone anzurufen, war fehlgeschlagen. In seinem Büro ging niemand ans Telefon und bei seinem Handy sprang sofort die Voicemail an. Laut Empfangsdame hatte er das Haus bereits verlassen. Kins ging auch nicht ans Telefon, wobei sich Tracy sofort misstrauisch fragte, ob er wohl gerade bei Santos war.

Connor wippte nervös auf den Fußballen. »Ich habe keinen Anwalt. Hatte ich nie. Das hat mein Großvater nur so gesagt.«

»Im Grunde spielt das auch keine Rolle«, erklärte Tracy.

»Sie sind erst siebzehn.«

»Seit gestern nicht mehr.« Er langte in seine hintere Hosentasche. »Sie können sich gern meinen Führerschein anschauen. Mit achtzehn bin ich erwachsen, oder? Ich kann selbst entscheiden. Ich will mit Ihnen über den Abend reden, an dem mein Dad zu uns nach Hause kam.«

Connor streckte Tracy seinen Führerschein hin wie ein Minderjähriger, der hofft, das gefälschte Papier möge für das eine oder andere Bier gut genug sein. Er trug Jeans und einen schwarzen Kapuzenpulli im Gothic-Design, irgendein geflügeltes Wesen. Tracy achtete genau auf seine Pupillen und das Weiß in seinen Augen, aber dem ersten Anschein nach schien der Junge nicht unter Drogeneinfluss zu stehen. Sie roch auch kein Gras, nur ganz schwach den typischen Körpergeruch eines Teenagers.

»Dann lassen Sie uns hochgehen. Sie sagen aber erst etwas, wenn ich es Ihnen erlaube, verstanden?«

Connor nickte.

Schweigend fuhren sie im Fahrstuhl hoch in den sechsten Stock. Tracy verfrachtete Connor in eins der ungemütlichen Verhörzimmer, schaltete im Nebenraum den Videorekorder ein und versuchte, von ihrem Schreibtisch im Arbeitsbereich des A-Teams aus noch einmal, Cerrabone oder Kins zu erreichen. Auch diesmal ging keiner der beiden Männer an sein Handy, weswegen Tracy Ron Mayweather aufsuchte, das sogenannte fünfte Rad in ihrem Team, dessen Schreibtisch weiter hinten bei den Verwaltungsleuten stand. Sie hatte Glück, Mayweather war noch da. Als »fünftes Rad« stand er für zusätzliche Arbeiten bei Ermittlungen zur Verfügung.

»Hättest du Zeit, bei einer Befragung dabeizusitzen?«, fragte sie ihn. »Im Fall Collins hat sich etwas Unerwartetes ergeben.«

»Klar, kein Problem.« Er kam sofort mit.

Connor setzte sich auf, als die beiden das Verhörzimmer betraten. Sein Skateboard hatte er an die Wand gelehnt, den

Rucksack danebengelegt. Er stand nicht auf, als Tracy ihm Mayweather vorstellte, und bot Ron auch nicht die Hand, nickte nur kaum merklich und sagte ganz leise: »Hi.«

Tracy und Mayweather setzten sich ihm gegenüber an den kleinen Metalltisch. »Wir zeichnen alles, was gesagt wird, in Bild und Ton auf«, erklärte Tracy. »Haben Sie das verstanden?«

Connor nickte.

»Sie müssen die Frage laut beantworten.«

»Oh! Ja«, sagte der Junge hastig.

»Sie dürfen sich ruhig bequem hinsetzen. Entspannen Sie sich.«

Connor lehnte sich zurück. Tracy ließ ihn laut seinen Namen, seine Adresse und sein Geburtsdatum nennen, ehe sie sich und Ron Mayweather vorstellte. Dann nannte sie Datum und Uhrzeit der Befragung und fasste kurz die Situation zusammen. »Lassen Sie uns noch einmal ganz von vorn anfangen, Connor«, fuhr sie fort. »Sie kamen heute Nachmittag hierher zu uns ins Polizeipräsidium, stimmt das?«

»Ja.«

»Wie sind Sie hierhergekommen?«

»Mit dem Bus und dann mit dem Skateboard.«

»Es hat Sie niemand begleitet?«

»Nein.«

»Sie sagten, Sie würden nicht von einem Anwalt vertreten?«

»Nein. Ich meine, richtig, das habe ich gesagt. Ich werde nicht anwaltlich vertreten.«

»Ihr Großvater Atticus Berkshire ist nicht Ihr Anwalt?«

»Nein. Er ist nicht mein Anwalt. Er ist der Anwalt meiner Mutter.«

»Weiß er, dass Sie hier sind?«

»Nein.«

»Weiß Ihre Mutter, dass Sie hier sind?«

»Nein.«

»Warum haben Sie den beiden nicht gesagt, was Sie vorhatten?«

»Sie hätten versucht, mich aufzuhalten. Aber ich bin achtzehn. Ich bin erwachsen. Und deswegen kann ich hierherkommen, ohne jemanden zu fragen.«

Wieder langte er in seine Hosentasche, diesmal in die vordere. »Hier ist noch einmal mein Führerschein. Falls Sie mir nicht glauben. Ich hatte gestern Geburtstag.«

»Herzlichen Glückwunsch«, warf Mayweather ein.

Connor warf ihm einen raschen Blick zu. Er wirkte verunsichert.

»Sie haben mir Ihren Führerschein gegeben«, sagte Tracy laut für die Aufzeichnung. Sie sah sich den Ausweis einen Moment lang an, ehe sie ihn an Mayweather weitergab. »Das Dokument bestätigt Ihre Angabe, nach der Sie gestern achtzehn wurden. Sind Sie aus freien Stücken hier? Niemand hat Sie dazu gezwungen oder gedrängt?«

»Ich bin gekommen, weil ich es so wollte.«

»Okay. Als wir uns in der Eingangshalle trafen, sagten Sie, Sie hätten mir etwas mitzuteilen. Stimmt das?«

»Ja.«

Tracy sah Mayweather an, der ihr mit einem Nicken Zustimmung signalisierte. »Okay, Connor, was wollten Sie mir erzählen?«

Erneut richtete Connor sich auf. Er richtete seinen Blick auf die Kamera. »Okay. Nun, zuerst einmal wollte ich sagen … meine Mutter … sie hat meinen Vater nicht erschossen.«

»Sie hat ihn nicht erschossen?«

»Nein.« Connor schüttelte den Kopf. »Ich habe es getan.«

»Hören Sie auf zu reden.«

* * *

Tracy spielte das Video ab. Rick Cerrabone stand da, eine Hand vor dem Mund, Kins saß in der Nähe des Einwegspiegels, schenkte dem Video kaum Beachtung und beobachtete stattdessen Connor Collins, der allein in dem ungemütlichen Verhörzimmer verblieben war.

Nach Connors Geständnis hatten Tracy und Mayweather den Raum verlassen, um sich zu beraten. Bisher war Tracy dem vorgesehenen Protokoll in allen Punkten gefolgt, da waren sich die beiden einig, doch das Geständnis jetzt machte es erforderlich, Connor seine Rechte vorzulesen. Das tat Tracy dann auch. Als Nächstes beschrieb Connor, wie sein Vater gekommen war, um ihn abzuholen, und wie er sich Zutritt zum Haus verschafft hatte. Er bestätigte den Streit zwischen seinem Vater und seiner Mutter und Angelas Aussage, derzufolge Connors Vater sie mit einer Statue so schwer geschlagen hatte, dass sie gestürzt war. Danach, so Connor, habe sein Vater seine Mutter in den Bauch getreten.

Ab diesem Punkt wichen seine Geschichte und die seiner Mutter allerdings voneinander ab. Während Angela Collins behauptet hatte, sie hätte ihren Sohn aus dem Zimmer geschickt, gab Connor an, interveniert zu haben. Daraufhin habe ihn sein Vater ins Gesicht geschlagen, was seiner Mutter Zeit gab, sich aufzurappeln, den Flur hinunterzulaufen und sich im Schlafzimmer einzuschließen. Sein Vater sei ihr gefolgt und habe gedroht, die Tür einzutreten, woraufhin sich Connor an die Pistole im Wandschrank erinnert habe. Er habe die Pistole geholt und sei damit in den Flur gelaufen, aber da sei sein Vater schon bei seiner Mutter im Schlafzimmer gewesen und habe gedroht, sie erneut zu schlagen. Da habe Connor abgedrückt und seinem Vater in den Rücken geschossen.

»Was haben Sie mit der Pistole gemacht, nachdem Sie Ihren Vater erschossen hatten?«, fragte Tracy.

»Ich legte sie auf das Bett«, erklärte Connor.

»Was taten Sie danach?«

»Nichts. Meine Mutter war ziemlich hysterisch. Sie sagte, wir müssten meinen Großvater anrufen. Sie sagte außerdem, ich solle ins Wohnzimmer gehen und mich dort auf die Couch setzen.«

»Haben Sie das getan?«

»Ja.«

»Haben Sie Ihren Vater angefasst?«

»Angefasst? Nein.«

»Haben Sie die Skulptur angefasst?«

»Nein.«

»Wie viel Zeit verging von dem Moment an, wo Sie Ihren Vater erschossen haben, bis zum Anruf Ihrer Mutter bei Ihrem Großvater?«

»Das weiß ich nicht.«

»Wer hat den Notruf verständigt?«

»Sie.«

Tracy schaltete die Videowiedergabe aus. Im Raum herrschte einen Moment lang Stille.

»Ich dachte, er will mir dasselbe erzählen wie Angela dir und Faz«, wandte sich Tracy an Kins. »Ich dachte, er wäre gekommen, um ihre Geschichte und vor allem das mit der Notwehr zu bestätigen.«

Cerrabone ließ die Hand sinken. »Wo ist Mayweather jetzt?«

»Tippt die Aussage, damit Connor sie unterschreiben kann.« Tracy wandte sich an Kins. »Das könnte die einundzwanzig Minuten zwischen dem von der Nachbarin gehörten Schuss und Angelas Anruf bei der Notrufzentrale erklären. Sie hat für ihren Sohn den Dreck weggemacht.«

»Oder der Junge lügt und sie haben gemeinsam für Angela sauber gemacht.« Kins stand auf und wandte dem Spiegel den

Rücken zu. »Tim Collins' Bruder nennt Angela eine Meisterin im Manipulieren. Angeblich bearbeitet sie ihren Sohn schon seit Jahren. Sie könnte ihn dazu gebracht haben.«

»Wozu?«, wollte Tracy wissen.

»Die Schuld auf sich zu nehmen.«

»Für den Mord an seinem eigenen Vater?« Tracy schüttelte den Kopf. Das konnte sie sich nun wirklich nicht vorstellen. »Wer macht denn so was? Welche Mutter macht so was?«

»Eine sehr, sehr kranke«, sagte Kins.

»Beide haben ein Motiv dafür zu lügen«, meinte Cerrabone. »Das ist das Problem. Auf der Pistole sind seine und ihre Fingerabdrücke. Die beiden sind gleich groß, die Geschossbahn hilft uns also auch nicht weiter. Sie haben uns beide eine Geschichte erzählt, die zu den Beweismitteln passt.«

»Nicht zu allen!«, widersprach Kins. »Es ist immer noch nicht geklärt, warum sich auf der Skulptur nicht ein einziger Fingerabdruck befindet und wie die Fingerabdrücke des Jungen auf den Schuh seines Vaters kommen. Beides passt zu keiner der Aussagen.« Kins sah Cerrabone an. »Können wir sie beide anklagen und abwarten, ob einer von ihnen sich verplappert?«

»Mit dem, was wir im Moment haben, nicht. Damit riskieren wir nur, dass die Anklage gegen beide fallen gelassen wird.« Cerrabone massierte sich den Nacken, was er gern tat, wenn er frustriert war. »Außerdem könnte Berkshire unser Manöver durchschauen und den einen gegen den anderen ausspielen, bis bei beiden ausreichende Zweifel bestehen. Mir scheint die ganze Angelegenheit sehr genau kalkuliert.«

»Das könnte der Grund dafür sein, dass Angela uns ihre Geschichte erzählen durfte«, sagte Kins. »Damit wir zwei konkurrierende Storys haben und nicht beweisen können, welche der beiden die richtige ist.«

Tracy, bei der Kopfschmerzen aufzogen, drückte die Fingerspitzen an ihre Schläfen. »Berkshire ist ein echter Drecksack, aber hier geht es um seine Tochter und seinen Enkel.«

»Ich weiß, aber wenn das die einzige Möglichkeit ist, seine Tochter freizubekommen …« Kins ließ den Rest seines Gedankens unausgesprochen in der Luft hängen.

Cerrabone lehnte sich seufzend an die Tischkante. »Der Fall war wegen des Vorwurfs der häuslichen Gewalt schon von Anfang an kompliziert. Und jetzt …« Er schüttelte den Kopf. »Ich weiß wirklich nicht, wo wir jetzt stehen.«

»Deswegen sollten wir bei jedem Mord am Tatort auch die GSR-Ausrüstung dabeihaben!«, bemerkte Kins, womit er sich auf die Ausrüstung bezog, mit der sich GSR, *gunshot residues,* also Schussrückstände, feststellen ließen. Detectives konnten mit dieser Ausrüstung von der Hand einer Person Proben nehmen und sie nach Anhaftungen und Schmauchspuren untersuchen. Die Polizei von Seattle benutzte diese Ausrüstung nicht, weil die Ergebnisse nicht aussagekräftig genug waren. Sie bestätigten nur, dass sich eine Person in der Nähe einer abgefeuerten Waffe befunden hatte, aber nicht, dass er oder sie auch notwendigerweise selbst geschossen hatte.

»Haben wir aber nicht«, sagte Cerrabone, »und jetzt ist es zu spät.«

»Der Junge lehnt es ab, einen Anwalt hinzuzuziehen«, sagte Kins. »Warum gehen wir nicht einfach rein und konfrontieren ihn mit den Widersprüchen bei den Beweisen?«

»Wenn wir das tun und die ganze Sache ist ein Trick, dann verraten wir ihm, seiner Mutter und Berkshire einiges, was sie jetzt noch nicht wissen«, gab Tracy zu bedenken. »Damit verschaffen wir ihnen bloß Zeit, sich eine Erklärung für diese Widersprüche auszudenken. Ich finde, die sollten wir erst mal für uns behalten.«

»Es gibt da auch noch ein paar andere Probleme«, sagte Cerrabone. »Collins mag rein rechtlich gesehen erwachsen sein, sieht aber aus wie vierzehn. Bei Gericht wird Berkshire – oder wen sie sonst dazu kriegen, den Jungen zu verteidigen – sagen, er hätte Angst gehabt und wäre eingeschüchtert gewesen. Die Jury wird ihnen das abkaufen. Außerdem haben wir einen ganzen Sack voll begründeter Zweifel, egal, wen wir anklagen. Es sei denn, sie widerrufen beide und erzählen uns danach ein und dieselbe Geschichte. Berkshire wird auf keinen Fall auf ein schnelles Verfahren verzichten, womit wir jede Chance verlieren könnten, dass einer der beiden verurteilt wird. Ich bespreche das mit Kevin Dunleavy.« Dunleavy war der leitende Staatsanwalt des King County. »Ich werde empfehlen, die beiden zunächst auf freiem Fuß zu belassen. Wir arbeiten weiter an der Sache und sehen zu, ob wir nicht noch etwas ausgraben können. Irgendetwas taucht doch meistens noch auf.«

»Ja, nur kommt ein solches Vorgehen in den Medien nicht besonders gut rüber. Schon gar nicht, wenn der Bruder einen Aufstand macht«, gab Kins zu bedenken.

»Dann redet mit ihm«, schlug Cerrabone vor. »Erklärt ihm die Lage. Sagt, wir geben nicht auf, aber wir brauchen Zeit, um mit den Beweisen zu arbeiten.«

Tracy und Kins warfen durch den Einwegspiegel einen Blick auf Connor, der mit ausgestreckten Beinen auf seinem Stuhl hing, den Kopf in den Nacken gelegt. Sie waren sich anfangs so sicher gewesen, einen netten kleinen Grounder erwischt zu haben. Der hatte inzwischen nicht nur einen unerwarteten Hüpfer hingelegt, er war zum Flugball am strahlend blauen Himmel geworden, und weder Tracy noch Kins trugen Sonnenbrillen.

11

Am nächsten Morgen setzten sich Tracy und Kins noch einmal mit Cerrabone in Verbindung, der am Abend zuvor noch lange mit Dunleavy konferiert hatte. Dunleavys Einschätzung des Falls stimmte mit Cerrabones überein: Sie wollten erst einmal weder Angela noch Connor Collins anklagen, sondern warten, bis weitere Beweise aufgetaucht waren.

»Immer noch nichts von Berkshire?« Kins verstand einfach nicht, warum der Anwalt so lange schwieg.

»Nicht ein Wort«, bestätigte Cerrabone.

Sie alle hatten einen großen Aufstand erwartet, weil Connors Aussage aufgenommen worden war, ohne dass der Junge einen Anwalt an seiner Seite gehabt hätte. Der Berkshire, den sie alle kannten, hätte diesen Aufstand auf jeden Fall veranstaltet. »Könnte ein weiterer Beweis dafür sein, dass er sich das alles ausgedacht hat«, meinte Kins.

»Habt ihr Mark Collins verständigen können?«, fragte Cerrabone.

»Da wollen Faz und ich gerade hin«, antwortete Kins.

* * *

Im Fall Collins schien es zu einem Stillstand gekommen zu sein; an der Beweislage arbeiteten Faz und Kins. Tracy durfte ihre Aufmerksamkeit also Kimi Kanasket zuwenden.

Sie ließ die Namen Earl und Élan Kanasket durch Accurint laufen, eine Datenbank, die einem zu sämtlichen öffentlich verfügbaren Behördendaten verhalf. Unter anderem erfuhr man hier die letzte bekannte Adresse einer Person. Da es bei ihrem Fall um vierzig Jahre zurückliegende Ereignisse ging, fürchtete Tracy schon, das System mit ihrer Anfrage zu überfordern, erhielt aber zu ihrer großen Erleichterung durchaus Auskunft. Für beide Männer war dieselbe Meldeadresse in Yakima angegeben. Eine kurze Google-Suche bestätigte erste Vermutungen: Die Adresse befand sich auf dem Gebiet des Yakama-Reservats. Das brachte Tracy auf eine Idee. Sie suchte in derselben Datenbank nach Tommy Moore und siehe da, auch er wohnte im Reservat.

Als Nächstes ließ sie die Namen der drei durch die Datenbank des zentralen, staatenübergreifenden Vorstrafenregisters laufen. Moore war dreimal verhaftet worden, in den Jahren 1978, 1979 und 1981, jedes Mal wegen Trunkenheit und öffentlicher Ruhestörung. Bei einem dieser Anlässe hatte man ihm gleichzeitig auch Tätlichkeit und Körperverletzung vorgeworfen. 1981 war er außerdem noch wegen Einbruchdiebstahls angeklagt worden und 1982 hatte er eine Zeit lang wegen Drogenbesitzes im Gefängnis gesessen. Danach kam nichts mehr, meistens ein Hinweis darauf, dass der betreffende Kriminelle tot war. Nur sprachen in Moores Fall die Unterlagen der Versorgungsunternehmen (Strom, Wasser, Telefon) eine andere Sprache. Gehörte er zu den wenigen Glücklichen, die ihr Leben in andere Bahnen hatten lenken können?

Weder Élan noch Earl Kanasket waren vorbestraft.

Tracy ließ die Namen der Männer auch noch durch die Datenbank der für die Erteilung von Fahrerlaubnissen zuständigen Behörde laufen, was ihr eine Übersicht über die aktuell verwendeten sowie ältere Führerscheine verschaffte. Angaben über ältere Dokumente sollten eigentlich gelöscht werden, aber Tracys Erfahrung nach fanden sich oft doch noch drei oder vier ältere Versionen, die sie einsehen konnte, also einen Zeitraum von zehn bis zwölf Jahren betreffend. Die aktuellen Fotos aus diesen Führerscheinen wollte sie für sich selbst, die älteren brauchte sie, um bei Befragungen die Erinnerungen an die drei Männer aufzufrischen. Es half, möglichst zeitnah zum Ereignis aufgenommene Fotos dabeizuhaben, so wie Kimis Fotos als Senior der Highschool. Bei Highschool fiel ihr gleich noch etwas ein, und sie machte sich eine Notiz, damit sie auf keinen Fall vergaß, in der Stadtbücherei von Stoneridge die Jahrbücher der Highschool und alte Zeitungen aus der betreffenden Zeit einzusehen. Das war eine gute Möglichkeit, ein Gefühl für die von Kimi besuchte Schule und das Stoneridge jener Tage zu bekommen.

Danach rief sie Jenny an, um ihre Rückkehr anzukündigen.

»Dein Captain lässt dich an dem Fall arbeiten?«, fragte Jenny ein wenig ungläubig.

Sie wusste über Tracys angespannte Beziehung zu Nolasco Bescheid. Sie war dabei gewesen, als Tracy ihrem damaligen Ausbilder auf der Polizeiakademie das Knie in den Schritt gerammt und ihm anschließend die Nase gebrochen hatte, nachdem er Tracy und Jenny bei der Nachstellung einer Verhaftung übel begrapscht hatte. »So kann man das nicht sagen«, erwiderte Tracy trocken. »Ich nehme ein paar Gleittage.«

»Das höre ich aber gar nicht gern!«, protestierte Jenny. »Soll ich ein bisschen rumtelefonieren?«

»Nein, lass gut sein, die Überstunden gehen verloren, wenn ich sie nicht vor Jahresende abbummele.« Tracy erklärte Jenny, was sie plante. Sie wollte sich melden, sobald sie im Hotel eingetroffen war.

»Wieso gehst du ins Hotel?«, fragte Jenny. »Das geht doch auf deine Rechnung. Du kannst gern bei meiner Mutter wohnen. Die haben wir gestern mit ihrer Schwester auf Kreuzfahrt geschickt, du hättest das Haus für dich.«

Tracy dachte an das wunderschöne Anwesen mit der riesigen Rasenfläche. »Und das macht wirklich keine Umstände?«

»Überhaupt keine. Meine Mutter freut sich doch, wenn das Haus bewohnt ist. Ich wollte dich übrigens auch schon anrufen. Mir ist nämlich zu Ohren gekommen, dass hier in ein paar Wochen ein großes Ehemaligentreffen steigt. Der Highschool-Jahrgang 1977 feiert das vierzigste Jubiläum seines Schulabschlusses. Alle möglichen Events sind geplant und ich nehme stark an, es kommen jede Menge Leute in die Stadt, die sich an die Tage damals erinnern.«

»Gut zu wissen.«

»Ich helfe dir gern, Befragungen zu planen, wenn du willst.«

»Danke, aber so weit bin ich noch gar nicht. Und ich überrasche die Leute auch lieber.«

* * *

Kurz vor Sonnenuntergang traf Tracy beim Haus der Almonds ein, wo sie ihr Auto hinter Jennys schwarz-weißem SUV mit der Lichtleiste auf dem Dach und den sechszackigen goldenen Sternen an beiden Türen abstellte. Beim Aussteigen fiel ihr als Erstes auf, wie kalt es geworden war, seit sie ihr Haus in Seattle verlassen hatte. Genaueres wusste sie zwar nicht, denn ihr Pick-up zeigte die Außentemperatur nicht an, aber die Gänsehaut auf ihren Armen und die Kälte, die ihr den Rücken hochkroch, sprachen für Temperaturen nur noch knapp über dem Gefrierpunkt.

Der Himmel erstrahlte in der Abenddämmerung in einem sehr dunklen Blau, vor dem sich die umliegenden Berge magentarot umrandet abzeichneten. Es sah aus, als hätte ein Künstler zum Pinsel gegriffen, um diese Umrisse mit unregelmäßigen Strichen an den Himmel zu malen. Schatten krochen über den Rasen und hüllten die Obstbäume in graues Licht. Als sie die Haustür aufgehen hörte, drehte Tracy sich um. Erst war Jenny hinter der Fliegentür gar nicht zu erkennen, dann stieß sie sie auf, zögerte kurz und langte hinter sich ins Haus. Lichter flammten auf und beleuchteten Veranda, Treppe und Garten.

»Ich stand hier gerade und genoss den tiefen Frieden«, sagte Tracy, als Jenny zu ihr herunterkam.

»Sehr viel ruhiger, wenn nicht gerade sieben Kinder über den Rasen toben, was?« Jenny lachte. »Wenn ich an meine Kindheit denke, dann war es hier immer laut. Totales Chaos und überall im Garten kreischende Kinder. Wir hatten eine Menge Spaß, nachdem Dad mit uns hierhergezogen war.«

»Ich freue mich, hier wohnen zu dürfen, vielen Dank.«

»Ich habe vorhin mit Mom telefoniert und sie sagt, du sollst dich hier ganz wie zu Hause fühlen.« Jenny rieb sich zitternd die Arme. »Komm, ich zeig dir, wo alles ist.«

Tracy holte ihren Koffer aus der Fahrerkabine und folgte Jenny ins Haus.

Im Flur gleich hinter der Tür stand unter einem üppig verzierten Spiegel ein Tisch mit ein paar Zeitungen drauf. »Einige Berichte über das kommende Jahrgangstreffen«, erklärte Jenny.

Tracy sah sich im *Goldendale Enterprise* kurz den Artikel über den vierzigsten Jahrestag des Sieges der Stoneridge High bei den Football-Landesmeisterschaften an. Man wollte diesen Jahrestag im Zusammenhang mit dem Jubiläumstreffen des Jahrgangs 1977 groß feiern, eine gesonderte, dick umrandete Spalte zählte die geplanten Aktivitäten auf. Unter anderem sollte zu wohltätigen Zwecken ein Golfturnier veranstaltet werden und am Samstagmorgen zu Ehren des Footballteams eine Parade durch die Innenstadt stattfinden. In der Halbzeit des für denselben Abend angesetzten Spiels gegen Stoneridges Erzrivalen Columbia Central wollte man den Sportkomplex der Schule in einer feierlichen Zeremonie nach Stoneridges legendärem Trainer Ron Reynolds benennen.

»Komm, ich zeige dir den Rest des Hauses«, drängte Jenny.

In der Küche gab es Arbeitsplatten aus Marmor und das Neueste vom Neuesten an Haushaltsgeräten. Jenny öffnete den Kühlschrank, dessen Inhalt dem von Tracys verdächtig ähnelte: im Wesentlichen Flaschen mit Salatsaucen und anderen Würzmitteln. »Bedien dich ruhig, aber schau dir vorher das Verfallsdatum an. Mom hat sich nie daran gewöhnen können, dass Dad überhaupt keinen Appetit mehr hatte, und wir mussten in den letzten sechs Monaten haufenweise verdorbene Lebensmittel und Milchtüten wegwerfen. Da ich mich noch lebhaft an deine nicht gerade gesunden Ernährungsgewohnheiten erinnern kann, war ich so frei, dir von zu Hause zwei Tupperdosen mit Resten mitzubringen. Nichts Weltbewegendes, Lasagne und Hühnchen.«

Oben im Haus führte Jenny Tracy ins letzte Zimmer am Ende des Flurs. Als sie das Licht einschaltete, tauchten ein Himmelbett, eine große Ankleidekommode, ein antiker, weiß lackierter Schminktisch und ein zweisitziges Sofa auf, von dem aus man aus dem Fenster schauen konnte. Tracy stellte ihren Koffer am Fußende des Bettes ab und trat neben Jenny ans Fenster.

»Wunderschön«, sagte sie leise. Der Ausblick erstreckte sich über das Grundstück bis hin zu den Bergausläufern. Am Himmel waren die magentaroten Pinselstriche am Horizont zu einer einzigen dünnen Linie verschmolzen. Das Dämmerlicht verblasste, die Nacht rückte immer näher. »Es erinnert mich an den Blick aus meinem Schlafzimmerfenster, als ich noch ein Kind war.«

»Das war mein Zimmer«, erklärte Jenny. »Maria und Sophia

teilten sich eins. Bei Verhandlungen mit unseren Eltern haben sie immer so getan, als würde es sie nerven, dass ich ein eigenes Zimmer hatte und sie nicht, aber eigentlich wollten sie damit nur Druck machen. Sie waren altersmäßig nah beieinander und wohnten gern zusammen.«

»Es ist perfekt, vielen Dank.«

Die beiden gingen wieder hinunter ins Esszimmer. »Wo willst du anfangen?«, erkundigte sich Jenny.

»Bei Earl Kanasket. Das bin ich ihm schuldig, und alles andere wäre unhöflich.«

»Dann hast du ihn finden können?«

»Ich hoffe, ja. Seine letzte bekannte Adresse ist eine im Reservat. Er scheint mit seinem Sohn Élan zusammenzuwohnen. Laut Behördenauskunft wohnt Tommy Moore ebenfalls da draußen, also kann ich dem auch gleich einen Besuch abstatten, wenn die Adresse denn stimmt.«

»Zwei Stunden solltest du für die Fahrt einplanen«, gab Jenny zu bedenken. »Sag Bescheid, wenn du irgendetwas brauchst. Ich kann auch eine kleine Stadtrundfahrt mit dir machen und dich dem Polizeichef von Stoneridge vorstellen.« In manchen Kleinstädten arbeitete man mit dem örtlichen Sheriff Office zusammen, andere, wie Stoneridge, hatten ihre eigenen Polizeikräfte beibehalten. »Ich war bereits auf Anstandsbesuch bei ihm, um ihn wissen zu lassen, dass du kommst. Er ist nicht zuständig, da Kimi außerhalb der Stadtgrenzen starb, aber er regt sich leicht mal auf.«

Tracy lachte. »Ich werde dran denken.«

Jenny warf einen Blick auf die große Standuhr im Flur. »Wo wir grade von Leuten sprechen, die sich leicht mal aufregen: Ich muss nach Hause, die Kinder füttern. Du hast meine Handynummer, melde dich, wenn du was brauchst.« Jenny gab Tracy ein Schlüsselbund und Tracy begleitete die Freundin noch nach draußen. Die Schatten waren auf der Veranda angekommen, es fühlte sich so an, als sei die Temperatur noch ein paar Grad in den Keller gerutscht.

Jenny saß schon im Auto, als sie noch einmal das Beifahrerfenster runterließ. »Du rufst an, wenn du irgendwas brauchst, ja?«

Tracy sah ihrem Wagen nach, der das Grundstück umrundete, um sich dann nach Norden zu wenden. Als das Motorengeräusch verstummte, war sie erneut überrascht, wie still es hier war. Sie versuchte sich eine laute, lärmende Familie vorzustellen, die sich gerade zum Abendessen an den Tisch setzte oder sich am Samstagabend *The Wonderful World of Disney* ansah, nachdem alle Kinder gebadet hatten. Das hatten Sarah und sie immer gemacht. Tracy dachte an den Besuch ihrer Familie in Disneyland, mit dem ihre Eltern Sarah und sie überrascht hatten, sie dachte an Sarah und wie sie beim *Fluch der Karibik* laut geschrien hatte, an Sarah, die sich im Spukhaus die Augen zuhielt, an ihren Vater, der drei Tage lang mehr oder weniger ununterbrochen gelächelt hatte. Am letzten Tag hatten sie sich die Parade auf der Main Street angesehen. »Können wir noch mal herkommen, Daddy?«, hatte Tracy ihren Vater gefragt.

»Ich glaube, wir sind durch mit diesem Park«, hatte ihr Vater geantwortet. »Findest du nicht? Aber du wirst eines Tages hierher zurückkommen. Mit deiner Schwester und deinen eigenen Kindern, und dann werdet ihr eure eigenen gemeinsamen Erinnerungen haben.«

Dazu war es nie gekommen.

Auch diesen Traum hatte ein Psychopath ihnen allen geraubt.

Tracy lief ein Schauder über den Rücken. Sie eilte ins Haus, um sich einen Kapuzenpullover überzuziehen, und setzte sich danach mit den Zeitungen unter den Retrokronleuchter über dem Esstisch, der einer Petroleumlampe nachempfunden war. Abgesehen von den Artikeln über das bevorstehende Jahrgangstreffen brachten die Zeitungen die für eine kleine Stadt üblichen Nachrichten: einen Bericht über die Debatten um den möglichen Bau eines öffentlichen Schwimmbads, den Gartentipp der Woche und einen Artikel, in dem die Bürger der Stadt aufgefordert wurden, sich an einem Komitee zu beteiligen, das die Zukunft von Stoneridge planen sollte. Doch der zentrale Aufmacher auf der ersten Seite galt jeweils dem Jahrgangstreffen und der Taufe des Sportkomplexes. Einer der Artikel wurde vom Foto eines Mannes in Khakihose und Polohemd flankiert, der vor dem Eingang des Gebäudes stand, das Tracy und Dan bei ihrem Besuch noch als Baustelle wahrgenommen hatten. Laut Bildunterschrift handelte es sich bei dem Mann um Eric Reynolds, Quarterback des legendären Meisterschaftsteams und Inhaber von Reynolds Constructions, der Firma, die für Renovierung und Ausbau der Sportstätte Arbeitskraft, Maschinen und Zement gespendet hatte. Anscheinend ging mit solchen Spenden stillschweigend das Recht zur Namensgebung einher.

Dieser Artikel wurde im Zeitungsinnern mit einer Collage aus alten und neuen Fotografien fortgesetzt. Eine von ihnen zeigte den inzwischen siebenundfünfzig Jahre alten, bis auf einen hufeisenförmigen Haarkranz kahl gewordenen Eric Reynolds hinter einem großen Mann stehend, der sich gebückt hatte, als wolle er ihm einen Football zuwerfen. Reynolds sah immer noch so aus, als könne er jederzeit aufs Spielfeld laufen und spielen. Neben dem Foto prangte ein vor vierzig Jahren aufgenommenes Bild der beiden Männer in derselben Pose, auf dem die beiden die Footballuniformen ihrer Highschool trugen. Laut Bildunterschrift handelte es sich bei dem Mann vor Reynolds um Hastey Devoe. Mit ihm hatte es die Zeit nicht so gut gemeint wie mit Reynolds. Er war schon als junger Mann stämmig gewesen, schien sein Gewicht aber in guten Proportionen verteilt zu haben und hatte mit seinen jungenhaften Zügen und den großen Augen frühreif gewirkt. Das neuere Foto zeigte eine schwammig gewordene Wampe und die fleischigen Hängebacken eines Mannes, dem das Essen und wahrscheinlich auch der Alkohol ein bisschen zu gut schmeckten.

Beim Anschauen der Fotos überkamen Tracy nostalgische Empfindungen. Vierzig Jahre waren vergangen. Ein halbes Leben.

Nicht für Sarah. Und auch nicht für Kimi Kanasket.

12

Tracy wurde früh am Morgen von einem sehr hartnäckigen Hahn geweckt, der irgendwo in der Ferne gar nicht mehr aufhören wollte zu krähen. Als sie nicht wieder einschlafen konnte, zog sie die Sportsachen an, in denen sie bei kaltem Wetter laufen ging, und machte sich auf, immer der Kammlinie entlang. Anfangs fühlte sich die Kälte wie ein eisiges Bad an und sie fror bis in die Knochen, weswegen sie es langsam angehen ließ. Erst als sie warm geworden war und Muskeln und Gelenke sich allmählich lockerten, legte sie Tempo zu. Ungefähr fünfundvierzig Minuten später stieg sie nach kurzer Dusche und Frühstück in den Pick-up, um sich auf die Suche nach Earl Kanasket zu machen. Kimis Vater sollte ihr Vorhaben absegnen oder Tracy höchstpersönlich einen Tritt in den Hintern geben dürfen. Falls er denn noch lebte und unter seiner letzten bekannten Adresse zu finden war.

Nach etwas über anderthalb Stunden Fahrt auf der US-97 näherte sich Tracy der kleinen Stadt Toppenish im 5200 Quadratkilometer großen Yakama-Reservat. Sie nahm die entsprechende Ausfahrt und fuhr bald die von ein- und zweistöckigen Häusern aus Stein und Ziegeln gesäumte Main Street hinunter, die den Charme einer bäuerlichen Gemeinde im alten Westen ausstrahlte. Große, detailreich gestaltete Wandgemälde zierten die Seitenwände vieler Häuser und zeigten das Leben im ausgehenden achtzehnten, frühen neunzehnten Jahrhundert. Indianer auf bemalten Pferden, von Pferden gezogene Pflüge, dahinter die Bauern mit langen Zügeln in den Händen, eine Dampflok blies Rauchschwaden in einen blassblauen Himmel.

Tracys Navi schickte sie durch eine Wohngegend mit einfachen, aber gepflegten Häusern bis zu einer Kreuzung, hinter der sich ein ausgedehntes, dunkelgrünes Feld bis zum Horizont zu erstrecken schien. Hier wurde der neueste Star auf dem Ernährungsmarkt angebaut: Grünkohl. Earl Kanasket lebte laut Adressauskunft im letzten Haus auf der linken Straßenseite, einem einstöckigen blaugrauen Gebäude, in dessen Carport ein älterer Chevy Pick-up sowie eine Toyota-Limousine standen. Ein gutes Zeichen, irgendjemand war auf jeden Fall da. Nach links zum Carport hin hatte sich das Haus ein wenig abgesenkt, als würde der Anbau es herunterziehen.

Tracy parkte an der Straße. Sie hatte die Hand schon am Riegel des Törchens im halbhohen Maschendrahtzaun, als ihr zwei Schilder ins Auge fielen. Auf dem einen wurde unter dem Konterfei eines Deutschen Schäferhundes vor dem »Wachhund im Dienst« gewarnt, das zweite zeigte eine Hand, die einen großkalibrigen Revolver hielt, darunter die Worte: »Wir rufen nicht nach der Polizei.« Einen Moment lang betrachtete Tracy kritisch die Fingerhirse im kleinen Garten hinter dem Zaun, konnte darin aber keine Spur eines gefährlichen Tieres entdecken. Trotzdem behielt sie die Hausecke mit dem Durchgang nach hinten lieber im Auge, als sie das Tor aufdrückte und den betonierten Fußweg zum Haus hochging. Mit fremden Hunden ging es ihr wie mit dem Meer: Sie hatte vor beidem einen gesunden Respekt und wandte weder dem einen noch dem anderen den Rücken zu. Dass die Veranda des Hauses rollstuhlgerecht umgerüstet worden war, wertete Tracy als weiteres Indiz dafür, dass Earl Kanasket hier wohnte.

Die Fliegengittertür des vorderen Eingangs lehnte mit verrosteten und teilweise abgebrochenen Scharnieren an der Hauswand, das zerfetzte Gitter hätte allerdings ohnehin nicht mehr viele Fliegen abgehalten. Sofort musste Tracy wieder an den Hund denken, der hier angeblich Dienst tat. Sie legte vorsorglich die Hand an ihre Glock und trat einen Schritt zurück, um nicht vielleicht doch noch in der Schusslinie zu stehen, falls sich die Warnung auf einem der beiden Schilder als zutreffend erweisen sollte. Im Haus bellte ein Hund, allerdings nicht gerade wild und aggressiv, sondern eher heiser und müde. Der Türgriff wackelte und einen Moment später öffnete sich mit leisem Zittern die Tür. Vor Tracy saß ein alter Mann in einem Rollstuhl, sein Gesicht eine einzige Straßenkarte der Jahre. Neben ihm stand ein struppiger Hund mit weißem Gesicht und wässrigen Augen, die nicht mehr viel zu sehen schienen. Die Zunge hing ihm seitlich zum Maul heraus, als hätte allein die Anstrengung, zur Tür zu kommen, das Tier völlig erschöpft.

»Guten Tag.« Tracy ließ ein entwaffnendes Lächeln aufblitzen. In einem war man als Frau im Polizeidienst den männlichen Kollegen gegenüber im Vorteil: Die Leute fühlten sich nicht gleich eingeschüchtert, wenn eine unbekannte Frau an ihre Tür klopfte. »Ich hoffe, Sie sind Earl Kanasket.«

»Der bin ich.« Earl klang so heiser wie vorher sein Hund, aber seine Augen blickten klar und waren so dunkel, dass Tracy unwillkürlich an die einer Krähe denken musste. »Und wer sind Sie?«

»Ich heiße Tracy Crosswhite, bin Detective und komme aus Seattle.«

»Detective?«

»Ja, Sir.«

»Was sucht ein Detective aus Seattle hier unten im Reservat?« Die Frage war legitim, und Tracy hörte aus Earl Kanaskets

Ton weder Feindseligkeit noch Besorgnis heraus. Wahrscheinlich regten einen nicht mehr allzu viele Dinge auf, wenn man weit über achtzig war.

»Die Gelegenheit zu einem Gespräch«, antwortete Tracy. »Ich würde mich gern mit Ihnen über Ihre Tochter Kimi unterhalten.«

»Kimi?« Earl lehnte sich in seinem Stuhl zurück, als hätte ihn ein starker Windstoß getroffen. »Kimi ist seit vierzig Jahren nicht mehr am Leben.«

»Das weiß ich«, sagte Tracy. »Ich weiß auch, dass mein Besuch hier so aus heiterem Himmel ein ziemlicher Schock für Sie sein muss.« Tracy wartete gespannt – würde Earl Kanasket sie jetzt wütend zum Gehen auffordern oder war er neugierig geworden?

»Das können Sie wohl sagen.« Earl trug sein dünner gewordenes weißes Haar in einem Pferdeschwanz, der ihm den Rücken hinabhing. »Worum geht es denn?«

»Das ist eine ziemlich lange Geschichte, Mr Kanasket. Darf ich reinkommen und mich setzen, während ich sie erzähle?«

Earl musterte sie einen Moment lang, ehe er kaum merklich das Kinn senkte. »Ja, kommen Sie rein«, meinte er und bugsierte seinen Rollstuhl ein wenig unbeholfen rückwärts ins Haus hinein. Auch dem Hund bereitete es Mühe, sich rückwärts zurückzuziehen. Tracy schloss hinter sich die Tür, ehe sie Earl in ein verwohntes, aber sauberes Zimmer folgte, das gleich hinter dem Eingang rechts vom Flur abging. Die Luft roch abgestanden und so, als hätte im Kamin eben noch ein Feuer gebrannt, die Einrichtung war funktional. Eine Couch und zwei Sessel, ein ovaler Flickenteppich auf dem Holzfußboden, ein Fernseher mit Flachbildschirm und eine Lampe auf einem kleinen Holztisch, mehr nicht.

Earl richtete seinen Rollstuhl aus, bis er mit dem Rücken zum Fenster saß, das auf den Grünkohlacker hinausging. Tracy setzte sich auf den Sessel in der Nähe des offenen Kamins. Rostfarbene Haare auf den Armlehnen und dem Sitz wiesen das Möbelstück als Lieblingsplatz des Hundes aus, aber der schien im Moment zufrieden damit, an der Seite seines Herrn auszuharren. Tracy hatte die Fahrt über darüber nachgedacht, wie sie am besten anfangen sollte. »Ich war mit einer Frau namens Jenny Almonds auf der Polizeiakademie. Ihr Vater war Buzz Almond, Sheriff des Klickitat County.«

»Der Name ist mir bekannt«, sagte Earl. »Aber er war kein Sheriff, jedenfalls damals noch nicht. Damals war er Deputy. Er kam, als Kimi verschwunden war.«

Die Kanaskets waren, kurz nachdem man Kimis Leiche aus dem White Salmon River geborgen hatte, ins Yakama-Reservat gezogen. Das wusste Tracy durch ihre Accurint-Recherche.

»Es stimmt, er war zu der fraglichen Zeit Deputy«, sagte Tracy.

»Er sagte, er würde Kimi finden. Ich glaube, es war ihm ernst damit.«

»Hat er Ihnen mitgeteilt, was Kimi widerfahren ist?«

Kanasket ließ sich Zeit, er schien über die Frage nachdenken zu wollen, so als hätten ihn Alter und Weisheit gelehrt, geduldig zu sein und nicht gleich den Mund aufzumachen. »Sie sagten, sie hätte sich in den Fluss gestürzt.«

»Hat Buzz Almond das Ihnen gegenüber so formuliert?«

»Ich erinnere mich nicht mehr daran, wer es sagte. Nur, dass es gesagt wurde. Ich habe es damals nicht geglaubt und glaube es auch heute nicht.«

»Ich bin mir nicht sicher, ob Buzz Almond es geglaubt hat«, meinte Tracy. »Er hat eine Akte aufbewahrt, Mr Kanasket.« Sie zog den Ordner aus ihrer Aktentasche, stand auf und reichte ihn Earl. Der streckte die Hand nur zögernd danach aus, schien sich nicht sicher, ob er ihn überhaupt anfassen wollte. Tracy verstand das nur zu gut. Dieser Ordner dokumentierte die schlimmsten

Erinnerungen seines langen Lebens, Erinnerungen, die er ganz sicher mit ins Grab nehmen würde.

»Allem Anschein nach hat Buzz Almond weiter nachgeforscht. Sehr ungewöhnlich. Eigentlich hätte er die Akte einem Detective übergeben müssen. Er hat sie aber behalten. Das könnte darauf hindeuten, dass er nicht mit den Schlussfolgerungen einverstanden war, zu denen andere kamen.«

»Was sagt er selbst denn dazu?«

»Er ist tot. Er starb vor einigen Wochen an Krebs. Seine Tochter fand die Akte in seinem Schreibtisch zu Hause und bat mich, mir die Sache einmal anzusehen. Ich bin hier, um Ihnen das zu sagen und hoffentlich Ihr Einverständnis zu erhalten.«

Earls Augen wurden schmaler. Er warf Tracy einen bohrenden Blick von solcher Intensität zu, dass sie sicher war, diesmal würde er sie auffordern zu gehen. »Meine Einwilligung?«

»Ja. Ihre Einwilligung, Buzz Almonds Ermittlungen genauer unter die Lupe nehmen zu dürfen.«

Earl wandte den Kopf dem einzigen gerahmten Bild im Zimmer zu, ein Foto von Kimi mit einer Frau, bei der es sich wahrscheinlich um ihre Mutter, Earls Frau, handelte. Erst nach einer ganzen Weile sah er wieder Tracy an. »Erzählen Sie mir, was in der Akte ist.«

Tracy setzte sich wieder und erklärte ihm den Inhalt des Ordners. Sie erzählte, dass der Bericht des Coroners auf ihre Veranlassung hin in Seattle überprüft wurde und dass sie einige Dutzend Fotos an Experten weitergegeben hatte, damit die sie sich anschauten. Earl Kanasket saß reglos da, während sie sprach, seine Hände ruhten auf der Akte in seinem Schoß, aber die knochigen Finger machten an keiner Stelle Anstalten, sie zu öffnen.

»Fotos wovon?«, wollte er wissen.

»Von einem Pfad in den Wäldern, der zu einer Lichtung führt.«

»Ich kenne die Lichtung.«

»Sie kennen diese Lichtung?«

Earl nickte, die Bewegung auch diesmal kaum wahrnehmbar. »Dort gibt es böse Geister.«

»Böse Geister?«

»Tote, die nicht ruhen.«

Tracy hatte das, was ihr von ihrem Kinderglauben noch verblieben war, nach Sarahs Tod und dem Selbstmord ihres Vaters verloren. Auch vorher hatte sie eigentlich nie richtig an Dinge wie den Himmel oder ein Leben nach dem Tod geglaubt. Aber es hatte in der Mine oberhalb von Cedar Grove einen Augenblick gegeben, den sie sich nicht erklären und den sie nicht vergessen konnte: Sie hatte ihre Schwester so deutlich gespürt, als wäre Sarah körperlich anwesend gewesen. Seitdem wies Tracy den Gedanken an Geister nicht mehr von sich. »Warum dort?«, fragte sie.

»Was wissen Sie davon?«

»Nichts.«

Earl schloss die Augen und holte einmal tief Luft, ehe er sie wieder aufschlug. »Vor vielen, vielen Jahren haben sie auf dieser Lichtung einen unschuldigen Mann erhängt. Man hatte ihn des Mordes beschuldigt und brachte ihn zu einer großen, alten Eiche, damit alle in der Stadt zusehen konnten, wie er gehängt wurde. Als sie ihn fragten, ob er vor seinem Tod noch etwas sagen wolle, beteuerte er erneut seine Unschuld und drohte, sich aus dem Grab zu erheben und die Stadt bis auf die Grundmauern niederzubrennen, wenn sie ihn hängten. Er wurde trotzdem gehängt und einen Monat später vernichtete in der Innenstadt von Stoneridge ein Feuer fast alle Häuser. Die Brandursache wurde nie entdeckt, und als man endlich nachsehen ging und das Grab des Mannes öffnete, war es leer. Kurz nach diesen Ereignissen starb der Eichenbaum ab. Seitdem wächst auf der Lichtung nichts mehr.«

Der Hund war unvermittelt aufgestanden und bellte nun. Tracy zuckte zusammen, aber Earl Kanasket rührte sich nicht. Er sah seine Besucherin weiterhin unverwandt an. Sekunden später kamen schwere Schritte die Stufen zur vorderen Veranda herauf. Das Haus zitterte leicht, als die Haustür aufflog.

»Dad? Wessen Pick-up steht da …?«

Ein Mann mit einer braunen Papiertüte in den Armen kam ins Zimmer. Das musste Élan sein. Sein Blick ging zwischen Tracy und seinem Vater hin und her, bis er an Tracy hängen blieb. »Wer sind Sie?«

Élan sah seinem Vater nur auf den ersten Blick ähnlich. Auch seine Haare waren inzwischen eher grau als schwarz, sie hingen ihm bis auf die Schulter. Seine Augen waren dunkel wie die seines Vaters, aber wo Earls Blick sich auf sein Gegenüber einließ, wies der von Élan Tracy mit eindringlichem, herausforderndem Starren ab.

Tracy stand auf. »Ich bin Tracy Crosswhite, Detective aus Seattle.«

»Was wollen Sie? Warum sprechen Sie mit meinem Vater?«

»Sie ist Kimis wegen hier«, erklärte Earl.

»Kimi?« Élan schnaubte verächtlich. Er stellte die Lebensmittel, die er mitgebracht hatte, auf einem Beistelltisch ab, ehe er weiter ins Zimmer kam. »Soll das ein Scherz sein?«

»Nein.« Tracy schüttelte den Kopf. »Es ist kein Scherz.«

»Was könnte Sie an Kimi interessieren?«

»Sie glaubt nicht, dass Kimi sich umgebracht hat«, warf Earl ein.

Wieder ging Élans Blick zwischen seinem Vater und dessen Besucherin hin und her.

»Der ehemalige Sheriff hat eine Akte zum Tod Ihrer Schwester aufbewahrt«, erklärte Tracy.

Jeder Erklärungsversuch von ihrer Seite schien Élan nur noch stärker aufzubringen. »Was soll dabei Gutes rauskommen?«, unterbrach er sie schroff. »Bringen Sie uns Kimi zurück?«

»Nein. Aber wenn der Tod Ihrer Schwester kein Selbstmord war ...«

»Was dann? Was machen Sie dann? Verhaften Sie jemanden? Damals wurde niemand verhaftet und die ganzen letzten vierzig Jahre auch nicht. Es war ihnen allen egal. Kimi war eben bloß eine tote Indianerin.«

»Wir können heute anders ermitteln als damals. Inzwischen gibt es technische Hilfsmittel, an die 1976 noch nicht zu denken war. Technologie, mit der sich vielleicht nachweisen ließe, dass der Tod Ihrer Schwester kein Selbstmord war.«

»Vielleicht?« Élan kam dichter heran, noch nicht so weit, dass Tracy sich bedroht fühlte, aber es war schon klar, dass er sie einschüchtern wollte. »Vielleicht? Sie kommen hierher, um uns zu sagen, dass Sie *vielleicht* etwas finden? Wollen Sie damit sagen, Sie wissen noch gar nichts?«

»Ich kam, um die Zustimmung Ihres Vaters einzuholen und ihn wissen zu lassen, dass der Sheriff den Fall wiederaufgenommen hat.«

»Seine Zustimmung wollen Sie? Die Trauer um Kimis Tod hat meine Mutter ins Grab gebracht. Mein Vater muss seit vierzig Jahren ohne seine Tochter leben. Und Sie kommen hierher und sagen uns, sie hätten ... was? Was können Sie nach all den Jahren noch haben?«

»Den Bericht des Coroners. Zeugenaussagen. Fotos.«

»Fotos wovon?«

»Von der Lichtung«, sagte Earl.

Wieder flackerte Élans Blick zwischen seinem Vater und Tracy hin und her. »Die Lichtung? Was soll die Lichtung damit zu tun haben?«

»Der Deputy hat sie fotografiert«, erklärte Tracy. »Ich lasse die Fotos analysieren.«

»Wieso? Glauben Sie, ein Geist hat Kimi umgebracht?«

Élan lächelte, ein allerdings sehr finsteres Lächeln. »Vielleicht ist Henry Timmerman von den Toten auferstanden, um sich zu rächen.«

Tracy konnte Élan seine Skepsis nicht verdenken. Sie selbst war auch mit jedem Jahr, das verging, ohne dass sie Sarahs Tod hätte aufklären können, skeptischer geworden. Nach zwanzig Jahren hatte sie die Hoffnung so gut wie aufgegeben.

»Ihre Schwester ist nie mehr nach Hause gekommen. Wollen Sie denn nicht wissen, warum?«

»Wir wissen, warum. Sie ist in den Fluss gegangen.«

»Glauben Sie das denn?«

»Was macht das für einen Unterschied, ob ich es glaube oder nicht? So wurde es uns gesagt.«

»Und wenn das ein Irrtum war?«

»Und wenn es doch keiner war? Wollen Sie bei meinem Vater Hoffnungen wecken? Wie dieser Deputy, der gesagt hat, er würde Kimi finden? Er hat sie gefunden, ja, das hat er! In dem verfickten Fluss hat er sie gefunden. Ich glaube, Sie sollten jetzt gehen.« Élan trat zurück und deutete auf die Tür. »Gehen Sie, verdammt noch mal!«

»Stopp«, meldete sich Earl mit leiser, ruhiger Stimme. Élan ließ den Arm sinken und sah zur Seite, wie ein Junge, der gescholten wurde und seinem Vater nicht widersprechen will, aber auch nicht gehorchen mag. Earl ließ seinen Rollstuhl hinüber zu Tracy rollen. Der Hund tappte neben ihm her. Earl streckte den Arm aus und griff nach Tracys Hand. Seine Haut fühlte sich kühl an und so dünn, dass jeder Knochen und Knöchel zu spüren war. »Der Deputy war jung«, sagte er. »Er stand gerade erst am Anfang seiner Laufbahn und er hatte eine Familie, an die er denken musste. Sie stehen nicht erst am Anfang Ihrer Karriere. Und Sie haben keine Familie.«

»Nein.« Tracy wusste nicht genau, worauf er hinauswollte und woher er wusste, dass sie keine Familie hatte. »Nein, ich habe keine Familie.«

Earl ließ ihre Hand los und gab ihr den Ordner zurück. »Bringen Sie zu Ende, was Buzz Almond begonnen hat.«

»Ich werde es versuchen.« Tracy klemmte sich die Akte unter den Arm und verließ nach einem letzten Blick auf Élan das Zimmer. Der musterte sie von oben bis unten, als sie an ihm vorbei zur Haustür ging, und es wunderte sie nicht, dass er ihr noch bis in den Garten folgte. Es sollte nicht so aussehen, als liefe sie vor ihm davon, also blieb sie stehen und wandte sich ihm noch einmal zu.

»Mein Vater vertraut Ihnen vielleicht«, sagte Élan. »Aber ich nicht.«

»Warum nicht? Warum sollten Sie mir nicht vertrauen?«

»Vertrauen kriegt man nicht geschenkt, das muss man sich verdienen.«

»Und warum bekomme ich dann keine Gelegenheit, mir Ihres zu verdienen?«

»Weil wir Leuten wie Ihnen seit zweihundert Jahren vertrauen und sie uns immer wieder abzocken.«

Solche Antworten kannte Tracy zur Genüge, sie bekam sie oft zu hören, wenn jemand auf eine ihrer Fragen keine konkrete, rationale Antwort wusste und sie stattdessen beschuldigte, Rassistin zu sein. »Ich habe norwegische und schweizerische Wurzeln«, sagte sie. »Und ein bisschen irisch bin ich auch noch. Inwieweit habe ich Sie abgezockt?«

Élan lächelte, allerdings ohne wirklichen Humor. »Was denn, hat mein Vater Sie mit der kleinen Show eben aus den Latschen gehauen? Mit diesem Spruch, Sie wären nicht mehr so jung und hätten keine Familie? Halten Sie ihn für eine Art Medizinmann?« Er warf einen nachdrücklichen Blick auf Tracys linke Hand. »Sie tragen keinen Ehering. Und richtig jung sind Sie auch nicht gerade. Ich würde mich da an Ihrer Stelle nicht so reinsteigern.«

»Sie haben meine Frage nicht beantwortet. Warum wollen Sie es nicht wissen? Wenn Sie es so mit Ungerechtigkeiten haben, warum wollen Sie diese eine Sache nicht wiedergutgemacht wissen? Diese eine Sache mehr als alle anderen?«

»Weil Sie am Ende nichts finden werden und weil, selbst wenn Sie etwas fänden, doch nichts dabei rauskommt. So war es nämlich immer schon.« Er kam einen halben Schritt näher. »Kommen Sie erst wieder her, wenn Sie etwas Richtiges für uns haben. Kommen Sie nicht mit ›vielleicht‹ und ›könnte sein‹. Machen Sie keine Versprechungen, die Sie nicht halten können. Und schicken Sie den alten Mann nicht mit Erwartungen ins Grab, die Sie nicht bereit sind zu erfüllen.«

Élan musterte sie mit einem letzten durchdringenden Blick, ehe er sich umdrehte und die Treppe hoch ins Haus zurückging. Die Tür schlug hinter ihm zu. Tracy warf einen Blick nach rechts, auf die Scheiben des Fensters zum Feld mit dem Grünkohl hin. Earl Kanasket hatte seinen Rollstuhl wieder dorthin gerollt, nur wandte er dem Ausblick diesmal nicht den Rücken zu. Diesmal saß er mit dem Gesicht zum Fenster und beobachtete sie.

* * *

Nachdem Tracy bei der für Tommy Moore verzeichneten Adresse vorbeigefahren war, wo auch ganz richtig der Name »Moore« am Briefkasten stand, aber leider niemand zu Hause war, fuhr sie nach Toppenish hinein und suchte sich ein Restaurant, um eine Kleinigkeit zu essen. Sie bestellte ein Truthahnsandwich, nippte an einem Glas Eistee und dachte an Buzz Almond. Wie sehr er sein Versprechen bedauert haben musste, diese Zusage an die Familie Kanasket, er würde Kimi schon finden und ihnen unbeschadet zurückbringen. Jungen Beamten unterliefen solche Fehler häufig, sie wurden immer mit den besten Absichten begangen. Tracy kannte beide Seiten, sie wusste, wie hilflos man sich als Polizistin fühlen konnte, aber auch, wie es in den Angehörigen der Opfer eines Gewaltverbrechens aussah. Sie hatte in ihrem Beruf allerdings schnell lernen müssen, das eine nicht mit dem anderen zu verwechseln.

Für einen Polizeibeamten war jedes Gewaltverbrechen erst einmal einfach ein Fall, den er im Laufe seiner Karriere zu bearbeiten hatte. Man erledigte seine Aufgaben und danach ging man nach Hause. Für die betroffene Familie stellte das Verbrechen ein Ereignis dar, das ihr ganzes Leben veränderte und das sie nie vergessen würde. Buzz Almond wäre kein Mensch gewesen, hätte er den Kanaskets nicht ein wenig von ihrer Sorge nehmen wollen. Als dann die Rettungsmannschaften Kimi Kanaskets Leiche aus dem Fluss zogen und ihm klar wurde, dass er sein Versprechen nicht würde halten können, musste er sich unglaublich schuldig gefühlt haben. Hatte er deswegen nie das Interesse an diesem Fall verloren? Und warum hatte er die Sache nicht konsequenter weiterverfolgt, wenn er nicht an Selbstmord geglaubt hatte?

Buzz Almond habe am Anfang seiner Laufbahn gestanden und an seine Familie denken müssen, hatte Earl Kanasket gesagt. Hieß das, Buzz hätte Grund gehabt, sich um das Wohlergehen seiner Familie zu sorgen? Oder hatte Earl nur erklären wollen, unter welchen Einschränkungen Buzz gearbeitet hatte? Diese Einschränkungen galten für Tracy nicht, das hatte Earl schon richtig gesehen. Aber wenn Buzz Grund gehabt hatte, sich um das Wohlergehen seiner Familie zu sorgen, dann musste Tracy die Bemerkung des alten Mannes durchaus als Warnung auffassen.

13

Dienstag, 9. November 1976

Nachdem Buzz seinen Schichtbericht geschrieben hatte, machte er sich auf die Suche nach Jerry Ostertag. Der saß nicht an seinem Platz.

»Jerry wollte kurz mal aufs Klo«, erklärte einer der anderen Detectives.

Buzz lief den Flur hinunter und um die Ecke, wurde dann aber langsamer, nachdem er um ein Haar auf dem glatten, abgenutzten Linoleum ausgerutscht wäre. »Detective Ostertag?«, rief er.

Ostertag blieb stehen und drehte sich um, als er seinen Namen hörte, sodass Buzz ihn mit ein paar Schritten einholen konnte. »Buzz Almond.« Er streckte die Hand aus. »Tut mir leid, so hinter Ihnen herzuschreien, aber ich würde gern kurz mal mit Ihnen über den Fall Kimi Kanasket sprechen.«

Ostertag sah nach zwanzig Kilo Übergewicht aus. Nicht krankhaft fett, aber schon wie ein Mann, der seinen Teller leer aß und sich jeden Abend Knabberzeug und Cocktail schmecken ließ. Als Zeichen dafür, dass er sein Alter und die damit verbundenen Veränderungen akzeptierte, trug er die Gürtelschnalle unter dem vorstehenden Bauch.

»Almond, richtig – ich dachte doch, der Name kommt dir bekannt vor. Ich habe Ihre Berichte bekommen. Sie waren gut. Sehr gründlich. Vielen Dank.« Ostertag verfrachtete einen Zahnstocher von einem Mundwinkel in den anderen und musterte Buzz durch eine Brille mit Silberrand, die stark an Telly Savalas in der beliebten Krimiserie *Kojak* erinnerte. Buzz fragte sich unwillkürlich, ob das Absicht war und sich Ostertag auch deswegen den Schädel rasiert hatte.

»Danke. Hören Sie, ich habe mich heute im Columbia Diner mit Lorraine unterhalten.«

»Mit wem?«

»Mit der Bedienung in dem Restaurant, in dem Kimi Kanasket an dem Abend, an dem sie verschwand, gearbeitet hat.« Eigentlich war Buzz davon ausgegangen, dass Ostertag ebenfalls mit Lorraine gesprochen hatte, aber das war ja offensichtlich nicht der Fall.

»Okay. Sie sprachen also mit dieser Lorraine. Warum?«

»Ich war im Diner, um eine Kleinigkeit zu essen, und da kamen wir ins Gespräch.« Es sollte auf keinen Fall so aussehen, als mische sich Buzz in Ostertags Ermittlungen ein. »Lorraine sagt, es hat Kimi nichts ausgemacht, dass Tommy Moore an dem Abend dort auftauchte. Sie war danach nicht erregt oder aufgewühlt.«

»Einen Moment, ja?« Ostertag hob die Hand und wandte sich einem Mann im Anzug zu, der gerade in die andere Richtung strebend an ihnen vorbeiging. »Hi Carl, steht unsere Verabredung für morgen noch?«

Carl drehte sich um und antwortete im Rückwärtsgehen. »Der Platz ist für halb sieben reserviert. Ich dachte, wir gehen nach dem Spiel irgendwo frühstücken.«

»Der Verlierer zahlt?«

»Prima, ich esse gern mal umsonst.«

»Steck lieber deine Kreditkarte ein.« Ostertag lachte. »Mich machen Siege immer hungrig.«

Carl winkte und Ostertag wandte sich wieder Buzz zu. »Tut mir leid«, entschuldigte er sich. »Dem darf ich morgen beim Racquetball den Arsch versohlen, das hält ihn auf Linie. Was sagten Sie eben über eine Bedienung?«

»Lorraine. Sie sagte, Kimi sei nicht völlig fertig gewesen, weil Tommy Moore mit ihr Schluss gemacht hatte. Sie sagte, Kimi habe am fraglichen Abend sogar an Moores Tisch bedient.«

»Helfen Sie mir kurz auf die Sprünge – Moore war der Freund, richtig?«

»Exfreund.« Langsam fragte sich Buzz, was zum Teufel Ostertag eigentlich bisher gemacht hatte. »Er kam mit einem anderen Mädchen ins Diner, um Kimi eins auszuwischen, und als sie nicht darauf ansprang und keine Reaktion zeigte, stürmte er wütend aus dem Lokal.«

»Ich fürchte, Sie müssen mich noch einmal entschuldigen! Ich wollte gerade auf die Toilette, habe wohl heute früh zu viel Kaffee getrunken, der jetzt durchläuft. Da muss ich mich dringend drum kümmern, sonst ersaufe ich noch.«

Und schon war Ostertag hinter den Schwingtüren der Herrentoilette verschwunden. Buzz kam sich so stehen gelassen ein bisschen dämlich vor, ging ein paar Schritte hin und her, was hoffentlich beschäftigt wirkte, und war froh, als Ostertag nach ein paar Minuten die Schwingtüren mit dem Fuß aufstieß und wieder in den Flur trat, wobei er sich die Hände an einem braunen Papierhandtuch abtrocknete. Das knüllte er zusammen, um es hinter sich in die Richtung zu werfen, wo aller Wahrscheinlichkeit nach ein Papierkorb stand. Er wirkte überrascht, Buzz immer noch hier draußen anzutreffen, aber Buzz hatte nicht vor, sich so einfach abschütteln zu lassen.

»Nachdem ich mit der Kellnerin gesprochen hatte«, fuhr er fort, »entdeckte ich beim Weiterfahren ungefähr hundert, hundertfünfzig Meter vom Diner entfernt an der Straße eine Ausweichstelle. Die hatte ich nicht gesehen, als ich an dem Abend mit Earl Kanasket Kimis Heimweg abging. Es war zu dunkel gewesen und es hatte ja auch angefangen zu schneien. Jedenfalls gibt es dort einen Pfad, auf dem ich Fußspuren und Reifenabdrücke entdeckte. Denen bin ich gefolgt und …«

»Und Sie kamen an eine Lichtung.« Ostertag lockerte seine goldene Krawatte, um den obersten Hemdknopf öffnen zu können.

»Sie kennen diese Lichtung?«

»Jeder im Polizeidienst hier kennt die Lichtung.«

»Dann waren Sie schon da draußen?«

»Öfter, als mir lieb war, als ich noch im Streifenwagen saß.«

»Ich meine, im Rahmen dieser Ermittlung.«

»Diese Ermittlung? Warum hätte ich ihm Rahmen dieser Ermittlung zur Lichtung fahren sollen?«

»Die Fuß- und Reifenspuren, die ich entdeckte, führen dorthin. Ich schätze zwei, vielleicht drei Leute, schwer zu sagen.«

Ostertag runzelte die Stirn. »Ich meinte eigentlich: Was hat das mit Kanasket zu tun?«

»Sie hätte auf dem Nachhauseweg genau diese Richtung eingeschlagen. Sie ging immer die 141 entlang. Wenn nun irgendetwas sie erschreckt hätte …«

»Was zum Beispiel?«

»Ich weiß nicht.« Buzz musste sich zusammenreißen, um nicht ernsthaft ärgerlich zu werden.

Ostertag runzelte die Stirn. »Wie lange sind Sie schon bei der Polizei …?« Es war klar, dass er Buzz' Namen vergessen hatte.

»Buzz«, sagte Buzz.

»Wie lange sind Sie schon bei der Polizei, Buzz?«

Buzz war nicht in der Stimmung, sich von einem übergewichtigen Schreibtischhengst weise Ratschläge erteilen zu lassen. Der Typ hatte sich wahrscheinlich mit einer Rückstellung als Student um den Wehrdienst gedrückt, während Buzz im Verlauf zweier Kampfeinsätze durch den Dschungel von Vietnam gekrochen war. Als Zugführer, wohlgemerkt. »Ein paar Monate.«

»Das hier ist Ihr erster Fall? Der erste große Fall, meine ich?«

»Ja, aber was hat das …«

»Lassen Sie sich von mir einen Rat geben, der Ihnen bei Ihrer Karriere sehr nützen wird. Sie fahren hin und schauen nach, was ist, wenn ein Notruf reinkommt. Und Sie nehmen Zeugenaussagen auf. Das ist Ihr Job. Und Sie haben in diesem Fall wirklich gute Arbeit geleistet, was ich meinem Sergeant gegenüber auch erwähnen werde. Mein Job ist es, dem allem nachzugehen und zu ermitteln. Sie machen Ihre Arbeit, ich mache meine und alles klappt wie am Schnürchen. Richtig?« Ostertags Lächeln ließ den Zahnstocher in seinem Mundwinkel hüpfen.

»Ich verstehe.« Buzz zählte im Geiste bis zehn. »Aber ich habe Fotos gemacht, die ich entwickeln lassen wollte. Ich könnte sie Ihnen zeigen.«

Ostertag lächelte immer noch. »Sie haben Fußabdrücke und Reifenspuren fotografiert?«

»Ja.«

»Ich erzähle Ihnen jetzt mal was über die Lichtung, Bert.«

»Buzz.«

»Die Kids gehen da am Wochenende hin, weil es so schön einsam ist. Sie nehmen ein paar Sixpack Bier mit, betrinken sich, steigen in ihre Autos und fahren auf der Lichtung Kunststückchen. Oder ein Typ nimmt sein Date mit dahin, um nach Geistern Ausschau zu halten.«

»Geister?«

»Es gibt eine Legende über einen Typen, der genau da gehängt wurde und aus dem Grab auferstand, um die Stadt abzufackeln. Es heißt, sein Geist geht immer noch da draußen um und man kann ihn, wenn Wind weht, stöhnen hören. Solchen Blödsinn reden die Highschool-Jungs gern ihren Dates ein, weil die dann vielleicht Angst kriegen, und wenn sie Angst kriegen, dann kuscheln sie sich an und man kann ihnen schon mal unter die Bluse oder sogar ins Höschen fassen. Okay? Sie haben Fotos von Fußabdrücken und Reifenspuren, die zu ungefähr jedem Jugendlichen auf der Stoneridge High und jedem Auto, das je dort auf der Ausweichstelle stand, gehören könnten.«

»Ich glaube nicht.«

Ostertag schnaubte. »Sie glauben nicht?«

»An jenem Abend sank die Temperatur erheblich, der Boden gefror. Das heißt, wer immer sich dort am Freitagabend aufhielt, dessen Fuß- und Reifenspuren froren ein.«

»Froren ein?«

»Dort, wo sie waren. Wer später dort entlangging, hinterließ keine Spuren mehr, denn dazu war der Boden zu hart geworden. Die Spuren müssen also vom Freitagabend stammen. Es hatte in der Woche davor stark geregnet, der Boden dürfte sehr weich gewesen sein. Deswegen haben sich die Reifenspuren so tief in den Pfad eingegraben.«

»Woher wollen Sie wissen, ob diese Reifenspuren nicht schon seit einer Woche dort waren? Oder seit einem Monat, seit sechs Monaten? Verstehen Sie, was ich damit sagen will?«

»Trotzdem könnte es etwas sein. Ich meine: Sollten wir dem nicht nachgehen?«

»Wir?« Ostertag kratzte sich am Kopf. »Hören Sie, ich kann Sie beruhigen, wir haben heute Nachmittag den Bericht des Pathologen erhalten. Wenn Ihnen das hilft: Er bestätigt, dass das Mädchen sich umgebracht hat. Sie sprang in den Fluss, wurde ordentlich zwischen den Felsen herumgeschleudert und ertrank.«

»Ach ja?«, sagte Buzz. »Und woher will der Pathologe das wissen?«

»Zum einen hatte sie Wasser in der Lunge. Sie lebte also, als sie auf dem Wasser aufkam. Das ist hundert Prozent sicher.«

»Lorraine sagte, Kimi wäre nicht aufgeregt gewesen, als sie sich auf den Nachhauseweg machte. Woher will der Mann also wissen, dass sie ins Wasser gesprungen ist?«

»Genau das sagt man doch über Selbstmörder, oder? Man merkt ihnen nicht an, was sie vorhaben, weil sie kurz bevor sie es tun ganz ruhig und gelassen sind. Sie haben sich entschieden und empfinden das als Erleichterung. Alle sagen ›Damit hätte ich nie gerechnet!‹« Ostertag schenkte Buzz ein herablassendes Lächeln. »Okay? Alles klar jetzt?«

Buzz nickte, allerdings mit einem unguten Gefühl.

»Und hier ist noch was für Sie.« Ostertag senkte die Stimme. »Diese Indianer, die sind nicht wie wir, okay? Bei Sachen, die uns nicht mal kratzen würden, regen die sich total auf. Nehmen Sie zum Beispiel den Schwachsinn mit dem Schulmaskottchen. Sie sind überempfindlich und sie vertragen keinen Alkohol. Meistens versteht man echt nicht, worüber sie in Rage geraten. Morgen fahre ich raus und teile der Familie mit, was der Pathologe herausgefunden hat. Ist bestimmt nicht das, was die Leute hören wollen, aber über Beweise lässt sich schlecht streiten. Das lernt man in diesem Job.«

Mit diesen Worten drehte Ostertag sich um und ging. Seine Budapester quietschten auf dem Linoleum. Buzz fragte sich, ob er selbst wirklich Dingen nachjagte, die gar nicht existierten, und ob das vielleicht an seinen Schuldgefühlen lag. Er hatte Earl und Nettie Kanasket versprochen, ihre Tochter zu finden, und jetzt war diese Tochter tot. Vielleicht hatte Ostertag recht, vielleicht ließ sich über Beweise wirklich nicht streiten.

Aber das ließ Buzz Almond in diesem Fall nicht gelten. Er wollte sich über die angeblichen Beweise streiten, und noch glaubte er, dazu auch in der Lage zu sein.

* * *

Die Siedlung, in der Tommy Moore lebte, war erst vor ein, zwei Jahren fertig geworden. Das schloss Tracy aus der Begrünung am Straßenrand und aus dem Zustand der Gärten, die sich alle noch im Anfangsstadium ihrer Bepflanzung befanden. Anders als in Earl Kanaskets Nachbarschaft erkannte man hier schon von Weitem, welches Haus zu welcher Adresse gehörte, auch wenn die ein- und zweistöckigen Gebäude alle vom selben Architekten nach demselben Strickmuster entworfen worden waren: Die Hausnummer prangte jeweils unübersehbar an der Wand zwischen Garage und Haustür.

Tracy war schon am frühen Nachmittag an Moores Haus vorbeigefahren. Jetzt schaltete sie die Scheinwerfer des Pick-ups an und fuhr langsamer, als sie sich erneut der Adresse näherte. Ein kräftig gebauter Mann in Arbeitsstiefeln und Winterjacke bearbeitete den Boden im Vorgarten mit einem Spaten, wobei er mit einem Auge die Straße zu beobachten schien. In der Auffahrt stand ein weißer Pick-up mit einer Ladefläche voller Gartengeräte und der Aufschrift *Golden Gloves Landscaping* an Türen und Heckklappe. Auf der Ladefläche erkannte Tracy einen Rasenmäher, Benzinkanister, ein paar Harken.

Als Tracy an den Bordstein fuhr, hörte Tommy Moore auf, so zu tun, als sei er mit Gartenarbeit beschäftigt. Noch ehe sie aussteigen konnte, stand er neben ihrem Pick-up. Tracys Hand fuhr unwillkürlich zu ihrer Glock, als sie das Fenster runterließ. »Sind Sie die Polizistin aus Seattle?«, wollte Moore wissen.

Vom *Golden-Glove*-Boxchampion, dessen gutes Aussehen Buzz Almond an Surfer in Hawaii erinnert hatte, wie man in seinem Bericht lesen konnte, war wenig geblieben. Moore hatte als Weltergewicht gekämpft, dort lag die Gewichtsobergrenze bei 66,67 Kilo. Der Mann, der jetzt vor Tracy stand, war erheblich schwerer, mit fleischigen Wangen und grauem Bürstenhaarschnitt.

»Tracy Crosswhite«, stellte sie sich vor.

»Élan sagte, Sie würden vorbeikommen.«

»Sie beide reden noch miteinander?«

»Nein.« Moore schüttelte den Kopf. »Tun wir nicht.«

»Wird langsam ein bisschen zu dunkel für Gartenarbeit«, meinte Tracy.

Moore warf einen verstohlenen Blick hinüber zu seinem Haus. »Meine Frau und unsere beiden Töchter wissen nichts von Kimi. Ich hätte gern, dass das so bleibt.«

»Verstehe. Ich habe in der Stadt eine Bar gesehen.«

»Ich trinke nicht.«

Aha – laut Vorstrafenregister war Moore seit 1982 nicht mehr verhaftet worden. »Wie lange sind Sie jetzt schon trocken?«

»Zwanzig Jahre.«

»Gratuliere. Was ist mit Kaffee?«

»Geht abends nicht mehr, dann kann ich nicht schlafen. Lassen Sie uns ein bisschen herumfahren, ich weiß einen Platz zum Reden.« Moore ließ seinen Spaten im Garten liegen und kletterte zu Tracy in die Fahrerkabine. »Fahren Sie zurück zur Hauptstraße«, wies er sie an. »Es gibt da einen kleinen Park, in den gehe ich oft mit meinen Kindern.«

Sie fuhren um drei Ecken herum zu einer Grünanlage, in der einige Spielgeräte aufgestellt waren; eigentlich viel zu klein, um als Park zu gelten. Im Moment war sie menschenleer. Tracy schaltete den Motor aus. Ihre Hand lag immer noch in der Nähe der Glock, auch wenn Moore nicht den Eindruck eines aggressiven Mannes machte. Er wirkte im Gegenteil eher müde, und er klang auch so.

»Haben Sie etwas dagegen, wenn ich rauche?«, wollte er wissen.

»Dann sollten wir allerdings lieber aussteigen.«

Tracy begleitete Moore nach vorn zur Kühlerhaube, wo Moore sich anlehnte und eine Zigarette halb aus der Packung schüttelte, die er dann mit den Zähnen ganz herauszog. Er schützte sie beim Anzünden mit der Hand gegen die leichte Brise, die den Zigarettenrauch sofort auffing und fortblies.

»Es vergeht kein Tag, an dem ich nicht bereue, an dem Abend ins Diner gegangen zu sein.« Moore verstaute Zigaretten und Anzünder in der Tasche seiner gefütterten Jeansjacke. Sein Blick schien Park und Spielplatz gar nicht mehr wahrzunehmen, als sei er im Geist bereits vierzig Jahre zurückgegangen.

Tracy war kalt geworden. Sie steckte die Hände in ihre Jackentasche. »Warum sind Sie denn hingegangen?«

Moore warf ihr ein träges Lächeln zu. »Warum wohl? Ich war sauer auf Kimi, weil sie mit mir Schluss gemacht hatte. Sie wollte nach der Schule aufs College, also weg. Sagte, sie wolle ihr letztes Jahr an der Highschool mit ihren Freunden verbringen, aber das war es nicht.«

»Was war es dann?«

»Sie hätte jemand Besseren haben können.« Moore zog achselzuckend an seiner Zigarette.

Der Wind nahm zu, wirbelte Staub auf, ließ die Schaukeln an ihren Metallketten zittern und schwingen. »Warum war Kimi Ihrer Meinung nach überhaupt mit Ihnen zusammen?«

»Ich sah damals besser aus.« Moore lächelte, aber das Lächeln verblasste rasch wieder. »Sie wissen doch, wie das läuft. Ich war Boxer, und diese Rolle habe ich voll gespielt. Den stillen, grüblerischen Typen, ein bisschen finster. Außerdem war ich älter und Élan hat ein gutes Wort für mich eingelegt. Aber bei Mädchen wie Kimi kam man mit so was nicht weit.«

»Buzz Almond gegenüber haben Sie ausgesagt, Kimi und Sie hätten sich in gegenseitigem Einvernehmen getrennt.«

Moore schnippte die Asche von seiner Zigarette. »Wer ist Buzz Almond?«

»Der Deputy, der zu Ihnen nach Hause kam, um Sie zu vernehmen.«

»Gut möglich, dass ich das so gesagt habe, ja. Wahrscheinlich war das so, aber bloß aus reinem Stolz. Ich habe ihm wahrscheinlich auch erzählt, es wäre mir egal, ich würde mir nichts mehr aus Kimi machen. Auch das war reiner Stolz. Ich wäre doch an dem Abend nicht ins Diner gegangen, wenn mir die Sache mit Kimi egal gewesen wäre.«

»Erzählen Sie mir noch einmal, was genau passiert ist?«

»Ich war wütend, also nahm ich ein Mädchen mit. Ich dachte, ich könnte mich rächen.«

»Cheryl Neal?« Der Name war Tracy vom Durchlesen der Akte her in Erinnerung geblieben.

»Genau. Kimi und sie mochten sich nicht besonders. Cheryl war Cheerleader und stand im Ruf, mit jedem ins Bett zu gehen. Und sie machte sich nicht besonders viel aus Kimi.«

»Warum nicht?«

Moore zog an seiner Zigarette, die Spitze leuchtete rot auf. Er atmete nicht aus, ließ den Rauch durch Mund und Nasenlöcher entweichen. »Eifersucht«, meinte er. »Wie ich schon sagte, Kimi war klug und noch dazu sportlich. Eine Menge Jungen waren mit ihr befreundet, ohne dass sie mit ihnen schlafen musste.« Moore starrte unverwandt zu Boden. »Kimi tat so, als würde es ihr kein Stück was ausmachen, als ich mit Cheryl reinkam. Das machte mich nur noch wütender.« Er warf Tracy einen raschen Seitenblick zu. »Ich war damals ziemlich oft wütend, auf ungefähr alles und jeden. Meine Arbeit, meine Karriere als Boxer. Es brauchte nicht viel, um mich in die Luft gehen zu lassen.«

»Hat Kimi Sie an dem Abend in die Luft gehen lassen?«

Moore zögerte nicht. »Ja, hat sie. Ich habe mir Cheryl geschnappt und bin abgehauen. Hab sie nach Hause gebracht, aber nicht mal bis zur Haustür begleitet.«

»Und danach? Wohin fuhren Sie danach?«

»Zu einer Bar in Husum.«

»Buzz Almond erzählten Sie, Sie wären zu Ihrer Wohnung

zurückgefahren.«

»Ich war zwanzig und hatte bereits die erste Verwarnung wegen Trunkenheit am Steuer kassiert. Noch eine und ich wäre meinen Führerschein losgeworden und wahrscheinlich auch meinen Job. Ich schaffte es dann auch zurück in meine Wohnung, aber dort erfuhr ich von meinem Mitbewohner, dass Élan und ein paar von den anderen da gewesen waren und nach mir gesucht hatten, weil Kimi verschwunden war. Das klang nicht gut, fand ich, also bin ich raus zu meiner Mom, die hier im Reservat lebte. Aber ich hatte zu viel getrunken. Ich bin am Steuer eingeschlafen und gegen einen Baum gefahren.«

Ein Windstoß traf Tracy, gepaart mit einem kalten Gefühl im Nacken, das ihr die Wirbelsäule hinabkroch. »Hat die Polizei den Unfall aufgenommen? Gibt es ein Protokoll?«

»Die Polizei wollte ich nun wirklich nicht rufen. Ich habe den Pick-up so weit bearbeitet, dass er es bis zu meiner Mutter raus schaffte, und das Wochenende damit zugebracht, ihn auszubeulen, um damit zurückfahren zu können. Ich musste ja Montag wieder zur Arbeit.«

»War die Windschutzscheibe geborsten?«

»Wahrscheinlich. Wie auch nicht, bei dem Aufprall?«

»Wo haben Sie die richten lassen?«

Ein weiteres Achselzucken. »Weiß nicht mehr.«

»Columbia Windshield?« Dieser Name stand auf der Rechnung, die Tracy in der Akte gefunden hatte.

»Ich erinnere mich wirklich nicht mehr.«

»Wie haben Sie die Reparatur bezahlt?«

»Wie meinen Sie das?«

»Haben Sie bar bezahlt, mit einer Kreditkarte, mit einem Scheck?«

»Wahrscheinlich bar.« Moore zog an seiner Zigarette. »Genau weiß ich es nicht mehr, das ist jetzt vierzig Jahre her.«

»Wo haben Sie die Karosseriearbeiten vornehmen lassen?«

»Das hat ein Freund von mir in seiner Werkstatt erledigt.«

»Dann haben Sie also erst durch Ihren Mitbewohner von Kimis Verschwinden erfahren?«

Moore warf seine Zigarette auf den Boden und trat sie mit der Stiefelspitze aus. »Er hat nur gesagt, Élan wäre vorbeigekommen und hätte wissen wollen, ob Kimi bei mir ist, weil sie nicht nach Hause gekommen war. Ich habe es dann in der Zeitung gelesen. Am Montag, glaube ich. Dass sie sich umgebracht hat.«

»Bei dem Gespräch mit Buzz Almond hörten Sie sich nicht so an, als wäre Ihnen das besonders nahegegangen.«

Moore kniff sich in den Nasenrücken. Tracy wurde langsam klar, dass der Mann mit seinen Gefühlen rang. »Ich bin nicht stolz auf das, was ich mal war, Detective. Ich war sowieso schon auf dem besten Weg, zum Alkoholiker zu werden, und das mit Kimi hat mir den Rest gegeben. Ich verlor meinen Job und musste zurück zu meiner Mutter ziehen. Es ist mir nahegegangen, okay? Es ist mir nahegegangen.«

»Ihrem Vorstrafenregister zufolge waren Ihre Probleme damit noch nicht zu Ende.«

»Noch lange nicht. Ich hatte wie die meisten Alkies noch eine gehörige Strecke vor mir, ehe ich endgültig am Boden lag.«

»Und was hat sich dann geändert?«

»Ich lernte meine Frau kennen. Sie wollte nicht mit einem Mann zusammen sein, der trank. Ihr Vater trank. Um sie heiraten zu können, musste ich mich selbst auf die Reihe kriegen. Also fing ich an, zu Treffen der Anonymen Alkoholiker zu gehen und mir ein gnadenlos klares Bild von mir selbst zu machen. Es dauerte eine ganze Weile, nüchtern zu werden. Noch länger dauerte es, bis ich mir nicht mehr die Schuld an dem gab, was Kimi zugestoßen war. Aber wie ich schon sagte, es vergeht kaum ein Tag, an dem ich nicht an sie denke und an die Rolle, die ich bei ihrem Ende gespielt haben könnte. Zu glauben, sie hätte sich meinetwegen umgebracht, hat mir fast das Leben ruiniert, Detective. Sind Sie hier, weil Sie mir sagen wollen, sie hat sich gar nicht umgebracht?«

»Noch weiß ich es nicht. Aber Sie sind einer der letzten Menschen, der Kimi lebend gesehen hat. Sie waren wütend auf sie, Sie haben kein Alibi für die Zeit, nachdem Sie Ihr Date nach Hause gebracht hatten, und Ihr Wagen war beschädigt.«

»Stimmt alles«, sagte Moore. »Aber wenn jemand Kimi umgebracht hat, dann war ich es nicht.«

»Wir können mit moderner Forensik Dinge feststellen, die wir 1976 noch nicht herausfinden konnten.«

»Dann hoffe ich, Sie finden etwas.«

»Das habe ich fest vor.«

Moore sah vielleicht nicht mehr aus wie der Kämpfer, mit dem sich Buzz Almond hatte herumschlagen müssen, besaß aber immer noch das Selbstbewusstsein eines Boxers. Oder er verstand es meisterhaft zu bluffen. Diesen Mann würde Tracy nie und nimmer einschüchtern können. Sie beendete die Befragung und fuhr Moore wieder nach Hause zurück, wobei sie im Pick-up die Heizung aufdrehte. Als sie vor dem Haus der Moores hielt, schimmerte dort hinter den Vorhängen Licht. Aus der Dämmerung war inzwischen Dunkelheit geworden. Die Frau, die in dem Haus wohnte, liebte Moore anscheinend so sehr, dass sie über seine Fehler hinwegzusehen vermochte. Zwei Mädchen, sein eigen Fleisch und Blut, warteten auf ihn.

Moore stieg aus dem Wagen. »Ich habe jetzt selbst zwei Töchter«, sagte er, ehe er die Tür zuschlug. »Ich weiß, wie Earl sich gefühlt haben muss, und es zerreißt mich innerlich.«

Tracy nickte schweigend.

»Ich habe vierzig Jahre lang geglaubt, ich hätte Kimi umgebracht, Detective. Ich dachte, sie wäre meinetwegen in den Fluss gesprungen. Ich hoffe, Sie können beweisen, dass ich mich geirrt habe. Nicht für Kimi – die ist jetzt an einem besseren Ort. Noch nicht einmal für mich. Ich hoffe, Sie finden es für Earl heraus, damit er seine Tochter endlich zur Ruhe betten kann.«

14

Tracy fuhr in die Stadt zurück, wo sie neben einem der Wandbilder am Straßenrand anhielt, um das Gespräch mit Moore zusammenzufassen, solange sie sich noch an alle Einzelheiten erinnerte. Auf der Rückfahrt zum Haus der Almonds ging sie die Unterhaltung dann im Kopf noch einmal durch. Sie war sich nicht sicher, was sie von Moores Bitte zum Schluss halten sollte. Er hatte aufrichtig gewirkt, aber ein solches Bild konnten auch Leute vermitteln, die einfach nur keine Reue empfanden. Das wusste Tracy aus eigener Erfahrung, Psychopathen wie Bundy lieferten gute Beispiele dafür. Vielleicht hatte Moore Kimi umgebracht und sich dann im Laufe der Jahre erfolgreich eingeredet, er hätte es nicht getan. Auch das war denkbar, Tracy hatte es bei anderen Kriminellen schon erlebt. Und es gab eine dritte Möglichkeit: Moore war wirklich so unschuldig, wie er behauptete, und jemand anderes hatte Kimi Kanasket getötet. Die Beweise deuteten allerdings weiterhin eher in seine Richtung, besonders die Schäden an seinem Pick-up. Buzz hatte die Rechnungen der beiden Reparaturwerkstätten nicht ohne Grund in die Akte übernommen. Außerdem hatte Moore ein Motiv, und wer ein Motiv hatte, war meistens auch der Täter.

Noch unsicherer war sich Tracy bei ihrer Beurteilung von

Élan. Es schien ihn wirklich nicht zu interessieren, was Kimi widerfahren war, und dabei war er ihr Bruder. Vielleicht schloss sie hier aber auch zu sehr von sich auf andere, was natürlich nicht fair gewesen wäre. Tracy hatte unbedingt wissen wollen, was ihrer Schwester zugestoßen war. Sie war von dieser Frage zugegebenermaßen besessen gewesen, und diese Besessenheit hätte fast ihr Leben zerstört. Sie erinnerte sich noch sehr gut an den Tag, an dem sie sämtliche Gerichtsprotokolle und Abschriften, alle Zeugenaussagen und ihre eigenen Aufzeichnungen in Kartons verpackt und in ihren Schlafzimmerschrank verbannt hatte, weil sie gewusst hatte, sie würde sonst durchdrehen. Noch Monate danach hatte sie diesem Schrank begehrliche Blicke zugeworfen und sich danach verzehrt, nur noch einmal kurz hinschauen zu dürfen. So musste es trockenen Alkoholikern wie Tommy Moore beim Anblick einer Flasche Wodka gehen.

Vielleicht hatte Élan die Erinnerung an seine Schwester bereits vor langer Zeit in einen mentalen Schrank gesperrt, um das eigene Leben weiterleben zu können. Vielleicht sehnte er sich nicht danach, diese Erinnerungen wieder hervorzukramen. Dann müsste man allerdings aus seinen derzeitigen Lebensumständen schließen, dass der Mann mit seinen Bestrebungen nicht gerade weit gekommen war. Vielleicht verdrängte er ja auch etwas, was er selbst in jener Nacht getan hatte. Eine Eifersuchtstat, erwachsen aus der Wut auf eine Schwester, die alles war, was er eben nicht war: klug, sportlich, entschlossen, Großes zu leisten.

Als vierte Möglichkeit kam natürlich weiterhin infrage, dass Kimi Selbstmord begangen hatte. Diese These schien Tracy allerdings immer abwegiger, je öfter sie darüber nachdachte. Sie hätte nicht sagen können, warum das so war, durfte jetzt aber immerhin mit Earl Kanaskets Segen versuchen, es herauszufinden.

Vor ihr flammten plötzlich grelle Scheinwerfer auf, und als

Tracy hastig auf den Seitenstreifen auswich, bretterte aus der entgegengesetzten Richtung kommend ein großer Laster an ihr vorbei. Ihr Pick-up zitterte im Windstoß. Die Begegnung hatte Tracy aufgeschreckt und überraschend munter werden lassen. Sie fühlte sich wie ein Boxer, dem man zwischen zwei Runden ein Fläschchen Riechsalz unter die Nase gehalten hatte und der nun wieder ganz da war. Sie setzte sich auf und konzentrierte sich stärker aufs Fahren, wobei ihr Blick auf ein flaches, nicht sehr großes Gebäude fiel, bei dessen Anblick sie sofort an einen der Berichte in Buzz Almonds Akte denken musste. Kurz entschlossen bog sie auf den nicht besonders gepflegten, teilweise mit Kies ausgestreuten Parkplatz des Gebäudes, das schon lange leer zu stehen schien und einen entsprechend heruntergekommenen Eindruck machte. Trotzdem zweifelte Tracy nicht daran, dass es sich hier um das Columbia Diner handelte.

Sie schlug die Akte auf und suchte sich die Aufzeichnungen über das Gespräch mit der Kellnerin Lorraine heraus. Im Anschluss daran hatte Buzz Folgendes notiert: Ich fuhr in die Richtung, die Kimi Kanasket an jenem Abend eingeschlagen hätte, wäre sie nach Hause gegangen, und kam nach ungefähr hundert, hundertfünfzig Metern an eine Ausweichstelle.

Wieder auf der Straße, fuhr Tracy ganz langsam weiter, wobei sie öfter mal in den Rückspiegel sah. Nach einer Strecke, die ungefähr der Länge eines Footballfeldes entsprach, entdeckte sie im sonst dichten Unterholz eine halbmondförmige Haltebucht.

Sie parkte und prüfte, ob die Taschenlampe aus ihrem Handschuhfach auch funktionierte, ehe sie ihre Jacke nahm und die Wagentür öffnete. Sofort drang eiskalte Luft in die Fahrerkabine und Tracy beeilte sich mit dem Aussteigen, um so schnell wie möglich in die Jacke zu schlüpfen. Sie zog den Reißverschluss bis zum Kinn hoch und schlug die Tür zu, ließ die Taschenlampe aber noch ausgeschaltet. Ohne das Licht im

Wageninnern war es hier »dunkler als dunkel«, wie ihr Vater zu sagen pflegte. Es gab weit und breit keine Straßenlaterne und eine tief hängende Wolkendecke sperrte aus, was es an natürlichem Licht noch geben mochte – so dunkel war es wahrscheinlich auch gewesen, als Kimi Kanasket verschwand. Buzz Almond hatte jene Nacht in seinem Bericht als »finster wie pechschwarze Tinte« beschrieben.

Jetzt schaltete Tracy die Taschenlampe ein. Erst einmal ging sie am Straßenrand weiter, wobei sie immer wieder das Unterholz ausleuchtete. In der Kälte gefror ihr Atem, sie sah ihn als weißen Dampf im Lampenschein. In ihren Fingerspitzen und den Wangen kribbelte es vor Kälte. Von Zeit zu Zeit nahm sie die Taschenlampe in die andere Hand und hauchte ihre steif gewordenen Finger an. Nach etwa zehn Metern kam ihr das Unterholz nicht mehr ganz so dicht vor und als sie näher heranging, um ein paar Äste beiseiteschieben zu können, entdeckte sie einen zugewucherten Pfad. Sie musste an ihren Vater denken, mit dem sie oft auf die Jagd gegangen war und der ihr beigebracht hatte, im dichten Unterholz die Wege zu erkennen, die ein Hirsch gegangen war. Wenn dies der von Buzz Almond in seinem Bericht beschriebene Pfad war, dann wunderte es Tracy nicht, dass er ihn in der ersten, pechschwarzen Nacht übersehen hatte. Auch sie hätte ihn um ein Haar verpasst, dabei war sie gezielt auf der Suche gewesen.

Der gesunde Menschenverstand riet ihr, wieder zum Auto zu gehen und am nächsten Morgen im Hellen zurückzukommen, aber in diesem Fall siegte die Neugier über den gesunden Menschenverstand. Die Neugier und das Bedürfnis, hier unter genau denselben Bedingungen wie Buzz Almond unterwegs zu sein, um sein Vorgehen besser nachvollziehen zu können. Dunkelheit hatte Tracy nie etwas ausgemacht. Vielleicht, weil Sarah sich so sehr davor gefürchtet hatte, dass sich Tracy als große Schwester keine Angst gestatten mochte. Sie und ihre Freunde hatten oft noch nach Einbruch der Dunkelheit im Wald hinter dem Haus ihrer Familie Verstecken gespielt oder auf dem hinteren Rasen im Zelt übernachtet, wo sie dann gern sämtliche Taschenlampen ausgeschaltet hatten, um sich im Finstern Gespenstergeschichten zu erzählen. Anders als Tracy, die diese Nächte genossen hatte, hatte Sarah nie lange durchgehalten und war immer schon nach kurzer Zeit wieder ins Haus geflüchtet. Jetzt hatte Tracy ihre Taschenlampe und ihre Glock dabei – was sollte ihr da schon passieren?

Sie bog von der Straße ab ins Unterholz, wobei sie sich anfangs mit den Stiefeln gegen die Ranken wehren musste, die sich an ihren Jeans festklammern wollten. Nach ungefähr einhundert Metern wurde das Unterholz lichter, der Fußpfad ließ sich besser erkennen. Es hatte wohl vor Kurzem erst geregnet, der Boden war feucht, ohne matschig zu sein. Nach einigen weiteren Metern ging es leicht bergauf, dann wurde der Weg so steil, dass Tracys Atem schneller ging. Hier war das Unterholz einem Wald aus Buscheichen und Kiefern gewichen, Kiefernnadeln bedeckten den Boden. Tracy hob den Arm vors Gesicht, um sich mit dem Jackenärmel gegen Äste und Zweige zu schützen. Kleinere Zweige gingen dabei schon mal zu Bruch. Bald wurde es so steil, dass sie leicht nach vorn gebeugt gehen musste und neben der Kälte in den Lungen auch eine gewisse Anstrengung in den Beinen spürte. Immerhin war ihr warm geworden, die Kälte biss auch nicht mehr ganz so scharf in ihre Wangen.

Jetzt schien der höchste Punkt der Steigung fast erreicht. Tracy duckte sich unter einem Ast hindurch, zwängte sich noch ein letztes Mal durch ein Chaos aus Ästen und Zweigen. Dann stand sie oben auf einem Hügel, mit Blick auf ein offenes Stück Land. Das musste die Lichtung sein, von der Buzz Almond berichtet und die Earl Kanasket beschrieben hatte. Tracy war überrascht von dem Gefühl, etwas geleistet zu haben, das sie hier überkam. Sie schaltete die Taschenlampe aus. An einigen Stellen war die Wolkendecke inzwischen aufgerissen, sodass der Mond hier und da etwas Licht spendete. Die Lichtung lag genauso da, wie die beiden Männer sie beschrieben hatten, vollkommen kahl. Es gab keinen Baum, noch nicht einmal ein Bäumchen, kein Unterholz, nicht einen einzigen Busch oder Strauch. Wie einer dieser Kreise in Kornfeldern, die man manchmal in nicht gerade seriösen Zeitschriften zu sehen bekam und von denen man munkelte, das Korn sei bei der Landung von außerirdischen Raumschiffen so kreisförmig niedergedrückt worden.

Die Strecke hinunter zur Lichtung erwies sich als steiler, als Tracy angenommen hatte. Noch dazu erschwerte ihr der nach dem Regen und dem Temperatursturz rutschig gewordene Boden den Abstieg, es kam ihr vor, als würde sie sich auf einer dünnen Eisschicht bewegen. Immer wieder fand das Profil ihrer Stiefel keinen Halt, immer wieder rutschte sie ein Stück und fürchtete, das Gleichgewicht zu verlieren. Was, wenn sie sich den Knöchel verstauchte oder, noch schlimmer, einen Arm oder ein Bein brach? Erst als sie seitwärts ging, hatte sie den Abstieg besser im Griff. Auf halbem Weg nach unten überließ sie sich den Gesetzen der Schwerkraft und stolperte mehr oder weniger unbeholfen die letzten Meter bis zum Fuß des Hügels hinab.

Ein Geräusch wie der lang gezogene Ruf einer Schleiereule ließ sie aufblicken. Aber da war keine Eule, da waren nur der Wind und die Bäume oben auf dem Hügel, deren kahle Zweige von den aufkommenden Böen gepeitscht hin und her schwangen. Tracy sah die langen Halme der wild wachsenden Gräser sich biegen, als ein Windstoß den Hügel hinabfegte. Um sie herum lag ein Stöhnen in der Luft, als würde ein Mensch klagen – genauso hatte Earl Kanasket es beschrieben. Der Wind stürmte jetzt auch auf Tracy zu, wehte ihr die Haare aus dem Gesicht, fühlte sich an, als würde er direkt durch sie hindurchgehen. Sie wandte ihm den Rücken zu und richtete den Strahl der Lampe auf den Rand der Lichtung, folgte der Spur des

Windes, der im Uhrzeigersinn sich drehend durch die Bäume fegte und die Zweige der Kiefern tanzen und schaukeln ließ. Sie selbst fühlte sich wie im Auge eines Tornados. Ob es dieser wirbelnde Wind war, und nicht etwa der Fluch eines Gehängten, der hier jedes Wachstum verhinderte?

Weiter dem Lauf der Böe folgend fing der Lichtstrahl am Rande der Lichtung eine Bewegung auf. Etwas Braunes bewegte sich dort – ein Tier? Ein Hirsch oder ein Bär? Aber Hirsche und Bären liefen nicht aufrecht und auf zwei Beinen durch den Wald. »Hallo?«, rief Tracy. »Hallo!«

Der Mann – denn es war ein Mann – sah sich kurz um, ehe er blitzschnell zwischen den Bäumen verschwand. Tracy rannte ihm nach. »Hey!«, rief sie. »Stopp! Warten Sie einen Moment!«

Aber der Mann blieb nicht stehen, also nahm Tracy die Verfolgung auf. Am Waldrand angekommen, zog sie die Glock aus dem Halfter und sah sich suchend zwischen den Bäumen um, aber die Taschenlampe zeigte ihr weder den Mann noch einen deutlich erkennbaren Pfad, auf dem er gekommen sein konnte. Trotzdem wagte sie sich weiter in den Wald hinein, duckte sich unter Ästen hindurch, bog Zweige um und kletterte vorsichtig über umgestürzte Bäume. Einmal glaubte sie, den Mann links von sich gesehen zu haben, und lief etwa fünfzig Meter weit in diese Richtung, entdeckte danach aber keine Spur mehr von ihm. Als sie gerade umkehren wollte, schienen Bäume und Unterholz lichter zu werden, also ging sie noch ein Stück weiter und landete kurz darauf in einer Schneise, die man für die Stromversorgung geschlagen hatte. Metallmasten und Hochspannungsleitungen zogen sich die Anhöhe hinauf und über den Kamm.

Weit und breit war kein Mensch zu sehen.

Hatten Tracys Augen sie getäuscht? War nie jemand da gewesen? Oder war sie Henry Timmermans Geist begegnet, wie Earl es ihr prophezeit hatte? Tracy richtete ihre Taschenlampe auf den Boden, um nach Spuren zu suchen. Nicht lange, und sie hatte in der Tat etwas gefunden, was nach Stiefelabdrücken aussah, dazu die eines breiten Fahrradreifens mit tiefem Profil, wie bei einem Mountainbike. Die Reifenspuren nahmen denselben Weg wie die Stromleitungen: den Hügel hinauf zum Kamm.

Kein Geist fuhr Rad. Jedenfalls soweit Tracy wusste.

Ehe sie sich auf den Rückweg machte, schoss sie mit ihrem Handy ein paar Fotos. Wieder auf der Lichtung angekommen, suchte sie auch dort mit der Taschenlampe den Boden nach Schuhabdrücken ab, fand aber stattdessen etwas anderes, ebenso Interessantes: einen frisch gepflanzten kleinen Strauch. Tracy kniete sich hin und berührte die gerade erst umgegrabene Erde.

Auf der Lichtung wächst nichts, hatte Earl Kanasket gesagt.

Vielleicht nicht, dachte Tracy mit einem Blick zurück dorthin, wo sie am Rande der Lichtung den Mann gesehen hatte. *Aber irgendwer versucht es trotzdem.*

15

Am nächsten Morgen, nachdem sie wieder schon früh eine Laufrunde gedreht hatte, zog Tracy los, um sich in Stoneridge umzusehen und ein Gefühl für die Stadt zu bekommen. Deren Zentrum präsentierte sich ihr in einer seltsamen Mischung aus alpiner Architektur, die man wohl den deutschen und skandinavischen Einwanderern zu verdanken hatte, und den eher traditionellen, aus dem neunzehnten Jahrhundert stammenden Gebäuden aus Stein und Ziegeln, die für die nordwestliche Pazifikküste typisch waren. Tracy fühlte sich sehr an Cedar Grove erinnert. Nur war Cedar Grove eine Stadt mit zwei Ampeln, während es Stoneridge lediglich zu einem Stoppschild gebracht hatte, das das Ende einer langen Geschäftsstraße markierte. Hier gab es auf der nördlichen Straßenseite unter anderem ein Warenhaus, eine Apotheke, eine Eisenwarenhandlung und ein Postamt, auf der südlichen eine Kneipe, die gleichzeitig Pizzeria war, einen Blumenladen und eine Galerie, die indianische Kunst aus dem Nordwesten ausstellte. Das alles hätte sehr malerisch wirken können – eine Stadt, die gelassen Geschichte und Tradition ausstrahlt –, aber irgendetwas stimmte hier nicht, etwas störte das Bild und ließ die Stadt zerbrechlich wie eine Hollywood-Kulisse wirken. Oder wie eine Fassade, der es an

Tiefe fehlt. Diese Stadt, fand Tracy, strahlte ihre Geschichte nicht aus. Sie schien entschlossen, sie zu verstecken.

Während sie langsam an den Geschäften vorbeifuhr, näherte sich ihr von vorne kommend ein weißer Pkw, der langsamer wurde, als er mit ihr auf einer Höhe war. Tracy durfte die blauen Buchstaben und das Wappen auf der Tür bewundern, durch das sich das Fahrzeug als eins der Polizeidirektion von Stoneridge auswies. Sie winkte dem Mann hinter dem Steuer zu und dachte kurz daran, anzuhalten und sich vorzustellen, fuhr dann aber doch lieber bis zum Ende des Blocks weiter. Ein Blick in den Rückspiegel zeigte, wie das Polizeiauto an den Rand fuhr und anhielt.

Tracy bog nach links ab, passierte zwei Kirchen, eine der Methodisten und eine der Baptisten, und kam am Sitz einer Loge vorbei. Die Wohnhäuser hier waren klein, meistens einstöckig, die Gärten schon für den Winter aufgeräumt, die Rasenflächen ein bisschen zerzaust. Unter den vorstehenden Dächern lagerte sauber gestapeltes Brennholz. Das Navi ließ sie eine baumbestandene Straße ansteuern, wo sie am Fuß einer Betontreppe stoppte, die zum Eingang der Bibliothek von Stoneridge führte. Der rote Ziegelbau mit den beiden weißen Säulen und dem Ziergiebel über dem Eingang erinnerte sehr an die Kolonialzeit Amerikas.

Tracy kletterte die Stufen hinauf. Kaum hatte sie die Tür aufgezogen, hüllte sie auch schon wohlige Wärme ein. Die Frau mittleren Alters hinter dem Auskunftsschalter puderte sich gerade die Nase, ließ sich aber sofort stören, als Tracy an ihren Tresen trat.

»Entschuldigung!« Sie verstaute die Puderdose in ihrer Handtasche, die Handtasche unter dem Tresen. »Ich hatte heute Morgen noch keine Gelegenheit, mich hübsch zu machen.«

»Kein Problem«, beruhigte Tracy sie.

»Wie kann ich Ihnen behilflich sein?«

»Ich würde mir gern ein paar alte Jahrbücher der Highschool und alte Jahrgänge des *Stoneridge Sentinel* ansehen, wenn das möglich ist.«

Die Bibliothekarin runzelte die Stirn. »Wie weit wollen Sie denn zurückgehen?«

»Mich interessiert das Jahr 1976.«

»Schreiben Sie einen Artikel über das Jahrgangstreffen?«

Lügen war zwecklos. Tracy hatte in einer Kleinstadt gelebt, sie wusste, egal, wie bedeckt sie sich hielt, wer sie war und warum sie hier war, würde sich in Windeseile herumsprechen. »Ich bin Detective und aus Seattle.« Sie zeigte ihren Ausweis und ihre Dienstmarke vor. »Ich hatte gehofft, mir ein paar Artikel von damals ansehen zu können. Ich nehme an, die Bücherei hat den *Sentinel* auf Mikrofilm?«

»Hatten wir«, sagte die Bibliothekarin. Das klang nicht gut, fand Tracy. »Hier hat es im Jahr 2000 gebrannt. Was das Feuer nicht vernichtet hat, dem hat die Berieselungsanlage den Rest gegeben. Aus der Zeit vor dem Brand haben wir keine Bestände mehr im Archiv.«

Das musste Tracy erst einmal verdauen. »Könnten andere Bibliotheken hier in der Gegend diese Sachen archiviert haben?«, erkundigte sie sich, allerdings ohne sich große Hoffnungen zu machen. Aber fragen konnte man ja mal.

»Den *Sentinel* wohl kaum, der befasste sich fast ausschließlich mit Stoneridge. Ein paar der größeren Zeitungen, *Columbian* oder *Oregonian*, das käme schon eher in Frage. Sie könnten es in der Bibliothek von Goldendale versuchen, das liegt eine Stunde nordöstlich von hier.«

Diesen Vorschlag fand Tracy wenig sinnvoll. »Wie lange wohnen Sie schon hier?«, wollte sie von der Bibliothekarin wissen.

»Ich? Mein ganzes Leben.«

»Sind Ihnen die Firmen Columbia Windshield and Glass

und Columbia Auto Repair ein Begriff?«

»Selbstverständlich.«

»Ja? Im Internet konnte ich keine der beiden finden. Ich dachte schon, es gibt sie gar nicht mehr.«

»Das stimmt auch, es gibt sie schon eine ganze Weile nicht mehr. Beide haben kurz nach dem Tod von Hastey senior dichtgemacht.«

An den Namen Hastey erinnerte Tracy sich noch, sie hatte ihn in dem einen Artikel über das Jahrgangstreffen gelesen. Sie zog den Artikel aus der Tasche und warf einen raschen Blick auf den Text neben den Fotos, ehe sie die Zeitung über den Tresen schob. »Hastey Devoe?«

»Das ist der junge Hastey. Seinem Vater haben die beiden Betriebe gehört, nach denen Sie fragten. Sie lagen nebeneinander draußen an der Lincoln Road. Als Hastey senior starb, hat seine Frau beide dichtgemacht.«

»Lebt Mrs Devoe noch?« Es war zwar kaum zu erwarten, dass Devoes Frau ihr etwas über zwei unvollständige Rechnungen verraten konnte, aber in kleineren Städten wurden Werkstätten oft in Familienregie geführt. Vielleicht hatte sich Hasteys Frau ja um die Buchhaltung gekümmert.

»Da bin ich ehrlich gesagt überfragt. Zuletzt hörte ich von ihr, dass sie in einem Pflegeheim in Vancouver lebt und unter Alzheimer oder Demenz leidet.«

»Was macht der Sohn jetzt?«

»Hastey junior? Ich glaube, der arbeitet bei Reynolds Construction. Jedenfalls habe ich ihn in einem von deren Wagen in der Stadt herumfahren sehen. Fragen Sie mich jetzt aber nicht, was er da genau macht.«

Wieder stand Tracy das Zeitungsfoto vor Augen. »Ist das Eric Reynolds' Firma?«

»Genau.«

»Wohnt Hastey junior noch in der Stadt?«

»In dem Haus, in dem er aufgewachsen ist, drüben in der Cherry Road.«

Tracy schrieb sich das alles auf, bedankte sich bei der Bibliothekarin und wollte schon gehen, als der Frau noch etwas einfiel. »Sie könnten es allerdings auch bei Sam Goldman versuchen. Vielleicht hat der noch alte Ausgaben der Zeitung.«

»Und wer ist Sam Goldman?«

»Sam hat den *Sentinel* gemacht. Er war Herausgeber, Reporter, Fotograf, mehr oder weniger Mädchen für alles. Er und seine Frau haben die Zeitung praktisch im Alleingang gestaltet. Inzwischen ist er in Rente. Wir nennen ihn gern den inoffiziellen Geschichtsschreiber von Stoneridge.«

»Wo könnte ich ihn finden?«

»Sam und Adele wohnen im Orchard Way.« Die Bibliothekarin hatte bereits Papier und Bleistift gezückt, um Tracy die Adresse sowie eine Wegbeschreibung zu notieren.

Mit diesen Angaben bewaffnet stieg Tracy die Treppe zur Straße hinunter, wo der Streifenwagen, der ihr vorhin entgegengekommen war, hinter der nächsten Straßenecke stand, halb hinter dem Stamm einer dicken Schwarzpappel verborgen.

* * *

Der Wegbeschreibung der netten Bibliothekarin folgend bog Tracy am Ende des Blocks rechts ab, fuhr dann entgegen den Anweisungen keine Meile geradeaus, sondern bog gleich noch zweimal rechts ab und fuhr langsamer, bis sie den gerade vom Streifenwagen geräumten Platz unter der Schwarzpappel erreicht hatte. Der Streifenwagen war nicht weit gekommen: Er stand jetzt dort, wo Tracy vorher geparkt hatte, am Fuß der Treppe zur Bibliothek. Und eben diese Treppe stieg gerade langsam ein Mitglied der Polizeitruppe von Stoneridge hoch, beide Hände am Gürtel seiner Ausrüstung.

Tracys Anwesenheit in der Stadt war ordnungsgemäß zur Kenntnis genommen worden.

Sie fuhr weiter, an der Grundschule vorbei, wobei sie von Zeit zu Zeit einen Blick in den Rückspiegel warf. Eigentlich rechnete sie jedoch nicht damit, den Streifenwagen noch einmal zu Gesicht zu bekommen. Warum sollte der Mann ihr folgen, wenn er doch früh genug erfahren würde, wohin Tracy unterwegs war und weshalb?

Der Orchard Way entpuppte sich als ruhige, von kahlen Bäumen und schlaff zwischen ihren Masten hängenden Telefondrähten gesäumte Straße, bei der allerdings sowohl die Straßenlaternen als auch die Bürgersteige fehlten. In älteren Städten war das nichts Ungewöhnliches, hier hatte man sich erst einmal auf die Einrichtung der notwendigsten Dienstleistungen wie Strom, Telefon, Gas und Kanalisation beschränkt, als die ersten Bewohner den Stadtkern verließen, um etwas weiter außerhalb zu bauen. Projekte wie Straßenbeleuchtung und Bürgersteige standen weiter unten auf der Prioritätenliste, weswegen man sie oft gar nicht mehr in Angriff genommen hatte.

Tracy parkte gleich neben der Straße vor einem weißen Lattenzaun, der ohne neuen Anstrich höchstens noch einen Winter überstehen würde. Dahinter teilte ein Betonpfad eine schmale Rasenfläche in zwei Hälften und führte zu einem einstöckigen Nurdachhaus mit einer Satellitenschüssel auf dem Dach, die stark an ein großes Ohr erinnerte.

Tracy zog die Fliegentür auf, klopfte an die eigentliche Haustür und trat zurück. Links von der Tür war ein Fenster, aber niemand warf einen Blick hindurch, ehe die Tür aufging und eine Frau das Fliegengitter aufdrückte. Tracy schätzte sie auf Ende sechzig, Anfang siebzig. »Kann ich Ihnen helfen?« Das kam zögernd, aber nicht unfreundlich. Vielleicht klopften einfach nicht oft Fremde an diese Tür.

»Evelyn in der Bibliothek hat mir diese Adresse gegeben.

Ich suche nach Sam Goldman«, sagte Tracy. »Evelyn meinte, Mr Goldman könnte mir etwas über Stoneridge in den Siebzigerjahren erzählen.«

Die Frau runzelte die Stirn, ohne jedoch verärgert zu wirken. »Das könnte er wohl«, räumte sie ein.

»Wer ist denn da, Adele?« Hinter der Frau war ein etwa ein Meter siebzig großer Mann mit dunklem Lockenhaar aufgetaucht, das an den Schläfen bereits grau wurde. Er rückte sich die handfeste schwarze Brille auf der Nase zurecht und musterte Tracy neugierig, in den Augen ein verschmitztes Glitzern, als kenne er das größte Geheimnis der Welt.

»Evelyn in der Bibliothek meint, du könntest dieser Frau helfen«, sagte Adele.

Sam Goldman sah Tracy an. »Und worum geht es da genau?«

»Ich würde mir gern ein wenig Hintergrundwissen über Stoneridge in den Siebzigerjahren verschaffen«, erklärte Tracy. »Sie sind hier seit dem Brand in der Bücherei so etwas wie der Stadthistoriker, habe ich mir sagen lassen.«

»16. September 2000.« Goldman klang zunehmend lebhaft. »Ein schwerer Brand, wir konnten den Rauch von unseren Büroräumen in der Main Street aus sehen. Ich dachte schon, Timmermans Geist wäre zurück und gleich würde der Rest der Stadt auch noch in Flammen stehen. Das größte Ereignis, seit Dom Petrocelli 1987 Goldie Holmes während einer Stadtratssitzung zusammenschlug.«

»Sämtliche in der Bücherei archivierten Ausgaben Ihrer Zeitung sind dem Brand zum Opfer gefallen, habe ich das richtig verstanden?«

»Die Zeitungen verbrannten, die Mikrofilme schmolzen.« Goldman nickte. »Sie wollten gerade Geld auftreiben, um die Artikel von den Mikrofilmen einscannen und auf CDs brennen zu können, aber der Traum war schneller weg als ein Ponyexpress.«

»Das tut mir leid«, sagte Tracy.

»Ach was, Schnee von gestern!« Goldmann tippte sich grinsend an die Schläfe. »Ich habe alles da drin archiviert, der beste Computer nördlich des Columbia. Sind Sie Reporterin, Sie Heldin?«

»Nein, Polizistin.«

Goldman riss die Augen auf. Sein Lächeln wurde strahlender. »Der Plot verdichtet sich, Adele!« Er drückte das Fliegengitter ganz auf, um Tracy hindurchzulassen. »Kommen Sie, kommen Sie, wir wollen schließlich nicht die ganze Gegend heizen.«

Drinnen präsentierte sich das Haus als bescheiden, aber geschmackvoll eingerichtet, die Möbel gepflegt, wenn auch nicht mehr ganz neu. Der Fernseher lief, Goldman hatte sich wohl gerade Sportnachrichten angesehen. Jetzt holte er sich die Fernbedienung vom Couchtisch und schaltete den Apparat aus.

»Hoffentlich störe ich nicht gerade«, sagte Tracy.

»Wenn Sie hier was stören, dann höchstens den uns aufgezwungenen Ruhestand«, beruhigte Goldman sie. »Ausruhen können wir uns später im Sarg immer noch. Setzen Sie sich.«

Tracy nahm auf der Couch Platz, Goldman auf einem Leinensessel, den er so zurechtrückte, dass er Tracy ansehen konnte. Neben dem offenen Kamin lehnten unter einem Bild, das eine Küstenlandschaft darstellte, zwei kleine Klapptischchen, die man sich vor Sessel und Sofa stellen konnte, wenn man vor dem Fernseher essen wollte. »Wie wäre es mit Kaffee oder Tee?«, wollte Adele wissen.

Tracy spürte, dass die ältere Frau nicht recht wusste, was sie mit sich anfangen sollte, und nach einer Aufgabe suchte. »Ein Tee wäre wunderbar, vielen Dank.«

Adele verschwand und kurz darauf klapperten nebenan Schranktüren. An der Spüle wurde ein Kessel mit Wasser gefüllt.

»Wo möchten Sie anfangen?«, erkundigte sich Goldman.

»Wie wäre es mit dem Endspiel bei den Landesmeisterschaften?« Tracy wollte einen Anknüpfungspunkt nennen, um Goldmans Erinnerungen auf die Sprünge zu helfen, ehe sie auf Kimi Kanasket zu sprechen kam. Wie es sich herausstellte, funktionierte das Gedächtnis des alten Journalisten auch ohne Hilfe.

»Samstag, der 6. November 1976«, kam es wie aus der Pistole geschossen.

»Wie war es damals in der Stadt?«

»Wie Weihnachten und Ostern an einem Tag!«, erzählte Goldman begeistert. Offenbar hatte sich Tracy genau das richtige Thema ausgesucht. »Die Stadt war vor Stolz so aufgeblasen, sie wäre fast geplatzt. Bis dahin hätte Stoneridge noch nicht mal einen Pokal gewinnen können, wenn die Stadtväter einen zweibeinigen Läufer zu einem Wettrennen für Einbeinige geschickt hätten. Mit diesem Sieg fing alles an.«

»Was fing an?«

»Die Sache mit den Meisterschaftstiteln. Einen nach dem anderen hat Stoneridge gewonnen, hauptsächlich Football, aber auch Schwimmen, Basketball, Baseball und Fußball.«

»Wieso war das jetzt möglich? Was hatte sich geändert?«

»Ron Reynolds war aufgetaucht. Ritt in die Stadt ein wie weiland John Wayne in *Rio Bravo*. Er hat einfach alles umgedreht, hat die ganze Haltung der Sportler verändert. Unsere Kids waren ans Verlieren gewöhnt und zufrieden damit. Dem hat Reynolds ein Ende bereitet.«

»Und wie?«

»Wer für Ron Reynolds antreten wollte, egal in welcher Sportart, der bezahlte mit Schweiß. Wenn die Kids nicht gerade ein Spiel hatten, trainierten sie auf dem Spielfeld oder schufteten sich beim Ausdauertraining ab. Anfangs beschwerten sich einige Eltern über die Zeit, die das schluckte, der

Sport wäre so nicht mehr mit der Arbeit für die Schule zu vereinbaren. Aber Ron ist einfach vorgeprescht wie Teddy Roosevelt beim Sturm auf den San Juan Hill. Es war ihm egal, was die Leute von ihm hielten. Die Beschwerden hörten auf, als in der Turnhalle die ersten Pokale auftauchten und die Leute die Namen ihrer Kinder in der Zeitung lesen konnten. Dann haben ein paar Kids Sportstipendien bekommen, und Geld spricht eine verdammt deutliche Sprache. Die, die sich anfangs beschwert hatten, waren jetzt schweigsamer als eine Nonne im Beichtstuhl.«

»Reynolds war der Footballtrainer?«

»Als solchen hatten sie ihn angeheuert. Aber dann übertrugen sie ihm die Verantwortung für das gesamte Sportprogramm, und diesen Job hat er fünfunddreißig Jahre lang behalten. Als er vor ein paar Jahren in den Ruhestand ging, gab es in der Turnhalle eine riesige Abschiedsparty für ihn.«

»Lebt er noch?«

»Er wohnt noch in dem Haus, das er gekauft hat, als er hierherzog.«

»In der Zeitung las ich, dass ein Stadion nach ihm benannt werden soll.«

»Das hat sein Sohn veranlasst, und dessen Firma stellt auch die Materialien und Arbeitskräfte für den Stadionbau zur Verfügung. Einem geschenkten Gaul schaut man hier in der Stadt bestimmt nicht ins Maul.«

Tracy war kein großer Footballfan, auch nie gewesen. Sie hatte sich als Kind und Jugendliche gern zusammen mit ihrem Vater im Fernsehen Baseball angesehen, wenn Spiele der Mariners übertragen wurden. Aber Goldmans Begeisterung für diesen Sport war nicht zu überhören, und sie wollte unbedingt einen Draht zu ihm bekommen. »Sie haben über die Meisterschaft berichtet?«, erkundigte sie sich interessiert.

»Sie hätten mich gelyncht und unser Zeitungshaus abgefackelt, wenn ich das nicht getan hätte. In dem Jahr drehte sich in der Stadt alles nur um die vier Ironmen.«

»Die vier Ironmen?«

»Eric Reynolds, Hastey Devoe, Archie Coe und Darren Gallentine.«

Die Namen Reynolds und Devoe kannte Tracy aus den neueren Zeitungsartikeln. »Wieso nannte man die vier Ironmen?«

»Sie haben in drei Jahren Highschool-Football nie einen Versuch ausgelassen, und sie spielten in beide Richtungen.«

»Beide Richtungen?«

»Offensive und Defensive«, sagte Adele, die gerade ein Tablett ins Zimmer trug, auf dem eine Teekanne sowie drei getöpferte Becher standen. Sie warf Tracy einen vielsagenden Blick zu: Sie wären überrascht, was man in fünfzig Jahren alles so lernt.

»Reynolds schaffte den All-American, stand auf der nationalen Bestenliste«, fuhr Goldman fort, während Adele Tracy eine Tasse Tee reichte. »Er war sozusagen der Strohhalm, der den Cocktail umrührt. Ohne ihn gab es kein Gewinnen. Devoe sorgte für Lücken, wenn er in der Offensive spielte, und Coe und Gallentine rannten da durch. Coe war schnell und wendig, Gallentine der Rammbock. In der Defensive spielte Devoe Nose Tackle, also den Mittelfeldspieler in der Defensive Line. Gallentine spielte Linebacker, Coe war Cornerback und Reynolds Free Safety. Er schaffte in seinem letzten Schuljahr fünf Interseptions.«

Tracy trank einen Schluck Tee, der nach Minze schmeckte. Sie stellte den Becher auf einem Untersetzer ab und zog den Ordner aus ihrer Aktentasche. »Ich habe hier ein Zeitungsfoto.« Sie zeigte Goldman das Foto, auf dem die vier jungen Männer ihren Pokal ins Flutlicht des Stadions hielten. Diesmal fielen ihr auch die Namen in der Bildunterschrift auf.

Die Seniors und Co-Kapitäne der Red Raiders, genannt die Ironmen (von links nach rechts: Hastey Devoe, Erich Reynolds Darren Gallentine und Archibald Coe) errangen den Siegerpokal der Landesmeisterschaft.

»Das Foto habe ich gemacht«, erklärte Goldman. »Ich habe die vier gleich nach dem Spiel zusammengetrommelt. Dass Dampf über ihren Köpfen aufsteigt, habe ich erst beim Entwickeln in der Dunkelkammer gesehen.«

»Wirklich ein tolles Bild«, meinte Tracy. »Irgendwie hört es sich so an, als wäre mehr oder weniger die ganze Stadt bei diesem Spiel dabei gewesen.«

»Die Stadien waren immer voll, bei jedem Heimspiel und bei jedem Auswärtsspiel. Alle kamen, egal, ob man ein Kind in der Mannschaft hatte oder nicht. Dieser Pokal gehörte jedem Mann, jeder Frau und jedem Kind in Stoneridge.«

»Ich weiß, wie das ist«, sagte Tracy.

»Wo sind Sie her?«

»Cedar Grove. In den North Cascades. Tausend Einwohner, wenn Sie an einem guten Tag kommen.«

»Okay, dann wissen Sie wirklich, wie das ist.«

Inzwischen war der Draht da, fand Tracy. Jetzt konnte sie langsam auf den eigentlichen Grund ihres Besuchs kommen. »Ich frage mich, welche Auswirkungen der Tod von Kimi Kanasket auf die Festivitäten hatte. Wenn man überhaupt von Auswirkungen sprechen kann. Kann man?«

Goldman lächelte, und sofort war das Funkeln in seinen Augen wieder da. Tracy konnte fast sehen, wie sich die Rädchen in seinem Gehirn drehten. »Erwischt!« Er deutete mit dem Finger auf sie. »Dachte ich es mir doch, dass Sie früher oder später auf Kimi zu sprechen kommen würden!«

»Und wieso dachten Sie sich das?«

»Ich dachte mir, ein Cop, der nicht weiß, was ›in beide Richtungen‹ bedeutet, ist bestimmt nicht hier, um die ruhmreichen Tage unseres Footballteams wieder aufleben zu lassen.«

Tracy lächelte. »Dann erinnern Sie sich an den Artikel?«

»Über Kimi? Der war von mir.«

»Woran erinnern Sie sich noch?«

»Es war eine Tragödie von shakespeareschem Ausmaß.«

»Wie gut kannten Sie das Mädchen?«

»Jeder hier kannte Kimi, sie war ein Star der Leichtathletikmannschaft. Im Herbst startete sie bei den Geländeläufen, im Frühjahr beim Hürdenlauf und beim Sprint über einhundert Meter. In ihrem Junior Jahr wurde sie Zweite bei den Landesmeisterschaften und als Senior galt sie in beiden Disziplinen als eine der Favoritinnen.«

»Wie war sie abseits der Aschenbahn?«

»Ein wunderbares Mädchen!«, antwortete Goldman ohne zu zögern. »Einserschülerin. Höflich. Arbeitete in einem Diner vor der Stadt, um sich Geld fürs College zu verdienen.«

»Im Columbia Diner.«

»Genau. Ihre Eltern hatten nicht viel. Kimi sollte als Erste aus der Familie den Abschluss an der Highschool schaffen und aufs College gehen. Ich plante ein Feature über sie.« Goldman seufzte. »Wie ich schon sagte, eine echte Tragödie.«

»Das Diner ist inzwischen geschlossen, habe ich gesehen.«

»Ging schon lange vorm *Sentinel* den Weg der Dinosaurier.«

»Was ist mit den Leuten, die es betrieben haben, sind die noch hier in der Gegend?«

»Lorraine und Charlie Topeka. Topeka schreibt man wie die Stadt in Kansas. Charlie war der Koch, Lorraine der Boss. Sie haben den Laden viele Jahre lang erfolgreich geführt.«

»Wissen Sie, wo ich sie finden könnte?«

»Charlie spielt inzwischen mit den Würmern Karten. Und Lorraine? Das kann ich Ihnen nicht so genau sagen. Hörte, sie wäre in den Süden gezogen, irgendwohin, zu einer Tochter. Sie dürfte jetzt auch schon mächtig auf die achtzig zugehen.«

»Mr Goldman, Sie kommen mir vor wie ein Mann, dem so schnell nichts entgeht.«

»Das habe ich jedenfalls in meiner Zeit den Leuten ganz gut weisgemacht. Und nennen Sie mich Sam. Ich bin auch so alt genug, das muss man mir nicht noch unter die Nase reiben.«

»Gern, Sam dann also.« Tracy lächelte. »Ich frage Sie das jetzt ganz direkt: Als Sie hörten, Kimi Kanasket hätte sich umgebracht, was war da Ihr erster Gedanke?«

»Mein erster Gedanke?« Goldman schloss nachdenklich die Augen.

»Niemand wollte mit uns reden«, meldete sich Adele.

»Da hat sie recht.« Goldman schlug die Augen wieder auf. »Die Fakten lagerten hinter Schloss und Riegel, unantastbar wie ein Pfund in Churchills Unterhose.«

»Und warum war das Ihrer Meinung nach so?«

»Damals haben die Leute über solche Sachen noch nicht geredet.«

»Niemand wollte die Stimmung ruinieren«, warf Adele ein, um sich gleich darauf zurückzunehmen. »Aber jetzt lasse ich lieber euch zwei reden.«

»Was haben Sie gedacht, Sam? Was war Ihr erster Gedanke?«

»Ich nehme mal an, derselbe wie bei allen anderen auch. Ich war schockiert. Keinem von uns war Kimi wie ein Mädchen vorgekommen, das so etwas tut. Ihr Bruder vielleicht, aber doch nicht Kimi.«

»Ihr Bruder hatte Probleme?«

»Élan. Kimis Bruder hieß Élan. Der war mit den weißen Kids aneinandergeraten und der Schule verwiesen worden.«

»Weswegen ist er mit ihnen aneinandergeraten?«, hakte Tracy nach, obwohl sie sich ziemlich sicher war, die Antwort bereits zu kennen.

»Die Stämme der Native Americans hier in der Gegend protestierten damals gegen den Namen ›Red Raiders‹ und besonders gegen das Maskottchen der Footballmannschaft. Das war ein weißer Schüler, der immer vor Spielbeginn in voller Kriegsbemalung aufs Spielfeld geritten kam und einen Speer in den Boden bohrte. Die Indianer empfanden das als historisch inkorrekt und herabwürdigend. Sie waren ihrer Zeit voraus, würde ich jetzt im Rückblick sagen.«

»Wie dramatisch war das Ganze?«

»Anfangs nicht besonders. Die Stammesältesten trugen dem Schulbeirat und auch dem Stadtrat ihre Bedenken vor, sehr korrekt und respektvoll. Als gar keine Reaktion erfolgte, fühlten sie sich ignoriert und wechselten die Taktik. Es kam bei Footballspielen draußen vor dem Stadion zu Protesten. Das hat dann doch einige Bürger aufgebracht.«

»Soweit ich es verstanden habe, war Earl Kanasket Ältester und einer der Anführer der Proteste. Hat Kimi das zu spüren bekommen?«

»Nicht, dass mir das je zu Ohren gekommen wäre«, sagte Goldmann. »Kimi war nicht wie Élan. Sie war ein ruhiges Mädchen, wie ich schon sagte. Auch höflich. Sie konzentrierte sich aufs Lernen.« Goldman beugte sich vor, um Tracy über seinen Brillenrand hinweg zu mustern. »Behaupten Sie etwas anderes?«

»Das weiß ich noch nicht«, gestand Tracy. »Aber damals ist irgendetwas geschehen, was einem jungen Deputy keine Ruhe gelassen hat.«

»Buzz Almond.«

Tracy nickte bewundernd. »Sie haben da oben wirklich einen Computer, was?«

»Wer rastet, der rostet, sagt mein Arzt. Das gilt auch für den Kopf.« Goldman lehnte sich wieder zurück. »Buzz war ein guter Mann und ein großartiger Sheriff. Wenn er fand, irgendetwas hätte nicht gestimmt, dann war das wahrscheinlich auch so.«

»Dann sagen Sie mir doch mal: Was hatte ein großartiges Mädchen wie Kimi mit jemandem wie Tommy Moore zu schaffen?«

»Tommy konnte damals jedes Mädchen haben. Er war unser James Dean! Der düstere, sinnliche Typ. Charme genug, um eine Klapperschlange zu becircen, damit sie nicht zubeißt.«

»Wie gut kannten Sie Moore?«

»Nicht besonders gut. Ich habe mich nie mit ihm unterhalten, nur über seine Kämpfe berichtet, solange er für die Golden Gloves in den Ring stieg. Er hätte einen guten Boxer abgeben können, sein linker Haken war fies.«

»Aber? Was wurde aus ihm?«

»Er trank zu viel. Und die Stadt hat ihn mehr oder weniger aus ihren Mauern vertrieben, nachdem sich die Geschichte mit Kimi herumgesprochen hatte. Man gab ihm die Schuld an ihrem Tod. Ich hörte, er wäre wieder ins Reservat gezogen. Hier hat man jedenfalls nie wieder etwas von ihm gehört oder gesehen, soweit ich das beurteilen kann.«

Tracy wollte jetzt auf die beiden Rechnungen in Buzz Almonds Akte zu sprechen kommen. »Erzählen Sie mir von Hastey Devoe. Soweit ich verstanden habe, gehörten ihm eine Autoglasfirma und eine Autowerkstatt für Karosseriearbeiten.«

»Das stimmt. Draußen, gleich hinter der 141, an der Lincoln Road, glaube ich.«

»Was für ein Mensch war er?«

»Wie meinen Sie das?«

Tracy hatte Mühe, die Frage umzuformulieren. »Ich weiß nicht genau – war er ehrlich? Ging er in die Kirche? Sie wissen, was ich meine.«

»Ich hatte nie geschäftlich mit ihm zu tun, habe aber auch nie läuten hören, er wäre kein aufrechter Kerl.«

»Wissen Sie von irgendeiner Beziehung zwischen ihm und Tommy Moore?«

»Da ist mir nichts bekannt.«

»Das waren spannende Zeiten für die Stadt, habe ich das Gefühl.«

»Wie heißt es bei Dickens in *Eine Geschichte aus zwei Städten*? ›Es war die beste Zeit, es war die schlechteste Zeit‹.«

»Wissen Sie vielleicht, wo es noch alte Zeitungen gibt, die ich mir ansehen könnte? Evelyn meinte, ich sollte es mal in der Bibliothek von Goldendale versuchen.«

Wieder funkelte Goldman Tracy verschmitzt an. »Ich kenne die beste Bibliothek hier in der Gegend, Verehrteste, und sie ist viel näher als die von Goldendale.«

* * *

Tracy folgte Goldman durch eine blitzsaubere Küche, in der es leicht nach Putzmitteln mit Zitronenduft roch.

»Wo willst du denn hin, Sam?«, rief Adele ihnen nach.

»Zurück in die Zukunft!«, rief ihr Mann, der inzwischen in einem kleinen Vorraum neben der Küche angekommen war. Dort gab es hinter einem Vorhang eine Hintertür. Goldman schob den Riegel zurück.

»Du schleppst sie doch nicht in diesen grässlichen Schuppen!« Adele war den beiden nachgekommen und musterte Tracy voller Mitleid, als stünde ihrer Besucherin ein Horrorfilm bevor. »Er hat da mehr Sachen rumstehen als der Trödelladen in der Stadt. Sie machen sich Ihre hübschen Sachen dreckig.«

Tracy lächelte. »Ich habe nichts an, was nicht ruhig dreckig werden darf.« Dabei hatte sie sich am Morgen für ihren blauen Kaschmirpullover entschieden.

Goldman ließ sich durch Adele nicht davon abhalten, mit Tracy ein paar hölzerne Stufen hinunter in den kleinen rückwärtigen Garten zu gehen, der im Wesentlichen aus einem Stück ausgeblichenem Rasen und einem eins achtzig hohen Rotholzzaun bestand. Auch hier war bereits Winterschlaf angesagt, den

Gartentisch und seine Bänke hatte man aufeinandergestapelt unter dem Vorbau des frei stehenden Schuppens untergebracht. Sam schloss das solide Vorhängeschloss auf, mit dem die Schuppentür gesichert war, entfernte es und öffnete die Tür, die er mit einem großen Eimer am Zufallen hinderte, ehe er im Schuppen das Licht einschaltete. Zwei nackte Glühbirnen hüllten die hier versammelten Schätze in goldenes Licht: Fahrräder, Gartengeräte, Baseballschläger, ein Eimer voll Tennisbälle, Tennisschläger, Aktenschränke und Dutzende bunt bedruckter Krawatten, auf denen man Disney-Figuren, die Peanuts und andere Comicgestalten bewundern durfte. Adele hatte nicht übertrieben: Dieser Anblick hätte selbst den Besitzer eines Trödelladens nicht unbeeindruckt gelassen.

Um zum hinteren Teil des Schuppens vordringen zu können, musste Goldman diverse Schätze beiseiteschieben und neu arrangieren. Jede Bewegung ließ weitere fröhlich sich drehende Staubkörnchen im Licht der Glühbirnen tanzen. Hinten an der Wand und so breit wie die Wand selbst türmte sich eine sechs oder sieben Reihen hohe Mauer aus Umzugskartons. Die Kartons waren in chronologischer Reihenfolge übereinandergestapelt: Auf jedem standen deutlich mit schwarzem Filzstift geschriebene Jahreszahlen und Monate. Mit 7/1969 ging es los und endete bei 12/2000. Goldman räumte Kartons beiseite, bis er bei dem mit der Aufschrift 6/1975–1/1977 angelangt war.

»Das dürfte er sein.« Er hob den Deckel hoch – und zum Vorschein kamen sauber zusammengefaltete Zeitungen.

»Sie haben jede einzelne Zeitung aufbewahrt?«, fragte Tracy staunend.

»Vom Tag, an dem wir unsere Türen öffneten, bis zum Tag, an dem wir sie schlossen. Und ich war zuverlässig wie der Milchmann, ich habe immer geliefert.«

Goldman blätterte sich durch den Stapel. »August, September, Oktober …« Beim November angekommen, zog er vier

Zeitungen heraus und legte den Deckel wieder auf den Karton, damit man ihn als Tisch benutzen konnte. »Das sind die Nummern, die die Zeit vor dem Spiel behandeln, und die, die danach kamen. Hier finden Sie auch den Artikel über Kimi Kanasket und Sie bekommen ein Gefühl dafür, wie es damals hier war.«

»Der Sport gleich als Aufmacher auf der ersten Seite«, bemerkte Tracy mit Blick auf die erste Zeitung, die Goldman ihr vorgelegt hatte.

Stoneridge gewinnt die Kreismeisterschaft! Samstag geht's um die Landesmeisterschaft!

»Wie gesagt: Ansonsten hätten sie mich gelyncht.«

Kimis Tod war kein Aufmacher gewesen. Der nur eine halbe Spalte lange Artikel über den Tod von Kimi Kanasket fand sich am Ende der ersten Seite.

Schülerin der Stoneridge High tot aus dem White Salmon River geborgen.

Im Artikel tauchte der Begriff »Selbstmord« nicht auf.

»Es gab wohl nicht viele nachfolgende Artikel zu dem Thema?«, fragte Tracy.

»Es gab nichts weiter zu berichten. Kimi wurde bei einer privaten Trauerfeier im Reservat eingeäschert. Der Detective sagte mir, der Coroner habe befunden, sie sei in den Fluss gesprungen, weil Tommy Moore mit ihr Schluss gemacht hatte. Irgendwann hatte ich auch mal eine Kopie seines Berichts, aber ich glaube nicht, dass ich den aufbewahrt habe. Schien mir keinen Grund zu geben, das öffentlich zu machen. Allerdings wussten es alle so oder so früh genug.«

»Sie haben mit dem ermittelnden Detective gesprochen?«
»Jerry Ostertag.«
»Gibt es den noch?«

»Woher soll ich das wissen, Häuptling? Ich habe gehört, er wäre in Rente gegangen und irgendwo in den Mittleren Westen gezogen, um zu angeln. Montana vielleicht.«

Laut Jenny war Ostertag gestorben. Aber selbst wenn es den Mann noch gab, würde er sich wohl kaum an Details über den Tod von Kimi Kanasket erinnern. Kimi war hier in der Stadt die düstere Wolke am ansonsten durch und durch strahlenden Himmel gewesen, wie der ewig besoffene Onkel, der bei einer großen Familienhochzeit eine Szene machen will. Man nimmt den Vorfall einfach nicht zur Kenntnis, man spricht auch nicht darüber. Irgendwer schafft das störende Element möglichst schnell aus dem Haus, damit sich die anderen auf die Feier konzentrieren können. Und wenn die Familie später zusammenkommt, um sich an diesen Tag zu erinnern, dann wird dieser Makel nie auch nur erwähnt. Bis die Jahre ins Land ziehen und sich niemand mehr daran erinnert.

16

Tracy und Sam Goldman kopierten die relevanten Zeitungsseiten am Kopierer des Drugstores im Zentrum, was unerwartet lange dauerte, weil Goldman unterwegs mit so gut wie jedem Passanten plauderte, wobei er die Leute entweder »Häuptling«, »Kumpel« oder »Held« nannte.

Goldman schien den Ausbruch aus der Routine sehr zu genießen. Wahrscheinlich war ihm der Übergang in den Ruhestand vom Siegeszug des Internets und der rund um die Uhr ausgestrahlten Nachrichtenprogramme aufgezwungen worden, beides hatte ja in vielen kleinen Städten zum Verschwinden der dortigen Zeitungen geführt. Jetzt wirkte Goldman wie elektrisiert: Eine gute Geschichte lag in der Luft. So etwas spürte seine Nase nach wie vor, in den Adern des Pensionärs floss eben immer noch Druckerschwärze.

Endlich hatte Tracy den Mann wieder nach Hause gebracht und konnte Jenny anrufen, um sie über alles Erreichte zu informieren. Sie bedankte sich auch noch einmal für die Erlaubnis, in Mrs Almonds Haus zu übernachten, und versprach, sich zu melden, sobald ihr die Erkenntnisse der Forensiker vorlagen. Dann machte sie sich auf den Heimweg nach Seattle. Sie war auf der State Route 141 unterwegs und hatte gerade beschlossen, noch einen kleinen Zwischenstopp einzulegen, als ihr Telefon klingelte. Als sie die Freisprechfunktion einschaltete, meldete sich Sam Goldman.

»Detective Crosswhite?«

»Was gibt es, Sam?«

»Ich hatte heute nach Ihnen noch einen Besucher. Ich dachte, das sollten Sie wissen.«

»Ein Polizeibeamter der Stadt Stoneridge?«

»Sie haben es erfasst. Er wollte wissen, worüber wir gesprochen haben. Ich sagte, Sie hätten sich für die Parade interessiert.«

Tracy lachte leise. »Wie hat er das aufgenommen?«

»Er hat sich ein bisschen aufgeplustert, noch ein paar Fragen gestellt und ist wieder gegangen. Das wollte ich Ihnen auf keinen Fall vorenthalten.« Es war nicht zu überhören, wie aufgedreht Goldman war.

»Danke für die Info, Sam«, sagte Tracy. »Wahrscheinlich ging es nur um Fragen der Zuständigkeit. Der Sheriff hat bei der Stadtpolizei Bescheid gesagt, dass ich komme, aber nächstes Mal fahre ich da vorbei und stelle mich persönlich vor. Noch mal danke für die Warnung.«

»Nichts zu danken.«

Tracy wollte das Gespräch gerade beenden, als sie an der kleinen Parkbucht und dem Pfad vorbeikam, der zur Lichtung führte. »Sam?«

»Ja?«

»Wissen Sie irgendetwas über die Lichtung in der Nähe der 141? Das große, freie Feld ein paar Meilen außerhalb der Stadt?«

»Wollen Sie die Legende dazu hören?«

»Die kenne ich schon, ich wäre eher an jüngeren Geschichten interessiert.«

»Da sind die Kids von der Highschool früher gern nachts

hingegangen, meistens am Wochenende.«

»Und jetzt nicht mehr?«

»Die Polizei hat dem vor ein paar Jahren einen Riegel vorgeschoben, weil es zu ein paar Unfällen unter Einfluss von Alkohol gekommen war.«

»Ist Ihnen je zu Ohren gekommen, dass jemand dort etwas anzupflanzen versucht?«

»Wie meinen Sie das?«

»Versucht jemand, dort Pflanzen anzusiedeln? Büsche oder Sträucher? Pflanzen eben?«

»Da wächst nichts.«

»Das hörte ich schon, aber wissen Sie, ob jemand es vielleicht trotzdem versucht?«

»Nein. Ich habe vor Jahren ein Feature über die Lichtung gebracht und vorher entsprechend recherchiert. In den Bergausläufern nicht weit von der Lichtung entfernt wurde früher Phosphor abgebaut. Es besteht der Verdacht, dass die Bergwerksgesellschaft ihren Abfall illegal dort auf der Lichtung gelagert und damit den Boden verseucht hat. Das ist aber, wie gesagt, erst einmal nur eine Theorie.«

»Dann wurden nie Bodenproben genommen und getestet?«

»Nein, so wichtig ist das hier keinem.«

»Okay. Noch mal vielen Dank, dass Sie sich Zeit für mich genommen haben.«

»Nichts zu danken, Häuptling. Halten Sie mich auf dem Laufenden. Sie haben mir Appetit gemacht.«

Nach dem Anruf fuhr Tracy noch eine gute Meile weiter, bis ein hölzernes Schild den Northwest Park anzeigte. Sie bog nach rechts ab, folgte wieder etwa eine Meile der von Bäumen gesäumten Straße und wurde an der schmalen Betonbrücke langsamer, die hier über den Fluss führte. Auf der Brücke selbst blieb sie stehen. Rechts rauschte der Fluss schäumend über die

Steine und Felsen auf seinem Grund, eisengrau unter Hunderten weißer Krönchen, links strömte er weiter in Richtung Columbia.

Gleich hinter der Brücke steuerte Tracy den links der Straße gelegenen Parkplatz an. Der Park dazu bestand eigentlich nur aus einer recht kleinen Grünfläche am Flussufer, auf der ein paar Picknicktische standen und ein Display aus Metall in Wort und Bild die Geschichte des White Salmon Rivers erzählte. Tracy stieg aus, um sich das näher anzusehen. Anscheinend hatte es am White Salmon einige Jahrzehnte lang einen Staudamm für die Stromerzeugung gegeben, bis man sich entschied, Königslachs und Regenbogenforelle wieder auf ihren natürlichen Wegen vom pazifischen Ozean hoch zu den Laichgründen wandern zu lassen.

Tracy schlenderte langsam zum Flussufer hinunter. Hier floss das Wasser fast sanft plätschernd über die Ufersteine. Stromaufwärts war das anders, dort schossen die Wassermassen mit größerer Kraft dahin. Sie hatten Kimi Kanasket den Fluss hinuntergetragen, bis sich ihr irgendwo in der Nähe von Tracys Standort der ausladende Ast eines in den Fluten untergegangenen Baumes in den Weg gestellt und sie festgehalten hatte.

Motorengeräusch kündigte einen näher kommenden Wagen an und bald hörte Tracy dessen Reifen die Bremsschwelle am Übergang zur Brücke passieren. Ein blau-weißer SUV der Polizei von Stoneridge fuhr langsam über den Fluss. Es war ein anderer Wagen als der, der Tracy in der Stadt selbst gefolgt war, und auch ein anderer Fahrer. Dieser hier trug eine Sonnenbrille, durch die hindurch er Tracy im Fahren eingehend musterte. Anscheinend interessierte es den Mann sehr, was sie hier trieb.

Tracy wandte sich wieder dem Fluss zu, eigentlich war es ihr egal, wer da kam. Sie hörte natürlich trotzdem den Kies knirschen, als das Fahrzeug auf den Parkplatz einbog. Der Motor verstummte, eine Wagentür ging auf und wieder zu.

»Entschuldigung?«

Tracy drehte sich um. Der Polizist wirkte gestandener als der, der vorhin die Stufen zur Bibliothek hochgegangen war. Er war älter und schwerer, mit grauen Haaren und dem gestrengen Blick eines Mannes auf offizieller Mission. Die Sonne brach sich in seinen Brillengläsern und in der goldenen Dienstmarke, die er direkt über der Brusttasche seines kurzärmligen beigefarbenen Hemdes trug. »Ich bin der Polizeichef von Stoneridge«, sagte er. »Lionel Devoe.«

Da war er wieder, dieser Name.

Devoe hakte beide Daumen unter den Gürtel, der bei ihm unter dem Bauch hing. »Sie müssen die Beamtin aus Seattle sein, die Sheriff Almond angekündigt hat. Wäre nett gewesen, Sie hätten kurz mal reingeschaut und sich gemeldet.«

»Das wollte ich ja, aber irgendwie ist mir heute die Zeit davongelaufen«, sagte Tracy. »Und der Kollege, der mir durch die Stadt gefolgt ist, gab mir keine Gelegenheit, mich vorzustellen.«

Devoe nahm die Sonnenbrille ab, schob sie in die Brusttasche seines Hemdes und trat einen Schritt zur Seite, um nicht direkt ins grelle Licht blicken zu müssen. »Und? Was interessiert einen Detective aus Seattle in unserem Stoneridge?«

Jenny hatte Devoe wissen lassen, weswegen Tracy hier war, was sollte die Frage also? Wahrscheinlich war ihr der Beamte vorhin in der Stadt gar nicht aus eigenem Antrieb gefolgt, sondern hatte sich nach der ersten Begegnung mit Tracys Wagen Anweisungen geholt. Ob es sich lohnte, hier mal ein bisschen zu stochern? Erfahrungsgemäß kam dabei nicht selten Unerwartetes zum Vorschein. »Devoe?« Tracy legte den Kopf schräg. »Wo habe ich diesen Namen schon mal gehört?«

»Woher soll ich das wissen?«

Tracy schnippte mit den Fingern. »Hastey Devoe! Hatte der nicht mal eine Autowerkstatt?«

»Das war mein Vater.« Die Frage schien Devoe zu überraschen. »Die Werkstatt ist jetzt aber schon eine ganze Weile Geschichte, warum fragen Sie danach?«

»Der Name fiel vorhin bei einem Gespräch über die Siebzigerjahre. Eine ganz besondere, aufregende Zeit für Stoneridge, habe ich mir sagen lassen. Das Jubiläum soll ja groß gefeiert werden. Ich habe gelesen, was alles geplant ist.«

»Der Sheriff sagt, Sie interessieren sich für Kimi Kanasket?«

»Das stimmt.«

»Kimi hat sich umgebracht. Sie ist ins Wasser gegangen.«

»Ja, davon las ich.«

Devoe blickte an Tracy vorbei zum Fluss und schien langsam zu begreifen, warum sie gekommen war. »Hier wurde die Leiche gefunden.«

»Ich weiß. Ich dachte, ich schau mir das mal an.«

»Warum?«

»Weil ich mir die Sachen immer gern selbst ansehe.«

»Und? Warum interessieren Sie sich nun für Kimi Kanasket?«

»Der Sheriff bat mich, einen Blick in die Akte zu werfen, ob da irgendetwas ist, dem man nachgehen müsste.«

»Die Akte?« Devoe klang eher überrascht als neugierig – vielleicht wie jemand, der selbst mal vergeblich nach dieser Akte gesucht hatte und fest annahm, sie sei vernichtet worden?

»Genau. Buzz Almond hatte eine Akte behalten.«

»Und was erwarten Sie zu finden?«

»Ich habe keine Erwartungen. Ich gehe solche Sachen immer gern unvoreingenommen an.«

»Na ja. Ich glaube, Sie werden herausfinden, dass Kimi in den Fluss gesprungen ist. Oder fiel. Soweit ich weiß, war die Sache ziemlich eindeutig.«

»Sie erinnern sich?«

»Nicht im Detail, nein. Ich spreche eher von allgemeiner Erinnerung, was sich die Leute so erzählen. Sie wissen schon.«

»Ich gehe mal davon aus, dass Sie damals noch nicht bei der Polizei waren?«

»Nein, damals noch nicht.«

»Was haben Sie denn dann gemacht?«

»Warum fragen Sie das, Detective?«

»Ich versuche, ein Gefühl für die Stadt von damals zu bekommen. Ich wüsste gern, woran sich die Leute noch erinnern. Waren Sie damals hier in der Gegend?«

Devoe lächelte erneut, wirkte nun aber eher wie ein Mann, der nicht mehr weiß, wie er aus einer Unterhaltung, die er selbst angezettelt hatte, wieder rauskommen sollte. »Wie ich schon sagte: Wenn Kollegen aus anderen Städten bei uns auftauchen, freue ich mich über einen Höflichkeitsbesuch.«

»Ich werde es mir merken.«

»Dann wollen Sie jetzt weiter?«

»Ja.«

»Und wann kommen Sie wieder?«

»Das weiß ich noch nicht, hängt ganz davon ab.«

»Wovon?«

»Was die Forensiker mir zu erzählen haben.« Tracy machte eine große Show daraus, auf ihre Uhr zu sehen. »Ich habe eine lange Fahrt vor mir, Chief Devoe. Danke, dass Sie angehalten haben, um sich mir vorzustellen.«

Sie ging an ihm vorbei zu ihrem Pick-up. Als sie rückwärts vom Parkplatz setzte, stand Devoe immer noch dort, wo sie ihn zurückgelassen hatte: am Rande des Wassers.

* * *

Wieder auf der Route 141 angekommen, meldete sich Tracy noch einmal bei den Goldmans. Adele nahm ab, doch Sam war ebenfalls sofort zur Stelle. »Das ging ja schnell!«

»Es tut mir echt leid, Sie ständig zu belästigen, aber ich

hätte da noch eine Frage.«

»Kein Problem. Schießen Sie los, Heldin.«

»Was können Sie mir über Lionel Devoe verraten?«

»Er ist jetzt schon fast dreißig Jahre lang der Polizeichef von Stoneridge.«

»Und ehe er Polizist wurde? Was hat er da gemacht?«

»Dasselbe wie alle Jungs von Hastey: für seinen Vater gearbeitet.«

»Wie viele Brüder gab es insgesamt?«

»Drei. Aber der Älteste, Nathaniel, kam bei einem Jagdunfall ums Leben.«

Tracy ließ sich das kurz durch den Kopf gehen. »Können Sie sich vorstellen, warum Lionel das Familienunternehmen verlassen hat, um zur Polizei zu gehen?«

»Ich kann spekulieren, aber das ist jetzt nichts, was ich in der Zeitung bringen dürfte.«

»Spekulieren Sie bitte!«

»Wie schon gesagt, der älteste der drei war Nathaniel. Er kam sehr auf seinen Vater heraus, war fleißig, tüchtig und hatte noch dazu einen Sinn für die geschäftliche Seite. Er hatte Köpfchen. Ich glaube, Hastey senior wollte ihm den Betrieb hinterlassen. Aber dann starb Nathaniel. Hastey junior und Lionel waren anders als ihr alter Herr und ihr Bruder, sie hatten weder deren Arbeitsethos noch den Grips. Das hat zu einer Menge Spannungen geführt.«

»Dann kamen die beiden mit ihrem Vater nicht gut aus?«

»Hastey, also der Vater, hat nach Nathaniels Tod versucht, Lionel den Betrieb zu übergeben, aber der hätte die Werkstatt um ein Haar in Grund und Boden gewirtschaftet. Also holte der alte Herr sie sich zurück. Ich kann mir vorstellen, dass Lionel zur Polizei ging, um Abstand zum Vater zu gewinnen und weil der Polizeidienst in Bezug auf die spätere Versorgung viele Vorteile bietet. Ich glaube nicht, dass er nun unbedingt den guten Bürgern von Stoneridge dienen wollte. Hier bei uns kümmert sich die Polizei eher um Kleinkram. Es wird selten mal aufregend, es sei denn, einer der Junkies sprengt sein Meth-Labor in die Luft. Wenn man sich nicht total danebenbenimmt, ist es im Grunde ein Job fürs Leben.«

»Dann wird der Polizeichef gewählt?«

»Könnte man so sagen, aber eigentlich ist es eine sichere Sache. Einen Bewerberandrang hat es nie gegeben. Außerdem ist Lionel dicke mit Eric Reynolds, und dessen Name hat in Stoneridge jede Menge Gewicht.«

»Eric Reynolds, der Bauunternehmer?«

»Genau.«

»Arbeitet für den nicht auch Hastey Devoe?«

»Das tut er.«

»Hat auch Hastey mal versucht, den Familienbetrieb zu übernehmen?«

»Der junge Hastey ähnelt seinem Vater ganz und gar nicht, vielleicht hat er die eine oder andere Gehirnerschütterung zu viel einstecken müssen. Football war seine einzige Chance, an eine Collegeausbildung ranzukommen, er trank jedoch, und da haben sie ihn rausgeworfen. Er musste wieder zu Hause einziehen.«

Und arbeitete für seinen alten Schulfreund. Tracy fand das alles ziemlich inzestuös, hatte allerdings ja selbst in einer Kleinstadt gelebt und wusste, dass es im Grunde nichts Außergewöhnliches war, wenn Freunde einander halfen. Vielleicht war das mit Reynolds und Hastey Devoe nichts anderes. Das erklärte allerdings nicht, warum Lionel Devoe so auf der Hut zu sein schien. Er hatte sich bestimmt nicht nur übergangen gefühlt, weil sie nicht bei ihm im Büro aufgetaucht war, um sich mit Knicks und Handschlag vorzustellen.

»Was kann ich Ihnen sonst noch erzählen?«, erkundigte sich Goldman.

»Ich glaube, das wäre es erst einmal«, antwortete Tracy. Dabei hatte sie jetzt deutlich mehr Fragen als am Anfang des Tages.

17

Am späten Nachmittag schaute Tracy im Justizzentrum vorbei, blieb jedoch nicht lange. Kins hatte ein Treffen mit Tim Collins' Scheidungsanwalt in dessen Kanzlei in der Unigegend vereinbart und wollte sie mitnehmen. Faz war bereits nach Hause gegangen, weil jemand aus seiner Familie Geburtstag feierte. Auf der Fahrt zum Anwalt berichtete Kins von den Gesprächen, die Faz und er mit zwei Kollegen und dem direkten Vorgesetzten von Collins geführt hatten. Die Namen der drei Männer hatten nicht auf Mark Collins' Liste gestanden. Außerdem hatten sich Faz und Kins noch ausführlich mit einem IT-Spezialisten von Boeing unterhalten, der für die Polizei Tims E-Mails heruntergeladen und eine Zusammenstellung der Internetrecherchen ausgearbeitet hatte, mit denen Collins in letzter Zeit befasst gewesen war.

»Alle schildern ihn als netten Mann und fleißigen Kollegen. Sie haben ihn nie wütend erlebt und sie haben ihn nie schlecht über seine Frau sprechen hören. In den letzten Monaten ist er ihnen niedergeschlagen vorgekommen, was sie dem Scheitern seiner Ehe zuschrieben, aber Collins war nicht der Typ, der seine schmutzige Wäsche in aller Öffentlichkeit wusch.«

»Was sagten sie über seine Beziehung zu Connor?«

»Dass er ein stolzer Vater war, der oft von seinem Sohn gesprochen hat. An seinem Arbeitsplatz standen Fotos von der ganzen Familie, von allen dreien, als wären sie immer noch glücklich und zufrieden.«

»Vielleicht fiel es ihm schwer, sie gehen zu lassen.«

»Möglich wäre es. Der Bruder sprach ja von starker Co-Abhängigkeit.«

»Und was gibt es sonst zu dem Jungen? Hast du mit Klassenkameraden gesprochen?«

»Der Beratungslehrer der Schule und zwei von Connors Fachlehrern sagen, richtige Freunde habe er eigentlich so gut wie keine. Sie beschreiben ihn als ruhig und zurückhaltend. Er beteiligt sich wohl nicht sehr stark am Unterricht und zeigt auch kaum Interesse an außerschulischen Aktivitäten.«

»Klang irgendwie durch, dass der Junge lügt?«

»Nein. Connor scheint einer der vielen mehr oder weniger gesichtslosen Schüler zu sein, die zum Unterricht erscheinen, genug leisten, um damit durchzukommen, und wieder gehen. Den Eindruck habe ich wenigstens gewonnen.«

»Also keine Probleme.«

Kins schüttelte den Kopf. »Keine.«

»Irgendetwas in den sozialen Medien?«

»Ein paar Fotos. Nichts Alarmierendes. Wir haben die Daten für sein Handy. Sein Vater hat ihm am fraglichen Abend um 17:10 eine SMS geschickt: Der Verkehr sei sehr stark, er würde sich leider verspäten.«

»Gab es eine Antwort?«

»Ein einziger Buchstabe: ›k‹. Hatte wohl ›ok‹ tippen wollen, also dass er es zur Kenntnis genommen hat. Zusammengefasst kann man sagen: Die Sache kommt ziemlich schleppend voran.«

»Dann bleibt dir wenigstens mehr Zeit für die Familie.« Tracy konnte es einfach nicht lassen.

»Stimmt auch wieder.« Richtig begeistert klang Kins allerdings nicht.

»Läuft es nicht so gut?«

Kins zuckte die Achseln. »Mehr oder weniger unverändert.«

»Ich dachte, nach Mexiko wäre es besser geworden?«

In der Beziehung von Kins und Shannah waren ernsthafte Probleme aufgetaucht, als Tracy und Kins mehr oder weniger Tag und Nacht am Fall Cowboy gearbeitet hatten. Dieser Fall hatte allen Mitgliedern der extra eingerichteten Sondereinheit physisch und psychisch einiges abverlangt und auch Spuren hinterlassen. Als endlich der Schlussstrich unter die Ermittlungen gezogen werden konnte, waren Kins und Shannah ohne die Kinder nach Mexiko geflogen. Laut Kins hatte diese Reise dem Paar geholfen, sich daran zu erinnern, warum sie ursprünglich mal geheiratet hatten.

»Eine Weile lief es ja auch besser. Ich bin jetzt mehr zu Hause, das müsste doch eigentlich etwas Gutes sein, oder? Aber anscheinend gehen wir uns bloß auf die Nerven.«

»Womit?«

»Egal, mit allem.« Kins lächelte traurig. »Shannah ist ständig weg, als würde sie mir heimzahlen wollen, dass ich so oft nicht da war. Sie spielt Tennis, sie trifft sich mit ihrem Literaturklub und andauernd verzieht sie sich ins Fitnessstudio.«

»Und wenn du sie begleiten würdest?«

Kins runzelte die Stirn. »Tennis?« Er warf Tracy einen kurzen Seitenblick zu. »Mit meiner Hüfte? Und der Literaturklub ist bloß eine Ausrede, damit ein Haufen Ehefrauen rumhocken, Wein trinken und über Ehemänner lästern kann. Da käme ich mir fehl am Platz vor.«

»Du kannst es Shannah nicht zum Vorwurf machen, dass sie eigene Interessen entwickelt hat. Wir sind wirklich oft genug nicht da.«

»Ich weiß.«

»Was ist mit Eheberatung?«
»Hatten wir schon.«
»Noch mehr Eheberatung?«
»Ich weiß nicht.«

* * *

Das Büro von Anthony Holt lag im ersten Stock eines Gebäudes in der Nähe der University of Washington. Holt hatte sich auf Familienrecht spezialisiert, sein Partner auf Erbrecht und Kapitalanlage. Holt holte Kins und Tracy unten in der bescheidenen Lobby ab und führte sie in das Besprechungszimmer, das er sich mit anderen Anwälten auf dieser Etage teilte. Tracy schätzte den Mann auf Mitte dreißig, allerdings frühzeitig ergraut, was ihm eine gewisse seriöse Ausstrahlung verlieh. Er war so schlank wie ein Marathonläufer.

»Sie waren Mr Collins' Scheidungsanwalt«, fing Kins das Gespräch an, nachdem sich alle gesetzt hatten.

»Richtig. Was passiert ist, tut mir sehr leid.«

»Wie haben Sie davon erfahren?«

»Angelas Scheidungsanwältin rief an, um mich zu informieren.«

»Wann war das?«

»Gleich am nächsten Tag.«

»Um welche Uhrzeit?«

»Am Nachmittag. Die genaue Uhrzeit kann ich Ihnen heraussuchen, wenn es wichtig ist.«

»Was genau sagte die Anwältin?«

»Sie sagte, Angela habe sie angerufen und sie über das Geschehene informiert. Sie wollte die Papiere zusammenstellen, um die Scheidung abzublasen, und sie wollte anfangen, den Nachlass zu regeln.«

Kins warf Tracy einen Blick zu. Angela musste ihre Anwältin gleich nach Verlassen des Gefängnisses kontaktiert haben. »Und wissen Sie, wann diese Papiere eingereicht wurden?«

Holt lächelte. »Ja, das weiß ich: Montagmorgen, in aller Frühe.«

»Das hat Sie überrascht.«

»Überrascht?« Holt lächelte erneut. »In diesem Bereich der Rechtsprechung überrascht mich nichts mehr. Nur …« Er legte eine kurze Pause ein, schien seine Worte sorgfältig wählen zu wollen. »Es kam mir schon ein wenig schnell vor, wenn man die Umstände bedenkt.«

»Umstände wie die Tatsache, dass Angela bis Freitagnachmittag in Haft war?«

»Das schoss mir irgendwie durch den Kopf, ja.«

»Und dass sie eine Mordanklage und möglicherweise eine lange Haftstrafe zu erwarten hatte?«

»Das auch.«

»Können Sie sich irgendwie erklären, warum sie es so eilig hatte, die Papiere einzureichen?«

»Je schneller das Scheidungsverfahren ad acta gelegt wird, desto zügiger kann der Nachlass geordnet werden und desto schneller bekommt sie das Geld. Aber ich neige dazu, in diesen Dingen zynisch zu denken.«

»Wie heftig wurde bei dieser Scheidung gestritten?«

»Auf einer Skala von eins bis zehn? Eine sechs, doch nur, weil Tim nicht viel zur Eskalation beitrug.«

»Wie meinen Sie das?«, fragte Kins.

»Angela drängte auf achtundfünfzig Prozent des Besitzes. Von dem anfangs vorhandenen Geld hat sie im Verlauf der Auseinandersetzung schon ziemlich viel durchgebracht. Sie verlangte von Tim immer neue Zahlungen und wurde wütend, wenn er sich weigerte.«

»Wissen Sie, wofür sie das Geld ausgab?«

»Nein. Genau das war das Problem. Sie behauptete, für den

alltäglichen Bedarf. Aber sie hat innerhalb von drei Monaten fünfundvierzigtausend Dollar verkonsumiert und uns jedes Mal hingehalten, wenn wir um Quittungen baten. Ihre Anwältin konnte sich das auch nicht erklären. Tim hatte den Verdacht, sie würde Geld beiseiteschaffen oder aber in die Renovierung des Hauses stecken.«

»Wie nahe waren sie einer Einigung?«

»Nicht besonders nahe. Wir haben Schlichtungsversuche gemacht, die aber nicht lange dauerten. Ich persönlich sah keine Chance auf Einigung ohne ein Gerichtsverfahren.«

»In den meisten Scheidungsfällen einigt man sich doch aber außergerichtlich, oder?«, wollte Kins wissen.

»In mehr als fünfundneunzig Prozent der Fälle, ja.«

»Und warum ging das in diesem Fall nicht?«

»Auch hier muss ich sagen, dass ich wahrscheinlich voreingenommen bin, aber meiner Meinung nach stellte sich Angela einfach stur. Sie ließ sich nicht von der Stelle bewegen. Ich bin mir nicht einmal sicher, ob sie eine Einigung anstrebte.«

»Wie soll ich das verstehen?«

»Solange das Scheidungsverfahren lief, hatte sie etwas gegen Tim in der Hand.«

»Aber vor Gericht zu gehen, wäre für beide Seiten doch bestimmt sehr teuer geworden«, überlegte Kins.

»Teuer war es auch so schon, aber ja: Setzt man erst einmal einen Fuß ins Gericht, dann schnellen die Kosten rapide in die Höhe. Da die Gebühren allerdings aus dem gemeinsamen Besitz bestritten werden, hätte Tim einen Großteil dieser Last zu tragen gehabt.«

»Wie groß war denn das Vermögen, um das sich die beiden stritten?«

»Im Vergleich zu manch anderen noch nicht einmal so immens groß. Sagen wir, grob geschätzt, ein paar Millionen Dollar. Tim hatte vor seiner Heirat eine Wohnung gekauft, die er vermietete. Er hat Angela dort nie als Miteigentümerin eintragen lassen, aber sie behauptete, die Wohnung sei aus gemeinsamen Mitteln renoviert worden, weswegen sie Anspruch auf einen Anteil habe. Außerdem bezichtigte sie Tim, Geld zu verstecken.«

»Tat er das denn?«

Holt lächelte noch einmal. »Nein. Tim wollte diese Sache hinter sich bringen, er wollte sie regeln, möglichst schnell. Er hatte die Grenzen seiner emotionalen Belastbarkeit erreicht. Ich war derjenige, der ihm immer wieder zuredete, noch durchzuhalten.«

»Was meinen Sie mit ›Grenzen der emotionalen Belastbarkeit‹?«

»Angela hatte ihn ziemlich weichgekocht. Tim war bereit, das Handtuch zu werfen, ihr einfach zu geben, was sie wollte, nur um in Ruhe weiterleben zu können. Das passiert bei Scheidungsverfahren nicht selten, aber oft bereut die Person, die einknickt, es hinterher. Ich habe ihm immer wieder geraten, nichts zu überstürzen, es würde sich schon alles regeln. Immerhin hatte er Angela bereits das Haus gegeben.«

Tracy, die mitgeschrieben hatte, sah bei Holts letztem Satz auf. »Wie meinen Sie das: Er hatte ihr das Haus gegeben?«

»Tim hatte sich einverstanden erklärt, Angela das Haus bis zu Connors Schulabschluss zu überlassen, damit der Junge nicht sein Zuhause verlor. Er machte sich Sorgen um die emotionale Verfassung seines Sohnes.«

»Er hat ihr einfach das Haus überlassen?«

»Nein, ganz so einfach nun auch wieder nicht. Wir hatten eine Regelung vorgeschlagen, bei der Tim die Mietwohnung erhalten sollte, voll und ganz, und für seinen Anteil am Haus mit anderen Werten entschädigt werden würde. Unter dem Strich geht es ja letztlich darum, dass beide Ehepartner gleich viel bekommen.«

»Das Haus sollte nicht verkauft werden?«, hakte Tracy noch einmal nach, denn sie erinnerte sich noch gut an ihren ersten Eindruck von Haus und Garten der Collins. Beides hatte ausgesehen wie für einen Verkauf hergerichtet.

»Soweit ich weiß, nicht«, antwortete Holt. »Das hätte auch ganz direkt sowohl Tims Wünschen als auch der vorläufigen Übereinkunft widersprochen, auf die wir uns für die Dauer der Ausarbeitung einer endgültigen Lösung geeinigt hatten.«

»Was stand in dieser Übereinkunft?«

»Angela brauchte Tims Zustimmung, um verkaufen zu können. Und jede Summe, die sie über den Schätzwert der Immobilie zum Zeitpunkt der Trennung hinaus erzielt hätte, wäre unter beiden aufgeteilt worden.«

»Haben Sie eine Kopie dieser Übereinkunft?«

»Ja. Ich lasse Ihnen gern auch eine machen.«

Tracy nickte Kins zu: Mehr wollte sie zu diesem Punkt nicht wissen, er konnte wieder übernehmen. »Wir haben uns sagen lassen, dass Mr Collins gerade dabei war, sein Testament zu ändern«, sagte Kins.

Holt schob einige Dokumente über den Tisch. »Mein Partner richtete gerade einen Treuhandfonds für Connor ein. Das ist nicht ungewöhnlich bei einer Scheidung. Nicht mehr Angela sollte Tims Nachlassverwalter sein, sondern Mark, und Tim wollte Mark auch zum Treuhänder seines Vermögens machen.«

»Ganz praktisch heißt das doch: Wenn Tim etwas zustieße, sollte sein Besitz an Connor gehen und sein Bruder sollte darauf achtgeben, nicht Angela«, fasste Kins zusammen.

»Richtig.«

»Angela hätte kein Recht auf irgendeinen Teil dieses Fonds gehabt und auch keine Kontrolle darüber, wie das Vermögen verteilt wurde?«

»Gar keins. Der Bruder sollte das Konto bis zu Connors einunddreißigstem Geburtstag treuhänderisch verwalten, es sei denn, er käme zu der Einschätzung, der Fonds sei auch schon früher nicht mehr notwendig.«

»Einunddreißig!« Kins runzelte die Stirn. »Das kommt mir ziemlich alt vor.«

»Tim wollte auf jeden Fall vermeiden, dass sich Angela das Geld irgendwie unter den Nagel riss. Connor ist nicht gerade die stärkste Persönlichkeit. Mark sollte dafür sorgen, dass das Geld wirklich an Connor ging, für dessen Ausbildung, für die Anzahlung auf ein Haus, für was auch immer. Tim wollte Einschränkungen, wobei er davon ausging, dass ein Großteil des Besitzes verteilt sein würde, wenn Connor einunddreißig war.«

»Aber dieses neue Testament ist nicht fertig geworden und es gibt auch keinen Fonds?«, fragte Kins.

»Nein. Tim sollte an jenem Freitag herkommen, alles unterzeichnen und beurkunden lassen.«

»Nur wurde er am Tag zuvor erschossen.«
Holt nickte.
»Was passiert also jetzt?«

Holt zuckte die Achseln. »Alles geht an Angela als überlebende Ehepartnerin und sie bleibt auch Nachlassverwalterin.«

»Obwohl sich die beiden getrennt hatten.«
»Obwohl sich die beiden getrennt hatten.«
»Und gegen die ausdrücklichen Wünsche von Tim Collins.«
»Ohne ein vor Zeugen unterzeichnetes Testament spielen seine ausdrücklichen Wünsche keine Rolle.«

* * *

Kins war auf dem Rückweg ins Justizzentrum sehr schweigsam. Er schien tief in Gedanken versunken.

»Wir sollten bei den Immobilienmaklern in der Stadt nachfragen, ob und, falls ja, wann Angela sich mit einem von ihnen in Verbindung gesetzt hat«, schlug Tracy vor. »Wann kriegen wir ihre Handy- und Computerdaten?«

»Berkshire hat Cerrabone versprochen, es würde nicht mehr lange dauern.« Kins sah Tracy an. »Glaubst du, dahin sind die fünfundvierzigtausend Dollar verschwunden?«

»Auf mich machte das Anwesen den Eindruck, als hätte man es aufgepeppt, um zu verkaufen.«

»Sie hat das Gesamtvermögen geschröpft, um ihren eigenen Besitz aufzuwerten.«

»Eine Methode, mehr Geld aus ihm rauszuleiern. Und bei einem Verkauf ginge der zusätzliche Gewinn voll an sie.«

»Nur hätte sie damit gegen die getroffene Vereinbarung verstoßen«, gab Kins zu bedenken.

»Nicht, wenn Tim tot war«, stellte Tracy fest.

18

Kins verließ gleich nach ihrem Treffen mit Tim Collins' Scheidungsanwalt das Büro. Tracy wollte noch ein bisschen bleiben, um aufzuholen, was sie in den zwei Tagen Abwesenheit verpasst hatte. Als ihr Handy klingelte, freute sie sich: Die Nummer im Display kannte sie gut. »Ich hatte gehofft, dass du es bist!«, meldete sie sich.

»Wir sind früher fertig geworden«, erklärte Dan. »Das größte Wunder seit Jesus Lazarus von den Toten auferstehen ließ. Ich kann einen früheren Flug nehmen.«

»Das ist die beste Nachricht der Woche! Wann kannst du hier sein?«

»So gegen neun, wenn es keine Verzögerungen gibt.«

»Und bleibst du über Nacht?« Die Frage war nicht ernst gemeint. Tracy wohnte nur zwanzig Minuten vom Flughafen Seattle entfernt, es war bereits abgesprochen, dass Dan bei ihr übernachten sollte, ehe er zu seinen beiden Hunden Rex und Sherlock nach Cedar Grove fuhr. Tracy hatte sich sogar vorgenommen, ihren Freund mit einem eigenhändig zubereiteten späten Abendessen zu überraschen. Sie wusste, wie erschöpft er nach der anstrengenden Woche sein musste.

»Kriegt man bei Ihnen Rabatt, wenn man im Automobilclub ist?«

»Leider nicht, Rabatt gewähren wir nur Rentnern.«

»Autsch!«

»Keine Sorge, wir werden uns schon einig werden.«

»Dann sieht man sich also.«

Tracy hatte sich schon den Mantel geholt, um schnell noch einkaufen zu gehen, als das Telefon auf ihrem Schreibtisch klingelte. Erst wollte sie es einfach ignorieren, aber dann sah sie die Nummer, die im Display aufschien.

»Ich habe Durst und eine grauenhafte Woche hinter mir«, meldete sich Kelly Rosa. »Mein Mann ist mit den Mädchen beim Fußballtraining und geht dann mit ihnen essen, ich habe also ein paar Stunden Pause. Spendier mir ein Bier und ich erzähle dir alles, was ich über Kimi Kanasket weiß.«

* * *

Rosa hatte sich für eine Bar namens Elysian auf dem Capitol Hill entschieden, wo Tracy die Freundin an einem Tisch weiter hinten antraf, und zwar an einem der Innenfenster des Raums. Von hier aus durften die Gäste die großen metallenen Bierfässer der Brauerei bewundern, zu der die Kneipe gehörte. Die zierliche Rosa, gerade mal ein Meter fünfzig groß und gern in bequemen Klamotten unterwegs, sah auf den ersten Blick nicht aus wie eine Frau, die ihren Lebensunterhalt mit dem Bergen und Analysieren von Leichen verdiente. Man hätte ihr eher die Vollzeitmutter zugetraut, die im Elternbeirat sitzt und ihre Kinder überallhin chauffiert. Tracy hatte jedes Mal Mühe, das Erscheinungsbild der Expertin mit deren Beruf zusammenzubringen. Statt den Nachwuchs zu Fußballspielen zu begleiten, stapfte Rosa Berge hoch und durchquerte Wälder und Sümpfe, immer auf dem Weg zu sterblichen Überresten in oft fortgeschrittenen und grauenerregenden Stadien des Zerfalls, deren Geschichte geklärt werden musste. Sie war forensische Anthropologin am rechtsmedizinischen Institut des King County, fühlte sich aber, wie sie Tracy einmal erklärt hatte, nicht nur als Wissenschaftlerin, sondern auch als Historikerin. Jeder Fall war für sie ein Rätsel, das eine Reise in die Vergangenheit erforderlich machte, und ihr Job war es, dieses Rätsel zu lösen.

Als Tracy an den Tisch kam, nippte Rosa gerade an dem Bierglas, das sie in der einen Hand hielt, während sie mit der anderen eine SMS tippte. Sie hatte zwei Töchter im Teenageralter, es blieb ihr gerade nichts anderes übrig, als ein Vorbild an Effizienz zu sein.

»Diese Dinger markieren das Ende der Gesellschaft, wie wir sie kennen«, mahnte Tracy mit vielsagendem Blick auf Rosas Handy.

Ohne das Telefon aus der Hand zu legen, stand die Expertin auf, um Tracy zu umarmen.

»Wie geht es dir so?«, fuhr Tracy fort.

»Muss ja. Moment noch, ja? Die SMS ist an meinen Mann. Ich will mich vergewissern, dass er mit den Mädels nach dem Fußballtraining essen geht.«

»Tut mir leid, dass du das jetzt verpasst.«

Rosa schnaubte. »Wenn ich nicht hier säße und Bier tränke, müsste ich jetzt draußen im kalten Regen stehen und dürfte zusehen, wie andere einen Ball übers Spielfeld treten. Du hast mich vor einer üblen Erkältung bewahrt.« Sie drückte auf »senden« und legte ihr Handy auf den Tisch. »Okay, ich habe auf lautlos geschaltet. Der Klingelton hat frei und ich auch. Wie steht es bei dir?«

»Kann nicht klagen.« Tracy zog sich einen Stuhl näher an den Tisch und setzte sich.

»Wir haben uns ja eine Weile nicht gesehen«, meinte Rosa. »An sich ja ein gutes Zeichen!«

»Interessante Kneipe.« Tracy sah sich um und atmete tief ein. In der Luft lag das satte Aroma von Hopfen. »Gefällt mir.«

»Paul und ich waren früher öfter mal nach der Arbeit hier«, erklärte Rosa. »Da waren wir allerdings noch ON.«

»ON?«

»Ohne Nachwuchs. Wobei unsere Kinder ja der festen Meinung sind, ihre Eltern hätten noch nie eine Kneipe von innen gesehen. Neulich habe ich meiner Ältesten von dem Stones-Konzert erzählt, auf dem wir als Studenten waren, und ich weiß nicht, was mich mehr schockierte: dass sie nicht wusste, wer die Stones sind, oder dass sie mir nicht glaubt, dass ich je auf einem Konzert war. Irgendwann verrate ich ihr mal, dass ich mir früher die Haare lila gefärbt habe. Mal sehen, was sie dazu zu sagen hat.«

Eine Kellnerin näherte sich.

»Was trinkst du?«, wollte Tracy wissen.

»The Immortal – das Unsterbliche.«

»Das ist ein IPA, ein India Pale Ale«, erklärte die Kellnerin, die Tracy eine Bierkarte gereicht hatte. Es gab ein Loser Pale Ale, ein Mens Room Red, ein The Wise und einige mehr. »Ein bisschen Weisheit könnte ich gut gebrauchen«, meinte Tracy. »Aber wer sagt schon Nein zur Unsterblichkeit? The Immortal, bitte.«

»Sterblichkeit kriege ich auf der Arbeit mehr als genug zu sehen.« Rosa trank einen Schluck von ihrem Bier.

Wenn die Anforderungen ihrer Arbeit der zierlichen Frau je zusetzten, dann ließ sie sich das nicht anmerken. Tracy hatte jedenfalls noch nie etwas in der Richtung bemerkt. Rosa vereinte in ihrer kleinen Person eine Menge positiver Energie.

»Wie geht's deinem Freund?«, erkundigte sich Rosa.

»Gut. Nur ersticken wir momentan beide in Arbeit.«

»Ich sage: Scheiß auf die Arbeit!« Rosa schlug mit der flachen Hand so energisch auf den Tisch, dass die Frau am Nebentisch zusammenzuckte. »Die läuft uns nicht weg, irgendwer stirbt immer. Fahr mit ihm irgendwohin, wo es exotisch ist und ihr euch nur zu fragen braucht, welchen Cocktail ihr als Nächstes schlürft und wie oft ihr miteinander schlafen wollt.«

»Hört sich gut an!«, fand Tracy. »Hilf mir, diesen Fall zu lösen, und ich hätte vielleicht sogar Zeit.«

»Da kann ich dir helfen, glaube ich.« Rosa sah an Tracy vorbei zur Tür. »Ich warte bloß noch auf jemanden.«

Erst jetzt fiel Tracy der dritte Stuhl am Tisch auf. Sie erinnerte sich daran, dass Rosa gesagt hatte, sie werde eventuell jemanden um Hilfe bitten. »Wer kommt denn?«

»Glaub mir, er ist das Warten wert!« Rosa sah erneut zur Tür. »Da ist er auch schon!« Sie war aufgestanden, um einem attraktiven Mann zuzuwinken, der an der Tür stehen geblieben war und sich suchend umsah. Als er Rosa entdeckt hatte, winkte er zurück und ließ mit einem strahlenden Lächeln leuchtend weiße Zähne aufblitzen.

»Wenn ich bloß denke, wie gern ich ihm an den Po fassen würde«, flüsterte Rosa, »ist das schon sexuelle Belästigung?« Sie umarmte den Mann kurz, ehe sie ihn Tracy vorstellte. »Tracy, das ist Peter Gabriel.«

Gabriel sah aus wie einem Magazin für Herrenmode entsprungen: braun gebrannt mit angenehmen, nicht zu wuchtigen Muskeln, locker sitzende Khakihose, Hemd mit offenem Kragen, leichter Regenmantel. Das lockige braune Haar fiel ihm fast bis auf die Schultern, und von der Statur her schätzte ihn Tracy als Kletterer oder Extremskiläufer ein – auf jeden Fall hatte er sich einem Sport an frischer Luft verschrieben. Unter seinem linken Arm klemmte ein dünner Ordner.

»Peter Gabriel, wie der Sänger?«, fragte sie.

»Schreibt sich genauso.« Er drückte Tracy fest die Hand. »Sie haben einen guten Musikgeschmack.«

Gabriel legte den Ordner auf den Tisch, zog den Regenmantel aus und setzte sich.

»Peter und ich haben vor ungefähr einem halben Jahr an einem Fall gearbeitet, bei dem es auch um jemanden ging, der in einem Fluss ertrunken war«, erklärte Rosa. Draußen fuhr mit laut heulender Sirene ein Krankenwagen vorbei und sie musste warten, bis es wieder ruhig geworden war, ehe sie fortfahren konnte. »Ich dachte, er könnte uns bei diesem Fall auch behilflich sein.«

»Okay.« Tracy drehte sich so, dass sie den Mann direkt ansehen konnte. »Was genau machen Sie, Peter?«

Gabriel knöpfte sich die Manschetten auf und rollte die Ärmel hoch. Er trug am linken Handgelenk zwei farbenfrohe geknüpfte Armbänder, am rechten eine klobige Sportuhr. »Ich arbeite als Berater bei REI, dem Outdoor-Ausrüster, aber meine Leidenschaft galt schon immer Wildwasser-Rafting und Kanufahren.«

Die Kellnerin kehrte mit Tracys Bier zurück und strahlte Gabriel an, der rasch einen flüchtigen Blick auf die Bierkarte warf. »Okay – ein Loser Pale Ale! Wie oft kriegt man Gelegenheit, so ein Bier zu trinken?«

Tracy mochte ihn auf Anhieb.

»Peter leitet Wildwassertouren und war schon auf so gut wie jedem größeren Fluss unseres Staates unterwegs. Alle Schwierigkeitsgrade, von Stromschnellenklasse zwei bis Klasse fünf. Hab ich das richtig wiedergegeben?«

»Absolut! Mein Vater hat auf dem Rogue River in Oregon Rafting-Touren veranstaltet«, wandte er sich an Tracy. »Es war ein Familienunternehmen, meine Brüder, Schwestern und ich sind praktisch auf dem Fluss groß geworden. Meine erste Wildwassertour habe ich mit zwölf Jahren geleitet.«

»Vor ungefähr einem Jahr brauchte ich Hilfe bei einer Leiche, die aus dem Skykomish geborgen worden war«, sagte Rosa. Der Skykomish war ein Fluss im Nordosten von Seattle, ungefähr eine Stunde weit von der Stadt entfernt. »Wir sollten prüfen, ob der Fluss ihre Verletzungen verursacht hatte oder nicht. Irgendjemand riet mir damals, mich an Peter zu wenden.«

»Vielen Dank, dass Sie helfen wollen«, sagte Tracy. »Ich weiß das sehr zu schätzen.«

Rosa klappte ihren Ordner auf, Gabriel tat es ihr sofort nach. »Fangen wir mit der Feststellung des Coroners an, die Verstorbene habe noch gelebt, als sie ins Wasser fiel«, sagte Rosa. »Zuerst einmal: Ob jemand ertrunken ist, ist sehr schwer zu erkennen. Ganz einfach deswegen, weil es keine eindeutig definierten Anzeichen dafür gibt. Ein Mensch, der ertrinkt, stirbt eigentlich an Sauerstoffmangel. Nachdem ich das vorangestellt habe, stimme ich trotzdem dem Pathologen zu, der diesen Bericht verfasst hat, und sage, dass die von ihm untersuchte Person wahrscheinlich noch lebte, als sie auf dem Wasser aufkam.«

»Ach ja?« Tracy war sowohl überrascht als auch enttäuscht.

»Das sehe ich so, ja, wenn ich nach dem gehen will, was im Bericht steht. Der Coroner fand Wasser in den Luftwegen der Verstorbenen, einschließlich Lungen und Magen. Nun kann bei starker Strömung auch passiv Wasser in diese Organe dringen, in diesem Fall allerdings glaube ich, das Wasser drang ein, weil die betreffende Person noch atmete, als sie in den Fluss fiel. Sie atmete Wasser ein.«

»Warum?«

»Diese Frage soll Peter beantworten.«

»Im November misst man im White Salmon River eine Durchschnittstemperatur von ungefähr fünfeinhalb Grad«, erklärte Gabriel. »Jemand, der lebend in so kaltes Wasser fällt, schnappt nach Luft, das ist ein reiner Reflex. Ich weiß das, ich habe es selbst schon erlebt. Wer dabei weder Schwimmweste noch Neoprenanzug trägt, geht unter, schnappt nach Luft und atmet große Mengen Wasser ein.«

»Genau das, was wir hier haben«, ergänzte Rosa. »Auch die Prellungen am Körper der Verstorbenen sind ein Hinweis darauf, dass sie lebte, als sie ins Wasser fiel – genauer gesagt, dass ihr Blut an den betroffenen Stellen immer noch zirkulierte. Bei Prellungen, die vor Eintritt des Todes entstehen, rechnet man mit Schwellungen, Hautverletzungen, Blutgerinnung dort, wo der Schlag traf, und Farbveränderungen der Haut durch Eindringen von Blut ins Gewebe. Genau das hat der Coroner in seinem Bericht beschrieben und durch Fotos belegt. Bei Prellungen, die nach dem Tod zugefügt werden, findet man das alles nicht.«

Tracy lehnte sich zurück. Sie fühlte sich, als hätte man ihr den Wind aus den Segeln genommen. Dabei wusste sie doch genauso gut wie jeder andere in ihrem Metier, dass die meisten Fälle genau das waren, was sie auch zu sein schienen. Echt kniffligen Fällen begegnete man wesentlich seltener als solchen, bei denen die Lösung relativ schnell klar auf der Hand lag. »Dann hat sie also Selbstmord begangen.«

Rosa wollte gerade antworten, wurde aber von der Kellnerin unterbrochen, die Gabriels Bier brachte. »Darf es sonst noch etwas sein?«

»Danke, wir haben alles«, antwortete Tracy.

Rosa wartete, bis die Bedienung gegangen war, bevor sie einen Schluck Bier trank. »Ich glaube nicht, dass sie Selbstmord begangen hat«, verkündete sie gelassen, indem sie ihr Glas wieder auf dem Tisch abstellte.

»Was?« Tracy setzte sich auf. »Warum nicht?«

»Drei Punkte.« Rosa hielt einen Finger hoch. »Erstens: das Muster der Prellungen. Zweitens …« Sie hielt einen weiteren Finger hoch. »Art der aufgelisteten Verletzungen. Und drittens: Dynamik des Flusses. Ich lasse Peter mit der Flussdynamik anfangen.«

Gabriel überreichte Tracy und Rosa je ein Dokument.

»Beginnen wir mit der Terminologie. Man misst die Strömung eines Flusses in Kubikmetern pro Sekunde. Diese Strömung variiert je nach Fluss, Monat und jahreszeitlich bedingten Faktoren wie zum Beispiel Tiefe der Schneeablagerungen in den Bergen im betreffenden Jahr sowie Häufigkeit und Schwere der Regenfälle im Frühjahr. Zum Beispiel. Das Papier, das ich ihnen gab, stammt von der Webseite des geologischen Dienstes der USA. Dort beobachtet man die Strömung von so gut wie sämtlichen Flüssen im Land. Die Klimabehörde stellt ähnliche Informationen zur Verfügung – historische Daten in Bezug auf Dinge wie Niederschlagsmenge, Temperatur und Fließgeschwindigkeit. Für uns, also für Leute, die auf den Flüssen unterwegs sind und dort Touren anbieten, ist das die Bibel. Für Angler auch. Leute, die jeden Tag mit dem Auto zur Arbeit fahren, checken vor der Abfahrt nach Möglichkeit die Aufzeichnungen der Verkehrsüberwachungskameras, um den Verkehrsfluss auf dem Hin- oder Heimweg einschätzen zu können. Wir und die Angler schauen uns die Strömung an.«

»Wie lange werden diese Daten schon aufgezeichnet?« Tracy versuchte, das vorliegende Papier auch ohne fremde Hilfe zu entziffern.

»Ungefähr achtzig Jahre«, erklärte Gabriel. »Die Leiche, um die es Ihnen geht, wurde im November 1976 gefunden. November und Februar sind in meinem Metier so eine Art Joker, in diesen Monaten lässt sich schwer vorhersehen, wie die Strömung sein wird. An einem Tag erreicht die Fließgeschwindigkeit vielleicht ihren absoluten Höhepunkt, Tage später kann sie schon wieder am absoluten Tiefpunkt angelangt sein. Wir bezeichnen diese Monate als Übergangsmonate. Im September und Oktober steht der Wasserpegel traditionell am niedrigsten, weil das Wasser, das nach der Schneeschmelze im Frühling und Sommer aus den Bergen strömte, bis dahin meistens verebbt ist. Wenn wir allerdings besonders lange eine hohe Schneedecke hatten, kann ein Fluss noch bis in den Dezember hinein viel Wasser führen. Wenn wir eine magere Schneedecke hatten, wie in den beiden vergangenen Jahren, oder wenn der Altweibersommer bis in den Oktober hinein für Wärme sorgte, dann ist der Wasserstand niedrig. Aber selbst dann: Wenn es früh im November zu starken Regenfällen kommt oder erster Schnee fällt, der in den Bergausläufern gleich wieder schmilzt, kann der Wasserfluss innerhalb weniger Tage von extrem niedrig auf extrem hoch schnellen.«

»Okay. Damit sagen Sie doch, man muss sich eigentlich jeden Tag einzeln ansehen«, sagte Tracy. »Aber wenn Sie von einer hohen Fließgeschwindigkeit sprechen, was stelle ich mir darunter vor? Wie schnell ist das? Können Sie das so ausdrücken, dass auch ein Laie es versteht?«

»Im November?«

»Genau.«

»Im November kann die Fließgeschwindigkeit im White Salmon Spitzenwerte von zweiundsechzig Kubikmetern pro Sekunde erreichen, das entspricht Werten von zwölf bis neunzehn Stundenkilometern. Klingt nicht nach viel, wenn man an Autos denkt, doch für einen Fluss ist das sehr schnell und das Wasser ist dann sehr hoch«, erläuterte Gabriel. »Wenn das Wasser so hochsteht, sind die Felsen im Fluss bedeckt. Jemand, der flussabwärts unterwegs ist, kann sein Floß einfach in die richtige Fahrtrichtung bringen und es über die hohen Wellen steuern.«

»Ein Körper im Wasser würde die Felsen genauso passieren?«

»Ein Körper mit Schwimmweste ja, der würde über die Felsen getragen. Ein Körper ohne Schwimmweste oder Neoprenanzug würde wahrscheinlich nach unten gezogen werden, besonders, wenn die fragliche Person bereits verletzt ist oder keine Erfahrung damit hat, wie man in solchen Situationen überleben kann. Ich habe das selbst schon mitgemacht, dabei trage ich immer Schwimmweste und Helm. Und ich bin erfahren. Es macht keinen Spaß. Man sieht die Felsen nicht auf sich zukommen, also hat man auch keine Zeit, sich auf einen Aufprall einzustellen, und keine Gelegenheit, wenigstens zu versuchen, ihm zu entkommen. Es ist, als würde einem jemand unversehens mit einem Baseballschläger einen überziehen. Ein äußerst qualvoller Schmerz.«

Tracy sah Rosa an. »Stark genug also, um Quetschungen von der Art zu verursachen, die im Bericht des Coroners aufgelistet sind?«

»Vielleicht.« Rosa nickte Gabriel zu, er möge fortfahren, während sie selbst einen Schluck Bier trank.

»Führt der Fluss weniger Wasser, beträgt die Fließgeschwindigkeit eher vierzehn bis siebzehn Kubikmeter pro Sekunde, also etwa acht oder neun Stundenkilometer. Der Durchfluss ist nicht so intensiv, dafür steht aber auch das Wasser nicht so hoch und viel mehr exponierte Felsen und Klippen müssen umschifft werden. In einem Fluss mit niedriger Strömung erfährt ein Körper nicht mehr so wuchtige Stöße, schlägt dafür aber öfter an Steine und Felsbrocken. Mehr so ein Ta-ta-ta-ta ...«, Gabriel klopfte den Takt auf die Tischplatte, »statt eines Bäng!« Das Bäng wurde von einem kräftigen Schlag mit der flachen Hand begleitet, der Tracy hastig nach ihrem Bierglas greifen ließ.

»Tut mir leid!«, entschuldigte sich Gabriel.

»Kein Problem.« Tracy starrte weiterhin auf das Papier, das Gabriel ihr gegeben hatte, auf dem auch ein Diagramm zu sehen war. »Helfen Sie mir hier noch einmal weiter, bitte. Auf dem Diagramm sieht es so aus, als hätte der Durchfluss im White Salmon River in der ersten Novemberwoche 1976 ein wenig über vierzehn Kubikmeter betragen. Sehe ich das richtig?«

»Genau!« Gabriel zückte einen Stift und markierte die entsprechende Stelle.

Jetzt war Rosa wieder an der Reihe. »Ein paar der im Bericht des Coroners erwähnten Verletzungen passen zu dem, was man erwarten würde, wenn ein Körper von einem Fluss mit einer Fließgeschwindigkeit von sechs bis acht Stundenkilometern mitgeschleift wurde – Prellungen, Abschürfungen, Risse und Wunden.«

»Aber nicht alle aufgelisteten Verletzungen passen zu dem Szenario?«, fragte Tracy.

»Meiner Meinung nach hat dein Opfer etwas abbekommen, was wir ›Quetschverletzungen‹ nennen. Das sind Verletzungen, die eher zu einer stumpfen Gewalteinwirkung passen. Solche Verletzungen würde ich nach einem Zusammenprall bei hoher Geschwindigkeit erwarten.«

»Wenn man zum Beispiel von einem Fluss mit hoher Fließgeschwindigkeit mitgerissen wurde?«

»Nicht unbedingt«, meinte Rosa, »aber denkbar. Wenn die Verstorbene gegen einen Felsbrocken gekracht ist und von einem Baumstamm oder anderem Geröll zerquetscht wurde, dann ja.«

»Aber wir hatten keine reißende Strömung«, sagte Tracy mit Blick auf Gabriel.

»Dem Bericht des geologischen Instituts zufolge nicht«, bestätigte der.

»Wie hat sie sich die Verletzungen denn dann zugezogen?«, wollte Tracy von Rosa wissen.

Rosa nahm sich ihre Kopie des Berichtes des Coroners zur Hand, die sie sehr gründlich durchgearbeitet hatte, wie die Randnotizen, Unterstreichungen und durch Pfeile markierten Verweise zeigten. »Das gebrochene Becken, die beidseitigen Rippenbrüche, die gebrochenen Schambeinäste und auch das angeknackste Brustbein sind Verletzungen, wie ich sie bei Leuten gesehen habe, die von einem schnell fahrenden Auto angefahren wurden.«

Tracys Puls wurde schneller. Sie dachte an Tommy Moore und die Schäden an dessen Pick-up. »Sie wurde überfahren!«, sagte sie, denn irgendwer musste das jetzt mal laut aussprechen.

»Was uns zum dritten Punkt bringt: das Muster der Blutergüsse.« Rosa gab Tracy eins der Fotos aus dem Bericht des Coroners. Tracy brauchte allerdings einen Moment, bis sie erkannte, dass sie hier die Prellungen an Kimi Kanaskets Rücken und rechter Schulter vor sich hatte. Gabriel nahm sich sein Bier und wandte den Blick ab.

»Intradermale Blutergüsse entstehen, wenn sich im subepidermalen Bereich Blut sammelt«, erklärte Rosa. »Dabei tauchen Muster auf, wenn sich die Haut verzieht, zum Beispiel, weil sie zwischen die Rillen und Kanten im Profil eines Autoreifens gedrückt wird.« Rosa zog mit dem Finger einige dieser Verletzungen nach. »Je ausgeprägter die Rillen und Kanten sind, desto leichter fällt es, die blauen Flecken als Muster wahrzunehmen. Es ist höchst unwahrscheinlich, dass ein Krankenhauspathologe im Jahre 1976 das erkannt hätte, aber heute sind wir viel besser mit solchen Mustern vertraut. Meiner Meinung nach haben wir es hier mit dem klassischen Beispiel für ein Muster an blauen Flecken zu tun, die durch einen Reifen entstanden sind. Mike Melton soll einen Blick darauf werfen, vielleicht kann er das Muster einem bestimmten Reifenprofil zuordnen, das im Kriminallabor bekannt ist.«

Genau das hatte Tracy auch gerade vorschlagen wollen. »Okay«, sagte sie. »Was sonst noch?«

»Die Platzwunden und Abschürfungen an Brust und Gesicht deuten darauf hin, dass die Verstorbene durch den Aufprall getroffen, heruntergedrückt und nach vorn geschoben wurde.«

»Moment!«, warf Tracy ein. »Meinst du, sie wurde umgeworfen und mitgeschleift? Oder lag sie bereits am Boden?«

»Wäre sie getroffen und mitgeschleift worden, sagen wir

über Straßenbelag, dann würde ich ein stärkeres Ausmaß an Abschürfungen erwarten und auch Knochen, von denen Haut und Muskeln abgerissen wurden, solche Verletzungen.«

Tracy dachte an die Lichtung. »Was, wenn sie auf Gras und Erde stand, als der Aufprall sie traf?«

»Vielleicht. Ich halte es allerdings aufgrund der Art der Verletzungen und der Anordnung der schwersten Prellungen und Quetschungen für viel wahrscheinlicher, dass sie bereits am Boden lag.«

Tracy erinnerte sich an ihren Besuch auf der Lichtung, bei dem Wetterbedingungen und Temperatur laut Buzz Almonds Bericht ähnlich gewesen waren wie in der Nacht, in der Kimi verschwand. Der Boden war weich gewesen, weil es vor nicht allzu langer Zeit geregnet hatte, und der Abstieg zur Lichtung hinunter war wegen des Temperatursturzes und der Feuchtigkeit des Bodens rutschig gewesen. Tracy wäre beim Abstieg um ein Haar hingefallen.

»Das heißt doch dann ... was?« Tracy beugte sich aufgeregt vor. »Sie lag mit dem Gesicht nach unten auf dem Boden und ein Wagen fuhr über sie hinweg?«

»Ich würde sagen, sie lag auf dem Boden«, bestätigte Rosa. »Und sie versuchte, sich zusammenzurollen und den Kopf zu schützen, das wäre der natürliche Instinkt. Deswegen befinden sich die Verletzungen auf der rechten Rückenseite und der rechten Schulter.«

»Dann stammen die blauen Flecke auf den Unterarmen nicht notwendigerweise von Zusammenstößen mit Steinen und Felsbrocken. Sie könnten vom Zusammenprall mit einem Auto stammen.«

»Wäre möglich«, sagte Rosa.

Tracy setzte sich wieder auf. »Wie sicher bist du dir da?«

Rosa dachte einen Moment lang nach. »Dass sie von einem Auto getroffen wurde? Neunzig bis fünfundneunzig Prozent.

Dass man alle Verletzungen diesem Auto und nicht dem Fluss zuschreiben kann? Nicht so sicher.«

In Tracys Kopf tummelten sich immer mehr Fragen. »Dann sagst du, dass sie überfahren wurde, aber noch lebte, als sie ins Wasser fiel?«

»Richtig.«

»Hätte sie es mit diesen Verletzungen aus eigener Kraft bis zum Fluss geschafft?«

»Das halte ich nicht für wahrscheinlich«, meinte Rosa. »Allerdings weiß ich nicht, von was für einer Entfernung wir hier reden.«

»Von einer beträchtlichen.«

»Nicht sehr wahrscheinlich. Eigentlich würde ich sogar sagen unmöglich.«

»Dann kann sie es also nur bis zum Fluss geschafft haben, wenn jemand sie dorthin trug.«

»Das wäre meine Theorie dazu.« Rosa wandte sich an Gabriel. »Sehen Sie das auch so?«

»Ja. Und da wäre noch eine Sache: Wenn sie in der Lage gewesen wäre, aus eigener Kraft bis zum Fluss zu kommen, dann hätte sie meiner Meinung nach auch noch Kraft genug haben müssen, sich zu schützen, als die Strömung sie mitriss, und ich sehe hier nicht, dass das der Fall war. Jedenfalls ergibt es sich nicht aus dem, was im Bericht steht.«

»Wie meinen Sie das?«, hakte Tracy nach. »Woran würden Sie ein solches Verhalten erkennen?«

»An dem, worüber wir vorhin sprachen: Hautabschürfungen und Kratzer an Unterarmen und Händen, wie sie entstehen, wenn man versucht, seinen Kopf zu schützen«, führte Gabriel aus. »Außerdem steht im Bericht, dass sie noch beide Schuhe trug und auch den Mantel anhatte.«

»Warum ist das wichtig?«

»Wenn eine Leiche aus dem Wasser geborgen wird, der

die Schuhe und andere Kleidungsstücke fehlen, dann ist das in der Regel ein Hinweis darauf, dass die Person um ihr Leben kämpfte und noch bei klarem Verstand war. In so einer Lage versucht der Mensch als Erstes, alle Kleidung loszuwerden, die ihn schwerer werden lässt.«

»Angenommen, sie wurde von einem Auto angefahren«, wandte sich Tracy an Rosa, »waren die Verletzungen deiner Meinung nach lebensbedrohlich? Wäre sie daran gestorben?«

»Wäre wohl sehr darauf angekommen, wie schnell sie Hilfe bekommen hätte. Und denk dran, wir reden hier vom Jahr 1976 und einer ziemlich entlegenen Gegend, die kein Traumazentrum gehabt haben dürfte«, antwortete Rosa. »Je länger sie dort lag, desto unwahrscheinlicher wurde es, dass sie überlebt hätte. Aber wenn du mich fragst, ob sie es geschafft haben könnte, wenn sie sofort in medizinische Behandlung gekommen wäre, dann würde ich sagen, ja. Ja, ich glaube, sie hätte es überlebt.«

19

Als Rosa und Gabriel sich verabschiedet hatten, blieb Tracy noch eine Weile am Tisch sitzen. Sie fühlte sich wie benommen, in einer Nebelwolke, die nichts mit dem Bier zu tun hatte. Sie hatte das eine Glas noch nicht einmal ausgetrunken. Sie wollte einen Moment allein sein und sich alles, was die beiden Experten ihr erklärt hatten, noch einmal durch den Kopf gehen lassen. Und sie musste die neuen Erkenntnisse mit dem abgleichen, was sie sonst noch wusste. Kimi Kanasket war also überfahren worden, höchstwahrscheinlich auf dieser Lichtung im Wald. Deswegen war der Boden dort unten aufgewühlt gewesen. Buzz Almond hatte so etwas vermutet; daher die vielen Fotos, die er geschossen hatte. Tracy hätte sich am liebsten geohrfeigt: Warum hatte sie die Fotos nicht kopiert oder zumindest die Negative einbehalten, ehe sie den ganzen Packen an Kaylee Wright weitergab? Was, wenn Kaylee sie nun verloren hatte?

Tracy erinnerte sich an mindestens drei Aufnahmen von den Schäden an Tommy Moores weißem Pick-up, wusste aber nicht mehr, ob auf diesen Fotos auch die Reifen zu erkennen gewesen waren oder nur die Schäden vorn an Kühlerhaube und Kotflügel.

Ein Anruf bei Wright wurde gleich an deren Voicemail

weitergeleitet. Tracy hinterließ eine Nachricht und versuchte es beim King County Sheriffs Office, musste sich allerdings einen Finger ins Ohr stecken, um zu verstehen, was man ihr dort in der Zentrale erklärte, denn im Elysian ging es zunehmend lebhaft zu.

»Können Sie das wiederholen?«, bat sie. »Wo ist sie?«

»Tacoma«, erklärte die Frau am Telefon. »Sie arbeitet an einem Vermisstenfall.«

»Dann ist sie schon aus Deutschland zurück?«

»Sieht ganz danach aus.«

Tracy hinterließ auch auf dem Apparat in Wrights Büro eine Nachricht. Jetzt würde sie sich gedulden müssen, bis Wright zurückrief, dabei gehörte Geduld nicht unbedingt zu ihren Stärken.

Sie hatte gerade die von Gabriel und Rosa zurückgelassenen Unterlagen zusammengesucht und ihre Handtasche aufgesammelt, um zu gehen, als ihr Handy klingelte. Das konnte nur der erwartete Rückruf sein. Leider sprach die Nummer auf dem Display eine andere Sprache und in Tracys Magen machte sich die ungemütliche Erkenntnis breit, nicht dort zu sein, wo sie eigentlich hätte sein sollen. Sie hatte Dan komplett vergessen.

»Dan!«, meldete sie sich.

»Ich bin bei dir zu Hause. Wo bist du?«

»Ich wurde aufgehalten! Tut mir so leid! Aber jetzt bin ich unterwegs.«

»Ich kann dich kaum verstehen.«

»Ich war bis eben in einer Besprechung.« Tracy bahnte sich hastig einen Weg durch die angeregte Menge. Sie wollte dem Lärm so schnell wie möglich entkommen.

»So spät noch? Hört sich an, als wärst du in einer Kneipe.«

»Wir sind gerade fertig. Ich erkläre dir alles, wenn ich da bin. Bin schon unterwegs!«

»Soll ich lieber gleich wieder abhauen?«

»Nein! Ich bin unterwegs. Geh schon ins Haus, ja?« Tracy eilte zu ihrem Pick-up.

Inzwischen nieselte es und auf dem Freeway wurde der Verkehr wegen einer Baustelle immer dichter. Er blieb auch auf der Interstate 5 zähflüssig, die ganze Strecke bis zur Abfahrt zur West Seattle Bridge. Tracy überlegte fieberhaft, wo sie jetzt noch etwas einkaufen könnte, aber so schnell wollte ihr nichts einfallen und es wurde ja auch immer später. Dans Geduld wurde inzwischen schon so lange auf die Probe gestellt, wahrscheinlich war es besser, ihn nicht noch länger warten zu lassen. Eine mentale Bestandsaufnahme ihres Kühlschrankinhalts weckte wenig Hoffnung: Milch, Hüttenkäse, Joghurt, die üblichen Flaschen mit Salatsaucen und einige Pappcontainer mit Resten vom Lieferservice.

Als sie in ihre Straße einbog, war aus dem leichten Nieseln richtiger Regen geworden. Dans Tahoe parkte am Bordstein vor ihrem Haus, Dan saß immer noch hinter dem Steuer. Tracy fuhr den Pick-up in die Garage und eilte wieder nach draußen, wobei sie sich die Jacke über den Kopf hielt, um nicht völlig durchnässt zu werden. Dan ließ sein Fenster runter.

»Warum hockst du im Auto?«

»Ich habe dein Tor nicht aufgekriegt, Zahlenkombination stimmt nicht.« Er klang verärgert.

Schon wieder überkam Tracy das flaue Gefühl, etwas Wichtiges vergessen zu haben. »Das tut mir so leid! Ich habe es wieder geändert!« Seit Tracy in ihrem eigenen Haus von einem Stalker angegriffen worden war, änderte sie ihre Zahlenkombination andauernd, es grenzte schon an Besessenheit.

»Vielleicht sollte ich einfach nach Cedar Grove fahren«, sagte Dan. »Nachsehen, ob es Sherlock und Rex gut geht. Ich hatte dem Hundesitter gesagt, ich wäre heute Abend zu Hause.«

»Tu das nicht, bitte.«

»Wir hatten beide eine lange, harte Woche, vielleicht ist es heute einfach kein guter Abend.«

»Ist es wohl, Dan! Ich wollte gerade gehen, als Kelly Rosa mich wegen dieser Sache in Stoneridge anrief. Ich habe mich mit ihr auf ein Bier getroffen, um den Fall zu besprechen. Das tut mir so leid, ich …«

»… habe es vergessen«, ergänzte Dan den Satz.

»Es war echt verrückt.« Tracy warf einen Blick gen Himmel. Wasser rann ihr den Rücken hinunter. »Könnten wir bitte reingehen, wo es trocken ist?«

Dan fuhr das Fenster hoch und folgte ihr durch die Garage in die Küche, allerdings ohne seinen Koffer.

Drinnen wurden sie lautstark von Roger begrüßt. »Ich gebe ihm schnell was, dann hält er die Klappe.« Tracy holte eine Dose Katzenfutter aus dem Küchenschrank. »Wie lief es mit den eidesstattlichen Aussagen?«, erkundigte sie sich, während sie sich den Kater vom Leibe hielt, bis sie ein paar Löffel Futter auf ein Tellerchen befördert hatte.

Dan zuckte die Achseln. »Mit manchen ganz okay, mit anderen weniger. Der Firmenchef sagt nicht die Wahrheit, ich habe ihn ein paarmal beim Lügen ertappt. Leider muss ich nächste Woche noch mal hin, darauf freue ich mich ganz ehrlich überhaupt nicht.«

»Dieser Mordfall in Greenwood entwickelt sich ziemlich verrückt«, sagte Tracy. »Der Sohn kam angelaufen, allein, und hat die Tat gestanden.«

»Ich dachte, die Mutter hätte gestanden.«

»Hat sie auch.«

»Wow. Und was jetzt?«

»Jetzt gehen wir alles gründlich durch.«

»Wenn keiner der beiden widerruft, habt ihr begründeten Zweifel, egal, was.«

»Zu dem Schluss ist die Staatsanwaltschaft auch gekommen.« Tracy fahndete im Schrank nach Nudeln, hatte bisher aber noch keine entdecken können.

»Und was wollte Kelly Rosa?«

Tracy steckte jetzt hinter der Schrankklappe. »Sie glaubt nicht, dass das Mädchen in Stoneridge Selbstmord begangen hat. Sie glaubt, jemand hat sie mit einem Wagen überfahren und sie dann in den Fluss geworfen.«

Dan, der bisher in der Tür gestanden hatte, kam ganz in die Küche. »Mein Gott! Echt?«

»Ich weiß. Kannst du dir vorstellen, dass jemand so etwas tut?«

Dan lehnte sich kopfschüttelnd an den Tresen. »Im Vergleich zu deiner Woche war meine ja der reinste Spaziergang! Kann Rosa das beweisen?«

»Sie kann beweisen, dass das Mädchen überfahren wurde und noch gelebt hat, als es ins Wasser fiel.«

»Sie lebte noch?« Dan wusste sofort, was das hieß, er dachte eben wie ein Anwalt. »Hätte sie überlebt?«

»Rosa hält das für möglich, allerdings wären eine Menge Fakten zu berücksichtigen.« Tracy gab die Suche auf und kam zu Dan. »Du hast mir gefehlt.« Sie schlang ihm die Arme um die Taille und küsste ihn auf die Lippen. »Sollen wir uns Essen vom Thai kommen lassen?«

»So wie ich den Inhalt deines Kühlschranks einschätze, wird uns nichts anderes übrig bleiben.« Dans Lächeln fiel immer noch ein wenig schmallippig aus.

»Tut mir echt leid!«, stöhnte Tracy. »Tut mir echt leid, ich wollte früher zu Hause sein.«

»Mach dir deswegen keinen Kopf«, sagte Dan. »Thai ist völlig in Ordnung.«

Tracy trat zurück und lehnte sich an den Tresen. Sie war plötzlich sehr müde und emotional aufgewühlt. Egal, welche Mühe sie sich gab, der Fall Kimi Kanasket ließ sie immer wieder an Sarah denken. »Ich weiß, aber ich wollte für dich kochen!«

»Es ist wirklich in Ordnung!«, versicherte Dan.

In Tracys Augen sammelten sich Tränen.

Sofort war Dan bei ihr. »Hey, was ist los?«

Tracy dachte an Angela und Tim Collins und an das, was Kins über sich und Shannah und ihre Beziehung gesagt hatte. Es hatte eine Zeit gegeben, da waren diese Paare wie Dan und sie gewesen, hatten sich bei jedem Wiedersehen vor Freude fast trunken gefühlt. »Werden wir je Zeit füreinander haben?«, fragte sie leise. »Ich weiß, es muss dir so vorkommen, als kämst du bei mir immer nur unter ferner liefen.«

»Ich bin schon groß, Tracy. Ich verstehe, was einem ein Job abverlangen kann, wenn man nicht nach der Stechuhr arbeitet.«

Sie seufzte. »Aber letztes Wochenende warst du frustriert.«

»Enttäuscht!«, stellte er richtig. »Ich habe es dir doch erklärt. Meine Erwartungen waren vielleicht nicht ganz realistisch. So ist dein Job eben, meiner ist es ja auch manchmal. Ich verstehe das, wirklich. Konflikte wird es da immer geben.«

»Und was machen wir damit?«

»Im Moment glaube ich nicht, dass wir besonders viel machen können.«

»Das klingt nicht gerade optimistisch.«

»Pass auf: Wenn einer von uns an den Punkt kommt, wo es nicht mehr geht, dann müssen wir ehrlich sein und es den anderen wissen lassen. Wir waren Freunde, Tracy. Wir sollten immer Freunde bleiben.«

»Das willst du also?«

»Nein, will ich nicht. Willst du das denn?«

»Nein.«

Er legte ihr die Hände auf die Hüften. »Ich war zwölf Jahre lang verheiratet. Zusammen im selben Haus zu leben, bedeutet nicht automatisch, mit jemandem zusammen zu sein. Meine Frau und ich teilten dasselbe Bett, aber wir fanden jede Menge Ausreden, nicht zusammen sein zu müssen. Irgendwann hatte ich dann Gründe, immer mehr zu arbeiten, und sie hatte Gründe für eine Affäre. Lass uns einen Deal machen: Wenn wir zusammen sind, dann wissen wir das zu schätzen und nutzen die Zeit maximal.«

Tracy schaute zu ihm hoch. »Ich kann mir vorstellen, wie unterschätzt du dich in letzter Zeit gefühlt hast!«

Dan lächelte. »Wie gesagt: Ich bin schon groß, ich sag Bescheid, wenn es zu schlimm wird. Lass uns etwas zu essen bestellen, ich komme um vor Hunger.«

Tracy lehnte sich an ihn. »Wir haben mindestens zwanzig Minuten, bis das Essen kommt. Soll ich dir zeigen, wie sehr ich dich schätze?«

»Zwanzig Minuten? Du sprichst mit einem Mann, dem schon mal die Zeit gereicht hat, in der die Nudeln gar wurden!«

»Ich erinnere mich daran, ich war dabei. Darauf muss man jetzt aber nicht unbedingt stolz sein.«

»Damals warst du stolz drauf.«

»Trotzdem: Lass uns diesmal die ganzen zwanzig Minuten nutzen.«

20

Nachts hatte es in Strömen geregnet. Dan und Tracy hatten es sich im Bett gemütlich gemacht, das angelieferte thailändische Essen gleich aus den Pappschachteln gegessen und dem Regen gelauscht, wie er über die Dachziegel rauschte. Regentropfen prasselten auf Dachrinnen, was sich anhörte wie ein Spielautomat, der einen Gewinn ausspucken muss, und in den Fallrohren gurgelte das Wasser. Gegen Morgen hatte der Regen nachgelassen, dafür lag jetzt eine erstickende graue Wolkendecke über der Stadt.

Dan verabschiedete sich am Gartentor mit einem Kuss von Tracy. »Kann ich dich wirklich nicht überreden, mit nach Cedar Grove zu kommen und mir beizustehen, wenn zwei riesige, begeisterte Hunde über mich herfallen?«

»Ich würde die beiden schon gern mal wiedersehen«, sagte Tracy. »Aber so wie es aussieht, bist du doch heute den ganzen Tag mit Vorbereitungen für die nächste Woche beschäftigt. Und ich kann die Zeit gut gebrauchen, um einige Dinge noch mal durchzugehen. Hoffentlich kann ich mich auch mit der Fährtenleserin treffen.«

»Feigling!«, spottete Dan. »Lässt mich allein zu wilden Tieren fahren!«

Nachdem Dan gegangen war, räumte Tracy ihr Wohnzimmer auf. Sie wollte gerade unter die Dusche springen, als ihr Handy klingelte.

»Tut mir leid, dass ich deine Anrufe gestern alle verpasst habe.« Kaylee Wright klang erschöpft. »Wir waren in Tacoma und haben versucht, eine Leiche zu finden.«

»Das hörte ich. Und der Trip nach Deutschland?«

»Wurde abgekürzt, als Gerüchte über diese Leiche auftauchten. Sie halten einen Zusammenhang zu Ridgway für möglich.« Damit war Gary Ridgway, der Green-River-Mörder, gemeint. »Ich musste den Nachtflug nach Hause nehmen.«

»Und? Habt ihr die Leiche finden können?«

»Nein. Es wurde zu dunkel und das Wetter spielte nicht mit. Ich warte gerade auf die Nachricht, ob wir heute noch einmal rausgehen.«

»Das Böse schläft eben nie.«

»Wem sagst du das? Ich leide immer noch unter dem Jetlag, mir war gestern echt nicht danach, stundenlang im Regen durch den Wald zu schleichen.«

»Ich möchte dir auf keinen Fall noch mehr Arbeit aufbürden, ich würde mir nur gern noch mal die Fotos ansehen, die ich dir gegeben habe. Wir brauchen uns nicht extra zu treffen, sag mir einfach, wo sie sind.«

»Sie sind hier bei mir zu Hause. Ich hatte gehofft, den Bericht am Wochenende fertig schreiben zu können, aber das schaffe ich jetzt vielleicht nicht mehr.«

»Du hast sie dir schon angesehen?« Tracy war fest davon ausgegangen, dass Wright noch gar nicht angefangen hatte.

»Ich hatte sie mit im Flieger nach Deutschland. Sagte ich nicht, dass ich Herausforderungen liebe? Nach unserer Unterhaltung war mein Interesse geweckt, ein guter Anfang ist schon mal gemacht. Etwas Offizielles habe ich allerdings noch nicht verfasst.«

»Wann steht denn fest, ob du heute noch nach Tacoma musst?«

»Sie wollen mir bis um zehn Uhr Bescheid gesagt haben. Wir könnten uns auf reichlich Kaffee treffen, während ich auf Nachricht warte. Magst du in meine Gegend kommen?«

* * *

Die beiden Frauen trafen sich in einem Coffeeshop in Renton, in der Nähe von Wrights Wohnung. Genau wie Kelly Rosa, die im Prinzip für das King County arbeitete, deren einmalige Qualifikationen und Kenntnisse jedoch jedem County im Staat zur Verfügung standen, war auch Wright als Expertin sehr gefragt. Sie arbeitete jetzt seit fast dreißig Jahren für das King County Sheriffs Office, wo sie unter anderem als Detective in der Spurensicherung und auch als Mordermittlerin tätig gewesen war. Richtig berühmt war sie als erste zertifizierte Fährtenleserin des Countys geworden. Seitdem hatte sie die erlernten Fertigkeiten mit jedem Jahr noch weiter perfektioniert. Wright sah mehr als die Linse einer Kamera, viel mehr sogar, darin waren sich sämtliche Detectives einig, die je ihre Dienste in Anspruch genommen hatten. Sie nahm Details wahr, an denen selbst die erfahrensten Ermittler vorbeigingen, ohne sie zu bemerken.

Der Pit Stop zeigte sich so, wie man es von einem Etablissement seines Namens erwarten durfte: Wie eine Autowerkstatt, die ein einfallsreicher Mensch mit mehr Fantasie als Tracy in einen Coffeeshop verwandelt hatte. Man hatte den Betonboden rostbraun gestrichen und die Wände mit Blechschildern und Postern geschmückt, wobei die Schilder Autoersatzteile präsentierten, die Poster dagegen spärlich bekleidete Damen, die sich auf Motorhauben und Motorrädern räkelten. Die Hebebühnen waren mithilfe von Holzplanken in Tische und einen Tresen für den Barista verwandelt worden, überall duftete es nach Kaffee.

Tracy sah Wright vorn in der Ecke sitzen, neben einem der drei Rolltore der ehemaligen Werkstatt. Dämmerlicht fiel durch die Glasfenster oben in den Türen, denn draußen hatte sich der Himmel inzwischen dunkelgrau, fast schwarz verfärbt, ein relativ sicheres Zeichen dafür, dass es bald wieder regnen würde. Über dem Tisch, auf dem Wright Buzz Almonds Fotos zu mehreren Stapeln geordnet ausgelegt hatte, baumelte an einem nackten Kabel ein kegelförmiger Lampenschirm. Wright selbst stand mit einem gelben Notizblock bewaffnet daneben. Tracy deutete mit dem Kinn auf den halb vollen Porzellanbecher neben den Fotos, der dem Schaum nach zu urteilen Reste eines Caffè Latte enthielt. »Soll ich dir einen Frischen holen?«, fragte sie.

»Erst mal nicht, danke. Später muss ich mir das Zeug wahrscheinlich noch intravenös verabreichen.«

Tracy setzte sich Wright gegenüber auf einen Barhocker und musterte bewundernd die Stapel mit den Fotos. »Du scheinst schon eine Menge Arbeit investiert zu haben.«

»Wie gesagt: Du hast meine Neugier geweckt und jetzt will ich herausfinden, ob ich auf der richtigen Spur bin. Für dich habe ich ein paar Sachen aufgeschrieben und ausgedruckt, damit du folgen kannst, wenn ich dir jetzt gleich einen Vortrag halte.« Sie reichte Tracy eine Kopie ihres Berichtsentwurfs. »Wer diese Fotos gemacht hat, hatte entweder ein gewisses Maß an Polizeiausbildung genossen oder besaß besonders gut entwickelte Instinkte.«

Als Tracy Wright die Fotos überließ, hatte sie keine Ahnung gehabt, was darauf zu sehen war. Mit Ausnahme der auf den ersten Blick erkennbaren Dinge natürlich. Jetzt, nach ihrem Gespräch mit Kelly Rosa und Peter Gabriel, meinte sie zu wissen, was sich damals ereignet hatte, war aber noch weit davon entfernt, dies auch beweisen zu können. Ihrer Meinung nach hatte Tommy Moore Kimi Kanasket überfahren und in den Fluss geworfen.

»Erklär mir, wie du zu dieser Einschätzung kommst«, bat sie.

Wright blieb weiterhin stehen, vor sich die Stapel Fotos, wie die Geberin am Kartentisch eines Kasinos. »Die Bilder gehören in eine bestimmte Reihenfolge, so wurden sie gemacht.« Sie nahm sich einen der Stapel und blätterte zur ersten Seite ihres Notizblocks zurück. »Hat eine Weile gedauert, bis ich das raushatte, aber dann war auch die Logik hinter dem Vorgehen klar. Lass uns die Stapel gemeinsam durchgehen.«

Wright entfernte das Gummiband, das den ersten Satz zusammenhielt, und gab Tracy ein Foto nach dem anderen, während sie referierte. »Das erste Foto entstand an der Stelle, an der der Pfad anfängt. Ich habe es auf der Rückseite gekennzeichnet, es ist die Nummer 1. Danach hat ... er oder sie?«

»Er«, sagte Tracy.

Wright nickte. »Dann hat er weiter fotografiert, während er dem Pfad folgte.« Diese Fotos liefen in ihrem Bericht unter den Nummern 2 bis 12, erklärte Wright. Sie ging die Bilder eins nach dem anderen mit Tracy durch. Dann wurde der erste Stapel abgelegt und Wright entfernte das Gummiband vom zweiten. »Bei diesem offenen Bereich angekommen, fotografierte er Erde und Gras systematisch, wobei er am Rand anfing und sich bis zur Mitte durcharbeitete, und zwar im Uhrzeigersinn.« Das waren die Fotos mit den Nummern 13 bis 32. Jetzt kam der dritte Stapel an die Reihe. »Weiter fotografierte er seinen Weg nach draußen. Nach der Entwicklung der Schatten auf den Fotos würde ich sagen, sie wurden irgendwann Mitte bis späten Nachmittag aufgenommen, und zwar Anfang bis Mitte Herbst.«

»November«, bestätigte Tracy.

»Auf dem Hinweg ging er Richtung Osten oder Südosten, beim Rausgehen zeigte sein Gesicht gen Norden oder Nordwesten.« Wright reichte Tracy die Bilder 32 bis 45. »Deswegen nehme ich an, dein Mann verfügte über grundlegende Polizeikenntnisse. Wobei wahrscheinlich niemand auf seinem Revier gewusst haben dürfte, wie man solche Fotos interpretiert, denn hätte jemand eine entsprechende Ausbildung gehabt, dann würdest du jetzt nicht hier sitzen.«

»Der Fotograf war Deputy Sheriff«, sagte Tracy. »Ganz neu im Job, hatte gerade erst angefangen. Wie meinst du das: dann würde ich jetzt nicht hier sitzen?«

Wright hielt ein Foto hoch, als würde sie ein Kunstwerk anstaunen. »Das sind ein paar der besten Reifenabdrücke, die ich je auf einem Foto bewundern durfte.«

»Woran könnte das liegen?«

»Wenn ich jetzt raten soll, würde ich sagen, die Spuren entstanden wahrscheinlich auf weichem Boden. Es hatte wohl leicht geregnet, denn zu starker Regen verwandelt alles in Matsch und bei zu hartem Boden kommen keine guten Eindrücke zustande. Als diese drei Fotos aufgenommen wurden, waren die Bodenbedingungen perfekt.« Wright reichte Tracy die Fotos mit den Nummern 46 bis 48. »Fast so aussagekräftig, als hätte man einen Abdruck von den Reifenspuren gemacht.«

Das war ein gutes Zeichen, so weit kannte Tracy sich aus. »Lässt sich anhand dieser Spuren der Reifentyp feststellen?«

»Ich kann das nicht, jemand anderes schon. Das Kriminallabor verfügt über einen entsprechenden Datenbestand.« Wright trank aus, was noch in ihrem Kaffeebecher verblieben war, und legte die Hände auf den Tisch. »Okay. Hast du spezielle Fragen?«

Tracy musterte die diversen Stapel, rührte sie aber nicht an, weil sie fürchtete, Wrights sorgsam durchdachtes System zu ruinieren. »Es gab da ein paar Fotos von einem weißen Pick-up …«

»Ich erinnere mich.« Wright wusste auch sofort, in welchem Stapel sie suchen musste. »Hier sind sie.« Sie legte die Fotos nebeneinander vor Tracy auf den Tisch.

»Könnte das der Pick-up gewesen sein, von dem die Reifenabdrücke stammen?«

»Ich dachte, deswegen wären die Fotos hier dabei.« Wright stützte sich auf die Unterarme und deutete mit dem Radiergummiende ihres Bleistifts auf Details. »Das Profil hat der Fotograf nicht mit draufbekommen, wohl aber eine Seitenansicht des Reifens. Im Labor könnten sie das Foto vergrößern, vielleicht erkennt man dann, um welche Marke und welches Reifenmodell es sich handelt. Gelingt das, dann könnten sie sich die Daten des entsprechenden Reifens hochladen und mit dem Profil auf unseren Fotos vergleichen.«

Tracy wollte Michael Melton bitten, sich dieser Fragen anzunehmen. Sie legte die Fotos von Tommy Moores Pick-up beiseite. »Ich weiß, du musst wahrscheinlich gleich weiter. Können wir trotzdem kurz über deine Schlussfolgerungen und deine Meinung sprechen?«

Wright setzte sich und nahm sich kurz Zeit, die Fotos auf dem Tisch neu zu ordnen. »Dein Deputy folgte Reifenspuren, die auf einem bestimmten Pfad erst hin, dann wieder zurückführen. Die Reifenabdrücke gehen in beide Richtungen.«

»Hört sich logisch an.«

»Vielleicht hatte er den Verdacht, dass das Fahrzeug, zu dem die Spuren gehörten – vielleicht dieser Pick-up –, jemandem folgte. Ich kann dir genau sagen, dass das der Fall war. Bei deinem Deputy weiß ich das nicht. Vielleicht hat er es sich gedacht, vielleicht auch nicht.«

Tracy sah zu, wie Wright einen weiteren Satz Fotos vom Gummiband befreite, um die Bilder auf dem Tisch ausbreiten zu können. Wieder deutete sie mit dem Radiergummi am Ende ihres Bleistifts auf Details. »Siehst du die Eindrücke dort? Das sind die Schuheindrücke einer Person, die sich schnell bewegt hat.«

»Die gelaufen ist?«

»Laufen ist ein sehr subjektiver Begriff. Was du schon laufen nennst, ist für jemand anderen vielleicht noch schnell gehen. Ich kann dir nur sagen, dass die Schrittlänge einer durchschnittlich großen Frau zwischen sechsundsechzig und achtundsechzig Zentimetern liegt. Die Schrittlänge einer durchschnittlich großen laufenden Frau liegt zwischen hundertsiebenundvierzig und zweihundertdrei Zentimetern. Das kommt auf die Größe an, das Terrain und ob die betreffende Person eher Langstreckenläuferin oder Sprinterin ist. Ich konnte anhand dieser Fotos zwei Maße nehmen und die Entfernung daraus ableiten. Die Schrittlänge der Person, um die es hier geht, lag zwischen hundertsiebenundfünfzig und hundertdreiundachtzig Zentimetern, wobei sich die Differenz wahrscheinlich am ehesten aus der Beschaffenheit des Terrains ergibt.«

»Und wenn es Nacht war? Würde das auch eine Rolle spielen?«

»Auf jeden Fall. In der Nacht hätte sie sich den Weg vorsichtiger suchen müssen. Ich kann dir aber sagen, dass diese Person hier nicht besonders unsicher auftrat. Zum größten Teil trat sie fest und entschlossen auf, ein weiterer Hinweis darauf, dass sie verfolgt wurde.«

»Du sagst immer sie. Dann war es deiner Meinung nach eine Frau?«

»Eine Frau oder ein kleiner Mann.«

»Erklär mir, warum.«

»Na ja, die Abdrücke stammen von einem Schuh mit Absatz und ...« Wright suchte im Stapel nach einem ganz bestimmten Foto, das sie Tracy zeigen wollte.

»Der Abdruck hier stimmt überein mit einem Frauenschuh Größe achtunddreißig. Dicke des Absatzes und Form der Sohle lassen vermuten, dass es sich nicht um einen Stiefel handelte, sondern um einen Halbschuh von der Art, wie eine Frau ihn trägt, wenn sie den ganzen Tag auf den Beinen sein muss. Ich habe den Computer ein paar Beispiele für Schuhe ausspucken lassen, wie sie 1976 getragen wurden.«

Wright wühlte in einem Stapel Papiere und reichte Tracy ein paar lose Seiten. Tracy wusste aus früheren Fällen von Wrights Zugang zu einer computerisierten »Schuhbank« beim Kriminallabor des Staates Washington. Dort waren Tausende verschiedener Schuhprofile gespeichert. Man gab das Schuhabdruckmuster ein und der Computer suchte nach Übereinstimmungen. Die Schuhe, die Wright ausgedruckt hatte, weil sie Übereinstimmungen aufwiesen, gehörten zu einem eher soliden Schuhtyp. Solche Schuhe hatte Tracy Kellnerinnen tragen sehen.

»Kommen wir zum offenen Bereich«, fuhr Wright fort. »Und hier zeigt sich uns dann ein furchterregendes Szenario.«

Wright übergab den nächsten Stapel Fotos, aber Tracy musste sich erst einmal die Hände an der Hose abwischen. Wie am Abend zuvor, so löste auch diesmal der Gedanke daran, was Kimi Kanasket aller Wahrscheinlichkeit nach zugestoßen war, bei ihr eine körperliche Reaktion aus. Ihr war heiß geworden, sie fühlte sich wie benommen.

»Alles in Ordnung?«, erkundigte sich Wright besorgt.

Tracy musste sich kurz sammeln. »Geht gleich wieder.« Sie ging zum Tresen und bat um ein Glas kaltes Wasser. Fotos des aufgewühlten Bodens wirkten jetzt, wo sie sich nach dem Gespräch mit Kelly Rosa vorstellen konnte, was dort wahrscheinlich geschehen war, sehr viel dramatischer. Tracy sah alles in einem anderen, viel grelleren Licht. Sie trank ein paar Schluck Wasser und registrierte dankbar, wie das Schwindelgefühl verschwand.

Wieder bei Wright am Tisch entschuldigte sie sich erst einmal. »Manche Fälle treffen einen direkt ins Herz.«

»Du brauchst dich nicht zu rechtfertigen.« Wright breitete den nächsten Satz Fotos auf dem Tisch aus und benutzte auch diesmal wieder den Radiergummi am Ende ihres Bleistifts als Zeigestock. »Siehst du die Eindrücke hier? So deutlich, wie die sind, muss das Fahrzeug eine erhebliche Geschwindigkeit draufgehabt haben, als es landete.«

»Landete?«

»Das Fahrzeug, das diese Abdrücke hinterließ, kam in einem Winkel herunter«, sagte Wright, womit sie Rosas Vermutung bestätigte, Kimi habe ihre Verletzung von einem Zusammenstoß mit einem Auto davongetragen. »Wenn wir uns ansehen, in welche Richtung die Reifenabdrücke zeigen, dann können wir annehmen, dass das Fahrzeug den Gipfel des Hügels erreichte …« Wright suchte in den Fotos und legte Tracy ein weiteres Bild vor. »Hier, danach hatte ich gesucht.« Die Aufnahme schien von der Lichtung aus gemacht worden zu sein, mit Blick auf die abschüssige Hangseite. »Nach diesem Bild zu urteilen, hat dein Deputy das auch so gesehen: Das Fahrzeug erreicht den Gipfel, war kurz in der Luft – man sieht, wo die Spuren enden – und krachte dann mit der Stoßstange voran genau hier runter. Dadurch entstand dieser tiefe Eindruck.«

»Und warum ist der Boden so aufgewühlt?«

»Ich würde mal sagen, aufgrund der Umstände. Der Fahrer fuhr sehr schnell und rechnete nicht damit, plötzlich durch die Luft zu segeln. Rein instinktiv hat er wahrscheinlich den Fuß vom Gas genommen und ist auf die Bremse gestiegen. Beim Landen ist der Pick-up dann wahrscheinlich gehüpft und mit dem Heck aufgeschlagen. Wenn der Fahrer sich mit Geländefahrten auskannte, hätte er dann wieder Gas gegeben, und die Hinterräder hätten den Boden aufgewühlt. Entgegen dem Uhrzeigersinn, genau das, was wir hier haben.«

Tracy hämmerte das Herz in der Brust. »Du sprachst vorhin von einem furchterregenden Szenario. Warum?«

Wright schob die Fotos zusammen, um sie durch andere zu ersetzen, die sie aus einem Stapel zog und vor Tracy hinlegte.

»Weil jemand auf dem Boden lag.«

»Wo?« Tracy waren Mund und Lippen so trocken geworden, dass sie erst einmal einen Schluck Wasser trinken musste. »Und woran kannst du das erkennen?«

Wright deutete auf einige der Fotos. »Dort, wo das Auto landete, sind ein paar Eindrücke verwischt, aber nicht ganz.« Sie deutete mit dem Radiergummi auf einen bestimmten Punkt. »Siehst du diese drei Eindrücke, wo die Grashalme flach liegen und alle in dieselbe Richtung zeigen?«

»Ehrlich gesagt nicht.«

Wright suchte weiter, bis sie ein anderes Foto gefunden hatte, und gab Tracy eine kleine Lupe. »Hier sieht man es ein bisschen besser. Genau dort, siehst du es? Wo das Gras niedergedrückt ist?«

Jetzt erkannte auch Tracy, was gemeint war. »Jetzt sehe ich es.«

»Das hätte dein Deputy ohne Spezialausbildung nie erkannt. Es wundert mich, dass es ihm überhaupt gelungen ist, diese Stelle so genau auf ein Foto zu bannen. Er ging wirklich sehr gründlich und systematisch vor, sonst hätte er sie vielleicht gar nicht aufgenommen. Im Grunde arbeitete der Mann fast schon zu gründlich, was sich in diesem Fall als glücklicher Umstand erweist. Er hielt die Abdrücke wahrscheinlich für Fußabdrücke, aber ich habe so etwas schon hundertmal und mehr gesehen und kann dir sagen: Diese Abdrücke stammen vom Kopf, den Schultern und der Hüfte eines Menschen.«

»Von jemandem, der auf der Seite lag?«

»Genau. Und den tiefen Eindrücken nach zu urteilen, die entstanden, als das Fahrzeug landete, hat der Wagen die Person knapp unterhalb der Hüfte getroffen.«

Auch hier stimmte Wrights Analyse mit Rosas Erklärung für Kimis gebrochenes Becken überein.

Schon wieder verschwanden Fotos vom Tisch, um durch

neue ersetzt zu werden. Wright breitete ganze Reihen vor Tracy aus. »Dein Mann hat jede Menge Schuhabdrücke eingefangen. Ich würde sagen, sie stammen von mindestens drei, vielleicht aber auch bis zu fünf verschiedenen Personen.«

Wieder überkam Tracy ein Gefühl der Benommenheit. »Da war mehr als einer?«

»Auf jeden Fall mehr als einer.« Wright beugte sich vor und tippte auf das erste Foto in der obersten Reihe. »Das hier sind Converse, bei Jungs zu dieser Zeit eine beliebte Marke. Größe fünfundvierzigeinhalb.«

»Eher schon ein junger Mann also, kein Junge«, sagte Tracy.

»Ja.« Auch das nächste Foto zeigte einen Schuhabdruck. »Noch einmal Converse, auch Größe fünfundvierzigeinhalb, doch hier ist der Eindruck tiefer als beim anderen Foto. Ohne das mit hundertprozentiger Sicherheit sagen zu können, würde ich vermuten, dieser Abdruck stammt von einer schwereren Person.«

»Vermutlich auch in diesem Fall von einem jungen Mann«, sagte Tracy.

Wright war bereits beim dritten Foto angekommen. »Ebenfalls Converse, aber diesmal kleiner. Größe zweiundvierzig bis dreiundvierzig.«

»Demnach haben wir eine zweite und möglicherweise eine dritte Person«, sagte Tracy.

Wright mischte die Fotos neu und legte ein weiteres auf den Tisch. »Puma. Auch beliebt bei den Kids damals, Größe dreiundvierzig.«

»Also eindeutig drei, eventuell vier Personen.«

Das nächste Bild zeigte einen Abdruck, der weder den Converse- noch den Pumaabdrücken ähnelte. Auf dem Foto war ein Muster aus umgekehrten Vs zu erkennen, darunter drei Reihen mit Abwärtsstrichen, wobei sich die Striche der zweiten Reihe in die entgegengesetzte Richtung neigten wie die der ersten und dritten Reihe. Es sah aus wie eine Reihe von Rückwärtsschrägstrichen zwischen zwei Reihen von Schrägstrichen, wie man sie auf einer Computertastatur findet.

^^^^^^^^^^
//////////////
\\\\\\\\\\\\\\
//////////////

»Ebenfalls Größe fünfundvierzigeinhalb«, sagte Wright.
»Aber kein Turnschuh? Sieht mir jedenfalls nicht so aus.«
»Ist auch keiner. Das ist der Abdruck von einem Gummistiefel«, erklärte Wright. »Ich habe ein bisschen recherchiert. Dieses Profil ist für Stiefel der United States Rubber Company typisch. Sie waren in den Siebzigerjahren sehr gefragt, weil sie aus Gummi waren, also wasserdicht, aber zusätzlich noch ein Wollfutter besaßen, also warm waren. Ursprünglich waren sie im Zweiten Weltkrieg für die Armee produziert worden und bei Jägern sehr beliebt, doch die Firma musste dichtmachen, als das Gummi für wichtigere Kriegszwecke gebraucht wurde.« Wright reichte Tracy ein weiteres Foto. »Hier ist noch etwas.«
Tracy hielt die Aufnahme ans Licht. »Was soll hier zu erkennen sein?«
»Ich habe es mir unter dem Mikroskop angesehen.« Wright gab Tracy noch einmal die kleine Lupe. »Das sind gut durchgekaute Tabakblätter. Was jetzt kommt, ist reine Hypothese: Stell dir vor, jemand kaut gerade Tabak und der Wagen, in dem er sitzt, fliegt plötzlich durch die Luft, wie es hier ja der Fall gewesen zu sein scheint. Fliegt durch die Luft und kracht mit der Nase voran auf den Boden …«
»Dann würde dieser Mensch den Tabak verschlucken und wieder hochwürgen«, ergänzte Tracy.
»Oder er spuckt den Tabak unfreiwillig aus.« Wright brei-

tete erneut die Fotos mit den Schuhabdrücken auf dem Tisch aus, sodass man wieder die Lichtung vor Augen hatte. »Was fällt dir bei diesen Schuhabdrücken auf?«

»Sie sind überall«, meinte Tracy. »Sie zeigen in alle Richtungen.«

»Manche sind verwischt, andere lang gezogen«, sagte Wright. »Es bildet sich kein erkennbares Muster heraus. Die Personen, die dort waren, haben sich nicht einem absichtlichen Vorhaben entsprechend bewegt.«

»Sie waren in Panik, erregt«, schlug Tracy vor.

»Sie hatten Angst und waren verwirrt.« Wright reichte Tracy die Fotos 49 bis 53, auf denen die Stiefelabdrücke eingefangen waren.

Tracy zog die Fotos näher zu sich heran. »Die scheinen sich um den Bereich herum zu befinden, wo, wie du sagst, die Person lag.«

»Sie sind nicht nur um die Person herum, sie befinden sich auch darunter.«

»Darunter?«, erkundigte sich Tracy zweifelnd. Hatte sie Wright richtig verstanden?

»Der Stiefelträger hat die am Boden liegende Person hochgehoben.« Damit bestätigte Wright auch hier Rosas Meinung. Rosa hatte gesagt, Kimi Kanasket sei bewegt worden, nachdem sie die schweren Verletzungen davongetragen hatte.

»Siehst du den abgerundeten Eindruck da im Boden?«, wollte Wright wissen.

»Ja.«

»Und den hier, wo man nur die umgekehrten V und die erste Reihe Schrägstriche sieht?«

»Okay.«

»Die Entfernung zwischen den beiden beträgt lediglich fünfundvierzig bis achtundvierzig Zentimeter. Der runde Abdruck stammt von einem Knie: Hier hat sich jemand auf sein

Knie hintergelassen. Der zweite Abdruck stammt vom Fußballen dieser Person. Und siehst du hier die verdrehten Abdrücke, als sei jemand gestolpert?«

»Ja.«

»Die entstanden wahrscheinlich, als die Person, die sich hingekniet hatte, aufstand, und zwar mit dem Gewicht einer anderen Person auf den Armen. Wahrscheinlich musste er sich erst einmal auf dieses Gewicht einstellen und ist gestolpert, bis er sein Gleichgewicht gefunden hatte. Die meisten Leute ahnen nicht, wie schwer jemand ist, der sich nicht bewegt, ein totes Gewicht also. Selbst hundert Pfund hebt man da nicht so einfach hoch.«

»Hundertvierzehn Pfund«, sagte Tracy leise.

Wright blickte hoch. Sie setzte sich auf.

»Ein siebzehn Jahre altes Mädchen«, fuhr Tracy fort. »Sie war ein Meter siebzig groß und wog siebenundfünfzig Kilo, sie war Langstreckenläuferin und sie hatte den ganzen Rest ihres Lebens noch vor sich.«

Wright schwieg einen Moment. »Was haben sie ihr angetan?«, fragte sie dann leise.

»Da bin ich mir noch nicht ganz sicher«, antwortete Tracy. »Langsam frage ich mich, ob sie überhaupt ahnten, was sie ihr wirklich angetan haben. Wer immer sie sein mögen.«

* * *

Nach diesem Gespräch sah vieles anders aus. Wahrscheinlich hatten sich vier, wenn nicht fünf junge Männer in der Nacht, als Kimi Kanasket starb, auf der Lichtung aufgehalten. Damit kam immer noch Tommy Moore als Täter infrage, nur hätte sich der dann Hilfe von anderen beschafft haben müssen, was zeitlich eng geworden wäre, wenn man nach Buzz Almonds Bericht ging. Vorausgesetzt, Moore und sein Mitbewohner hatten Buzz gegenüber die Wahrheit gesagt, dann hatte Moore nach dem Besuch im Diner sein Date nach Hause gebracht und war danach in seine Wohnung zurückgekehrt. Sein Mitbewohner konnte ihm nicht geholfen haben, der hatte an dem Abend sowohl mit Élan und dessen Gang als auch mit Buzz gesprochen, war also nachweislich zu Hause gewesen.

Was Élan betraf, so war der an jenem Abend in Begleitung junger Männer unterwegs gewesen, aber diese jungen Männer waren gekommen, um Earl Kanasket bei der Suche nach seiner Tochter zu helfen, und es fiel schwer, sich ein Szenario auszumalen, bei dem sie plötzlich Kimi nachjagten. Obwohl es ja auch ein Unfall gewesen sein konnte.

Als Wright von mindestens vier jungen Männern auf dieser Lichtung sprach, waren Tracy als Erstes die Zeitungsartikel über die siegreiche Highschool-Footballmannschaft durch den Kopf geschossen. Vielleicht hatte Buzz Arnold diese Artikel gar nicht in seine Akte übernommen, um dem Gedächtnis eventueller Zeugen auf die Sprünge zu helfen.

Noch auf dem Weg zurück zu ihrem Pick-up tippte Tracy die Nummer in ihr Handy und wartete. Bei den Goldmans klingelte das Telefon sechsmal und sie hatte sich schon darauf eingestellt, auf einen Anrufbeantworter sprechen zu müssen, als Sam mitten im siebten Klingelton doch noch den Hörer abnahm. »Sam, hier ist Detective Crosswhite aus Seattle«, meldete sich Tracy.

»Wie geht es den bösen Buben, Heldin?«

Tracy kletterte in ihre Fahrerkabine und schlug die Tür hinter sich zu. »Sind böse wie eh und je. Tut mir echt leid, Sam, aber ich hätte da noch ein paar Fragen an Sie.«

»Schießen Sie los. Es freut mich doch, wenn ich Ihnen helfen kann.«

»Wer ist es denn, Sam?«, rief Adele aus dem Hintergrund.

»Detective Crosswhite aus Seattle!«, rief Sam zurück, war

dann aber gleich wieder bei Tracy. »Was kann ich für Sie tun?«

»Diese vier Ironmen ...« Tracy wühlte in ihrer Handtasche nach dem Notizblock und blätterte, bis sie die entsprechende Seite gefunden hatte. »Reynolds, Devoe, Coe und ...«

»Gallentine.«

»Richtig, Gallentine. Was können Sie mir über die vier sagen, Sam?«

»Was möchten Sie denn wissen?«

»Wie waren die so, wenn sie nicht gerade Football spielten?«

Goldman antwortete nicht gleich, dafür hörte Tracy Adele: »Sie waren sehr von sich eingenommen.« Sams Ehefrau hörte die Unterhaltung also mit.

»Wie äußerte sich das?«, wollte Tracy wissen.

»Es waren keine schlechten Jungs!«, sagte Goldman. »Sie wissen doch, wie das ist: Keiner der vier stammte aus reichem Haus und plötzlich standen sie im Zentrum all dieser Aufmerksamkeit und lasen jede Woche in der Zeitung ihre Namen. Sie wurden auf der Straße von Erwachsenen angesprochen, die ihnen gratulierten und mit ihnen über das nächste Spiel reden wollten. Das ist ihnen ein bisschen zu Kopf gestiegen.«

»Gab es je Ärger mit ihnen?«

»Wenn es welchen gab, dann ist mir nie etwas davon zu Ohren gekommen.«

»Also sind Sie sich nicht ganz sicher?«

»Es gab Gerüchte. Nichts, was ich hätte drucken können.«

Tracy sah aus dem Fenster. Eben verließ Kaylee eiligen Schrittes den Coffeeshop und lief zu ihrem SUV. Tracy winkte ihr zu. »Manchmal steckt in so einem Gerücht auch die Wahrheit«, sagte sie.

»Und manchmal ein Gerichtsverfahren.« Goldman lachte. »Ich bin wie Joe Friday, ich drucke nur Fakten.«

Tracy beschloss, noch ein wenig zu bohren. »Wer hätte Ihnen denn ein Verfahren an den Hals hängen können?«

»Wie ich schon sagte, diese Jungs lasen jede Woche ihre Namen in der Zeitung, alle haben ihnen anerkennend auf den Rücken geklopft. Da glaubt so ein Teenager schon mal, er könnte nichts falsch machen. Highschool-Kram, Sie wissen schon.«

»Tranken sie? Haben sie gekifft?«

»Hören Sie, wie läuft das denn? Wenn die Polizei einen x-beliebigen Timmy mit einem Bier erwischt, dann fährt sie den nach Hause und gut ist. Das interessiert niemanden. Einen der Ironmen hätte die Polizei genauso einkassieren und nach Hause schaffen müssen, bloß hätte das am nächsten Tag die ganze Stadt gewusst. Prompt hätte man über Konsequenzen nachdenken müssen, vielleicht sogar über einen Ausschluss aus dem Team, und schon hätte die ganze sagenhafte Saison auf dem Spiel gestanden. Nur Siege, keine einzige Niederlage – wäre nicht schön gewesen, wenn sich das alles in Rauch aufgelöst hätte.«

»Also lief offiziell nichts, aber Sie hatten doch den Finger am Puls der Stadt. War an den Gerüchten was dran?«

Goldman seufzte. »In so einer kleinen Stadt gibt es für die Jugend nicht gerade viel zu tun.«

»Hatte einer der vier mal eine romantische Beziehung mit Kimi Kanasket?«

Goldman schwieg. Tracy wusste, er füllte gerade die leeren Stellen zwischen ihren Fragen aus. »Wenn das der Fall gewesen wäre, hätte ich nichts davon erfahren«, sagte er schließlich.

»Dann haben Sie nie etwas in der Richtung gehört?«

»Nein, nie.«

»Fällt Ihnen irgendeine andere mögliche Verbindung ein?«

Wieder gab es eine längere Pause. »Coe und Gallentine waren auch Langstreckenläufer. Das ist die einzige Verbindung, die mir einfällt.«

»Was können Sie mir über Arthur Coe sagen?«

»Archie Coe«, verbesserte Goldman. »Ein netter Junge, wahrscheinlich der Ironmen, um den am wenigsten Wind gemacht wurde. Er ging nach der Schule zur Armee, wurde bald aus gesundheitlichen Gründen entlassen und kam nach Hause.«

»Wissen Sie, welche gesundheitlichen Gründe das waren?«

»Offiziell eine Rückenverletzung.«

»Und inoffiziell?«

»Inoffiziell hatte er eine Art Nervenzusammenbruch. Er wohnt jetzt in Central Point, arbeitet in der Baumschule dort. Das hat er jedenfalls vor fünfzehn Jahren getan, als ich versuchte, mit ihm zu sprechen.«

Tracy dachte an den Mann, den sie auf der Lichtung gesehen hatte, und an den frisch gepflanzten Strauch. »War er damals verheiratet? Hatte er Kinder?«

»Geschieden. Seine Frau und die Kinder sind nach Kalifornien gezogen. Palm Springs, glaube ich.«

»Warum wollten Sie vor fünfzehn Jahren mit ihm sprechen?«

»Ich saß an einem Artikel zum fünfundzwanzigsten Jahrestag der Landesmeisterschaft. Das wurde dann allerdings nicht das Jubelpamphlet, das alle erwarteten.«

»Warum nicht?«

»Eric Reynolds hat als Einziger aus der Gruppe etwas aus sich gemacht. Er hat vier Jahre für die University of Washington gespielt, sich allerdings gleich im zweiten Jahr beim Training das Knie verletzt. Heute wäre das keine große Sache mehr, aber damals kam es einem Todesstoß gleich. Er wurde auf dem College nicht mehr der große Star, der er auf der Highschool gewesen war. Hat trotzdem seinen Abschluss gemacht, ist nach Hause gekommen und hat sein Bau- und Betonunternehmen aufgebaut. Wo immer die öffentliche Hand auf dieser Seite von Seattle baut, können Sie mit dem Schild von Reynolds Construction rechnen.«

Tracy warf einen Blick auf ihre Notizen. »Was ist mit Darren Gallentine?«

»Hat sich erschossen. Er lebte in Seattle.«

»Wann hat er sich erschossen?«

»Irgendwann in den späten Achtzigern, glaube ich.«

»Wissen Sie, warum?«

»Keine Ahnung. Der Letzte aus der Gang, der junge Hastey, gilt allgemein als der Trunkenbold unserer Stadt. Wie ich schon sagte, nicht gerade eine Wohlfühlgeschichte. Wir haben sie dann auch gar nicht gebracht.«

»Was macht Hastey bei Reynolds Construction?«

»Er hat einen Betonlaster gefahren, bis sie ihm wegen wiederholter Trunkenheit am Steuer den Führerschein abgeknöpft haben. Jetzt sitzt er seinen Hintern auf einem Bürostuhl platt.«

»Klingt so, als wäre Reynolds ihm gegenüber mächtig loyal.«

»Alte Bindungen reichen weit in so kleinen Städten.«

»Ja.« Tracy musste an Cedar Grove denken. »Ich komme auf jeden Fall noch mal zu Ihnen runter und würde dann auch gern wieder einen Blick in Ihre Zeitungen werfen. Wäre das in Ordnung?«

»Wann immer Sie wollen. Wir laufen Ihnen nicht weg.«

21

Am Montagmorgen fuhr Tracy zu dem quadratischen Betonklotz am Airport Way, in dem das kriminaltechnische Labor der Washington State Patrol untergebracht war. Das Treffen mit Kaylee Wright hatte ihr einerseits neuen Auftrieb verliehen, anderseits zu einem flauen Gefühl im Magen verholfen. Kimi Kanasket war nicht in den White Salmon River gesprungen, im Gegenteil. Jemand hatte sie verfolgt, überfahren und sie danach im Fluss entsorgt wie ein Stück Müll. Die forensischen Beweise sprachen eine eindeutige Sprache.

Inzwischen hatte Tracy hauptsächlich die vier Ironmen im Visier.

Jenny wusste noch nichts davon, Tracy hatte gelernt, nicht gleich mit ihren Schlussfolgerungen hausieren zu gehen, sobald sie meinte, in einem Fall einen Durchbruch erzielt zu haben. So ein Durchbruch erwies sich leider zu oft als Trugschluss, führte einen auf eine falsche Fährte, und dann konnte man hingehen und erklären, dass man sich geirrt hatte.

Michael Meltons Büro befand sich im Erdgeschoss. Als forensischer Wissenschaftler mit Bezügen der Besoldungsgruppe fünf hatte er den höchsten Punkt auf der Verdienstskala erreicht, was er nicht nur seinem Alter, sondern auch seinen

Fähigkeiten und seiner Hingabe an die Arbeit verdankte. Melton hätte bei einer privaten forensischen Firma dreimal so viel verdienen können. Viele seiner Kollegen wechselten in die Privatwirtschaft, nachdem sie sich das nötige Training und die entsprechenden Vermerke im Lebenslauf hier im Kriminallabor verschafft hatten. Melton blieb, Jahr für Jahr, selbst als es galt, sechs Töchtern das College und später die Hochzeiten zu finanzieren. Das tat er, wie alle Detectives wussten, aus einem Gefühl der Verpflichtung den Opfern und deren Familien gegenüber. Er saß im Vorstand der regionalen Sektion der Organisation zur Unterstützung der Opfer von Gewaltverbrechen und trat mit der aus ihm und drei Kollegen bestehenden Countryband, die sich Fourensics nannte, bei allen möglichen Veranstaltungen auf, um Geld für diese Organisation einzuspielen. Melton war ein Bär von einem Mann, mit dichtem, leicht angegrautem braunen Haarschopf und passendem Bart, verfügte jedoch über erstaunlich bewegliche Finger, die geschickt die Gitarre zu zupfen wussten, und eine überraschend beruhigende Stimme.

Tracy traf den Mann in seinem Büro an, inmitten einer bunt zusammengewürfelten Mischung aus Familienfotos und Beweismitteln aus Fällen, zu deren Lösung Melton beigetragen hatte. Unter anderem konnte man hier Schlosserhämmer, Kampfmesser und sogar eine Bratpfanne bewundern.

»Welchem Umstand verdanke ich ein Wiedersehen mit meiner Lieblingspolizistin?«, begrüßte Melton sie. »Nein, sag nichts – der Fall Tim Collins!«

»Falsch geraten, es geht um eine andere Sache.«

»Solange du nicht gleich heute Abend Ergebnisse brauchst. Wir haben einen Gig bei Kells!«

Kells war eine beliebte irische Bar am Pike Place Market, in die Tracy manchmal ging. »Und das erfahre ich erst jetzt?«

»Ich weiß es selbst erst seit eben. Wir springen für eine irische Folkband ein.«

»Ich brauche die Ergebnisse nicht gleich heute.« Tracy stellte ihre Aktentasche ab, zog die Fotos heraus und suchte, bis sie zu den Aufnahmen des Reifenprofils auf dem Boden kam. »Ich hoffe, du kannst mir sagen, welches Modell von welcher Reifenmarke solche Abdrücke hinterlässt. Dazu müsstest du allerdings ein paar Jährchen zurückgehen, die Aufnahmen stammen aus dem Jahr 1976.«

Reifen hinterließen ebenso wie Schuhe unverwechselbare Abdrücke. Selbst Reifen derselben Marke und desselben Modells konnte man anhand der Profilabnutzung und der unterschiedlichen Anzahl kleinerer Schäden in Form von Rissen und Kerben im Gummi unterscheiden und zuordnen. Letzteres ging allerdings nur, wenn man den auf einem Foto abgebildeten Abdruck mit dem Reifen selbst abgleichen konnte, was in diesem Fall höchstwahrscheinlich nicht mehr zu machen war. Trotzdem würde es enorm weiterhelfen, den Hersteller und das Modell des Reifens zu kennen und zu wissen, ob das Profil zum Reifen an Tommy Moores Pick-up passte. Oder zu einem anderen Fahrzeug, das Tracy beim nächsten Besuch in Sam Goldmans persönlicher Bibliothek unter die Augen kam.

»So weit zurück reichen die Daten in unserem Computer nicht«, erklärte Melton.

Die Antwort traf Tracy unerwartet. »Kann man es irgendwie anders herausbekommen?«

»Ein Kumpel von mir ist ein Genie in dieser Frage. Bei dem erkundige ich mich mal.«

»Vielleicht hilft euch das hier weiter.« Tracy gab Melton die drei Fotos des weißen Pick-ups. Obwohl sich Buzz Almond auf den Karosserieschaden am Fahrzeug konzentriert hatte, war auf zwei Bildern auch ein Teil des einen Vorderreifens zu erkennen. »Ich hoffe, du kannst Wunder wirken und das Foto so vergrößern, dass man Marke und Modell des Reifens erkennt.«

»Du willst wissen, ob dieser Reifen zu den Abdrücken auf

den anderen Fotos passt?«

»Oder eben nicht«, ergänzte Tracy.

»Dann helfen uns diese Fotos auf jeden Fall.« Melton hielt die Aufnahmen von Tommy Moores Pick-up hoch und betrachtete sie aufmerksam. Die Brille war ihm ganz unten auf die Nasenspitze gerutscht. »Hast du die Negative?«

»Sind mit im Paket.«

Melton fischte sich den entsprechenden Streifen Negative aus dem vorderen Abteil der einen Kodaktüte und hielt auch diesen Streifen ans Licht, ehe er sich ein Vergrößerungsglas holte, um Fotos und Negative damit abzusuchen. Ohne einen Kommentar abzugeben, ließ er die Lupe wieder sinken. »Ich nehme mal an, es handelt sich nicht um eine laufende Ermittlung?«

»Es ist ein alter Fall aus dem Jahre 1976. Eine ganz üble Sache, Mike.«

»Sind sie das nicht alle?«

»Ein siebzehnjähriges Mädchen kommt nicht von der Arbeit nach Hause. Die Eltern melden sie als vermisst. Am nächsten Nachmittag findet man ihre Leiche. Der Coroner stellt Selbstmord fest. Die Beweise sprechen eine andere Sprache: Jemand hat das Mädchen verfolgt und überfahren.«

Das ließ Melton aufhorchen, genau wie Tracy es sich gedacht hatte. Er schüttelte den Kopf. »Wie kann man damit leben, wenn man so etwas getan hat?«

Tracy musste an Sam Goldman denken. Der hatte seinen Artikel zum fünfundzwanzigsten Jubiläum des Sieges bei der Landesmeisterschaft nicht gebracht, als er feststellen musste, dass der nicht so freudig ausfallen konnte, wie eigentlich geplant. »Vielleicht nicht besonders gut«, sagte sie.

* * *

An ihrem Schreibtisch im Arbeitsbereich des A-Teams angekommen, schickte Tracy als Erstes eine E-Mail an die Kraftfahrzeugzulassungsstelle in Olympia und bat um eine Überprüfung von Tommy Moores Pick-up. Auf Buzz Almonds Fotos war das Nummernschild zu sehen. Außerdem ließ sie die Namen Eric Reynolds, Hastey Devoe, Lionel Devoe, Darren Gallentine und Archibald Coe durch Accurint und die Datenbank des National Crime Information Centers laufen, die zentrale Datenbank der Vereinigten Staaten zur Sammlung von Informationen in Zusammenhang mit Kriminalitätsbekämpfung. Und sie schickte eine zweite Mail an die Zulassungsstelle mit Bitte um Auskunft über Marke und Modell jedes Fahrzeugs, das damals auf einen dieser Männer oder, da sie 1976 noch Schüler gewesen waren, auf deren Väter zugelassen gewesen war.

Bereits am Nachmittag trudelten Antworten ein. Die Zulassungsstelle hatte anhand des Fahrzeugkennzeichens feststellen können, dass Tommy Moore seinen Pick-up 1977 an jemanden in Oregon verkauft hatte. Das Fahrzeug war mittlerweile verschrottet worden. Wenn Moore seinen Wagen bereits zwei Monate nach Kimis Tod verkauft hatte, hatte er dann wirklich Windschutzscheibe und Karosserie reparieren lassen, wie er Tracy gegenüber behauptet hatte? Warum hätte er sich die Mühe machen sollen, wenn er doch verkaufen wollte? Vielleicht war aber auch genau das der Grund für die Barzahlungsquittungen. Damals hatte Lionel Devoe den Betrieb seines Vaters geführt. Vielleicht hatte er Moore Rabatt gegeben, weil er Bareinnahmen nicht über die Bücher laufen ließ, um keine Steuern darauf zahlen zu müssen.

Der zweite Bericht nannte mehrere auf den Betrieb von Hastey Devoe Senior zugelassene Pick-ups, darunter auch Abschleppwagen, die höchstwahrscheinlich mit Geländereifen ausgestattet gewesen waren. Élan Kanasket hatte einen Ford Pick-up Baujahr 1968 besessen, auf den Namen Ron Reynolds war ein 1973er Ford Bronco zugelassen gewesen. Bernard, wahrscheinlich der Vater von Archibald, hatte einen 1974er Chevy Pick-up gefahren. Alle diese Wagen hätten gut mit Geländereifen ausgestattet gewesen sein können. Tracy ging sogar stark davon aus. Ebenso stark ging sie allerdings davon aus, dass wohl kaum eins dieser Fahrzeuge noch in Betrieb war. Und falls doch noch eins fahren sollte, dann bestimmt nicht mit denselben Reifen wie 1976.

Laut Accurint lebte Hastey Devoe wirklich in Stoneridge, für Archibald Coe gab es laut Stromrechnung eine Adresse ganz in der Nähe, in Central Point. Goldmans Informationen waren also korrekt gewesen. Von der Adresse her schien es sich um eine Wohnung, nicht um ein Haus zu handeln. Auch für Eric Reynolds gab es eine Adresse in Stoneridge, wobei die Suche bei Google Maps einen Besitz weit außerhalb der Stadt inmitten von Obsthainen zeigte. Darren Gallentine erhielt keine Rechnungen von Versorgungsunternehmen. Tracy hatte nichts anderes erwartet, sie wusste ja von Sam Goldman, dass Gallentine Selbstmord begangen hatte.

Außer Tommy Moore hatte nur Hastey Devoe Vorstrafen. Er war dreimal wegen Trunkenheit am Steuer verhaftet worden – zum ersten Mal 1982, dann 1996 und zuletzt 2013. Tracy konnte sich lebhaft vorstellen, wie oft ein professioneller Trinker zwischen diesen Verhaftungen mit Alkohol im Blut gefahren war, ohne erwischt oder zumindest ohne offiziell angezeigt worden zu sein, obwohl man ihn erwischt hatte. Hasteys Bruder war Polizeichef.

Tracy ließ Gallentine durch die digitalen Staatsarchive des Staates Washington laufen, wobei sie fündig wurde. Darren John Gallentine war am 12. Oktober 1999 im Alter von einundvierzig Jahren gestorben. Der von der Gesundheitsbehörde des Staates Washington ausgestellte Totenschein nannte als Todesursache eine selbst zugefügte Schusswunde am Kopf.

Im Archiv der »Seattle Times« fand sie einen kurzen Nachruf. Gallentine hatte nach seinem Abschluss an der University of Washington 1981 fast zwei Jahrzehnte lang als Ingenieur für Boeing gearbeitet. Er hinterließ eine Frau, Tiffany, und zwei Töchter, die siebzehnjährige Rebecca und die vierzehnjährige Rachel. Statt Blumen hatte die Familie um Spenden für ein Krankenhaus namens Evergreen Health Clinic Northwest gebeten. Tracy googelte den Namen: Die Klinik gab es noch. Eine Suche nach dem Namen Tiffany Gallentine brachte hingegen keine Resultate. Gallentines Frau konnte tot sein oder sie hatte wieder geheiratet, ihren Namen geändert oder einfach nie etwas getan, um einen Treffer bei Google zu gewährleisten. Mit Rebecca und Rachel Gallentine ließen sich auf Facebook einige Frauen im annähernd richtigen Alter finden, die Schwestern waren jedoch inzwischen Anfang dreißig. Auch sie hatten vielleicht mittlerweile geheiratet und trugen nun einen anderen Namen, wodurch jeder Treffer für »Gallentine« noch zweifelhafter wurde.

Tracy beschloss, sich lieber an die nicht ganz so hoch hängenden Früchte zu halten, und rief bei der in Gallentines Nachruf erwähnten Klinik an. Dort bat sie, den Leiter sprechen zu dürfen. Ihr war durchaus bewusst, auf welch dünnem Eis sie sich hier bewegte, denn nach dem HIPAA, dem Health Insurance Portability and Accountability Act, einem Bundesgesetz, waren Informationen über den Gesundheitszustand eines Patienten auch nach dessen Tod noch vertraulich. Großer Wert wurde hierbei auf die während einer Psychotherapie gemachten Aufzeichnungen gelegt, über diese wachte das Gesetz besonders streng. Alfred Womak, der Klinikleiter, bestätigte Tracy dann auch, dass Darren Gallentine in der Klinik behandelt worden war, wollte aber nicht sagen, weswegen. Tracy fragte, ob sich Womak trotzdem kurz Zeit für sie nehmen könnte, das würde sie sehr freuen, sie sei gerade ganz in der Nähe. Widerstrebend erklärte sich der Klinikleiter bereit, ihr um vierzehn Uhr einen zwanzigminütigen Termin zu gewähren.

* * *

Die Evergreen Health Clinic Northwest lag in einem schicken Einkaufskomplex, der vom Northwest Gilman Boulevard abging und The Village at Issaquah hieß. Die Fahrt dorthin dauerte knapp fünfundvierzig Minuten. Früher hatte es hier nur unberührten Wald gegeben, heute sahen viele in Seattle das Plateau als krasses Beispiel für Naturschändung durch Stadtentwicklung. Damit Wohnhäuser, Einkaufszentren, Schulen und Sporteinrichtungen entstehen konnten, hatten die Sägen und Bulldozer der Bauunternehmen in den vergangenen zehn Jahren eine Schneise nach der anderen in den Wald geschlagen. Bald wohnten hier dreimal so viele Menschen wie zuvor, im Wesentlichen weiße Mittelständler mit Kindern, die froh waren, hier zu annehmbaren Preisen große Häuser erwerben zu können.

Im Village at Issaquah waren die einzelnen Gebäude durch Gänge aus Holz und Ziegeln miteinander verbunden. Außer der Klinik gab es Restaurants, ein »Haarstudio«, einen Küchenausrüster für den gehobenen Geldbeutel, Kunstgalerien und ein Yoga-Studio. So bekam Tracy gleich mit, welches Klientel diese Einrichtung für gewöhnlich in Anspruch nahm. Sie tippte auf überforderte Ehemänner und Hausfrauen und Mütter, die sich nicht ausgefüllt und ausreichend wertgeschätzt fühlten. Dazu die Kinder dieser Eltern, mit denen man herkam, um sich bei Hyperaktivität, Angstzuständen und stressbedingten Störungen beraten zu lassen.

Tibetanische Glocken ertönten leise, als Tracy durch die Eingangstür in die Eingangshalle trat, in der weiche Farben und beruhigende Musik dominierten. Womak holte sie dort ab und führte sie in sein Büro, das dem Innern einer Jurte glich, wobei die Wände aus Verbundglas bestanden und einen wunderbaren Blick auf die Hügel im Osten ermöglichten. Sie schätzte den Klinikleiter auf Anfang sechzig, mit dem obligatorischen Bart, ohne den wohl kein Psychologe oder Psychotherapeut auskam. Bei Womak, der langsam kahl wurde und eine runde Stahlbrille trug, war er grau meliert.

»Wie ich am Telefon bereits erwähnte, Detective, untersagt es mir der Gesetzgeber, Ihnen irgendetwas über die Behandlung von Mr Gallentine zu erzählen.«

Tracy traf sich lieber mit Leuten, als zu telefonieren. Einen Hörer aufzulegen war viel leichter, als jemanden zu ignorieren, der direkt vor einem saß, das hatte sie in ihrem Berufsleben gelernt. Dann hatte sie noch gelernt, Debatten zu vermeiden. Besser war es, wenn ein Zeuge Fragen beantwortete. »Ich verstehe. Sie haben also nachgesehen und können mir bestätigen, dass Mr Gallentine in dieser Klinik behandelt wurde?«

»Das stimmt.«

»Und wie lange?«

»Nicht ganz zwei Jahre.«

»Ist er in diesen zwei Jahren regelmäßig gekommen?«

»Seine Abrechnungsunterlagen lassen darauf schließen, ja.«

»Sie bewahren immer noch eine Kopie seiner Unterlagen auf?«

»Nicht die Papierversion, jedenfalls nicht hier. Was älter als fünf Jahre ist, schaffen wir in ein Lagerhaus und bewahren hier nur die elektronischen Daten auf.«

»Jemand hat den Inhalt dieser Unterlagen eingescannt?«

»Genau.«

»Damit Sie jederzeit Zugang haben und sie sich bei Bedarf noch einmal ansehen können?«

»Richtig.«

»Lässt sich aus Ihren Unterlagen ersehen, ob schon vor mir

jemand Einsicht in Mr Gallentines Unterlagen verlangt hat?«

»Es hat keine vorherigen Anfragen gegeben.«

»Mr Gallentine war verheiratet?«

»So steht es in seinen Unterlagen.«

»Seine Frau hat nie um seine Unterlagen gebeten?«

»Aus der Akte geht nicht hervor, dass sie das getan hätte.«

Das fand Tracy seltsam, immerhin hatte Gallentine Selbstmord begangen. Hatte seine Frau denn nicht wissen wollen, warum? Hatte es sie nicht interessiert, was während seiner psychotherapeutischen Behandlung besprochen worden war? Aber vielleicht kannte Tiffany Gallentine den Grund für den Selbstmord ihres Mannes. Tracy jedenfalls wusste genau, warum ihr Vater sich erschossen hatte: Er hatte die Trauer über den Verlust von Sarah nicht mehr ertragen. Als man davon ausgehen musste, dass sie nicht mehr am Leben war, hatte ihn eine tiefe Depression überkommen. »Gallentine hatte zum Zeitpunkt seines Todes minderjährige Töchter?«

»Zwei.«

»Und von denen hat keine je darum gebeten, die Unterlagen über seine Behandlung einsehen zu dürfen?«

»Wir haben von absolut niemandem eine entsprechende Anfrage erhalten«, betonte Womak übertrieben dienstfrig.

»Waren auch Mrs Gallentine oder eine ihrer Töchter hier in Behandlung?«

»Aus unseren Unterlagen geht hervor, dass sie nach dem Tod von Mr Gallentine zur Trauerberatung hier waren.«

»Wie lange hat die gedauert?«

»Es waren nur wenige Besuche.«

»Mr Gallentines Therapeutin arbeitet nicht mehr hier?«

»Das stimmt.«

»Wurde ihr gekündigt?«

»Ich beantworte keine Fragen nach den Beschäftigungsverhältnissen unserer Angestellten.«

»Einer Ihrer Patienten nahm sich das Leben, während er sich hier in regelmäßiger Behandlung befand. Ich wüsste gern, ob es dazu irgendeine Art Ermittlung oder zumindest Befragung gab.« Manchmal half es, die von einer Person getroffenen Entscheidungen infrage zu stellen. Besonders bei Ärzten, hatte Tracy gelernt, geriet dann schon mal das Ego in Aufruhr. Um ihre Handlungen zu rechtfertigen, verrieten sie mehr, als sie sagen wollten, und Tracy kam an Informationen, die ihr ansonsten vorenthalten worden wären.

Womak blieb gelassen. »Wir haben wöchentliche Mitarbeiterbesprechungen, auf denen wir über die Behandlung einzelner Patienten reden. Und ja, wenn ein Patient beschließt, seinem Leben ein Ende zu setzen, dann sprechen wir darüber.«

»Dann war Mr Gallentine nicht der Erste und nicht der Einzige?«

»Leider nein.«

»Wie könnte ich an eine Kopie der Unterlagen kommen?«

»Das ginge nur, indem eine von Mr Gallentine als Nachlassverwalter bestimmte Person uns darüber informiert, er oder sie verzichte auf die Wahrung der Privatsphäre.«

»Steht in Ihren Unterlagen die letzte Ihnen bekannte Adresse von Mr Gallentine?«

»Ja.« Womak nannte sie ihr.

»Wissen Sie, ob Mrs Gallentine wieder geheiratet hat oder ob sie noch in der Gegend wohnt?«

»Tut mir leid, das weiß ich nicht.«

»Was ist mit den Töchtern, Rebecca und Rachel?«

»Tut mir leid, aber auch das weiß ich nicht. Es ist jetzt schon viele Jahre her.«

»Wissen Sie, ob Mrs Gallentine in der Zeit, in der Mr Gallentine sich hier in Behandlung befand, berufstätig war?«

»Auch hier gilt: Ich weiß es nicht und hätte auch keine Möglichkeit gehabt, es zu wissen.« Womak sah auf die Uhr und machte Anstalten aufzustehen. »Ich fürchte, jetzt habe ich keine Zeit mehr.«

»In welchem Jahr hat er sich umgebracht?«

»Im Oktober 1999.«

Laut Gallentines Nachruf hatte der Mann bis 1997 bei Boeing gearbeitet. »Was ist mit den Rechnungsunterlagen? Wurde seine Therapie über seine Versicherung bei Boeing bezahlt?«

Womak setzte sich wieder hin, ließ die Finger klackend über die Tastatur auf seinem Schreibtisch eilen und hob die Nase, um durch seine Bifokalbrille hindurch einen Blick auf seinen Bildschirm werfen zu können. »Aus den Unterlagen geht hervor, dass eine Versicherung für die Behandlung aufgekommen ist. Aber nicht Boeing, sondern die seiner Frau, die als Angestellte bei Microsoft arbeitete.«

Nachdem sie die Klinik verlassen hatte, rief Tracy bei Ron Mayweather an und bat ihn, beim Katasteramt nach der von Womak als Heim der Familie Gallentine genannten Adresse zu suchen. Und er sollte beim Nachlassgericht des King County nachfragen, ob es für einen 1999 verstorbenen Darren John Gallentine ein Testament gegeben hatte und wenn ja, ob in diesem Testament ein Nachlassverwalter eingetragen war. Dann rief sie bei der Auskunft an und bat um die Telefonnummer von Microsoft.

»Eine spezielle Abteilung?«

»Was gibt es denn so?«

»Wie viel Zeit haben Sie?«

»Die Personalabteilung«, entschied Tracy.

22

Aus Tiffany Gallentine war Tiffany Martin geworden. Sie arbeitete als Leiterin der Abteilung für Geschäftsfeldentwicklung bei Microsoft und klang etwas verunsichert, als Tracy sie am Telefon um einen kurzen Termin bat. Dabei hatte sich Tracy zwar als Detective aus Seattle vorgestellt, die Mordkommission jedoch wohlweislich weggelassen.

»Worum geht es denn?«, wollte Martin wissen.

»Ich würde Ihnen gern ein paar Fragen über Ihren verstorbenen Mann stellen, Darren Gallentine.«

»Wie bitte?« Das klang erleichtert und vielleicht auch etwas irritiert. Wahrscheinlich hatte Martin sofort Angst um ihren derzeitigen Ehemann und ihre Töchter bekommen, als sie hörte, eine Polizistin wünsche sie zu sprechen, und war zunächst erleichtert. Aus heiterem Himmel von der Polizei angerufen zu werden, war allerdings nie schön, auch wenn es »nur« um den Ehemann ging, der vor vielen Jahren Selbstmord begangen hatte. »Mein Mann hat sich vor fünfzehn Jahren erschossen.«

»Ich verstehe, dass das Thema Ihnen unter die Haut geht, Mrs Martin, und ich möchte Ihnen auf keinen Fall unnötigen Kummer bereiten. Nur arbeite ich gerade an einer Sache aus dem Klickitat County und hätte in dem Zusammenhang ein paar Fragen an Sie.«

»Ich verstehe nicht, was das eine mit dem anderen zu tun haben könnte. Mein Mann hat sich in unserem Haus in Issaquah umgebracht.« Martin klang nach wie vor erleichtert, aber es widerstrebte ihr sichtlich, sich mit Tracys Fragen auseinanderzusetzen.

»Ich befinde mich noch ganz am Anfang einer Ermittlung.« Tracy wollte ehrlich bleiben. »Und ich hatte gehofft, Sie könnten ein paar Minuten Zeit für mich erübrigen.«

Das war der Moment, an dem die Ausreden kamen, wenn Leute eigentlich nicht reden oder zumindest Zeit herausschinden wollten. Allerdings schätzte Tracy Mrs Martin anders ein. Sie war eine berufstätige Frau mit begrenzt freier Zeit und höchstwahrscheinlich an schwierige Unterhaltungen gewöhnt. Sie würde das Pflaster lieber mit einem Ruck abziehen und das Gespräch hinter sich bringen wollen, statt einen Nachmittag oder Tag unnütz zu grübeln.

»Ich hätte um halb vier ein paar Minuten Zeit«, sagte sie dann auch tatsächlich. »Danach bin ich den ganzen Nachmittag in Telefonkonferenzen und morgen breche ich zu einer Geschäftsreise auf.«

Martins Büro lag in einem der Gebäude auf dem West Campus der Firma in Redmond. Nachdem Tracy beim Besucherzentrum gehalten hatte, um sich mit Übersichtskarte und Wegbeschreibung versorgen zu lassen, parkte sie auf einem Besucherparkplatz und ging zu Fuß weiter. Sie war noch nie im Hauptsitz von Microsoft gewesen. Der ausufernde Komplex mit der großzügigen Mischung aus Gebäuden und Freifläche erinnerte sie sehr an ihr College. In den Gartenanlagen gab es Springbrunnen und einen See, Sportplätze mit Rasenbelag und junge Leute in Jeans und Turnschuhen, die meisten mit einem Rucksack auf dem Rücken.

Tiffany Martin war nicht so lässig gekleidet, sondern

trug eine cremefarbene Leinenhose und ein goldenes Top, als sie Tracy in der in Glas und Beton gehaltenen Eingangshalle abholte. Obwohl sie Ende fünfzig sein musste, ließen Make-up und Frisur sie jünger erscheinen.

Sie reichte Tracy einen Besucherausweis, ohne den sich hier niemand bewegen durfte, und führte sie danach so schnell in das eigentliche Gebäude hinein, als gelte es, eine durchgeknallte Verwandte dem Blick der Öffentlichkeit zu entziehen.

Martin hatte für das Gespräch ein sehr modern gestaltetes Besprechungszimmer gewählt, nicht überraschend bei einem Technologieunternehmen, dessen Erfolg auf Zukunftsorientierung basiert. An den weißen Wänden hingen japanische Drucke, der Teppich zeigte ein unspektakuläres, praktisches Grau. Martin setzte sich gleich an den gläsernen Konferenztisch, aber Tracy ging erst einmal zum Fenster, das einen herrlichen Ausblick auf das Herz des Campus bot.

»So viele Möglichkeiten, sich abzulenken«, sagte sie. »Da würde ich nie etwas geschafft kriegen.«

»Man lernt, das auszublenden«, bemerkte Martin trocken. »Und man hat hier nicht gerade viel freie Zeit.«

Eigentlich hatte Tracy gar nicht mit einer Antwort auf ihre Bemerkung gerechnet, eigentlich hatte sie nur mit ein wenig Small Talk dafür sorgen wollen, dass Martin sich entspannte. Deren Mund war so schmal, der Blick so kontrolliert, dass Tracy befürchtete, die Frau würde gleich platzen.

»Muss aber nett sein, wenn einem das alles zur Verfügung steht«, meinte Tracy.

»Es hilft den Leuten, effektiver zu sein.« Martin war neben Tracy ans Fenster getreten.

»Erzählen Sie das mal meinen Chefs! Unsere einzige Annehmlichkeit besteht in einer zehn Jahre alten Kaffeemaschine.«

»Ich muss Ihnen sagen, ich war über Ihren Anruf sehr bestürzt,

Detective. Mir ist völlig unklar, was Darrens Tod mit irgendeiner anderen Sache zu tun haben könnte.«

»Ich verstehe.« Tracy zog sich einen schwarzen Ledersessel heran und beide Frauen setzten sich. »Es tut mir auch ausgesprochen leid, Ihnen mit einem so schwierigen Thema kommen zu müssen.«

Martin trug eine Reihe dünner goldener und silberner Armbänder, die jedes Mal klirrten, wenn sie ihren Arm bewegte oder auf den Glastisch legte. »Das ist jetzt alles sehr lange her, Detective«, sagte sie. »Aber eigentlich lässt man es nie richtig hinter sich. Man versucht es zwar, aber man wird immer wieder daran erinnert.«

»Wie lange waren Darren und Sie denn verheiratet?« Vielleicht nahmen ein paar einfache Fragen Martin etwas von ihrer Anspannung.

»Einundzwanzig Jahre.«

»Sie haben sich auf dem College kennengelernt?«

»An der University of Washington, wir haben beide am Fachbereich Ingenieurwissenschaften studiert.«

Da Martins Antworten kurz und direkt blieben, beschloss Tracy, gleich zur Sache zu kommen. »Ihr Mann scheint bei Boeing einen guten Job gehabt zu haben. Sie sind hier sehr erfolgreich. Sie hatten damals ein schönes Heim, wenn ich nach der Adresse gehen kann.«

»Darren lebte mit Dämonen.« Martin verstand sofort, worauf Tracy hinauswollte. »Ich war mir dessen nicht bewusst, als wir heirateten, er hielt sie auch die ersten Jahre fest unter Verschluss.«

»Was waren das für Dämonen?«

»Er schlief nicht gut, das war eine Sache.« Martin dachte kurz nach. »Er schlief gar nicht, er mochte nicht schlafen. Er blieb lange auf und es war für ihn nicht ungewöhnlich, morgens um drei schon wieder auf den Beinen zu sein. Drei oder vier

Stunden Schlaf stellten für ihn eine gute Nacht dar. Mit der Zeit fordert so etwas allerdings seinen Tribut.«

»Wissen Sie, warum er nicht schlafen konnte?«

»Er würde einfach nicht so viel Schlaf brauchen, hat er immer gesagt.«

»Aber Sie vermuteten, dass mehr dahintersteckte?«

»Wenn er mal schlief, litt er unter Albträumen. Ich wachte von seinem Stöhnen auf und er schlug um sich. Wenn ich ihn dann weckte, war er schweißgebadet und rang nach Luft. Das wurde mit der Zeit immer schlimmer.«

»Ich las in seinem Nachruf, dass er bis 1997 bei Boeing arbeitete.«

»Sie haben ihn entlassen.« Martin zuckte die Achseln. »Das hatte er sich selbst zuzuschreiben. Er verhielt sich zunehmend selbstzerstörerisch. Zuerst trank er abends, um besser einschlafen zu können. Dann trank er schon mittags beim Lunch. Es gab ein paar Vorfälle auf der Arbeit – unangemessene Bemerkungen seinen Kollegen gegenüber. Ich musste ihn ein paarmal abholen. Schließlich habe ich gesagt, er müsse sich Hilfe holen, sonst würde ich ihn verlassen. Ich würde unsere Kinder nicht in einem solchen Umfeld aufwachsen lassen.«

»Hat er das getan? Sich Hilfe geholt?«

»Er machte eine Therapie, ja. Aber er hat wohl nie die Hilfe bekommen, die er wirklich gebraucht hätte.«

»Wussten Sie, worum es in seinen Albträumen ging?«

Martin schüttelte den Kopf. »Nein, mit mir hat er nicht darüber gesprochen. Er sagte, er könnte sich beim Aufwachen an nichts mehr erinnern.«

»Aber Sie sagten eben, die Albträume seien schlimmer geworden.«

»Das schloss ich aus seinen Reaktionen nach dem Aufwachen. Ich weiß nicht, worum es in den Träumen ging.«

»Wann fingen diese Albträume an?«

Martin dachte nach. Die Armbänder klapperten, als sie die Hand hob, um sich mit Mittel- und Zeigefinger über die Unterlippe zu streichen. »Kurz nach der Geburt unserer ältesten Tochter. Nach Darrens Tod habe ich darüber mit seiner Therapeutin gesprochen. Sie meinte, Traumata aus der Kindheit könnten durch die Geburt eines eigenen Kindes wieder ausgelöst werden. Verlustängste zum Beispiel oder Missbrauch.«

»Sagte die Therapeutin auch, worum es sich bei Ihrem Mann gehandelt haben könnte?«

»Nein. Das wollte ich zu der Zeit aber auch gar nicht wissen.«

»Wie alt waren Ihre Töchter, als Ihr Mann sich das Leben nahm?«

»Rebecca war siebzehn, Rachel vierzehn.«

»Und Sie haben nie herausgefunden, warum er sich umgebracht hat?«

»Gründe außerhalb seines Alkoholmissbrauchs und der Depression, meinen Sie?«

»Haben Sie darum gebeten, seine Therapieunterlagen einsehen zu dürfen?«

Martin seufzte. »Warum hätte ich das tun sollen? Was hätte es gebracht?«

»Wollten Sie nicht wissen, ob er je erzählt hat, was ihn so plagte? Was ihn nachts wachhielt, weswegen er trank?«

Martin massierte sich immer noch die Unterlippe. »Welchen Grund hätte ich gehabt, das wissen zu wollen?« Ihre Stimme klang weich, dafür lag in ihrem Blick fast so etwas wie eine Herausforderung. Tracy sollte ihr gefälligst diesen Grund nennen! »Was hätte ich davon gehabt zu wissen, was ihn geplagt hat? Wenn es denn etwas zu wissen gab.«

»Sie hätten eine Antwort gehabt.«

»Aber vielleicht keine Antwort, die ich … die wir wollten.«

»Ich verstehe ...«

»Nein!« Martin hob die Hand, ihre blauen Augen durchbohrten Tracy mit eindringlichem Blick. »Ich glaube nicht, dass Sie das verstehen, Detective.« Sie klang erschöpft. »Ich möchte niemandem zu nahe treten, aber zu viele Leute haben mir in den letzten Jahren versichert, sie würden verstehen, was ich durchgemacht habe. Aber wenn Sie selbst nichts Ähnliches erlebt haben, ist eine solche Bemerkung wenig glaubwürdig.«

»Meine Schwester war achtzehn, ich zweiundzwanzig, als sie ermordet wurde. Zwei Jahre später hat sich mein Vater erschossen, er hat ihren Tod nicht verwinden können.« Sie schwieg, jedoch nur kurz, denn sie wollte Martin ja kein schlechtes Gewissen machen, sie wollte lediglich einen gemeinsamen Nenner finden. »Ich wusste zwanzig Jahre lang nicht, was meiner Schwester widerfahren war. Es hat wehgetan, die Wahrheit herauszufinden. Sie nicht zu kennen, war schmerzhafter.«

Martin starrte aus dem Fenster. Sie hielt die Luft an, offensichtlich den Tränen nahe. »Das tut mir leid«, sagte sie schließlich leise, wieder an Tracy gewandt. »Ich darf wirklich nicht glauben, ich sei der einzige Mensch, der je so etwas durchgemacht hat.«

»Es braucht Ihnen nicht leidzutun, Sie konnten es ja nicht wissen.«

»Aber genau das ist es: Man kann es nicht wissen. Raten Sie mal, wie viele Menschen nach Darrens Tod zu mir kamen, um mir zu erzählen, auch sie hätten einen geliebten Menschen durch Selbstmord verloren.«

»Eine Menge«, sagte Tracy. »Zu viele.«

Martin nickte. Tracy ließ ihr einen Moment Zeit.

»Sie sagten, das hier hätte etwas mit einer Ermittlung zu tun?«

»Es könnte sein«, sagte Tracy. »Ich weiß es wirklich noch nicht.«

»Worum geht es bei dieser Ermittlung?«

Tracy sah keine Möglichkeit, die Fakten zu beschönigen. »Um ein siebzehn Jahre altes Mädchen, das auf dieselbe Schule ging wie Ihr Mann. Im November 1976 kam sie von der Arbeit nicht nach Hause …«

»Oh Gott!« Martin barg ihren Kopf in den Händen. »Sie glauben, er hat sie umgebracht? Ging es darum bei diesen Albträumen?«

»Nein, nein, das kann ich so nicht sagen, Mrs Martin, ich stehe mit meinen Ermittlungen wirklich noch ganz am Anfang. Die Polizei ging damals davon aus, sie hätte Selbstmord begangen.«

»Und?«

»Uns stehen inzwischen wesentlich bessere technische Möglichkeiten zur Verfügung. Wir können alte Fälle neu aufrollen und so untersuchen, wie es 1976 noch nicht möglich war, Beweismittel neu bewerten. Etwas anderes tue ich an diesem Punkt noch nicht.«

»Und die Beweise legen nahe, dass das Mädchen nicht Selbstmord begangen hat?«

»Einige Experten halten es für möglich.«

»Sie glauben, Darren könnte etwas damit zu tun gehabt haben?«

»Lassen Sie mich noch einen Schritt zurückgehen. Der Fall wurde damals von einem jungen Deputy untersucht. Er hat eine Akte hinterlassen. In dieser Akte befinden sich unter anderem auch einige Zeitungsartikel und ein Foto Ihres Mannes zusammen mit einigen Klassenkameraden. Das Foto stand in der Zeitung.«

»Was war das für ein Foto?«

»Ihr Mann und ein paar seiner Mitspieler im Football-Dress.«

»Warum befand sich das Foto in der Akte?«

»Das weiß ich nicht, deswegen bin ich hier. Ich versuche herauszufinden, ob es einen Grund dafür gibt.«

»Haben Sie den Deputy gefragt?«

»Der ist inzwischen verstorben. Ich versuche den Informationen nachzugehen, die er hinterlassen hat. In diesem Zusammenhang habe ich unter anderem den Namen Ihres Mannes durch unsere Computer laufen lassen. Mehr gibt es zu diesem Zeitpunkt nicht zu erzählen.« Tracy ließ unerwähnt, dass sie unter anderem deswegen hier war, weil Martin in Seattle wohnte; zu ihr hatte sie einen kurzen Weg. Stattdessen versuchte sie, die Befragung schnell wieder in die richtigen Bahnen zu lenken. »Fuhr Ihr Mann oft zu Besuch nach Stoneridge?«

»Nein. Nie.«

»Nie?«

»Ich kann mich an kein einziges Mal erinnern.«

»Lebten seine Eltern noch dort, als Sie und Darren heirateten?«

»Sie lebten bis zu ihrem Tod dort.«

»Und er hat nie das Bedürfnis geäußert, hinzufahren und sie zu besuchen?«

»Sie kamen zu uns. Die Feiertage haben wir immer in unserem Haus in Issaquah verbracht. Das war groß genug für die ganze Familie. Darrens Eltern konnten bei uns übernachten, in ihr Haus hätten wir nicht alle gepasst. Es waren einfache Leute, sein Vater arbeitete bei der Stadtreinigung. Sie kamen gern hierher, um die Kinder zu sehen.«

»Was war mit alten Schulfreunden? Kamen welche zu Besuch oder hat sich Darren mit ihnen getroffen?«

»Nein.«

»Haben Sie je Schulfreunde von ihm kennengelernt?«

»Er sagte immer, er sei auf der Schule mit niemandem eng befreundet gewesen.«

»Also stand er nicht mit alten Freunden in Verbindung?«

»Ich habe jedenfalls nie welche kennengelernt.«

»Was war mit Klassentreffen?«

»Da fuhr er nie hin.«

Tracy fand das alles seltsam, hatte Goldman Gallentine doch als einen von vier Helden beschrieben, die in ihrer Heimatstadt nach wie vor einen gewissen Ruhm genossen. Gemeinsam Sieger bei den Landesmeisterschaften und entsprechend geehrt – Tracys Erfahrung nach entstanden so lebenslange Freundschaften.

»Hat Ihr Mann Ihnen gegenüber je erwähnt, dass das Team, in dem er spielte, in jenem Jahr, also 1976, Landesmeister wurde?«

Martins Gesicht sprach Bände: Das hörte sie zum ersten Mal. »Ich wusste, dass er Football gespielt hat, aber von einem Sieg bei den Landesmeisterschaften war nie die Rede.«

»Kommt Ihnen das nicht seltsam vor?«

»Ich weiß nicht. Eigentlich nicht. Sport war wirklich nicht so Darrens Ding. Als Zuschauer schon, er ging auch mal zu einem Spiel, aber er war bestimmt kein Fan.«

Tracy dachte einen Moment nach, was sich als Fehler entpuppte: Martin warf prompt einen Blick auf die Uhr und stand auf. »Ich muss los, ich habe eine Telefonkonferenz.«

»Ich nehme an, Sie waren die Nachlassverwalterin Ihres Mannes?«, fragte Tracy rasch.

»Ja, das war ich.«

»Dann hätten Sie Zugang zu seinen Unterlagen in der Klinik.«

Martin schüttelte den Kopf. »Ich gehe da nicht hin, Detective.«

»Das müssten Sie ja vermutlich gar nicht. Wenn Sie die Leute einfach dazu bringen ...«

»Warum? Damit die Erinnerungen meiner Kinder an ihren Vater vielleicht noch schlimmer werden, als sie es ohnehin schon sind? Sie wissen doch noch nicht einmal, ob da eine Verbindung besteht. Nein, das tue ich meinen Kindern und auch meinen Enkeln ohne einleuchtenden Grund nicht an. Darrens Tod war traumatisch für meine Töchter. Sie waren damals noch Kinder. Ich nehme sie nicht wieder mit in diese Zeit zurück.«

Jetzt blieb Tracy nur noch ihr letztes Argument. »Es gibt noch eine andere Familie, Mrs Martin. Eltern, die nicht erleben durften, wie ihre Tochter erwachsen geworden wäre. Eine Familie, die immer noch ohne Antwort ist.«

»Diese Familie wird ihren eigenen Weg finden müssen, damit umzugehen und abzuschließen, Detective. Wie wir es getan haben. Es ist schrecklich und es tut mir auch leid, aber ich werde es meinen Kindern und Enkeln nicht antun. Und nun müssen Sie mich entschuldigen, ich habe wirklich keine Zeit mehr. Ich begleite Sie noch hinaus.«

* * *

Tracy hinterließ ihre Visitenkarte und fuhr zurück zum Justizzentrum. Von dem eben Gehörten beschäftigte sie am stärksten Martins Aussage, Darren Gallentine hätte den Sieg bei den Landesmeisterschaften ihr gegenüber nie erwähnt. Die beiden hatten sich nur wenige Jahre nach diesem historischen Ereignis kennengelernt. Tracy hätte gedacht, als junger, testosterongesteuerter Mann gäbe man gern mit so etwas an. Aber anscheinend hatte Darren Gallentine mit dem Sieg nichts mehr zu tun haben wollen und er wollte auch mit Stoneridge nichts mehr zu tun haben, er hatte nicht einmal seine Eltern dort besucht. Dabei hatte er die Stadt als Held verlassen. In seinem Kopf schien für die Erinnerung an goldene Zeiten kein Raum gewesen zu sein, dazu tobten darin zu viele Albträume, die ihn nicht schlafen ließen, bis er zur Flasche griff und sich schließlich das Leben nahm. Konnten diese Albträume etwas mit dem zu tun haben, was Kimi Kanasket zugestoßen war?

Tracys Handy klingelte und riss sie aus ihren Gedanken. Die Anruferkennung meldete Michael Meltons Apparat im Kriminallabor.

»Ich habe dir gerade meinen Bericht geschickt«, meldete Melton sich. »Ich dachte, ich gebe dir vorab schnell mal die Readers Digest Version.«

»Das wäre sehr nett.«

»Die Reifenspur stammt von einem BF Goodrich 35x12.50 R15«, sagte Melton. »Ein Geländereifen, man hat den damals gern für Pick-ups und Geländefahrzeuge genommen. Es waren Millionen davon im Umlauf. Und willst du jetzt auch noch die schlechte Nachricht?«

»Ich dachte, das wäre sie schon. Lass mich raten – die Abdrücke auf den Fotos stammen nicht vom Reifen des weißen Pick-ups.«

»Wir konnten mit den Negativen arbeiten, die du für die Fotos vom Pick-up hattest«, erklärte Melton. »Aber leider gab es nur eine Teilaufnahme des Reifens, nur einen Teileindruck der Marke, nichts über das Modell.«

»Was kannst du anhand dieser Teilauskunft sagen?«

»Die Größe des Reifens am Pick-up passt zu der Größe der Reifen, die die Abdrücke hinterließen, aber wir haben nicht genug, um zu entscheiden, von welcher Marke und welchem Modell der Reifen nun genau war.«

»Wir wissen es also nicht.«

»Tut mir leid, ich wollte, die Auskunft hätte eindeutiger ausfallen können.«

* * *

Kins, der an seinem Computer saß, drehte sich um, als Tracy den Arbeitsbereich ihres Teams betrat. »Bingo!«, sagte er, indem er ihr die beiden Seiten reichte, die er gerade ausgedruckt hatte.

»Angela Collins hat mit einem Makler über den Verkauf ihres Hauses gesprochen!« Er zeigte auf die erste der beiden Mails. »Er hat ihr per E-Mail seine Beurteilung geschickt.«

»Wann war das?« Tracy hatte vergeblich nach einem Datum auf der Mail gesucht.

»In der Woche, in der sie sich die Pistole kaufte.«

»Hast du schon mit diesem Typen gesprochen?«

»Gerade eben. Er sagte, sie habe um ein Gutachten gebeten und ihm erzählt, sie überlege sich, gleich nach den Feiertagen zu verkaufen. Unmittelbar nach dem angesetzten Gerichtstermin also, wenige Tage danach.«

»Vielleicht sogar noch vor dem eigentlichen Inkrafttreten der Scheidung!« Tracy schüttelte den Kopf. »Ich wusste doch, dass sie es aufpeppt, weil sie verkaufen will.«

»Womit sie gegen die Übereinkunft verstoßen hätte.«

»Aber nur, wenn Tim Collins noch lebte. Das könnte auf Vorsatz hindeuten.«

»Vielleicht«, sagte Kins. »Ich fahr da mal hin, ich will den Makler auf seine Aussage festnageln. Kommst du mit?«

In diesem Moment klingelte Tracys Handy. »Wartest du kurz?«, bat sie Kins. Das Display zeigte die Nummer von Jenny Almond.

»Du rufst wahrscheinlich an, weil ich dich auf den neuesten Stand bringen soll«, meldete sich Tracy.

»Eigentlich rufe ich an, weil ich dir was erzählen muss«, sagte Jenny. »Ich hörte gerade um sieben Ecken rum, dass Earl Kanasket im Krankenhaus liegt.«

Jenny würde nicht anrufen, wenn Earl nur unter einer Magenverstimmung leiden würde. »Was ist passiert?«

»Ich hörte, er hätte einen Zusammenbruch gehabt. Der Sohn hat ihn eingeliefert, gegen Earls ausdrücklichen Wunsch.«

»Woher weißt du das?«

»Ich habe im Krankenhaus angerufen und mit den Ärzten geredet.«

»Wie schlecht geht es ihm?«

»Inzwischen atmet er wieder eigenständig, verweigert aber jede außergewöhnliche lebensrettende Maßnahme. Laut dem behandelnden Arzt ist er bereit, diese Welt zu verlassen, um bei seiner Frau und seiner Tochter zu sein.«

Tracy musste an Élan denken, der gesagt hatte, seine Mutter sei ins Grab gegangen, ohne zu wissen, was mit Kimi passiert war, und so würde es seinem Vater auch gehen. Sie musste ihm jetzt nicht unbedingt nachweisen, dass er unrecht hatte, wichtiger war ihr, Kimi zur Ruhe zu betten, während Earl noch atmete. Seinetwegen, nicht um Élan gegenüber recht zu behalten. Das hieß aber, sich zu beeilen. Das Zeitfenster, das ihr für die übernommene Aufgabe zur Verfügung stand, war gerade erheblich geschrumpft.

»In dieser Woche gehen doch die Festivitäten zum Jubiläum los, oder?«, fragte sie.

»Genau.«

»Heute Nachmittag muss ich mich um eine andere Sache kümmern, aber dann komme ich noch mal runter zu euch. Steht das Haus deiner Mutter noch zur Verfügung?«

»Ja, sie kommt erst nächste Woche zurück. Setzen wir uns zusammen, wenn du hier bist? Dann können wir alles besprechen, was du so herausgefunden hast.«

»Bei mir dürfte es spät werden. Lass es uns auf morgen verschieben, ja?«

23

Am folgenden Morgen war Tracy schon vor dem aufdringlichen Hahn wach, obwohl sie am Tag zuvor erst spät im Haus von Mrs Almond angekommen und noch später eingeschlafen war. Sie hatte einfach nicht aufhören können zu grübeln. Die Gedanken hatten sie ins Bett begleitet und waren beim Aufwachen sofort wieder zur Stelle gewesen.

Laufen half da meistens, also zog sie sich ihre Sportsachen an und verließ schon um Viertel nach fünf das Haus. Draußen war es noch dunkel, das Thermometer neben der Haustür zeigte knackige drei Grad an. Sie wollte wie auch an den anderen Tagen hier auf dem Kamm der Bergausläufer laufen, eine Strecke von etwa sechs Meilen, an die sie sich schon gewöhnt hatte. Im Dunkeln zu laufen war gewöhnungsbedürftig, aber Tracy trug eine Stirnlampe und der Boden war fest.

Oben auf dem Kamm angekommen, blieb sie kurz stehen, um sich zu orientieren. Im Westen lag die Landstraße, im Süden Stoneridge. Ihre gewohnte Laufstrecke folgte den Ausläufern nach Osten, und dann ging es in einer Schleife erst nordwärts, dann westwärts zurück zum Almond-Haus. Einer Idee folgend bog Tracy an diesem Tag nach Süden ab, folgte einem weniger ausgetretenen Pfad als dem, den sie sonst nahm, und sah zu, dass die 141, an der sie sich orientierte, immer rechts von ihr lag. Das Unterholz um sie herum wurde dichter, je weiter sie kam, weswegen sie mehrmals fast umgekehrt wäre. Ein sicheres Gefühl, die richtige Richtung eingeschlagen zu haben, ließ sie jedoch weiterlaufen. Es ging einen Abhang hinunter, wobei sie jeden Schritt als Stoß in Knie und Schienbein empfand, dann lief sie etwa eine halbe Meile auf ebenem Gelände, bis es wieder bergauf ging. Der Aufstieg war steiler als vorher der Abstieg und bald schon ging Tracys Atem laut und angestrengt, während Arme und Beine arbeiteten, was das Zeug hielt. Oben angekommen lief sie mit hinter dem Kopf verschränkten Händen auf der Stelle, bis sie wieder zu Atem gekommen war. Unter ihr lag die Lichtung.

Tracy hatte immer schon einen sehr guten Orientierungssinn gehabt.

Diesmal ging sie den Hügel lieber hinunter statt zu laufen. Ihr Atem hing deutlich sichtbar in der Luft und am Himmel machte sich mit rosa angehauchten Wolken langsam die Morgendämmerung breit. Bald lagen Lichtung und Wald im ersten grauen Licht.

Tracy suchte nach der Stelle, an der Kimi gestürzt war, wenn man Kaylee Wright glauben wollte. Die Stelle, an der jemand einen Busch gepflanzt hatte, dessen Blätter an den Spitzen bereits braun wurden. Tracy verharrte kurz, um ein stilles Gebet für Kimi, Sarah und all die anderen jungen Frauen zu sprechen, die ein ähnliches Schicksal erlitten hatten. Dann sah sie sich suchend um, bis sie die Stelle wiedergefunden hatte, an der bei ihrem ersten Besuch hier der Mann gestanden hatte. Dort betrat sie den Wald. Bei Tageslicht fiel es wesentlich leichter zu sehen, wohin man trat.

Sie war noch nicht weit gekommen, als ihr Blick auf eine ausgerissene, tote Pflanze fiel, deren Wurzelballen noch intakt war. Sie bückte sich, um sie aufzuheben, und entdeckte ganz in

der Nähe weitere tote Pflanzen mit Wurzelballen. Die Funde führten sie zu einem großen Haufen solcher Pflanzen in unterschiedlichen Stadien des Zerfalls: Stauden, Sträucher, Büsche.
Auf der Lichtung wächst nichts.
Trotzdem versuchte jemand immer wieder, hier etwas wachsen zu lassen.
Neugierig geworden ging Tracy weiter bis zur Rodung unter der Stromleitung und stieg dort, wo sie beim ersten Besuch die Spuren des Mountainbikes entdeckt hatte, den Hügel hinauf zum Kamm der Bergausläufer. Oben angekommen sah sie sich um, konnte aber in der näheren Umgebung nichts Auffallendes entdecken. Also lief sie noch etwa eine Meile auf dem Kamm entlang und wollte gerade umkehren, als unter ihr auf einem ausgedehnten Stück Land riesige Gewächshäuser und ein hölzernes Verkaufsgebäude auftauchten. Außerdem unzählige Pflanzen, eine Reihe nach der anderen, so weit das Auge reichte: Topfpflanzen, Sträucher, junge Bäume.
Eine Baumschule.
Tracy warf einen Blick auf ihre Uhr und machte sich rasch auf den Heimweg.

* * *

Noch vom Haus der Almonds aus rief Tracy bei der Central Point Nursery an und ließ sich bestätigen, dass Archibald Coe dort arbeitete. Er würde allerdings nicht vor elf Uhr da sein, erklärte die Dame am Telefon. Coe musste der Mann sein, den Tracy bei ihrem ersten Besuch auf der Lichtung gesehen hatte. Coe hatte an der Stelle, an der Kimi Kanasket überfahren worden war, einen Strauch gepflanzt, und wenn Tracy nach dem Abfallhaufen voll toter Pflanzen im Wald gehen wollte, dann tat er das schon seit Jahren.
Sie rief Jenny an, berichtete, was sie bisher herausgefunden

hatte, und informierte sie über ihren Plan, nach Central Point zu fahren, um mit Archibald Coe zu reden. Mit Hastey Devoe hätte sie sich auch gern unterhalten, fürchtete nur, das könnte schwierig werden. Sie musste ihn auf jeden Fall allein erwischen. Jenny schlug vor, Hastey locker überwachen zu lassen, und versprach, sich bei Tracy zu melden, falls sich daraus etwas ergab.

Kurz vor elf kletterte Tracy in ihren Pick-up und fuhr los, mitten in dichten Nebel hinein. Bei der Baumschule angekommen, erklärte ihr die Frau hinter dem Tresen im Verkaufsraum, Coe betreue das Gartencenter mit den einjährigen Pflanzen, den Stauden und Laubgewächsen. Tracy würde ihn wahrscheinlich in einem der großen nach hinten hinaus liegenden Gewächshäuser finden. Sie bot an, ihn über das interne Lautsprechersystem der Baumschule auszurufen, aber Tracy lehnte das Angebot dankend ab. Sie wollte lieber selbst nach ihm suchen. In dem Fall, schlug die Frau vor, sollte sie zuerst einmal im am weitesten entfernten Gewächshaus auf dem Gelände nachsehen.

Inzwischen regnete es. Tracy klappte den Kragen ihrer Gore-Tex-Jacke hoch und schlug einen Bogen um zahlreiche Pfützen, weil sie nicht den Rest des Tages mit nassen Schuhen und Strümpfen herumlaufen wollte. Ein unheilvoll schwarzer Himmel kündigte noch schlechteres Wetter an und so beeilte sie sich, ins Trockene zu kommen. Langsam fühlte sie sich wie am Beginn einer Sintflut.

Im Gewächshaus angekommen, streifte sie erleichtert die Kapuze vom Kopf und schüttelte sich Regentropfen von der Jacke. Die flackernden Neonröhren beleuchteten Tische mit unterschiedlich großen Stauden, Topfpflanzen und winzigen Bäumen. Es war hier beträchtlich wärmer als draußen, die Luft war feucht und schwül und roch streng nach Düngemitteln.

Archibald Coe war schnell gefunden – außer ihm und Tracy war kein Mensch im Gewächshaus – und er sah dem Foto in seinem letzten Führerschein sehr ähnlich. Er war fast schon krankhaft dünn, und die markanten Wangenknochen und die dunklen Ränder unter den eingesunkenen Augen ließen ihn noch hagerer erscheinen. Er trug kniehohe Gummistiefel und eine verwitterte Regenjacke, die noch aus seiner Armeezeit zu stammen schien, und wässerte gerade eine Reihe Setzlinge in orangenen Tontöpfen, in der Hand eine Art Duschkopf am Ende einer kurzen Metallstange. Als Tracy näher kam, ließ er die Stange sinken und sah ihr mit ausdrucksloser Miene entgegen. Sein Blick kam ihr fast leer vor.

»Archibald Coe?«

Der Duschkopf hörte auf zu sprühen. Einen Moment lang tropfte noch Wasser aus den Düsen, dann wurde es still.

»Ich bin Tracy Crosswhite, Detective aus Seattle.« Tracy zeigte Coe ihre Dienstmarke. In dessen Gesicht regte sich nichts. »Ich würde Ihnen gern ein paar Fragen stellen.«

»Ich habe zu tun«, sagte er leise. Das klang entschuldigend und so müde, als hätte Coe bereits einen anstrengenden Tag hinter sich. »Ich muss arbeiten.«

»Ich werde Sie nicht lange aufhalten. Sie können dabei auch gern weiterarbeiten, wenn Ihnen das lieber ist.«

Einen Moment lang wirkte Coe verunsichert, dann hob er seine Stange, zog den daran hängenden Wasserschlauch ein Stück weiter hinter sich her und goss den nächsten Baum in der Reihe.

»Hatten Sie mich erwartet? Hat Ihnen jemand gesagt, Sie könnten mit meinem Besuch rechnen?« Es verwirrte Tracy, dass Coe so gar keine Reaktion zeigte.

»Nein.« Er schüttelte den Kopf.

»Viele Menschen wundern sich und machen sich Sorgen, wenn ein Detective unangekündigt bei ihnen auf der Arbeit auftaucht und Fragen stellen will.«

Coe warf einen Blick hoch zum Glasdach des Gewächshauses. Der Regen war stärker geworden und hämmerte auf die Platten ein wie ein Schwarm zerstörungswütiger Vögel.

»Wollen Sie denn gar nicht wissen, worum es geht?«, fragte Tracy.

Coe senkte den Blick. »Worum geht es denn?«

»Kimi Kanasket.«

Das Hämmern über ihren Köpfen wurde lauter, als sich der Regen in Hagel verwandelte, der auf das Glasdach eindrosch und sich an den Ecken der Metallrahmen sammelte. Coe blickte erneut hoch und Tracy nutzte die Gelegenheit, sich den Mann genauer anzusehen. Was sie für Gleichgültigkeit gehalten hatte, kam ihr jetzt eher wie Zerbrechlichkeit vor. Coe, der ehemalige Running Back, den Goldman als schnell und geschickt beschrieben hatte, bewegte sich unsicher schlurfend wie ein sehr dünner, sehr alter Mann, der seinem Gleichgewichtssinn nicht mehr traut und Angst hat zu fallen. Jede Bewegung war genau geplant und methodisch – konnte es sein, dass er Beruhigungsmittel nahm?

»Erinnern Sie sich an Kimi Kanasket?«, fragte sie.

Coe nickte. »Wir sind zusammen zur Schule gegangen, waren zusammen in der Leichtathletikmannschaft. Sie war sehr schnell.« Er legte die Stange ab und schlurfte zurück zum Reihenanfang, zog unter dem Tisch eine Kiste hervor und entnahm ihr eine Handvoll Stöckchen, die von der Farbe und Form her wie Zigaretten aussahen. Jeder Topf bekam eins dieser Stöckchen in die Erde gesteckt.

Vielleicht kam man hier mit einem anderen Ansatz weiter. »Was sind das für Bäume?«

»Zitronen.«

»Hier im Nordwesten?«

»Die gehen an einen Kunden in Südkalifornien. Aber sie wachsen auch hier. Man muss sich nur richtig um sie kümmern.«

»Wie kamen Sie darauf, mit Pflanzen arbeiten zu wollen?«

»Mein Vater hatte eine Baumschule.« Langsam und methodisch drückte Coe Düngerstäbchen in die Töpfe, immer einen nach dem anderen. »Er sagte immer, Pflanzen wären wie Kinder.«

»Wissen Sie, was er damit meinte?«

»Sie entstehen aus einem Samen, es wachsen ihnen Gliedmaßen, sie werden größer und stärker, aber man muss sie nähren und sich immer gut um sie kümmern.«

»Haben Sie Kinder, Mr Coe?«, fragte Tracy.

Coe nickte.

»Einen Jungen? Ein Mädchen?«

»Ja.«

»Von jedem eins? Ein Junge und ein Mädchen?«

»Ja.«

»Wie alt sind sie?«

Coe blieb stehen, starrte zu Boden. »Das weiß ich nicht mehr.«

»Sie sehen die beiden nicht?«

Coe schüttelte den Kopf. Er griff nach dem Bewässerungsstab und nahm sich die nächste Reihe Setzlinge vor.

Tracy wusste von Tiffany Martin, dass Darren Gallentine sich das Leben genommen hatte, als seine Älteste siebzehn wurde. »Wie alt waren Ihre Kinder, als Sie und Ihre Frau sich scheiden ließen?«

Diesmal zögerte Coe nicht. »Fünfzehn und zehn.«

»Wer ist älter?«

»Meine Tochter.«

»Dann wissen Sie also, wie es ist, Vater zu sein, Mr Coe.«

Coe ging wortlos weiter zum nächsten Topf.

»Sie wissen, dass sich Kids nicht immer richtig verhalten.« Der Stab mit dem Duschkopf schwebte kurz über einem Baum, ehe ihn Coe zur nächsten Pflanze in der Reihe lenkte. »Aber wir vergeben ihnen, wenn sie etwas Falsches tun«, fuhr Tracy fort. »Wenn sie zu uns kommen und sagen, was sie getan haben, dass sie etwas Falsches getan haben, dann vergeben wir ihnen. Wir alle machen Fehler.« Diesen kleinen Vortrag hatte Tracy schon vielen Verdächtigen gehalten.

»Ich sehe sie nicht«, sagte Coe. »Sie sind jetzt groß. Wir reden nicht mehr miteinander.«

»Kimi Kanasket ist nicht in den Fluss gesprungen, nicht wahr, Mr Coe?«

Coe antwortete nicht. Einen Moment lang wirkte er wie erstarrt; um den Topf, den er gerade wässerte, sammelte sich eine Pfütze. »Was geschah auf dieser Lichtung im Wald, Mr Coe?«

»Ich weiß es nicht.« Coe schrak auf, wie aus einer Trance erwacht. Hastig zog er den Schlauch weiter zur nächsten Pflanze.

»Wenn Sie sich nicht erinnern, wer könnte sich dann erinnern?«

»Ich weiß nicht.« Diesmal folgte ihm der Schlauch nicht, als Coe daran zog, er klemmte unter einem der Tontöpfe fest. Coe musste zurückgehen und ihn losmachen. Der Regen rauschte an den Glaswänden des Gewächshauses hinab wie ein Wasserfall, dahinter sah man absolut nichts.

»Earl Kanasket lebt seit vierzig Jahren, ohne zu wissen, was seiner Tochter zugestoßen ist«, sagte Tracy. »Sie haben Kinder. Sie können sich doch sicher vorstellen, wie sich das anfühlen würde, eins dieser Kinder zu verlieren und nie zu wissen, warum.«

Coe wippte nervös auf Hacken und Ballen. »Ich sehe sie nicht mehr«, sagte er. »Ich bekomme meine Kinder nicht zu sehen.«

»Ich kann Ihnen helfen, Mr Coe. Wenn Sie mir sagen, was geschehen ist, kann ich helfen.«

Coe schlurfte mit Schlauch und Stange zur nächsten

Pflanze. »Ich muss arbeiten, muss die Pflanzen wässern.«

»Warum versuchen Sie, auf der Lichtung etwas zu pflanzen, Mr Coe?«

Coe antwortete nicht.

»Ich habe Sie neulich Abend dort gesehen. Auf der Lichtung. Das waren Sie doch, oder? Sie sind derjenige, der die Pflanzen dorthin bringt, nicht wahr?«

»Nichts wächst auf der Lichtung. Alles stirbt.«

»Aber Sie haben Pflanzen dorthin gebracht. An die Stelle, an der Kimi überfahren wurde. Sie haben viele Male versucht, dort etwas hinzupflanzen, Mr Coe. Warum tun Sie das?«

Coe, vorher schon kränklich blass, war geisterhaft bleich geworden. Er wirkte den Tränen nahe.

»Kimi hat noch gelebt«, sagte Tracy. »Sie ist nicht dort auf der Lichtung gestorben.«

Coe blickte auf und sah Tracy zum ersten Mal direkt an.

»Wer immer sie mit dem Pick-up getroffen hat, hat sie nicht getötet, Mr Coe. Sie lebte noch, als man sie in den Fluss warf. Erzählen Sie mir, was an dem Abend geschah. Sie waren vierzig Jahre lang ein mustergültiger Bürger. Sie haben kein einziges Verbrechen begangen. Menschen vergeben, Mr Coe, aber sie wollen, dass man Rechenschaft ablegt. Ich habe das Gefühl, genau das wollen Sie auch. Reden Sie sich die Last von der Seele, es ist an der Zeit. Erzählen Sie mir, was in jener Nacht auf der Lichtung geschah.«

»Auf der Lichtung wächst nichts. Alles stirbt.« Mit diesen Worten wandte Coe sich ab, um den nächsten Baum zu wässern.

24

Tracy wollte die Baumschule gerade verlassen, als Jenny sie anrief.

»Hastey Devoe hat die Feiern zum Jahrgangstreffen für sich wohl schon eingeläutet, jedenfalls sitzt er in einer Restaurantbar in der Nähe von Vancouver und trinkt dort seinen Lunch. Bald dürfte er in sein Auto steigen und nach Hause fahren.«

»In einer Gefängniszelle ist man ziemlich allein«, meinte Tracy.

»Siehst du, genau das dachte ich auch gerade. Ich sage meinen Leuten, sie sollen ihn aufgabeln, ehe er Stoneridge erreicht, und dir Bescheid sagen, wenn es so weit ist.«

»Wenn er einen Anruf machen will, haltet ihn hin.«

»Wird gemacht. Was hatte Coe zu sagen?«

»Leider nicht viel.« Tracy fasste ihre Unterhaltung mit Archibald Coe zusammen und schilderte, welchen Eindruck der Mann auf sie gemacht hatte. Ihrer Meinung nach ließ seine emotionale Zerbrechlichkeit dieselben Schlüsse zu wie Darren Gallentines Selbstmord. »Ich bin mir sicher, dass ich ihn an diesem Abend auf der Lichtung gesehen habe und dass er seit Jahren versucht, an dieser Stelle etwas anzupflanzen. Ich fand Dutzende fortgeworfener Pflanzen im Wald.«

»Ein Denkmal«, sagte Jenny.

»Der Versuch, ein Denkmal zu errichten. Dort wächst nichts. Alles stirbt. Das hat er so gesagt. Wir sind auf der richtigen Spur, Jenny, ganz bestimmt. Coe weiß, was passiert ist, das spüre ich deutlich, und es macht ihm immer noch zu schaffen. Ich muss einen Weg finden, ihn zum Reden zu bringen. Wenn er mir sagt, was passiert ist, dann werden damit all unsere Indizienbeweise nicht nur relevant, sie werden zu unterstützendem, vielleicht sogar zu ausreichendem Beweismaterial.«

»Ich kann mit dem Staatsanwalt darüber sprechen. Vielleicht können wir Coe im Austausch für seine Zeugenaussage einen Deal anbieten.«

»Ich glaube, das ist gar nicht das Problem. Er sperrt sich nicht, er ist emotional zerbrechlich. Als könnte er nicht zu dem zurückgehen, was passiert ist, als wäre davor eine Tür, die er nicht öffnen und deshalb nicht darüber sprechen kann. Man muss mit ihm sehr vorsichtig sein, ich muss noch mal genau darüber nachdenken, wie ich das angehe. Lass uns weiterreden, wenn deine Deputys Devoe einkassiert haben.«

»Und wo willst du jetzt hin?«

»Alte Zeitungen anschauen.«

* * *

Sam Goldman lächelte, als Tracy vor seiner Tür stand. »Sie sind wohl mit dem Batmobil unterwegs.«

»Es könnte sein, dass ich das eine oder andere Tempolimit überschritten habe«, gestand Tracy.

»Einen Vorteil muss der Job ja bringen, was?«

»Die Bezahlung, Arbeitszeiten und Ansehen sind es jedenfalls nicht.«

Goldmann lachte schallend. »Wie wahr! Lehrer, Journalisten und Polizisten – die unterbezahltesten Berufe auf dem Planeten.«

Er trat beiseite, um Tracy hereinzulassen.

»Sie wollen noch einmal einen Blick auf alte Zeitungen werfen, sagten Sie am Telefon?«

»Wenn das nicht zu viel Mühe macht.«

»Überhaupt keine Mühe, Häuptling.« Goldman war bereits unterwegs durch die Küche in Richtung Anbau. Adele saß an einem kleinen Tisch unter dem Fenster, vor sich ein Sudokubuch, in der Hand einen Bleistift und im Gesicht einen halb neugierigen, halb besorgten Ausdruck. Als wüsste sie nicht, was sie von diesen häufigen Störungen ihrer Rentnerroutine halten sollte.

»Zurück in die Zukunft, die zweite, Adele«, verkündete Goldman.

»Schön, Sie wiederzusehen, Detective. Darf ich Ihnen eine Tasse Tee anbieten?«

»Heute nicht, vielen Dank. Ich verspreche, Sam nicht zu lange in Anspruch zu nehmen.«

Goldman war schon durch die Hintertür. »Sie muss gleich weiter, Adele, Orte besuchen, Leute treffen. Sie ist eine Frau mit einer Mission!«

Beim Schuppen angekommen, wiederholte sich das Ritual mit dem Vorhängeschloss und dem Eimer. Als sichergestellt war, dass die Tür nicht von allein zufallen würde, knipste Goldman das Licht an und bahnte sich einen Weg zu den Kartons, die die Arbeit seines ganzen Lebens enthielten.

Der Karton, den sich Tracy bei ihrem letzten Besuch angesehen hatte, war rasch gefunden. Goldman zog die entsprechenden Ausgaben heraus und Tracy schlug die erste davon auf.

Reynolds bringt die Wende für Stoneridge!

Der Artikel zu dieser Schlagzeile stand gleich auf der ersten Seite und wurde im Zeitungsinnern durch zusätzliche Artikel und Fotos ergänzt. Auf einem der Fotos sah man einen breit lächelnden Eric Reynolds vom Spielfeld laufen, er schwenkte seinen Helm hoch über dem Kopf. Ein junger Mann auf dem Weg in eine strahlende Zukunft. Tracy hatte an der Highschool einer kleinen Stadt unterrichtet und wusste, dass eine solche Zukunft nicht für alle Schüler selbstverständlich war. Hinter Reynolds wurde der Rest des Teams vom begeisterten Publikum gefeiert. Cheerleader, Eltern und Mitschüler drängten sich um die siegreiche Mannschaft, handgemalte Schilder wurden in die Höhe gehalten, Wimpel flatterten.

»Mit diesem Spiel wurde er erstmals richtig bekannt.« Goldman rückte sich die Brille auf der Nase zurecht, während er Tracy über die Schulter sah. »Bis dahin hatten sich nur kleinere Colleges für ihn interessiert, nach diesem Spiel riefen alle an. Als die University of Washington anklopfte, war alles klar: Sein alter Herr wollte, dass er da hinging, und das war es dann. Damals wurde noch nicht so ein Zirkus veranstaltet wie heute, aber wir haben aus seiner Entscheidung für die Universität eine Geschichte gemacht. Er hat seine Zusage bei uns in der Redaktion unterschrieben und mit unserem Faxgerät an die Uni geschickt.« Goldman dachte kurz nach. »Das dürfte im Februar gewesen sein.« Er stellte den Karton, den sie gerade als Unterlage benutzten, beiseite, öffnete den darunter und fischte die Ausgabe heraus, nach der er gesucht hatte.

»17. Februar 1977.« Er faltete die Zeitung auf. »Auf jeden Fall kein Tag der Schande.«

Das Foto stand gleich auf der Titelseite und zeigte Eric Reynolds mit einem Füller in der Hand hinter einem Schreibtisch sitzend. Neben ihm stand Ron Reynolds, eine Hand auf dem Schreibtisch, die andere auf der Schulter seines Sohnes. Beide Männer sahen mit breitem Lächeln hoch zur Kamera. Sie sahen sich ähnlich, wenn auch nicht allzu sehr. Eric hatte von seinem Vater das markante Kinn sowie das Lächeln geerbt, das links einen Tick höher rutschte als rechts, wirkte aber mit den schulterlangen Haaren und weichen Zügen nicht ganz so streng wie Ron mit seinem Bürstenhaarschnitt und dem harten Gesichtsausdruck eines Armeeausbilders. Erics Augen waren wahrscheinlich blau, was auf dem Schwarz-Weiß-Foto allerdings nicht zu erkennen war. Anders als die seines Vaters, die vor Intensität brannten, funkelten die von Eric. Hier saß ein Highschool-Schüler, der mit einem einzigen flüchtigen Blick Mädchenherzen schmelzen lassen konnte.

»Ich bin auf den Schreibtisch gestiegen, um das Foto hinzubekommen«, erklärte Goldman nicht ohne einen gewissen Stolz.

»Die Mutter durfte bei diesem Vergnügen nicht dabei sein?«

»Die Mutter starb, bevor Reynolds mit seinem Sohn aus Südkalifornien hierherzog. Es gab nur die beiden.«

»Keine Geschwister?«

»Nein. Eric war der reine Goldjunge. Er hat in dem Jahr auch die Basketballmannschaft zur Landesmeisterschaft geführt und sein Talent als Werfer beim Baseball hatte sich ebenfalls herumgesprochen und Interesse geweckt. Aber Trainer Reynolds stellte klar, dass nur Football infrage kam. Das Königsspiel sozusagen. Der junge Eric sollte als Quarterback für die University of Washington spielen und danach in der Profiliga weitermachen.«

Der Artikel wurde auf der nächsten Seite fortgesetzt, begleitet von einem weiteren Foto von Eric, diesmal in einer Schuljacke, die mehr Aufnäher hatte als die Uniform eines Pfadfinders. Er lehnte lässig an einem Geländewagen mit einem Verdeck aus Stoff. Womöglich war das ein Jeep, SUVs gab es damals noch nicht.

Neugierig geworden hielt Tracy die Zeitung hoch und so, dass mehr Licht darauf fiel. Nein, ein Jeep war das nicht, es war ein Bronco mit Geländebereifung. Sofort schlug ihr Herz schneller, beruhigte sich aber schon bald wieder, denn auf dem Foto war nur ein kleines bisschen vom Reifenprofil zu erkennen. Die Seitenansicht fiel noch magerer aus, Marke und Modell des Reifens lieferte einem dieses Foto also wahrscheinlich nicht. »Mist!«, entfuhr es ihr.

»Wonach suchen Sie denn, Häuptling?«

»Nach den Reifen. Ich wüsste gern die Reifenmarke und das Modell.«

»Zeigen Sie mal.« Goldman nahm ihr die Zeitung aus der Hand, schob seine Brille auf die Stirn und sah sich das Foto genau an. »Wir haben es zurechtgeschnitten«, stellte er fest.

»Zurechtgeschnitten?«

»Ja. Mussten wir, damit es hier reinpasste.«

»Und haben Sie das Originalfoto noch?« Tracy wagte kaum zu hoffen – anderseits neigte Goldman eindeutig dazu, alles aufzubewahren.

Goldman warf ihr einen verschmitzten Blick zu. »Kopf hoch, Heldin, Sie dürfen mich nicht unterschätzen!« Er steuerte eine der Seitenwände des Schuppens an, an der eine Reihe Aktenschränke wartete, jede Schublade mit einem sauber beschrifteten weißen Kärtchen im dafür vorgesehenen Steckschlitz. Die Tinte auf diesen Kärtchen mochte verblasst und in einigen Fällen kaum noch zu lesen sein, aber Goldman wusste, wonach er suchte. Er schob sich die Brille nach oben auf die Stirn und bückte sich, um die Aufschriften im gedämpften Licht entziffern zu können. »Hier haben wir es!«, verkündete er fröhlich, löste mit dem Daumen die Verriegelung und zog eine Schublade auf. »Wir haben die Fotos von allen Ausgaben im Original behalten. Man weiß ja nie, wann man mal eins aus dem Reservoir gebrauchen kann.«

In der Schublade mit den Hängeordnern ging es ebenso ordentlich zu wie in Goldmans Umzugskartons mit den Zeitungen. Goldman arbeitete sich, von vorn angefangen, durch die grünen Ordner. Beim letzten angekommen, wurde er langsamer. »Nein«, sagte er.

»Sie haben es nicht?«, erkundigte sich Tracy verzagt.

»Falsche Schublade.«

Goldman schloss die eine Schublade, wiederholte seine Suche in der darunterliegenden und wurde dort gleich im vorderen Bereich fündig. Stolz zog er einen Hängeordner heraus. »Hier haben wir es!« Er brachte den Ordner zu Tracy an den improvisierten Umzugskartontisch und ging die darin befindlichen Schwarz-Weiß-Fotos ebenso rasch und geschickt durch wie ein Kartenspieler seine Karten. Alle Fotos, die nichts mit Eric Reynolds und seinem Vater zu tun hatten, wurden beiseitegelegt.

»Hier sind sie.« Einige Fotos zeigten Eric lässig an einem stuckverzierten Gebäude lehnend, mal mit, mal ohne Schuljacke. »Es war Adeles Idee, den Jungen neben seinem Auto zu fotografieren, damit die Kontraste besser rauskommen.« Goldman hielt eins der Fotos hoch. »Sie sagte, die anderen sähen zu sehr nach Verbrecherfotos aus.«

Goldman reichte Tracy die Aufnahme, die den am Bronco lehnenden Eric zeigte. Irgendjemand, wahrscheinlich Goldman, hatte mit einem roten Filzstift gekennzeichnet, welcher Bereich in der Zeitung verwendet werden sollte. Außerhalb dieses Rechtecks sah man unter dem vorderen Kotflügel des Bronco mehr von dessen überdimensionalen Reifen als auf dem Zeitungsfoto. Man sah das Profil und auch einen Teil der Seite, aber Tracy konnte weder die Marke noch die Nummer des Reifenmodells erkennen. Jedenfalls nicht mit bloßem Auge.

»Sam, ich werde dieses Bild und das Negativ dazu mitnehmen müssen. Kopien reichen mir nicht. Sie haben mein Wort, dass ich das Foto einscanne und zurückbringe. Das Negativ muss ich nach Seattle ans Kriminallabor schicken.«

Goldmans Augen funkelten. »Na, das ist doch mal eine Geschichte, die ich meinen Enkeln erzählen kann.«

Tracy fiel noch etwas ein. »Kann ich die Ausgabe sehen, in der über die Parade berichtet wird – die mit der Collage?«

»Das müsste die Nummer vom Dienstag, dem 9. November 1976 sein.«

Der entsprechende Karton war schnell gefunden, die Zeitung ebenfalls. Goldman faltete sie so sorgsam auseinander wie eine jahrhundertealte Reliquie und breitete sie auf dem Kartontisch aus. Wieder hatte Tracy die Fotos vor sich, mit denen die Stimmung auf der Parade eingefangen worden war, aber diesmal konzentrierte sie sich auf andere Details. Die Bewohner von Stoneridge säumten rufend und winkend die Straße, auf der die Parade von einer Gruppe Cheerleader angeführt wurde, die ein Banner mit der Aufschrift »Landesmeister!« trugen. Es folgte die Schulband. Trainer und Spieler hatten sich auf Pick-ups und offene Kabrios verteilt, und einige Fotos waren so aufgenommen, dass man die Fahrzeuge mit den Teammitgliedern in ihrer Spielkleidung gut sehen konnte. Es gab einen offenen Kombi, einen Mustang, einen Pick-up mit mehreren Spielern auf der Ladefläche und einen großen Pritschenwagen, auf dem sich noch einmal an die zwei Dutzend drängten. Viele von ihnen saßen und ließen die Beine über die Seiten baumeln, während sie der jubelnden Menge zuwinkten.

Etwas genauer sah sich Tracy ein Foto an, auf dem sich drei der vier Ironmen befanden. Eric Reynolds, Hastey Devoe und Archibald Coe standen auf dem Rücksitz eines Cadillac Cabrio. Reynolds hielt den Siegerpokal hoch, Devoe hatte den Zeigefinger erhoben und schenkte den Zuschauern ein breites Lächeln, Coe stand neben den beiden und wirkte so teilnahmslos wie in der Baumschule. Darren Gallentine fehlte, auch auf den anderen Fotos konnte Tracy weder sein Gesicht noch die Nummer seines Trikots erkennen. Erics Bronco war ebenfalls nicht mit von der Partie, was Tracy stutzen ließ, war er mit seinem weichen, abnehmbaren Verdeck doch für eine solche Parade praktisch prädestiniert.

Tracys Handy klingelte und zeigte ihr eine bekannte Nummer. »Eben haben meine Leute Hastey gestoppt«, meldete Jenny.

25

Die Zentrale des Klickitat Sheriff Office befand sich nach wie vor in Goldendale, eine Dreiviertelstunde Fahrt von Stoneridge entfernt, aber Buzz Almond hatte in Stoneridge selbst ein »West End«-Revier eröffnet, um diesem Teil des Countys besser dienen zu können. Wahrscheinlich war es ihm auch um einen kürzeren Arbeitsweg gegangen. Tracy traf dort auf Jenny, und die beiden Frauen beschlossen, Hastey Devoe noch ein paar Minuten lang schmoren zu lassen, während sie das Foto von Eric Reynolds am Bronco einscannten und sowohl an Kelly Rosa als auch an Michael Melton schickten. In einem Begleitschreiben bat Tracy Kelly Rosa, sich das Foto anzusehen und über die Frage nachzudenken, ob die Muster auf Kimi Kanaskets Rücken und Schulter zum Profil des auf dem Foto erkennbaren Reifens passten. Melton schrieb sie, das Negativ zum Foto würde per Deputy Sheriff nach Seattle gebracht, und sie bat ihn, das erkennbare Reifenprofil mit dem Profil der Abdrücke auf den Fotos von der Lichtung zu vergleichen.

* * *

Die Deputys, die Hastey Devoe aufs Revier gebracht hatten,

meldeten, er habe sich geweigert, gleich an Ort und Stelle ins Röhrchen zu pusten. Ihre Fragen habe er auch nicht beantworten wollen, sondern stattdessen sofort gebeten, telefonieren zu dürfen. Er schien es lästig, aber nicht welterschütternd zu finden, wegen Trunkenheit am Steuer festgenommen worden zu sein. Wahrscheinlich vertraute er auf seinen Bruder, den Polizeichef, der schon alles regeln würde.

Wenn Tracy Hastey zum Sprechen bringen wollte, dann musste sie ihm mit einem Tritt den Boden unter den Füßen wegziehen, ihn aus seiner Wohlfühlzone herausbefördern. Lieber hätte sie vor dem Gespräch mit dem Mann noch gewusst, was Melton und Rosa von dem neuen Foto hielten, aber das lag leider nicht drin. Wahrscheinlich dauerte es nicht mehr lange, bis Lionel von der Verhaftung seines Bruders erfuhr, und danach würde sich die Gelegenheit zu einem vertraulichen Gespräch mit Hastey so schnell nicht noch einmal bieten.

Devoe zeigte ein dümmliches Grinsen, als Tracy zusammen mit Jenny den Raum betrat, das ihm jedoch beim Anblick der beiden Frauen rasch verging. Tracy fand das ermutigend. Wahrscheinlich hatte Lionel seinen Bruder vor dem Detective aus Seattle gewarnt, der rumlief und Fragen über Kimi Kanasket stellte. Abgesehen davon war es nie gut, wenn der Sheriff persönlich auftauchte, um einen zu befragen. Ein eindeutiges Zeichen dafür, dass es hier um mehr ging als um die soundsovielte Festnahme wegen Trunkenheit am Steuer.

»Das wird ja langsam zur Gewohnheit, Hastey.« Jenny hatte sich einen Stuhl geholt und setzte sich. Tracy nahm den einzigen anderen freien Stuhl im Raum und setzte sich ebenfalls. Kein Tisch, gar nichts trennte Hastey von den beiden Frauen, hätte ihm helfen können, Abstand zu wahren und seinen Wohlfühlbereich zu schützen. Er roch wie das Haus einer Studentenverbindung am Morgen nach einer Party.

Auf den Fotos, die Tracy gesehen hatte, hatte der junge

Devoe etwas unschuldig Jungenhaftes ausgestrahlt, und zwar gerade weil er so schwer gewesen war. Tracy konnte sich lebhaft vorstellen, wie er den Klassenclown gab und alle lachten, wenn er sein Hemd auszog, um mit einer Arschbombe in einen Fluss oder See zu hüpfen, oder bauchtanzend an einem Bier nuckelte. Einer der John Belushis, Chris Farleys und John Candys dieser Welt. Nur hatte es mit keinem dieser Männer gut geendet. Belushi und Farley waren durch Drogen ums Leben gekommen, Candy hatte zeitlebens mit seinem Gewicht gekämpft und war an einem Herzinfarkt gestorben. Wer wusste außerdem, wie ihnen wirklich zumute gewesen war? Als ausgebildete Schauspieler wäre es ihnen ein Leichtes gewesen, der Öffentlichkeit Persönlichkeiten zu präsentieren, hinter denen sich ihre Unsicherheiten und Dämonen verstecken ließen.

Auch für Devoe war es nicht gut gelaufen, wenn man nach seinem Aussehen urteilen wollte. Sein Babyspeck hatte sich durch übermäßigen Alkoholgenuss und zu viel Essen in handfestes Übergewicht verwandelt, er war ein Fettkloß mit schwabbeligen Wülsten geworden, eine deutliche Herausforderung für den Stuhl, auf dem er saß. Das einst jungenhafte Gesicht war bleich, die Wangen fleischig, der ganze Mann einschließlich seiner Kleidung wirkte verwahrlost. Seine Khakihose und das blaue Polohemd waren zerknittert und hätten dringend gewaschen werden müssen, das Hemd zeigte unter den Achseln halbmondförmige Schweißflecken, am Kragen einen schwarzen Rand. Hasteys Haare waren dünn und grau, ungepflegt und feucht vom Schweiß.

Sein flackernder Blick wanderte zu Jenny. »Ich möchte telefonieren.«

»Sobald wir Gelegenheit hatten, uns zu unterhalten, und die Formalitäten erledigt sind«, erklärte Jenny.

»Ich sage nichts.« Devoe richtete seinen Blick auf die hinterste Ecke des Verhörraums.

»Dann können Sie ja zuhören.« Tracy rückte ihren Stuhl näher an Devoe heran, womit sie den Mann zwang, sie anzusehen.

»Wer sind Sie denn?«, wollte er wissen.

»Sie wissen, wer ich bin, Mr Devoe. Ich bin der Detective aus Seattle, von dem Ihr Bruder Ihnen erzählt hat.«

»Und was wollen Sie?« Devoe verschränkte die Arme vor der Brust.

»Mit Ihnen über Kimi Kanasket reden.«

Devoe runzelte die Stirn. »Über wen?« Das klang nicht sehr überzeugend.

Tracy rückte näher, bis zwischen ihren Knien und denen von Devoe kein halber Meter Abstand mehr blieb. »Ich möchte, dass Sie mir von dem Abend erzählen, an dem Kimi Kanasket verschwand.«

»Ich weiß nicht, wovon Sie reden.« Devoe hatte die krankhaft raue Stimme eines Mannes, der schon zu lange zu viel raucht und trinkt.

»Und ob Sie das wissen. Sie sind mit Kimi zur Schule gegangen, Sie waren im selben Jahrgang und an diesem Wochenende drehte sich alles hier in der Stadt um Ihr Abschlussjahr. Sie waren dort, in jener Nacht. Sie waren auf dieser Lichtung. Sie, Eric Reynolds, Archibald Coe und Darren Gallentine, Sie vier waren unzertrennlich. Sie waren die vier Ironmen. Erzählen Sie mir, was geschah.«

Devoe wollte sie partout nicht ansehen, aber sein Adamsapfel hüpfte auf und ab und er rutschte nervös auf seinem Stuhl hin und her. Obwohl das Zimmer eine Klimaanlage hatte, liefen ihm Schweißperlen die Schläfen hinunter, folgten den Konturen seiner Koteletten. Im Raum machte sich ein immer stärker werdender animalischer Geruch breit.

»Ich weiß …« Hastey räusperte sich. »Ich weiß nicht, wovon Sie reden.«

»Welche Schuhgröße haben Sie, Hastey?«

»Warum wollen Sie das wissen?«

»Siebenundvierzig, richtig?«

»Falsch! Fünfundvierzigeinhalb.«

»In Ihrer Schulzeit trugen Sie am liebsten Converse, wie Ihr Kumpel Eric.«

»Ich weiß nicht ...«

Tracy beugte sich vor. »Und ob Sie es wissen, Hastey, und ich werde es auch beweisen. Ich werde beweisen, dass Sie in dem Bronco saßen, als Eric Kimi überfuhr, und ich werde beweisen, dass Sie und Ihr Bruder Lionel und vielleicht sogar Ihr Vater die Windschutzscheibe und den vorderen Kotflügel des Bronco wieder gerichtet haben. Also erzählen Sie mir nicht, Sie wären nicht dort gewesen und Sie wüssten von nichts.«

»Ich will mit meinem Bruder sprechen.«

»Sie wollen Ihren Bruder anrufen? Ich hätte gedacht, Eric. Der deckt Sie doch seit vierzig Jahren, oder? Was blieb ihm auch anderes übrig? Sie teilen ja ein Geheimnis, nicht wahr? Deswegen hat er Sie in seinem Betrieb auf die Gehaltsliste gesetzt und deswegen stehen Sie da immer noch drauf. Er hat sogar geholfen, Lionels Kampagne zu finanzieren, damit der Polizeichef wird und bleibt. Aus demselben Grund – damit Sie weiterhin schweigen.«

Hastey sah aus wie ein Mann, den nach einer deftigen Mahlzeit das Sodbrennen plagt. Der Schweiß rann ihm in Strömen über das Gesicht.

»Sagen Sie, wenn ich mich irre, Hastey«, sagte Tracy. »Sie können mich jederzeit unterbrechen.«

Devoe sagte nichts.

»Es bleibt doch nie bei nur einer Lüge, Hastey, habe ich recht? Man denkt, wenn sich alle einig sind, dass keiner was sagt, dann kann niemandem etwas passieren. Aber bald muss man noch eine Lüge erzählen und dann noch eine, und ehe man sichs versieht, sind das so viele Lügen, dass man die Wahrheit gar nicht mehr kennt.« Tracy schlug sich leicht auf die Brust. »Aber tief in einem drin schlummert die Wahrheit und dieses nörgelnde, nagende Gewissen meldet sich immer wieder, will ans Licht. Die Wahrheit klopft und klopft und klopft, bis man es nicht mehr aushält. Man kann nicht schlafen, man funktioniert nicht mehr. Man trinkt zu viel. Man verhält sich selbstzerstörerisch. Man hat Angst, dass das Herz nicht mehr mitmacht oder dass man gleich ganz durchdreht, wie Darren Gallentine.«

Inzwischen war Devoe so weiß wie ein Laken.

»Und dann ist aus dem einen Geheimnis, das so einfach zu wahren schien, plötzlich ein großer, schwerer Mühlstein geworden, der einem um den Hals hängt. Er zieht einen runter, nicht wahr, Devoe? Er zieht Sie nach unten, weil Sie nicht länger die Kraft haben, den Kopf über Wasser zu halten. Sie gehen unter, Hastey, und das wissen Sie auch. Sie ertrinken. Wollen Sie diesen Mühlstein nicht loswerden? Möchten Sie Ihrem Gewissen nicht die Freiheit schenken? Sie haben Kimi Kanasket nicht umgebracht. Sie saßen nicht am Steuer. Sie waren zur falschen Zeit am falschen Ort. Das passiert doch jedem Jugendlichen mal, Sie waren noch Schüler. Erzählen Sie mir, was passiert ist. Sagen Sie mir, was geschah, und ich tue mein Bestes, um Ihnen zu helfen.«

Devoe rang nach Luft, es sah so aus, als würde er gleich hyperventilieren. Hatte er sich vielleicht auch damals auf dem Spielfeld manchmal so gefühlt, wenn die Spieler kurz vor Spielende noch ein letztes Mal die Köpfe zusammensteckten, einander noch einmal anfeuerten? Wenn Hastey, müde und erschöpft, sich nicht sicher war, ob er noch einen Down würde spielen können? Aber er wollte seine Teamkameraden nicht im Stich lassen. Football war alles, was Hastey hatte. Er war nicht wie Eric Reynolds, der gut aussehende All-American, auch nicht wie der kluge, wendige Darren Gallentine oder wie Archibald

Coe, der Offizier werden wollte. Nur durch den Football gehörte Hastey dazu. Denn wenn du Klassenclown bist, dann lachen die Leute zwar mit dir, sie lachen natürlich aber auch *über* dich, und das kann verdammt wehtun. Also jammerte Hastey nicht, wenn er nicht mehr konnte, also hielt er durch und schlug mit seinem Körper als Rammbock noch einmal eine Bresche in die Verteidigung der Gegner, und dann noch einmal und noch einmal. Egal, wie erschöpft er war, denn so gehörte er dazu, so wurde er akzeptiert. Das wollte Hastey, akzeptiert werden. Und deswegen wusste Tracy, noch ehe Devoe den Mund aufmachte, dass er nie etwas sagen würde, das andere beschuldigte. Schon gar nicht den, dessen Hand ihn all die Jahre gefüttert hatte. Hastey Devoe würde Eric Reynolds nicht beschuldigen.

»Ich will meinen Bruder sprechen«, sagte er.

* * *

Wenige Minuten nachdem Hastey telefoniert hatte, tauchte Lionel Devoe auf dem Revier auf. Er hatte es ja auch nicht weit. Mit wütendem Gesicht stolzierte er ins Verhörzimmer, wo seine Miene noch finsterer wurde, als Hastey gar nicht vorhanden war.

»Wir nehmen ihn gerade offiziell fest, Lionel«, erklärte Jenny. »Er wird die Nacht in der Zelle verbringen und morgen dem Haftrichter vorgeführt werden. Dann können Sie Kaution stellen und ihn mit nach Hause nehmen.«

»Ich rufe Dale an!«, drohte Devoe. Dale war der zuständige Staatsanwalt. »Ich sage ihm, worum es hier wirklich geht!«

»Ich an Ihrer Stelle würde mich lieber nach einem guten Anwalt umhören«, konterte Jenny. »Mit Dale habe ich schon gesprochen. Er will Hastey als Wiederholungstäter einer schweren Straftat anklagen und lässt sich nicht mit der Teilnahme an einem Rehaprogramm abspeisen. Jedenfalls nicht ohne eine gewisse Haftstrafe und Entzug des Führerscheins.«

Lionel sah aus, als würde er gleich Gift und Galle spucken. »Was genau soll das hier werden, Sheriff?«

»Ich mache meine Arbeit, Lionel. Wenn Sie auf jemanden wütend sein wollen, dann doch bitte auf Ihren Bruder. Und dann sehen Sie zu, dass er Hilfe bekommt, bevor er sich oder andere umbringt.«

»Halten Sie mir bloß keine Vorträge und erzählen Sie mir auch nicht, Ihre Deputys wären einfach so per Zufall über Hastey gestolpert. Ausgerechnet heute, wo sie in der Stadt ist.« Lionel deutete anklagend auf Tracy. »Ein bisschen zu viel Zufall für meinen Geschmack. Sie haben ihn beobachtet, und Sie haben ihn angehalten, damit die da sich mit ihm über Kimi Kanasket unterhalten kann.«

»Auf welcher Seite stehen Sie, Lionel?« Jenny schaffte es, ganz und gar unschuldig auszusehen und sich auch so anzuhören. »Ich weiß, er ist Ihr Bruder, aber er war eindeutig betrunken und er braucht Hilfe.«

»Ich mache mir eher Sorgen darum, dass Sie hier einer Hexenjagd Vorschub leisten, die auf vierzig Jahre alten unhaltbaren Beschuldigungen fußt, und dass Sie meinen Bruder da mit reinziehen. Wir wollen an diesem Wochenende feiern! Wir wollen die Vergangenheit feiern und uns der Zukunft widmen.«

»Genau wie vor vierzig Jahren«, warf Tracy ein.

»Was?«, fragte Lionel verständnislos.

»Vor vierzig Jahren wollte sich niemand von einem toten Indianermädchen die Siegesfeiern vermasseln lassen. Also hat man Kimi Kanasket in den Fluss geworfen und vergessen.«

Lionel rückte mit warnend erhobenem Finger näher. »Ich werde Ihnen jetzt mal was sagen, Detective …«

»Nein.« Auch Tracy hob ihren Finger. »Ich sage Ihnen jetzt mal was. Vor vierzig Jahren haben sich diese vier Jungen verschworen, damit nicht herauskommt, was sie Kimi Kanasket angetan haben, und ich glaube nicht, dass sie allein handelten. Die Windschutzscheibe und der Kotflügel sind auf jeden Fall nicht von allein wieder heil geworden. Wissen Sie zufällig etwas darüber?«

Lionel schüttelte mit wütendem Knurren den Kopf.

»Sie haben doch damals die Werkstatt Ihres Vaters geleitet. Wissen Sie etwas über die beiden Quittungen – eine für Arbeiten an der Karosserie, die andere für den Austausch einer Windschutzscheibe?«

Lionels Lächeln wirkte gequält. »Sie fischen im Trüben, Detective. Sie haben die Angel ausgeworfen, aber keinen Köder am Haken, das ist Ihr Problem.« Er richtete sich kerzengerade auf. »Wenn Sie glauben, etwas beweisen zu können, dann tun Sie das. Wenn nicht, dann verschonen Sie meinen Bruder und mich mit dieser Hexenjagd.«

»Oh, ich werde alles beweisen, verlassen Sie sich darauf. Beim Angeln braucht man nicht immer einen Köder, das habe ich von meinem Dad gelernt. Der hat mir das Angeln nämlich beigebracht und ich habe schon viele Fische gefangen. Mit Fliegen, mit Lockmitteln, mit einem Netz und mit einem Speer. Ein paar sogar mit der bloßen Hand.«

»Na dann: viel Glück.« Lionel wandte sich Richtung Tür.

»Und wenn Sie mit Eric Reynolds telefonieren, richten Sie ihm aus, dass ich als Nächstes bei ihm vorbeischaue«, sagte Tracy, woraufhin Devoe stehen blieb, um ihr über die Schulter hinweg einen durchdringenden Blick zuzuwerfen. Er schien etwas sagen zu wollen, aber als er den Mund aufmachte, kam nichts heraus.

»Ich schlage vor«, sagte Jenny in die so entstandene Pause hinein, »Sie besorgen Ihrem Bruder noch vor morgen einen Anwalt.«

26

Am nächsten Morgen verzichtete Tracy aufs Laufen, wobei sie sich einredete, es sei sinnvoll, dem Körper mal einen Tag Pause zu gönnen. In Wahrheit war ihr einfach nicht danach. Sie fühlte sich wie in einer Sackgasse und das frustrierte sie. Lionel hatte ja recht: Was nützte ihr die ganze Prahlerei, was nützten ihr die Anschuldigungen, wenn nicht bald mehr dazukam? Ihre größte Chance lag nach wie vor bei Archibald Coe, nur musste sie ihn irgendwie dazu bringen, sich ihr gegenüber zu öffnen.

Ein Blick aus dem Fenster rechtfertigte ihren Entschluss, den Sport zu streichen: Draußen lag eine glitzernde, feine Schneeschicht über der Landschaft. Das sah sehr schön aus, so wie ein See hoch oben in den Bergen im Winter schön ist, nämlich unverdorben und rein, aber eisig, dass einem beim bloßen Anblick bis in die Knochen hinein kalt wird. Ein Anruf von Mike Melton trübte ihre Stimmung noch weiter: Es ging um die Fotos von dem Reifen an Eric Reynolds' Bronco.

»Das Labor hat Überstunden eingelegt«, sagte Melton. »Es tut mir wirklich leid, und ich weiß, langsam klinge ich wie eine Platte mit Sprung, aber es reicht einfach nicht für eine eindeutige Aussage. Auf dem Foto ist nicht genügend vom Reifen zu sehen, ich kann nicht mit Sicherheit sagen, dass es sich um dieselbe Marke und dasselbe Modell handelt wie bei dem Profil auf den Fotos, die draußen gemacht wurden. Das Profil sieht ähnlich aus, Tracy. Es könnte derselbe Reifen sein, aber es gab damals andere Modelle von anderen Herstellern, die denen hier zu sehr ähneln, um sie ganz ausschließen zu können.«

Tracys Atem legte einen Nebelschleier auf die Fensterscheibe. »Also kannst du nicht sagen, dass es der Reifen war. Nur, dass es der Reifen gewesen sein könnte.«

»Ich kann sagen, dass die Abdrücke im Boden, die man auf den Fotos sieht, den Abdrücken ähneln, die ich von diesem Reifen erwarten würde. Aber nein, ich kann nicht sagen, dass genau dieser Reifen genau diese Spuren hinterlassen hat. Tut mir leid, ich weiß, du hattest dir eine andere Antwort erhofft.«

Und genau da lag das Problem.

Tracy bedankte sich bei Melton. Seine Antwort war nicht komplett unerwartet, und es hätte ja auch schlimmer kommen können. Er hätte ganz klar sagen können, dass der Reifen auf keinen Fall zu denen gehörte, die die Abdrücke auf der Lichtung hinterlassen hatten. Aber mit »ähnlich« kam sie nicht weiter. Kelly Rosa war wahrscheinlich zu den gleichen Schlussfolgerungen gekommen: Die Muster auf Kimi Kanaskets Rücken und Schulter waren von der Art, wie man sie bei einem Reifen dieser Machart erwarten würde, aber sie konnte nicht mit Bestimmtheit sagen, ob das Muster der blauen Flecken von diesem einen, bestimmten Reifen stammte.

Tracy setzte sich an den Tisch. Sie wollte sich noch einmal ansehen, was sie alles wusste und was nicht, und was das für ihre weiteren Ermittlungen bedeutete. Es gab auf jeden Fall eine Menge Indizien, die darauf hindeuteten, dass Kimi Kanasket verfolgt und überfahren worden war, und zwar von einem Pickup mit Geländereifen. Eric Reynolds hatte ein Fahrzeug mit solchen Reifen gefahren, aber auch Tommy Moore und Élan Kanasket. Hastey und Lionel Devoe hatten Zugang zu Firmenfahrzeugen gehabt, die mit ähnlicher Bereifung gefahren sein konnten, ganz zu schweigen von den vielen anderen Pick-ups und Geländewagen im County. Dasselbe galt für die Schuhabdrücke. Bis auf die der Gummistiefel stammten sie alle von Markenschuhen, die damals bei jungen Männern sehr beliebt gewesen waren.

Darüber hinaus war die Beweislage wie bei allen jahrzehntealten Fällen mit Unsicherheiten und Unklarheiten behaftet, auf die sich jeder Verteidiger sofort stürzen würde, wenn er auch nur einen Pfifferling wert war. Die Geschworenen würden hinterfragen, warum der Fall jetzt vor Gericht kam. Und selbst bei so überzeugenden Argumenten wie dem Verweis auf den technologischen Fortschritt ließ sich mit der ganz praktischen, menschlichen Frage kontern, ob es wirklich gerechtfertigt war, aufgrund fragwürdiger Beweise drei oder vier Männer zu verfolgen, die nie einen weiteren Gewaltakt gegen einen Menschen begangen hatten oder von denen man das zumindest nicht wusste. Ohne mehr in der Hand würde kaum ein Ankläger die Jury davon überzeugen können, das Leben dieser vier Männer für das einer jungen Frau zu opfern, die nun schon vierzig Jahre lang tot war.

Es klopfte an der Tür und als Tracy aufmachte, stand zu ihrer Verwunderung Jenny auf der Veranda. Sie wirkte beunruhigt. »Ich komme gerade aus der Central Point Nursery«, sagte sie und Tracy spürte ihren Magen in den Keller rutschen. »Ein Angestellter fand Archibald Coe heute Morgen in einem der Gewächshäuser. Er hat sich erhängt.«

* * *

Die beiden Frauen gingen ins Esszimmer, wo keine von ihnen sich setzen mochte. Tracy fühlte sich, als hätte sie ein Maultier in den Unterleib getreten.

Jenny war bereits in der Baumschule gewesen, sie hatte gleich früh am Morgen den Anruf bekommen. »Coe ging nicht an sein Telefon und reagierte auch nicht auf Ausrufe über das Lautsprechersystem der Baumschule«, erklärte sie. »Einem Kollegen fiel auf, dass er am Abend zuvor nicht ausgestempelt hatte, und so haben sie im Gewächshaus nachgesehen.«

»Bist du ganz sicher, dass es Selbstmord war?« »

»Derjenige, der ihn gefunden hat, sagte aus, die Tür zum Gewächshaus sei unverschlossen gewesen, als er kam. Ich habe die Spurensicherung hingeschickt, aber es gibt keine Hinweise auf einen Kampf. Er hat ein paar Pflanzen im Kreis um sich herum aufgestellt, ein Seil über einen der Trägerbalken geworfen, ist auf einen Tontopf gestiegen und hat den umgestoßen.«

»Die Pflanzen – ein Denkmal, wie auf der Lichtung«, sagte Tracy.

»Sieht danach aus.«

»Hat er einen Brief hinterlassen?«

»Wir haben keinen gefunden. Ein paar Detectives sind gerade in seiner Wohnung. Unter den Umständen ist es wohl besser, wenn mein Büro sich drum kümmert und du der Sache nicht zu nahe kommst. Ich sage Bescheid, wenn wir etwas finden.«

Jenny hatte vollkommen recht, nur fühlte sich Tracy dadurch nicht besser. »Vielleicht hätte ich das vorhersehen müssen. Er wirkte so fragil.«

»Und wenn?« Jenny zuckte die Achseln. »Was hättest du denn tun können?«

»Ich weiß nicht!«

Tracy war Polizistin und als solche konnte sie nicht anders, als diesen Selbstmord ein wenig zu passend zu finden. Vielleicht hatte sich Coe gar nicht aus freien Stücken das Leben genommen. Abgesehen von diesen Überlegungen fühlte sich der Mensch und Zivilbürger Tracy schuldig. Wenn Coe sich das

Leben genommen hatte, trug sie in einem gewissen Maß die Verantwortung dafür. Es war gut möglich, dass ihre Fragen zu Kimi Kanasket einem ohnehin bereits angeschlagenen Mann den letzten Anstoß gegeben hatten. Eine schreckliche Vorstellung, die ihr zu schaffen machte, gleichzeitig aber auch eine weitere Bestätigung dafür, dass Coe von denselben Albträumen verfolgt worden war wie Darren Gallentine. Diese Albträume waren auch der Grund für seinen Nervenzusammenbruch bei der Armee gewesen. Man durfte die Ähnlichkeiten im Lebenslauf der beiden Männer nicht ignorieren. Beide hatten nach der Geburt ihrer Kinder Probleme bekommen, bei beiden waren diese Probleme stärker geworden, sobald ihre Töchter das Teenageralter erreicht hatten. Wahrscheinlich hatte es bei Coe genau wie bei Gallentine jahrelang auf der Kippe gestanden, ob er nun leben oder sich das Leben nehmen sollte, wahrscheinlich hatte nur eine strenge Routine den Mann bei der Stange gehalten. Als Tracy in diese Routine einbrach, war das ganze zerbrechliche Konstrukt von Coes Existenz geborsten und er hatte sich für den Tod entschieden. Wenn es denn Selbstmord gewesen war.

Mit Gewissheit wusste Tracy nur eins: Sie hatte gerade ihre größte Chance verloren, herauszufinden, was in jener Nacht auf der Lichtung wirklich geschehen war. Und damit vielleicht auch ihre letzte Chance, irgendetwas zu beweisen.

Jenny war gerade wieder aufgebrochen, um zur Baumschule zurückzufahren, als Tracys Handy klingelte. Die Nummer war ihr nicht bekannt, nur die Vorwahl 509, die für Western Washington stand. Klickitat County gehörte zu Western Washington. Obwohl sie nicht wusste, wer sie da anrief, nahm sie den Anruf entgegen.

»Detective Crosswhite?«

»Ja?«

»Eric Reynolds. Ich höre, Sie wollen mich sprechen?«

27

Der Parkplatz des Columbia River Golf Course war überfüllt. Tracy hatte Mühe, ihren Pick-up abzustellen, und musste sich letztlich mit einem fragwürdigen Platz begnügen, wo sie in Längsstellung gleich mehrere Autos blockierte. Wahrscheinlich würde sie längst weg sein, wenn die Golfer zurückkamen. Gerade war die Sonne durch die Wolkendecke gebrochen und was von der dünnen Schneeschicht vom Morgen noch übrig war, schmolz trotz der weiterhin tiefen Temperaturen schnell dahin. Oben an der Traufe des Clubhauses hing ein Transparent, das Tracy erklärte, warum der Club an diesem Tag so populär war. Hier fand das Ron-Reynolds-Golfturnier statt.

Eric Reynolds hatte um zehn nach elf einen Abschlagtermin, würde aber schon eine Stunde vorher auf dem Golfübungsplatz sein und war gern bereit, sich mit Tracy zu unterhalten. Er hatte sich am Telefon erstaunlich gelassen angehört, als würde er eben mal schnell ein Geschäftsessen vereinbaren. Keine Spur Nervosität, weil ihn eine Mordermittlerin aus Seattle über den vierzig Jahre zurückliegenden Tod einer jungen Frau befragen wollte. Dieses Gespräch würde anders verlaufen als die Unterhaltungen mit Archibald Coe und Hastey Devoe.

Tracy ließ sich im Pro Shop erklären, wie sie zum Übungsplatz kam. Es wimmelte von Golfern aller Altersstufen, vom weißhaarigen Achtzigjährigen bis zu Milchbubis, die gerade die Schule hinter sich hatten. Junge Männer und Frauen in den Schuljacken der Stoneridge High und Cheerleader-Uniformen flatterten auf dem Platz herum, fuhren Golfwagen oder gaben sich anderweitig Mühe, geschäftig zu wirken.

Tracy hatte sich eine Kopie des Fotos aus Reynolds jüngstem Führerschein eingesteckt, die sich als überflüssig entpuppte. Reynolds war auch so leicht zu entdecken, er stand ganz hinten am Ende des Übungsplatzes, wo er Golfbälle in ein zweihundertdreißig Meter entfernt aufgespanntes Netz schlug und immer mal wieder lächelnd das Wort an die sich hinter ihm drängelnden Bewunderer richtete, die förmlich an seinen Lippen zu hängen schienen. Er sah immer noch aus wie der All-American-Sonnyboy der Stoneridge High: Gar nicht einmal so groß, vielleicht eins achtzig oder eins fünfundachtzig, aber immer noch mit der durchtrainierten, muskulösen Statur eines Leistungssportlers. Da die Stoneridge High zum Motto des Tages ernannt worden war, trug er stolz die Schulfarben, rote Hose und Pullunder zu weißem Hemd und Golfschuhen.

Tracy hielt sich erst einmal im Hintergrund und sah ihm zu, während um sie herum Dutzende von Golfschlägern und entsprechend viele Bälle für ein gewisses Schwirren und Knallen in der Luft sorgten. Nach ein paar Minuten hatte Reynolds sie am Rande des Übungsgrüns entdeckt. Bestimmt wusste er, wer sie war, aber falls ihr Auftauchen ihn verunsicherte, dann ließ er es sich nicht anmerken. Er nickte ihr kurz zu, als wären sie alte Freunde, und gab ihr mit einer Geste zu verstehen, dass er gleich bei ihr sein würde. Nachdem er noch ein paar letzte Worte an die versammelte Zuhörerschaft gerichtet hatte, schob er seinen Golfschläger in die Tasche und schlenderte zu ihr hinüber, wobei er sich die weißen Golfhandschuhe auszog.

»Detective Crosswhite!« Er streckte Tracy die Hand hin.

»Ich hoffe, ich habe Sie nicht zu lange warten lassen?«

»Ganz und gar nicht«, erwiderte Tracy.

Reynolds warf einen Blick zum inzwischen hellblauen Himmel mit den großen, weißen Wolken. »Scheint, als würden wir halbwegs anständiges Wetter bekommen, was um diese Jahreszeit ja wirklich reine Glückssache ist. Ich habe die Organisatoren gewarnt, dass man das Schicksal herausfordert, wenn man im November ein Golfturnier ansetzt. Sonst veranstalten wir das zum Ende des Frühjahrs, aber dieses Jahr sollte es unbedingt parallel zum großen Jahrestreffen und der Einweihung des Stadions stattfinden.«

»Dann ist das hier ein jährlich stattfindendes Ereignis?«

»Ja. Zugunsten des Stipendienfonds der Stoneridge High.« Reynolds deutete auf das Clubhaus. »Ich habe uns einen Raum reserviert, damit wir uns ungestört unterhalten können.«

Der Weg dorthin verging mit Small Talk. Reynolds wurde immer wieder begrüßt und rief seinerseits Leuten etwas zu, die er alle mit Namen kannte. Beim Clubhaus hielt er Tracy die Tür auf. Obwohl mit Teppichboden ausgelegt, die Wände voller Plaketten und Fotos, wirkte die Eingangshalle wesentlich weniger protzig als so manches Clubheim in Seattle. Mitten im Raum stand ein Schaukasten voller Pokale.

Reynolds führte seine Besucherin in einen kleinen Bankettsaal, wo ein Dutzend runder Tische bereits mit weißen Tischdecken und funkelndem Porzellan für ein festliches Mittagessen eingedeckt war. Vorn im Raum gab es ein Rednerpult mit einem Mikrofon. Reynolds brachte Tracy zu einem kleineren Tisch am Rande, auf dem ein Krug Eistee und zwei Gläser standen.

»Darf ich Ihnen ein Glas einschenken?«, fragte er.

»Gern.«

»Der Tee ist nicht gesüßt.«

»Das ist in Ordnung.« Tracy setzte sich auf einen der Bankettstühle. Sollte Reynolds ruhig erst einmal den Gastgeber spielen.

Der setzte sich ebenfalls, drehte die Beine zur Seite und schlug sie übereinander. »Soweit ich verstanden habe, möchten Sie mir Fragen über den Abend stellen, an dem Kimi Kanasket verschwand.« Er nippte an seinem Tee.

»Wer hat Ihnen gesagt, dass ich Fragen habe?«

Reynolds lächelte. »Die Antwort auf diese Frage dürfte uns beiden bekannt sein, Detective. Chief Devoe regt sich ein bisschen über Sie auf, er hat Angst, Ihre Fragen könnten hier an diesem Wochenende die Stimmung verderben.«

»Was hatte Chief Devoe denn sonst noch zu sagen?«

»Er sagte, Sie wären in der Stadt, um den Tod von Kimi Kanasket zu untersuchen. Sie hätten Zweifel daran, dass Kimi Selbstmord begangen hat, und würden andeuten, ich, Hastey und möglicherweise Archie Coe und Darren Gallentine könnten etwas mit ihrem Tod zu tun haben.«

»Ist Ihnen bekannt, dass sich Archibald Coe heute Morgen erhängt hat?«

»Nein.« Reynolds stellte sein Glas ab. Seine Überraschung wirkte echt. »Nein, das wusste ich nicht.«

»Wann haben Sie Mr Coe das letzte Mal gesehen oder mit ihm gesprochen?«

Reynolds schloss die Augen und stieß vernehmlich die Luft aus. Es dauerte einen Moment, bis er den Kopf schüttelte und die Augen wieder aufschlug. »Wow.« Auch danach ließ er sich noch ein wenig Zeit mit einer Antwort. »Das ist schon eine ganze Weile her. Jahre.«

»Dann sind Sie nicht in Kontakt geblieben?«

»Nein.«

»Er kam auch nicht zu Klassentreffen?«

Reynolds setzte sich auf, stellte beide Beine auf den Boden und beugte sich zu Tracy vor. »Nein. Er kam nie. Ich hörte, Archie hätte nach seiner Rückkehr aus der Armee Probleme gehabt.«

»Was für Probleme?«

»Psychologische Probleme. Ich hörte, er hätte einen Nervenzusammenbruch gehabt. Details kenne ich keine.«

»Wissen Sie noch, wer Ihnen das erzählt hat?«

Reynolds schüttelte den Kopf. »Nein. Das ist zu lange her.«

»Sie haben sich nicht mit ihm in Verbindung gesetzt?«

»Ich war ja fort. Auf dem College. Ich bin selten nach Hause gekommen, weil ich jeden Tag Footballtraining hatte.« Reynolds legte die gefalteten Hände an die Lippen wie ein Kind, das gleich beten will. »Die Stadt hat uns als die vier unzertrennlichen Ironmen gesehen, Detective, aber wir waren außerhalb des Spielfelds gar nicht so eng miteinander befreundet. Wir waren Freunde, das schon, aber Archie und Darren hingen mit anderen Kids ab als Hastey und ich.«

»Wann haben Sie das letzte Mal mit Darren Gallentine gesprochen?«

»Er war zur gleichen Zeit wie ich an der UW. Ich habe ihn auf dem Campus gesehen und manchmal sind wir auch stehen geblieben und haben uns ein bisschen unterhalten, aber wir haben nie etwas zusammen unternommen oder so.«

»Wussten Sie, dass auch er Selbstmord begangen hat?«

»Ja, das wusste ich. Vor Jahren schon, glaube ich.«

»Aber Sie und Hastey Devoe sind nach wie vor eng miteinander befreundet?«

Reynolds zuckte die Achseln, als wolle er sagen: Was kann man da schon machen? »Hastey und ich wuchsen in derselben Nachbarschaft auf, nur wenige Häuser voneinander entfernt. Er war ein bisschen eine verlorene Seele, als wir an die Highschool kamen. Ich habe ihn dazu überredet, es doch mal beim Footballteam zu versuchen. Falsch! Eigentlich hat mein Dad einen Blick auf Hasteys Größe geworfen und verordnet, er müsse es beim Footballteam versuchen.« Reynolds lächelte. »Das würde Hasteys Selbstwertgefühl guttun und auch seiner Zukunft, fand

Dad. Er versprach Hastey, einen Star aus ihm zu machen, und das Versprechen hat er auch gehalten. Hastey hätte auch auf dem College spielen können, er hätte nur wenigstens einigermaßen gute Noten erreichen müssen. Das hat er nicht geschafft. Hastey brauchte immer eine Struktur von außen, jemand, der ihn an die Hand nimmt. Bei sich zu Hause hat er das nicht immer bekommen.«

»Warum nicht?«

»Sein Vater war sehr streng mit ihm, hart muss man schon sagen. Er war streng mit all seinen Söhnen. Sie wurden seinen Ansprüchen nicht gerecht, außer vielleicht Nathaniel, aber der starb bei einem Jagdunfall. Danach schien es für Lionel und Hastey noch schwieriger zu werden. Hastey senior nahm kein Blatt vor den Mund, seine Söhne haben oft zu hören bekommen, was für eine Enttäuschung sie für ihn waren. Den Mann zu mögen war wirklich nicht einfach.«

»Also haben Ihr Vater und Sie Hastey junior unter Ihre Fittiche genommen?«

»Ich glaube, das kann man so sagen. Ja, in einem bestimmten Sinn haben wir das wohl getan. Wir waren nur zu zweit, mein Dad und ich. Meine Mutter starb an Krebs, als ich acht Jahre alt war. Hastey war oft bei uns zu Hause, hat auch bei uns übernachtet. Und wir blieben befreundet.«

»Ist er nicht inzwischen ein bisschen eine Belastung?«

Reynolds lächelte mit geschlossenen Lippen. »Deswegen haben wir ihn aus dem Fuhrpark rausgenommen und an einen Schreibtisch gesetzt.« Er richtete sich auf. »Hören Sie, Hastey kommt trotz seiner Fehler gut mit Leuten klar. Er ist sehr umgänglich. Er ist bescheiden und setzt niemandem die Pistole auf die Brust. Die Kunden mögen ihn. Ich auch.«

»Sie wissen, dass er wieder einmal wegen Trunkenheit am Steuer festgenommen wurde?«

»Ja, das weiß ich.«

»Und Sie behalten ihn nicht nur aus einem Gefühl der Loyalität heraus immer noch auf der Gehaltsliste?«

»Loyalität ist ganz sicher einer der Gründe.« Reynolds stützte sich mit einem Ellbogen auf den Tisch. »Hastey ist kein schlechter Mensch, Detective. Er braucht Hilfe. Lionel beschützt ihn und macht es ihm zu einfach. Vielleicht kann diese Festnahme das ja ändern.«

»Es wundert mich, dass Lionel nicht auf Sie gehört hat. Wo Sie ihn doch bei seiner Kampagne zur Polizeichefwahl so generös unterstützt haben.«

Wieder lächelte Reynolds. »Erst einmal ist Lionel Hasteys Bruder und Hastey ist erwachsen. Und dann bedeutet generös hier nicht das Gleiche wie vermutlich in Seattle. Ein paar Tausender, um Poster drucken zu lassen, eine Werbetafel und ein paar Autoaufkleber – das ist nicht gerade viel. Das Leben hat es gut mit mir gemeint. Wenn ich ein bisschen von meinem Wohlstand verteilen und damit alten Freunden oder anderen Menschen helfen kann, dann versuche ich das. Ich bin kein Heiliger, aber ich versuche es.«

»Wie mit diesem Golfturnier?«

»Genau, wie mit diesem Golfturnier. Damit sammeln wir Geld für die Schule. Manchen Familien geht es seit der Wirtschaftskrise schlecht, und mit dem Geld können Bücher, Lehrergehälter und Ähnliches bezahlt werden.«

»Und ein Footballstadion, das nach Ihrem Vater benannt werden wird?«

»Nein. Dafür wird das Geld nicht benutzt.«

»Das Stadion kommt direkt aus Ihrer Tasche?«

»Aus der Firmentasche.«

»Sie fuhren als Schüler einen Ford Bronco.«

Reynolds wirkte leicht überrascht über diesen abrupten Themenwechsel. »Wir steigen ja wirklich ziemlich tief in die

Vergangenheit! Das ist schon so lange her. Ja, ich fuhr einen Ford Bronco. Ehe OJ dem Auto zu zweifelhafter Berühmtheit verhalf.« Die Erinnerung ließ ihn schmunzeln. »Er war gelb wie ein Kanarienvogel, mit schwarzem Verdeck, einer Lichtleiste über dem Dach und einem Überrollbügel. Übergroße Reifen, vorn auf dem Kühler war eine Winde montiert, und ein Nebelhorn hatte er auch. Wer uns nicht sehen konnte, der hörte uns schon aus einer Meile Entfernung. Lauter und aufdringlicher ging es kaum noch. Nach den Spielen kletterten wir alle in das Ding und bretterten durch die Stadt und Hastey ließ das Nebelhorn aufheulen. Die Leute fanden es toll.«

»Haben Sie gejagt?«

»Mein Vater war Jäger, ich habe nie viel für das Töten von Tieren übriggehabt. Ich bin aber gern mit dem Allradantrieb gefahren, also im Gelände, besonders nach schweren Regenfällen. Danach war das Auto so voll Schlamm, man konnte die Farbe nicht mehr erkennen.«

»Sind Sie je im Allradantrieb auf der Lichtung herumgefahren?«

»Die Lichtung bei der 141?«

»Genau.«

Darüber schien Reynolds nachdenken zu müssen. »Wahrscheinlich ein oder zwei Mal«, sagte er schließlich. »Auf der Lichtung war man eher, um Party zu machen, am Wochenende. Wir fuhren mit sechs, sieben Autos da raus, schalteten die Scheinwerfer ein, stellten die Musik laut und tranken Bier.« Er zuckte die Achseln. »Total harmlose Sache.«

»Wie haben Sie von Kimi Kanasket erfahren?«

Reynolds kippte seinen Stuhl zurück und schob die Fingerspitzen unter seine Gürtelschnalle. Sein Blick war unverwandt zur Decke gerichtet, er sprach langsam, als falle es ihm schwer, sich zu erinnern. »Ich glaube, wir hörten es irgendwann am Sonntag. Samstagabend war das Endspiel um die Meisterschaft, danach sind wir ausgegangen. Spieler, Trainer, Eltern, alle. Wir haben in Yakima übernachtet. Sonntag stiegen wir in den Bus und zockelten zurück. Ich glaube, im Bus hat irgendjemand etwas gesagt. Ich erinnere mich, dass ich schockiert war. Aber vielleicht las ich es auch in der Zeitung, Montag dann. Nageln Sie mich nicht darauf fest! Das habe ich nur noch verschwommen im Kopf.«

»Wie war Ihre Reaktion?«

Reynolds hob die rechte Schulter, um sie gleich wieder fallen zu lassen. »Genauso wie die von allen anderen: Schock, Bestürzung. Wir sind eine kleine Gemeinde, die damals noch kleiner war. Jeder kannte doch jeden. In dem Alter hält man sich für unverwundbar. Bis man dann so was hört. Es war ein Schock. Ja, es war ein Schock.«

»Also kannten Sie Kimi?«

»Auf jeden Fall. Wir alle kannten einander.«

»Was für eine Beziehung hatten Sie zu ihr?«

»Eine freundschaftliche. Kimi war klug und sportlich. Sie sollte an den Leichtathletik-Landesmeisterschaften teilnehmen und ich glaube, sie wollte auch auf die University of Washington. Wir waren jetzt keine dicken Freunde, aber ich kannte sie.«

»Eine Beziehung hatten Sie beide nicht?« Tracy versuchte es mit einer anderen Taktik, Reynolds fühlte sich viel zu sicher. Vielleicht konnte sie ihn so ein bisschen aufrütteln.

Er lachte leise. »Kimi und ich? Nein. Bei Kimi hat man lieber nichts versucht.«

»Warum nicht?«

»Weil sie einen Bruder und einen festen Freund hatte – den Namen von dem Typen habe ich vergessen. Ich weiß aber noch, dass er für die Golden Gloves geboxt hat und als jähzornig galt.«

»Tommy Moore?«

»Genau! Tommy Moore.«

»Woher wussten Sie, dass er jähzornig war?«, wollte Tracy wissen.

»Er und Kimis Bruder wurden wegen einer Schlägerei der Schule verwiesen.«

»Wissen Sie, weswegen sich die beiden geprügelt hatten?«

»Damals gab es Ärger wegen des Namens, den die Schule den Sportlern gegeben hatte. ›Red Raiders‹. Das sei den Native Americans gegenüber unsensibel. Das war sicher auch so, obwohl nicht so unsensibel wie ein weißer Junge in Kriegsbemalung, der einen Speer in den Rasen rammt.« Reynolds stellte seinen Stuhl wieder auf beide Beine. »War eine andere Zeit damals. Die älteren Leute in der Stadt haben sich über die Proteste aufgeregt und wollten nicht einlenken. Ich? Mir war es egal, wie sie uns nannten. Ich wollte gewinnen, mehr nicht. Ich wollte am Ende der Saison ohne Niederlage dastehen, die Meisterschaft gewinnen und den Pokal mit nach Hause schleppen.«

»Sie sind Samstag mit Bussen nach Yakima gefahren und Sonntag wieder zurückgekommen?«

»Das stimmt.«

»Was machten Sie Freitagabend?«

»Die Frage lässt sich leicht beantworten: Ich blieb zu Hause. Wer für Ron Reynolds spielte, ging am Abend vor einem Spiel nicht mehr aus, egal, ob man sein Sohn und der Quarterback war. Wenn ich das gemacht hätte, hätte ich das Spiel auf der Ersatzbank abgesessen.«

»Dann sind Sie also nicht ausgegangen?«

»Nein. Ich blieb zu Hause.«

»Dann würde es Sie überraschen, wenn ich Ihnen sagte, dass Archibald Coe mir gestern erzählt hat, Sie alle wären Freitagabend zusammen ausgegangen?« Auch mit dieser Frage wollte Tracy Reynolds aus seiner Wohlfühlzone herausholen.

»Das würde mich sogar sehr überraschen.« Reynolds schüttelte den Kopf. »Dann haben Sie gestern mit ihm gesprochen?«

»Ja.«

»Welchen Eindruck machte er da auf Sie?«

»Er wirkte fragil.«

Wieder schob Reynolds eine Denkpause ein, ehe er antwortete. »Vielleicht konnte Archie nicht klar denken oder hat Dinge durcheinandergebracht. Kein Wunder, wenn man seine Gemütsverfassung bedenkt.«

Diese Antwort ließ Tracy unkommentiert im Raum stehen. Die Polizistin in ihr fand das Timing von Coes Selbstmord nach wie vor ein wenig zu passend. Immerhin hatte der Mann jahrelang mit seinen quälenden Dämonen gelebt. »Kann irgendjemand für Sie bürgen, Mr Reynolds?«

»In welchem Zusammenhang?«

»Kann jemand bestätigen, dass Sie am Abend von Kimis Tod zu Hause waren?«

»Sicher. Mein Dad.«

»Er würde mir bestätigen, dass Sie zu Hause waren?«

»Das hat er jedenfalls dem Deputy gegenüber ausgesagt, der in der folgenden Woche bei uns vorbeikam.«

Diese Antwort kam überraschend. »Ein Deputy war bei Ihnen zu Hause und hat mit Ihrem Vater gesprochen?«

»Ja. So habe ich es jedenfalls in Erinnerung. Er kam vorbei und wollte wissen, ob ich Kimi kenne, er würde ein paar Sachen prüfen. Er fragte, ob ich Freitagabend ausgegangen wäre und sie vielleicht gesehen hätte. Ich erzählte ihm dasselbe wie Ihnen gerade – ich war zu Hause und bin früh schlafen gegangen. Ich hatte kaum etwas anderes im Kopf als den Sieg bei der Landesmeisterschaft. Das wird er in seinem Bericht doch auch so dargestellt haben, oder?«

»Sollte man meinen«, antwortete Tracy.

28

Beim Verlassen des Clubhauses kam sich Tracy vor wie mitten in einem Schachspiel. Sie war am Zug. Eric Reynolds' Behauptung, Buzz Almond sei eine Woche nach Kimis Verschwinden bei ihm zu Hause aufgetaucht, hatte sie aus der Bahn geworfen. Es gab keinen Bericht über diesen Besuch. Es befand sich auf jeden Fall keiner in der Akte, die Tracy mit sich rumschleppte. Der bekanntermaßen gründlich und gewissenhaft arbeitende Almond hätte so einen Bericht bestimmt nicht ausgelassen, er hätte die Begegnung mit den Reynolds' aufgeschrieben und den Bericht behalten, da war sich Tracy sicher. Vorausgesetzt natürlich, Reynolds sagte die Wahrheit. Wenn das der Fall war, dann hatte jemand den Bericht aus der Akte entfernt.

Warum? Hatte jemand von der Akte gewusst und befürchtet, sie könnte ihm schaden, sie aber nicht gleich ganz vernichten wollen, weil das vielleicht Verdacht erregt hätte? Hatte er – oder sie – stattdessen lediglich einen wichtigen Teil der Akte vernichtet? Einen, bei dem es um eine bestimmte Person ging? Wer nicht wusste, dass es diesen Teil der Akte gab oder gegeben hatte, würde ihn nicht vermissen. Vielleicht gab es keine Kopie von den verschwundenen Sachen, weil sie für die Ermittlung zwar nützlich gewesen waren, man sie aber nicht hatte vervielfältigen können.

Als Polizeichef von Stoneridge hatte Lionel Devoe bestimmt gewusst, wie er nach einer abgeschlossenen Akte suchen musste und wie er sich Zugang zu ihr verschaffen konnte.

Alternativ hatte Reynolds gelogen und Buzz Almond war gar nicht bei ihm zu Hause gewesen, um sich zu erkundigen, wo er in jener Nacht gewesen war. So eine Lüge stellte ein gewisses Risiko dar. Allerdings nicht, wenn man bereits wusste oder doch zumindest glaubte, dass die Akte oder wenigstens der inkriminierende Teil vernichtet worden war. Natürlich konnte man auf die Idee kommen, Buzz Almond habe die Reynolds nur aufgesucht, weil Eric auf seiner Liste der Verdächtigen stand. Und natürlich musste Eric befürchten, Tracy würde das genauso sehen, wenn er ihr von dem Besuch erzählte. Gleichzeitig nannte er ihr damit aber auch ein maßgeschneidertes Alibi.

Fragen Sie meinen Vater.

Gut möglich, dass Reynolds Tracy von sich aus über Buzz Almonds Besuch informiert hatte, weil sie glauben sollte, ein anderer Gesetzeshüter sei bereits mit einem Verdacht gegen ihn nicht weitergekommen, weil sich Ermittlungen in dieser Richtung als Sackgasse erwiesen.

Fest stand: Falls Buzz Almond sich nach Reynolds' Aufenthalt an jenem Abend erkundigt hatte, dann hatte er genau das vermutet, was Tracy auch vermutete. Nämlich, dass Reynolds und die anderen Ironmen bei Kimis Tod eine Rolle gespielt hatten.

* * *

Dienstag, 23. November 1976

Buzz Almond parkte seinen Suburban in der Einfahrt des bescheidenen einstöckigen Hauses am Ende der Sackgasse. Auf den Holzschindeln des Daches und in den Regenrinnen hatten sich Kiefernnadeln gesammelt, die von den umliegenden Bäumen gefallen waren. Die Beete waren leer, der Rasen lag unter den Blättern des Ahorns begraben, der mit jetzt kahlen Ästen mitten im Garten stand. In der Einfahrt aus Kies und Erde parkte ein Bronco.

Buzz, der statt seiner Uniform Jeans und Turnschuhe trug, zog den Reißverschluss seiner Winterjacke hoch, während er zum Bronco hinüberging. In dessen blitzblanker Windschutzscheibe brach sich das matte Herbstlicht. Auf dem Glas der Scheibe war nicht ein Kratzer zu sehen, kein noch so winziges Löchlein, kein Fliegendreck, kein zerquetschtes Insekt. Auch die Gummiumrandung der Scheibe sah neu aus. Buzz ging einmal um das Auto herum und strich über Kotflügel und Türen. Es hatte in den letzten Tagen viel geregnet und sogar geschneit, doch der Bronco sah aus, als wäre er gerade von Hand gewaschen worden. Nirgendwo Dreck, weder auf der Karosserie noch in den Profilrillen der übergroßen Reifen.

An der Beifahrerseite des Wagens angekommen, setzte Buzz die Sonnenbrille ab und ging näher an das Fahrzeug heran, um kurz darauf einen Schritt zurückzutreten und sich das Ganze aus einem anderen Blickwinkel noch einmal anzusehen. Ganz genau achtete er auf die Stelle, an der der rechte Kotflügel an die Beifahrertür grenzte, nur durch eine dünne Naht getrennt. Prüfend strich er mit der Hand erst am Kotflügel, dann an der Tür entlang. Kotflügel und Kühlerhaube waren in einem geringfügig anderen Farbton lackiert als die Tür.

»Interessieren Sie sich für den Wagen?«

Ron Reynolds war durch die Seitentür des Hauses auf die Einfahrt getreten. In seinem Adidas-Trainingsanzug und der weißen Baseballkappe mit den roten Initialen SH sah er genauso aus, wie man sich gemeinhin den Trainer an einer Highschool vorstellt.

»Wie viel wollen Sie denn dafür haben?« Buzz deutete auf das Schild im Fenster des Bronco, auf dem schlicht »zu verkaufen« stand. Darunter eine Telefonnummer.

»Zweitausendfünfhundert.«

Buzz verzog enttäuscht das Gesicht. »Das ist ein bisschen mehr, als ich ausgeben wollte.«

»Das war das letzte Jahr, in dem Ford den Bronco mit Halbkabine baute, und er hat alle Extras: Schalensitze, Überrollbügel, Lichtleiste, Winde. Haben Sie die Anzeige im *Sentinel* gesehen?«

»Nein, ich kam zufällig hier vorbei.« Buzz hatte den Wagen auf dem Parkplatz der Stoneridge High entdeckt, das Kennzeichen überprüfen lassen und festgestellt, dass das Fahrzeug auf Reynolds zugelassen war. Allerdings interessierte er sich im Moment weniger für das Auto selbst als für dessen übergroße Geländereifen.

»Wie viele Meilen hat er denn schon auf dem Buckel?«, erkundigte er sich.

»Nicht ganz vierundvierzigtausend.«

»Sind Sie der erste Besitzer?«

»Nein, ich habe ihn gebraucht gekauft.«

»Sieht so aus, als wäre die Karosserie schon mal repariert worden.« Buzz deutete auf den Kotflügel.

»Ein wenig.« Reynolds trat zurück, um neben Buzz stehen und den vorderen Kotflügel aus dessen Blickwinkel betrachten zu können. »Läuft aber astrein. Möchten Sie eine Spritztour machen?«

»Dürfte ich mir erst mal nur die Maschine anhören?«

»Natürlich.« Reynolds zog den Autoschlüssel aus der Hosentasche und startete, ohne in die Kabine zu klettern, indem er einfach die Tür öffnete und sich über den Sitz beugte, um den Schlüssel ins Zündloch zu stecken und umzudrehen.

»Springt auf Schlag an«, lobte Buzz.

»Fährt astrein, wie ich schon sagte.«

»Wo haben Sie die Karosseriearbeiten machen lassen?«, wollte Buzz wissen.

»Das waren nur ein paar Beulen, nichts Weltbewegendes. Der Wagen war bei Columbia Auto Repair.«

»Und die Windschutzscheibe haben Sie auch ersetzt, wie es aussieht?«

»Zwei Fliegen mit einer Klappe. Auch keine große Sache, Steinschlag, ein kleiner Riss.«

»Und wo haben Sie das machen lassen?«

»Bei derselben Firma. Nein, eigentlich gegenüber. Einen Ölwechsel gab es auch noch, neue Zündkerzen, Luftfilter. Der neue Besitzer soll keine Probleme haben. Ich bin übrigens Ron Reynolds.« Er streckte Buzz die Hand hin. »Footballtrainer und Leiter des Sportprogramms an der Stoneridge High.«

Buzz schüttelte ihm die Hand. »Ted«, stellte er sich vor. »Gratuliere, ich habe von Ihrem großen Sieg gelesen. Eine echte Leistung, was? Hier sind ja alle ganz aus dem Häuschen.«

»Danke. Klar war das jetzt eine große Sache für so eine kleine Schule, aber ich sage Ihnen: Das ist erst der Anfang. In dieser Schule stecken noch mehr Meisterschaftstitel. Man muss sie nur aus den Kids rausquetschen.«

»Wissen Sie was? Ich spreche mit meiner Frau über den Wagen und melde mich dann bei Ihnen.«

»Und Sie wollen bestimmt keine Runde drehen?«

»Ich komme mit meiner Frau wieder. Sie mag Gelb. Vielleicht geht der Deal ja klar, wenn sie das Auto sieht.«

»Okay, ich weiß, was Sie meinen. Jagen Sie? Die Geländereifen sind erst seit einem Jahr drauf.«

»Nein, aber wir wandern gerne.«

»Brauchen Sie meine Telefonnummer?«

Buzz deutete auf das Schild im Wagenfenster. »Die habe ich mir vorhin schon notiert. Ich melde mich auf jeden Fall.« Er tat so, als würde er gehen, drehte sich dann aber noch einmal um. »Hätten Sie etwas dagegen, wenn ich ein paar Fotos mache, um sie meiner Frau zu zeigen? Wenn ich das Auto nicht kaufen darf, wäre es vielleicht etwas für meinen Bruder oben im Norden. Der geht jagen und fischen.«

»Fotografieren Sie ruhig«, sagte Reynolds. »Aber lassen Sie sich mit der Entscheidung nicht zu viel Zeit. Ich habe noch einen potenziellen Käufer, der will heute Nachmittag vorbeikommen. Ich will den Wagen weghaben, der Preis ist extra so kalkuliert.«

»Danke für die freundliche Warnung.« Almond zückte die Instamatic und schoss ein paar Fotos, sorgsam darauf bedacht, Profil und Seitenansicht des Reifens zu erwischen. »Danke«, sagte er, nachdem er die Kamera wieder eingesteckt hatte. »Ich glaube, jetzt habe ich alles, was ich brauche.«

* * *

Jenny wirkte gestresst, als Tracy an diesem Abend wie verabredet bei ihr zu Hause auftauchte. Sie hatte Sarah auf dem Arm, die einen Badeanzug und eine Taucherbrille trug, hinter der ihre Augen Tracy seltsam verzerrt anblickten. Außerdem hatte sich die Kleine mit einer roten Wasserpistole bewaffnet. Hinter den beiden hörte man weiter drinnen im Haus Trey lachen und irgendetwas Unverständliches kreischen.

»Das Chaos tut mir leid!« Jenny trat zurück, damit Tracy ins Haus kommen konnte, und schloss die Tür hinter ihr. »Neil sitzt noch bei der Arbeit fest, wir sollen schon mal ohne ihn essen.«

»Das scheint aber deine geringste Sorge zu sein«, meinte Tracy trocken, als Trey um die Ecke schoss, ebenfalls in Badehose und Taucherbrille und mit einer Wasserpistole bewaffnet. Bei Tracys Anblick blieb er stehen, um gleich darauf kreischend in einem Zimmer zu verschwinden.

»Ich wollte ihn noch schnell in die Badewanne stopfen, damit ich uns in Ruhe etwas kochen kann. Die Kleinen haben schon gegessen, die Nanny hat ihnen etwas gemacht.«

»Komm, ich helfe dir.« Tracy streckte die Arme nach Sarah aus, die sich breit lächelnd übergeben ließ.

»Ich bin trei!«, verkündete sie stolz, indem sie Tracy die entsprechende Anzahl Finger unter die Nase hielt.

»Ich weiß!«, antwortete Tracy. »Darf ich mir deine Wasserpistole leihen?«

Sarah übergab ihr die Waffe, und als Trey sich gleich darauf blicken ließ, richtete Tracy die Pistole auf ihn: »Im Namen des Gesetzes: Sofort stehen bleiben, Mister!« Trey erstarrte. »Ich bin eine Polizistin aus Seattle, mein Sohn, und werde Sie jetzt verhaften. Sie haben bei uns ein Stoppschild überfahren.«

Trey warf seiner Mutter einen verunsicherten Blick zu. Jenny verzog keine Miene, lediglich ihre rechte Braue ging ein klein wenig in die Höhe.

»Also?«, rief Tracy. »Ich zähle bis drei. Wenn Sie bis dahin nicht die Treppe da hochmarschiert und im Badezimmer verschwunden sind, muss ich Sie verhaften und hinten in meinen Streifenwagen verfrachten.«

Trey wollte grinsen, schaffte es aber nicht, solange Jenny und Tracy ihr Pokerface beibehielten. Da eilte er lieber auf allen vieren die Treppe hinauf.

»Ich glaube, du hast die Lage im Griff«, befand Jenny lächelnd. »Ich mach mich dann mal ans Essen.«

Nach dem Bad zogen sich Trey und Sarah unter Tracys wachsamem Blick die Schlafanzüge an, und sie brachte die beiden zu Bett. Eigentlich hatten sie jeder ein eigenes Zimmer, aber Sarah schlief lieber bei ihrem Bruder auf dem Ausziehbett, dessen Überwurf es aussehen ließ wie einen Rennwagen.

Jedes Kind durfte sich ein Buch auswählen. Tracy las sie beide vor, blieb hart, als noch ein drittes verlangt wurde, und gab Trey einen Kuss auf die Stirn, woraufhin der Kleine blitzschnell unter der Bettdecke verschwand. Anders Sarah, die sich aufsetzte, Tracy die Arme um den Hals legte und ihr einen Kuss auf den Mund gab.

»Hast du Babys?«, flüsterte sie, als sei das ein Geheimnis nur zwischen ihnen beiden.

»Nein.« Auch Tracy flüsterte. »Keine Babys.«

Sarah stupste sie mit dem Finger in den Bauch. »Und da drin?«

»Auch nicht. Da ist nichts drin«, antwortete Tracy.

Sarah ließ sie los und schlüpfte unter die Decke.

Unten in der Küche gab Jenny gerade eine ziemlich gehaltvoll wirkende Mischung aus Knoblauch und Zitrone über Hühnchenbrüste auf einem Reisbett. Als Beilage sollte es Brokkoli geben.

Tracy schnupperte. »Riecht köstlich.«

Jenny stellte die Pfanne auf den Herd. »Ein Klassiker – einfach, aber gesund. Du siehst erstaunlich unzerzaust aus.«

»Es sind wunderbare Kinder.«

»Sie können einen ganz schön auf Trab halten. Besonders, wenn einer von uns länger arbeiten muss und der andere allein ist.« Jenny gab Tracy einen Teller und ein Glas Wein. Die beiden Frauen trugen ihr Abendessen ins Esszimmer, wo sich Jenny mit einem erleichterten Seufzer auf ihren Stuhl fallen ließ. »Tiefer Friede!« Sie sackte in sich zusammen wie ein Luftballon, aus dem man die Luft gelassen hat. »Das sind so die Momente, die ich aus ganzem Herzen genieße.«

Beim Essen erzählte Jenny, wie weit sie bei der Untersuchung von Archibald Coes Tod gekommen waren. »Keinerlei Hinweise auf ein gewaltsames Eindringen oder einen Kampf, und der Coroner konnte an der Leiche keinen Hinweis darauf erkennen, dass Coe nicht aus eigenem Antrieb gehandelt hätte. Es gibt nichts, was darauf hindeuten würde, dass er sich nicht selbst umgebracht hat.«

»Bis auf das Timing.«

»Bis auf das Timing.«

»Ein Abschiedsbrief?«

»Nein.« Jenny schüttelte den Kopf.

Tracy trank einen Schluck Wein. »Was ist mit seinen Arbeitgebern? Ist irgendwem etwas Außergewöhnliches aufgefallen?«

»Nur dass du da warst und mit ihm gesprochen hast. So was ist sonst nie vorgekommen. Coe hat generell nicht viel geredet, mit niemandem. Ist gekommen, hat seine Arbeit erledigt und ist wieder gegangen. Im Grunde erstaunlich, wie wenig seine Chefs über ihn wussten.«

»Und ihr habt auch in seiner Wohnung nichts gefunden?«

»Das würde ich so nicht sagen«, meinte Jenny. »Wir haben eine halbe Apotheke gefunden. Vicodin, Zoloft, Schlaftabletten. Aber er hatte keinen Computer oder Laptop, und er besaß weder ein Handy noch ein Auto. Anscheinend ist er überallhin mit dem Rad gefahren.«

»Eine weitere Bestätigung dafür, dass er der Mann war, den ich an dem Abend auf dieser Lichtung gesehen habe.« Tracy legte frustriert Messer und Gabel aus der Hand. Sie war so nah dran gewesen und nun war die Gelegenheit verpufft. »Konntest du seine geschiedene Frau und die Kinder erreichen?«

»Die Frau hat sich für unseren Anruf bedankt. Sie klang traurig, aber nicht überrascht, und sagte, sie würde die Kinder benachrichtigen. Ich habe Telefonnummern von allen, für den Fall, dass du mit ihnen reden willst, sobald sich die erste Aufregung gelegt hat.«

»Ich würde die Kinder gern fragen, ob ihr Vater ihnen je anvertraut hat, warum es ihm so schlecht ging.«

Tracy musste an die Szene eben in Treys Zimmer denken, an Sarahs Kuss und die Frage: »Hast du Babys?« Tracy hatte keine Kinder, wusste aber aus Erfahrung, dass man den Kummer und auch die Freuden anderer Menschen nur dann wirklich nachvollziehen konnte, wenn man selbst Ähnliches erlebt hatte. In Bezug auf diesen Fall hieß das: Wenn ihre Hypothese stimmte und die vier Ironmen in den Tod von Kimi Kanasket verwickelt waren, dann hatten Darren Gallentine und Archibald Coe selbst Väter werden müssen, um das ganze Ausmaß ihrer Tat zu verstehen. Erst da hatten sie Nettie und Earl Kanaskets Schmerz wirklich nachvollziehen können. Als dann noch ihre Töchter das Alter erreicht hatten, in dem Kimi Kanasket gestorben war, schien das bei beiden den Ausschlag gegeben zu haben. Sie hatten nicht mehr weiterleben können.

Auch Jenny schob ihren Teller zurück. »Erzähl mir von deiner Unterhaltung mit Eric Reynolds«, bat sie. Weder sie noch Tracy hatten aufgegessen.

»Lass uns dabei aufräumen«, schlug Tracy vor. Sie brachten ihre Teller in die Küche, wo Tracy sie kurz unter den Wasserhahn hielt, damit Jenny sie in die Geschirrspülmaschine räumen konnte. »Reynolds war glatt«, sagte sie. »Professionell, höflich. Falls er nervös war oder sich Sorgen gemacht haben sollte, hat man ihm das nicht angemerkt.«

»Ein professioneller Lügner?« Jenny trank ihren Wein aus und reichte Tracy das Glas.

»Vielleicht. Er sagte, ein Deputy wäre eine oder zwei Wochen, nachdem man Kimi gefunden hatte, bei ihm zu Hause gewesen, um mit ihm zu reden.«

»Mein Vater?«

»Das sagte er nicht. Aber es muss dein Vater gewesen sein – falls die Story überhaupt stimmt.«

Jenny setzte das Glas ab und trocknete sich die Hände an einem Handtuch ab. »Ich kann mich nicht daran erinnern, in der Akte etwas über diesen Besuch gelesen zu haben.«

»Es steht auch nichts darüber drin.«

»Hat er gesagt, was mein Dad wollte?«

»Er sagte, ein Deputy sei gekommen und habe wissen wollen, ob er an dem Freitag, an dem Kimi verschwand, abends noch ausgegangen sei.«

»Also hat mein Dad ihn verdächtigt?«

»Vielleicht. Reynolds sagte, er hätte den Eindruck gehabt, der Deputy habe nur wissen wollen, ob jemand Kimi an dem Abend gesehen hatte.«

»Und? Was hat Reynolds meinem Dad erzählt?«

»Er hätte zu Hause im Bett gelegen, um sich vor dem großen Spiel am nächsten Tag auszuruhen. Sein Vater könnte das bestätigen. Wenn das eine Lüge ist, dann eine, mit der er wenig riskiert. Sie ist einfach, glaubhaft und niemand wird sie so schnell infrage stellen.«

»Warum sollte Reynolds in diesem Fall lügen und damit unter Umständen unnötig die Aufmerksamkeit auf sich lenken? Kommt dir das nicht auch unlogisch vor?«

»Darüber habe ich nachgedacht. Vielleicht hat er mir diese Lüge aufgetischt, um mich wissen zu lassen, dass in diese Richtung schon jemand erfolglos ermittelt hat. Oder er weiß oder glaubt zumindest zu wissen, dass jemand den Bericht deines Vaters zu diesem Besuch aus den Akten entfernt hat, ich also seine Behauptung nicht hinterfragen und erst recht nicht nachweisen kann, dass er lügt. Und außerdem lebt sein Vater noch und kann seine Aussage bestätigen.«

Jenny füllte den Wasserkessel. »Ich frage mich, ob die Akte deswegen laut unseren Unterlagen im System als vernichtet geführt wird. Vielleicht wollte mein Vater jedem, der nach der Akte suchte, weismachen, sie existiere nicht mehr. Er kennzeichnete sie im System als vernichtet und nahm sie mit nach Hause, um sie in seinem Schreibtisch einzuschließen.« Jenny stellte den Kessel auf die blaue Herdflamme. »Aber warum konnte er den einen Bericht nicht einfach kopieren?«

»Vielleicht gehörte etwas dazu, was sich nicht vervielfältigen ließ.«

»Was denn zum Beispiel?«

»Fotos. Vielleicht hatte er Eric Reynolds' Auto fotografiert.

Genauer gesagt, die Reifen.«

»Weil er sich dafür interessierte, ob sie zu den Profilabdrücken passten, die er auf der Lichtung fotografiert hatte.«

Jenny reichte Tracy eine Schachtel mit unterschiedlichen Teebeuteln. Tracy suchte sich Kamille aus. Koffein wollte sie nicht, sie war auch so schon aufgekratzt genug und würde wahrscheinlich schlecht schlafen.

»Können wir uns mit dem, was wir haben, diesen Eric vorknöpfen?«

»Das kriminaltechnische Labor sagt, dass das Foto, das wir ihnen geschickt haben, leider nicht genug hergibt. Sie können nicht eindeutig feststellen, ob das Reifenprofil zu dem auf der Lichtung passt. Dasselbe sagt die Rechtsmedizin zu den blauen Flecken auf Kimis Rücken und Schulter. Wir brauchen mehr, sonst kriegen wir wohl keine Anklage durch. Nach vierzig Jahren gibt es einfach zu viele Unklarheiten.«

»Und wie gehen wir dann weiter vor?« Jenny holte eine Zuckerdose und eine Flasche Honig aus dem Küchenschrank.

»Darüber habe ich mir auch schon den Kopf zerbrochen. Bisher habe ich mich auf das ›Wie‹ konzentriert – wie ist es passiert? Vielleicht sollte ich mich jetzt mehr mit der Frage befassen, *warum* es passiert ist.«

»Was ist mit den Animositäten wegen des Namens und des Maskottchens?«, fragte Jenny.

»Dazu gab es ein paar Artikel in der Zeitung«, sagte Tracy. »Aber irgendwie scheint die Diskussion gar nicht so hart und kontrovers geführt worden zu sein. Ich kann mir nicht vorstellen, dass sich Highschool-Kids da so reinsteigen. In dem Punkt glaube ich Eric Reynolds, wenn er sagt, die Eltern hätten sich stärker echauffiert als die Schüler. Ich habe an einer Highschool unterrichtet. Manche Schüler da hätten einem noch nicht mal sagen können, was für ein Maskottchen die Schule hatte, und selbst denen, die es wussten, war die Sache so wichtig nun auch wieder nicht. Jedenfalls nicht so wichtig wie die Frage, mit wem sie auf den Schulball gehen sollten, wo sie am Samstag nach dem Spiel hingehen könnten und wie sie an Alkohol und Sex kommen.« Tracy lehnte sich an den Küchentresen. »In der Nacht muss noch irgendetwas anderes passiert sein.«

Als der Kessel pfiff, füllte Jenny heißes Wasser in zwei Teebecher und reichte einen davon Tracy. »Wenn Eric Reynolds die ganze Sache inszeniert hat und die Fäden zieht, dann findet sich vielleicht etwas auf seinem Computer oder Handy. Eine SMS vielleicht, an Lionel oder Hastey. Was wir haben, reicht, damit uns ein Richter eine Vorladung unter Strafandrohung unterschreibt. Dann dürften wir einen Blick in den Computer und das Handy werfen.«

Ein solches Vorgehen hatte Tracy auch schon erwogen. »Ich kann mir nicht vorstellen, dass Reynolds so nachlässig ist. Wenn wir recht haben, dann reden wir hier über jemanden, der nicht nur selbst vierzig Jahre lang ein Geheimnis gewahrt hat, sondern noch dazu andere dazu gebracht hat, ebenfalls durchgehend den Mund zu halten.«

»Stimmt, aber Hastey trinkt und Lionel ist nicht gerade eine Intelligenzbestie. Einer von ihnen könnte Reynolds eine E-Mail oder eine SMS geschickt haben.«

»Vielleicht«, gab Tracy zu. »Aber wenn wir danach suchen und nichts finden, weiß Eric danach mit Bestimmtheit, dass wir ihn verdächtigen.«

»Er weiß doch auch so schon, dass wir ihn verdächtigen, Tracy.«

»Auch wieder wahr.«

»Was für Möglichkeiten bleiben uns denn sonst?«, fuhr Jenny fort. »Er konnte vierzig Jahre lang seine Spuren verwischen. Und mir kommt es so vor, als steckten wir in einer Sackgasse. Falls wir nicht noch etwas entdecken.«

29

Am nächsten Morgen krähte der Hahn nicht. War er etwa einem Waschbären oder Kojoten zwischen die Zähne geraten? Warum hatte er auch so laut krähen müssen, dachte Tracy. Damit verriet man doch nur, wo man war, und machte sich angreifbar. In gewissem Sinne hatte auch Eric Reynolds laut gekräht, als er sich freiwillig bei ihr gemeldet und einen Gesprächstermin vorgeschlagen hatte. Hatte er sich damit auch angreifbar gemacht? Und wenn ja, wie? Tracy hätte zu gern gewusst, wie sie die Situation nutzen könnte, um weiterzukommen. Sie zog sich ihre Sportsachen an und band die Schuhe zu. Vielleicht verhalfen ihr kalte Luft und Endorphine ja zu neuen Ideen.

Sie lief die längere Strecke, die zur Lichtung, denn langsam spürte sie so etwas wie eine Beziehung zu diesem Stück Land. Sie fürchtete sich nicht vor den Geistern dort, im Gegenteil. Bisher hatte sie den Ort als friedlich wahrgenommen. Die Blätter des zuletzt von Archie gepflanzten Strauchs waren noch brauner geworden. Die Pflanze wirkte vertrocknet, obwohl es doch nun wirklich genug geregnet hatte.

»Ich kann dir nicht helfen«, erklärte sie an der Stelle, an der Kimi Kanasket gelegen hatte. »Es sei denn, ich finde noch mehr heraus. Ich wünschte, ich könnte helfen, du weißt gar nicht, wie sehr. Für deinen Vater und für so viele andere wie dich. Aber ich muss einfach mehr in der Hand haben.«

Sie warf einen Blick den Hügel hinauf. Ob auch diesmal die Zweige der Bäume schwanken und die Blätter zittern würden? Ob auch diesmal ein scharfer Windstoß den Abhang hinunterfegen und ihr die Haare aus dem Gesicht wehen würde wie an ihrem ersten Abend hier? Aber der Wind blieb ebenso aus wie eine zündende Idee.

Wieder im Haus der Almonds, setzte sich Tracy an den Esstisch, um ihre Überlegungen zu sortieren und mögliche Motive aufzuschreiben: Liebesbeziehungen, Eifersüchteleien, Konflikte zwischen den Ironmen und Élan plus Gang oder mit Tommy Moore. Manchmal half es, alles schriftlich festzuhalten. Manchmal verschaffte man sich damit einen klaren Kopf, in dem das Denken eine neue Richtung einschlagen konnte. Aber wie der Wind am Morgen blieb auch eine Inspiration leider aus.

Frustriert gab sie auf, holte ihr Handy, das am Ladegerät gehangen hatte, und sah auf dem Weg nach oben in ihrem Zimmer nach, ob eine SMS eingegangen war. Das Display meldete einen Anruf in Abwesenheit.

Der Anruf war aus Seattle gekommen, was Tracy an der Vorwahl erkannte. Die Nummer selbst kannte sie nicht, es stand auch kein Name daneben. Der Anrufer hatte eine Nachricht hinterlassen, und als Tracy sie abspielte, blieb sie wie angewurzelt stehen, sobald klar war, wer sich da bei ihr gemeldet hatte. Die Stimme klang zögernd, unsicher und gar nicht mehr nach der starken Geschäftsfrau, mit der sich Tracy erst vor wenigen Tagen unterhalten hatte. Ohne das Ende der Nachricht abzuwarten, drückte Tracy auf die Rückruftaste und eilte ins Bad.

* * *

Eine Stunde später fuhr der Pick-up bereits wieder einmal auf der Interstate 5 Richtung Norden. Bald würde Tracy diese Strecke im Schlaf bewältigen können. Ihre Haare waren noch feucht und fühlten sich steif an, weil sie in der Eile das Shampoo nicht richtig ausgespült hatte. Unterwegs meldete sie sich bei Jenny, um zu erklären, was gerade los war und warum sie nicht wie besprochen ins Büro des Sheriffs kommen konnte. Jenny und sie hatten die eidesstattliche Erklärung vorbereiten wollen, mit der der Durchsuchungsantrag für Eric Reynolds' Wohnhaus unterstützt werden sollte.

»Entwirf doch schon mal eine Fassung und lass nur am Schluss noch Platz für ein, zwei Absätze«, bat sie Jenny. »Die kann ich dann auf der Rückfahrt diktieren, je nachdem, was ich jetzt herausfinde. Falls ich überhaupt etwas herausfinde.«

Fast vier Stunden später näherte sich Tracy den Baseball- und Footballstadien südlich der Hochhäuser der Innenstadt von Seattle. Sie nahm die I-90 nach Westen, die sie nach fünfzehn Minuten wieder verließ, um Richtung Highlands zu fahren. Den Anweisungen ihres Navis folgend, bog sie oben auf dem Berg bei der ersten Abzweigung rechts ab, fuhr durch eine kürzlich erst erbaute Einkaufszone und kam bei einem Kreisverkehr mit einer von einem schmiedeeisernen Zaun umgebenen Grünfläche heraus. Altmodische Straßenlaternen und urige, zweistöckige Stadthäuser im englischen Kolonialstil säumten hier die Straße. Trotz des klaren Herbstwetters lagen Grünfläche und Bürgersteig verwaist bis auf einen einsamen Mann, der einen schokoladenfarbenen Labrador ausführte.

Tracy fand die Hausnummer, nach der sie gesucht hatte, und parkte an der Straße am Fuß einer Treppe, die zu einer schmalen Veranda hinaufführte. Sie war früh dran, wollte aber nicht im Wagen warten. Sie stieg aus, ging die Treppe hinauf und klopfte an die Haustür.

»Mom, sie ist hier!«, rief drinnen eine Frauenstimme. Dann

hörte Tracy, wie ein Riegel zurückgeschoben wurde.

Tiffany Martin öffnete die Tür, einen resignierten Ausdruck im Gesicht. »Bitte kommen Sie rein.«

Im kleinen Flur mit seinem Marmorboden warteten außer Tiffany noch zwei Frauen in den Dreißigern, die sich erstaunlich ähnlich sahen. Ebenso wie ihre Mutter waren sie attraktiv, gepflegt und gut gekleidet und ebenso wie ihre Mutter wirkten sie sehr nervös. Tracy wusste, sie alle durchlebten gerade noch einmal die schrecklichen Augenblicke von vor fünfzehn Jahren und sie bedauerte es sehr, ihnen das nicht ersparen zu können.

»Das sind meine Töchter, Rachel und Rebecca«, stellte Tiffany Martin sie vor.

Tracy begrüßte die beiden und Martin bat sie alle mit einer Handbewegung in ein sauberes Wohnzimmer mit weißen Ledermöbeln. Eine ausufernde Palme in der Ecke neben einem Spieltisch und ein großes Ölgemälde an der Wand sorgten für Farbe. Im Zimmer roch es nach Raumspray mit Vanilleduft.

»Das sind sie, die Unterlagen.« Tiffany drohte die Stimme zu brechen, als sie mit dem Kinn auf einen braunen Ordner deutete, der auf dem gläsernen Couchtisch lag. Rachel nahm ihre Mutter in den Arm. Keine der Frauen machte Anstalten, den Ordner anzufassen.

»Wir haben in der Familie darüber gesprochen«, erklärte Rachel. »Wir wollen nicht, dass eine andere Familie leidet, wenn sich das vermeiden lässt.«

»Das ist sehr mitfühlend von Ihnen«, sagte Tracy leise.

»Aber wir wollen diese Unterlagen nicht lesen«, fuhr Rachel fort. »Auch das haben wir beschlossen. Wir wollen nicht in Einzelheiten wissen, was meinen Vater dazu gebracht hat zu tun, was er getan hat. Wir sehen nicht, wie das irgendjemandem nützen könnte.«

»Das verstehe ich«, sagte Tracy.

»Mein Vater …« Rachel brauchte einen Moment, ehe sie

weiterreden konnte. Sie sah ihre Schwester an. »Unser Vater war ein guter Mann. Er war ein guter Vater. Er hatte Kummer, das wurde uns immer klarer, je älter wir wurden, aber er hat uns nie merken lassen, wie sehr ihn dieser Kummer bedrückt hat. Er hat uns davon abgeschirmt. Wir haben sehr schöne Erinnerungen, deswegen ist uns diese Entscheidung auch so schwergefallen. Wir wollen den Schmerz nicht wieder aufleben lassen.«

»Ich weiß, wie Ihnen zumute ist.«

»Mom hat uns gesagt, Sie wissen das wirklich«, meinte Rachel. »Auch das war wichtig für unsere Entscheidung. Wir dachten, Sie hätten ein Gespür für das, was wir durchgemacht haben.«

»Das habe ich und daran wird sich auch nichts ändern«, versicherte Tracy. »Was soll ich mit dem Ordner tun, wenn ich ihn durchgelesen habe?«

Die drei Frauen wechselten Blicke, dann nickte Tiffany Martin ihrer jüngsten Tochter zu, sie solle fortfahren. »Wir wollten Sie bitten, ihn sich hier ganz in der Nähe anzusehen«, sagte Rachel. »An irgendeinem diskreten Ort. Wir würden gern so lange hier warten.«

»Wir wollen das nicht lesen«, ergänzte Tiffany Martin. »Aber wir dachten … wenn Sie die Unterlagen durchgesehen haben und finden … wie soll ich das sagen? Dass es nicht zu schlimm ist. Könnten Sie dann zu uns kommen und uns das wissen lassen?«

»Natürlich.«

»Wenn Sie nicht kommen«, fuhr Martin fort, »dann … dann wissen wir Bescheid, und dann hätten wir es gern, wenn Sie die Akte behielten. Wir wollen sie nicht.«

Danach standen alle etwas betreten schweigend da. Tiffany und ihre Töchter warfen immer wieder verstohlene Blicke Richtung Ordner. Als Tracy begriff, dass keine von ihnen ihn auch nur anfassen wollte, trat sie an den Tisch und klemmte ihn sich unter den Arm.

Die drei Frauen begleiteten Tracy noch zur Haustür. »Wir sind bis um zwei Uhr hier«, sagte Tiffany Martin zum Abschied. »Wenn wir bis dahin nichts von Ihnen gehört haben, gehen wir zusammen essen und versuchen, uns abzulenken.«

Ohne ein weiteres Wort trat Tracy auf die Veranda und schloss hinter sich die Tür.

30

Am liebsten hätte Tracy gleich im Auto einen Blick in die Akte geworfen. Sie konnte der Versuchung gerade noch widerstehen und steuerte stattdessen auf schnellstem Weg die nicht weit entfernte Stadtbücherei von Issaquah an. Im Innenstadtbereich des kleinen Städtchens ging es geschäftig zu, die Gegend erlebte zurzeit durch den Zuzug junger Familien eine Art Revival, und die Stadtverwaltung pflegte den altmodischen, pittoresken Charakter des Zentrums mit den großen alten Eichen und imposanten Pflaumenbäumen. Beim Theater kündigte die große Anzeigentafel als Ereignis des Winters das Musical *Oklahoma* an, vor den Restaurants standen Tische und Stühle auf dem Bürgersteig, was allerdings an diesem kalten Novembertag von niemandem genutzt wurde, und eine sorgfältig hergerichtete Shell-Tankstelle aus dem Jahr 1940 gab es auch.

Tracy interessierte das alles wenig, sie wollte so schnell wie möglich herausfinden, was Darren Gallentine seiner Therapeutin erzählt hatte. In der Bibliothek bat sie um einen Raum, in dem sie allein sein konnte. Das wäre möglich, wurde ihr gesagt, man konnte ihr einen solchen Raum eine Stunde lang überlassen. Sie landete in einem Zimmerchen von der Größe der ungemütlichen Verhörräume im Justizzentrum, das gerade genug Platz für den an der Wand befestigten Tisch und zwei Stühle bot. Tracy setzte sich und holte Papier und Notizblock aus der Handtasche. Ehe sie den Ordner aufklappte, saß sie kurz einfach nur da und strich über das Deckblatt. Es war wie an dem Tag, an dem sie nach zwanzig Jahren Ungewissheit erfahren hatte, dass Sarahs sterbliche Überreste gefunden worden waren. Sie war damals nach Hause geeilt, um die Ordner, die sie zu dem Fall angelegt hatte, aus dem Schrank zu holen, hatte dann jedoch feststellen müssen, dass sie sie gar nicht sofort aufschlagen mochte. Dasselbe Gefühl wie damals überkam sie auch jetzt. Ein bisschen wie in einer Achterbahn, die noch nicht fährt: Man freut sich darauf, dass es gleich losgeht, hat aber auch ein bisschen Angst vor dem, was einen erwartet.

Sie schlug Darren Gallentines Akte auf und las.

* * *

Freitag, 5. November, 1976

Es zischte, als Hastey Devoe den Verschluss von der nächsten Dose Bier riss. »Komm zu Papa!«, rief er, legte den Kopf in den Nacken, setzte die Dose an und trank in langen Zügen.

»Vielleicht lässt du das mit dem Bier lieber bisschen langsamer angehen.« Eric Reynolds lehnte mit einem Joint in der Hand vorn am Kühler seines Bronco, am Rand des Lichtkreises, den Darrens Campingleuchte spendete. Er nahm einen letzten Zug, hielt die Luft an und atmete wieder aus. »Immerhin haben wir morgen Abend ein halbwegs wichtiges Spiel.«

»Ich fülle nur meinen Flüssigkeitshaushalt auf«, sagte Hastey. »Dann friere ich nicht so in dieser verdammten Kälte.«

»Ich mein ja bloß – vielleicht wäre heute Abend ein bisschen Selbstkontrolle angesagt.« Eric ließ nicht locker.

»Meinem Spiel hat es bisher nicht geschadet, oder? Die ganze Saison nicht.«

»Nein, aber wenn du weiterhin jeden Abend ein Sixpack kippst, passt dein fetter Arsch bald nicht mehr in deine Uniformhose!« Archie kicherte leise vor sich hin, er war stoned.

»Wenn mein fetter Arsch nicht wäre, würde keiner von euch jede Woche seinen Namen in der Zeitung lesen«, konterte Hastey.

»Scheiße!«, empörte sich Archie. »Weswegen laufe ich wohl immer Offtackle?«

»Weil du ein kleiner Schisser bist und nicht gern was abkriegst«, sagte Hastey.

»Nein! Weil dein fetter Arsch in der Lücke steckt, durch die ich eigentlich soll!«

»Darren lässt sich davon nicht aufhalten«, sagte Hastey. »Oder, Darren?«

Darren Gallentine, weder stoned noch betrunken, saß ein paar Meter weiter weg auf einem Felsen. Er hatte zwei Bier getrunken und kein Interesse an weiteren, sowieso langweilten ihn diese Abende zusehends. Die Campingleuchte zischte und das Licht wurde heller, als er das Gas weiter aufdrehte. Wahrscheinlich war die Kartusche noch halb voll. Das Geplänkel und die Kommentare der anderen amüsierten Darren, doch er beteiligte sich kaum daran, und jetzt, gegen Ende der Saison, wiederholten sich die Sprüche allmählich. Hasteys Bruder Lionel hatte eine Stiege Bier und ein paar Joints gestiftet, sie hatten sich heimlich von zu Hause fortgeschlichen und waren in den Wald gefahren. So verbrachten sie seit einer Weile jeden Freitagabend und manchmal auch den Samstagabend nach einem Spiel. Wobei sie nach Spielen lieber auf die Lichtung fuhren, denn bis sie mit allem fertig waren, war auf der Lichtung meistens schon eine Party zugange und die ersten Mädchen waren betrunken. Dann legten die vier Ironmen im Bronco einen großen Auftritt hin. Hastey ließ das dämliche Nebelhorn aufheulen und alle klatschten und jubelten ihnen zu, wenn sie eine Runde um die Lichtung drehten. An diesen Abenden war ihnen alles erlaubt, auch bei den Mädchen. Eric fand, es sei so einfach wie auf Fische in einem Fass zu schießen und er hätte in dieser einen Footballsaison öfter vögelt als eine Nutte in Las Vegas.

»Warum nennen sie Darren den Bulldozer?«, erkundigte sich Hastey bei Archie. »Was meinst du?«

»Weil er deinen Arsch aus dem Weg bulldozern muss, um das Loch zu finden«, antwortete Archie.

Darren lächelte schweigend.

»Vielleicht lege ich mich das nächste Mal einfach hin, wenn sie dir den Ball geben.« Hastey warf mit der leeren Bierdose nach Archie, verfehlte jedoch sein Ziel. »Sollen dir die Jungs von der Defense Line doch den Arsch plattmachen!«

»Niemand legt sich hin!« Eric schnippte den zu Ende gerauchten Joint ins Unterholz und warf seine Bierdose gegen einen Baum, nicht weit von dort, wo Hastey und Archie standen und Beleidigungen austauschten. Die Dose prallte vom Baumstamm ab, fiel zu Boden und drehte sich dort wie das Rotorblatt eines Hubschraubers. Bier spritzte in alle Richtungen.

»Scheiße!« Hastey wischte sich Bier vom Hemd. »Welche Laus ist dir denn über die Leber gelaufen? Was soll die Bierverschwendung?«

»Ich trete euch beiden mit Anlauf in den Arsch, wenn ihr nicht bald die Klappe haltet«, knurrte Eric.

»Ich sag doch bloß, das muss doch nicht sein – nach Bier stinken, wenn ich nach Hause komme!«, jammerte Hastey.

»Dabei ist doch Bier das Parfüm deiner Familie«, höhnte Archie.

»Besser als Rosen.« Hastey winkte Archie affektiert zu. »Arbeitet dein Dad immer noch in dem Blumenladen?«

»Das ist eine Baumschule, du Vollidiot.«

»Blumen sind es trotzdem.«

»Könntet ihr beiden wohl endlich die Klappe halten?«, zischte Eric.

Darren setzte sich auf, er wäre jetzt gern nach Hause gegangen. Er konnte seinen Atem sehen. Die Kälte kroch ihm langsam in den Nacken und unter die gefütterte Jeansjacke, drang von unten durch die Sohlen seiner Converse-Schuhe. Sie nannten ihn den »Dozer«, weil er mit seinen ein Meter achtzig und fünfundneunzig Kilo so gebückt wie möglich attackierte, die Schulterpolster nahe am Boden. Was sich ihm in den Weg stellte, schob er, wenn es denn ging, einfach beiseite. »Du bist doch bloß sauer, weil Cheryl Neal heute mit Tommy Moore unterwegs ist«, wandte er sich jetzt an Eric, während er die Rinde von einem Zweig puhlte, den er in der Hand hielt.

»Was?«, riefen Hastey und Archie wie aus einem Mund.

»Ich dachte, der Loser geht mit Kimi Kanasket«, fügte Hastey hinzu.

Eric warf Darren einen warnenden Blick zu, wusste aber, er konnte es mit seinen ein Meter fünfundachtzig und einundachtzig Kilo mit Darren nicht aufnehmen. Nicht nur, weil Darren schwerer war, er war vor allem stärker. Er war der stärkste Junge im ganzen Team, was er jeden Tag beim Gewichtheben unter Beweis stellte.

»Kimi hat Moore abserviert und Moore hat Cheryl um ein Date gebeten«, verkündete Darren jetzt.

»Und sie ist echt mit ihm ausgegangen?« Hastey mochte es nicht glauben.

»Klar ist sie mit ihm ausgegangen«, mischte Archie sich ein. »Das Mädel ist geiler als ein brunftiger Hirsch, bei der hättest vielleicht sogar du eine Chance.«

»Und warum verbreitest du es nicht gleich an der ganzen verdammten Schule?«, wollte Eric von Darren wissen.

»Warum ist sie mit ihm ausgegangen?«, fragte Hastey.

»Weil sie eine Hure ist«, sagte Eric.

»Ja, aber sie war doch deine Hure«, meinte Archie.

»Jetzt reicht es mir, ich versohle dir den Arsch!«

Eric glitt von der Kühlerhaube und wollte sich mit wild blitzenden Augen auf Archie stürzen. Hastey trat dazwischen, wodurch Archie die Chance bekam, blitzschnell im Unterholz zu verschwinden. Archie war schnell, er war eben auch kleiner und leichter als die anderen und wog keine achtzig Kilo. Eric konnte ihn plattmachen.

»So ist es recht, Weichei, verpiss dich bloß. Sieh doch zu, wie du nach Hause kommst!«, schrie Eric ihm nach.

»Lass deine Laune nicht an Archie aus.« Darren warf das bearbeitete Stück Holz weg und suchte sich ein anderes.

»Warum hast du überhaupt davon angefangen?«, wollte Eric wissen.

»Weil du schon den ganzen Abend deswegen sauer bist und wir morgen ein Spiel haben.«

»Das braucht dich nicht zu kümmern, ich mach meinen Job schon.«

»Dann ist ja gut«, sagte Darren. »Ich hab nämlich wenig Lust, bis ganz nach Yakima zu fahren, um das letzte Spiel zu verlieren, das ich je spielen werde.«

»Lass uns abhauen und nach Hause fahren.« Eric fischte die Autoschlüssel aus seiner Hosentasche. »Hol deine Lampe.«

»Mir soll es recht sein.« Darren hob die Laterne auf.

»Was?«, jammerte Hastey. »Es ist noch nicht mal Mitternacht und wir haben noch drei volle Dosen Bier.«

»Lass sie hier«, entschied Eric.

»Auf keinen Fall!« Hastey nahm Haltung an und salutierte. Dabei rutschte ihm der Bauch aus dem Hemd und hing nackt über der Hose. »Ein Marine lässt keine Soldaten zurück!«

»Lass sie hier!«, wiederholte Eric. »Ich will sie nicht im Auto haben, wenn wir angehalten werden.«

»Scheiße, wir doch nicht! Uns tut keiner was an, wir regieren diese Stadt!« Hastey stieß ein Kriegsgeheul aus, lange und laut.

»Steig einfach nur ein«, befahl Eric.

»Ich sitze vorn!« Hastey stürzte so schnell auf die Beifahrertür des Bronco zu, dass er um ein Haar Archie umgeworfen hätte, der aus dem Unterholz aufgetaucht war. »Ihr zwei sitzt hinten.«

»Deinen fetten Arsch kriegt man ohne Kran sowieso nicht auf die Ladefläche!«, sagte Archie.

»Sollen wir dir eine Trittleiter besorgen, damit du hochkommst?«, erkundigte sich Hastey.

Darren schaltete die Campinglampe aus, wodurch sie alle schlagartig im Dunkeln standen, und kletterte auf die offene Ladefläche des Bronco. Archie und er setzten sich mit dem Rücken zur Fahrerkabine hin. Sofort spürte Darren die Kälte durch den Hosenboden seiner Jeans kriechen, und als er probeweise die Finger bewegte, waren die Gelenke steif geworden und die Finger selbst fühlten sich so dick an wie Würstchen. Wahrscheinlich eine gute Vorbereitung auf das Spiel, denn laut Wetterbericht sollte es noch kälter werden. Hoffentlich schneie es nicht; Darren hasste es, im Schnee zu spielen. Jeder Treffer fühlte sich dann an wie ein Knochenbrecher.

»Ich brauch jetzt was zum Kauen.« Archie zog einen Beutel aus seiner hinteren Hosentasche und stopfte sich einen ordentlichen Packen Kautabak in die Wange.

»Spuck den Scheiß bloß nicht in meine Richtung!«, warnte Darren.

»Und auch nicht auf den Pick-up!«, fügte Eric hinzu, der gerade den Wagen startete. »Mein Dad bringt mich um.«

Scheinwerfer und Lichtleiste oben auf dem Überrollbügel tauchten die Umgebung in grelles Flutlicht. Eric legte mit schwungvollem Krachen den Rückwärtsgang ein, setzte ebenso schwungvoll ein Stück zurück, schaltete in den Fahrgang, ließ den Motor aufheulen und riss das Steuer hart herum, bis die Hinterreifen ausschlugen und Dreck spuckten. Archie wurde gegen Darren geschleudert, der schlau genug gewesen war, das Manöver vorauszusehen und sich am Überrollbügel festzuhalten. Eric spielte die Spielchen jedes Mal beim Anfahren, Archie schien das einfach nicht mitkriegen zu wollen. Er war allerdings auch nicht gerade der Hellste.

Hastey ließ einen seiner berühmten Rebellenschreie hören, ehe er den Lautstärkeregler des Achtspur-Kassettenrekorders hochdrehte und AC/DC grölen ließ. »It's a Long Way to the Top« schallte es durch den Wald, während der Bronco hüpfte und krachte und Winde und Kühlergrill Gebüsch und Ranken niedermachten. Nicht lange, dann brach der Pick-up aus dem Unterholz direkt auf die 141, ohne dass Eric den Fuß vom Gas genommen hätte. »Durchmarsch« nannte er das, und in dieser Saison wären sie nur einmal fast einem Halbtonner unter die Räder gekommen, der in die entgegengesetzte Richtung fuhr, so dicht an ihnen vorbei, dass Darren die Luftdruckbremsen des Lasters hören konnte.

Der Wind peitschte über die Ladefläche. Sofort sank die Temperatur um einige weitere Grade. Darren hielt sich am Überrollbügel fest, dort, wo er auf der Ladefläche festgeschraubt war, und schob sich die andere Hand unter die Achselhöhle. Neben ihm saß vornübergebeugt Archie, der die Knie an die Brust gezogen und Kinn und Hände in seiner Jacke vergraben hatte. Wie eine Schildkröte, die versuchte, sich in ihren Panzer zurückzuziehen.

»Langsamer!«, schrie Darren, obwohl er wusste, dass ihn Eric bei dem scharfen Wind und der lauten Musik gar nicht hören konnte. Sowieso wäre er nicht langsamer gefahren. Eric war ein Hitzkopf mit einem Riesenego. Und sauer. Dabei machte er sich nicht einmal etwas aus Cheryl Neal. Das hatte er

Darren gegenüber zugegeben. Er benutzte sie nur.

Als der Pick-up dann doch langsamer wurde, dachte Darren einen Moment lang, Eric hätte ihn nicht nur gehört, sondern würde zur Abwechslung einmal sogar tun, worum man ihn bat. Oder ihr Glück hatte sie verlassen und weiter vorn wartete ein Streifenwagen auf sie! Hastig drehte er sich um. Auf den Seitenstreifen der Fahrbahn, mit dem Rücken zu ihnen, ging jemand im Scheinwerferlicht. Ein Mädchen, das einen Mantel trug.

Eric drehte die Musik leiser und fuhr noch langsamer, bis er mit Kimi Kanasket Schritt hielt. »Wen haben wir denn da?«

Darren fluchte leise. Was jetzt kam, konnte nicht gut werden.

Kimi trug einen Wollmantel, der ihr bis zu den Knien reichte, die Beine darunter waren bis auf die Nylonstrümpfe nackt.

»Hallo Kimi!« Eric ließ den Ellbogen aus dem Fenster hängen.

Kimi wandte den Kopf, nahm die Jungen aber ansonsten nicht zur Kenntnis, sondern ging wortlos weiter.

»Wo willst du hin?«

»Nach Hause.«

»Sollen wir dich mitnehmen?«

Darren war klar, was Eric da machte. Wenn sich eine Chance ergab, würde er mit Kimi vögeln. Nur um es Cheryl Neal und Tommy Moore heimzuzahlen. Bloß würde es nie dazu kommen, Kimi ließ sich auf keinen Fall mit ihm ein. Eric musste das wissen, und es machte ihn wahrscheinlich noch wütender.

»Danke, aber ich gehe lieber zu Fuß«, sagte Kimi.

»Das ist doch Wahnsinn! Es ist arschkalt und du hast einen weiten Weg. Komm, wir fahren dich nach Hause.«

»Ist schon in Ordnung, danke. Ich gehe immer zu Fuß. Meine Eltern warten auf mich.«

»Magst du uns etwa nicht?«

Darauf antwortete Kimi nicht. Darren konnte sehen und spüren, wie unwohl sie sich fühlte. Angst hatte sie nicht, so schnell jagte man Kimi keine Angst ein, aber sie fühlte sich eindeutig nicht wohl. »Lass gut sein, Eric!«, rief Darren in die Fahrerkabine hinein.

»Halt's Maul, ich unterhalte mich hier«, fuhr Eric ihn an. »Wie ist das jetzt, Kimi? Magst du uns nicht? Liegt das daran, dass wir die Red Raiders sind?«

Hastey beugte sich zur Fahrerseite rüber und brach in Kriegsgeheul aus.

Idiot.

Kimi verdrehte die Augen.

»Eric!«, drängte Darren. »Lass uns einfach nach Hause fahren.«

»Wo hast du denn heute Abend deinen Freund gelassen, Kimi?« Eric ließ nicht locker. »Ich habe gehört, er hat dich abserviert. Weil du im Bett nicht gut genug warst, heißt es. Oder lassen einen Indianermädchen gar nicht erst ran?«

Kimi blieb stehen und wandte sich dem Auto zu. »Du weißt doch, wo er ist. Und du weißt, mit wem er vögelt. Vielleicht warst du ja nicht gut genug, Eric.«

»Verfickte Schlampe!« Eric trat auf die Bremse und langte nach dem Türgriff, noch ehe der Bronco ganz stand. Aber dann bekam er den Sicherheitsgurt nicht auf.

Darren nutzte die Verzögerung, um von der Ladefläche zu springen. »Lauf!«, sagte er zu Kimi, die ihn mit weit aufgerissenen Augen anstarrte. »Lauf einfach! Sieh zu, dass du hier wegkommst!«

Kimi rannte.

Eric hatte sich endlich aus dem Sicherheitsgurt befreit, stolperte fluchend aus der Fahrerkabine und wollte laut schreiend hinter Kimi her, die in den Wald geflüchtet war.

Darren legte beide Arme um ihn und hielt ihn fest. »Lass sie laufen, Eric. Lass sie einfach laufen.«

»Lass mich los!«

Darren packte noch fester zu. »Nein. Erst beruhigst du dich.«

Nach ein paar Sekunden spürte Darren Erics Widerstand nachlassen. »Okay«, knurrte Eric. »Gut, ich bin ruhig. Okay? Lass los.«

»Wir fahren nach Hause, ja?«, insistierte Darren. »In Ordnung? Wir fahren jetzt einfach nach Hause und morgen spielen wir und konzentrieren uns auf das, was wir uns vorgenommen haben, okay?«

»Ich sagte doch schon: okay!«

Darren lockerte seinen Griff und Eric boxte ihn in die Brust, was Darren überging, weil er die Stimmung nicht noch weiter anheizen wollte. Wutschnaubend stieg Eric ins Auto, knallte die Tür zu und saß erst einmal nur finster vor sich hin starrend da. Darren sah Archie an, der mit weit aufgerissenen Augen halb aufgerichtet auf der Ladefläche stand, als würde er gleich springen wollen. Er dachte kurz daran, den Freund einfach da runterzuholen und zu Fuß mit ihm nach Hause zu gehen, aber das waren mehr als drei Meilen in dieser verdammten Kälte und es war ja auch schon spät. »Setz dich wieder hin, Archie«, sagte er und kletterte wieder auf den Bronco. In diesem Augenblick wusste er, dass er mit Eric Reynolds und Hastey Devoe fertig war. Vielleicht würden Archie und er Freunde bleiben, aber mit den beiden Idioten da vorn war er nach Samstagabend durch. Darren hatte Pläne, die über den Football hinausgingen. Er wollte Ingenieur werden und für Boeing Flugzeuge entwickeln, und er hatte nicht vor, sich das von einem der beiden Trottel da vorn vermasseln zu lassen.

Eric trat aufs Gaspedal und der Bronco schoss mit dröhnender Maschine nach vorn, wurde schneller. Genauso plötzlich tauchte die vordere Stoßstange ab und die Reifen kreischten auf dem Asphalt. Darren und Archie wurden gegen die Kabine geschleudert, Darrens Kopf flog nach hinten, traf gegen etwa Hartes. Der Bronco fing an sich zu drehen, Eric ließ ihn mitten auf der Straße mit qualmendem Gummi Kreisel fahren, bis er aufs Gas stieg und das Auto die Straße hinunter in die Richtung schoss, in die Kimi gelaufen war.

»Verdammt!«, schrie Darren, der nach dem Aufprall Sterne sah. Er schob Archie von sich und tastete sich den Hinterkopf ab.

Inzwischen war der Bronco bockend und hüpfend ins Unterholz getaucht. Mit der einen Hand hielt sich Darren am Überrollbügel fest, mit der anderen hatte er Archie fest am Jackenkragen gepackt. Er sah zu, dass keiner von ihnen von der Ladefläche geworfen wurde, mehr konnte er im Moment nicht tun. Vorn in der Fahrerkabine hatte Hastey die Musik lauter gedreht und schrie dazu seinen bescheuerten Kriegsgesang.

»Eric!« Verglichen mit dem Wind und der Musik klang Darrens Stimme wie ein Flüstern. »Eric! Halt an!«

Immer weiter schossen sie den engen Pfad entlang. Als der Bronco eine Anhöhe erklomm, fiel es Darren zusehends schwerer, sich und Archie festzuhalten und zu verhindern, dass sie von der Ladefläche rutschten. Seine Armmuskeln schmerzten bereits vor Anstrengung. Zweige schlugen laut gegen die Ladefläche. Es ging immer steiler bergan, man hörte dem Motor an, dass er zu arbeiten hatte.

Dann schrie Eric: »Scheiße!«, und im nächsten Moment war Darren schwerelos. Sein Hintern hob sich, er konnte weder sich noch Archie länger festhalten – das ging alles so schnell und doch wie im Zeitlupentempo. Jetzt war er in der Luft, Archie und er flogen von der Ladefläche, schwebten eine Sekunde lang einfach nur so ... dann krachte Darren hart zu Boden. Heftiger Schmerz schoss ihm durch sämtliche Glieder, als er in einem schier endlosen Kreislauf herumrollte und gegen Steine geschleudert wurde, ehe er endlich nach einem letzten Hüpfer liegen blieb. Da lag er nun und ließ Körper und Geist verarbeiten, was gerade passiert war. War er verletzt? Und wenn ja, wie schwer? Endlich rappelte er sich mühsam auf. Er fühlte sich wie zerschlagen, aber nicht ernsthaft verletzt. Jedenfalls soweit er es beurteilen konnte. Archie musste ganz in der Nähe sein, Darren hörte ihn im Dunkeln stöhnen und irgendetwas vor sich hin murmeln. Er ging zu ihm.

»Alles okay bei dir? Archie? Alles okay?«

Leise fluchend stemmte sich Archie hoch. Er wirkte benommen, schien aber ebenfalls nicht ernsthaft verletzt zu sein.

Darren sah sich um, versuchte, die Orientierung zurückzugewinnen. Archie und er waren von der Ladefläche geworfen worden, als der Bronco über den Gipfel der Anhöhe schoss. Sie waren auf der anderen Seite des Hügels gelandet, von der Lichtung aus gesehen ungefähr auf halber Strecke nach oben. Unter ihnen stand der Bronco und ähnelte mit der hellen Lichtleiste oben auf dem Dach einem abgestürzten Raumschiff. Er hatte sich einmal im Kreis gedreht und zeigte jetzt den Hügel hinauf, dabei allerdings in einem fast 45-Grad-Winkel gekippt. Darren schirmte seine Augen mit der Hand gegen das gleißende Licht ab und machte sich auf, ging den Hügel hinab.

Dabei drang ihm wie ein Echo Hasteys Stimme ans Ohr. »Ich blute, Mann! Ich blute, Eric! Scheiße, verdammte Scheiße! Ich blute.«

Darren stolperte bis zum Fuß des Hügels, wo Hastey wie irre im Kreis herumlief, die Hand an die Stirn gepresst. Zwischen seinen Fingern sickerte Blut hindurch und lief ihm den Jackenärmel entlang. Wo war Eric? Hastey bewegte sich weiter und da sah Darren Eric neben etwas stehen, das auf dem Boden lag. Erst dachte er an einen Baumstamm, aber die Wahrheit drang nur allzu schnell in sein Bewusstsein. Das war Kimi.

»Oh Gott!« Darren ließ sich auf ein Knie fallen. Das Mädchen lag mit geschlossenen Augen auf der Seite und rührte sich nicht. »Was hast du getan, Eric? Was zum Teufel hast du getan?«

Eric regte sich nicht. Er sagte auch nichts. Er stand nur da und starrte auf Kimi hinunter. Hinter ihnen klagte Hastey immer weiter. »Ich blute, Mann, ich blute!«

»Halt dein Maul!«, schrie Darren ihn an. »Halt dein verdammtes Maul!«

Archie hatte es endlich den Hügel hinuntergeschafft, sah Kimi dort liegen und fing an zu heulen. »Oh nein!«, jammerte er. »Nein! Oh nein!« Er wandte sich um, krümmte sich stöhnend und übergab sich.

»Was hast du getan, Eric?« Darren konnte nicht anders, er musste es immer wieder sagen. »Was hast du getan? Was hast du getan?«

»Verdammt!«, keuchte Archie, ehe er sich noch einmal übergab. »Gottverdammte Scheiße!«

»Ich blute, Eric, ich blute.«

»Halt's Maul!«, befahl Darren. »Haltet alle das Maul.«

Archie richtete sich auf, unterdrückte ein letztes Würgen. Hastey hörte auf zu jammern. Darren kniete sich neben Kimi. Sie wirkte so unendlich zerbrochen.

»Ich habe sie nicht gesehen.« Endlich bekam Eric den Mund auf. »Ich habe sie einfach nicht gesehen.«

»Du hast sie verfolgt«, widersprach Darren. »Du bist auf ihr gelandet.«

»Ist sie tot?« Archie weinte inzwischen. »Ist sie tot?«

»Sie lag auf dem Boden. Warum lag sie auf dem Boden?«, sagte Eric. »Es ist nicht meine Schuld.«

»Natürlich ist es deine Schuld«, fuhr Darren ihn an. »Wessen Schuld denn sonst, wenn nicht deine?«

Eric kam einen drohenden Schritt näher, aber Darren sprang ihn noch aus der Hocke heraus an, knallte ihm die Schulter in die Brust, drängte ihn mit den Beinen zurück, warf ihn zu

Boden. Er beugte sich über ihn, die Hand zur Faust geballt. Er wollte zuschlagen, wollte die ganze Scheiße aus ihm herausprügeln, aber Hastey und Archie hielten ihn fest und zogen ihn zur Seite, ehe er Erics Gesicht zu Brei schlagen konnte.

»Du hast sie umgebracht, Mann!« Inzwischen liefen Darren die Tränen in Strömen über das Gesicht. »Du hast sie umgebracht.«

Eric stand schwer atmend wieder auf. Vor seinem Mund und den Nasenlöchern sammelten sich weiße Wolken. Er hielt sich mit beiden Händen den Kopf, als wollte er sich sämtliche Haare ausreißen.

»Was sollen wir machen, Eric?« Hastey klang völlig verängstigt. Das Blut aus der Stirnwunde hatte sein Gesicht in eine Maske verwandelt. »Was sollen wir machen?«

»Wir müssen hier weg«, entschied Eric.

»Was?« Darren mochte seinen Ohren nicht trauen.

»Wir müssen hier weg. Jetzt. Sofort.« Eric tigerte nervös auf und ab. Obwohl es dunkel war, sah man, wie bleich er geworden war. Seine Augen wirkten wie schwarze Stecknadelköpfe.

»Wir können sie hier nicht einfach liegen lassen, Eric!«, widersprach Darren.

»Und was sollen wir deiner Meinung nach tun, Darren? Sag mir: Was sollen wir machen?«

»Wir sollten ein Telefon suchen und jemanden anrufen.«

»Sie ist tot, Darren. Wen willst du anrufen? Die Polizei? Was sollen wir denen sagen? Dass wir sie überfahren haben?«

»Ich habe sie nicht überfahren. Das warst du.«

»Du warst im Wagen. Wir saßen alle im Wagen. Wir alle haben sie überfahren.«

»Nein!«, wehrte sich Darren. »Auf keinen Fall, Eric!«

»Ich soll zur Armee«, stammelte Archie. »Ich soll zur Armee gehen, wenn ich den Abschluss habe.«

»Hört mir zu«, sagte Eric. »Sie werden uns alle vernehmen,

weil wir alle im Wagen saßen. Sie werden unser Blut untersuchen und wissen, dass wir getrunken und geraucht haben. Wir gehen alle in den Knast, und nicht nur für eine Nacht oder eine Woche. Scheiße, das ist Mord! Für einen Mord kommt man auf den Stuhl! Sie bringen einen um.«

»Ich kann nicht in den Knast gehen«, jammerte Hastey. »Ich kann nicht in den Knast.«

»Wir müssen hier weg«, drängte Eric noch einmal. »Jetzt sofort.«

»Wir können sie hier nicht einfach liegen lassen, Eric«, wiederholte Darren.

»Niemand weiß, dass wir hier draußen sind. Niemand. Wir haben morgen das Spiel. Alle werden glauben, dass wir zu Hause im Bett waren, um uns vor dem Spiel auszuruhen. Unsere Eltern wissen nicht, dass wir uns weggeschlichen haben, also werden sie sagen, wir waren zu Hause.«

»Wir können sie hier nicht so liegen lassen«, beharrte Darren.

»Ich will das doch auch nicht, Darren. Verdammt, ich will es nicht. Aber wir müssen es tun, verstehst du das nicht? Wir müssen.«

Darren konnte nicht aufhören zu weinen.

»Ich fahre euch jetzt nach Hause«, schlug Eric vor. »Ich fahre euch nach Hause und dann gehe ich zum Münztelefon bei der Tankstelle und sage anonym Bescheid. In Ordnung?«

»Was ist mit meinem Kopf?«, wollte Hastey wissen. »Was sage ich, was mit meinem Kopf passiert ist?«

»Ich habe einen Erste-Hilfe-Kasten im Auto. Mein Dad hat ihn immer dabei, für die Jagd. Wir machen dich sauber und wickeln dir einen Verband um den Kopf. Morgen trägst du eine Baseballkappe. Der Schnitt sitzt hoch genug, den wird niemand sehen. Beim Spiel trägst du den Helm. Hinterher kannst du sagen, du hättest dir während des Spiels den Kopf angeschlagen.« Eric massierte sich die Stirn, als müsse er heftige Kopfschmerzen abwehren. »Niemand wird es erfahren.« Er sah sie alle einen nach dem anderen an. »Niemand braucht es zu wissen, okay?« Er sprach immer schneller. »Es braucht sich auch nichts zu ändern. Morgen gewinnen wir die Meisterschaft und dann machen wir mit unserem Leben so weiter, wie wir es geplant haben. Wir machen mit unserem Leben weiter. Archie, du gehst zur Armee, und Darren und ich gehen auf die Uni. Und Hastey, du gehst auf das Community College und siehst zu, dass du bessere Noten kriegst, dann kannst du auch zu uns an die Uni kommen. Wir können Kimi jetzt nicht helfen. Sie ist tot. Es war ein Unfall, aber sie ist tot. Wenn wir etwas sagen, dann könnten wir genauso gut auch tot sein, weil unser Leben dann vorbei wäre.«

Darren hörte die Worte, aber sie klangen so, als würden sie von weit, weit her kommen, als wären sie nicht real, als sei nichts von alldem hier wirklich. Vor seinen Augen flackerten immer noch weiße Sterne; er kannte das, er hatte oft genug mit einer leichten Gehirnerschütterung weitergespielt. Das war es wohl – eine Gehirnerschütterung. Er konnte nicht klar denken. Er bildete sich das alles ein. Natürlich bildete er sich das alles nur ein. Es war nicht real, konnte nicht real sein.

Nichts von all dem hier war wirklich.

* * *

Tracy legte die letzte Seite des Berichtes der Therapeutin zur Seite. Aus dem Rest der Unterlagen hatte sie erfahren, dass Darren ursprünglich wegen seiner Angstzustände die Klinik aufgesucht hatte, ohne zu wissen, woher sie kamen. Er hatte seiner Therapeutin erzählt, er wache früh am Morgen auf und in seinem Kopf rasten die Gedanken nur so, weswegen er nie wieder einschlafen konnte. So hatte es angefangen. Wenig später hatte er in der Nacht Panikattacken bekommen, dann kamen die Probleme mit dem Einschlafen. Durch den Schlafmangel bei der Arbeit zum Zombie geworden, hatte er auf Schlaftabletten zurückgegriffen, die er mit Scotch herunterspülte. Er hatte der Therapeutin auch von Albträumen berichtet, in denen er ein schwer verletztes Teenagermädchen sah. Die hätten nach dem fünfzehnten Geburtstag seiner Tochter Rebecca angefangen und bald habe das Mädchen in seinen Träumen ihn jede Nacht verfolgt, egal, wie viele Pillen er nahm und wie viel Scotch er trank. Sie war immer gekommen.

In seinem Albtraum stand er über ihr und hielt sie für tot, aber dann öffnete sie die Augen, sah ihn an und flüsterte: »Hilf mir, bitte hilf mir.«

Die Therapeutin hatte gedacht, bei dem Mädchen handele es sich um Rebecca und Darren leide unter der irrationalen Furcht, seine Tochter zu verlieren. Erst nach einem langwierigen, zwei Jahre andauernden Prozess war er in der Lage gewesen, das Mädchen zu identifizieren und sich daran zu erinnern, was mit Kimi Kanasket geschehen war. In ihrem letzten Bericht in der Akte, nachdem ihr Darren den Vorfall in vielen Details geschildert hatte, schrieb die Therapeutin von einem »großen Durchbruch«. Darren habe erkannt, dass sein Traum kein Traum war, sondern eine Erinnerung. Er erinnerte sich an jene Nacht, als sei sie erst gestern gewesen. Er habe an seinem letzten Nachmittag bei ihr erleichtert gewirkt und sich auch so geäußert, hatte die Therapeutin weiterhin vermerkt. Er sei eine große Last losgeworden, habe er gesagt, er fühle sich so leicht wie schon seit Jahren nicht mehr.

Dann war er nach Hause gefahren und hatte sich erschossen.

Tracy schloss die Akte und stand auf, ging aber noch nicht sofort. Erst nach einiger Zeit nahm sie Kuli und Notizblock vom Tisch. Sie hatte sich keine einzige Notiz gemacht.

Auf der Fahrt zurück zum Haus von Tiffany Martin dachte sie darüber nach, was sie den wartenden Frauen sagen sollte. Sie wollte es einfach halten, beschloss sie endlich. Ihr Herz klopfte laut und schnell, als sie zur Veranda hochstieg und an die Tür klopfte. Tiffany öffnete, Rachel und Rebecca standen dicht hinter ihr. Alle drei wirkten sehr erschöpft.

»Ihr Mann, Tiffany, und Ihr Vater, Rebecca und Rachel«, Tracy sah die Frauen eine nach der anderen an, »war ein sehr guter Mensch. Er war nur zur falschen Zeit am falschen Ort. Aber er war ein sehr guter Mann, ein anständiger Mann.«

Keine der drei Frauen konnte ihre Tränen zurückhalten. Sie liefen ihnen aus den Augenwinkeln, während Mutter und Töchter sich ansahen, die Hände vor dem Mund, um wildes Schluchzen zu unterdrücken, ehe sie den Gefühlen freien Lauf ließen und sich ganz fest umarmten.

31

Das Bild von Tiffany Martin und ihren beiden Töchtern, die eng umschlungen Tränen der Trauer, aber auch der Freude weinten, würde Tracy so schnell nicht vergessen. Wahrscheinlich hatte sich jede dieser Frauen schon vor Tracys Auftauchen in unzähligen schlaflosen Nächten immer wieder gefragt, warum ihr Ehemann, warum ihr Vater Selbstmord begangen hatte. Solange es auf diese Frage keine konkreten Antworten gab, erfand die Fantasie welche, das wusste Tracy aus eigener Erfahrung. Ihr Kopf hatte ihr in den zwanzig Jahren nach Sarahs Verschwinden einige grauenhafte Szenarien präsentiert.

Am liebsten wäre Tracy sofort zu Eric Reynolds gefahren. Er sollte so schnell wie möglich mitbekommen, dass sie jetzt wusste, was Kimi Kanasket widerfahren war, dass für sie keine Zweifel mehr bestanden. Sie wollte erleben, wie das selbstzufriedene, eingebildete Lächeln aus seinem Gesicht verschwand, wollte ihn fragen, womit er sich eigentlich seine privilegierte Existenz verdient hatte. Ausgerechnet er, durch den das Leben so vieler Menschen ruiniert worden war. Denn bei einem Mord, und das war die Tragik daran, ging nie nur ein Leben verloren. Jeder einzelne Mord zerstörte viele Leben. Leider kam eine direkte Konfrontation jetzt noch nicht infrage. Tracy wusste zwar, dass Reynolds schuldig war, hatte aber noch keine Idee, wie sich ihm das vor Gericht nachweisen ließe. Sie konnte Buzz Almonds Fotos vorlegen und sie hatte Kaylee Wrights und Kelly Rosas Analysen. Aber unter dem Strich stellten die Schlussfolgerungen der beiden Frauen nur Meinungen dar, keine Fakten.

Auf der Fahrt nach Hause dachte sie darüber nach, welche Probleme sich bei einer Gerichtsverhandlung ergeben könnten, wenn man die Aufzeichnungen von Darren Gallentines Therapeutin ins Spiel brachte. Selbst wenn das Gericht diese Unterlagen als Beweismittel zuließ, was nicht unbedingt gesagt war, konnte ein guter Verteidiger sie ohne Weiteres zerpflücken. Eine ganze Reihe möglicher Argumente waren denkbar, zum Beispiel, dass man es hier mit den fehlerhaften Erinnerungen eines verstörten Mannes zu tun hatte. Darren, so könnte die Verteidigung argumentieren, hatte die Ereignisse so dargestellt, dass er persönlich damit leben konnte. Diese Darstellung könnte meilenweit von der Wahrheit entfernt sein. Außerdem beruhte sie lediglich auf Hörensagen. Vielleicht ließe sich die Therapeutin auftreiben, vielleicht auch nicht, so oder so blieb das, was Tracy hatte, eine außerhalb des Gerichts abgegebene Stellungnahme, die sie den Geschworenen als Wahrheit anbieten wollte. Die Verteidigung würde diese Stellungnahme als nicht vertrauenswürdig anfechten, weil man sie nicht in einem Kreuzverhör überprüfen konnte. Von daher, würde ein guter Verteidiger argumentieren, war sie nicht zulässig.

Konnte es sein, dass diese Ermittlung am Ende eine einzige große Lektion in Vergeblichkeit darstellte? Tracy fragte sich, ob auch Buzz Almond schließlich zu diesem Schluss gekommen war.

* * *

Dienstag, 23. November 1976

Buzz Almond fuhr nach Hause, stieg dort aber nicht sofort aus dem Wagen, sondern blieb erst noch sitzen und betrachtete nachdenklich das kleine Haus, das er für seine Familie gemietet hatte. Bald würden sie umziehen müssen, der Platz reichte nicht für ein weiteres Kind.

Er war sich jetzt sicher, dass Kimi Kanaskets Tod kein Selbstmord gewesen war. Er hatte ein relativ klares Bild von den Ereignissen: Eric Reynolds und höchstwahrscheinlich auch die anderen drei Ironmen hatten Kimi getroffen, als sie auf der 141 nach Hause ging. Danach war irgendetwas passiert, was genau, wusste er nicht. Vielleicht war es zu einem verbalen Schlagabtausch gekommen, nichts Ungewöhnliches unter Teenagern, die dieselbe Highschool besuchten. Nur war es hier nicht dabei geblieben. Die Ironmen hatten Kimi mit dem Bronco angefahren und überfahren, und zwar auf der Lichtung. Deswegen war der Boden dort aufgewühlt. Buzz hatte die Profilabdrücke auf dem Gras und im Schlamm mit den Reifen von Eric Reynolds Wagen verglichen. Aus seiner Sicht passten die Profile zusammen. Und die Fußabdrücke, die in alle möglichen Richtungen gingen, hatten nichts damit zu tun, dass Kids auf der Lichtung am Wochenende gern Party machten. Es waren am fraglichen Wochenende keine Kids in der Stadt gewesen, die Party hätten machen können. Es war überhaupt niemand in der Stadt gewesen. Alle waren zum großen Spiel gefahren. Der Boden war schon am Freitagabend so aufgewühlt worden.

Buzz hatte sich das Terrain auf der Lichtung genau angesehen. Er glaubte jetzt, dass die vier Jungs Kimi vermutlich gar nichts tun wollten. Wahrscheinlich wollten sie sie nur erschrecken, als sie sie verfolgten. Aber dann schossen sie viel zu schnell über den Kamm des Hügels, der Bronco verlor die Bodenhaftung, und danach hatten sie die Situation nicht mehr unter

Kontrolle. Die Gesetze der Physik hatten übernommen: Was hochgeht, muss auch wieder runterkommen, und in diesem Fall war es schnell und mit Wucht und direkt auf Kimi Kanasket heruntergekommen. Fast haargenau an der Stelle, an der die Bürger von Stoneridge hundert Jahre zuvor einen unschuldigen Mann aufgehängt hatten. Buzz hätte den Jungs vergeben können, dass sie Kimi gejagt hatten. Unverzeihlich war das, was danach geschah. Das war ein geplanter, vorsätzlicher Akt. Sie hatten den Körper der jungen Frau in den Fluss geworfen wie Müll.

Noch immer saß Buzz in seinem Auto und starrte sein Haus an. Die Jungs würden nie zur Rechenschaft gezogen werden, das wusste er nun, und mit diesem Wissen schlug er sich herum. Es bereitete ihm tief sitzende Bauchschmerzen und ließ ihn seine Entscheidung für den Beruf des Polizisten in Zweifel ziehen.

Buzz hatte über Jerry Ostertags Kopf hinweg seinen Lieutenant über seine Informationen in Kenntnis gesetzt. Er hatte ihn in seinem Büro aufgesucht und dem Mann offen und ehrlich alles erzählt, was er wusste und welche Schlüsse er daraus zog. Er hatte ihm die Fotos gezeigt. Aber noch beim Reden hatte er das kaum merkbare Grinsen im Gesicht seines Vorgesetzten entdeckt und gewusst, dass der ihn nicht ernst nahm und nur zuhörte, weil er nett zu ihm sein wollte.

»Wie lange sind Sie schon bei der Truppe?«, war dann auch seine erste Frage gewesen.

Fleißpunkte für dich, Buzz Almond, du eifriger Junge, sollte das heißen. Aber du bist ein Neuling, unerfahren wie eine Jungfrau in der Hochzeitsnacht.

Nein, Almonds Lieutenant würde nichts weiter unternehmen. So wie Jerry Ostertag nichts unternommen hatte. Laut Coroner war es Selbstmord gewesen, die Indizien deuteten ebenfalls auf Selbstmord hin und so waren alle zufrieden. Oder faul. Oder es interessierte sie einfach einen feuchten Dreck. Buzz war an einem toten Punkt angelangt. Eigentlich hatte er seinem Lieutenant die Akte übergeben wollen, die er angelegt hatte, sich dann nach der Unterhaltung mit dem Mann aber dagegen entschieden. Er hatte sich vorgestellt, wie die Akte in einen Karton gestopft wurde, um in ein verstaubtes Lagerhaus zu wandern, wo sie anschließend vermodern würde. Beiseitegeschafft und vergessen, genau wie Kimi Kanasket. Also hatte er sich umentschieden. Er wollte die Akte selbst ablegen, und zwar als aktive, noch laufende Ermittlung. So würde er immer genau wissen, wo sie zu finden war, wenn er sie sich noch einmal ansehen wollte.

Jerry Ostertag, nicht glücklich über das Verhalten des jungen Deputy, hatte sich Buzz vorgeknöpft, als der nach seiner Schicht ins Büro zurückgekommen war, um auszustempeln. Der Detective hatte kein Blatt vor den Mund genommen und wissen wollen, für wen zum Teufel Buzz sich eigentlich halte und was er vorhabe. So machte man sich keine Freunde bei der Truppe, hatte er unmissverständlich klargestellt. Als Polizist fiel man einem Kollegen nicht in den Rücken, im Gegenteil. Polizisten gaben aufeinander acht. Das sollte sich Buzz lieber merken, wenn er im Polizeidienst erfolgreich sein wollte, besonders hier im Klickitat County. Buzz hatte sich sehr zusammenreißen müssen. Am liebsten hätte er Ostertag eine verpasst, nur wäre seine Karriere damit unwiderruflich zu Ende gewesen. Und es ging hier nicht nur um Buzz. Es ging um Anne, Maria, Sophia – und um das Baby, das unterwegs war. Es ging darum, seiner Familie ein gutes Leben zu ermöglichen. Das durfte er nicht opfern, nur um die Genugtuung genießen zu dürfen, Jerry Ostertag k. o. geschlagen zu haben.

Buzz kletterte aus dem Auto und die Stufen zur Haustür hoch, jeder Schritt so schwer, als wären seine Füße aus Blei. Das

Herz lag ihm wie ein Stein in der Brust, so sehr schmerzte ihn die Ausweglosigkeit der Situation. Kaum stand er im Hausflur, als auch schon Maria und Sophia aus der Küche gerannt kamen, barfuß und noch in den Nachthemden, mit wilden, ungekämmten Haaren, die nach der Bürste schrien. Dem würde Buzz gleich nach dem Frühstück Abhilfe schaffen.

»Daddy, Daddy, Daddy!«, riefen die beiden Mädchen und ihre süßen Stimmen hätten das Herz eines Engels zum Schmelzen bringen können.

Buzz hob sie hoch, jede mit einem Arm, und sie schlangen ihm die Arme um den Hals, küssten ihn, schnupperten an ihm. Da schoss ihm ein ganz schrecklicher Gedanke durch den Kopf: Kimi Kanasket war tot, er konnte nichts mehr für sie tun, für die Mädchen auf seinen Armen aber schon. Die zwei, die ihn gerade mit ihrer bedingungslosen Liebe überschütteten, und das dritte Baby, das bald kommen würde, waren das Wichtigste in seinem Leben. Sie mussten Priorität haben.

Anne war ihren Töchtern gefolgt. Sie hatte sich schon für die Arbeit umgezogen und war so schön und sexy wie an dem Tag, an dem Buzz sie zum ersten Mal gesehen hatte. Und sie war genau die Medizin, die er an diesem Morgen brauchte. *Du bist ein glücklicher Mann, Buzz Almond,* dachte er in der Hoffnung, sich selbst damit überzeugen zu können. *Du bist so sehr gesegnet.*

»Okay, Mädchen!«, befahl Anne. »Zurück in die Küche, sonst wird das Frühstück kalt.«

Buzz setzte die beiden ab und sie tappten auf bloßen Zehenspitzen zurück in die Küche. »Ich habe ihnen Haferbrei gekocht.« Anne nahm ihre Schlüssel vom Haken. »Mit ein paar Blaubeeren.«

»Danke«, sagte Buzz.

Sie sah ihn prüfend an. »Alles in Ordnung?«

»Die Schicht war ganz schön hart.« Buzz wandte den Blick ab, obwohl er wusste, dass Anne die Tränen in seinen Augen schon gesehen hatte.

»Kann man da etwas machen?«

Buzz dachte wieder an Kimi und an Earl und Nettie Kanasket. Er wusste jetzt, was das Härteste an seinem Job sein würde: Leute wie die Kanaskets, Familien, die litten. Er würde sie immer wieder mit nach Hause bringen, sie würden ihm noch lange nach Feierabend im Kopf herumgehen.

»Ich glaube nicht«, sagte er. »Diesmal nicht.«

* * *

Tracy fuhr nach Hause, nach West Seattle. Dort nahm sie Buzz Almonds Akte auseinander und breitete die einzelnen Teile auf ihrem Esstisch aus, wobei sie Roger mehrmals wegscheuchen und schließlich mit Futter bestechen musste.

Bei schwierigen Fällen half es oft, alles noch einmal direkt vor sich liegen zu haben. Sämtliche Beweismittel, Berichte, Aussagen. Obwohl Tracy jetzt mit einiger Sicherheit wusste, was sich am 5. November 1976 ereignet hatte, plagte sie das Gefühl, sich immer noch kein vollständiges Bild machen zu können. Irgendetwas fehlte nach wie vor, irgendetwas war ihr entgangen. Wenn einem das bei einer Ermittlung passierte, dann war das oft gar nichts Weltbewegendes, kein unglaublich geschickt versteckter Hinweis, den nur das Hirn eines Sherlock Holms zu entdecken vermochte. Meistens entging einem etwas Simples, etwas ganz Logisches, das der Verstand bisher einfach nicht richtig beachtet hatte. So wie man ein Stoppschild wahrnimmt, ohne groß über dessen Bedeutung nachzudenken. Man geht ganz selbstverständlich vom Gas, bremst, und das war es dann auch schon.

Als Erstes nahm sich Tracy die Berichte vor und überflog sie noch einmal. Dann waren die Fotos dran. Starrte irgendetwas sie an, ohne dass sie es merkte? Aber Kaylee Wright würde etwas Offensichtliches bestimmt nicht übersehen haben. Dasselbe galt für Kelly Rosa. Die Analysen der beiden Frauen schloss sie aus.

Okay – was war mit den Beweismitteln, die sie noch nicht ganz in das Puzzle hatte einpassen können? Die Quittungen für Karosseriearbeiten und eine neue Windschutzscheibe, ausgestellt von den beiden Werkstätten, die Hastey Devoe senior gehört hatten. Jemand hatte achtundsechzig Dollar an Columbia Windshield and Glas und sechshundertneunundfünfzig Dollar an Columbia Auto Repair gezahlt. Buzz hatte die beiden Quittungen mit in die Akte genommen, weil sie die in diesen Werkstätten am Bronco vorgenommenen Reparaturarbeiten dokumentierten. Sie waren bar bezahlt worden – wieso gab es überhaupt Quittungen? Warum hatte Eric Reynolds sie sich ausstellen lassen und wie war es Buzz gelungen, sie zu finden? Aber eigentlich wollte sich Tracy im Moment ja gar nicht mit dem »Wie« befassen, jetzt sollte es um das »Warum« gehen. Warum also hatte Buzz nach diesen Quittungen gesucht?

Da war Eric Reynolds Aussage, Buzz sei bei ihm zu Hause gewesen, um sich zu erkundigen, ob er am Freitagabend ausgegangen war. Warum hätte Buzz Eric verdächtigen sollen? Doch nur, weil er schon vorher den Verdacht gehabt hatte, die Spuren auf der Lichtung könnten von den Reifen des Bronco stammen. Falls Buzz also wirklich bei den Reynolds vorbeigeschaut hatte, dann wohl eher, weil er das Auto sehen wollte, und nicht, um mit Eric zu reden. Er wollte nachprüfen, ob der Bronco beschädigt war. Und wenn der Wagen bei diesem Besuch noch beschädigt gewesen wäre, dann hätte Buzz nicht nach Reparaturquittungen gesucht, denn dann hätte er ja gar nicht gewusst, dass Reparaturarbeiten stattgefunden hatten. Buzz hatte sich die Quittungen besorgt, weil der Bronco bei seinem Besuch bereits repariert gewesen war.

Und an dieser Stelle rückte das, was bei Tracy die ganze Zeit im Hinterkopf herumgespukt und an ihr genagt hatte, schlagartig in den Vordergrund. Nicht eine einzige Sache, wie sich herausstellte, sondern mehrere, alle miteinander verknüpft.

Und Tracy erkannte, dass sie völlig falschgelegen hatte.

* * *

Kaylee Wright hing dicht über dem Tisch und untersuchte die Fotos durch ein beleuchtetes Vergrößerungsglas, das mit einem verlängerten Arm versehen war. Tracy stand neben ihr und versuchte, ihr nicht zu nah auf die Pelle zu rücken oder zu drängen. Die beiden Frauen befanden sich im Arbeitszimmer bei Wright zu Hause. Tracy hatte die Expertin sofort angerufen, um ihr mitzuteilen, was sie vermutete, und um sie zu bitten, sich die Fotos noch einmal anzusehen. Nach etwa zehn Minuten intensiven Studiums der verschiedenen Aufnahmen richtete Wright sich auf und räumte das Vergrößerungsglas aus dem Weg. Tracy fühlte sich wie bei Gericht, wenn man auf das Urteil der Geschworenen wartet.

»Du hast recht.« Wright sah sie an und seufzte. »Ich habe es übersehen.«

Tracys Herz schlug schneller, ein Adrenalinstoß schoss ihr durch den Leib. »Wie sicher kannst du da sein?«

»Sehr sicher. Es tut mir leid. Ich hätte das sehen müssen.«

»Es muss dir nicht leidtun. Du hattest deine Analyse noch nicht abgeschlossen.«

»Ich hätte es sehen müssen.«

»Schnee von gestern, Kaylee.«

»Der Pick-up, der diese Abdrücke hinterlassen hat, ist zweimal auf die Lichtung gefahren und hat sie zweimal verlassen.«

Tracy musste sich zwingen, ihre Fragen eine nach der anderen zu stellen, nicht hektisch zu werden und nichts zu überstürzen. Sie musste sicher sein, dass sie hier die Beweise hatte, die ihre Hypothese stützten. »Kannst du mir erklären, woran du das siehst?«

Wright suchte aus den Fotos auf ihrem Schreibtisch ein bestimmtes heraus und legte es unter das Vergrößerungsglas. »Schau dir das hier an«, sagte sie und rückte zur Seite, damit Tracy an den Tisch treten konnte.

Tracy beugte sich über die Lupe, während Wright ihr erklärte, was dort zu sehen war. »Dieses Foto gibt die Reifenspuren am deutlichsten wieder. Man sieht hier zwei klar definierte Spuren, die zur Lichtung, und zwei, die von ihr wegführen. An einigen Stellen überlagern sie sich, aber kein Auto bewegt sich immer in gerader Linie, das ist genau wie bei Menschen. Man sieht ganz deutlich, wo die verschiedenen Spuren voneinander abweichen.«

»Könnten das zwei verschiedene Fahrzeuge gewesen sein, die hintereinander herfuhren?« Tracy wollte diese Möglichkeit mit Bestimmtheit ausschließen können.

»Nein. Beide Spurensätze wurden von denselben Reifen gemacht, und zwar relativ kurz hintereinander.«

»Und woran siehst du das nun wieder? Warum könnte nicht eine Woche oder ein Monat dazwischengelegen haben?« So war es nicht gewesen, denn laut Buzz Almonds Bericht hatte er die Fotos am Montag nach Kimis Verschwinden geschossen. Tracy wusste das, Wright jedoch nicht.

»Auch das sieht man an den Abdrücken, man muss sie sich nur genau ansehen. Wäre das zweite Fahrzeug deutlich später nach dem ersten gekommen, sähe man auf den Bildern zerkrümelte Brocken Erde. Erinnerst du dich daran, dass sich meiner Meinung nach die gute Qualität der Abdrücke dadurch erklären lässt, dass der Boden feucht war, als die Abdrücke entstanden, und dass er kurz danach gefror? Dadurch wurden die Abdrücke hart wie bei einem Gipsmodell. Wäre das zweite Fahrzeug zu einem wesentlich späteren Zeitpunkt hier entlanggefahren, dann hätte es den ersten Satz Spuren aufgerissen und die Abdrücke des ersten Fahrzeugs verwischt. Wir würden aufgewühlte Erde und große Erdklumpen sehen. So etwas sehe ich hier nicht.«

»Also muss das Fahrzeug zurückgekommen sein, noch ehe der Boden gefrieren konnte.«

»Innerhalb von ein oder zwei Stunden, würde ich sagen. Ob wir das noch weiter eingrenzen können, lässt sich von hier aus nicht feststellen. Vielleicht gibt es aus der Zeit noch Aufzeichnungen über das Wetter, die uns die Temperaturen dieser speziellen Nacht verraten.«

»Okay, kommen wir zu den Stiefelabdrücken.« Tracy schaltete im Geiste um. »Sie führen von der Stelle, an der Kimi lag, bis dorthin, wo der zweite Satz eintreffender Reifenspuren endet, richtig?«

Wright nickte. »Dem könnte ich zustimmen, ja. Zwischen diesen Punkten findet sich ein eindeutiger Satz Abdrücke.«

»Also trug die Person, die zurückkam, Stiefel, und diese Person schleppte den Körper zum Fahrzeug.«

»Ja. Der Mann ging in direkter Linie zu dem am Boden liegenden Körper und wieder zurück zum Fahrzeug, nachdem er kurz Probleme mit dem Gleichgewicht hatte.«

Tracy dachte weiterhin laut nach: »Die Person hatte also Probleme mit dem Gewicht des Körpers, den sie vom Boden aufgehoben hatte. Sie stolperte kurz und musste erst ihr Gleichgewicht wiederfinden. Außerdem führt nur ein Satz Stiefelabdrücke zurück zum Fahrzeug. Das deutet doch darauf hin, dass diese Person allein war und niemanden hatte, der ihr half, oder?«

»Auch dem würde ich zustimmen.« Wright zog die Brauen hoch, als hätte sie gerade einen Einfall gehabt.

»Was ist?«, wollte Tracy wissen.

»Nur so eine Idee – erinnerst du dich daran, dass ich sagte, diese Stiefel seien ursprünglich für die Armee produziert worden, und zwar von einer Firma, die nicht mehr existiert?«

»Ja.«

»Diese Firma hat nie wieder Stiefel hergestellt, das könnte dir bei deinen Ermittlungen helfen.«

»Sag mir, wie!«

»Erst einmal sind diese Stiefel inzwischen selten. Man findet sie kaum noch, höchstens mal auf Internetseiten, auf denen Vintage-Garderobe angeboten wird. Dort kriegt man sie, wenn überhaupt, für eine Menge mehr Geld angeboten, als sie ursprünglich mal gekostet haben. Wer solche Stiefel besaß, behielt sie in der Regel auch.«

»Möglicherweise hat die Person, die damals diese Stiefel trug, sie also immer noch? Willst du das damit sagen?«

»Die Stiefel waren heiß begehrt, weil sie so lange hielten. Wie oft trägt man Gummistiefel? Sagen wir, an fünfundzwanzig bis fünfzig Tagen im Jahr. Wenn überhaupt so oft. Wer ein solches Paar besaß, hätte keinen Grund gehabt, sich je ein neues anzuschaffen. Ich will damit nur sagen: Das sind keine Stiefel, die man wegwirft oder in die Altkleidersammlung gibt, wenn man nicht unbedingt muss.«

Diese Information ließ Tracy erst einmal sacken, ohne etwas dazu zu sagen.

»Verrätst du mir noch, was das alles deiner Meinung nach zu bedeuten hat?«, bat Wright.

»Du hast das, was in jener Nacht auf der Lichtung passierte, bei unserem ersten Treffen als furchterregend bezeichnet. Erinnerst du dich noch?«

»Ja.«

»Ich glaube, es geht noch darüber hinaus. Ich glaube, was dort passierte, war böse.«

32

Kurz nach achtzehn Uhr rief Tracy vom Auto aus Jenny an, um ihr mitzuteilen, sie würde noch an diesem Abend nach Stoneridge zurückkehren und gleich Eric Reynolds aufsuchen. Jenny wollte unbedingt, dass sie Verstärkung mitnahm, was Tracy ablehnte. Sie war weder dumm noch wollte sie die Heldin spielen, meinte aber ziemlich gut einschätzen zu können, was sich abspielen würde. »Er hatte vierzig Jahre lang Zeit, etwas zu unternehmen, wenn er das hätte tun wollen«, sagte sie.

»Aber er hat nie etwas unternehmen müssen«, widersprach Jenny. »Niemand hat ihn je angeklagt.«

»Ich habe meine Glock dabei, und er erwartet mich nicht. Selbst wenn er bewaffnet ist, schieße ich mein Magazin leer, bevor er überhaupt ziehen kann.«

Jenny stritt sich noch ein bisschen mit ihr, aber nur kurz. Die beiden Frauen einigten sich auf einen Kompromiss: Jenny würde mit Verstärkung in der Nähe warten und Tracy wollte Telefonkontakt halten.

Reynolds Adresse stand in Tracys Unterlagen, sie stammte noch aus der Anfrage bei Accurint. Tracy gab sie in ihr iPhone ein und bekam eine tadellose Wegbeschreibung geliefert. Bald stand sie vor einem großen Wohnhaus, für die Verhältnisse von Stoneridge sogar sehr groß, wenn auch bestimmt nicht so auffallend protzig wie manche der Anwesen, die man in den wohlhabenderen Vierteln von Seattle finden konnte. Was dem zweistöckigen Gebäude aus Stein und Holz im Vergleich zu städtischen Prunkbauten fehlen mochte, machte es durch die schiere Größe des dazugehörigen Grundstücks mehr als wett. Hatte man erst einmal die steinernen Säulen der Einfahrt passiert, führte einen die lange Auffahrt durch ein Riesenareal mit Obstbäumen und Weinstöcken. Auch ein künstlicher See gehörte dazu, soweit Tracy in der Dunkelheit erkennen konnte. Natürlich war das alles sehr schön, man kam sich hier allerdings auch isoliert vor, und Tracy musste unwillkürliche an eine kleine, einsame Insel denken, die auf keiner Seekarte verzeichnet war.

Die Auffahrt endete an einem Rondell, wo Tracy hinter einem Chevy Silverado Pick-up parkte. Die Temperatur war gesunken, seit sie Seattle am Nachmittag verlassen hatte, und eine schwere Wolkendecke verbarg den nächtlichen Himmel, dämpfte sämtliche Geräusche und schwächte selbst die kleinste Brise ab.

An der Haustür aus bleigefasstem Glas und Eiche drückte sie auf die Klingel, im Kopf das Bild eines Butlers, der ihr gleich öffnen und sie begrüßen würde. Stattdessen bellten im Haus Hunde, die sofort von Reynolds zur Ruhe ermahnt wurden. Sie gehorchten auch.

»Detective Crosswhite!« Reynolds wirkte ehrlich überrascht, nachdem er ihr die Tür geöffnet hatte. »Was machen Sie denn so spät hier draußen?«

Die Hunde sahen aus wie Rat Terrier. Der eine knurrte leise.

»Ruhig, Blue!«, befahl Reynolds. Blue senkte den Kopf, ließ dabei Tracy allerdings nicht aus den Augen.

»Ich habe noch ein paar Fragen«, antwortete Tracy. »Ich weiß, es ist spät, aber bei all den Festivitäten sind Sie in den nächsten Tagen wahrscheinlich schwer zu erwischen.«

»Ich komme gerade erst vom Bankett nach Hause.« Reynolds trug schwarze Slipper, Hose, Hemd und einen Pullover mit V-Ausschnitt. Tracy fand ihn zurückhaltender als bei ihrer Begegnung im Golfclub, sein Auftreten hatte etwas fast schon Bescheidenes. Außerdem wirkte er müde und emotional ausgelaugt. Ob er getrunken hatte?

»Ich werde Ihre Zeit nicht lange in Anspruch nehmen«, sagte sie. »Nur ein paar Fragen, dann bin ich weg.«

Reynolds trat beiseite, und die beiden Hunde zogen sich zurück. Auch im Haus gaben, wie draußen, naturbelassenes Holz und Steine den Ton an, eine Fortsetzung des ländlichen Themas. Unter den Gemälden und Skulpturen, die Tracy auf dem Weg ins Wohnzimmer sah, konnte sie nicht ein einziges Familienfoto entdecken. Im Wohnzimmer lag eine Pistole auf dem Pokertisch, daneben ein Reinigungsset. Tracy roch den unverwechselbaren Duft der Reinigungslösung Hoppes Nr. 9.

»Ein bisschen Waffenpflege?«, fragte sie.

Reynolds sah den Tisch an, als hätte er vergessen, dass dort eine Pistole lag. »Eigentlich wollte ich mir gerade einen Film ansehen.« Er deutete auf einen großen Bildschirm auf der anderen Zimmerseite, darauf als Standbild Bradley Cooper in Armeeuniform.

»*Der Scharfschütze*«, sagte Tracy. »Bisschen spät, jetzt noch einen Film anzufangen.«

»Ich bin meistens noch spät auf.«

»Sie schlafen nicht gut?«

»Nein. Nein, tue ich nicht. Darf ich Ihnen etwas zu trinken anbieten?« Reynolds bewegte sich in Richtung Pokertisch und Waffe, die Bar befand sich rechts davon.

»Nein danke«, sagte Tracy. »Hübsches Haus haben Sie. Wohnen Sie hier allein?«

»Ja.« Reynolds schenkte ihr ein schwermütiges Lächeln. »Bis auf Blue und Tank natürlich. Ich bin geschieden. Seit nunmehr fünfundzwanzig Jahren.«

»Es muss hier draußen ja manchmal ziemlich einsam sein.«

»Nicht mit den Hunden. Ich bin es gewohnt, allein zu sein.«

»Keine Kinder?«

»Nein. Sie?«

»Auch geschieden, auch schon sehr lange. Und gewohnt, allein zu leben.«

»Keine Hunde?«

»Einen sehr anspruchsvollen Kater.«

Reynolds bot ihr einen Ledersessel vor dem gemauerten offenen Kamin an. In einer Zimmerecke stand ein großer Waffensafe mit halb offener Tür, durch die man Gewehrläufe sehen konnte. Reynolds setzte sich auf ein zum Sessel passendes Sofa in der Nähe einer der beiden weiches Licht spendenden Tischlampen. Die Hunde sprangen auf die Couch und rollten sich neben ihm zusammen, wobei Blue weiterhin ein wachsames Auge auf die Besucherin hielt.

Reynolds schlug die Beine übereinander. Als dabei seine Hose hochrutschte, kamen braune Socken zum Vorschein. »Also? Was kann ich für Sie tun?«

»Ich komme gerade aus Seattle, wo ich mit Tiffany Martin sprach, Darren Gallentines Witwe. Und mit seinen beiden Töchtern.«

»Ach ja?« Reynolds kraulte Blue hinter den Ohren und auf dem Kopf.

»Die Töchter waren siebzehn und vierzehn, als ihr Vater sich das Leben nahm. Sie wussten nie, warum er es getan hat.«

»Dann hat er keinen Abschiedsbrief hinterlassen?«

»Nein, hat er nicht.«

»Eine schreckliche Sache.« Reynolds schüttelte den Kopf.

»Wie schrecklich kann sich nur vorstellen, wer das selbst mitgemacht hat«, sagte Tracy. »Man möchte seine Eltern so gern für perfekt halten, muss aber früher oder später begreifen, dass sie ganz normale Menschen sind. Mit Fehlern und Macken wie alle anderen auch. Ich glaube, das zu akzeptieren, fällt am schwersten.«

»Sie sprechen aus persönlicher Erfahrung?«

»Mein Vater hat sich erschossen.«

»Das tut mir leid.« Reynolds streichelte weiterhin seine Hunde, wobei sein rechter Fuß auf und ab hüpfte.

»Als Darren sich umbrachte, machte er gerade eine Psychotherapie.« Tracy legte eine Pause ein und sorgte dafür, dass Reynolds sie ansah. »Die Therapeutin hat ihre Aufzeichnungen aufbewahrt. Die Familie hat nie darum gebeten, diese Unterlagen einsehen zu dürfen. Sie können sich vorstellen, weswegen. Sie hätten ihnen auf der einen Seite Antworten bescheren können, auf der anderen Seite aber auch Fehler und Mängel präsentieren. Sie hatten sich entschieden, nicht nachzusehen, und stattdessen ihr bisheriges Leben weiterzuführen. Nur kann man nach traumatischen Ereignissen meistens nicht so einfach weitermachen. Darren hatte es auf jeden Fall nicht gekonnt, Archibald Coe allem Anschein nach auch nicht. Hastey offensichtlich ebenfalls nicht. Und es mag zwar nach außen hin anders aussehen, aber ich glaube, Sie haben es ebenso wenig geschafft.«

»Ich weiß wirklich nicht, wovon Sie reden, Detective.« Reynolds klang nicht herausfordernd, sondern einfach nur müde.

»Doch, Sie wissen, wovon ich rede, Mr Reynolds. Ich habe Darren Gallentines Akte gelesen. Ich weiß, was er seiner Therapeutin über die Nacht erzählt hat, in der Kimi Kanasket starb. Ich weiß, dass Sie vier, die vier Ironmen, losgezogen sind, um zu trinken und zu kiffen. Ich weiß, dass Sie aufgebracht waren, weil Cheryl Neal mit Tommy Moore ausgegangen war. Ich weiß, wie das grausame, ungerechte Schicksal Ihnen Kimi Kanasket über den Weg laufen ließ.«

»Nein.« Reynolds Fuß wippte immer noch auf und ab. »Ich war zu Hause.«

»Das haben Sie vielleicht Buzz Almond erzählt, als der bei Ihnen war, um Fotos vom Bronco zu machen. Aber das stimmte nicht, wie ich jetzt weiß. Darrens Bericht ist sehr ausführlich. Sie sind wütend geworden. Sie waren damals sehr aufbrausend, das haben Sie seitdem anscheinend bemerkenswert gut in den Griff bekommen. Sie haben Kimi mit dem Bronco in den Wald gejagt. Sie wollten sie nicht überfahren. Sie konnten ja nicht einmal klar denken. Sie waren nur wütend, wie so oft. Sie waren noch ein Junge. Ein Junge, der miterleben musste, wie seine Mutter an Krebs starb, der ohne sie aufwachsen musste, der irgendwie den Ansprüchen und Erwartungen seines legendären Vaters gerecht werden musste. Sie standen unter enormem Druck. Die ganze Stadt erwartete so viel von Ihnen, gerade von Ihnen. Sie waren der goldene Junge, der zukünftige Spitzensportler. Ziemlich viel für einen Achtzehnjährigen. Die anderen drei, Darren und Archie und Hastey, waren auch Ironmen, aber auf ihnen lastete nicht derselbe Druck. Sie, Eric, standen im Mittelpunkt der Aufmerksamkeit. Sie waren der Star. Ich kann mir vorstellen, dass Sie diesen Druck spürten, besonders natürlich in jener Nacht, am Vorabend des wichtigsten Spiels in der Geschichte dieser kleinen Stadt.«

»Ich sagte doch schon, dass ich auf das ganze Zeug mit den Ironmen nie viel gegeben habe, Detective. Helden, Spitzensportler, das waren Etikette, die uns die anderen aufdrückten.«

»Vielleicht gaben Sie persönlich nicht viel darauf, andere aber schon. Ihr Vater zum Beispiel. Und ob Sie es sich damals nun eingestanden haben oder nicht, Sie wollten den Erwartungen schon gerecht werden. Deswegen lächeln auf dem Foto von den Ironmen mit dem Pokal nur die anderen. Sie sehen einfach erleichtert aus. Ich kann mir vorstellen, wie erleichtert Sie waren, die Saison hinter sich zu haben. Erleichtert, weil Sie jetzt weggehen konnten, weil Sie Stoneridge hinter sich lassen konnten. Weil Sie von der Erinnerung an das, was Sie getan hatten, wegkommen und auf dem College in der Masse untergehen konnten. Sie hatten Kimi nicht überfahren wollen. Es war nicht vorausgeplant. Dass es geschah, war schrecklich, aber es ist eben passiert. Danach waren sie alle vor Angst nicht mehr klar im Kopf. Sie wussten nicht, was Sie tun sollten. Dieser eine Moment hatte Ihr ganzes Leben verändert. Wenn irgendwer herausfand, was geschehen war, dann war es vorbei mit dem Jubel und der Anerkennung und der Aufmerksamkeit. Dann würde dieser eine schreckliche Vorfall Ihr ganzes restliches Leben bestimmen. Eric Reynolds, der All-American-Spitzensportler mit einem vollen Stipendium für die Universität von Washington, wäre ein Mörder gewesen, ein Schwerverbrecher, der sein Leben weggeworfen hatte, weil er seine Wut nicht zügeln konnte.«

Während Tracy weiter davon sprach, was sich in jener Nacht abgespielt hatte, wirkte Reynolds, als hätte er ein Beruhigungsmittel genommen, als sei er gar nicht ganz da. Wahrscheinlich war das tatsächlich so und der Teil von ihm, der nicht anwesend war, war auf die Lichtung zurückgekehrt und durchlebte noch einmal diese schrecklichen Momente von vor vierzig Jahren. Reynolds war später noch oft dorthin gefahren, da war sich Tracy sicher. Trotz seines Erfolgs, trotz seines Wohlstands, trotz der Fassade, die er sich geschaffen hatte mit seinem großen Haus und dem erfolgreichen Unternehmen, der ganzen jovialen, aufgeschlossenen Persönlichkeit – Eric Reynolds wurde von Schuldgefühlen geplagt. Deswegen lebte er allein, unverheiratet, ohne Kinder, ohne schlafen zu können. Deswegen lag die Pistole auf dem Pokertisch und Tracy wäre jede Wette eingegangen, dass sie in vielen anderen Nächten ebenfalls dort gelegen hatte.

»Kimi ist in den Fluss gegangen«, sagte Reynolds jetzt. »Sie war wütend und traurig, weil Tommy Moore an dem Abend mit Cheryl Neal im Diner aufgetaucht war.«

»Ich bin mir sicher, das wollen Sie so glauben, Eric. Ich bin mir sicher, dass Sie im Laufe der Jahre alles in Ihrer Macht Stehende getan haben, um sich von dieser Version der Ereignisse zu überzeugen. Denn sonst hätten Sie ja jeden Morgen aufwachen und sich eingestehen müssen, dass Sie ein Mädchen getötet hatten. Das war zu schrecklich, dem konnten Sie sich nicht stellen. Unser Verstand schützt uns. Unser Bewusstsein vergräbt Erinnerungen, die uns zum Krüppel machen würden, damit wir unser Leben ertragen können.« Tracy warf einen Blick auf das reglose Bild von Bradley Cooper. »Soldaten wissen das. Man verlangt schreckliche Dinge von ihnen. Sie sehen schreckliche Dinge. Und sie fragen sich, ob sie dadurch zu schrecklichen Menschen werden. Wird man ein schrecklicher Mensch, wenn man etwas Schreckliches getan hat?«

»Sagen Sie es mir, Detective.«

»Sie wollten Kimi Kanasket nicht umbringen, jedenfalls nicht, als Sie sie überfuhren. Das war ein Unfall. Ein Unfall aufgrund eines falschen Handelns, bei dem Testosteron, Wut und Drogen eine Rolle spielten. Dieser Unfall war ganz sicher nicht geplant. Dadurch wurden Sie nicht zum Mörder, Eric. Und wenn Sie und die anderen sich nur zu dem bekannt hätten, was Sie an jenem Abend getan hatten, dann würden Darren und Archibald noch leben und Hastey würde nicht Tag für Tag zu tief in die Bierdose schauen und Sie würden hier nicht allein leben. Aber das haben Sie nicht getan«, fuhr Tracy fort. »Sie alle haben sich darauf verständigt, nicht zu reden. Sie haben Kimi dort liegen lassen. Sie, Eric, haben die anderen nach Hause gefahren. Aber als Sie selbst auch zu Hause waren, wurde Ihnen klar, dass Sie die Leiche unmöglich dort liegen lassen konnten. Sie mussten die Sache zu Ende bringen. Also zogen Sie sich Ihre Jagdstiefel an, weil es inzwischen angefangen hatte zu schneien, und Sie fuhren zurück zur Lichtung. Sie legten Kimi hinten auf den Bronco, fuhren mit ihr zum Fluss und warfen sie ins Wasser. Das, Eric, war ein geplanter Akt, und das können Sie nicht leugnen. Das können Sie nicht hinter der Fassade verstecken, die Sie sich geschaffen haben.«

Tracy war immer noch nicht fertig. »Dann brachten Sie den Bronco zu Lionel Devoe, der damals die Werkstatt seines Vaters leitete. Sie ließen ihn reparieren und die Windschutzscheibe austauschen und Sie dachten, das wäre jetzt das Ende der Geschichte. Aber so war es nicht. Das war nicht das Ende, weil Buzz Almond es nicht zulassen wollte. Und es hätte alles nicht so sein müssen, Eric. Das ist trauriger und schlimmer als alles andere: Es hätte nicht so sein müssen.«

»Hätte es nicht?«

»Nein«, sagte Tracy. »Weil Kimi Kanasket nicht tot war.«

Reynolds hörte auf, die Hunde zu streicheln. Auch sein Fuß hüpfte nicht mehr auf und ab.

»Sie lebte noch, Eric. Und wenn Sie einfach nur das Richtige getan und Hilfe gerufen hätten, dann hätte Kimi überlebt.«

Tracy sah zu, wie der letzte Rest Farbe aus Eric Reynolds Gesicht wich, bis er so blass und kränklich aussah wie eine Leiche.

Reynolds stand nicht auf, als Tracy sich aus ihrem Sessel erhob. Die beiden Hunde setzten sich auf, beobachteten sie. Tracy überlegte kurz, ob sie die Pistole an sich nehmen sollte, aber sie hatte kein Recht dazu, die Waffe zu konfiszieren, und außerdem hatte Eric Reynolds Zugang zu vielen weiteren Pistolen und Gewehren. Er hatte diese Waffen zweifellos in vielen Nächten herausgeholt, aber nie eine davon benutzt. Sie glaubte nicht, dass er es in dieser Nacht tun würde.

Sie ließ ihn auf dem Sofa zwischen seinen beiden Hunden zurück. Dabei saß dort nur sein Körper, sein Geist war auf die Lichtung zurückgekehrt, an den Ort, den er in seinen Träumen wohl oft besuchte. Tracy fragte sich, ob er wohl diesmal zu verstehen versuchte, was sie ihm gerade enthüllt hatte, während er auf Kimi Kanasket hinuntersah. Und ob er sich fragte, was hätte sein können, wenn er einfach nur das Richtige getan hätte.

33

Tracy wartete weder vor Reynolds Einfahrt noch in der Nähe am Straßenrand. Wenn sie sich nicht geirrt hatte, wenn sie mit ihrer Einschätzung richtig lag, dann wusste sie, wohin der Mann fahren würde, sobald ihn die Erinnerung nicht mehr auf der Lichtung festhielt.

Er würde auf jeden Fall dorthin fahren, er konnte ja gar nicht anders.

Wie versprochen, hatte sie Telefonkontakt zu Jenny gehalten und sie über ihr Vorhaben informiert. Verstärkung war unterwegs.

Am Ziel angekommen, parkte sie ganz in der Nähe, ohne sich Sorgen zu machen, ihr Pick-up könnte entdeckt werden. Reynolds kannte den Wagen nicht und er passte wunderbar zu den anderen Pick-ups und älteren Automodellen in dieser Straße. Und selbst wenn ihm das Auto ins Auge fiele, dürfte ihn das momentan kaum interessieren. Die beiden Streifenwagen des Sheriffs standen einen Block weiter und waren von dort aus nicht zu sehen.

Es fing an zu schneien. Dicke, schwere Flocken, wie Sarah und Tracy sie gern auf der Zunge gefangen und denen sie so gern von Tracys Schlafzimmerfenster aus zugesehen hatten –

aufgeregt wie an Weihnachten. Solcher Schnee blieb liegen, und wenn sie Glück hatten, bescherte er ihnen schneefrei und sie durften den ganzen Tag mit ihren Freunden im Garten spielen, statt zur Schule zu müssen. Solcher Schnee gehörte für Tracy zu den schönsten Erinnerungen an ihre Kindheit, die sie sich bewahrt und die sie sich nicht hatte nehmen lassen.

Sie hörte den schweren Motor des Silverado, noch ehe die Scheinwerfer im Seitenspiegel ihres Pick-ups auftauchten. Sie stellte sich vor, wie hier vor vierzig Jahren langsam und klappernd der Bronco entlanggefahren war, die Windschutzscheibe geborsten, die Karosserie zerbeult. Ohne den Kopf zu wenden, fuhr Eric an Tracy vorbei und weiter zu dem kleinen, einstöckigen Haus, in dem er aufgewachsen war. Sein Blick schien immer noch in der Vergangenheit zu verweilen.

* * *

Er stellte den Silverado hinter den Dodge Durango in den Carport, der gleichzeitig als Abstellraum genutzt wurde. Das Plastikdach war im Laufe der Jahre gelb geworden, eine Schicht Kiefernnadeln lag darauf. Den Pick-up hatte er seinem Vater im vergangenen Jahr zu Weihnachten geschenkt, eine zugegebenermaßen extravagante Gabe, aber sein Vater hatte es verdient. Ohne Ron Reynolds wäre aus Eric Reynolds nichts geworden, davon ging Eric aus, das hatte man ihn all die Jahre glauben lassen. Ohne seinen Vater wäre er als verurteilter Schwerverbrecher in den Knast gewandert, hätte nie all den Beifall genießen dürfen. Man würde ihm nicht auch heute noch überall freundlich lächelnd zuwinken, niemand würde ihn grüßen und es gäbe nicht all die Gespräche mit dem immer gleichen Anfang: »Erinnerst du dich noch ...«

Als er aus dem Pick-up kletterte, ging die Lampe über der Seitentür des Hauses an. Ihr kränklich gelbes Licht stand im krassen Gegensatz zum makellos weißen Schnee, der sich langsam auf den Zweigen der Bäume und dem Boden sammelte. Jetzt ging die Seitentür auf. Sein Vater kam heraus und setzte sich die Brille auf. Man sah Ron Reynolds seine zweiundachtzig Jahre nicht an. Er bewegte sich nicht wie ein alter Mann und er sah auch immer noch gut aus. Er sei einfach ein bisschen älter geworden, sagten die Leute, hätte sich ansonsten aber kaum verändert. Er war immer noch kräftig gebaut, mit muskulösen Unterarmen, er hatte dieselben klar gemeißelten Gesichtszüge wie früher und sein Bürstenhaarschnitt hatte viele Dekaden und Moden unbeschadet überstanden.

»Was machst du denn hier?«, wollte er jetzt von seinem Sohn wissen.

»Was hast du getan, Dad?«, fragte Eric. »Was hast du getan?«

* * *

Samstag, 6. November 1976

Ron Reynolds warf einen prüfenden Blick in den Rückspiegel, hielt nach näher kommenden Scheinwerfern Ausschau. Als er keine sah, bog er von der Straße ins Unterholz ab und folgte langsam dem Pfad dort. Der rechte Kotflügel und die Kühlerhaube waren eingedrückt, aber der Metallgrill entlang der vorderen Stoßstange hatte seine Funktion erfüllt und den größten Teil des Aufpralls absorbiert. Erstaunlicherweise funktionierten beide Scheinwerfer noch. In den Lichtkegeln tanzten Schneeflocken.

Eric war mit weit aufgerissenen Augen nach Hause gekommen und hatte völlig unverständliches Zeug gestammelt. Er müsse die Polizei anrufen, jemand müsse es doch erfahren! Seine Pupillen waren winzig wie Stecknadelköpfe und schwarz wie die Nacht gewesen und erst eine kräftige Ohrfeige hatte ihn etwas beruhigt und zum Schweigen gebracht. Stattdessen weinte er dann, laut und verzweifelt, bis er fast keine Luft mehr bekam. Irgendwann hatte Ron auch verstanden, was sein Sohn auszudrücken versuchte, irgendetwas über Kimi Kanasket. Er hätte sie umgebracht.

Ron Reynolds war wütend geworden, als er bemerkt hatte, dass sich sein Sohn am Vorabend des wichtigsten Spiels in ihrer beider Leben heimlich aus dem Haus geschlichen hatte. Er hatte auf Erics Rückkehr gewartet und sich überlegt, ob und wie er den Jungen bestrafen sollte, aber jetzt erstarrte ihm das Blut in den Adern und die Knie wurden ihm weich.

»Was redest du da?«, herrschte er Eric an.

Der ließ sich weinend auf die Couch fallen, schüttelte hilflos den Kopf.

»Was redest du da? Verdammt, erklär es mir!«

Und Eric erzählte. Erzählte, wie er sich davongemacht hatte, um mit Hastey, Archie und Darren zu trinken. Erzählte von Cheryl Neal, die mit Tommy Moore ausgegangen war. Erzählte, wie sie auf dem Nachhauseweg Kimi Kanasket begegnet waren.

»Ich wollte sie nicht treffen, Dad! Ich schwöre bei Gott, ich hatte nicht vor, sie zu treffen!«

»Was redest du da? Was soll das, du wolltest sie nicht treffen? Hast du sie geschlagen?«

Eric redete weiter, erzählte von den Sprüchen, die hin- und hergeflogen waren, und wie er die Beherrschung verloren hatte, wie er Kimi im Auto durch den Wald gejagt hatte. »Ich wollte ihr doch bloß Angst einjagen. Aber dann schossen wir über einen Hügel ... und ich hatte den Wagen nicht mehr unter Kontrolle. Er ist einfach vornüber runtergekracht. Sie muss hingefallen sein, Dad. Sie muss gestürzt sein und der Wagen ..., der ... Wir müssen jemanden anrufen, Dad! Wir müssen Bescheid sagen!«

Ron hatte kein Wort von all dem geglaubt, bis er vor die Tür gegangen war und den Bronco gesehen hatte. Der Zustand des Autos war wie ein Schlag vor den Kopf gewesen, der Ernst der Lage war ihm sofort bewusst gewesen: Sie konnten alles verlieren. Alles, wofür sie so lange und hart gearbeitet hatten.

Als er wieder ins Haus kam, hatte Eric sich aufgerappelt und stand neben dem Telefon, den Hörer bereits am Ohr.

Ron riss die Schnur aus der Wand und seinem Sohn den Hörer aus der Hand. »Was soll das werden, zum Teufel?«

»Wir müssen die Polizei anrufen, Dad. Erst wollte ich nicht, aber wir müssen. Wir können sie da nicht einfach liegen lassen.«

»Was willst du der Polizei erzählen? Sag es mir. Was? Was willst du sagen? Dass es ein Unfall war?«

»Es war ein Unfall.«

»Und du glaubst wirklich, das nehmen sie dir ab? Vier weiße Jungs jagen ein Indianermädchen im Pick-up durch den Wald? Und warum habt ihr das getan, Eric? Hm? Warum?«

»Nur um ihr Angst einzujagen!«

Ron packte seinen Sohn bei den Haaren. »Ihr Angst einzujagen? Oder sie zu vergewaltigen?«

»Nein, Dad, nein!«

»Betrunken. Bekifft. Sie werden euch einen Dreck glauben. Selbst ich glaube euch einen Dreck.«

»Das würden wir nie tun, Dad!«

»Sie stellen euch vor Gericht. Sie stellen euch alle vor Gericht und dann werden sie euch verurteilen. Und alles, wofür wir seit deiner Geburt gearbeitet haben, ist für die Katz.«

»Aber wir können es ihnen doch sagen, Dad. Wir können erklären, was passiert ist.«

»Und du glaubst wirklich, das verstehen die Eltern dieses Mädchens? All diese Indianer, die sollen das akzeptieren? Glaubst du das wirklich? Dass sie einfach akzeptieren, was ihr ihnen erzählt? ›Okay, gut, es war ein Unfall, danke, dass ihr Bescheid gesagt habt‹? Und was ist mit morgen? Was ist mit dem Spiel? Weißt du, wie viele Colleges da morgen ihre Talentscouts hinschicken? Hast du irgendeine Vorstellung, wie ich für dich geschuftet habe, was für eine Plackerei das war? Damit ist es dann vorbei, mit allem. Stipendium, College, Profiliga. Davon kannst du dich verabschieden, Eric. Willst du das?«

Eric ließ sich schwer atmend auf die abgetragene Couch fallen. Tränen liefen ihm in Strömen die Wangen hinunter.

»Was hast du mit den anderen abgemacht?«, wollte Ron wissen. »Was sagen die über das, was passiert ist?«

Eric sah ihn an. »Nichts. Sie werden nichts sagen. Ihre Eltern wissen nicht, dass sie sich aus dem Haus geschlichen hatten. Sie werden sagen, dass sie im Bett gelegen haben. Wegen des Spiels morgen.«

»Und genau das wirst du auch sagen!« Ron richtete den Zeigefinger auf seinen Sohn. »Hast du mich verstanden?«

»Dad, ich kann nicht ...«

»Du wirst sagen, du hast im Bett gelegen. Wegen des Spiels morgen. Und ich werde sagen, dass ich hier bei dir war. Hast du verstanden, Junge? Ich werde für dich lügen! Ich werde meinen Kopf hinhalten und für dich lügen. Weißt du, was das bedeutet? Verstehst du das? Das bedeutet, dass wir von diesem Moment an voneinander abhängig sind. Unzertrennlich. Wenn du in den Knast gehst, gehe ich mit in den Knast. Kapierst du das? Aber ich gehe nicht in den Knast. Also wirst du sagen, dass du zu Hause im Bett warst. Hast du das kapiert?«

Eric nickte.

»Ich will das hören. Sag es, verdammt noch mal!«

»Ich war zu Hause im Bett.«

»Und wo war ich?«

»Du warst auch zu Hause. Du warst zu Hause bei mir.«

»Wo ist es jetzt, das Mädchen? Wo habt ihr es gelassen?«

»Auf der Lichtung. Sie liegt auf der Lichtung.«

»Gib mir die Schlüssel.«

»Was? Was hast du vor?«

»Ich mache euren Dreck weg. Ich werde die Sache regeln.

Und du schaffst deinen Arsch ins Bett und stehst nicht wieder auf. Hast du mich verstanden? Du stehst nicht wieder auf und denkst auch nicht im Traum daran, mit irgendwem über diesen Vorfall zu reden.«

Ron fuhr über den Kamm des Hügels und auf der anderen Seite langsam den Hang hinunter. Es schneite immer noch. Auf dem Boden lag eine erste dünne Schneeschicht, Schnee sammelte sich auch auf der Windschutzscheibe. Langsam rückten die Scheinwerfer des Bronco vor, krochen einen Zentimeter nach dem anderen über den Boden, bis es flacher wurde, bis sie auf eine Unebenheit stießen, die wie ein schneebedeckter Baumstamm aussah.

Ron hielt an und stieg langsam aus.

Sie lag auf der Seite, ohne sich zu regen. Der Schnee hatte die schwarzen Haare in Ansätzen bereits weiß gefärbt. Die Kälte war inzwischen beißend geworden. Plötzlich lag ein Geräusch in der Luft, als würde ein Mann stöhnen. Ron sah auf. Oben am Hang bogen sich die Bäume mit schwankenden Ästen, Schnee wirbelte auf wie nach einer Explosion. Das Stöhnen wurde lauter. Ein starker Windstoß ließ den Schnee in einem dichten Schwall den Hügel hinabfegen, wo er Ron voll ins Gesicht traf, ehe er weiterrauschte. Ron drehte sich um und betrachtete die Schneeflocken, die im Uhrzeigersinn am Rande der Lichtung herumwirbelten. Die Zweige der umstehenden Bäume schimmerten. Dann, so plötzlich, wie er aufgekommen war, erstarb der Wind auch wieder und die Schneeflocken trudelten sanft zu Boden.

Ron trat näher an den Körper auf dem Boden heran. Kimi Kanasket. Das Mädchen sah schwer verletzt aus, auch wenn nicht viel Blut zu sehen war, was wahrscheinlich am Schnee und an der Kälte lag. Die Reifen des Pick-ups hatten den Boden vollständig aufgewühlt. *Gut,* dachte Ron. So sah es aus, als hätte hier jemand zum Vergnügen seinen Allradantrieb ausprobiert.

Er ließ sich auf das rechte Knie nieder. Sofort drang ihm Feuchtigkeit in die Trainingshose. Unsicher, wie er das Mädchen tragen sollte, schob er ihm eine Hand unter die Hüfte, die andere unter die Schulter und rollte Kimi zu sich heran. Als er aufzustehen versuchte, geriet er ins Straucheln und musste ein zweites Mal ansetzen. Diesmal kam er hoch, fand aber nicht gleich die Balance. Als er das Gewicht verlagern wollte, wäre er um ein Haar hintenübergefallen und hätte sie losgelassen.

Endlich hatte er sein Gleichgewicht wiedergefunden und trug das Mädchen zur Ladefläche des Bronco, konnte dort aber die Heckklappe nicht öffnen, weil der Ersatzreifen daran hing und er die Arme voll hatte. Also stellte er sich an die Seite der Ladefläche, auf der er einen Schlafsack ausgebreitet hatte, und ließ seine Last aus den Armen rollen. Sie landete mit einem dumpfen Aufprall, Arme und Beine schlenkerten. Ron atmete schwer, vor seinem Mund bildeten sich weiße Wölkchen, die der Wind schnell fortblies. Sein Herz raste und er schwitze trotz des kalten Schnees, der auf seinem unbedeckten Kopf landete, schmolz und ihm das Gesicht hinunterlief.

Er deckte Kimis Körper mit dem Schlafsack zu und kletterte rasch in die Fahrerkabine, wo er sich die Hände in der Warmluft aus dem Gebläse rieb. Als er seine Finger wieder bewegen konnte, ohne dass es wehtat, legte er den Rückwärtsgang ein, warf einen Blick nach hinten und sah, wie sich am Rand der Lichtung im gedämpften Schein der Rücklichter etwas bewegte.

Ein Mann?

Reynolds Herz setzte einen Schlag lang aus. Ihm stockte der Atem. Mit einem Satz war er aus dem Wagen gesprungen und sah sich hektisch um. Aber da war nichts, nur die wirbelnden Schneeflocken.

Er stieg wieder ein und fuhr rasch von der Lichtung, wobei er den Hügel mied und stattdessen den Weg nahm, der zur 141 führte. Er hatte sich schon auf der Hinfahrt überlegt, wohin er sie bringen wollte. Die Boote für das Wildwasserrafting wurden oben bei Husum, in der Nähe der Brücke, in den Fluss gesetzt. Dort würde er mit dem Bronco dicht ans Wasser fahren können. Und die Leute würden glauben, das Mädchen sei von der Brücke gesprungen.

Er versicherte sich in den Rückspiegeln, dass ihm niemand folgte. Ein Blick über die Sitzlehne auf die Ladefläche zeigte den oberen Teil ihres Kopfes, der Schlafsack war nach unten gerutscht.

An der Husum Street bog er rechts ab und schaltete, sobald er auf der Brücke war, die Scheinwerfer aus. Gleich hinter der Brücke war der unbefestigte Parkplatz, wo er möglichst nah am Wasser zwischen Zwergeichen parkte, nicht zu dicht an der Uferkante, aber so, dass der Wagen durch das Gebüsch verdeckt wurde.

Er schaltete den Motor aus und nahm sich einen Moment Zeit, sich zu sammeln. Ein Blick in den Rückspiegel und die Seitenspiegel, dann holte er tief Luft und stieg aus. Jetzt, wo er beide Hände frei hatte, konnte er den Ersatzreifen herunternehmen und die Heckklappe öffnen. Er packte den Schlafsack und zog ihren Körper zu sich heran, bis er ihn wieder in die Arme nehmen konnte. Der Schnee war geschmolzen und ihr Körper fühlte sich nicht mehr ganz so kalt an. Diesmal war es einfacher, sie zu tragen, er musste ja nicht aus der Hocke hochkommen und stand besser, konnte das Gewicht gleichmäßiger verteilen. Er hörte den Fluss – kein Röhren, eher ein gleichmäßiges, beruhigendes Geräusch, wie der Verkehr auf einer weit entfernten Schnellstraße. Näher am Ufer wurde es lauter.

Da bewegte sie sich.

Beinahe hätte er sie fallen lassen.

Sie bewegte sich noch einmal, ein Zucken ging durch sie hindurch.

Dann schlug sie die Augen auf.

Reynolds blieb die Luft im Hals stecken.

Sie hob den Kopf und sah ihn an. Ihre Lippen öffneten sich, stießen einen langen, flachen Seufzer aus, wie Luft, die aus einem Reifen entweicht. Dazu hörte er sie flüstern. »Helfen Sie mir.«

Ron Reynolds stand wie erstarrt. Ohne zu atmen, ohne die Beine bewegen zu können.

»Helfen Sie mir«, wiederholte sie leise, aber verständlich. »Bitte. Helfen Sie mir.«

Rons Atem ging in schnellen Stößen. Er holte tief Luft, fand seine Stimme wieder. »Ich kann nicht«, sagte er. »Ich kann nicht.«

Und dann trat er an die Uferkante und ließ sie aus seinen Armen rollen.

Wasser spritzte auf. Einen Moment lang ging der Körper unter, dann schoss er wieder an die Oberfläche. Ihre Arme schlugen wild um sich, dann schob die Strömung Kimi Kanasket immer rascher flussabwärts.

* * *

Eric Reynolds stand in der Einfahrt des Hauses, in dem er seine Kindheit verbracht hatte. Auf seinen Haaren und der Kleidung sammelte sich langsam der Schnee, schmolz und lief ihm seitlich am Gesicht hinab. Sein Vater wollte nicht wissen, wie seine Frage gemeint war, er bat Eric auch nicht ins Haus. Wahrscheinlich hatte er sich diesen Moment oft ausgemalt, dabei aber vierzig Jahre lang gehofft, er möge nie eintreten.

»Ich tat, was getan werden musste«, sagte Ron schließlich. Eine Entschuldigung war das nicht.

»Sie lebte noch?«, fragte Eric.

Sein Vater schwieg.

»Und du wusstest es. Du wusstest, dass sie noch lebte.«

»Ob sie lebte oder nicht, darauf kommt es nicht an.«

»Darauf kommt es nicht an?« Eric mochte seinen Ohren nicht trauen. »All die Jahre hast du mich glauben lassen, ich hätte sie umgebracht. Du hast uns alle glauben lassen, wir hätten sie umgebracht.«

»Ihr habt sie umgebracht. Sie wäre gestorben.«

»Nein, Dad. Sie wäre nicht gestorben. Ich habe gerade mit der Polizistin geredet. Sie hätte überlebt.«

»Dafür gibt es keine Garantie.«

»Wenn du mich hättest anrufen lassen, wäre sie am Leben geblieben.«

»Und dann was, Eric?« Ron blieb immer noch ruhig. »Was wolltest du den Leuten erzählen? Diesen Schwachsinn, es wäre ein Unfall gewesen?«

»Es war ein Unfall. Es war ein gottverdammter Unfall. Wir waren bloß Kids.«

»Du warst achtzehn. Du hättest als Erwachsener vor Gericht gestanden.«

»Weißt du was? Ich wünschte, sie hätten mich angeklagt. Ich wünschte, sie hätten es getan, denn so habe ich mich die letzten vierzig Jahre lang selbst bestraft und nichts hätte schlimmer sein können als das, was ich durchgemacht habe. Was Darren und Archie durchgemacht haben. Was Hastey immer noch durchmacht.«

»Wenn ich dich so ansehe, hast du es doch ziemlich gut getroffen.«

»Ach, habe ich das? Hast du mein Leben überhaupt richtig mitgekriegt, Dad? Weißt du, warum ich geschieden bin? Weißt du nicht, du hast mich nie danach gefragt. Ich bin geschieden, weil ich keine Kinder wollte. Ich habe vor der Hochzeit eine Vasektomie machen lassen, ohne es meiner Frau zu sagen, und ich ließ sie in dem Glauben, sie wäre das Problem. Und weißt du, warum ich das getan habe? Ich wollte sicher sein, dass es keine Kinder geben würde, nie. Weil ich Angst hatte, ich könnte eine Tochter haben,

Dad. Ein kleines Mädchen, das heranwachsen und irgendwann Teenager sein würde, und ich wäre nicht in der Lage, sie anzusehen, ohne an Kimi zu denken. Sie würde mich jeden Tag an das erinnern, was ich getan hatte. Was ich glaubte, getan zu haben! Du hast es zugelassen, dass wir unser Leben in der Überzeugung lebten, wir hätten Kimi umgebracht. Das hat Darren umgebracht, es hat Archie umgebracht und es bringt Hastey um. Das hast du getan, Dad. Du hast zugelassen, dass wir uns selbst umbringen.«

»Was ich getan habe, tat ich, um meinen Sohn zu beschützen. Um das zu bewahren, wofür wir so hart gearbeitet hatten. Du hättest alles verlieren können. Dein Stipendium, das College.«

»Du hast ihr Leben gegen mein Stipendium eingetauscht?«

»Sie hätten dich eingesperrt.«

»Ich wünschte, sie hätten es getan. Du kannst dir nicht vorstellen, wie oft ich mir gewünscht habe, ich wäre in den Knast gewandert. Dann hätte ich wenigstens sagen können, ich hätte bekommen, was ich verdiente. Vielleicht wäre ich in meinem Leben weitergekommen, statt so zu existieren, wie ich es tat, als Feigling.«

»Du hast keine Kinder, du verstehst das nicht. Du kannst es nicht verstehen. Du hättest dasselbe getan.«

»Nein.« Eric schüttelte den Kopf. »Hätte ich nicht. Wenn du es zugelassen hättest, hätte ich angerufen. Ich hätte angerufen, Dad, ich wollte anrufen. Aber du hast mich nicht gelassen. Weil es nie um mich ging. Es ging immer um dich, darum, dein Erbe zu erfüllen. Darum geht es doch auch bei diesem Stadion. Deswegen hast du mich glauben lassen, ich hätte sie umgebracht – weil du mich so weiter kontrollieren konntest. Ohne dich wäre ich nichts und hätte ich nichts, wolltest du mich glauben lassen. *Deswegen* hast du getan, was du getan hast. Mit mir hatte das nichts zu tun.«

»Nachdem ich deine Mutter verloren hatte, habe ich mir geschworen, nie wieder etwas zu verlieren. Was ich getan habe, tat ich, um zu bewahren, was mir von meiner Familie geblieben war.«

»Sie hätte sich für mich geschämt. Und noch mehr hätte sie sich für dich geschämt.«

Diesmal antwortete Erics Vater nicht sofort. Die beiden Männer standen sich gegenüber, um sie herum tiefe Stille, die sich wie eine Decke über alles gelegt hatte. Der Schnee fiel inzwischen dichter. »Was geschehen ist, ist geschehen«, sagte Ron schließlich. Er klang resigniert. »Du kannst die Vergangenheit nicht ändern. Morgen wird das Stadion eingeweiht, und unsere Namen gehen für immer in die Geschichte ein.«

Mit diesen Worten trat er einen Schritt zurück und schloss langsam die Tür. Wenig später erlosch auch das Licht. Eric stand im Dunkeln im Schneegestöber. Er wandte sich seinem Wagen zu, zögerte, sah sich um. Sein Vater war immer so gut organisiert gewesen, so praktisch veranlagt, so aufs Detail bedacht. Das hatte ihn zu einem herausragenden Footballtrainer gemacht. Eric warf einen Blick hinter sich, in den Carport, ehe er sich umdrehte und sich neben den Pick-up seines Vaters stellte. Es war dunkel, aber die Taschenlampe an seinem Handy reichte, um zu beleuchten, was sich hier in einem langen Leben an Sportgeräten angesammelt hatte. Die langen Gummistiefel, die Ron beim Angeln trug, hingen an Haken neben Jacken und Tarnhosen für die Jagd, einem Bogen und Golfschlägern in den passenden Taschen. Es gab einen Eimer voller Baseballschläger, dann hing da noch ein Rucksack und darunter standen die blauen Container, nach denen Eric Ausschau gehalten hatte. Die schwarze Aufschrift war verblasst, aber immer noch lesbar.

Eric schob die Container herum, bis er einen bestimmten gefunden hatte. »Jagdausrüstung« stand darauf. Er nahm den Deckel ab und richtete den Lichtstrahl des Handys hinein. Sauber mit Zeitungspapier ausgestopft, damit sie keine Knicke bekamen, standen hier die Stiefel, die sein Vater bei der Jagd trug.

34

Tracy wartete neben ihrem Pick-up, als Eric Reynolds aus dem Carport kam. Er zuckte bei ihrem Anblick nicht zusammen, fast war es, als hätte er mit ihr gerechnet. Vielleicht war er ja nur zum Haus seines Vaters gefahren, um die Stiefel zu holen, aber dann war sein Vater an die Tür gekommen. An der Körperhaltung der beiden Männer hatte Tracy erkannt, dass hier eine Unterhaltung stattfand, die eigentlich vor vierzig Jahren hätte stattfinden müssen. Es gab keinen Händedruck, keine Umarmung, keine Seite ließ irgendeine Art von Zuneigung oder Wärme erkennen. Körperlich trennte die Männer nicht viel, trotzdem schien es zwischen ihnen eine tiefe Kluft zu geben. Die Unterhaltung war kurz ausgefallen. Ron hatte wohl weder geleugnet noch anderweitig argumentiert oder versucht, sich zu erklären. Beide Männer hatten damals etwas Unrechtes getan, daran ließ sich nicht mehr rütteln. Und sie hatten mit den Konsequenzen ihres Handelns gelebt.

Eric Reynolds trug keine Jacke, sah aber auch nicht aus, als wäre ihm kalt, als er die Stiefel hochhielt.

»Fotos vom Ort des Geschehens zeigten zwei Satz Reifenspuren auf dem Weg zur Lichtung und zwei, die rausführen«, sagte Tracy. »Jemand war zurückgekommen, alleine, und hatte

Kimi geholt. Ich konnte mir nicht vorstellen, dass es einer von euch vieren gewesen ist, denn ihr hättet das gemeinsam gemacht. Und selbst wenn Sie es gewesen wären, Eric, warum hätten Sie vorher andere Schuhe anziehen sollen? Es gab für Sie keinen Grund, erst nach Hause zu fahren und sich Stiefel anzuziehen, ehe Sie zurückfuhren. Gut, es schneite, aber das wäre Ihnen unter diesen Umständen doch egal gewesen. Dann waren da die beiden Quittungen über Barzahlungen. Siebenhundert Dollar – eine solche Summe hatte man damals als Football spielender Schüler nicht einfach so auf der Hand. So viel Geld hätten Sie alle zusammen nicht auf die Schnelle auftreiben können. Ich konnte mir auch nicht vorstellen, dass einer von euch in der Situation so vorausschauend gewesen wäre, eine Quittung zu verlangen. Lionel hat Ihrem Vater einen Gefallen getan, aber ganz sicher nicht für umsonst. Und Ihr Vater, nehme ich an, ließ sich die Quittungen als Sicherheit ausstellen. Für den Fall, dass man sich auf Lionel nicht verlassen konnte. Er wollte ihn daran erinnern können, dass er auch mit drin hing.«

»So hat Dad gedacht«, sagte Eric. »Er hatte immer alle Details beachtet, keine unerledigten Einzelheiten zurückgelassen. Bei den Quittungen fürchtete er kurz, er hätte sich damit selbst ein Bein gestellt, als Lionel bei uns anrief, um zu sagen, ein Deputy hätte sich Kopien von der Durchschrift geholt. Lionels Mutter erledigte in der Werkstatt die Buchhaltung. Sie hatte keine Ahnung, sie hat die Belege einfach für den Deputy kopiert. Mein Vater fand heraus, dass dieser Deputy auch bei uns zu Hause gewesen war, um sich den Bronco anzusehen. Er hatte so getan, als wollte er den Wagen kaufen. Wir warteten auf die nächste Hiobsbotschaft, doch dann passierte gar nichts mehr. Später wurde Lionel Polizeichef und Dad bat ihn, sich die Sache mal anzusehen. Er wollte wissen, ob es noch eine laufende Ermittlung gab. Lionel hat die Akte gefunden. Ich dachte, er hätte sie vernichtet, aber da habe ich mich wohl geirrt.« Er warf einen Blick zurück auf das Haus. »Was passiert jetzt?«

»Das Büro des Sheriffs wird alles an den Bezirksstaatsanwalt weitergeben. Der entscheidet, welche Anklagen erhoben werden.«

»Hastey trägt keine Schuld an dem, was geschehen ist. Darren und Archie auch nicht. Ich hatte Schuld. Hastey hat genug gelitten.«

»Das wird sich alles klären«, sagte Tracy. »Die Waffe auf dem Tisch in Ihrem Haus ...«

Eric Reynolds nickte. »Ich nehme sie fast jeden Abend raus und fast jeden Abend denke ich daran, es zu tun, aber ich kriege es nie fertig. Ich reinige sie und lege sie zurück in den Safe. Ich bin ein Feigling.« Er schüttelte den Kopf. »Vielleicht wusste ich die ganze Zeit, dass dieser Tag kommen würde. Vielleicht habe ich gehofft, er würde kommen. Die Leute sollen die Wahrheit erfahren. So paradox das klingen mag, es ist eine Erleichterung.«

»Ich muss diese Waffe mitnehmen, Eric. Und auch alle anderen in Ihrem Besitz.«

»Das verstehe ich. Ich mache mir Sorgen um meine Hunde.«

»Wir können zu Ihnen nach Hause fahren, damit Sie Ihre Angelegenheiten regeln können. E-Mails schicken, telefonieren. Ich rufe den Sheriff an; sie ist eine Freundin von mir. Ich sage ihr, Sie seien bereit, sich freiwillig zu stellen. Und wenn wir bei Ihnen zu Hause waren, bringe ich Sie ins Büro des Sheriffs und nehme Ihre Aussage auf, wie es sich gehört, ganz zivilisiert. Sie werden in Gewahrsam genommen und dann rollt die Maschine an.«

»Und mein Vater?«

»Der wird ebenfalls festgenommen.« Tracy sah hinüber zum Haus.

»Machen Sie sich keine Sorgen, Detective. Er wird sich nicht umbringen. Ron Reynolds' Ego erlaubt ihm nicht, sich einzugestehen, dass er schließlich doch noch verloren hat.«

35

Tracy überlegte kurz, ob sie Eric Reynolds Handschellen anlegen sollte, entschied sich aber dagegen. Sie ließ ihn sogar in seinem eigenen Wagen nach Hause fahren und folgte ihm, wobei sie von unterwegs Jenny anrief. Sie vereinbarten, dass Jenny und ihre Leute Ron Reynolds verhaften würden, während Tracy Eric nach Hause begleitete, damit er die Unterbringung seiner Haustiere regeln und seine Angelegenheiten ordnen konnte. Danach sollten sich alle im West-End-Büro treffen, wo Vater und Sohn offiziell festgenommen werden würden und Eric seine Aussage zu Protokoll geben konnte. Ron Reynolds würde wahrscheinlich nichts sagen.

Die Hunde sprangen auf, als Tracy und Eric zusammen das Haus betraten. Blue bellte Tracy an. In Erics Augen sammelten sich Tränen. Wahrscheinlich waren die Hunde seit Jahren seine einzige Familie.

Tracy ging durchs Wohnzimmer in den Hobbybereich. Der große Flachbildschirm war schwarz. Die Fünfundvierziger lag nicht mehr auf dem Pokertisch.

»Ich muss sie wohl weggeräumt haben«, meinte Eric.

Die beiden Hunde wichen ihm nicht von der Seite, als er sich dem großen Waffensafe in der Zimmerecke zuwandte.

Plötzlich jedoch legten sie eine Hundertachtziggrad- Kehrtwende hin und fingen an zu bellen. Sie bellten in Richtung der Tür auf der anderen Zimmerseite, durch die man in den Garten kam. Und noch ehe Tracys Verstand die Situation ganz verarbeitet hatte, kam von dorther eine Stimme.

»Sucht ihr die hier?«

Lionel Devoe trat ins Zimmer, den Lauf von Erics Pistole auf Tracy gerichtet.

Tracy griff nach ihrer Glock, aber so schnell war noch nicht einmal sie.

»Das würde ich nicht tun«, warnte Devoe.

Tracy erstarrte, eine Hand bereits auf dem Knauf ihrer Waffe, während ihr Verstand blitzschnell den Ernst der Lage einschätzte.

Von den wütend bellenden Hunden umkreist, kam Devoe weiter ins Zimmer hinein. Blue bleckte knurrend die Zähne.

Tracy sah sich aus den Augenwinkeln um. Wo konnte sie hier in Deckung gehen? Wie weit war es bis zur Wohnzimmertür? Konnte sie sie schnell genug erreichen? Nicht sehr wahrscheinlich.

»Was soll das, Lionel?«, wollte Eric wissen.

»Nehmen Sie ganz langsam die Hand von der Waffe, Detective.« Devoe trug seine Uniform, er wirkte ruhig und beherrscht, schien alles genau durchdacht zu haben.

Tracy nahm die Hand von dem Knauf ihrer Pistole. Sie ließ Devoe nicht mehr aus den Augen, suchte nach einer Schwachstelle, einem Moment, in dem er abgelenkt war und woanders hinschaute. Um zu ziehen und zu schießen brauchte sie nicht mehr als ein, zwei Sekunden. Im Geiste flehte sie die Hunde an, etwas Heroisches zu tun, den Mann ins Bein zu beißen, ihn anzufallen, irgendetwas.

»Lionel!«, wiederholte Eric, lauter als beim ersten Mal. »Was zum Henker soll das werden?«

Devoe ließ Tracy nicht aus den Augen. »Halt die Klappe, Eric. Und bring deine Köter zum Schweigen, sonst knall ich sie ab, das schwöre ich bei Gott. Heben Sie jetzt ganz langsam die Hände, Detective.«

»Das ist doch verrückt, Lionel!«, rief Eric.

»Halt's Maul, hab ich gesagt.«

Tracy hob die Hände auf Schulterhöhe. Ohne es zu wissen, hatte ihr Devoe einen Gefallen getan. Bei Schießwettbewerben war sie immer schon mit der gegenüberliegenden Hand schneller gewesen als mit der auf der Seite der Waffe, was ihr den Namen *Crossdraw* eingetragen hatte. Jetzt, mit erhobenen Händen, würde eine einzige rasche Bewegung reichen.

»Es ist vorbei, Lionel.« Eric war nicht bereit, den Mund zu halten. »Leg die verdammte Knarre hin.«

Die Pistole immer noch auf Tracys Brust gerichtet, kam Devoe langsam zu ihr herüber. Die Hunde folgten ihm bellend, aber in sicherem Abstand. »Drehen Sie sich um!«, befahl er.

»Lionel, leg die verdammte Knarre weg. Der Sheriff weiß schon Bescheid.«

»Das ist mir klar«, sagte Devoe. »Ich höre deren Funk ab. Der Sheriff hielt Verstärkung bereit, aber von denen ist jetzt keiner hier in der Nähe. Sie verhaften gerade deinen Vater. Drehen Sie sich um, Detective.«

Tracy drehte sich um. Devoe war mit einem Schritt bei ihr, holte vorsichtig die Glock aus ihrer Pistolentasche und zog sich sofort wieder zurück. Tracy hatte ihre beste Chance eingebüßt. Sie musste die Lage neu einschätzen, eine andere Möglichkeit finden.

»Das ist Wahnsinn, Lionel.« Eric ließ nicht locker.

Devoe warf ihm einen raschen Blick zu. Jetzt, wo Tracy nicht mehr bewaffnet war, wirkte er wesentlich selbstsicherer. »Ist es das, Eric?«, wollte er wissen. »Ist es das wirklich?«

»Leg die Pistole hin, Lionel. Sie weiß alles, ich habe ihr alles gestanden. Der Sheriff weiß es auch.«

»Das hättest du nicht tun sollen, Eric. Du hättest gar nichts sagen sollen. Wir hatten einen Deal. Alle schweigen.« Devoe zog sich noch ein Stück weiter zurück und legte die Glock auf den Pokertisch. »Kannst du die verdammten Hunde mal abstellen?«

»Nein. Hunde bellen nun mal. Instinkt«, sagte Eric.

»Du hättest nicht gegen den Deal verstoßen dürfen, Eric. Nicht ohne vorher mit mir und Hastey zu reden.«

»Sie wusste es vorher schon. Sie hat alles gewusst, Lionel.«

»Vielleicht, aber sie konnte es nicht beweisen. Du hättest einfach nur dein Maul halten sollen! Verdammt, stell die Hunde ab!«

»Vierzig Jahre, Lionel. Hat es einem von uns Gutes gebracht?«

»Das ist egal. Du hättest mit uns reden müssen. Du hättest dich mit Hastey absprechen müssen. Das war der Deal. Aber wir wussten wohl beide, dass es auf eine Situation wie diese hier rauslaufen wird, nicht?«

»Was für eine Situation?«

»Dass entweder du oder Hastey beschließt, etwas Dummes wie das hier zu machen. Und ich euch stoppen muss.«

»Sie ist Mordermittlerin, Lionel. Willst du eine Mordermittlerin umbringen? Wie lange hast du dann wohl, bis sie dich schnappen?«

Devoe lächelte. »*Ich* werde niemanden umbringen, Eric.«

»Er hat *Ihre* Pistole, Eric.« Tracy ließ Devoe nicht aus den Augen. Sie wartete auf eine Gelegenheit, schätzte die Entfernung zum Pokertisch ab. Wie schnell konnte sie bei ihrer Waffe sein? Nicht schnell genug. »Er erschießt mich mit Ihrer Pistole«, fuhr sie fort, »und Sie mit meiner. Er lässt es wie einen Schusswechsel aussehen.«

Devoe lächelte. »Siehst du, Eric, deswegen ist sie Detective.

Aber das stimmt nicht ganz. Ich sehe das nicht so, dass ihr einen Schusswechsel hattet. Eric hat Sie überrumpelt, Detective, so sehe ich das. Die Polizistin hier hat dich nach Hause begleitet, Eric, nachdem sie dich und deinen Vater entlarvt hatte. Sie wollte dir die Gelegenheit geben, deine Sachen zu regeln, ehe sie dich verhaftet. Aber du hattest andere Pläne. Deine Pistole war nicht im Safe, sie lag hier auf dem Tisch. Deine Pistole war nachts nie im Safe, sie war immer draußen. Das kann ich bezeugen und Hastey auch. Du hast die Polizistin hierhergelockt und dann hast du sie überrumpelt. Du wolltest doch nicht ins Gefängnis gehen, ein Mann wie du! Also hast du sie erschossen und dann hast du dich selbst erschossen.« Devoe zuckte die Achseln. »Da wir uns hier rein formell innerhalb der Stadtgrenzen von Stoneridge befinden, habe ich bei den Ermittlungen das Sagen. Und wenn ich den Fall abschließe, dann verschwindet die Akte, darauf kannst du Gift nehmen.«

»Du musst das nicht tun, Lionel«, sagte Reynolds. »Ich habe die ganze Verantwortung übernommen. Sie weiß, das du nichts damit zu tun hattest und Hastey auch nicht, das habe ich ihr gesagt.«

»Das ist sehr nobel von dir, Eric. Und ich wünschte, wir könnten die Uhr vierzig Jahre zurückdrehen und dafür sorgen, dass es auch stimmt. Aber das war damals nicht der Fall und ist es heute auch nicht. Ich habe deinem Dad den Wagen repariert, und wenn sie Buzz Almonds Akte hat, weiß sie das genau. Dann weiß sie auch, dass ich den Bericht mit den Fotos entfernt habe, die Buzz von eurem Auto gemacht hat. Ich gehe nicht für dich und deinen Vater ins Gefängnis und ich lasse auch Hastey nicht für euch ins Gefängnis gehen.« Devoe sah Tracy an. »Ich habe Ihnen gesagt, lassen Sie diesen Fall lieber in Ruhe. Was geschehen ist, ist geschehen. Niemand wollte es so, aber es ist geschehen. Es war ein Unfall. Sie hätten es einfach auf sich beruhen lassen sollen.«

»Erklären Sie das Earl Kanasket«, sagte Tracy.

»Es bringt ihm seine Tochter nicht wieder, oder? Also, warum das alles? Was sollte es ihm bringen?«

»Gewissheit, Lionel, einen Abschluss«, erklärte Eric. »Für uns alle die Möglichkeit, mit der Sache abzuschließen. Es ist das Richtige, wir hätten es schon vor vierzig Jahren tun sollen. Wir hätten es damals gleich tun müssen.«

»Na ja.« Devoe zielte auf Tracy. »Ich glaube, wir werden alle auf die eine oder andere Art einen Abschluss finden.«

Die Hunde bellten immer wilder.

»Nicht!«, bat Eric.

»Halt die Klappe, Eric. Halt nur ein einziges Mal in deinem Leben einfach die Klappe.«

»Lionel!« Reynolds griff an.

Den Bruchteil einer Sekunde lang war Devoe abgelenkt und zielte nicht genau. Mehr brauchte Tracy nicht. Sie tauchte nach rechts, stieß gegen den Pokertisch und warf ihn um. Pokerchips rasselten auf den Fußboden. Als Erics Pistole losging, prallte der Lärm wie Kanonendonner von der gewölbten Decke ab. Tracy dachte, gleich würde der Tisch explodieren, aber er tat es nicht. Sie tastete in all den bunten Chips nach ihrer Glock, schnappte sie sich und richtete sich auf, bis sie über den Tisch schauen konnte.

Devoe stand nach wie vor in der Mitte des Raumes, schwang den Lauf der Fünfundvierziger bereits in ihre Richtung, während seine Augen noch suchten.

Zu langsam.

Sie jagte zwei Kugeln in seine Richtung, zielte auf die Körpermitte. Die Einschläge trieben Devoe rückwärts wie einen Betrunkenen, der sich nicht mehr auf den Beinen halten konnte. Als er stürzte, schlug sein Kopf mit dumpfem Aufprall auf den Boden.

Einen Augenblick lang blieb die Zeit stehen. Pulverdampf lag in der Luft und in Tracys Ohren klingelte es. Die Hunde bellten noch, aber das Bellen klang jetzt hohl. Auf der anderen Seite des Zimmers lag Eric Reynolds gegen die Couch gesackt auf dem Boden und hielt sich mit blutiger Hand die Brust gleich unter der Schulter. Blut sickerte ihm zwischen den Fingern hindurch.

Tracy stand auf. Sie ging zuerst zu Devoe, wo sie die Fünfundvierziger mit dem Fuß beiseitetrat und dem Mann zwei Finger an den Hals legte. Kein Puls. Devoe hatte seine Weste nicht getragen. Als Nächstes untersuchte sie Eric Reynolds, während die beiden Hunde besorgt und erschüttert wimmernd hin und her trippelten.

»Alles in Ordnung«, meldete sich Eric mit schwacher Stimme. Er streckte seine freie Hand aus, um seine Hunde zu beruhigen. Dabei war er bleich, die Pupillen geweitet. Er glitt rasch in den Schockzustand, wenn der nicht bereits eingetreten war.

»Bleiben Sie bei mir«, drängte Tracy, die ihr Handy schon gezückt hatte. »Bleiben Sie bei mir!«

* * *

Eine Stunde später stand Tracy vor dem Schneefall geschützt auf der überdachten Veranda von Eric Reynolds' Haus und sah zu, wie der Krankenwagen Eric mit blitzenden Lichtern fortbrachte. Im Vorgarten wuselten ein halbes Dutzend Deputys aus dem Klickitat County herum und warteten auf das Spurensicherungsteam, das Jenny von der Washington State Patrol in Vancouver angefordert hatte. Als der Krankenwagen verschwunden war, kam Jenny zu Tracy herüber.

»Wie geht es ihm?«, fragte Tracy.

»Er ist erst einmal stabil. Sie bringen ihn ins Kreiskrankenhaus nach Goldendale. Dort wird eingeschätzt, wie schwer er verletzt ist und ob sie ihn mit dem Hubschrauber nach Harborview bringen müssen oder nicht. Sie glauben aber nicht.«

Reynolds hatte Glück gehabt. Die Kugel war in seine rechte Schulter eingedrungen. Devoe hatte ihn nicht in den Kopf geschossen, obwohl er sich beim Angriff kleiner gemacht hatte.

»Ihr habt Ron Reynolds verhaftet?«

Jenny nickte. »Er sagt nichts, will einen Anwalt. Fragte nicht einmal nach seinem Sohn. Schien nur mit sich selbst befasst zu sein.«

Jenny betrachtete nachdenklich das wunderschöne, jetzt ganz vom Schnee bedeckte Grundstück. »Eine echte Tragödie, nicht?«

Tracy nickte. »Ja, in vielerlei Hinsicht.«

»Kannst du dir Eltern vorstellen, die dem eigenen Kind so etwas antun? Es all die Jahre in dem Glauben lassen, es hätte jemanden umgebracht? Die zulassen, dass das Kind die Schuld auf sich nimmt? Das ist doch grauenhaft.«

Tracy musste an Angela Collins denken. Bisher hatte es das A-Team nicht geschafft, ihr Geständnis und das ihres Sohnes mit den am Tatort gefundenen Beweisen in Einklang zu bringen. Jetzt wurde Tracy klar, dass sie den Fall falsch angegangen waren.

»Tracy?«

»Ja?«

»Alles in Ordnung?«

»Ja«, sagte Tracy. »Ich dachte bloß gerade an einen anderen Fall.«

36

Später Freitagnachmittag im Justizzentrum: Kins legte den Hörer auf und drehte sich zu Faz um. »Auf die Gefahr, dass du gleich aus den Latschen kippst: Unser schräger Fall wurde gerade noch viel schräger.«

»Nicht sagen, lass mich raten!«, bat Faz. »Tim Collins ist von den Toten auferstanden und hat zugegeben, dass er sich selbst erschossen hat!«

»Nah dran. Das eben war Cerrabone. Berkshire hat gerade sein Mandat für Angela Collins niedergelegt.«

»Was?« Faz sprang auf und kam zu Kins hinüber. »In echt jetzt? Er lässt seine Tochter im Stich?«

»Die Nachricht kam soeben per E-Mail bei ihm rein, sagt Cerrabone. Ohne Angabe von Gründen, nur dass er die Vertretung niederlegt.«

»Und stand da auch, wer das Mandat übernimmt?«

»Nee. Ein Ersatz wird nicht genannt. Nur dass Berkshire niederlegt.«

Das musste Faz erst einmal verdauen. »Vielleicht glaubt sie, sie braucht keinen Verteidiger. Sie ist nicht angeklagt.«

»Kein Grund für Berkshire, sich zurückzuziehen.«

»Vielleicht findet er, er ist persönlich zu stark involviert.

Der Anwalt, der sich selbst vertritt, hat einen Narren zum Mandanten, heißt es doch immer.«

»Aber hätte er in dem Fall seiner Tochter nicht einen neuen Verteidiger besorgt, ehe er selbst sich zurückzieht?«

»Vielleicht meldet der sich am Montag«, meinte Faz.

»Vielleicht.« Kins zuckte die Achseln. »Abwarten und Tee trinken. Willst du gleich nach Hause?« Faz hatte bereits seine Jacke an.

»Nee, noch ne ganze Weile nicht. Die Huskys haben heute ein Spiel, da ist um die Uni rum bis sieben Uhr mit dem Auto kein Durchkommen. Ich wollte zu Fuß ins Palomino und mir die erste Halbzeit dort ansehen.«

»Und wenn du stattdessen hierbleibst und wir arbeiten noch ein bisschen?«, schlug Kins vor. »Es gibt da ein paar Sachen, die ich gern durchsprechen würde.« Über dem angrenzenden Arbeitsbereich des B-Teams hing ein Flachbildfernseher.

»Dann bleibst du hier?«

»Nach Hause fahren lohnt sich nicht. Shannah hat ihren Buchclub und die Jungs sind bei Freunden. Ich habe versprochen, sie auf dem Nachhauseweg abzuholen.«

»Ich rufe im Palomino an, sie sollen liefern«, beschloss Faz.

* * *

Anderthalb Stunden später saßen die beiden immer noch im Arbeitsbereich des A-Teams und spielten denkbare Szenarien durch. Auf dem Arbeitsplatz in der Mitte des Raums standen die leeren Pappschachteln, in denen das Restaurant ihr Essen geliefert hatte. Davon war nichts mehr übrig, kein Stückchen Brot, kein noch so kleiner Rest Pasta, nicht einmal mehr ein Salatblatt. Im Hintergrund lief der Fernseher, und wenn Kins den detaillierten Kommentaren der Sportreporter glauben wollte oder zumindest den Bruchstücken, die an sein Ohr drangen, dann lief es für die

Huskys gar nicht gut. Stanford führte einundzwanzig zu null und die erste Hälfte war fast vorbei.

»Okay – der Vater stürmt rein, flucht und brüllt rum«, sagte Faz. »Er schnappt sich diese Skulptur und schlägt seine Frau damit. Der Junge mischt sich ein. Er schlägt den Jungen.«

»Und warum läuft er dann ins hintere Schlafzimmer?«

»Weil da seine Frau hingegangen ist.«

»Wann?«

»Während er den Jungen schlug.«

»Warum lässt er die Figur fallen? Warum nimmt er sie nicht mit?«

»Er hat sie gar nicht mehr«, sagte Faz. »Er hat sie schon fallen lassen, ehe er seiner Frau in die Rippen trat.«

»Sag mir, wie sie bis ins Schlafzimmer gekommen ist, wenn er auf sie eingeprügelt hat.«

»Connor erzählte uns, er sei dazwischengegangen, um ihn aufzuhalten. Daraufhin hätte sein Vater ihn geschlagen«, meinte Faz. »Damit hätte Angela genügend Zeit gehabt, den Flur hinunterzulaufen. Ihr Ehemann rennt hinterher, Connor will ihn aufhalten, packt ihn am Bein, und so kommen seine Fingerabdrücke auf die Schuhe seines Vaters. Er tritt nach Connor, bis der Junge loslässt, und läuft weiter den Flur hinunter. Connor steht auf und holt sich die Pistole.«

Kins ließ das Ganze eine Minute lang sacken. »Okay«, sagte er dann. »Und wenn Angela ihn erschossen hat?«

»Dann war es so, wie sie ausgesagt hat: Ihr Mann prügelt auf sie ein, Connor versteckt sich im hinteren Schlafzimmer. Als der Mann mit ihr fertig ist, lässt er die Statue fallen und geht ins hintere Zimmer, um Connor zu holen. Connor will aber nicht mit, weil er total fertig und wütend ist, also schlägt sein Vater auch ihn. In der Zwischenzeit hat sich Angela die Knarre geholt, kommt den Flur hinunter und erschießt ihn.«

Kins versuchte, sich das alles bildlich vorzustellen. »Und

was macht sie danach geschlagene einundzwanzig Minuten lang?«

»Ab dem Punkt glaube ich ja immer, dass die Hinweise eher auf Connor als Schützen deuten.« Faz setzte sich auf und beugte sich vor. »Sie versucht, seinen Dreck wegzumachen. Sie will den Jungen schützen. Also nimmt sie sich die Zeit, ihre Geschichten aufeinander abzustimmen, damit alles logisch klingt. Sie sagt ihm, dass sie gestehen wird, dass sie der Polizei sagen wird, sie hätte ihren Mann erschossen. Sie ist als Tochter eines Strafverteidigers aufgewachsen, richtig? Wie Tracy schon sagte: Wahrscheinlich hat Berkshire abends am Esstisch die ganze Familie mit seinen Heldentaten von der Verteidigerfront unterhalten. Sie haben endlos über Miranda und das Recht auf Notwehr diskutiert. Sie nutzt die Zeit, um den Jungen zu beruhigen und seine Zustimmung zu gewinnen. Dann lässt sie ihn seine Geschichte wiederholen, bis sie glaubt, dass sie sitzt.«

»Und warum wischt sie dann die Skulptur ab? Wenn sie an Fingerabdrücke denkt, dann würde es ihr doch nützen, wenn die von Tim auf der Figur sind. Das würde ihre Aussage untermauern, er hätte sie damit geschlagen.«

»Das, mein Freund, ist die Vierundsechzigtausend-Dollar-Frage«, sagte Faz.

»Das, und warum Connor zu uns gekommen ist und gestanden hat, wo doch seine Mutter die Schuld auf sich nehmen wollte.«

»Dazu fallen mir zwei mögliche Begründungen ein: Entweder fühlt er sich schuldig und möchte nicht, dass seine Mom für etwas bestraft wird, das er getan hat, oder sein Geständnis gehört zu ihrem Plan, wie sie beide ungeschoren davonkommen können.«

»Und warum hat Berkshire das Mandat niedergelegt?«

»Keine Ahnung.« Faz sah müde aus und klang auch so.

Kins warf eine leere Getränkedose in den Papierkorb. Faz reckte den Hals und sah nach der Uhr. Sie waren wieder einmal in der immer gleichen Sackgasse gelandet.

»Es wird langsam spät«, meinte Faz. »Wir können beide eine Mütze Schlaf gebrauchen. Lass uns abhauen. Montagmorgen machen wir dann frisch und munter weiter, ja?«

»Geh du ruhig. Ich bleib noch ein bisschen. Die Jungs haben angefragt, ob sie noch ein Stündchen länger kriegen.«

Faz stand auf. »Bleib nicht zu lange.«

»Mach ich nicht«, versprach Kins. Er war frustriert. Irgendetwas machten sie falsch, das wusste er genau. Irgendetwas entging ihnen, etwas, das die Beweise erklären, den Ablauf logisch erscheinen lassen würde. Angela Collins hatte Tim Collins erschossen, das stand für ihn fest. Und zwar aus finanziellen Motiven. Angela warf mit Geld nur so um sich, dafür gab es Beweise. Sie hatte so viel Geld wie möglich aus ihrem Mann herauszulocken versucht, um es in ihr Haus zu stecken, das sie verkaufen wollte. Jetzt, wo es Tim nicht mehr gab, würde ihr die gesamte Kaufsumme zufallen und sie erhielt die alleinige und vollständige Kontrolle über Tims gesamten Besitz. Alles nur, weil ihr Mann sein Testament nicht mehr hatte rechtskräftig werden lassen können. Kins hatte Connor inzwischen kennengelernt und konnte sich beim besten Willen nicht vorstellen, dass der einfach so, ohne dass noch irgendetwas Erschwerendes hinzugekommen wäre, abgedrückt hätte. Den Mumm besaß der Junge nicht.

Wenn sie mit einer Ermittlung nicht weiterkamen, breitete Tracy gern alles, was sie hatten, auf einem Tisch aus, um es sich noch einmal anzusehen. Daran musste Kins jetzt denken. Kurz entschlossen schnappte er sich den Ordner und den Umzugskarton mit sämtlichen Unterlagen des Falls und schleppte die Sachen ins Konferenzzimmer. Dort nahm er die Akte auseinander und breitete die einzelnen Teile auf dem langen Tisch aus: die Zeugenaussagen, die Fotos, die Skulptur und all die anderen Beweismittel in ihren beschrifteten Tüten aus Plastik.

Er sah sich alles noch einmal ganz genau an, überflog seine und Tracys getippten Berichte, die Zeugenaussagen und die Berichte des kriminaltechnischen Labors. Auf den ersten Blick wollte ihm nichts ins Auge fallen. Er sah sich die Tatortfotos noch einmal an. Er erinnerte sich noch genau, wie Connor und seine Mutter auf der Couch im Wohnzimmer gesessen hatten. Weder er noch sie hatten gesprochen. Beide waren barfuß gewesen. Barfuß – das brachte ihn auf eine Idee.

»Warum haben sie keine Schuhe an?«, fragte er sich laut. Connor sollte mit seinem Vater weggehen, Tim hatte eine SMS geschickt und Connor hatte geantwortet, es sei »k«. Es war Winter. Warum trug der Junge keine Schuhe oder doch wenigstens Socken?

Das brachte ihn zur nächsten Idee. Er ging die Tatortfotos durch, bis er die aus dem Zimmer gefunden hatte, in dem Tim Collins erschossen worden war.

Kein Koffer, kein Rucksack, keine Reisetasche. Vorn im Haus hatte auch kein Gepäck gestanden.

»Warum hattest du nicht gepackt? Wenn du das Wochenende über wegfahren solltest, warum hast du dann nicht gepackt?«

Vielleicht hatte Connor in der Wohnung seines Vaters genügend Sachen und brauchte nichts mitzunehmen. »Oder er wollte gar nicht mit zu seinem Vater!« Kins dachte weiterhin laut. »Vielleicht hatte er gar nicht vor, mit seinem Vater mitzugehen.«

Jetzt fiel ihm noch etwas ein. Ein Detail aus dem Bericht des Rechtsmediziners, das ihm nicht wichtig vorgekommen war, jetzt aber relevant erschien. Er las sich den Bericht noch einmal durch, fand die Stelle, wo es darum ging, in welchem

Zustand die Leiche gefunden worden war. Tim Collins trug schwarze Schnürschuhe und bei einem dieser Schuhe stand der Schnürsenkel offen.

Kins wandte sich den Fotos zu, die der Coroner am Tatort gemacht hatte. Diesmal konzentrierte er sich auf Tim Collins' Schuhe. Ja, bei einem von ihnen war der Schnürsenkel offen.

Jetzt wusste er, wie Connors Fingerabdrücke auf den Schuh seines Vaters gekommen waren.

37

Die Feier, bei der der Sportkomplex der Stoneridge High in Ron Reynolds Stadion umbenannt werden sollte, wurde auf unbestimmte Zeit verschoben. Das für den Samstagabend angesetzte Spiel fand allerdings statt.

Stoneridge verlor.

Am Montagmorgen waren Tracy und Kins im Gerichtsgebäude des King County mit Cerrabone verabredet, um zu besprechen, wie sie im Fall Angela Collins weiter vorgehen sollten. Cerrabone verhandelte gerade einen anderen Fall, hatte aber versprochen, sich mit ihnen in der morgendlichen Verhandlungspause zu treffen.

Sie setzten sich in ein marmorgetäfeltes Besprechungszimmer, dessen vergilbte Eichenmöbel so aussahen, als seien sie mindestens so alt wie das Gerichtsgebäude selbst. Kins entwickelte seine Theorie, derzufolge sie den Fall bisher falsch angegangen waren, und erläuterte auch, warum er sich durch Berkshires Mandatsniederlegung in seiner These bestärkt fühlte. Tracy erklärte ihre Idee, wie man den Fall aus dem momentanen Zustand der Erstarrung herausholen könnte. Cerrabone äußerte sich skeptisch, fand aber, an Tracys Vorschlag sei nichts Unethisches, und sie sollten es ruhig versuchen. Zu verlieren hatten sie ohnehin nichts.

»Angela wird nicht mehr anwaltlich vertreten«, stellte Kins fest. »Wenn sie sich bereit erklärt, mit uns zu reden, dann kann Berkshire das nicht verhindern. Er muss nur zuhören und zusehen, mehr nicht. Meiner Meinung nach wird er das auch machen. Ich glaube nämlich inzwischen, er wollte damals, dass sie zu uns kommt und offiziell zu ihrer Tat aussagt. Meiner Meinung nach wollte er, dass sie selbst dafür sorgt, dass sie eingesperrt wird.«

»Er hat sich auf jeden Fall sehr untypisch verhalten, da stimme ich Ihnen zu.« Cerrabone sah auf die Uhr, seine Pause näherte sich ihrem Ende. »Vielleicht haben Sie ja recht. Ich mache heute Nachmittag ein paar Anrufe und sage Ihnen Bescheid.«

* * *

Kins rief Angela Collins an und teilte ihr mit, er hätte noch ein paar Fragen in Bezug auf die Aussage ihres Sohnes, die er gern mit ihr durchgehen würde. Sie erklärte sich daraufhin von sich aus bereit, ins Justizzentrum zu kommen.

Zwar hatte sie sich anfangs ein wenig widerstrebend geäußert, das schien aber nur halbherzig gewesen zu sein.

Genau wie Tracy vorhergesagt hatte, kam sie allein, ohne Anwalt.

Kins setzte sie in das ungemütliche Verhörzimmer mit dem Einwegspiegel. Im Raum daneben sahen Tracy und Cerrabone zu. Wenige Augenblicke später brachte Faz auch noch Connor Collins und Atticus Berkshire.

»Was macht meine Mutter hier?«, wollte Connor wissen.

»Wir möchten ihr auch noch ein paar Fragen stellen«, erklärte Tracy.

Sie legte einen Schalter um, woraufhin aus dem Lautsprecher Kins Stimme zu hören war. »Es gibt in unserem Fall eine interessante Entwicklung, Angela.«

»Ach ja?« Angela Collins wirkte gelassen und klang auch so. Unter ihrem Make-up waren die blauen Flecken kaum noch zu erkennen und sie sah aus, als wäre sie erst vor Kurzem beim Friseur und bei der Nagelpflege gewesen. Weit entfernt davon, die trauernde Witwe zu geben, hatte sie sich angezogen wie für ein Date und trug gerade geschnittene Jeans, Stiefeletten und einen weichen, roten Pullover.

»Sie werden nicht mehr anwaltlich vertreten, sehe ich das richtig?«, erkundigte sich Kins.

»Ja, das stimmt.«

»Ihr Vater vertritt Sie nicht mehr?«

»Wir haben uns einvernehmlich getrennt.«

»Und Sie haben keinen anderen Anwalt engagiert.«

»Da keine Anklage gegen mich erhoben wurde, Detective, sehe ich keinen Grund, einem Verteidiger vierhundert Dollar die Stunde zu bezahlen.«

Kins klopfte auf den Tisch. Dann sagte er: »Es ist Ihnen wohl bekannt, dass Connor gestanden hat, seinen Vater erschossen zu haben?«

Sie nickte mit ernsthafter Miene. »Ja.«

»Das bedeutet dann aber, dass einer von Ihnen die Unwahrheit sagt.«

Sie zuckte die Achseln.

»Sie haben uns erzählt, Sie hätten nur wenige Minuten nach dem Schuss den Notruf verständigt.«

»Das stimmt. Ich rief meinen Vater an, dann rief ich den Notruf an.«

»Nur haben wir eine Nachbarin, die sagt, sie hätte den Schuss gehört, als gerade der Bus an ihrem Fenster vorbeifuhr, und zwar der, der dort um 17.18 Uhr an der Haltestelle hält. Sie riefen Ihren Vater um 17.39 Uhr an und den Notruf um 17.40

Uhr. Damit haben wir hier einundzwanzig Minuten, bei denen nicht klar ist, was in dieser Zeit geschah.«

Wenn diese Information für sie überraschend kam, ließ sich Angela das nicht anmerken. »Ich war verzweifelt, Detective, emotional aufgewühlt. Ich erinnere mich nicht mehr, wie viel Zeit vergangen ist.«

»Es waren einundzwanzig Minuten.«

»Wenn Sie das sagen, wird es wohl stimmen.«

»Sie sagten auch aus, Ihr Mann hätte Sie mit der Kristallskulptur geschlagen.«

»Möchten Sie die Naht sehen?«

»Nein, ich kenne die Fotos.«

»Worauf wollen Sie dann hinaus?«

»Worauf ich hinauswill, ist Folgendes: Wenn Ihr Mann Sie mit der Statue schlug, warum befinden sich seine Fingerabdrücke nicht darauf?«

Diesmal erwischte die Fragte Angela kalt. »Wie bitte?«

»Es sind keine Fingerabdrücke auf der Skulptur. Seine nicht, Ihre nicht, Connors nicht.«

»Ich ... ich weiß nicht.«

»Haben Sie die Figur abgewischt, Angela?«

»Warum hätte ich das tun sollen?«

»Weil Sie Connor schützen wollten.«

»Das ist lächerlich.«

»Connor sah, wie Ihr Mann Sie schlug, und versuchte, ihn daran zu hindern, richtig? Er packte die Statue und die beiden lieferten sich ein Handgemenge. Ihr Mann schlug Connor zu Boden, und Sie nutzten diese Zeit, um zu versuchen, in das hintere Schlafzimmer zu entkommen. Connor lag am Boden, streckte die Hand aus und packte Ihren Mann am Fuß, wollte ihn aufhalten. Er riss ihm sogar den Schuh vom Fuß. Deswegen befinden sich Connors Fingerabdrücke auf dem Schuh Ihres Mannes.«

Angela Collins hatte angefangen zu zittern. Es sah so aus, als würde sie gleich weinen, als sie nun die Arme vor der Brust verschränkte und unverwandt in eine Ecke des Verhörraums starrte. Tracy beobachtete abwechselnd sie und die Reaktionen von Atticus Berkshire und Connor.

Kins sagte: »Wollen Sie uns nicht erzählen, wie es wirklich war, Angela?«

Jetzt liefen ihr wirklich Tränen die Wangen hinunter. »Connor wollte mich doch nur beschützen«, sagte sie leise. »Er wollte mich doch nur beschützen. Ich glaube nicht, dass er Tim erschießen wollte, das war bestimmt nicht seine Absicht.«

»Was?«, fragte Connor leise, und Tracy wusste, sie hatte mit ihrem Gefühl richtiggelegen. Das einzig Beständige an einem Psychopathen war dessen Ego. Psychopathen können sich einfach nicht vorstellen, erwischt zu werden, sie halten sich für so viel schlauer als alle anderen.

Atticus Berkshire legte dem Jungen neben sich sanft die Hand auf die Schulter. Nicht wie ein Anwalt, wie ein Großvater.

Connor sah zu ihm auf. »Warum sagt sie das?«

Im Verhörzimmer hatte sich Angela ein Papiertaschentuch genommen und wischte sich die Tränen aus dem Gesicht. »Ich bin in Panik geraten, als Connor Tim erschossen hatte. Ich wusste nicht, was ich tun sollte. Ich sagte zu Connor, er solle die Pistole aufs Bett fallen lassen und ins andere Zimmer gehen. Ich hob die Waffe hoch, meine Fingerabdrücke sollten darauf sein. Dann fing ich an, Sachen abzuwischen. Ich konnte nicht klar denken, aber ich hatte noch im Kopf, dass mein Vater einmal gesagt hatte, die Polizei könne jedes Beweismittel gegen einen verwenden. Also habe ich einfach alles abgewischt. Als ich zurück ins Wohnzimmer kam, hatte Connor gerade die Skulptur vom Boden aufgehoben und wollte sie auf den Kaminsims zurückstellen. Ich schrie ihn an, dass er sie wieder hinlegen sollte. Da wurde mir klar, dass ja seine Fingerabdrücke darauf sein würden, also habe ich die Skulptur auch abgewischt.«

»Sie lügt!« Connor sah seinen Großvater mit weit aufgerissenen Augen an. Er atmete schwer.

»Er ist doch noch ein Junge, Detective«, sagte Angela. »Ein Junge, der versucht hat, seine Mutter zu beschützen.«

»Sie lügt!«, wiederholte Connor, lauter als beim ersten Mal. Er fing an zu weinen. »Warum lügt sie?«

»Warum hat sie Ihren Vater erschossen, Connor?«, fragte Tracy.

Berkshire sagte nach wie vor kein Wort.

»Sie hat gesagt, sie hätte es tun müssen. Sie hat gesagt, mein Dad würde uns alles wegnehmen, sie würde aus der Scheidung nichts herausbekommen. Sie sagte, er wolle nichts mit uns zu tun haben, er hätte eine Freundin. Er würde das Haus verkaufen und wir müssten umziehen, bloß gäbe es nichts, wo wir hinkönnten.«

»Wie kam Ihre Mutter zu den Verletzungen?«

Connor weinte jetzt, seine Schultern zuckten. Berkshire legte den Arm um ihn. »Erzähl uns, was passiert ist«, sagte er leise.

»Sie hat sich von mir mit der Skulptur schlagen lassen. Sie meinte, ich sollte den Hinterkopf treffen, weil man da die Narben nicht sieht, falls welche bleiben. Ich wollte es nicht tun! Aber sie sagte, ich müsste. Wenn ich es nicht täte, würden wir beide ins Gefängnis gehen. Sie würde nämlich sagen, ich wäre ihr Komplize gewesen und hätte meinen Dad unter einem Vorwand ins Haus gelockt.«

»Was ist mit den Verletzungen der Rippen? Wie hat Ihre Mutter sich die zugezogen?«

»Sie hat gesagt, ich soll sie treten. Aber das konnte ich nicht, ich hatte keine Schuhe an. Da hat sie gesagt, ich soll einen Schuh von meinem Dad anziehen, man könnte an den blauen Flecken sehen, von welchem Schuh die stammen.«

»Deswegen sind Ihre Fingerabdrücke auf dem einen Schuh?«

»Ich glaube, ja.«

»Und deswegen war der rechte Schuh Ihres Vaters nicht zugebunden. Sie vergaßen, ihn zuzubinden, nachdem Sie ihn Ihrem Vater wieder angezogen hatten.«

»Das weiß ich nicht«, sagte Connor. »Ich erinnere mich nicht.«

Tracy sah Atticus Berkshire an, der den Arm um die Schulter seines Enkels gelegt hatte, während seine ganze Aufmerksamkeit aber seiner Tochter auf der anderen Seite des Einwegspiegels galt. Der Anwalt sah aus, als hätte man ihm ein Messer mitten ins Herz gejagt.

»Warum macht sie das?« Connor wischte sich mit dem Ärmel über das Gesicht.

»Sie ist krank, Connor«, antwortete Berkshire. »Deine Mutter ist psychisch krank.«

»Kannst du ihr helfen?«, wollte Connor wissen.

Berkshire schüttelte langsam den Kopf.

Tracy und Kins hatten vermutet, dass Berkshire wusste, was mit seiner Tochter los war, oder dass er es zumindest stark angenommen hatte. Er hatte gewusst oder doch geahnt, dass sie ihren Mann erschossen hatte, und auch, dass sie eine Soziopathin war, wenn sie nicht sogar unter einer Borderline-Störung litt. Sich so etwas in Bezug auf das eigene Kind einzugestehen, war schrecklich für einen Vater. Berkshire hätte Angela wahrscheinlich rigoros bis zu dem Punkt verteidigt, an dem klar wurde, dass sie jeden zu opfern bereit war, um sich selbst zu retten. Sogar ihren eigenen Sohn. Wahrscheinlich hatte Berkshire auch nicht zugestimmt, als Angela eine Aussage machen wollte, er hatte in dieser Frage einfach keine Wahl gehabt. Wer kannte seine Tochter besser als er? Er hatte gewusst, dass Angela schon immer getan hatte, was Angela wollte. Angela hatte auch immer bekommen, was Angela wollte, sonst konnten nämlich alle Beteiligten etwas erleben. Berkshire war ein zu erfahrener und kompetenter Strafverteidiger, um nicht gewusst zu haben, dass die Aussage seiner Tochter möglicherweise ein Riesenfehler war und wahrscheinlich nicht zur Beweislage passte.

»Kann irgendwer ihr helfen?«, wollte Connor wissen.

»Sie werden es versuchen«, versicherte Berkshire. »Aber bei manchen psychischen Erkrankungen kann man nicht helfen. Im Moment stellt deine Mutter eine Gefahr für dich dar.«

»Hat Ihnen Ihre Mutter gesagt, Sie sollten die Tat gestehen?«, fragte Tracy.

»Sie hat mir genau erklärt, was ich sagen soll. Sie meinte, man könnte uns nicht beide wegen desselben Verbrechens verurteilen.« Er sah Berkshire an. »Sie sagte, du würdest uns rausholen, wir müssten uns keine Sorgen machen. Wir bekämen alles Geld und sie würde darüber bestimmen und wir könnten in unserem Haus wohnen bleiben. Ich müsste nur genau das sagen, was sie mir vorsprach, mehr nicht, dann wäre alles wunderbar. Wenn ich das nicht täte, würden wir beide ins Gefängnis gehen.« Connor fing erneut an zu weinen. »Ich wollte doch nicht, dass ihm etwas passiert! Ich wusste nicht, dass sie ihn erschießen würde.«

Atticus Berkshire drehte seinen Enkel so, dass der Junge nicht mehr durch das Fenster ins Nebenzimmer blicken konnte. »Es ist okay, Connor, alles wird gut. Aber jetzt musst du die Wahrheit sagen. Du musst uns erzählen, was wirklich passiert ist.«

»Werden Sie das tun, Connor?«, wollte Tracy wissen.

»Was geschieht dann mit ihr?«, fragte Connor.

»Sie wird vor Gericht gestellt, weil sie Ihren Vater erschossen hat. Aber Sie haben damit nichts zu tun, Connor. Sie tragen an überhaupt nichts die Schuld.«

Connor wandte sich wieder dem Fenster zu, sah die Frau an, die dort auf dem Stuhl saß. Er sah seine Mutter und hörte ihre Stimme, aber Tracy spürte, dass sich Connor in diesem Moment nicht sicher war, ob er die Person dort überhaupt kannte. Dann, als sei ihm gerade etwas eingefallen, wandte er sich an Tracy. Nicht verwirrt und traurig wie zuvor, sondern mit einem viel ernüchternden Ausdruck in den Augen: Connor hatte Angst.

»Kommt sie ins Gefängnis?«

»Ja.« Tracy nickte. »Sie kommt ins Gefängnis.«

»Und kommt sie da je wieder raus?«

»Nein, Connor«, sagte Tracy. »Da kommt sie nie wieder raus.«

* * *

Nachdem Angela Collins verhaftet und ins Bezirksgefängnis des King County überstellt worden war, kehrten Tracy und Kins an ihren Arbeitsplatz zurück. Es war spät geworden, sie waren beide erschöpft und fühlten sich emotional ausgelaugt. Del und Faz waren schon nach Hause gegangen und Tracy wollte es ihnen gleichtun. Dan befand sich bereits auf dem Heimweg von Los Angeles und sie wollten zusammen ein paar Tage in Cedar Grove verbringen.

»Ich gehe jetzt nach Hause«, sagte sie zu Kins. »Es war eine lange Woche.«

Kins drehte sich mitsamt seinem Stuhl zu ihr herum. »Woher wusstest du, dass die Sache funktioniert?«

Tracy musste sofort an Ron Reynolds denken. »Kinder halten ihre Eltern für unfehlbar und es ist schrecklich, ihnen diese

Überzeugung nehmen zu müssen. Als Kind möchte man glauben, dass die Eltern immer da sein und sich immer um einen kümmern werden. Man verliert ja beim Älterwerden seinen naiven Glauben an einiges, Mythen und Fantasien werden durch die harte Realität ersetzt. Trotzdem mögen wir nicht wahrhaben, dass unsere Eltern nicht perfekt sind, dabei sind manche von ihnen meilenweit von jeglicher Perfektion entfernt.«

Kins hatte seinen Stuhl nach hinten kippen lassen und schaukelte damit. »Es gibt da eine Sache, über die ich mit dir reden muss.«

»Amanda Santos?«

Kins schloss die Augen und stieß vernehmlich die Luft aus. »Es ist nichts passiert, Tracy. Wir haben uns nur ein paarmal zum Lunch getroffen.«

»Danke, dass du es mir gesagt hast.« Tracy war froh, dass Kins Farbe bekannt hatte.

»Du weißt ja, zu Hause lief es eine Weile nicht so gut. Dann lernte ich bei der Cowboy-Ermittlung Amanda kennen und fühlte plötzlich etwas, das ich schon lange nicht mehr gefühlt hatte.«

»So etwas spürt doch jeder gern mal, Kins.«

»Ich weiß! Ich dachte ja auch gar nicht, dass ich dem nachgeben würde. Aber dann fand ich eine Ausrede, warum ich sie unbedingt anrufen und mit ihr reden müsste, und als Nächstes fiel mir ein, warum ich sie zum Mittagessen einladen sollte.«

»Sie ist eine schöne Frau.«

Kins nickte. »Aber es geht nicht nur um Shannah und mich, nicht wahr? Das ist mir inzwischen klar geworden.«

»Ich habe keine Kinder«, sagte Tracy. »Ich halte dir ganz bestimmt keinen Vortrag zu einem Thema, von dem ich kaum Ahnung habe.«

»Ich wette, du weißt eine Menge mehr, als du zugibst.« Kins lächelte.

»Vielleicht noch aus meiner Zeit als Lehrerin an der Highschool. Ich habe gesehen, was eine Scheidung bei Kindern anrichten kann.«

»Ich bin nicht perfekt.« Kins seufzte. »Ich bin sogar ziemlich weit davon entfernt. Aber noch sollen sie das nicht mitkriegen.«

»Keiner von uns ist perfekt, Kins.«

»Klar. Aber du hast recht: So fast perfekt wie in den Augen meiner Kinder jetzt werde ich nie wieder sein. Das werfe ich nicht einfach weg, ohne mir vorher in meiner Ehe mehr Mühe gegeben zu haben.«

»Ich hoffe, es haut hin.«

»Ich auch. – Immer ehrlich zueinander, was?«

Tracy lächelte. »Das war der Deal.«

38

Eine Woche später nahm Tracy die Ausfahrt gleich nach dem Wasserturm und fuhr an den Wandgemälden vorbei, die die Gebäude der Innenstadt von Toppenish zierten. Sie bog in die Chestnut Street ein und passierte ein paar einfache, aber gepflegte Häuser, ehe sie vorm letzten Haus rechts am Straßenrand hielt. Im Carport standen wie beim letzten Mal der ältere Chevy Pick-up und der Toyota, auf der Straße parkte der weiße Pick-up aus Tommy Moores Gartenbaubetrieb.

Diesmal zögerte Tracy am Törchen nicht, wobei ihr durchaus auffiel, wie gepflegt der Garten wirkte. Als hätte jemand hier aufgeräumt und vor Kurzem erst den Rasen gemäht. Die Rollstuhlrampe an der Veranda war abgebaut worden, die Fliegentür repariert und wieder eingesetzt. Kein Hund bellte, als sie sie aufzog und an die Haustür klopfte.

Élan Kanasket öffnete, im Gesicht einen Ausdruck befriedigter Resignation. »Dann haben Sie also bewiesen, wie unrecht ich hatte«, begrüßte er sie.

»Eigentlich habe ich bewiesen, dass Sie recht haben.«

Élans Lächeln wurde breiter. Er streckte Tracy die Hand hin. »Danke. Ich muss mich bei Ihnen entschuldigen.«

»Lassen Sie es gut sein. Wo ist er denn?«

»Kommen Sie, ich bringe Sie zu ihm.«

Élan schloss die Tür hinter ihr. Auch im Innern des Hauses hatte sich einiges verändert. Es wirkte sauber und aufgeräumt, die Wände waren zum Streichen vorbereitet und blaues Klebeband schützte alles, was keine Farbe abbekommen sollte.

»Sie renovieren das Haus«, stellte Tracy fest.

»Es wurde dringend Zeit«, antwortete Élan. »Wenn mein Vater nicht mehr da ist, ziehe ich nach Arizona und suche mir einen Job.« Er lächelte. »Ein Freund von mir dort hat eine Schwester.«

»Ich wünsche Ihnen Glück und Erfolg.« Sie stiegen die Treppe hinauf.

»Er hat gebeten, nach Hause kommen zu dürfen. Jetzt ist es nur noch eine Frage der Zeit«, erklärte Élan. »Morgens sind Leute vom Hospiz bei ihm, aber ich bin nachmittags hier.«

»Es tut mir wirklich leid, dass es ihm so schlecht geht.«

»Es muss Ihnen nicht leidtun.« Élan war oben auf dem Treppenabsatz stehen geblieben und hatte sich zu Tracy umgewandt. »Mein Vater hat zum ersten Mal, seit ich mich erinnern kann, seinen Frieden gefunden. Er ist bereit zu gehen, und das verdankt er Ihnen.«

»Was ist mit dem Hund?«

»Gestorben. Als mein Vater ins Krankenhaus kam, ging der Hund zu seinem Stuhl, legte sich hin und schlief ein. Er ist nicht mehr aufgewacht.«

Earl Kanasket lag im Zimmer gleich rechts von der Treppe. Die Tür stand offen, das Krankenhausbett war so gedreht, dass er aus dem Fenster auf das weite, grüne Feld schauen konnte, das sich bis zum Horizont zu erstrecken schien. »Er sollte den besten Blick haben, den das Haus zu bieten hat«, erklärte Élan.

Tommy Moore, der auf einem Stuhl neben dem Bett gesessen hatte, stand auf, als Tracy und Élan das Zimmer betraten. Er schüttelte Tracy die Hand. »Danke, Detective. Sie haben eine unglaubliche Last von unseren Schultern genommen.«

Earl war bei Tracys erstem Besuch schon dünn gewesen, schien jetzt aber nur noch aus Haut und Knochen zu bestehen. »Bekommt er noch alles mit? Ist er bei klarem Verstand?«

»Heute Nachmittag nicht, fürchte ich«, sagte Élan. »Aber er wollte Ihnen etwas geben.«

»Etwas für mich?«

Élan verließ kurz das Zimmer und kam gleich darauf mit dem gefiederten Traumfänger-Ohrring wieder, den Tracy von Kimis Schulfoto her kannte. »Er hat Kimi gehört. Mein Vater hatte ihn in seinem Schlafzimmerfenster hängen. Sie sollten ihn haben, hat er gesagt, weil Sie Kimi wieder nach Hause gebracht haben.«

»Ich weiß nicht, was ich dazu sagen soll!«, meinte Tracy. »Vielen Dank.«

»Danken Sie nicht mir, danken Sie ihm. Die Pfleger sagen, er spürt unsere Anwesenheit. Reden Sie mit ihm, er wird Sie hören.«

Tracy trat neben das Bett. Earl Kanaskets Haar war nicht mehr zu einem Zopf geflochten. Sie streckte die Hand aus – seine Hand war kalt und fast durchsichtig.

»Mr Kanasket«, setzte sie an.

»Er würde wollen, dass Sie ihn Earl nennen«, unterbrach Élan lächelnd.

Tracys Blick wanderte zwischen Earl und seinem Sohn hin und her. »Earl? Ich bin Tracy Crosswhite, die Polizistin aus Seattle. Ich bin hier um Ihnen zu sagen, dass Sie Kimi zur Ruhe betten können.«

Sie spürte Earls Hand zucken, ein kaum wahrnehmbares Flattern.

»Wir haben die Männer gefunden, die für Kimis Tod verantwortlich sind«, fuhr Tracy fort.

Earl öffnete langsam die Augen. Élan und Tommy kamen

näher, stellten sich Tracy gegenüber ans Bett.

Tracy drückte Earls Hand. »Buzz Almond und ich haben sie gefunden, Earl. Kimi hat sich nicht das Leben genommen. Die Männer, die verantwortlich sind, werden vor Gericht gestellt werden.«

Earls Gesichtsausdruck änderte sich nicht, Tracy meinte aber trotzdem, ein winziges Zeichen des Verstehens in seinen Augen zu entdecken. Dann sah sie, wie sie feucht wurden und eine einzelne Träne seine ausgeprägten Wangenknochen hinunterlief. Tracy streckte die Hand aus und wischte sie sanft mit der Fingerspitze fort.

»Freudentränen«, sagte Élan.

Als Tracy wieder hinsah, standen Earls Augen noch offen, aber er sah sie nicht mehr an. Er starrte aus dem Fenster, über das Feld hinaus auf den weit entfernten Horizont.

Er war gegangen.

Epilog

Tracy hatte sich etwas vorgenommen, wartete damit aber bis zum Frühjahr. Dann wollten Dan und sie noch einmal nach Stoneridge fahren. Jenny hatte sie zur Feier der Grabsteinlegung für Buzz Almond eingeladen.

Auf dem Weg dorthin hielten sie bei der Central Point Nursery, wo sich Archibald Coe so lange liebevoll um seine Pflanzen gekümmert hatte. Tracy, die nie eine große Gärtnerin gewesen war, bat die Frau im Gartencenter um etwas Robustes, Widerstandsfähiges, das überall wachsen und vielleicht sogar blühen würde.

Als sie ging, hatte sie vier verschiedene Pflanzen erstanden

Von der Baumschule aus fuhren sie zu der Haltebucht kurz hinter dem zerfallenen Blockhaus, in dem sich einst der Columbia Diner befunden hatte. Dan trug den Karton mit den Pflanzen und folgte Tracy ins Unterholz, den Pfad entlang, auf dem Kimi in den letzten Augenblicken ihres Lebens gerannt war. Auch diesmal machte die Steigung Tracys Beinmuskulatur zu schaffen, und sie hörte Dan hinter sich keuchen, als er den schweren Karton mit den Pflanzen den Hügel hinaufschleppte.

»Vorsicht!«, mahnte sie oben angekommen. »Den Hang runter kann es auf dem Gras rutschig werden.«

Sie machten sich an den Abstieg. Etwa auf halber Strecke

blieb Tracy verwundert stehen.

»Was ist?«, wollte Dan wissen.

Tracy ging zu der Stelle, an der Archibald Coe seinen traurigen kleinen Strauch gepflanzt hatte. Tracy hatte fest damit gerechnet, dass die Pflanze inzwischen ganz tot war, aber es schien ihr im Gegenteil prächtig zu gehen. Die Blätter waren nicht mehr braun, die einzelnen Zweige wirkten länger und voller und es zeigten sich sogar erste kleine Knospen.

Dan stellte den Karton ab. Tracy sah sich zufrieden um. Sie hatte vier Pflanzen gekauft, würde jetzt aber nur drei brauchen. Eine für Earl Kanasket, eine für Darren Gallentine, eine für Archibald Coe. Noch beim Verlassen der Baumschule war sie sich überhaupt nicht sicher gewesen, ob ihre Pflänzchen überleben würden.

Jetzt war sie da schon viel optimistischer.

* * *

Kurz nach eins kamen Dan und Tracy auf dem Friedhof an und stiegen die Anhöhe hinauf, suchten sich zwischen Grabsteinen den Weg dorthin, wo Jennys Familie geduldig wartete.

Tracy hatte engen Kontakt zu Jenny und zur Staatsanwaltschaft des Klickitat County gehalten, wobei sich ihre Beteiligung am weiteren Verlauf der Ereignisse allerdings in Grenzen hielt. So sollte es wahrscheinlich auch bleiben. Eric Reynolds hatte sich eines mit dem Fahrzeug begangenen Tötungsdeliktes schuldig bekannt, hierbei gab es keine Verjährungsfrist. Sein Anwalt hätte vorbringen können, nicht Eric, sondern dessen Vater sei letztlich für den Tod Kimi Kanaskets verantwortlich gewesen, aber Eric hatte kein Interesse an einer juristischen Auseinandersetzung. Er würde so oder so ins Gefängnis gehen müssen und wehrte sich nicht dagegen. Der Staatsanwalt hatte eine vierjährige Haftstrafe sowie eine Geldstrafe von fünfzigtausend Dollar beantragt. Bei guter Führung konnte Eric Reynolds nach zwei Jahren wieder auf freiem Fuß sein.

Gegen Hastey Devoe war keine Anklage erhoben worden. Er hatte aufgrund seiner letzten Verurteilung wegen Trunkenheit am Steuer dreißig Tage im Gefängnis gesessen und war nur auf Bewährung auf freiem Fuß. Die Dauer der Bewährung betrug sieben Jahre, unter anderem mit der Auflage, regelmäßig an Treffen der Anonymen Alkoholiker teilzunehmen. Eric Reynolds hatte sechzigtausend Dollar auf den Tisch gelegt, damit Hastey in einer Suchtklinik in Oregon stationär aufgenommen werden konnte, wo man sich nicht nur mit seiner Alkoholsucht, sondern auch mit seinen Gewichtsproblemen und dem mangelnden Selbstwertgefühl befassen würde.

Ron Reynolds, der sich geweigert hatte, sich schuldig oder unschuldig zu bekennen, saß ohne Kaution im Kreisgefängnis des Klickitat County. Der Staatsanwalt arbeitete an einer Anklage wegen Mordes mit bedingtem Vorsatz.

Die feierliche Umbenennung der Sportstätten in Ron Reynolds Stadion war inzwischen endgültig gestrichen. Eric Reynolds hatte dafür gesorgt, dass der Name seines Vaters nicht mehr auf der Liste potenzieller Namensgeber stand. Man würde das Stadion auf Erics Bitte hin stattdessen in »Kimi Kanasket Memorial« umbenennen, die entsprechende Zeremonie sollte im kommenden Herbst anlässlich eines Footballspiels stattfinden. Élan Kanasket hatte angerufen und Tracy eingeladen, an der Feier teilzunehmen, zu der mehrere Tausend Native Americans gemeinsam aus dem Yakama-Reservat anreisen wollten.

Jenny löste sich aus der Gruppe ihrer Familie, um Tracy zu begrüßen. Die beiden Frauen umarmten sich. »Vielen Dank, dass ihr gekommen seid«, sagte Jenny.

»Das hätte ich mir nicht entgehen lassen«, antwortete Tracy. Buzz Almonds letzte Ruhestätte bot Blicke auf die Schlucht des Columbia River, Mount Adams und Mount Hood. »Wie schön es hier ist.«

»Mein Vater hat die Grabstelle gekauft, nachdem er Sheriff geworden war«, erklärte Jenny. »Er glaubte bestimmt, dass er auf die eine oder andere Art im Amt sterben würde, und wollte so gern hier in der Gegend Wurzeln schlagen. Das war ihm enorm wichtig.«

Tracy begrüßte auch den Rest der Familie. Anne Almond schien dünner geworden, wirkte in ihrem hellblauen Kleid aber immer noch stattlich. Die Kinder trugen Sonntagsstaat und waren zappelig wie Rennpferde in der Startbox.

Der Priester, der auch Buzz' Beerdigung geleitet hatte, führte die Zeremonie durch. Er segnete den bläulich schimmernden Marmorblock und sprenkelte Weihwasser darüber.

Theodore Michael »Buzz« Almond Jr.
Klickitat County Sheriff
3. März 1949 – 25. Oktober 2016

Nach dem Segen traten Mitglieder der Familie vor, um Gegenstände auf das Grab zu legen. Tracy wusste, dass so etwas geplant war, Jenny hatte sie vorab darüber informiert. Ohne die Bedeutung der einzelnen Gaben zu kennen, konnte sie sich vorstellen, dass sie dem jeweiligen Familienmitglied wichtig waren und für dessen Beziehung zum Verstorbenen standen. Einer der Enkel stellte ein Modellflugzeug aufs Grab, eine Enkelin einen kleinen Stoffelefanten. Sarah und ihr Bruder Trey traten Hand in Hand mit Jenny und Neil an den Grabstein, wo Trey einen Baseball, Sarah ein winziges Plastikpony ablegte. Tracy wartete, bis die Familie fertig war, dann zog sie ein Blatt Papier aus ihrer Handtasche. Sie trat ans Grab und lehnte den abschließenden Bericht zum Fall Kimi Kanasket an den blauen Stein.

»Ruhe in Frieden, Buzz Almond«, flüsterte sie.

* * *

»Wir essen bei Mom im Haus noch gemeinsam zu Mittag«, sagte Jenny, als die Zeremonie beendet war. »Ganz informell. Könnt ihr kommen?«

»Danke.« Tracy drückte Dans Hand. »Wir machen uns lieber auf den Weg nach Sunriver.«

Jenny umarmte sie beide. »Danke für alles«, sagte sie zu Tracy. »Es hat mir und meiner Familie sehr viel bedeutet.«

»Ich habe doch gar nichts gemacht«, wehrte Tracy ab. »Die eigentliche Arbeit, die ganze Lauferei, das war dein Dad. Es war seine Ermittlung.«

»Kommt ihr bald mal wieder zu Besuch?«, wollte Jenny wissen.

»Da kannst du Gift drauf nehmen. Und wenn du nach Seattle kommst, ruf auf jeden Fall an. Sag Trey und Sarah, Tante Tracy passt jederzeit auf sie auf, wenn ihre Eltern sich mal einen Abend in der Großstadt gönnen wollen.«

»Gilt das auch für dich?« Jenny sah Dan fragend an.

»Wenn ich mit Sherlock und Rex fertig werde, sollte ich es mit ein paar Kids doch wohl auch noch schaffen.«

Tracy lachte. »Du hast ja keine Ahnung.«

Als sie im Tahoe saßen, schnallte Dan sich an, fuhr aber noch nicht gleich los. »Wenn du noch zum Empfang gehen möchtest, ich habe nichts dagegen.«

Tracy schüttelte den Kopf. »Vielen Dank, aber ich hätte die Zeit lieber für uns allein.«

Dan wirkte plötzlich sehr ernst. »Womit wir beim Thema wären. Zeit für uns. Ich hätte da etwas mit dir zu besprechen.«

»Okay.« Tracy wusste wirklich nicht, was sie von diesem Ton halten sollte. Was kam denn jetzt?

»Ich werde umziehen«, verkündete Dan.

»Was?«

»Cedar Grove ist zu weit weg und isoliert für das Leben, das ich im Moment führe und führen will. Das ist mir inzwischen klar geworden. Und es ist nicht gesund, so viel allein zu sein.«

Tracy fühlte sich wie nach einem Tritt in den Unterleib. »Wo willst du denn hin? Wieder nach Boston?«

»Boston? Was soll ich denn in Boston?«

»Ich weiß nicht. Ich dachte bloß …«

»Boston, das ist Vergangenheit.« Dan sah immer noch sehr ernst aus. »Und du weißt, ich mag keine großen Städte. Möchtest du denn, dass ich wieder nach Boston ziehe?«

»Nein! Ich bin nur … verwirrt. Fang noch mal von vorn an: Wo ziehst du hin?«

Als Dan lächelte, begriff Tracy endlich, dass er sie aufgezogen hatte. »Ich habe in Redmond eine kleine Farm gefunden, fünf Hektar. Mit einem renovierungsbedürftigen Haus, damit mir nicht langweilig wird, einem Flüsschen und jeder Menge Weideland für Sherlock und Rex.«

Tracy boxte ihn in den Arm: Von Redmond bis in die Innenstadt von Seattle fuhr man gerade einmal eine halbe Stunde.

»Autsch!«, beschwerte sich Dan. »Ich dachte, du freust dich.«

Tracy tat weiterhin so, als sei sie wütend, dabei spürte sie deutlich, wie ihr Gesicht vor Freude ganz warm wurde. Da konnte sie gar nicht anders, sie musste lächeln. »Na ja, ich weiß nicht«, meinte sie. »Was ist mit deiner Anwaltskanzlei?«

»Da ein Großteil meiner Arbeit inzwischen hier in der Gegend stattfindet, schien es mir sinnvoll.«

»Dann ist das eher eine geschäftliche Entscheidung?«

»Geschäftlich? Nein, so würde ich es nicht nennen. Eher sehr persönlich.« Dan beugte sich zu Tracy hinüber und küsste sie.

»Aber du liebst Cedar Grove!«, gab Tracy zu bedenken, als sich ihre Lippen wieder getrennt hatten.

»Tu ich auch.« Dan legte ihr den Arm um die Schulter und zog sie dichter an sich heran. »Aber dich liebe ich noch mehr.«

Sie küssten sich weiter. Als sie sich diesmal trennten, lehnte sich Dan zufrieden zurück. »Außerdem verkaufe ich das Haus nicht. Ich dachte, ist doch ein prima Plätzchen für uns beide, wenn wir mal ein Wochenende rauswollen, bisschen angeln und wandern. Vielleicht sogar Golf spielen?«

Tracy räusperte sich. »Du weißt, dass ich nicht Golf spielen kann.«

»Ich könnte es dir beibringen.«

Sie lachte. »Ob das so eine gute Idee ist? Als du mir das letzte Mal eine Golfstunde geben wolltest, sind wir im Bett gelandet.«

»Daran erinnere ich mich noch sehr gut. Und als dein Golflehrer rate ich dir zu häufigen Lektionen.«

»Dann ist meine zweite hoffentlich gleich heute Abend.«

Danksagung

Zuerst einmal bedanke ich mich herzlich bei all meinen Lesern, die mir geschrieben haben, wie gern sie meine Danksagungen lesen. Nach nunmehr elf Büchern weiß ich inzwischen, dass ich mich hier nicht nur anständig bedanken, sondern auch zum Ausdruck bringen kann, wie glücklich und dankbar mich jeder einzelne Mensch in meinem Leben macht.

Und noch eine Sache möchte ich voranstellen, auch wenn ich mir immer wieder gern in Mails und Buchbesprechungen erklären lasse, die in meinen Büchern erwähnten Orte existierten ja gar nicht: Stoneridge ist ebenso wie Cedar Grove aus »Das Grab meiner Schwester« eine erfundene Stadt. Die eine habe ich mir für die North Cascades ausgedacht, Stoneridge für das Klickitat County. Einige Leser werden nun feststellen, dass Stoneridge in einigen Punkten dem Städtchen White Salmon ähnelt, das ich einmal zwei Tage lang mit großem Vergnügen erkunden durfte. Aber Stoneridge ist nicht White Salmon. Warum ich so etwas mache, wollen Sie wissen? Weil ich niemanden in der Stadt, in der er lebt, bloßstellen will und weil mich viele Leute fragen, ob die in meinen Romanen dargestellten Ereignisse wirklich stattgefunden haben. Solche Fragen sind natürlich prima, ich möchte trotzdem noch einmal betonen, dass ich Romane schreibe, Fiktion also. Die von mir beschriebenen Ereignisse sind fiktional, ebenso die Städte, die ich erfinde, und die Leute, die meine Romane bevölkern. Die Details in Bezug auf den White Salmon River im Roman sind dagegen wahr, ich komme später noch darauf zu sprechen.

Nachdem das nun also klar ist, gilt mein erster Dank Maria Foley. Sie ist geschäftsführende Direktorin der Mt. Adams Handelskammer und hat mir viel geholfen. Ich traf in White Salmon ein, ohne recht zu wissen, wo ich mit meinen Recherchen beginnen sollte, und Maria hat mich umfassend mit Material über Geschichte und Gegenwart der Region versorgt, mir erklärt, wo ich die Redaktion der Lokalzeitung sowie das Diner finde, und mir Namen von Leuten genannt, die mir weiterhelfen könnten.

Unter anderem erzählte sie mir von Mark Zoller von »Zoller's Outdoor Odysseys«, die geführte Wildwassertouren veranstalten. Ich ging bei meinem Besuch in White Salmon auch gleich dort vorbei, fand das Büro aber geschlossen vor, da Winter war. Mark erreichte ich schließlich telefonisch und sofort stand fest: Das war genau der Mann, den ich brauchte. Mark ist praktisch auf Flüssen groß geworden und hat für die Firma seines Vaters Raftingtouren geleitet, noch ehe er seinen Führerschein besaß. Sein Wissensschatz ist unglaublich, ich verdanke ihm jede Menge cooler Details über die Fließgeschwindigkeit und Temperatur von Flüssen und die Besonderheiten des White Salmon River, einschließlich der Stellen, an denen jemand einen Körper ins Wasser werfen könnte und welchen Weg ein solcher Körper dann nähme. Leider hatte ich nicht genug Zeit, vor Abgabe dieses Buches noch eine Tour auf dem Fluss mitzumachen. Ich bin aber ein gutes Stück am White Salmon River entlanggewandert und hoffe, im nächsten Sommer mit meiner Familie dorthin zurückkommen zu können.

Ich bedanke mich auch bei meinem Freund Jim Russi, Rotarier aus Yakima, der mich einen Nachmittag lang auf eine

Tour durch das Yakama-Reservat mitgenommen und mir ein paar der hübschen Städtchen dort gezeigt hat. Eigentlich hatten wir danach noch zusammen grillen wollen, aber aus Zeitgründen reichte es dann doch nur zu einem Bier, alles andere mussten wir verschieben. Kurz nach meinem Besuch starb Jims geliebte Frau Kris völlig unerwartet an Krebs. Die Nachricht hat mich zutiefst erschüttert. Ich werde Kris immer in Ehren halten und immer an sie denken, wenn ich auf ihrem aufblasbaren Boogiebrett auf einer Welle reite. Jim hat es mir nach ihrem Tod geschickt. Und ich habe mir fest vorgenommen, die nächste Verabredung zum Grillen mit guten Freunden auch einzuhalten. Ich werde mir die Zeit dazu nehmen.

Die Leute, bei denen ich mich als Nächstes bedanken möchte, sind alle Experten auf ihren Gebieten. Ich bin es nicht. Sämtliche Fehler und missverständliche Darstellungen stammen daher von mir und niemandem sonst.

Da wäre zunächst einmal Kathy Decker, die früher die Rettungsmannschaft des King County Sheriffs Office leitete und eine bekannte Fährtenleserin ist. Detective Decker half mir bereits bei meinem Roman »Murder One« und ich war damals fast überwältigt von den Reaktionen so vieler Leser, die sich für ihr Talent und ihre Kenntnisse interessierten. Auch diesmal hat sie mir freundlicherweise ihre Hilfe angeboten und mir genau erklärt, wie man als Fährtenleser Zeichen zu deuten lernt, die wir Normalsterblichen noch nicht einmal sehen. Dabei habe ich ihr die Arbeit in diesem Fall noch schwerer gemacht als sonst: Sie sollte mir erklären, wie sie bei der Analyse der Beweismittel zu einem vierzig Jahre zurückliegenden Mord vorgehen würde. Detective Decker war auch hier der Aufgabe mehr als gewachsen. Es ist eine faszinierende Wissenschaft, ich hoffe, ich bin dem gerecht geworden.

Ich bedanke mich auch bei Kathy Taylor, forensische Anthropologin bei der rechtsmedizinischen Abteilung des King County. Kathys Talente sind heiß begehrt, von daher ist ihr

Terminkalender mehr als voll und wir haben es diesmal leider nicht geschafft, uns zu treffen. Glücklicherweise konnte ich auf Informationen aus zurückliegenden Gesprächen zurückgreifen, bei denen es um forensische Aspekte bei einer aus dem Wasser geborgenen Leiche ging.

Dank an Adrienne McCoy, leitende Staatsanwältin des King County, die mir half, mich in den feineren Nuancen von Anhörungen aufgrund eines begründeten Verdachts oder bei Vorladungen zurechtzufinden. Sie erklärte mir auch, wie ihr Büro höchstwahrscheinlich vorgehen würde, wäre es mit dem in diesem Roman präsentierten ungewöhnlichen Mordszenario konfrontiert. Ich danke ihr sehr für ihre Geduld und Expertise.

Ich kenne glücklicherweise viele wunderbare Polizeibeamte, die mich immer wieder großzügig an ihrem Wissen teilhaben lassen und Zeit für mich finden. Jeder, der sich für eine Laufbahn im Polizeidienst entscheidet, hat meinen Respekt. Ein oft undankbarer Job unter anstrengenden Bedingungen.

Ohne die Hilfe von Detective Jennifer Southworth vom Seattle Police Department könnte ich meine Bücher nicht schreiben. Jennifer half mir schon bei »Murder One«, sie arbeitete damals beim CSI. Nach ihrer Beförderung zur Mordkommission wurde sie zur Inspiration für Tracy Crosswhite in »Das Grab meiner Schwester«. Sie half mir bei »Ihr allerletzter Atemzug« und jetzt wieder bei diesem Roman. Ich bin ihr sehr, sehr dankbar.

Auch ohne Detective Scott Tompkins, Kings County Sheriff's Office, Abteilung Gewaltverbrechen, wäre wohl kaum eins meiner Bücher zustande gekommen. Scotts Bereitschaft, mich an seinem Wissen teilhaben zu lassen und mich anderen vorzustellen, deren Informationen mir weiterhelfen könnten, war und ist von unschätzbarem Wert. Bei diesem Roman bin ich sogar so weit gegangen, Scott ein Szenario vorzulegen und ihn zu bitten, es mit mir durchzugehen. Das hat er getan und mir dabei coole Details geliefert und Vorschläge gemacht. Seine

Geduld kennt keine Grenzen. Scott und Jennifer unterstützen beide aktiv die Victim Support Services, die Familien der Opfer von Gewaltverbrechen helfen. Ich spende von mir signierte Bücher für diese Organisation. Wenn Sie sich dafür interessieren: http://victimsupportservices.org.

Danke auch an Kelly Rosa, Leiterin der Abteilung für Rechtsdienstleistungen beim Most Dangerous Offender Project, dem Projekt für besonders gefährliche Gewaltverbrechen, und der Abteilung für Gewaltverbrechen bei der Staatsanwaltschaft des King County. Sie ist, nebenbei bemerkt, schon ein Leben lang mit mir befreundet. Kelly hat mir bei so gut wie jedem meiner Romane geholfen und macht wie wild Reklame für diese Bücher. Von daher hielt ich einen weiteren Schritt in ihrer Karriere für angebracht und machte sie in »Das Grab meiner Schwester« zur forensischen Anthropologin. Sie wird bestimmt auch in meinen nächsten Büchern ihre Kurzauftritte haben. Danke, Kelly. Du bist mir immer wieder eine so unglaubliche Unterstützung.

Ich danke meiner Superagentin Meg Ruley und dem ganzen Team der Jane Rotrosen Agency. Natürlich auch Rebecca Scherer, die immer wieder phänomenale Vorschläge für meine Manuskripte liefert und der absolute Star bei allen E-Book-Fragen ist. Wollt ihr ein Beispiel dafür, wie wundervoll die JRA-Leute sind? Als ich neulich zusammen mit meiner Tochter in New York war und dort zu einem Geschäftsessen musste, hat Rebecca meiner Tochter einen Abend lang Manhattan gezeigt. Catherine spricht heute noch davon. Dann hat uns die Agentur Orchestersitze für »Der König der Löwen« besorgt und ich stand da wie der tollste Dad aller Zeiten. Aber Moment, das ist noch lange nicht alles! Meg und ihr Mann verschoben eine Reise nach London, um am International Thriller Writers Award Dinner teilnehmen zu können, als »Das Grab meiner Schwester« auf der Nominiertenliste der besten Thriller des Jahres stand. Wunderbare Agentur, noch wunderbarere Menschen. Die letzten beiden Jahre waren in so vieler Hinsicht phänomenal und bildeten den Höhepunkt von zehn Jahren Zusammenarbeit, Hilfe und Unterstützung, für die ich unendlich dankbar bin.

Dankbar bin ich auch meinem Verlag, Thomas & Mercer, weil man dort seit dem Beginn an Tracy Crosswhite geglaubt hat. Dies ist das dritte Buch in der Reihe und ich freue mich jetzt schon auf weitere. Mein besonderer Dank gilt Charlotte Herscher, die alle Tracy-Crosswhite-Romane lektoriert und jeden einzelnen zu einem besseren Buch gemacht hat. Vielen Dank auch an meine Korrektorin, Elizabeth Johnson. Ich bat um eine Meisterin dieses Fachs, denn Grammatik und Kommasetzung sind nicht meine starken Seiten, und sofort riet man mir zu Elizabeth. Sie mischt sich immer wieder in meine Wortwahl und meinen Satzbau ein, wodurch meine Bücher sehr viel genauer werden.

Danke an Jacque Ben-Zekry in der Marketingabteilung. Jacque ist eine wahre Naturgewalt, der die Werbetrommel für meine Bücher rührt, wie kein anderer es könnte. Mit deiner Hilfe stand ich schon einmal auf dem ersten Platz, ich hoffe, das schaffen wir wieder. Und ich bedanke mich bei Tiffany Pokorny, die für die Autorenbetreuung zuständig ist und immer wieder dafür sorgt, dass ich mich wertgeschätzt fühle. Dank all der fantastischen Geschenke und kleinen Aufmerksamkeiten, die immer wieder bei uns eintrudeln, ist inzwischen meine ganze Familie zum Fan von Thomas & Mercer geworden. Ihr seid wirklich die Allerbesten. Dank auch an meine Presseagentin Gracie Doyle mit ihrer grenzenlos optimistischen Lebenseinstellung, die sich unermüdlich für mich und meine Bücher einsetzt und immer eine kreative Idee und irgendeine gute Nachricht für mich parat hat. Dank auch an Kjersti Egerdahl, Akquise, und Sean Baker, Herstellung. Danke an den Verleger Mikyla Bruder, den stellvertretenden Verleger Hai-Yen Mura und Jeff Belle, Vize-Chef von Amazon Publishing. Diese Leute tun alles für ihre Autoren und deren Werke, und jeder von ihnen hat mir geholfen, mich schnell zu Hause zu fühlen.

Ein besonderer Dank an den Cheflektor von Thomas & Mercer, Alan Turkus, für seine Ratschläge, die immer genau auf den Punkt treffen, und für seine Freundschaft. Ich hoffe sehr, wir schaffen es noch einmal, die Nummer eins auf unsere Fahnen zu schreiben und sie möglichst lange dort stehen zu haben. Du warst mir wirklich eine große Inspiration.

Dank an Tamy Taylor, die meine Webseite betreut, die Cover für meine fremdsprachigen Bücher entwirft, meinen Newsletter pflegt und generell fantastische Arbeit leistet. Danke an Sean McVeigh bei »425 Media« für seine Hilfe bei meinen Fragen zu den sozialen Medien. Ihr seid beide viel schlauer als ich und ich bin froh, euch im Team zu haben. Danke an Pam Binder und die Pacific Northwest Writers Association für ihre unglaubliche Unterstützung meiner Arbeit.

Danke natürlich auch an meine treuen Leser, die mir schreiben, wie sehr ihnen meine Bücher gefallen und wie sehr sie sich schon auf das nächste freuen. Euretwegen halte ich immer Ausschau nach der nächsten guten Geschichte.

Wenn dieses Buch auf den Markt kommt, wird mein Sohn Joe sein erstes Jahr am College hinter sich haben. Jetzt, während ich dies schreibe, wohnt er noch zu Hause und ich schwelge in Erinnerungen an alles Mögliche, was in den vergangenen achtzehn Jahren passiert ist. Wie traurig war ich an dem Morgen, als ich ihm sein letztes Schulbrot einpackte. Zwölf Jahre Schule, das macht an die zweitausend Pausenbrote, haben meine Frau und ich ausgerechnet. Vorher gab es schon sein letztes Footballspiel an der Highschool und den letzten Schulball. Dann kamen die letzte Unterrichtsstunde, die letzte Schulversammlung, das feierliche Abendessen zum Schulabschluss und natürlich die Abschlussfeier. Ich freue mich wirklich nicht auf seine letzte Nacht zu Hause, bevor wir ihn zum College fahren. Klar werde ich mich zusammenreißen, aber ich bin Italiener und das heißt, innerlich heule ich wie ein Schlosshund. Genau wie an dem Morgen, als ich Mayonnaise auf sein letztes Käse-Truthahn-Sandwich strich, als ich bei dem Footballspiel auf meiner Bank saß und die Stoppuhr auf 0:00 zu tickte, und als ich beim Abendessen zum Schulabschluss versuchte, ihm zu sagen, wie stolz ich auf ihn bin. Und natürlich in der Aula, als ich vom Zuschauerraum aus mit Tränen in den Augen zusah, wie er oben in Robe und Hut auf die Bühne kam, mit diesem breiten Lächeln im Gesicht. Sie verstehen, worauf ich hinauswill. Die Sache ist die: Ich schicke da nicht nur meinen Sohn aufs College. Ich verliere den Kumpel, der noch spätnachts mit mir vor dem Fernseher sitzt, der die besten Sandwichs von ganz Seattle macht, meinen Trainingspartner, meinen Zuhörer bei allen anrüchigen Witzen, den, der all meine »Seinfeld«-Anspielungen versteht. Klar weiß ich, das ist kein Ende, sondern ein Anfang, und ich freue mich für Joe, der den nächsten Schritt auf dem unvergleichlichen Weg seines Lebens gehen wird. Ich bin stolz auf dich, mein Sohn. Zeit zu fliegen.

Meine Tochter Catherine hat keinen so entscheidenden Meilenstein zu feiern, aber sie ist sechzehn geworden und hat ihre Führerscheinprüfung bestanden. Außerdem durfte sie vier Tage mit mir in Manhattan verbringen, ein Vater-Tochter-Trip, der mir wieder mal vor Augen geführt hat, was für ein glücklicher Mann ich doch bin. Sie ist so ein reizendes junges Mädchen, selbstbewusst, höflich, respektvoll und so lustig und gut um sich zu haben wie immer schon. Ich werde diese Reise nie vergessen und die Erinnerung daran immer in Ehren halten. Und Catherine hat ein paar Hundert Fotos geschossen, um das zu dokumentieren.

Das Beste habe ich mir für ganz zum Schluss aufbewahrt, nämlich den Dank an die Liebe meines Lebens, Christina, die bei jedem Schritt auf der Reise meines Lebens neben mir geht. Danke dafür, dass du immer da bist. Auch für uns ist es Zeit zu fliegen. Immerhin gibt es uns ewig – und drei Tage.